J.R.R. Tolkien.

The Second Part

J. R. R. Tolkien

双城奇谋 第二部
The Two Towers

〔英〕J.R.R.托尔金 著　朱学恒 译

上海译文出版社

目 录

第三卷

第一章	波罗莫的告别	…… 003
第二章	洛汗国的骑士	…… 015
第三章	强兽人	…… 051
第四章	树胡	…… 076
第五章	白骑士	…… 118
第六章	金殿之王	…… 146
第七章	圣盔谷	…… 176
第八章	通往艾辛格之路	…… 201
第九章	残骸和废墟	…… 227
第十章	萨鲁曼之声	…… 250
第十一章	真知晶球	…… 267

第四卷

第一章	驯服史麦戈	…… 289
第二章	沼泽之路	…… 315
第三章	黑门关闭	…… 340
第四章	香料和炖兔子	…… 358
第五章	西方之窗	…… 380
第六章	禁忌之池	…… 411
第七章	前往十字路口	…… 428

第八章　西力斯昂哥的阶梯　……442
第九章　尸罗的巢穴　……465
第十章　山姆卫斯先生的抉择　……481

插图目录

法贡森林
074

圣盔谷&号角堡及周边土地
181

欧散克塔
219

米那斯魔窟之门
441

米那斯魔窟&十字路口
445

尸罗的巢穴
455

尸罗巢穴平面图
464

第二段阶梯上的西力斯昂哥
504

天下精灵铸三戒，
地底矮人得七戒，
寿定凡人持九戒，
魔多妖境暗影伏，
暗王坐拥至尊戒。
至尊戒，驭众戒；
至尊戒，寻众戒，
魔戒至尊引众戒，
禁锢众戒黑暗中，
魔多妖境暗影伏。

The Two Towers

J.R.R. Tolkien

第三巻

第一章
波罗莫的告别

亚拉冈快步跑上山丘，不停地低身察看地面上的痕迹。霍比特人的脚步很轻，甚至连游侠都无法轻易辨识。不过，在距离山顶不远处有一道山泉横穿过小径，他在潮湿的泥地上找到了线索。

"如果我的判断没错，"他自言自语道，"佛罗多跑到山上去了，不知道他在那边看见了什么？不过，他又从原路跑了回来，再度冲下山。"

亚拉冈迟疑了。他很想前往山顶坐上王座，看看是否有迹象可以协助他在这一团困惑与混乱中找到出路，但是时间非常紧迫。突然，他纵身向前，奔上山顶，三两步奔过那巨大的石板圆圈，奔上了阶梯。然后，坐上王座，往四面看去。可是，太阳似乎黯淡下来，世界变得十分遥远灰暗。他举目四顾，除了连绵不断的山丘之外还是山丘，唯一特殊的地方是他又看见远处高空中有一只巨鹰，正在盘旋着缓缓飘降到地面去。

与此同时，他灵敏的听觉捕捉到了下方森林中，在河的西岸，有些不寻常的动静。他浑身一僵，听到底下传来喊叫声，让他恐惧的是，他可以分辨出其中有半兽人刺耳的吼叫。接着，突然在一声低沉的呐喊之后，传来了惊天动地的号角声；如闷雷般的号角声在山谷之间来回震动，甚至压过了瀑布的巨大声响。

"波罗莫的号角声！"他大喊着，"他需要我们的帮助！"他立刻跳下阶梯，连奔带跃冲下小径。"该死！今天运气真是坏透了，我做的每个决定都出错。山姆到哪里去了？"

随着他急促的脚步，此起彼落的叫喊声越来越大，但号角声开始渐渐变弱，变得越来越急迫。半兽人尖厉的嚎叫声此起彼落，然后，号角声突然间停止了。亚拉冈飞奔冲下最后一段斜坡，但是，在他抵达山脚之前，那些叫喊声就开始渐渐消退。当他转向左，冲向这些声音的源头时，他可以听见他们撤退了，最后化成一片死寂。他拔出圣剑，大喊着"伊兰迪尔！伊兰迪尔！"瞬间冲入树林间。

他在距离帕斯加兰不到一哩的湖边草地上发现了波罗莫。他背靠着一株大树坐在地上，仿佛正在休息。但是，亚拉冈注意到他浑身插满了黑羽箭。他手中虽然还紧握着宝剑，那武器却已经断折至柄，他的号角也被劈成两半，掉落在他身旁。许多半兽人的尸体横陈在他四周与脚前。

亚拉冈在他身旁跪下。波罗莫张开眼睛，挣扎着想要说话。最后，他终于挤出了几个字。"我试图从佛罗多手中夺过魔戒，"他说，"对不起，我罪有应得！"他的目光扫过倒下的敌人尸体，这儿至少有二十具尸体。"他们走了，霍比特人已经被半兽人掳走了。我想他们还没死，半兽人把他们绑了起来。"他停了片刻，眼睛疲倦地闭上，过了一会儿，他又继续说：

"永别了，亚拉冈！去米那斯提力斯拯救我的同胞吧！我失败了。"

"不！"亚拉冈握住他的手，亲吻他的眉心，"你击败了他们。没有多少人能赢得这种辉煌战果。安息吧！米那斯提力斯将永不陷落！"

波罗莫脸上露出了微笑。

"他们往哪个方向去？佛罗多在其中吗？"亚拉冈追问道。

波罗莫再也无法开口了。

"难道这是天意吗？"亚拉冈说，"卫戍之塔城主迪耐瑟的王储就这样离开了人世！这真是个痛苦的结局，远征队如今整个分崩离析，我才是真正失败的人，完全辜负了甘道夫对我的托付。我现在该怎么办？波罗莫把米那斯提力斯的重责大任交给了我，我内心也的确想要去那边；但是，魔戒和魔戒持有者呢？我要怎么找到他们，才能让这次任务不一败涂地？"

他泪流满面地发呆了片刻，当勒苟拉斯和金雳找到他时，他仍旧紧握着波罗莫的手。他们从山丘的西坡下来，静悄悄地如同狩猎者一般穿越了树林。金雳手中握着斧头，勒苟拉斯手中握着长刀，他的箭袋已经全空了。当他们来到草地上，一时之间都愣在当场。接着，两人不约而同低下头，为眼前的景象哀悼，他们都明白发生了什么事情。

"唉！"勒苟拉斯走到亚拉冈的身边说，"我们在森林中杀死了许多半兽人，早知如此，我们应该早点赶来这里。我们一听到号角声就赶了过来，但是，还是太迟了……你还好吧？"

"波罗莫死了，"亚拉冈说，"我毫发无伤，因为我根本没有和他并肩作战。他为了保护霍比特人而牺牲，而我却远在山丘上。"

"霍比特人！"金雳大喊道，"他们呢？佛罗多到哪里去了？"

"我不知道。"亚拉冈疲倦地回答，"波罗莫死前告诉我半兽人绑走了他们,他认为他们还活着。我派他前去保护梅里和皮聘;但是我来不及问他是否看到佛罗多和山姆。我今天所做的每件事都出差错,现在该怎么办?"

"我们必须先处理牺牲的弟兄。"勒苟拉斯说,"我们不能让他和这些该死的半兽人一起曝尸荒野。"

"但是我们必须快一点,"金雳说,"他不会希望我们在这里耽搁太多时间的。只要还有希望救回人质,我们就必须跟踪那些半兽人。"

"可是,我们不知道魔戒持有者是否和他们在一起,"亚拉冈说,"难道我们要舍弃他吗?我们岂不应该先去找他?眼前又是一个两难!"

"那么,就让我们先做能做的事情吧。"勒苟拉斯说,"我们没有时间和工具来妥善安葬伙伴,也没时间为他堆建坟墓。也许我们可以为他堆个石冢。"

"那会花上太多时间,而且水边又没有岩石可以利用。"金雳说。

"那么,让我们就把他和他佩带的武器放上船,并以那些被他击杀之敌人的武器作陪葬。"亚拉冈说,"我们让他航向拉洛斯瀑布,把他献给大河安都因。守护刚铎的大河会照顾他,至少不会让任何邪恶的生物冒渎他的遗体。"

他们迅速地从半兽人的身上收集到许多刀剑、劈裂的盔甲和盾牌,并将它们堆成一堆。

"你们看!"亚拉冈说,"这是他们用的东西!"他从一堆破烂的武器中找出两柄叶状的短剑,上面饰有金红两色的花纹;再进一步找寻后,他又找到了两个黑色、上面镶着小小红宝石的剑鞘。"这不是半兽人的东西！"他说，"这是霍比特人随身携带的武器。半兽人劫走他们，但却不敢留下这些短剑，因为它们是西方皇族打造的，上面被铸入了摧毁魔多之力的咒文。好吧，如果我们的朋友还活着，他们现在手无寸铁。让我先保管这些东西，只要不放弃最后一丝希望，我相信还是有机会把这些东西物归原主。"

"而我，"勒苟拉斯说，"会收集所有还可使用的箭矢，因为我的箭囊已经空了。"他在四周的地上以及武器堆中搜寻着，找到不少完好无损，但箭身比半兽人惯用的长的箭矢。他仔细端详着那些箭。

亚拉冈则在查看着地上的尸体，随后他说："这里有许多士兵不是来自魔多。根据我对半兽人的了解，他们有些是从北方的迷雾山脉来的。另外还有一些在我看来更奇怪，他们的装备完全不是半兽人惯用的！"

地上躺着四名身材十分魁梧的半兽人士兵，他们肤色黝黑，眼睛细小，有着格外粗壮的腿和很大的手。他们身上佩带着刀锋宽大的短剑，不是一般半兽人爱用的弯刀；而且，他们的长弓是紫杉木做的，在形状和长度上都与人类惯用的接近。他们的盾牌上有一个奇怪的徽记，在黑色的盾身中央有一个白色的手掌，在他们的头盔正面，有着用白色金属镶嵌的S形符文。

"我之前没看过这种徽记。"亚拉冈说，"不知道它们代表什么意义？"

"我猜是'索伦麾下'的意思。"金雳说，"很容易猜嘛！"

"不对！"勒苟拉斯说，"索伦不会使用精灵的符文。"

"而且，他也不会使用我们称呼他的名字，更不可能准许属下将它拼出来,甚至是放在头盔上。"亚拉冈判断道,"况且,他绝不可能使用白色,巴拉多要塞的半兽人使用的徽记,是血红眼。"他沉思了片刻:"我猜这是代表萨鲁曼。"良久,他终于作出判断:"艾辛格中邪恶酝酿,西方已经不再安全。正如甘道夫所担心的一样,萨鲁曼通过某种方法知道了我们的计划,他很有可能也知道甘道夫牺牲的消息。摩瑞亚的追兵可能躲过了罗瑞安的防守,或者是通过其他的路线到达了艾辛格,半兽人的脚程很快。不过,我想,萨鲁曼的情报来源绝对不止一个;你还记得在天空盘旋的那些飞鸟吗?"

"好啦,我们没时间猜谜了。"金雳说,"我们赶快处理波罗莫的遗体吧!"

"但在那之后我们还是要搞清楚这谜团,否则我们不可能作出正确的选择。"亚拉冈回答。

"或许根本没有所谓正确的选择!"金雳说。

矮人拿出战斧,砍下几根树枝。他们接着利用弓弦将这些树枝绑起来,最后将斗篷铺在其上,利用这个简陋的担架,他们将伙伴的尸体,以及刚才从他最后一仗中收集来的战利品,一同搬到岸边。这段路并不远,但因为波罗莫十分高大壮硕,对他们来说并不轻松。

亚拉冈站在湖边,看顾着担架,勒苟拉斯和金雳则匆匆赶回帕斯加兰。这里距离该处大概一哩左右,他们过了一段时间才划着两条船沿着湖岸回来。

"有件怪事!"勒苟拉斯说,"岸边只有两条船,我们找不到另一条。"

"半兽人到过那边吗？"亚拉冈问。

"我们找不到任何他们去过的蛛丝马迹。"金雳回答，"如果半兽人去过，他们应该会弄坏所有的船只，还包括那些行李。"

"等我们过去之后，我会再仔细检查那里的脚印。"亚拉冈说。

接着，他们将波罗莫放在小船的正中央，把灰色的精灵斗篷折好，垫在他的头下；三人梳理好他黑色的长发，让它披散在他的肩膀上。罗瑞安的金色腰带在他腰上闪闪发光。他们将他的头盔放在他身边，将被劈成两半的号角和断折的剑身剑柄放在他腿上；在他的脚下则放着敌人的武器。接着，他们将这条小船的船首绑在另一条的船尾，然后缓缓将他拖进水中。他们沿着湖岸伤心地划着，越过翠绿的帕斯加兰之后，就进入了大河湍急的主流中。托尔布兰达的陡峭山壁在阳光下反射着光芒，现在已经下午了。随着他们继续往南划，拉洛斯瀑布的水雾在他们眼前腾起，形成一片金色的迷雾。瀑布如同千军万马，奔腾的声响震动了附近静滞的空气。

他们哀伤地松开了安置波罗莫遗体的小船，他躺在船中，平静又安详，滑入流水的怀抱里。他漂过他们的船旁，水流载着他缓缓远去，其他人则是划动着船桨保持在原地。小船慢慢漂向瀑布，变成金色光芒中的一个黑点，然后突然消失了。拉洛斯瀑布依旧不变地发出怒吼声。大河带走了迪耐瑟之子波罗莫，从此，米那斯提力斯再也不见他的身影，他再也不能像过去一样，在每天清晨登上米那斯提力斯的城墙，瞭望魔王的领土。不过，日后，刚铎流传着一个传说：这条精灵的小船载着他穿越了瀑布和大湖，经过奥斯吉力亚斯的河岸，从大河安都因入海,在星光下漂向大海。

三名伙伴沉默不语地看着小船渐行渐远,然后,亚拉冈开口了。"白塔之民还在期待他的归去,"他说,"但是,他再也不能从山中或是海上回到他的故乡。"他缓缓开口唱道:

> 穿越洛汗一望无际的草原,
> 西风步履轻盈来到城墙边缘。
> "喔,漫游的风儿,今晚你从西方带来什么消息?
> 是否见到壮汉波罗莫在月光下的行迹?"
> "我见他策马越过七溪,越过宽广大江;
> 我见他疾行于荒野,进入北方,
> 那魔影遍布之地,自此音讯杳渺。
> 北风或许听见迪耐瑟之子的号角。"
> "壮哉波罗莫!从那高墙上我看向远方,
> 但你的身影却不再出现在那荒无人烟的地方。"

勒苟拉斯接着唱下去:

> 从那汹涌的海岸南风吹来,越过沙丘和岩石;
> 带着海鸥的哭喊飞向前,在那门口悲叹多时。
> "喔,低叹的风儿,南方是否有什么消息?
> 俊壮的波罗莫人在何方?他迟迟不归,我只能空等悲戚。"

"别问我他最后落脚何方——无数白骨
躺在白色沙滩,衬着黑色海岸,和天空的悲苦。
无数魂魄流入安都因,在海中消失无踪。
问那北风,问那北风可有他们的音讯传送!"
"伟哉波罗莫!向海的路过了那大门一直往南,
但你的身影却再也不会随燕鸥从灰暗海口回还。"

亚拉冈最后开口唱道:

北风穿过王者之门,越过那狂吼的瀑布;
清澈、炽烈的号角声刺破高塔旁的云雾。
"喔,强有力的风儿,你今天带来什么北方的消息?
勇者波罗莫去向何处?他已离此甚久,不知归期。"
"在那阿蒙汉山下我听见他的怒吼,他只身迎战无数顽敌。
他的破盾、断剑,随着滔滔江水流逝,
他骄傲的头颅、英俊的面容、威武的身躯已安息;
拉洛斯,金黄的拉洛斯瀑布,将他拥在怀里。"
"勇哉波罗莫!卫戍之塔将永恒地望向北方,
看着拉洛斯,金黄的拉洛斯瀑布,直到地老天荒。"

歌声结束了。然后他们转过小船,使尽全力逆着水流划回帕斯加兰。

"你们把东风留给我描述,"金雳说,"但我决定保持沉默。"

"也就这样了吧。"亚拉冈说,"在米那斯提力斯,他们承受东风的吹拂,却不会询问它任何消息,因为它来自邪恶之地。现在,波罗莫上路了,我们也必须尽快决定自己的道路。"

他搜检着眼前的绿色草地,迅速而详尽,不时弯身贴近地面。"半兽人没有来过这里。"他说,"否则,我会什么也看不出来了!我们来回走过的足迹都在这里,我看不出在大家分散去找寻佛罗多之后,有多少霍比特人回来过。"他转身走回岸边,仔细看着山泉流入大河的地方。"这里有几个很清楚的脚印。"他说,"一个霍比特人涉水走进河中,又跑了回来,但我看不出来是多久以前。"

"你猜这是怎么一回事?"金雳问道。

亚拉冈没有立刻回答,而是回到宿营地去检查行李的状况。"少了两个背包,"他说,"一个很明显是山姆那个又重又大的背包。那么,根据现场的状况分析,很显然佛罗多乘船离开了,而他的仆人则是跟他一起走了。佛罗多一定是在我们都离开之后回来过。我往山上走的时候遇见了山姆,请他跟我走;但他显然没有照做。他猜到了主人的心意,在佛罗多离开之前回到了这里。佛罗多发现要摆脱山姆恐怕没那么简单呢!"

"可是,他为什么不留下只言片语就离开我们?"金雳说,"这样真的太奇怪了!"

"而且也很勇敢,"亚拉冈说,"我想山姆说得对,佛罗多不想牵累任何朋友,和他一起踏上通往魔多的死路,但他知道自己非去不可。在他沉思的那段时间中,一定发生了什么事情,让他克服了恐惧和疑惑。"

"或许是那些半兽人找上他,他就这样跑了。"勒苟拉斯说。

"他的确是逃跑了,"亚拉冈说,"但是,我认为他并不是在躲避半兽人。"他并没有说出佛罗多突然下定决心和离开的原因。波罗莫最后的遗言将永远成为他心中的秘密。

"好吧,现在至少确定了一些事情。"勒苟拉斯说,"佛罗多已经离开河的这岸了,只有他会划走船。山姆和他在一起,只有他会拿走他的背包。"

"那么,我们的选择是——"金霹接着说,"要不划着剩下的船去追佛罗多,要不就是步行去追半兽人。两条路的希望都很渺茫,我们已经损失了最宝贵的黄金时间。"

"让我想想!"亚拉冈说,"现在愿我做出一次正确的抉择,扭转这不幸的一天!"他沉默了片刻。"我决定追踪半兽人。"他最后终于说,"我本来应该引领佛罗多前往魔多,一路到达最后的目标;但是,如果我现在前往荒野中寻找他,就等于袖手让被抓走的人质遭到折磨和杀害。我现在终于想明白了,魔戒持有者的命运不再由我掌控。远征队的任务已经完成了。但只要我们还有一口气在,就不能够舍弃战友。来吧!我们即刻出发,把所有不必要的行李都丢掉,我们将日夜兼程追赶!"

他们将最后一条小船拖上岸,藏在树林中。他们将所有不必要的行李藏在船上,然后离开了帕斯加兰。当他们回到波罗莫战死的草地时,天已经快黑了。他们找到了半兽人撤退的方向。由于半兽人向来做事草率粗鲁,要找到这些痕迹并不困难。

"世界上没有其他的种族会造成这样子的足迹,"勒苟拉斯说,"他们喜欢破坏甚至不在他们道路上的一切动物和植物。"

"即使是这样，他们的速度还是迅速无比，"亚拉冈说，"而且他们好像永远不知疲倦似的。不久之后，我们可能必须在寸草不生的硬地上追踪他们的足迹。"

"不管怎么样，赶快动身吧！"金霹不耐烦地说，"矮人的脚程也很快，而且我们的耐力并不会比半兽人丝毫逊色。这次我们可能要耗费很长的时间，他们已经领先很多了。"

"是的，"亚拉冈说，"我们都会需要矮人般的耐力。来吧！即使只有一线希望，我们也会紧追敌人到天涯海角。如果我们的速度能比他们快，他们就会尝到我们的怒火了！我们将会替人类、精灵和矮人，创造出前所未有的传说来。出发吧，三名复仇的战士！"

他如鹿般轻盈地拔腿疾奔，穿越浓密的树林。他领着他们片刻不停、不眠不休地赶路，现在他终于拿定主意了。很快，湖边的森林就被他们抛在背后。他们急如星火地在陡峭的山坡上飞奔，黑暗的山脊衬托着血红的落日，构成了一幅壮丽诡异的景象。暮色渐渐降临，他们化成模糊的影子，消逝在群山中。

第二章

洛汗国的骑士

暮色越来越浓,众人脚下的森林开始被迷雾所包围,安都因河旁也是水汽浓重,但天色依旧十分清明。星辰跃上天空,渐亏的皓月往西落下,岩石上的阴影漆黑无比。他们已经来到了多岩丘陵的山脚下,由于对方留下的痕迹不再明显,他们的速度也跟着减缓下来。在此,艾明穆尔高地分成两道狭长崎岖的山脊,从北往南延伸,每道山脊的西侧都十分险峻难行,但东侧的陡坡比较平缓,其中有许多溪谷和狭窄的地堑。三人一整晚就在这崎岖的地形中攀爬,先爬上了第一道最高的山脊,然后下到另一侧笼罩在黑暗中的弯曲山谷。

在黎明来临之前的凉爽空气中,他们短暂休息了一下。他们前方的月亮早已西沉,头顶上的星光却依旧灿烂;但是第一道曙光尚未越过背后黑暗的山丘。亚拉冈此时有些失去方位:半兽人的足迹下到了这处山谷,却也在这谷中消失了。

"你想他们会往哪个方向转?"勒苟拉斯问,"会像你猜的一样,向北往艾辛格,或向法贡森林直走?或者,他们会往南渡过树沐河?"

亚拉冈说:"不管他们的目标是哪里,他们都不会朝河走。除非洛汗国的状况比我们想象的还要糟,而萨鲁曼的影响力又大为增加,否则他们还是会以最短的路径穿越洛汗国。我们往北走！"

山谷像是条石造的沟渠一样在山丘之间蜿蜒，一条潺潺小溪奔流在谷底的乱石之间。众人的右边是一座陡峭的岩壁，左边则是在夜色中显得十分灰暗的山坡。他们又往北走了一哩左右。亚拉冈低头不停地搜索，希望能在通往西边山脊的崎岖的地形中找到一些线索。勒苟拉斯走在前方。突然间，精灵大喊一声，其他人立刻跑向他。

"看来我们已经赶上一部分敌人了。"他说，"你们看！"他指着前面，他们这才发现，前方山坡底下他们原先以为是一堆乱石的东西，是杂乱堆积着的尸体。一共有五名半兽人。他们浑身上下都是伤痕，其中两名连脑袋都被砍掉了。地上全都沾满了他们黑色的血液。

"这又是另一个谜团了！"金雳说，"但我们需要明亮的光线才能解开它，而我们目前却没有这样的余裕。"

"不过，不管你怎么样解读，这看起来都不算绝望。"勒苟拉斯说，"半兽人的敌人多半就是我们的朋友。这一带山区有任何居民吗？"

"没有。"亚拉冈说，"洛汗人极少来这边，而这里距离米那斯提力斯又很遥远。或许是一群人类为了我们不明白的原因在这里狩猎吧。不过，我觉得这可能性很小。"

"你觉得可能的状况是什么？"金雳问道。

"我认为敌人是自己窝里反。"亚拉冈回答，"这些是从远地来的北方半兽人。在这些尸体中并没有那些身材高大、佩戴奇怪徽记的半兽人。我推测他们在这里起了争执：对于这些家伙来说，这是很稀松平常的事情。或许他们为了该朝哪边走而争执不下。"

"或者是为了俘虏的处置方式，"金雳说，"希望他们不会也遭遇到了相同的命运。"

亚拉冈仔细搜索着附近方圆一大片地面，但找不到其他任何打斗的痕迹。他们继续往前走。东方的天空已经开始微亮，星辰正在缓缓下沉，灰色的光芒正缓缓浮现。他们往北又走了一段路之后，来到了一片洼地。在此，一条小溪切穿了岩石，淅哩哗啦地流入山谷中。洼地中生长着一些矮灌木，两边则长着许多翠绿的青草。

"啊！"亚拉冈松了一口气道，"这就是我们一直在找寻的足迹！沿着这条水道，它就是半兽人在经过争执之后选择的路线。"

追兵们很快地转过身，跟着新的踪迹继续赶路。由于发现了新线索，一群人仿佛经过整夜的休息一般精力充沛，在嶙峋的岩石间蹦跳奔驰。他们好不容易终于奔上了灰色的丘陵，突如其来的和风吹拂过他们的斗篷和发际；这是黎明前的清寒柔风。

众人不约而同地转过身，看着河对岸远方渐渐模糊的山丘。天已经亮了。镶着红边的太阳从黑暗的地平线露出头来。他们眼前是静滞不动的西方世界，朦胧灰暗；但是，就在他们凝望的同时，黑夜渐渐消融，大地重新拾回缤纷色彩；绿色的浪潮重新掩盖了洛汗大地，河谷间飘荡着白色迷雾，在他们左方大约九十哩，是闪耀着蓝紫色光芒的白色山脉；尖锐陡峭的山峰顶上覆盖着烁亮的白雪，正反射着玫瑰色的晨光。

"刚铎，刚铎！"亚拉冈忍不住大喊，抒发胸中之气，"不知何时我才能得见你的容颜！我的道路依旧无法和你闪耀的河川汇流。"

刚铎！刚铎，介于高山和深海间的宝地！

西方吹拂，光芒照在银树里，

如同闪亮的雨滴一般，在古代的御花园中洒落。

喔，骄傲的高墙！白色的尖塔！有翼的皇冠和那黄金的宝座！

刚铎，刚铎！人类是否能见到银色圣树，

西风是否会再度于高山与深海间吹拂？

我们该走了！"他将视线从南方移开，转向他必须前往的西方和北方。

他们所站立的山脊，在他们脚下变成快速倾斜的陡坡。在底下大约一百二十多呎远的地方，一片宽大、凹凸不平的岩棚突然被险峻的峭壁所取代：这是洛汗国的东墙。这就是艾明穆尔高地的尾端，眼前则是骠骑国一望无际的绿色草原。

"你们看！"勒苟拉斯指着湛蓝的天空大声说道，"又是那只巨鹰！它飞得很高，似乎正准备远离这块土地，回到北方去。它的速度非常快，你们看！"

"我们看不见，亲爱的勒苟拉斯，连我都看不见它的踪影。"亚拉冈无可奈何地说，"它一定飞得非常高，如果我们之前看到的就是它，不知道它究竟在执行什么样的任务……你们看！更紧急的状况逼近了，草原上有什么东西在移动！"

"应该是很多生物才对，"勒苟拉斯说，"我只能看出那是一大群步行生物，但我没办法判断它们的种族。它们距离我们好几十哩，我猜至少三十六哩以上，这块大平原很难让人准确估计它的距离。"

"我想，现在我们已经不需要任何足迹来指引方向了。"金雳说，"我们快点找条路，尽快赶到底下的平原去。"

"我很怀疑，我们能否找到除了半兽人所走的之外的快捷路径。"亚拉冈分析目前的情势之后，神情凝重地说。

如今他们是在明亮的天光中追赶敌人。看来那些半兽人似乎也在拼命拔足狂奔。三名追击者不时可在路边找到遗落或是抛弃的物品：食物袋、灰色的硬面包残屑、一件撕破的黑斗篷、一双在岩石上踏破的沉重铁底鞋。对方留下的痕迹让他们一路来到了陡坡的顶端，最后他们来到一道被一条溪流深深切穿的裂罅前，溪流奔腾喧哗着冲下了悬崖。在狭窄的溪谷中，他们找到一条一路陡直下到平原去的简陋石梯。

在道路的底端，他们脱离了多岩的地形，来到了洛汗国的大草地上。如此突然的转变，让众人都觉得十分突兀。这块绵延不断的大草地，如同绿色的大海一般绵延到了艾明穆尔高地脚下。从上方流下的溪水隐没在及膝高的水生植物和杂草之间，众人都可以听见它潺潺的流水声，沿着缓坡向下朝着远方的树沐河谷而去。他们似乎已把冬天抛在身后的高地上，此地的空气比较温暖、柔和，似乎还飘着春天特有的草叶和花朵的芬芳。勒苟拉斯深吸一口气，仿佛长期在荒漠中饱受干渴之苦的旅人，终得品尝甘泉一般地享受这一切。

"啊！这种绿意盎然的味道！"他说，"比饱睡一顿更令我精力充沛，让我们快跑吧！"

"轻巧的脚步能在此地跑得更快。"亚拉冈说，"或许，可以胜过穿着铁鞋的半兽人。现在我们终于有机会赶上这些家伙了!"

他们排成一行,像是闻到猎物的猛犬一般狂奔,眼中闪烁着急切的光芒。半兽人粗鲁的步伐,将草地往西的方向践踏得满目疮痍,洛汗甜美的草原被他们割出一道道乌黑的伤痕。突然间,亚拉冈大喊一声,向旁边奔去。

"留在那里!"他匆忙大喊,"先别跟过来!"他飞快地向右跑去,离开那道明显的主痕迹;因为他发现了一对没有穿铁鞋的小脚印冲向这方向。不过,隔不了多远,这些脚印就被从主痕迹前后两面赶来的半兽人脚印追上截断。接着杂沓的脚印急转又回到原来的路上,消失在大军狂奔的脚印里。亚拉冈在小脚印出现的最远处弯下身,捡起草地上的某样东西,然后又跑了回来。

"没错,"他说,"这很显然是霍比特人的脚印,我想应该是皮聘的,他个子比其他人都小。你们看看这个!"他捡起一样在阳光下闪耀的东西,看起来像是山毛榉树上的新鲜嫩叶,在这片无树的大草原上显得分外美丽又格格不入。

"这是精灵斗篷的别针!"勒苟拉斯和金雳不约而同地大喊。

"罗瑞安的叶子绝不会无故落下。"亚拉冈说,"这不是意外,这是他留给任何可能追来的援兵的记号。我想皮聘就是为了这目的才跑到这边来的。"

"那么,至少他还活着,"金雳说,"也没有放弃使用他那双腿和他的小脑袋,这真让人振奋,我们的追赶不是徒劳无功的。"

"我们只能希望,他没有为如此勇敢的行为付出太大的代价。"勒苟拉斯说,"来吧!我们继续赶路!我一想到这些快活的小家伙,被像是畜牲一般地驱赶,就觉得心痛不已。"

太阳爬到半空,接着又缓缓落下。单薄的云朵从极南的海面上飘来,随即又被微风吹散。太阳落下地平线,阴影从东方开始四野蔓延;猎人们依旧紧追不舍。波罗莫去世已经过了一天,半兽人依旧还保持着相当远的距离,他们在这块大平原上,已经无法看见对方的行踪。

在夜色渐渐降临的同时,亚拉冈停了下来。在这一整天的跋涉当中,他们只休息了两次,此时,他们已经距离天亮时出发的峭壁三十六哩之远。

"看来我们又要做一个困难选择了。"他说,"我们应该趁夜色休息,还是把握体力尚可的时候继续赶路?"

"除非我们的敌人也停下来休息,不然只要我们停下脚步,他们就会把我们远远抛在后头。"勒苟拉斯说。

"即使是半兽人也不会这么拼命吧?"金雳说。

"半兽人极少在光天化日下行军,但这群半兽人却毫无顾忌。"勒苟拉斯说,"想当然尔,他们不会在晚上休息。"

"可是,如果我们在晚上赶路,就没办法看清楚他们的脚印了!"金雳争辩道。

"他们留下的痕迹是笔直的,就我所看到的蛛丝马迹判断,他们不会往左也不会往右走。"勒苟拉斯说。

"在黑暗中我也许可凭猜测领你们走在可能的路线上,"亚拉冈说,"但是如果我们走岔了路,或是他们中途转向,那么,在天亮之后我们可能会花更多的时间重新找回原路。"

"而且,也别忘记,"金雳说,"只有在白天,我们才能看见是否有其他离开的足迹。如果又有俘虏逃跑,或者是有人被带往东方的安都因河,往魔多的方向去,我们都可能错失这些迹象,盲目地继续赶路。"

亚拉冈说:"的确如此。若是我的猜测没错,白掌徽记的半兽人夺得了主控权,现在整个部队是往艾辛格移动,他们目前的走向和我所猜想的一样。"

"不过,目前的迹象还不足以完全断定他们的意图。"金雳说,"脱逃的俘虏又怎么办?在黑暗中,我们可能会错失稍早时让你找到别针的足迹。"

"从那之后半兽人一定已经加强了警戒,而俘虏们也会变得太疲倦而无法逃出他们的掌握。"勒苟拉斯推断道,"除非有我们的协助,否则他们绝对难以逃脱。至于要如何救他们,现在我还不知道,但我们得先赶上他们再说。"

"可是,即使是我这个饱经旅途历练、体力丝毫不比我族人逊色的矮人,也无法中途毫不休息一路跑向艾辛格。"金雳说,"我也觉得很心急,我宁可当初就早点出发,但现在我得休息一下才能跑得更快。如果我们要休息,最好是趁着天色正黑的时候。"

"我说过这是个很艰困的选择。"亚拉冈说,"我们该怎么结束这场争辩?"

"你是我们的向导,"金雳说,"你也最擅长在野外追踪,应该由你决定。"

"我的心敦促我该继续走,"勒苟拉斯说,"但我们必须集体行动,我愿意听从你的决定。"

"你们实在是找错人了!"亚拉冈说,"自从我们穿过亚苟那斯峡之后,我的每个抉择都带来了厄运。"他沉默下来,在夜色之下,往北方和西方察看了很长的时间。

"天色一黑我们就停下来,"最后,他终于说,"我不敢冒着错失足迹的危险,如果月光还够,我们可以利用它继续赶路;可惜的是,月亮今天会很早落下,而且也不够亮。"

"反正今晚它也会被云雾遮盖。"金雳喃喃自语道,"真希望女皇当初把赐给佛罗多的光明赐给我们!"

"我想佛罗多会比我们更需要它。"亚拉冈说,"真正的任务是在他的身上。我们的部分不过是历史浪潮中的一个波澜而已。或许一开始就注定会是一场徒劳,而现在我不论做什么选择都无济于事。但既然我已经下了决定,我们就好好利用这段时间吧!"

他躺了下去,立刻陷入沉睡。从在湖边靠岸的那晚,这是他第一次阖眼。天还没亮,他就醒了过来。金雳依旧沉睡着,但勒苟拉斯如同一株年轻的树木沉默伫立在无风的夜里,若有所思地凝望着北方的黑暗大地。

"他们在很远很远的地方。"他哀伤地转向亚拉冈说,"我心里知道他们今晚没有停下来休息。现在,只有老鹰可以赶上他们了!"

"无论如何,我们还是要尽力追赶。"亚拉冈坚定地说。他弯下身,叫醒矮人:"来吧!我们得走了!他们的足迹已经开始变冷了。"

"可是天还没亮,"金雳说,"即使派勒苟拉斯站在山顶,在天亮前他也看不到他们。"

"我恐怕他们已经远离我的视力范围,不论我是站在山上、平原,还是在月光或日光下,都看不见他们了!"勒荀拉斯说。

"就算看不见,大地还是会留下线索的。"亚拉冈说,"在他们被诅咒的双脚下,大地会发出哀嚎。"他平趴在地上,耳朵贴着地面,动也不动,时间久到金雳以为他是昏过去了还是又睡着了。曙光乍现,灰白的光芒逐渐将三人包围。最后,他终于站了起来,伙伴们这才看见他的面孔:苍白、紧绷,神情充满忧虑。

"大地的哀嚎非常微弱、混乱。"他说,"我们方圆数十哩内都无移动之物,敌人的脚步声非常遥远、微弱,但是,一直有着十分清晰的马蹄声。我这才想起来,在梦中一直有马蹄声骚扰我的安眠:马匹在西方不停地奔驰。但现在它们朝向北方奔驰,离我们越来越远。不知道这里到底发生了什么事情!"

"我们赶快走吧!"勒荀拉斯说。

就这样,追击的第三天揭开了序幕。在这云朵不时遮蔽太阳的一整天中,他们几乎没有停下来;有时快步,有时狂奔,仿佛没有任何疲倦能够熄灭他们胸中的火焰。他们几乎一言不发,在空旷沉寂的四野中,三人所披着的精灵斗篷让他们完美地融入灰绿的草原;即使是在中午清冷的阳光下,除了精灵之外,没有人能够看见他们,除非他们近在咫尺。他们心中时常感谢赐给他们精灵干粮兰巴斯的罗瑞安女皇;因为,即使是在奔跑中,这些干粮每一口都替他们带来了新的力量。由于敌人持续朝着西北方向前进,他们整天都循着笔直的脚印穷追不舍。

到了黄昏的时候，他们来到了一处毫无树木的斜坡前，地势在此隆起，向前延伸到一连串起伏的丘陵。半兽人的足迹朝北边丘陵地前进，却也变得比较模糊；因为这区的土地变得比较坚硬，草也变得比较短。在左方远处树沐河转了个弯，成为绿色大地上的一条银线。极目所及没有任何移动的事物。亚拉冈开始怀疑，为何完全没有看见野兽或是人类的踪迹？洛汗国主要的人类聚居地还在南边许多哩的地方，也就是在白色山脉的森林边缘，极目望去，该处现在隐藏在白色的迷雾之中。不过，这些牧马王们曾在东洛汗放牧了许多马匹和牲畜，即使在冬天的时候，此地也应该常见寻水草而居的牧人们的帐篷和牲口才对。但现在，整片大地上空无一物，空气中似乎隐藏着暴雨欲来的紧张气氛。

到了傍晚时分，他们又停了下来。现在他们和艾明穆尔的峭壁已经距离七十二哩，它的身影也已经消失在东方的阴影中。新月在天空飘浮的云霭间闪烁，无法给大地带来多少光亮，星辰也黯淡无光。

"我现在最痛恨的一件事，就是休息和停顿！"勒苟拉斯说，"半兽人已经超前了，仿佛索伦的鞭子在驱赶着他们一般。我担心他们可能已经抵达了森林和幽暗的山丘中，现在甚至已经进入阴影遍布的森林里了。"

金雳咬牙切齿地说："如果真是这样，我们的希望和努力就全都落空了！"

"希望或许是落空了，但努力不会白费。"亚拉冈说，"我们不能在这个时候气馁，可是，我感觉十分疲惫。"他的目光顺着原先的来路，回望夜色越聚越浓的东方："我觉得这片大地上有某种怪异的力量在运作。这种诡异的寂静让我觉得不安,连这苍白的月亮都让我难以信任,星辰也隐没不见。我过去从未有过如此疲惫的感觉,对于一名游侠来说,在有如此清晰可追的足迹时,根本不该感到如此疲惫的。有某种力量赐给我们的敌人,让他们健步如飞,却又在我们面前设下隐形的障碍,让我们的意志感到疲惫,而不只是身体疲劳。"

"你说得没错!"勒苟拉斯说,"自从我们一下艾明穆尔高地,我就有同样的感觉。那种意志似乎不在我们身后,而是在我们前方。"他指向越过洛汗国,在一弯明月下显得黑沉沉的西方。

"萨鲁曼!"亚拉冈嘀咕着,"我们绝不能让他得逞!但我们必须再次休息。你们看,连新月都已经落入了云雾之中。不过,明天一早,我们得继续往北方的草原进发。"

和前一天一样,勒苟拉斯第一个醒来,如果他确实阖过眼的话。"醒来!醒来!"他大喊着,"已经天亮了,森林的边缘有什么东西在等待着我们。我不知道那究竟是吉是凶;但我们必须响应它的召唤。快醒来!"

其他人立刻跳了起来,几乎立刻就开始拔腿狂奔。慢慢地,山丘越来越接近,当他们赶到山丘地带时,离正午大约还有一小时。绿色的山坡向上伸展到一路笔直向北延伸的、光秃秃的山脊。他们脚下的土地十分硬实,杂草也相当粗短,在他们和远方的河流之间有一块十哩方圆的洼地,河流穿行在茂密的芦苇和灯芯草丛里。往西方看去,他们可以看到最南边的山坡上有一大圈饱经践踏的草地,从那块区域,半兽人的脚印又开始沿着山丘的边缘继续往北延伸。亚拉冈停下脚步,仔细检查那些脚印。

"他们在这边休息了一下,"他说,"但即使是外缘的痕迹,也已经有一段时间了。勒苟拉斯,我恐怕你内心的直觉是正确的,距离半兽人在这里出没,我猜已经整整过了一天半的时间了。如果他们保持同样的速度,那么在昨天日落时分,他们就抵达法贡森林的边缘了。"

"不管往西或是往北,我都只能看见绵延伸入迷雾中的青草。"金雳说,"如果我们爬上山丘,可以看见那座森林吗?"

"森林还在很远的地方。"亚拉冈说,"如果我没记错,这些丘陵一路往北大概有二三十哩,然后,向西北过了树沐河之后,还要越过大约四五十哩的开阔地才会到达森林。"

"那么,我们还是继续吧。"金雳说,"我的腿必须忘掉这些哩数;如果我的心不再那么沉重,两条腿跑起来就不会那么辛苦。"

当他们好不容易来到丘陵的尽头时,太阳也开始落下了。他们已经马不停蹄地奔驰了许多个小时,现在脚步已经开始变慢了,金雳的背也弯了。矮人面对艰苦劳动和长时间跋涉,都能如同顽石一般的坚毅,但这场永无止尽的追逐,在他心中的希望整个落空之后,开始让他难以为继。亚拉冈一言不发,面色凝重地走在他后面,不时弯下身来检查地面上的痕迹或是脚印。只有勒苟拉斯的脚步依旧轻快,他的脚几乎完全不着草地,没有留下任何痕迹。精灵的干粮足以提供他所有需要的体能;而且他能睡觉,如果人类能称此为睡觉的话——他能一边睁着眼睛走在这世界的日光下,一边让他的大脑沉睡游走于精灵的迷离梦境中。

"让我们先爬上这座绿色山丘吧！"他说。疲惫的两人跟着他爬上长长的斜坡，一直到山顶为止。那是一座圆形且光秃的山丘，独自孤立在一串丘陵的最北端。夕阳西下，夜色仿佛帘幕般笼罩四野，他们似乎孤身处在毫无任何起伏的灰色世界中。只有在遥远的西北方，渐逝的天光下有一团更深的阴影，那是迷雾山脉和它脚下的森林。

"我们在这边看到的东西，都无法指引未来的道路。"金雳说，"好吧，我们又得要停下来休息，等待黑夜过去。天气怎么越来越冷了！"

"风是从北方的积雪往这边吹过来的。"亚拉冈说。

"早晨又会开始吹东风的。"勒苟拉斯说，"倘若你们需要的话，就休息吧。但别放弃所有的希望。明天还是个未知数。太阳升起时，通常都会带来新的希望。"

"在这趟追逐中，太阳已经升起三次了，却什么也没带给我们！"金雳说。

夜晚变得寒意逼人。亚拉冈和金雳陷入熟睡，每当他们醒过来时，都会看见勒苟拉斯站在他们身旁，或不停来回踱步，或用自己的语言低声唱着歌谣；在他的歌声下，深黑的天空绽放出一颗颗星斗。如此，黑夜缓缓消退，三人一起看着曙光慢慢在无云的天空中展现，直到最后太阳升起。天空十分清朗，东风将所有的雾霭吹散；在清冷的日光下，环绕在他们四周的是宽广苍凉的大地。

在前方和东方，他们看见洛汗国风吹草低的高地，和多天前在大河边看到的景象并无二致。西北方则是黑暗的法贡森林，它阴暗的前缘距离三人大约还有三十哩远，森林的尽头则消逝在远方的蓝色天空下。

在更远处,是仿佛飘浮在灰色云海中的马西德拉斯峰,也就是迷雾山脉的最后一座山峰。树沐河从林中流出,河道很窄,水流湍急,在它两旁的河堤陡直深切;半兽人的脚印从山脚下转向河边。

亚拉冈锐利的目光跟着那足迹移向河边,接着越过河堤朝向森林,他看见远方的绿地上有一块急速移动的暗影。他立刻趴向地面,再次仔细地倾听着。勒苟拉斯则是站在他旁边,用他纤细的手指遮住日光,看向远方。在他烁亮的眼中那不是黑影,而是骑兵小小的身影,许许多多的骑兵,晨光闪耀在他们手中长枪的枪尖上,犹如天上闪烁的繁星,远超过凡人的双眼所能分辨。在他们背后更远的地方,有一股袅袅上升的黑烟。四野一片寂静,连金雳都可以听见风吹过草原的声音。

"骑兵!"亚拉冈跳起来大喊道,"很多骑着快马的骑兵,正朝着我们冲过来了!"

"没错,"勒苟拉斯说,"共有一百零五匹,他们拥有金黄色的头发和闪亮的长枪,为首之人身形十分高大。"

亚拉冈微笑道:"精灵的眼光果然锐利。"

"才不算呢!这些骑士距离此地不过只有十五哩而已!"勒苟拉斯说。

"不管一哩还是十五哩,"金雳说,"在这种空荡荡的平原上我们都逃不掉。我们应该在此等待他们,还是继续赶我们的路?"

"我们在这边等。"亚拉冈说,"我已经很疲倦了,我们的追踪也已经失败了。至少已有其他人赶在我们前面;这些骑兵是沿着半兽人的足迹骑过来的。我们或许能从他们那边获得新消息。"

"或是尝到枪尖的滋味。"金雳说。

"我看见有三匹马没有骑士,但未发现任何霍比特人的踪影。"勒苟拉斯说。

"我没说我们会听到好消息。"亚拉冈说,"但不管是好是坏,我们都必须在这边等待。"

三人离开山顶,缓缓走下北边的山坡,避免让自己在清朗的天空下成为清楚的目标。在山脚不远处他们停下脚步,裹着斗篷靠在一起坐下来。时光沉缓地流逝,风不大但十分寒冷,金雳觉得十分不安。

"亚拉冈,你对这些骑士知道多少?"他问道,"我们在这边枯等,算不算坐以待毙?"

"我曾经和他们一起生活过。"亚拉冈回答,"他们是骄傲、固执的民族,但也是言出必信、光明正大、心地慷慨的人;他们勇敢但不残酷,睿智但并非饱读诗书;他们不以文字记录历史,但以歌谣记述一切,就像是黑暗年代之前的初始人类。但我不知道他们近年来的演变如何,我也不知道在叛徒萨鲁曼和索伦的威胁之下,这些骠骑国的子民有什么变化。他们和刚铎的百姓之间有绵长的友谊,不过在血缘上却没有任何关系。许久之前,他们由年少的伊欧带领离开北方地区,他们的血统,其实和谷地的巴德族人或是和森林的比翁一族比较接近。现在你还是可以在那边看到如同洛汗国的骑士一般高大俊美的人类。至少,他们绝不会喜欢半兽人。"

"可是,甘道夫提到过,谣传他们向魔多进贡的消息。"金雳说。

"我跟波罗莫一样都不相信这种说法。"亚拉冈回答道。

"你们很快就会知道答案的。"勒苟拉斯说,"他们已经开始靠近了。"

不久之后,连金雳都可以听见震耳的马蹄声。骑兵们跟随着足迹,已经从河边转向,朝丘陵地带奔来。他们行动迅捷如同疾风一般。

一阵清澈、嘹亮的呼喊声响彻了草原。突然间,这群骑着骏马的人像暴雷一般席卷而来,最前方的骑士一马当先,带领大队沿着丘陵西边的低地奔驰;后面跟随着的骑士个个都无比健壮,穿着闪亮的锁子甲,场面十分剽悍壮观。

他们的骏马高大壮硕,四肢匀称,灰色的皮毛在阳光下闪耀着,长长的马尾随风飞舞,经过仔细梳理的鬃毛在高昂的脖子上左右摇晃。马上的战士与他们的坐骑十分相配:英姿焕发,身材高大,浅金色的头发在轻盔底下飘动,并在脑后绑成许多的细辫子,脸上则有坚毅和骁勇的神色。他们的手中拿着白杨木的长枪,五彩斑斓的盾牌挂在背上,腰带上别着长剑,精工打造的锁子甲则是垂到膝盖。

他们两人一组,以紧密的队形前进,不时地往左右两边扫视着。不过,骑士们似乎没有注意到,在草地上坐着闷不吭声看着他们的三名陌生人。直到马队快要完全通过的时候,亚拉冈才突然站起来,大声呼喊道:

"洛汗国的骠骑啊,北方有什么消息?"

所有的骑士,皆以迅雷不及掩耳的惊人速度与技巧拉定马匹,拨转马头包抄围冲上来。很快地,三人就被一群骑士策马团团围在中心,骑士们驰上他们背后的山丘又奔下,围着他们绕了一圈又一圈,包围圈越缩越小。亚拉冈沉默地站着,另两人则是动也不动地坐在他身边,不知接下来情势会如何发展。

毫无预警地,骑士们突然停了下来。密密的长枪一起指向圆心中的三人;有些骑士手中已经弯弓搭箭,随时准备攻击。接着,一名高过其余众人的高大骑士策马向前,他的头盔顶端装饰着一束飞舞的白色马尾,他一直前进,直到枪尖距离亚拉冈的胸口不到一呎时才停下来。亚拉冈丝毫不为所动。

"你是谁?在这块土地上有何贵干?"骑士使用西方的通用语质问道,他的口气与腔调和刚铎人波罗莫很像。

"大家叫我神行客。"亚拉冈回答道,"我来自北方。我正在追猎半兽人。"

那骑士从马背上一跃而下,他把长枪交给随行另一名跃下马的同伴,自己则拔出长剑,面对面仔细地打量着亚拉冈,眼中露出十分诧异的神情。最后,他开口了。

"一开始我还以为你是半兽人,"他说,"但我现在看出来情况不是那么一回事。如果你想以这么简陋的装备去猎杀半兽人,恐怕你对敌人的了解并不多。他们速度快、全副武装,而且数量庞大。如果你追上他们,可能反而会从猎人变成猎物。不过,神行客,你有些与众不同的地方!"他清亮的目光再度扫视着这名游侠:"你给我的名字绝非普通人,你们的装扮也十分特殊,难道你们是从草丛里面跳出来的吗?你们是怎么躲过我们的侦察的?你们是精灵吗?"

"不,"亚拉冈说,"我们之中只有一名精灵,勒苟拉斯是来自远方幽暗密林的精灵。不过,我们之前通过了罗斯洛立安,精灵女皇赐给我们她的祝福和礼物。"

那名骑士用更吃惊的神情看着他，但眼神却变得更为冷硬。"那么，果然如同传说中的一样，黄金森林中有一位女皇！"他说，"根据传说，没有多少人能逃过她的罗网。这可真是个怪异的年代！但是，如果真如你所声称的一样，她祝福了你们，那么你们必然也是编织罗网的恶徒和妖术师。"他冰冷的目光突然转向金雳和勒苟拉斯，质问道："沉默的两位，你们为什么不说话？"

金雳起身，叉开双腿稳稳站定，他的手已经握住了斧柄，暗色的眼眸中闪动着怒火。"骑士，亮出你的名号，我就会告诉你我是谁；然后，我可能还有更多东西可以给你。"他说。

"按理说，"骑士低头瞪着矮人说，"陌生来客应该先报出自己的名号。不过，好吧，我是伊欧蒙德之子伊欧墨，骠骑国的第三元帅。"

"那么，伊欧蒙德之子伊欧墨，骠骑国的第三元帅，让矮人葛罗音之子金雳警告你不要随口乱说；你侮蔑的人物高贵圣洁超乎你想象，这种行为只能用愚蠢来形容！"

伊欧墨的双眼冒起愤怒的光芒，洛汗国的士兵们举起长枪，愤愤低语着逼近。"矮人先生，如果你够高的话，我会把你的脑袋连胡子一起砍掉。"伊欧墨说。

"还有我在，"勒苟拉斯用人眼无法分辨的速度弯弓搭箭，瞄准对方，"在你挥剑之前，就会被我一箭射死。"

伊欧墨举起剑，如果不是因为亚拉冈举起手，用身体挡住两人，一切可能会以悲剧收尾。"伊欧墨，请听我一言！"亚拉冈大喊着，"如果你多了解一些真相，你就会明白为何我的同伴如此愤怒。我们对洛汗国和它的子民都没有恶意，不管是马匹还是人类都一样。在你挥剑之前，愿意倾听我们的解释吗？"

"好吧，"伊欧墨放下长剑，"但在这个世风日下的年代，洛汗国境中的陌生人最好不要如此咄咄逼人。你先告诉我，你的真名。"

"请先告诉我你效忠什么人。"亚拉冈说，"魔多的黑暗魔君索伦，是你的朋友还是敌人？"

伊欧墨回答道："我只服侍洛汗国的骠骑王，塞哲尔之子希优顿。我们并不听从远方黑暗大地的指挥，但我们也还没有和它公开宣战；如果你在躲避他的追捕，那最好赶快离开这块土地。我们的边境近来纷争不断，还受到各种威胁；但我们只希望能够自由自在地按照自己的方式生活，如同过往一样，不需要服侍任何外地的君王，管他是善良还是邪恶。在比较平静的日子里面，我们会慷慨地欢迎来客，但在这样的局势中，不请自来的客人将会发现我们迅速且冷酷。直说吧！你到底是谁？你又服侍什么人？你是奉谁的命令在我们的领土上猎杀半兽人？"

"我不听命于任何人，"亚拉冈说，"但索伦的爪牙不管逃到什么地方，我都不会放过他们！这世界上没有多少人比我更了解半兽人，我以这样的装备追杀他们乃因别无选择。他们俘虏了我们的两位朋友。情势所逼，没有坐骑的我们不惜徒步奔行百哩，而我也不会请求别人恩准我们的追击。当然他们不可能乖乖就缚，但我们会用刀剑来计算敌人的脑袋，我们并非手无寸铁的猎人。"

亚拉冈一挥手掀开斗篷，精灵制作的剑鞘闪闪发光，当他抽出安都瑞尔圣剑时，仿佛有道白净的火焰流泻而出。"伊兰迪尔万岁！"他大声道，"我是亚拉松之子亚拉冈，我又被称作伊力萨王，'精灵宝石'，登纳丹，我是刚铎的埃西铎之直系子孙。这就是传说中断折的圣剑重铸！你是要协助我还是阻挠我？赶快作出决定！"

金雳和勒苟拉斯惊讶地看着这位同伴，因为之前从未看过他以这样的气势说话；他的身形似乎突然间暴增，而伊欧墨则是缩小了；在那短短的片刻，他们在他脸上捕捉到了一抹亚苟那斯的君王雕像上的威严与力量。有那么一瞬间，勒苟拉斯的双眼似乎看见亚拉冈的眉心闪起一道白色的火焰，犹如一顶闪烁发光的皇冠。

伊欧墨后退了几步，脸上同样也挂着吃惊的表情。他骄傲的双眼低垂，"这可真是怪异的年代啊，"他低声道，"梦幻和传说，竟活生生从草地上冒了出来！"

"告诉我，大人，"他问道，"是什么让你驾临此处？那些黑暗预言到底是什么意思？许久之前迪耐瑟之子波罗莫经过此地前去找寻答案，而我们借给他的骏马却独自跑了回来。你们从北方带来了什么样的末日预兆？"

"我们带来的是自由选择的机会，"亚拉冈说，"把我的话转述给希优顿：战争即将爆发，他可以选择和索伦并肩作战或是对抗他。世间一切都将改变，人们将不再能够拥有属于自己的事物，但是，这些东西我们可以稍后再谈。如果时机恰当，我会亲自和骠骑王见面。但现在我急需诸位的帮助，至少让我知道目前的状况。你刚刚已经知道，我们在猎杀一群抓走我们朋友的半兽人部队，你有什么情报可以透露给我们？"

"你们不需要再追了，"伊欧墨说，"半兽人已经被我们歼灭了！"

"那我们的朋友呢？"

"我们只找到半兽人。"

"这真是太奇怪了！"亚拉冈说，"你们搜寻过那些尸体吗？有没有不属于半兽人的死者？他们的体型比较小，在你们眼中看起来和小孩一样，没有穿鞋子，身上披着灰色的斗篷。"

"我们没发现任何侏儒或是小孩的踪影，"伊欧墨说，"我们清点了所有的死者，将尸首彻底破坏，最后依照我们的习俗，把尸体堆积起来烧掉，那里现在还在冒烟呢。"

"我们说的不是小孩或是矮人，"金雳说，"我们的朋友是霍比特人。"

"霍比特人？"伊欧墨大惑不解地反问，"他们是什么生物？这名字听起来好奇怪。"

"他们的确也蛮奇怪的，"金雳说，"但他们是我们的好朋友。就眼前的状况看来，你们似乎已经听说了米那斯提力斯的谜语，谜语中提到了半身人，这些霍比特人就是半身人。"

"半身人！"伊欧墨身边的骑士哈哈大笑，"半身人！这些只是出现在北方童话和儿歌里面的矮家伙罢了，我们到底是脚踏当下的绿草地，还是活在远古的传说中啊？"

"这是有可能同时发生的，"亚拉冈说，"因为只有后人才会将我们的历史化为传说。你说绿草地吗？虽然你是明明觉得脚踏实地，这块土地将来也会变成人们的传奇的！"

"时间很紧迫了！"那骑士假装没听见亚拉冈所说的话，"大人，我们必须赶快往南走。我们别管这些做梦的野人了吧。或者，我们也可以把他们抓起来，带去给国王。"

"别着急，伊欧参！"伊欧墨用自己的语言说道，"先到一旁去别吵我。让部队在路上集结待命，随时准备赶往树沐河。"

伊欧参嘀咕着退开了，开始对马队的其他成员下令。很快地，他们就退了开来，让伊欧墨和这三人独处。

"亚拉冈，你所说的每件事情都很奇怪。"他说，"但你说的也都是实话，这很容易明白：骠骑国的战士不说谎，因此他们也不会轻易被欺骗。但你并没有说出全部的真相。现在，你愿意告诉我更多你的任务，好让我能够判断该怎么做吗？"

"我是许多天以前从伊姆拉崔出发的，相信你也在那首诗中听过这个地名。"亚拉冈回答道，"米那斯提力斯的波罗莫和我同行；我的任务是和迪耐瑟之子一起前往他的城市，协助他的百姓在战争中对抗索伦。但是，我们的队伍另有其他的任务，我现在不能告诉你。灰袍甘道夫是我们的领队。"

"甘道夫！"伊欧墨倒吸一口冷气，"骠骑国上上下下都听过甘道夫的名号；但是，我必须警告你，他的名字不再获得骠骑王的青睐。自从我们有记忆以来，他就曾经在此做客多次；有时候间隔数月，有时候间隔好几年。他一向都是奇异事件的通报者，现在有人也把他叫作噩耗的使者。

"事实上，自从他去年夏天来过之后，一切都起了惊天动地的变化。从那时开始，我们和萨鲁曼之间就起了猜忌。在那之前，我们一直把萨鲁曼当做盟友，但甘道夫出现，警告我们艾辛格正在备战。他声称自己被囚禁在欧散克塔,好不容易才逃了出来,并请求我们援助他。但希优顿王不相信他,因此他离开了。千万别在希优顿的面前提到甘道夫的名字,他会大为震怒的;因为甘道夫取走了称为影疾的神驹,王的宝马中最珍贵的一匹,它是神驹[①]之首,是只有骠骑王才能够骑乘的皇家宝马,它是吾祖伊欧能通人语的神驹之直系子孙。七天以前影疾回到我国,但国王的怒气并没有稍歇,因为那匹马现在野性难驯,不愿意让任何人骑乘它。"

"原来影疾终于从北方回到了它的故乡,"亚拉冈说,"因为甘道夫和它告别了。唉,遗憾的是,甘道夫可能再也无法骑乘这匹神驹了,他已经落入了摩瑞亚的黑暗深渊,再也无法行走在人世间了!"

"这真糟糕!"伊欧墨说,"至少对我和一些人来说是这样的。不过,如果你见到国王,就会知道不是每个人都这样想。"

"这件事悲伤沉痛的程度,远超过这里百姓所能了解,不过,他们可能要在今年稍晚的时候,才会体认到它的痛苦。"亚拉冈说,"当伟人陨落之后,居次者必须起而领导。我的任务就是引导队员们从摩瑞亚一路前进,我们穿过了罗瑞安森林——关于该地,我建议你最好弄清楚真相之后才下断语。接着,我们沿着大河安都因来到了拉洛斯瀑布,波罗莫就是在那里被你们所消灭的那些半兽人给杀害了。"

"你带来的怎么尽是不幸的消息!"伊欧墨大惊失色地说,"波罗莫的战死,对米那斯提力斯有着莫大的伤害,对我们来说也是极大的损失。他是个值得尊敬的好汉!这里每个人都对他极为敬仰。他极少前来

[①] 据传神驹是主神欧罗米在远古时代前来中土狩猎时,从海外仙境带过来的。能通人言,十分长寿,它们只让骠骑国的国王与王子骑乘。

洛汗国,因为大部分时间他都在东方边境作战;但我有幸曾经见过他。在我看来,他比较像是伊欧那些敏捷的子嗣,而不像严肃凝重的刚铎人。如果他的时机到来,他将能成为独当一面的将领。不过,刚铎那边为什么没有通知我们这个坏消息呢?他是什么时候阵亡的?"

"四天前,"亚拉冈回答,"从那天傍晚开始,我们就从托尔布兰达出发,日夜兼程地赶路,没有停歇。"

"徒步追赶?"伊欧墨吃惊地反问。

"没错,就像你现在看见的这样。"

伊欧墨眼中露出了敬佩的神情,"亚拉松之子啊,神行客这称号未免太不精当。"他说,"我看你应该叫作疾风之足,你们三位所创造的奇迹,应该让世人传颂不已。不到四天,你们竟然横越了一百三十五哩的大地!伊兰迪尔一族果然名不虚传!

"不过,大人,您现在有什么吩咐?我必须尽快回到希优顿身边。在部下面前我必须谨慎言辞。我们的确还没有和那块暗黑大地开战,而我王身边却又有佞臣毫不停歇地进献谗言;不过,战争确实即将到来。我们绝不该在此刻背弃多年的盟友刚铎,只要他们开战,我们必将和他们并肩抗敌;至少,我和身边的人都是这样想的。东洛汗是第三元帅的领地,正是我的辖区;我已经下令撤走所有牲口与牧民,将他们移居到树沐河之后,在此只留下守军和行动快速的斥候。"

"那,你们没向索伦进贡吗?"金雳问道。

"我们不曾这样做,也永远不会!"伊欧墨眼中闪动着光芒,"不过,据传有人刻意在散布这类谣言。几年以前,暗黑之地的君王想以高价向我们购买马匹,但我们拒绝了他,因为他将骏马用在邪恶之途上。

于是,他派出半兽人来劫掠,什么都抢,但只挑黑色的马带走,因此,我族中的黑色良马已经所剩无几了。因为这样,我们和半兽人之间有着极深的仇怨。

"不过,这段时间,我们主要的威胁还是来自于萨鲁曼。他声称这块土地全都是他的管辖范围,为此我们已经和他陷入了数月之久的拉锯战。他招募半兽人、狼骑士和邪恶的人类加入他的部队,而他也封锁了洛汗隘口,因此,我们很可能腹背受敌,同时遭到东西两方的夹击。

"这样的对手实在非常难缠:他是名诡计多端的巫师,拥有很强的法力和各式的伪装。据说,他四处走动,模样是个披着斗篷戴着兜帽的老人,许多人现在回想起来,都觉得那模样很像甘道夫。他的间谍可以穿透天罗地网,连天空都布满他那些噩兆的鸟。我不知道这将会如何收场,但我内心十分不安;在我看来,他的盟友似乎并不只驻扎在艾辛格。如果你有机会来到我王的皇宫,相信你会懂我的意思的。你会来吗?我将你视为我处于迷惑困境中的援军,我的希望不会落空吧?"

"只要我可以抽身,一定会立刻赶过去!"亚拉冈回答道。

"现在就来吧!"伊欧墨说,"在这动荡的年代中,伊兰迪尔的后裔将会给伊欧的子嗣带来极大的帮助。即使在我们说话的当口,西洛汗也正陷入战火之中,我担心战况会对我国极为不利。

"事实上,我这次策马北上并没有得到我王的许可,因为我一离开皇宫,该处仅剩薄弱的卫戍兵力。但此地的斥候回报有一群半兽人在三天之前自东墙下到此地区,其中还有一些穿戴着萨鲁曼的白色徽记。我担心那是我最害怕的事情:欧散克塔和邪黑塔之间的联盟;因此,我出动我自己家族的卫队,在两天前的夜里在靠近树林的地方追上他们,将他们包围，并在昨天黎明时发动了攻击。唉，我竟然在战斗中牺牲了十五名战士和十二匹战马！因为半兽人的数量比我原先预估的要多上许多。途中有些半兽人越过大河，加入了他们的阵容；你从这里往北走一小段距离，就可清楚看见他们的足迹。还有其他一群半兽人则是从森林中出现加入他们。那是一群身形极为壮硕的半兽人，都佩戴着艾辛格的白掌徽记，他们比其他半兽人更为骁勇善战和邪恶……

"不过，我们还是将敌人全都消灭了。但我们已经离开驻地太久，西方和南方都需要我们的驰援。你愿意一起来吗？如你所见，我们有多的马匹。圣剑绝对可以帮上我们的忙。而且，金雳的斧头和勒苟拉斯的弓箭也一定可以派上用场，如果他们愿意原谅我对森林女皇的鲁莽评论的话。我所知的和我同胞们并无二致，我很乐意得知更多的真相。"

"多谢您这番坦诚的说明，"亚拉冈说，"我内心也很想与你同去，但只要还有一丝希望，我绝不会舍弃我的朋友。"

"但事实上已经没有希望了。"伊欧墨表示，"你不会在北边边境上找到你的朋友的。"

"但我的朋友也不在其他的地方。在距离东墙地区不远处，我们发现了一个线索，可以证明当时他们至少还有一人活着。不过，从该处到这丘陵之间，我们再没发现其他他们所留下的痕迹，但半兽人的前进方向也没有任何的改变，除非我追踪的技巧已经退步了。"

"那么你认为他们的下落是什么？"

"我不知道。他们可能和半兽人一起被杀，尸体也被焚毁了。但既然你保证绝不可能，我也不会往这个方向担忧。我只能猜测，他们可能在战斗开始前，或甚至是在被你们包围前，就已经被带入森林中。你确定没有任何人溜出你的包围圈？"

"我可以发誓，没有任何半兽人逃出我们的包围！"伊欧墨说，"我们在他们之前赶到森林的前缘，如果在那之后还有任何生物脱出我们的包围圈，那么他们绝对不是半兽人，而是拥有精灵力量的生物！"

"我们的朋友和我们有着同样的打扮，"亚拉冈说，"而你们在光天化日之下都丝毫没有察觉到我们的存在。"

"我都忘了这件事了，"伊欧墨回答道，"在见识了这么多奇迹之后，实在很难再说出斩钉截铁的话。整个世界似乎都被颠覆了。精灵和矮人竟在大白天结伴走在我国的土地上；居然有人能在跟森林女皇说过话之后，还能活着赞扬她的行仪；在我们远古的祖先建立骠骑国之前就已断折的圣剑，竟然又重回人世间！凡夫俗子要如何在这种情境下，作出正确的判断？"

"像你平常一样地作出判断吧。"亚拉冈回答，"善恶的界线并未改变，衡量它的标准在精灵、矮人和人类之间也没有任何不同。作出最后决定的还是你自己，不论是在黄金森林或是你家的屋檐下，都没有例外。"

"你说得很对。"伊欧墨说，"我对你并无丝毫的怀疑，我内心也很确定自己该做什么。但是，我必须受到国家规范的约束。除非我王恩准，否则按照我国的律法，是不能听任陌生人在国土上漫游的；在这段动荡的日子中，这项律法变得更为严苛。我已经恳求过诸位和我一起回宫，但你们拒绝了，我又不愿意以百人之力对抗你们三位。"

"我不认为你们的律法是针对这样的状况而定的，"亚拉冈说，"况且我也不是什么陌生人；因为我曾经多次来过此地，并曾与骠骑大军一起驰骋在这片草原上,只不过当时我用的是别的名号和容貌。我之前没看过你,因为你年纪还很轻;但我曾经和你父亲见过面,也见过塞哲尔之子希优顿。要是在从前,洛汗国绝不会有任何君主逼迫我放弃这样的任务。至少我的目标很明显,就是继续往前走。伊欧墨,该是你作出决定的时候了!帮助我们,或至少让我们自由离去。不然,你只能选择执行洛汗国的律法了。如果你那么做,我只能保证你的战力将会大为削弱。"

伊欧墨沉默了片刻,最后开口道:"我们双方都不能再耽搁了!"他说:"我的部队必须立刻开拔,而时间拖得越久,你的希望也越渺茫。我决定了,你们可以离开,不但如此,我还会借给你们可以奔驰千里的骏马。我只要求一件事:当你们的任务完成,或是希望落空的时候,骑着这些马匹越过树渡口前往梅杜西,到希优顿皇宫的所在地伊多拉斯来谒见我王。如此,你才能向他证明我没有看错人。为此我押上的是自己的人格,甚至是我的性命,别让我失望!"

"我不会的!"亚拉冈说。

当伊欧墨下令把马匹借给这些陌生人时,他的部属议论纷纷,神情都十分疑惑;不过,只有伊欧参敢公然劝诫元帅。

"或许把马匹借给这位自称是刚铎子孙的大人不算过分,"他说,"可是,有谁听说过把骏马借给矮人一族的?"

"的确没有过,"金雳回答,"也不劳你担心,这件事也不会发生。我宁愿自由步行,也不想要坐在这么自由自在的尊贵生物背上,还必须承受他人的嫉妒。"

"但现在你一定得骑马才行,否则你会拖累我们的!"亚拉冈说。

"来吧,金雳好友,你可以坐在我背后。"勒苟拉斯适时伸出援手,"这样就没问题啦,你也不需要借马或是担心别人的眼光。"

亚拉冈获得的是一匹高大的暗灰色骏马,当他翻身上马时,伊欧墨说道:"它的名字叫作哈苏风,愿它能够带来比它的前任主人加鲁夫更好的运势!"

勒苟拉斯则获得一匹体格较小,但看来性格刚烈、难以驾驭的马匹,它的名字叫作阿罗德。勒苟拉斯接着要求他们替他解下马鞍和缰绳。"我不需要这些东西。"他说,随即身轻如燕地跃上马背,出乎众人的意料,阿罗德乖乖地让他骑在背上,任凭他发号施令:精灵一向是这样和善良的牲畜打交道的。金雳被拉上马背坐在朋友身后,他死命地抱着勒苟拉斯,紧张的神态丝毫不亚于坐在小船上的山姆。

"再会了,愿你们能够找到所寻找的目标!"伊欧墨大喊道,"希望你们能够赶快回来,让我们的刀剑一同在战场上闪出火花!"

"我会的。"亚拉冈说。

金雳说:"我也会的。我们还没解决凯兰崔尔女皇的事情,我还想要教你说话的礼貌呢。"

"到时我们就知道了。"伊欧墨说,"我今天见识了这么多的奇迹,如果将来可以在矮人斧头的爱抚之下学习对精灵女皇的尊敬,也不算是什么奇怪的事情。再会了!"

他们便如此分手了。洛汗国的骏马果然名不虚传,才不过一会儿,当金雳回头看时,伊欧墨的马队已经距离他们十分遥远了。亚拉冈并没有回头，他一边急驰，一边将头俯低到哈苏风的颈边，观察着地面的足迹。不久之后，他们就来到了树沐河边，也发现了伊欧墨之前所说的，从东方高原前来的足迹。

亚拉冈跳下马，仔细地观察地面，然后再度上马，继续往东骑了一段距离，小心翼翼地不践踏到这道痕迹。然后又下马检查四方，来回走着搜寻地面。

"这里没什么特别线索。"他回来之后表示，"主要的足迹，已经被这些马队回来时给践踏破坏了；他们之前的路径一定比较靠近河边。但这条往东的足迹十分清晰，我找不到任何回头往安都因河走的脚印。我们现在必须骑慢一点，确定两旁没有任何分岔出去的脚印。半兽人一定由此开始发现他们遭到了追击，他们可能会试着在被追上之前将俘虏带离。"

在他们继续赶路的时候，天色渐渐暗了下来。低沉的灰色云朵从高地飘过来，一阵迷雾遮住了太阳。法贡森林长满树木的斜坡越来越近，四野随着西沉的太阳越来越暗。他们并未发现任何脚印脱离行军路线，却不时看见半兽人的尸体倒卧在地上，背上或咽喉被灰色羽箭射穿。

临近傍晚时，他们来到了法贡森林的边缘；在树林附近的草地上，他们看到了焚烧尸体的大火堆：灰烬依旧余烟袅袅，冒着热气。在火堆旁有好大一堆头盔和盔甲、破碎的盾牌和断折的刀剑，以及各种武器和装备。在正中央则是一根木桩，上面插着一颗半兽人的脑袋，破碎的头盔上还可以看见白色的徽记。在距离树沐河流出森林处不远，有一座土墩：那是新起的坟，新土上覆盖着新近铲下来的草皮，土墩四周插着十五根长枪。

亚拉冈和同伴四处搜遍这块战场，但光线越来越暗，夜色毫不留情地落下，四野一片阴沉迷蒙。一直到天色全黑为止，他们都没有发现梅里和皮聘的踪迹。

"我们已经尽力了。"金雳哀伤地说，"自从我们抵达托尔布兰达之后，我们就遇上了许多难解的谜团，但眼前的这个最难解。我猜，霍比特人的尸骨可能已经和半兽人混在一起了。如果佛罗多还活着，这对他来说会是最坏的消息；我担心在瑞文戴尔等候的那个老霍比特人也会哀伤欲绝；爱隆当初就反对他们跟着一起来。"

"但甘道夫并未反对。"勒苟拉斯说。

"但甘道夫自己也来了，并且成了第一个牺牲的人。"金雳回答道，"他这一回真是走眼了！"

"甘道夫的建议，不论是对他自己还是他人，都不是以个人安危为优先考虑。"亚拉冈说，"有些事情即使最后的结局并不好，还是必须有人去做。我认为现在还不能够离开这个地方，不论如何，我们都该等到明天天亮。"

他们在距离战场不远处的一棵枝叶茂密的大树下扎营，那树看起来像是栗子树，但树上却还留着许多去年的褐色阔叶，像伸着长长手指的干枯手掌，在晚风中发出哀伤的沙沙响声。

金雳打了个寒战，他们每个人只带了一条毯子。"我们可以生火吗？"他说，"我已经不在乎危险了，就让那些半兽人如同飞蛾扑火一样迎向我的斧刃吧！"

"如果那些不幸的霍比特人在森林中迷了路，火光也可以把他们吸引过来。"勒苟拉斯说。

"但火光也可能吸引来别的东西，既非半兽人亦非霍比特人。"亚拉冈说，"我们现在十分靠近叛徒萨鲁曼的领土；而且，这里是法贡森林的边缘，据说在这边伤害树木会有可怕的下场。"

"但是洛汗国的军队昨天才在这边燃起大火，"金雳反驳道，"而谁都看得出来，他们还砍树生火。当他们忙完之后，昨晚还不是在此睡了个好觉！"

"他们人多势众，"亚拉冈说，"而且，他们因为极少前来这里，所以不了解法贡森林的恐怖之处，况且他们也不需要进入森林。但我们的道路可能必须踏入森林中。因此我们一定得小心，绝对不能砍活着的树木！"

"其实根本不需要，"金雳说，"骑士们留下了很多的残枝断片，附近也有很多枯木。"他立刻去收集柴火，并且为了生火而忙得不可开交。亚拉冈坐在地上，背靠着大树，沉思着；勒苟拉斯独自站在空地上，望着深广阴暗的森林，身体微微前倾，仿佛正聆听着远方传来的呼唤。

当矮人好不容易生起火之后，三人走到火堆旁坐下休息。他们戴着兜帽的身影把火光都挡住了。勒苟拉斯猛然抬起头来看着伸展到他们头顶的大树枝桠。

"你们看！"他说，"这些树木看到火焰也很兴奋！"

或许这是光影愚弄了众人的眼睛，但在三人的眼中，这些树木似乎真的从各方伸出枝桠，想要靠近火焰。高处的枝桠低下来，枯萎的褐色树叶现在也靠近火焰晃动着，仿佛许多冰冷皱缩的手对着火堆揉搓取暖一样。

众人一时间都陷入了沉默之中，他们突然意识到，这片黑暗未知的森林是这般近在咫尺，它看来似乎正在酝酿着什么，充满了神秘的目的。过了好一会儿，勒苟拉斯开口了。

"凯勒鹏警告过我们不要太深入法贡森林，"他说，"亚拉冈，你知道原因吗？波罗莫所说的传说到底是什么？"

"我在刚铎和其他地方听过许多传说，"亚拉冈接口道，"但如果不是凯勒鹏的警告，我只会把它们当成人类在真相消逝之后所编造出来的梦幻。我本来还想要问你这件事情的真相。如果连和森林朝夕相处的森林精灵都不知道，人类又怎么可能有资格回答呢？"

"你的见识比我广得多。"勒苟拉斯说，"在我的土地上我从未听过这类的事情，只除了一些歌谣中描述过欧乐金，也就是人类口中的树人，在许久之前居住在此地。法贡森林是个非常古老的地方，古老到连精灵也这么认为。"

"没错，这里的确非常古老，"亚拉冈说，"和古墓岗的森林一样古老，范围却大得多。爱隆说这两座森林之间有些关联，是远古广袤森林的最后的大本营，当时精灵四处游历，人类还在沉睡之中。但是，我认为法贡森林还保有某些自己的秘密；那到底是什么，我却不知道。"

金雳说："我也不想要知道！千万别因为我，而打搅了法贡森林的居民！"

随后，他们抽签排出守夜的顺序，金雳抽到第一个。其他人躺了下来，睡意几乎立刻笼罩住他们。"金雳！"亚拉冈睡意浓重地说，"记住,在法贡森林里千万别伤害任何树木;也别为了收集枯木而走得太远,宁可让火熄灭算了!有需要的时候随时叫我!"

话一说完他就睡了。勒苟拉斯早已毫无动静,他修长美丽的双手交叠在胸前,双眼则依精灵睡眠的方式睁开着,仿佛凝望着黑夜,又同时沉睡在梦里。金雳瑟缩在营火旁,若有所思地以大拇指不断抚摸着斧头。除了树木摇晃的沙沙响,周遭没有其他的声响。

突然间,金雳抬起头来,他在营火光芒的边缘看见了一名弯腰驼背、倚着手杖、披着厚重斗篷的老人,他的宽檐帽子拉得十分低,遮住了他大半个面孔。金雳跳起来,片刻之间吃惊得说不出话,但随即想到这是萨鲁曼逮到他们了。亚拉冈和勒苟拉斯,都因为他突如其来的举动而惊醒坐了起来,瞪着同样的方向。那老人一言不发,没有任何的动作。

"老先生,有什么我们可以帮忙的地方吗?"亚拉冈跳起来,友善地问道,"如果你觉得冷,不妨过来烤烤火!"他走向前,但那老人已经消失了。四周完全找不到他的踪迹,他们也不敢冒险走太远。月亮此时已经落下,四野非常黑暗。

突然间勒苟拉斯惊呼出声:"马儿!马儿不见了!"

两匹马都不见了。它们挣脱了束缚,消失得无影无踪。三名伙伴沉默呆立了好一阵子,对于眼前的厄运感到心烦意乱。他们身在法贡森林的边缘,距离洛汗国的马队十分遥远,而那还是他们在这片荒凉大地上的唯一友伴。当他们站立不语的时候,似乎可以听见远方传来马匹嘶叫的声音。接着一切就都沉寂下来,只剩下夜晚的风声飒飒作响。

"好吧,马儿都没了,"亚拉冈最后说,"我们找不到它们,也不可能赶上它们；所以，如果它们不自己回来，我们就必须将就点了！反正一开始我们就是徒步前进的，至少我们都还有脚。"

"还有脚！"金雳说，"脚只能走路，又不能吃！"他气冲冲地把几把柴火丢进营火中，恼怒地坐了下来。

"几小时之前，你还不愿意坐上洛汗国的骏马呢。"勒苟拉斯笑道，"看来你有成为骑士的潜力。"

"连马都没了，谈什么潜力！"金雳说。

"如果你们想知道我在想什么，"他不久之后继续说道，"我认为，那是萨鲁曼。除他之外，还会有谁呢？你们记得伊欧墨的话：他打扮成老人的模样，戴着兜帽、披着斗篷四处行走。他把我们的马匹带走了，或赶跑了，我们被困在这里；记住我所说的话，前面还会有更多的麻烦！"

"我记住了。"亚拉冈说，"但我也记得那老人戴的是帽子，不是什么兜帽。不过，我也觉得你说得没错，我们在这边不管白天还是黑夜都是很危险的，可是，现在我们除了把握机会休息之外，别无选择。金雳，先让我值夜吧！我现在比较需要沉思，反而不需要什么睡眠。"

这一晚过得十分缓慢，勒苟拉斯在亚拉冈之后守夜，在那之后又是金雳。不过，这一整夜什么都没有发生，老人没有再度出现，而马匹也没有回来。

第三章
强兽人

皮聘做着噩梦：他似乎可以听见自己渺小的声音，在黑色隧道里面大喊着："佛罗多！佛罗多！"但回应他的却不是佛罗多，而是数百张半兽人丑恶的脸孔看着他狞笑，数百双手从四面八方伸来想要抓住他。梅里呢？

他醒了过来，冷风吹着他的面孔，他正躺在地上。傍晚已经快到了，天空的颜色也渐渐变深，他转过身，发觉现实世界并没有比噩梦好到哪里去，他的手腕、脚踝和大腿都被绳子绑着。梅里就躺在他身边，脸色苍白，头上还绑着一块肮脏的抹布，他们四周则是一大群半兽人。

慢慢地，皮聘剧痛的脑袋开始一点一点把记忆拼起来，让他脱离了噩梦的阴影。没错，当时他和梅里都跑进了森林中。到底他们怎么搞的？为什么不顾神行客的叫喊拼命冲进森林？他们拼命跑，一边跑一边大喊，他已经记不得自己跑了多远。然后，突然间，他们撞上了一群半兽人：他们似乎正在倾听着什么，根本没看见梅里和皮聘出现，直到两人差点撞进他们怀里才发现。然后，他们一声大喊，许多半兽人从树林间跑了出来。梅里和他都拔出剑来，但半兽人似乎不想要战斗，只想要赶快抓住他们，连梅里砍断了好几个家伙的手臂他们都没有反击。好一个梅里!

然后波罗莫就冲了出来,他逼使对方不得不动手。他杀死了许多敌人,其他的半兽人都逃了开去。但三人才跑没多远,又遭到第二波至少一百名以上的半兽人攻击;他们的身形非常壮硕,不停地瞄准波罗莫射箭。波罗莫奋力吹号,让森林也为之震动;一开始半兽人因恐惧而退却了,但是,等到他们发现只有回音,而没有任何援军赶来时,他们发动了更猛烈的攻击。皮聘接下来什么也不记得了,他眼前最后的景象是波罗莫靠在树上,从身上拔出一支箭,然后一切就陷入黑暗中。

"我想我多半是脑袋上挨了一记,"他自言自语道,"不知道梅里有没有伤得更重?波罗莫到底怎么了?为什么半兽人不杀我们?我们在哪里,又准备要去哪里?"

他完全无法回答自己提出来的问题。皮聘觉得又冷又难过。"我真希望甘道夫当初没有说服爱隆让我们来。"他想道,"我有帮上任何忙吗?不过是大家的负担,只是个过客,是一包行李!现在我又成了被偷走的行李,变成半兽人的负担。我真希望神行客或是什么人,会来取回我这包行李!但我有什么资格这样希望呢?这样难道不会破坏一切计划吗?我真希望可以逃出去!"

他徒劳无功地挣扎了片刻,一名坐在附近的半兽人哈哈大笑,用他们可憎的语言和伙伴嘀嘀咕咕不知道在说什么。"趁有机会的时候赶快休息吧,小笨蛋!"他接着用通用语对皮聘说,但他的口音几乎让这变得和他自己那邪恶的语言一样恶心。"把握机会休息!等下有得你走哩!在我们到家之前,你会希望老妈根本没生下你这双腿。"

"如果照我的方法做,你会希望现在自己已经死了。"另一个半兽人说,"你这只臭老鼠,我会让你吱吱叫个不停。"他走到皮聘身边弯下腰来,黄色的獠牙几乎贴到了皮聘脸上,他手上还握着一把有着长长黑色锯齿的小刀。"安静躺着,不然我就要用这个替你搔痒了!"他带着嘶声说道,"不要吵到其他人,否则我会忘记上级是怎么吩咐我的。该死的艾辛格士兵!乌骨陆 u bagronk sha pushdug 萨鲁曼-glob búbhosh skai!"他紧接着用自己的语言咒骂了好长一串,最后才停歇下来。

吓得半死的皮聘动也不敢动,虽然他的手腕和脚踝都越来越痛,背后的石头也十分扎人,但他还是不敢动弹。为了转移注意力,他让自己专心倾听所有能听到的声音。四周有各式各样的嗓音,虽然半兽人的语言本来就充满了仇恨,但皮聘还是听得出来,他们似乎陷入了越来越激烈的争执中。

大出皮聘意料之外的是,他竟然听得懂大部分的对话,许多半兽人用的竟然是通用语。在场显然有两三个不同部落的半兽人,他们听不懂彼此之间的半兽人方言,正激烈地争辩下一步该怎么做:他们该走哪个方向,还有这些俘虏该怎么处置。

"没时间好好拷打他们,"一名半兽人说,"这次旅行没时间好好享受!"

"这也没办法,"另一人说,"但为什么不现在一刀杀掉他们?他们实在很烦人,我们又没时间和他们瞎耗,天色快黑了,我们得赶快出发了!"

"我们有命令在身,"第三个低沉的声音说,"杀死所有人,留下半身人,尽快把他们活着带回来。这是我获得的命令。"

"要他们干嘛?"好几个声音同时问道,"为什么要带活的回去?难道他们可以提供什么特别的乐趣吗?"

"不!据说他们当中有一名身上带有对这场大战十分关键的东西,好像是跟精灵有关的。无论如何,他们两人都会经过详细的审问。"

"你就只知道这些吗?为什么我们不现在搜他们的身,搞清楚到底怎么一回事?说不定我们可以找到一些自己能用的好东西。"

"说得好!"一个比其他人柔和,却更邪恶的声音轻蔑地说,"或许我得向上级汇报这件事情。我收到的命令是:不准动俘虏身上的任何东西!"

"我的命令也是一样,"那个低沉的声音说,"保持原样,不准乱动。"

"我们可没接到什么命令!"稍早的那个声音沉不住气地说,"我们从矿坑一路大老远赶来杀人,替我们的同胞报仇。我要赶快杀掉他们,然后回北方去。"

"你慢慢想吧,"那个低沉的声音说,"我是乌骨陆,我指挥这里,我决定要抄捷径回艾辛格。"

"萨鲁曼是老大,还是魔君是老大?"那邪恶的声音说,"我们必须立刻回到路格柏兹去才行。"

"如果我们可以越过大河,或许可以考虑,"另一个声音说,"但是我们的兵力不足以横越那座桥。"

"我不是过来了吗!"那个邪恶的声音回答,"在东岸北边有一位会飞行的戒灵在等待我们。"

"或许吧!然后你就可以带着俘虏飞回去,在路格柏兹获得所有的表扬和奖赏，让我们步行穿越这个到处都养马的臭国家。不行，我们一定不能分散，这个地方很危险，到处都是该死的叛军和强盗！"

"没错，我们一定得集体行动。"乌骨陆低吼道，"我不相信你们这些矮笨蛋，你们出了老家之后就一点胆子也没有。如果不是我们前来支援，你们可能早就逃到天涯海角去了。我们是骁勇善战的强兽人！是我们杀死了那名强悍的战士，抓到两名俘虏。我们是智者萨鲁曼的手下，是他——白掌赐给我们人肉吃。我们的根据地是艾辛格，我们带你们来到了这里，也该由我们决定要走什么路回去。我是乌骨陆，我已经说了我的看法。"

"乌骨陆，你说的话已经嫌太多了。"那邪恶的声音轻蔑地说，"不知道在路格柏兹的老大们会怎么想？他们可能会认为乌骨陆的脑袋太重了，最好帮你从肩膀上拿下来轻松一下。他们可能还会质疑你的想法是从哪里来的。或许是萨鲁曼告诉你的？他以为自己是什么东西，竟然敢让部队佩戴他的白色丑徽章？他们一定会认同我，认同可靠的信差葛力斯那克的想法。我葛力斯那克告诉你们：萨鲁曼是个蠢蛋，是个一肚子鬼胎的蠢蛋；暗王之眼已经开始注意他的一举一动了。

"你叫我们矮笨蛋？兄弟们，你们喜欢被这些由肮脏的臭巫师所豢养的宠物骂成笨蛋吗？我打赌他们吃的是半兽人的肉。"

许多半兽人开始大吼响应他，许多人拔剑相向，一时间陷入了剑拔弩张的紧张局面。皮聘小心翼翼地翻过身，希望看清楚到底发生了什么事情。看守他的卫兵已经前去加入那场争辩。在微光中，他看见一名高大的黑色半兽人，八成是乌骨陆，面对着葛力斯那克，一个肩膀宽阔、短腿、手几乎可以碰到地面的家伙。四周还有许多身形矮小的半兽人包围着他们。皮聘猜测这些家伙应该是从北方来的半兽人,他们都已经拔出了武器,但不敢贸然攻击乌骨陆。

乌骨陆大喝一声,几名和他同样身材的半兽人很快跑了过来。突然间,在毫无预警的状况下,乌骨陆一跃向前,两刀就砍掉了两名对手的头颅。葛力斯那克往旁边一退,消失在阴影中。其他人往四下纷纷散开,有一人后退时还不小心被躺在地上的梅里给绊倒了,大声咒骂了一句;不过,那可能反而救了他一命,因为乌骨陆的手下这时正好从他身上跃过,用宽扁的长剑砍倒了另外一个对手,刚好就是那长着黄色獠牙的守卫。他的身体一软,倒在皮聘身上,手上还紧握着那把长锯齿刀。

"收起你们的武器!"乌骨陆大喊道,"不要再作无谓的抵抗了。我们从这边开始往正西走,然后下山梯;从那以后就直接朝向丘陵地带前进,然后沿河前往森林。我们必须日夜不停地赶路。都听清楚了吗?"

"现在,"皮聘想,"只要这个丑家伙再多花一点时间集合部队,我就有机会了!"他在突然间瞥见了一线希望。那柄黑色的锯齿刀割伤了他的手臂,滑到他的手腕间;他感觉到鲜血流到手掌上,但同时也感觉到冰冷钢铁紧贴着他的肌肤。

半兽人正准备再度上路,但有些北方来的半兽人依旧不肯妥协,艾辛格的士兵又杀了两个人,他们才终于低头,整个部队陷入咒骂和混乱的状态中。在那片刻,没有任何人看守皮聘。他的腿被绑得很紧,但手臂只有在手腕的地方受到束缚,而且还是被绑在身前;虽然绳子绑得非常紧,他两手仍可同时移动。他将半兽人的尸体推到一边去,大气也不敢喘一口,小心翼翼地将手腕的绳子贴在刀刃上摩擦。刀刃本身很锋利,而死者又把小刀握得很紧,最后,绳子终于被割断了!皮聘很快地握住断绳,将它松松绑成原来的样子,重新套在手上,然后躺回去一动也不动。

"把这些俘虏带走!"乌骨陆大喊着,"别对他们玩花样!如果我们回到基地的时候他们死了,也会有人跟着死。"

一名半兽人将皮聘像抓一袋东西般地提起来,将头伸到皮聘被缚的双臂间,抓住他的手臂向下用力拉紧,直到皮聘的脸压在这半兽人的脖子上,然后就这样一颠一颠背着他往前跑。另一个家伙也用同样的方法对待梅里。半兽人的爪子像是钢铁一般紧紧箍在皮聘的手臂上,对方的指甲深深陷入他的肉里。他只得闭上眼睛,回到噩梦中。

突然间,他又被丢在多岩的地面上。天色看来才黑不久,但一弯新月已开始往西落下。他们身处在一个悬崖边缘,似乎面对着由薄雾所构成的大海,附近还有水流淌落的声音。

"斥候终于回来了!"附近有一名半兽人说道。

"你发现了什么没有?"乌骨陆的声音咆哮道。

"只有一名骑士,而他往西边走了。底下一切都很平静。"

"目前是这样,但能够持续多久?你这个笨蛋!应该射死那个家伙,他会通知其他人。那些该死的马夫,明天早上就会知道我们的行踪。从现在开始,我们得要加速赶路了。"

一个阴影遮住了皮聘的视线。那是乌骨陆。"起来!"半兽人大喊道,"背着你到处跑来跑去,我的部下已经都累了。我们得要爬下去,你得用自己的腿才行。别耍花样,不准大叫,也不准逃跑。我们有的是方法可以让你得到教训,又不会让主人看出你们有什么损伤。"

他割断了皮聘大腿和脚踝上的绳子，扯着他的头发让他站起来；皮聘倒了下去，乌骨陆又再度拉着他的头发让他站起来。有几名半兽人哈哈大笑。乌骨陆撬开他的牙关，倒了些烫嘴的东西进去；他觉得浑身一股热流通过，脚踝和大腿的疼痛消失了，他现在可以站起来了。

"下一个！"乌骨陆大喊道。皮聘看他走到一旁的梅里身边，踢了他一脚；梅里发出哀嚎，乌骨陆粗暴地抓起他，让他半坐起来，把他头上的绷带扯掉。然后他从一个小木盒中挖出一撮黑色的东西抹在伤口上，梅里大声惨叫，拼命挣扎。

半兽人们拍手大笑："这家伙不能好好享受他的药啊！"他们嘲弄道，"根本不懂什么东西是对他好的。唉！我们以后再从他身上找乐子好了。"

不过，此时的乌骨陆没心情陪他们起哄，他必须尽快赶路，又得安抚那些不情愿的跟随者。因此，他用半兽人的方法医治梅里，的确也很快见效。在他强灌梅里那饮料，割断他腿上的绳子把他拽起来后，梅里摇摇晃晃地站住，脸色苍白，神情却坚毅又挑衅，看起来生气勃勃。前额的伤口似乎不再困扰他，但那条褐色的伤疤将会永远跟随着他。

"嗨，皮聘！"他说，"你也来参加这场小冒险了啊？我们要去哪里投宿跟吃早餐啊？"

乌骨陆大喊道："闭嘴！别耍小聪明！不要乱说话，不准和你的同伴交谈。你们敢惹麻烦，我都会跟长官报告，到时你们会后悔。你们会有早餐和床铺可以睡的，就怕你们承受不起。"

半兽人的小队开始沿着狭窄的梯道，往底下满是迷雾的草原前进。

梅里和皮聘之间隔了十几名半兽人,小心翼翼地和他们一起往下爬;在梯道底他们踏上了草地,两位霍比特人都觉得精神一振。

"往前直走!"乌骨陆大喊道,"西偏北的方向,跟着拉格达虚走。"

"天亮了之后我们要怎么办?"北方来的半兽人问道。

"继续跑。"乌骨陆回答,"要不然你想怎么办?不然坐在草地上,等那些白皮肤的家伙一起来野餐吗?"

"可是我们不能够在阳光下跑步。"

"我会跟在你们背后一起跑。"乌骨陆说,"你们最好认真跑!否则就永远看不到你们那个可爱的地洞了。我以白掌之名咒骂你们,一群没受好训练的无用山蛆。混蛋,还不快跑!趁着夜色快点跑!"

然后,整个队伍就用半兽人惯有的步伐开始奔跑。他们没有任何的秩序和队形,只是你推我挤地往前冲,不时还会咒骂彼此。每名霍比特人都有三个卫兵看守。皮聘远远落在后面,他怀疑自己还能够继续这样跑多久?他从那天早上之后就没吃过东西了。他身边的一名守卫还拿着鞭子。不过,目前那种半兽人的提神饮料效力还持续着,他的脑子也跟着转个不停。

他脑中不断浮现神行客专注地察看地面足迹,跟在后面不停赶路的影像;可是,即使是游侠,也无法在这一堆混乱的半兽人足迹中分辨出什么异样。他和梅里的小脚印,早就被围在四周穿着铁鞋的沉重脚步给彻底掩盖了。

当他们跑离悬崖一哩多的时候,地形突然下降变成洼地,地面也变得又软又湿。四野雾气弥漫,在新月的最后一丝光芒中微微发亮。前方半兽人的阴影渐渐被吞没在大雾中。

"喂！稳住！"乌骨陆从后方大喊道。

皮聘突然间灵机一动，立刻行动。他往右一晃，躲开了守卫的手，一头冲入大雾中，立刻趴在草地上。

"停！"乌骨陆大喊道。

众人陷入一阵混乱中，皮聘立刻跳起来继续奔跑，但半兽人紧跟在后，有几个家伙甚至神出鬼没地出现在他眼前。

"看来这次是逃不掉了！"皮聘心想，"但还有机会在这块湿地上作些记号给后来的人。"他将两手伸向咽喉，解开斗篷的别针；正当几只手臂伸过来抓住他的时候，他将这信物丢到地上。"我想它可能会永远躺在这里。"他想，"我不知道自己干嘛这么大费周章，如果其他人逃离那场战斗，他们多半会跟着佛罗多走。"

一条鞭子挥过来卷住他的腿，痛得他不由自主地大喊。

"够了！"乌骨陆跑上来大喊，"他还得跑上很长一段路，逼他们两个一起跑，用鞭子好好地提醒他们。"

"不会就这么算了的，"他转过身对皮聘咆哮道，"我不会忘记的，你的处罚只是暂时延迟而已。快走！"

皮聘或梅里都不太记得接下来的旅程到底是什么情形，他们就在半梦半醒的浑噩恍惚情况下，持续受到折磨，希望也变得越来越渺茫。他们不停奔跑，绝望地试图跟上半兽人的步伐，残酷的鞭子精确地不损伤筋骨，只给他们带来热辣辣的痛苦。如果他们踉跄几步或是倒了下来，士兵们就会拖着他们继续前进。

提神药所带来的温暖已经消失了，皮聘觉得又冷又难过。突然，他栽倒在地上，一只有着利爪的手粗鲁地将他提起，他又像一袋东西被背着往前跑。他觉得四周越来越黑暗，这到底是因为天黑还是他的眼睛瞎了，皮聘一点也分辨不出来。

他依稀感觉到许多半兽人要求停下来，乌骨陆似乎大喊了什么。他觉得自己被丢到地上，就这么躺着又进入了黑暗的梦乡。但他并没有脱离痛苦太久，很快地又有另一双铁爪毫不留情地将他抓起，晃得他天旋地转，最后才好不容易醒了过来，发现此时已经是清晨了；一声令下，他又被粗鲁地丢到草地上。

他在草地上躺了片刻，绝望地挣扎着。他觉得头昏脑胀，但从身体的燥热程度来看，他似乎又被喂了一点半兽人的饮料。一名半兽人低头看着他，丢给他一块面包和一条肉干，他狼吞虎咽地吃下那发酸的灰色面包，但舍弃了肉干。他的确很饿，不过还没饿到昏头去吃半兽人丢给他的肉干；他连想都不敢想，这块肉原先是属于什么生物的。

他坐了起来，看着四周。梅里距离他不远。他们坐在一条激流的河岸边，远方是隆起的山脉，一座高耸的山峰正反射着太阳的第一线曙光。他们眼前的斜坡下方是一片黑蒙蒙的森林。

半兽人之间又起了激烈的争论，似乎北方的半兽人又和艾辛格士兵起了争执，有些家伙指着南方，有些则是指着东方。

"好吧，"乌骨陆说，"那就把他们留给我！我说过，不准杀他们；如果你们宁愿舍弃千里迢迢才取得的战利品，那么尽管放弃吧！我会接收他们的。就像平常一样，让善战的强兽人来收拾一切吧。如果你们害怕那些白皮肤的家伙，那就走啊！快跑！森林就在那边！"他指着前方说："快进森林！这是你们的唯一希望，快滚！最好在我砍掉几个脑袋让你们恢复理智之前赶快走!"

在一阵纷乱和咒骂之后,大部分的北方半兽人都离开了,人数大约有一百多个,他们沿河狂奔向山脉。留在霍比特人身边的是至少八十名身材高大壮硕、皮肤黝黑、斜吊眼睛的艾辛格士兵,他们都背着巨弓,拿着阔剑;几名身材比较高、胆子较大的北方半兽人也留了下来,加入他们的行列。

"现在我们该对付葛力斯那克这家伙了。"乌骨陆说,但是连他的部下都开始不安地看着南方。

"我知道你们在想什么,"乌骨陆咆哮道,"那些该死的马夫已经知道我们的行踪了。史那加,这都是你的错,你和另外一个斥候应该把耳朵砍掉才对。不过,我们是战士,搞不好到时有马肉或是更好的肉可以吃。"

此时,皮聘才明白为什么有些人指着东方。那个方向现在传来了沙哑的喊声,葛力斯那克又出现了,他带来了数十名和他一样长臂弯腿的半兽人。他们的盾牌上都漆着红色的巨眼。乌骨陆走上前去迎接他们。

"你又回来了?"他说,"想清楚认同我们了,是吧?"

"我回来是为了看看你们有没有服从命令,俘虏是不是完好无伤。"葛力斯那克回答道。

"是唷!"乌骨陆说,"浪费时间。在我的管辖下当然不会有问题,你回来又有什么目的?你刚刚走得很匆忙,是忘了什么东西吗?"

"我漏了一个蠢蛋没带走!"葛力斯那克吼道,"但他身边还有很多精壮的士兵,就这么牺牲太可惜了。我知道你会带他们蹚进浑水中,我是来协助他们的。"

"真是太好了！"乌骨陆大笑着说，"不过，除非你有种大战一场，否则你是走错路了；路格柏兹才是你该去的地方。白皮肤的家伙快要来了，你那位尊贵的戒灵到哪里去啦？如果戒灵的名声不是虚有其表的话，你带他来可能可以派上一些用场。"

"戒灵，戒灵！"葛力斯那克舔着嘴唇，浑身发抖地重复道，仿佛光是这几个字就让他嘴里有了苦味。"乌骨陆，你说的是你那愚蠢的脑袋根本不明白的屁话！"他说，"戒灵！啊！虚有其表！有一天你会希望自己没有说过这句话。死猴子！"他恼怒大吼道："你应该知道戒灵是暗王之眼的爱将。要想出动有翼戒灵，时机还没到。他还不会让他们出现在河对岸的，起码不是现在。他们是为了大战和其他重要的事情而准备的。"

"你似乎知道得很多嘛！"乌骨陆说，"我猜知道得太多恐怕对你不好。或许那些在路格柏兹的家伙会怀疑你是怎么知道的，有什么目的。不过，此刻艾辛格的强兽人可以像以前一样替大家收尾。别站在那边发呆！还不快振作精神！其他的矮笨蛋都已经逃到森林里面去了，你们最好跟上去。你们这次没办法活着回到河对岸了。赶紧跑！动作快！我就在你们后面。"

艾辛格的士兵再度扛起梅里和皮聘，然后大队就启程了。他们连续不停地奔跑了好几个小时，中途只有换人接手来扛时，才稍微停顿一下。不知道是因为体力和速度上较强，还是葛力斯那克的计谋，艾辛格的士兵慢慢地超越了魔多的半兽人，让葛力斯那克的手下只能紧跟在后。很快的,他们也赶过了前面的北方半兽人,森林越来越接近了。

皮聘全身瘀青,到处是伤,他觉得头痛欲裂,扛他的半兽人恶臭的下颚和毛毛的耳朵摩擦得他更难受。在他眼前的是拱起的背,一双双不停摆动的粗壮腿,上上下下毫不停歇,仿佛是由钢铁所铸造一般丝毫不会疲累,就在这噩梦一样的场景中不停晃动着。

到了下午,乌骨陆的部队已经完全赶过了北方的半兽人。这一行人低头不敢正视明亮的太阳,虽然这是冬天的苍白无热力的太阳;他们垂着头,舌头无力地吐在外面。

"低等生物!"艾辛格的士兵取笑道,"你们都快被烤熟啦!那些白皮肤的家伙会赶上你们,把你们吃光的。他们就要出现啦!"

葛力斯那克从后方传来的叫声,证明这并非是开玩笑。以极快速度奔驰的骑士,的确已经出现在众人的视线中。虽然他们距离尚远,但已经慢慢地赶上来,似乎会像潮水涌上沙滩,吞没掉陷在流沙中的人一样。

艾辛格的士兵迈开大步,用令皮聘咋舌的加倍速度奔驰,在他眼中,这似乎是漫长比赛的最后冲刺。然后,他注意到太阳已经渐渐西沉,落到了迷雾山脉之后;阴影逐步笼罩大地。魔多的士兵开始抬起头来,并且加快脚程。黑暗的森林十分靠近了,众人已经越过了森林前缘的几棵树,地形也已经开始慢慢上升,变得越来越陡;但半兽人丝毫没有减缓脚步。乌骨陆和葛力斯那克都不停地叫喊着,催促自己的部下往前冲。

"他们的速度够快,他们会逃走的!"皮聘心想。接着,他勉强转过头，用一只眼瞥向背后的景象。一看之下，才发现在东边紧紧追赶的骑士已经和半兽人们并驾齐驱，平原的地形更无阻于他们的奔驰。落日的余晖照在长枪和头盔上，也映射着他们白金色的头发。他们正在包围这些半兽人，避免他散开来，并且沿河驱赶他们。

他开始思索这些到底是什么人。他真希望自己在瑞文戴尔时多看些书籍，仔细地阅读那些地图和史料。可是，在那些日子里，似乎都是由更厉害的人在负责策划旅程，他从来没想过自己会失去甘道夫，甚至和神行客分开，更别提和佛罗多分开了。他对洛汗国唯一的记忆，就是甘道夫的神驹影疾是从这里来的。至少这听起来让人觉得满怀希望。

"可是，要怎么让他们知道我们不是半兽人呢？"他想，"我想他们在这里，应该从来没听过霍比特人。我会很高兴看见半兽人能够都被消灭，但我也很希望自己可以活下来。"事实是，很有可能他和梅里在被洛汗人发现之前，就会跟众多的半兽人一起被杀死。

马队中似乎有几名弓箭手，十分擅长在急驰的马背上射击。他们会飞快地靠近，射杀那些落后的半兽人；接着，骑士们会转身迅速撤离到对方的射程之外；半兽人只能够盲目地随便乱射，不敢停下来瞄准。这样周而复始地重复了好几次，有一次刚好有支箭射进了艾辛格士兵的行列中，皮聘眼前有一名半兽人就这么倒地，再也没有起来。

夜色慢慢降临，骑士依旧没有采取决定性攻击的态势。许多半兽人已经战死，但现场大约还有两百名半兽人。傍晚时分，半兽人们来到了一块高地上，森林的边缘已经十分靠近了，或许不到一哩，但他们也无法再靠近森林一步。骑士们已经将他们团团围住。有一小队半兽人不听乌骨陆的号令，闯向森林，最后只有三人活着回来。

"好吧，我们落到这步田地，"葛力斯那克轻蔑地说，"真是英明哪！我希望伟大的乌骨陆可以再次带领我们脱险。"

"把那些半身人放下来！"乌骨陆不理葛力斯那克的嘲弄，"你，陆格达，派两个人看守他们。除非那些该死的白皮肤闯了进来，否则不准杀他们。明白吗？只要我还活着，他们就是我的。但是你们不能让他们叫喊，也不能让他们被救走。绑住他们的腿！"

两人的腿就这样被无情地捆住。不过，至少皮聘这次发现，自己终于可以靠近梅里了。半兽人发出巨大的噪音，大吼大叫，敲击自己的兵器，霍比特人把握住机会悄悄交谈。

"我觉得没什么希望了。"梅里说，"我快虚脱了。即使我挣脱了这些束缚，恐怕也没力气爬多远。"

"别忘了兰巴斯！"皮聘低语道，"我身上还有一些，你呢？我想他们只收走了我们的短剑。"

"没错，我口袋里还有一块。"梅里回答道，"但它一定都被打碎了。反正，我也无法把嘴巴伸进口袋里！"

"你不需要。我已经——"皮聘被踹了一脚，他这才发现半兽人都已经安静下来，守卫开始把注意力转回到他们身上。

这夜寒冷无风。半兽人所聚集的这块高地，四周被点着了一堆堆小小的营火，在黑夜中发出金红色的光，把半兽人团团困住。这些火焰都在长弓的射程之内，但骑士们都在暗处没有现身，半兽人浪费了许多箭矢射在这些火焰上，到最后乌骨陆才阻止他们。骑士们一声不出。夜深之后，在月光钻出迷雾后，偶尔可以看见骑士们阴暗的身影，毫不懈怠地在月光下来回巡逻。

"该死，他们在等太阳出来！"一名守卫低声咒骂道，"为什么我们不一起冲出去？我真想知道乌骨陆到底在想些什么啊？"

"我知道你想知道。"乌骨陆从背后悄悄地走出来，"你以为我没脑袋是吗？你这个混蛋！怎么和那些路格柏兹的低等生物一样愚蠢！和他们一起冲出去是不切实际的想法。这些家伙会尖声乱叫，四处逃跑，反而乱了阵脚。这些马夫们就可以在平地上轻轻松松地扫荡我们。

"那些低等生物唯一能做的事情，就是在黑暗中清楚视敌。但是，就我所知，这些白皮肤马夫的夜视力比一般人类要好，也别忘记他们骑的马匹。据说这些生物可以看见夜风的吹拂！不过，这些家伙还不知道，毛赫和他的部下就在森林里面，随时有可能会杀出来。"

很明显的，乌骨陆的保证已经足以满足艾辛格的士兵；但是，其他半兽人的士气都十分低落，非常不愿意服从命令。他们只安排了一点哨兵，大多数的人都躺在地上，在他们喜爱的黑暗中休息。由于月亮西沉落到厚厚的云层后面去了，四野变得非常黑暗，皮聘连几呎外的东西都看不见。底下的火焰并没有给高地上带来任何的光明。不过，骑士们并非枯等天明，让敌人可以养精蓄锐。高地东边突然传来的呼喊声让他们知道出问题了。看来，似乎有些人类骑到近处，溜下马，潜进营地杀死了几名半兽人，接着又悄无声息地溜走了。乌骨陆连忙冲到该处，去安抚几乎暴动的半兽人。

皮聘和梅里坐了起来，看守他们的艾辛格士兵已跟着乌骨陆离开。但霍比特人逃跑的希望很快就被浇熄了。一只长满毛的大手抓住他们的脖子，将他们拉近。他们在昏暗的光线下依稀可见葛力斯那克丑恶的大脸，他恶臭的呼吸正吹在他们的脖子上。他开始摸索着眼前的两名霍比特人，当他冰冷的手指抚摸到皮聘的背上时，皮聘忍不住打了个寒战。

"好啊，小朋友们！"葛力斯那克轻声低语道，"还舒服吧？还是不够舒服？可能位置不太好吧？一边有刀剑鞭子，一边有可恶的长枪！很难睡吧！小家伙还是不要太常插手管大人的事务比较好。"他的手指继续抚弄着，眼中似乎冒出白热的光芒。

皮聘突然间明白了，这念头仿佛是直接来自于他的敌人脑中。"葛力斯那克知道魔戒的事情！他准备趁着乌骨陆抽不开身的时候，将魔戒据为己有。"皮聘内心感到一阵寒意，但同时他也在思考着要如何运用葛力斯那克的贪念。

"我想你这样是找不到的，"他压低声音回答，"这样东西不好找。"

"找什么？"葛力斯那克说，他的手指停止摸索，一把抓住皮聘的肩膀，"找什么？小家伙，你在说什么？"

皮聘沉默了片刻，然后，在黑暗中，他突然从喉咙中挤出了咕噜、咕噜的声音，然后加上一句："没什么，我的宝贝。"

皮聘感觉到葛力斯那克的手指一紧。"呵呵！"半兽人低声说道，"原来你是这个意思啊？呵呵，小家伙，这是非常、非常危险的。"

"或许吧，"梅里现在也明白了皮聘的猜测，"但危险的不只是我们，你对自己的任务应该知道得最清楚。你到底想不想要？又愿意拿什么东西来换？"

"我想不想要？我想不想要？"葛力斯那克仿佛十分困惑地回答，但他的手臂依旧颤抖着，"我愿意拿什么东西来换？你这是什么意思？"

"我们的意思是,"皮聘小心翼翼地字斟句酌,不想被对方看出破绽,"在黑暗中瞎摸是没有用的,我们可以帮你省掉很多时间和麻烦。但你必须先松开我们的腿,否则我们绝对不会配合,也什么都不会说。"

"我亲爱的小蠢蛋,"葛力斯那克低语道,"你所拥有的一切,所知道的一切,不久之后都会变成我的,一切的一切!你会希望自己有更多事情可以告诉拷问者,是的,很快你就会知道了,我们不需要催促拷问大师,呵呵,不需要的!你以为为什么会让你们活命?我亲爱的小家伙,请相信我这不是出自于同情,连乌骨陆都不会犯下这样的错误。"

"我当然知道,"梅里说,"但是你还没把这猎物运回家呢。不管发生什么事情,看来都不会像你想象的那么顺利。如果我们到了艾辛格,获得奖赏的就不会是伟大的葛力斯那克,萨鲁曼会拿走所有他找到的东西。如果你还想要替自己留下一些好处,现在是交易的好时机。"

葛力斯那克按捺不住自己的脾气了,萨鲁曼的名号似乎特别让他生气。时间很紧迫,他好不容易把握的这一团混乱也渐渐地平息了。乌骨陆或是艾辛格的士兵随时可能会回来。"你们谁身上带着它?"他大喊着。

"咕噜!咕噜!"皮聘只是这样回答。

"松开我们的腿!"梅里说。

他们感觉到半兽人的手剧烈颤抖着。"该死,你们这些混账!"他低声说,"松开你们的腿?我会把你们大卸八块。你以为我不能把你们的骨头都搜出来吗?搜身!哼,我会把你们碎尸万段。我不需要你们双腿的帮忙就可以把你们带走,你们全都是我的!"

突然间他将两人抱起,他的长臂和肩膀拥有惊人的怪力,他一边夹着一个霍比特人，用力地将他们钳住，同时还用手掌将他们的嘴堵住；然后他弯着腰，快速无声地冲向前，直到来到高地的边缘。他在该处从两名哨兵之间挑了个空隙，如同邪恶的黑影一样融入夜色中，沿着斜坡往西跑向流出森林的河流。在那个方向洛汗人似乎只有一堆篝火，因此露出了很大的空隙。走了几十码之后，他停下来四处张望着。他什么也没有发现，于是弯着腰继续慢慢前行，几乎都快趴到地面了，然后，他又停下来侧耳倾听；接着，他猛然站起身，似乎准备冒险迈步狂奔。就在那一瞬间，一名骑士的黑影出现在他面前，马匹发出嘶鸣声，一名男子的叫喊声跟着传来。

葛力斯那克立刻趴在地上，并将霍比特人压在身下；然后，他拔出了剑，毫无疑问是要杀死这两名俘虏，不想让他们被救走或是逃脱；但这也给他带来了厄运。那把长剑在黑暗中微微反射出他左方篝火的光芒；一支羽箭从黑暗中呼啸而至，不知是命运的安排还是对方的神技使然，这支箭正中他的右手。他惨叫着丢下剑，急促的马蹄声随即赶到，正当葛力斯那克跳起来准备逃跑的时候，一匹马将他踩倒在地，一柄长枪应声刺穿了他的身躯，他狂嚎一声倒在地上，不动了。

霍比特人在葛力斯那克离开之后，依旧躺在地上一动也不动，另一名骑士飞快赶来协助同伴。不知道是由于骏马锐利的眼光还是其他什么原因，这两匹马竟然都从两人身上跃过，让他们毫发无伤。骑士们则完全没有发现这两个吓得不能动弹、裹着精灵斗篷蜷缩在草地上的身影。

终于，梅里动了一下身体，轻声耳语道："至少到目前为止都很顺利,但我们要怎么避免被不长眼睛的东西刺穿?"

答案几乎立刻出现。葛力斯那克的惨叫声惊醒了半兽人,从高地上发出的嘈杂声来看,他们的失踪已经被发现了:乌骨陆搞不好正在砍掉几个脑袋来发泄他的怒气。然后,突然间,半兽人响应的呼喊声从右方包围圈之外传来,约莫是在山脉和森林的方向。显然毛赫终于赶到了,现在正在攻击包围者。随即传来的是急驰的马蹄声,骑士们冒着半兽人的箭矢缩小包围圈,避免有人乘机突围,另一队骑士则出面对付新来的攻击者。突然间,皮聘和梅里意识到,他们竟然连动都没动就已经脱离了包围圈,已经没有任何力量可以阻止他们逃跑了。

"就是现在!"梅里说,"如果我们手脚可以恢复自由,就可以逃出去了!可是我碰不到绳结,我也咬不到它们。"

"不需要试了,"皮聘说,"我正准备告诉你,我已经挣脱了。我手上的绳圈只是伪装用的。你最好先吃几口兰巴斯恢复力气。"

他挣脱了手腕上的绳子,掏出一块精灵的干粮,这块干粮虽然已经被压碎了,但它的叶子包装还完好如初。霍比特人各吃了几口,这味道立刻让他们回忆起那些美丽的面孔和笑语,以及许多天前所吃过的山珍海味。两人在黑暗中坐了好一会儿,若有所思地吃着,身边的战斗和惨呼似乎都与他们无关,皮聘是第一个回到当前的人。

"我们必须赶快离开这里。"他说,"等等!"葛力斯那克的长剑虽然就在他们脚边,但却沉重得让他们拿不动。因此,他悄悄地爬向前,找到半兽人腰间的一把锋利的长刀;借着长刀的帮助,他利落地割断了两人身上的束缚。

"现在可以了!"他说,"等身体暖和一点之后,或许我们可以站起来走动。不过，目前我们最好还是先开始爬离这里。"

他们就这样开始在草地上匍匐前进。这块草地上的草长得很高，正好帮助隐藏形迹，但这样爬起来似乎永远都爬不完似的。他们尽量远离四周的篝火，一寸一寸地往外爬，直到已来到河边，可以听见黑暗中潺潺的水声为止。然后他们回头打量。

之前的厮杀声都已经停止了。显然毛赫跟他的部下们不是被杀光，就是被赶走了，骑士们又重新回到岗位上，寂静无声地警戒着。看来这也不会持续太久，天色已经快要亮了。晴朗无云的东方已经微微露出鱼肚白来。

"我们必须赶快找掩护，"皮聘说，"否则就会被发现了。就算那些骑士在我们死后发现我们不是半兽人，也已经太晚了。"他站起来用力跺脚，"这些绳子像铁丝勒死人了，幸好我现在脚又有感觉了。我现在应该可以走路了，梅里，你呢？"

梅里站了起来。"还好，"他说，"我应该还撑得住。兰巴斯真的能让人提振精神，比半兽人喝的提神饮料要让人舒服多了。不知道那是什么东西酿的？我想还是最好不要深究。我们赶快喝口水，冲掉那种味道吧！"

"不能在这边喝，这里太陡了。"皮聘说，"往前走吧！"

他们转过身，肩并肩慢慢地沿着河边走。背后的东方已经越来越亮了。行走的时候，他们以霍比特人的方式彼此若无其事地交换着被俘之后的记忆。从他们的腔调和表情来看，旁观者绝对猜不出他们吃了多少苦，在绝望的处境中打过滚，甚至在鬼门关前走了一遭。即使是现在，他们两人也明白，自己不太可能再遇到朋友，转危为安。

"皮聘先生，你看来似乎表现得不错嘛！"梅里说，"只要我能够活着去向他报告，搞不好你可以在老比尔博的书里面留下辉煌的一章喔。你干得真是漂亮，特别是猜到那个多毛怪物的鬼把戏，跟他玩了一回。不过，我怀疑以后到底会不会有人跟着你的足迹找到那别针。我可不想弄丢自己的别针，但我想你的可能永远找不回来了！

"如果我想和你平起平坐，我得加把劲努力啰。现在，是在下我好好表现的机会了。我猜你大概不知道我们身在何处吧；幸好我在瑞文戴尔的时候相当用功。我们正沿着树沐河往西前进，眼前是迷雾山脉的尾端，还有法贡森林。"

他话还没说完，森林的灰暗边缘无声无息地出现在他眼前。夜色似乎躲进了森林的巨树下，不想和即将到来的曙光打交道。

"带路吧！梅里先生！"皮聘说，"或者是回头！我们之前曾经听人说过不该接近法贡森林，希望这位博学多闻的大人没有忘记这件事情。"

"我可没忘记，"梅里回答，"但这座森林看起来没什么问题，总比回头闯进一场大战中要好吧。"

他带头走进森林浓密的枝桠间，这些树木看来似乎苍老得超乎想象。每一棵巨木周身都被厚重的苔藓所围绕，在微风中看来像是老人飘动的美髯一般。霍比特人在阴影中窥探，回头看着斜坡下的情景：他们两人就像精灵的小孩，在时间的深处由古老的森林往外望，惊奇地看见他们人生中的第一个黎明。

越过大河，越过褐地，在极远之处，火红的黎明终于降临了。狩猎的号角声响起迎接晨光。洛汗国的骠骑突然出现在草原上，号角一

法贡森林

声接一声彼此呼应着。

梅里和皮聘在这冷冽的空气中听见了战马的嘶鸣，以及突如其来的人类雄壮的歌声。太阳的光芒如同火红的巨臂一般挥舞过大地。骠骑们大声呼喊着从东方策马杀出，甲胄和枪尖上都反射着血红的光辉。半兽人狂嚎着射出所有剩余的箭矢。霍比特人看见几名骑士倒下了，但他们冲锋的阵形依旧紧密地掩杀过高地，接着又调转马头再度冲击。侥幸存活的半兽人们四散奔逃，最后都遭到长枪破体而过的命运；但是，依旧有一群半兽人保持队形，持续地冲向森林，他们沿着斜坡直接杀向看守该处的骠骑。在梅里和皮聘的眼中，这些半兽人似乎会杀出重围，已经有三名挡路的骑士遭到他们杀害。

"我们已经耽搁太久了，"梅里说，"你看，带队的是乌骨陆！我可不想要再遇见他。"

霍比特人转过身，逃进森林的阴影中。

因此，他们并没有看见这场恶斗的结局，乌骨陆的小队在法贡森林的边缘又再度被包围，洛汗国的第三元帅伊欧墨下马亲自与他对决，最后终于将他斩杀于剑下。平原上残存尚有力气奔逃的半兽人，则在骠骑的锐利目光下无所遁形，被一个接一个地刺死在长枪下或是倒在马匹的践踏下。

随后，骠骑们将战死的伙伴集中，吟唱他们的丰功伟业；最后，他们生起了熊熊烈火，把敌人的骨灰散布在大地上。这场半兽人的突击就这么结束了，没有任何人活着将消息带回魔多或是艾辛格；但是，这场大火的浓烟飘入高空，也飘进了许多人的眼中。

第四章
树　胡

在此同时，霍比特人在黑暗林中盘根错节的老树脚下尽可能地赶路，沿着小溪的水流向西方山脉的方向前进，同时却也越来越深入法贡森林。慢慢地，他们对于半兽人的恐惧消退了，脚步也跟着减缓。他们觉得有种异样的窒息的感觉，仿佛这里的空气稀薄到让人无法呼吸。

最后梅里停了下来，气喘吁吁地说："我们不能这样继续赶路了，我需要新鲜空气！"

"至少先喝点水吧，"皮聘说，"我快渴死了！"他沿着一条延伸进小溪中的树根爬到河岸边，用手捧起溪水来啜饮。溪水十分清澈冰凉，他一连喝了好几口，梅里也跟着有样学样大喝特喝。溪水不只让他们不再干渴，似乎也给他们带来了新的力量。有好一会儿，两人并肩坐在河边泡脚，让河水释放肌肉中的酸痛，一边打量着四周沉默无声，树木一层层地向四面八方毫无边际地延伸而去，直到隐没在灰蒙蒙的微光里。

"我猜你应该还没迷路吧？"皮聘说着，靠向需要好几个人才能合抱的老树干，"至少我们可以再沿着这条河走，管它叫树沐河还是什么的，一路走回原来进入森林的地方。"

"只要我们还走得动，"梅里说，"而这里的空气能让人正常呼吸的话，就没问题。"

"没错，这里的空气似乎很稀薄，好像停滞了一般。"皮聘说，"不知道怎么搞的，这里让我想起了在大地道那边建的图克大厅。那是个很大的地洞，那边的家具大概有好几世代都没移动或更换过。他们说老图克就这样年复一年地居住在那里，看着家具和自己逐渐被岁月所侵蚀。自从他一百年前去世之后，那个房间就再也没人动过了。杰龙提斯是我的曾曾祖父，这就是他告诉我的。可是，那里的古旧感觉和这边根本不能比。你看看这些四处飘荡、恣意生长、横行霸道的苔藓！几乎每棵树都挂着一大堆已经枯死的树叶，看起来真不干净。我很难想象这里的春天看起来会是什么样子，甚至我都无法想象春天真的会来呢，更别提要在这边大扫除会是什么样子了。"

"不过，太阳至少偶尔会照进来一下。"梅里说，"这里看起来和比尔博所描述的幽暗密林完全不同。那里又黑又暗，是暗黑生物的大本营。这里只是光线微弱、树多得吓人而已。你根本完全无法想象有动物居住在这里，或甚至稍微待上一段时间。"

"没错，连霍比特人也不例外。"皮聘回答，"我也不敢想象穿越这座森林会是什么样子。我猜大概走一两百哩都不会有东西吃。我们的干粮还够吗？"

"不太够了，"梅里说，"我们脱逃的时候身上只有几块兰巴斯，其他东西都没带。"两人看着剩下来的几块精灵干粮，这些碎片大概只够支撑五天，然后就什么都没有了。"而且我们也没有毯子。"梅里说，"不管往哪个方向走，今天晚上都要忍受风寒了。"

"好吧，我们最好先决定一下该往哪里走。"皮聘说，"天色已经很亮了。"

就在这个时刻，他们突然发现不远的森林深处出现了一道金光，那是穿透了森林浓密顶盖照射进来的温暖阳光。

"哇！"梅里说，"刚刚我们走进森林的时候，太阳一定是被云遮住了，现在它又跑了出来，或者是它已经爬到高空，可以从空隙照进森林里来了。那里距离并不远，让我们去看看吧！"

他们发现，那里其实比他们想象的远多了。地形依旧持续上升，地表的岩石也越来越多。随着他们的前进，四周越来越亮，很快他们就发现眼前出现了一堵石壁，那应该是某座山丘的一部分，或是远方山脉的延伸。石壁上没有任何的树木，太阳光正洒满了整面岩壁。在它底部，树木的枝杈都笔直向上伸出，仿佛渴求太阳的温暖。原先看起来死气沉沉的森林，现在成了阳光下红褐饱满的美景，灰黑色的树皮也如同打磨光滑的皮革一样细致，树干也反射着如同鲜嫩青草一样的柔和绿光，这可能是早春的迹象或是它们久远活力的残迹。

在岩壁表面，有一处地方近似一道阶梯，从它崎岖不平的形状看来，或许这是岩石破裂和雨水冲刷所构成的自然奇景。上方，几乎与树顶齐平处，在峭壁下有一块突出的岩石。岩石上没长东西，只有边缘上长了几株杂草，以及一段只剩下两根弯曲的枝干的老树桩，模样看起来像是一位乖戾的老人，站在那里，被晨光迷了眼睛。

"我们上去吧！"梅里欢欣鼓舞地说，"终于可以呼吸新鲜空气，看看这里的样子了！"

他们攀爬上这一连串的阶梯。如果这些阶梯是人工打造的，那么它是造来给比他们脚大腿长的人用的。不过,他们太急切了,以至于丝毫没有惊奇自己身上的累累伤痕已经痊愈,活力也都回来了。最后,两人终于爬到了岩壁的顶端,正好位于那老树桩的底下。他们一跃而上,转过身背对着山丘,深吸一口气,望向东方。他们这才发现自己只进入了森林大约三四哩远,森林的前缘顺着山坡往下一路延伸向大草原。在那边,在靠近森林的边缘处,有浓密的黑烟升起,向着他们飘过来。

"风向改变了,"梅里说,"又转成东风了,这里好凉快喔。"

"没错,"皮聘说,"可惜这只是昙花一现,我恐怕一切又都会恢复成灰蒙蒙一片。真可惜!这座老森林在阳光之下看起来好漂亮,我几乎觉得自己要喜欢上这个地方了。"

"几乎觉得你喜欢这座森林?很好!你们真是太客气了!"一个奇异的声音说,"转过身来,让我看看你们的脸。我几乎觉得我要讨厌你们两个人了,不过,最好还是不要仓促下决定。快转过身!"一双长满了树瘤的手放在两人的肩膀上,将他们轻柔但不可抗拒地转了过来;然后,一双大手将他们举了起来。

梅里和皮聘发现自己面对的是一张极端不寻常的面孔。那张脸孔属于一个类似人类、几乎有着食人妖轮廓的高大身形。他至少有十四呎高,看起来非常强韧,头很长,却几乎没有脖子。两人很难推断他到底是穿着绿灰色的树皮衣服,还是这就是他的皮肤。不过,他们至少可以确定的是,离躯干有一小段距离的胳膊上没有任何皱褶,是褐色的光滑肌肤。他的每只大脚有七根指头,那张长脸的下半端则掩盖在茂密的灰胡子底下,胡根的部分简直像小树枝,尾端薄薄的,并且覆着一层苔藓，看起来有点像老人的灰色胡须一般丰美。不过，此时此刻，霍比特人唯一注意到的就是那双眼睛；那双深邃的眼睛正缓慢、严肃地打量着他们，非常具有穿透力。他的眼睛是褐色的，放射着绿色的光芒。日后，皮聘常试着要描述他对那双眼睛的第一印象。

"你会觉得那背后似乎有着十分深邃的古井，装满了远古以来的记忆和长久、缓慢、坚定的思绪；但是它们的表面却是闪烁着现世的波澜，就像阳光映射在大树表层的枝叶上，或是照射在幽深湖水的涟漪上一样。我不确定，那种感觉好像是在树顶和树根之间、大地和天空之间某种沉睡的力量突然醒了过来，正在用亿万年以来同样缓慢审视自己的目光打量着眼前的你。"

"哼姆，呼姆，"那低沉如同极低的木管乐器般的声音呢喃道，"真是奇怪！我的座右铭是不要仓促行事。可是，如果我在听见你们的声音之前看见你们——顺道一提，我很喜欢你们小小的声音，让我想起了一些不复记忆的事物——如果我在听见你们的声音之前看见你们，我应该会一脚从你们身上踩过去，把你们当做小半兽人，等事后才发现我犯了错。你们真的很奇怪，我的老根啊，真的很奇怪！"

皮聘虽然依旧很吃惊，却已经不再害怕。他在那双眼睛的打量下只有感觉到好奇，但没有恐惧。"打搅您了，"他说，"但阁下是谁？又是什么种族？"

那双苍老的眼中出现了诡异的光芒，似乎是某种提防的感觉——那座古井被盖了起来。"哼姆，"那声音回答道，"我是树人，其他人是这样称呼我的；没错，就是树人这两个字。你们可以用你们的语言称呼我树人，也有某些语言称呼我为法贡，还有人叫我树胡。叫我树胡应该就可以了。"

"树人？"梅里惊讶地问道，"那是什么？你怎么称呼你自己呢？你真正的名字是什么？"

"呵，等等！"树胡回答道，"呼！那可会说上好长一阵子呢！别这么着急。问话的是我呢，你们是在我的势力范围内，我才要问你们是什么？我无法将你们分类，你们似乎不属于我在年轻时候所学到的列表中的种族。不过这也难怪，那已经是很久很久以前的事情了，或许有人编出了新列表也说不定。让我想想！让我想想！列表是怎么说的？

> 快学习各种生灵的知识吧！
> 先是四种自由民：
> 最古老一族，数精灵儿女；
> 矮人会打洞，黑暗地底住；
> 大地生树人，寿命与山齐；
> 人类寿有限，是马的主人。

嗯，哼，嗯。

> 水獭是工人，山羊爱跳跃；
> 大熊爱吃蜜，野猪最好斗；
> 野狗吃不饱，小兔胆子小……

嗯，哼。

猎鹰在天际，水牛在草地；
　　雄鹿有美角，猛隼飞最快；
　　天鹅最洁白，大蛇最冰冷……

　　呼姆，嗯，呼姆，嗯。接下来是什么？嘟姆，咚，嘟姆，东，噜滴嘟咚，这列表很长哪！反正，你们不在列表上就对了！"

　　"古老的故事和列表里面，似乎永远都漏掉了我们。"梅里说，"但是我们已经在世界上活了很久了，我们是霍比特人。"

　　皮聘说："为什么不编一条新的句子进去？

　　　　一半高的霍比特人，喜欢住在洞穴中。

　　"你可以把我们加到前四种当中，接在人类（大家伙）之后，这样你就不会搞错了。"

　　"嗯！不错，不错，"树胡说，"这样就可以了。原来你们住在洞穴中啊？听起来很恰当、很舒服呢！不过，到底是谁叫你们霍比特人呢？这听起来不像是精灵的杰作，精灵是古语的创造者，一切都是由他们开始的。"

　　"霍比特不是别人叫的，是我们自己用的名字。"皮聘回答。

　　"呼姆，嗯嗯！等等！别这么急！你们管你们自己叫霍比特人？但你们不应该这样到处跟人家说。如果不小心的话，可能会不小心把自己的真名告诉别人。"

　　"我们在这方面才不会那么小心翼翼呢，"梅里说，"事实上，我是烈酒鹿家的人，梅里雅达克·烈酒鹿，不过，大部分的人只叫我梅里。"

"我是图克家的人，皮瑞格林·图克，不过，一般人都叫我皮聘，甚至是小皮。"

"嗯，你们果然是个急急忙忙的种族，我明白了。"树胡说，"我很高兴你们这么信任我，但你们也不应该一下子就这么放心。你们应该知道，这世界上有这种树人和那种树人；还有一些看起来像是树人，但不是树人的生物。这样吧，如果你们不介意的话，我就叫你们梅里和皮聘好了，真是不错的名字。不过，我还是不准备告诉你们我的名字，因为时候还没到。"他的眼中闪起了半是了解、半是幽默的绿光："一部分是因为这会花上很长的时间，我的名字随着时光的流逝而越来越长，而我又活了很长很长的时间，所以我的名字就像是一则故事。说出我的真名，会是以我的语言，你们所谓的古老树人语，告诉你们我这一生的故事。那是种很美的语言，但是用它说话很费时；除非一件事值得花上很长的时间去说，也值得花上很长的时间去听，否则我们是不会使用树人语的。

"不过，现在，"那双眼睛变得十分明亮，突然间回到现世来，似乎缩小并显得更锐利，"到底发生了什么事情？你们到底和那一切有什么关系？我可以从这个……从这个a-lalla-lalla-rumba-kamanda-lind-or-burúmë里面看见、听见（还有嗅到和感觉到）很多事物。抱歉，这是我名字的一部分，我不知道对应的外界语言是什么。你知道的，就是我们所在之处，我站立瞭望明朗早晨，思考太阳，还有森林以外的草原，以及马匹、云朵和整个展开之世界。到底发生了什么事情？甘道夫在忙些什么？这些——布拉鲁，"他发出一阵低沉，仿佛某种巨大乐器的不和谐颤音——"这些半兽人,还有艾辛格那个年轻的萨鲁曼在忙些什么?我喜欢新消息,但别说得太快。"

"最近发生了很多事情哪!"梅里说,"即使我们说得很快,恐怕都要花上很长的时间。但你又告诉我们不要说太快,我们应该这么快告诉你这些事情吗?如果我们先问你到底要拿我们怎么办,以及你是站在哪一边的,这会不会太没礼貌?还有,你认识甘道夫吗?"

"是的,我的确认识他,他是唯一在乎树木的巫师。"树胡回答,"你们也认识他吗?"

"是的,"皮聘哀伤地回答,"我们很荣幸认识他。他是我们的好朋友,也是我们已故的向导。"

"那我就可以回答你的另一个问题了。"树胡说,"我不会用你们来做什么事情的,也就是说,我不会在没有经过你们同意的状况下对你们怎么样,我们可能会一起做些事情吧。我不知道什么边不边的,我通常是只管自己的,不过,你们可能会和我相处一段时间。可是,你们提到甘道夫先生时候的表情……好像他的故事已经结束了。"

"你说得没错,"皮聘忧伤地说,"故事还在继续,但甘道夫已经不是其中的角色了。"

"呼,啊!"树胡说,"呼姆,嗯,啊,好吧!"他暂停片刻,看着霍比特人。"呼姆,啊,我不知道该说些什么。来吧!"

梅里说:"如果你想要知道更多,我们会告诉你的,但得花上一段时间。你愿意先把我们放下来吗?我们可不可以坐在阳光下好好享受这难得的天气?你一直抓着我们一定累了。"

"嗯,累?不,我不累。我很难感觉到疲倦的,我也不会坐下来;

我并不是那么的，嗯，有弹性的。不过，你们说的没错，阳光的确很舒服，让我们离开这个——你说你们怎么称呼这个地方？"

"小山？"皮聘猜测道。"石壁？台阶？"梅里跟着帮忙。

树胡若有所思地重复这几个字："小山，没错，是这个字。不过，用这个短短的字眼来描述自开天辟地就耸立在此的东西也未免太仓促了吧！算了，我们离开这里吧。"

"我们要去哪里？"梅里问道。

"去我家，我的其中一个居所。"树胡回答。

"很远吗？"

"我不知道，或许你们会认为那里很远，但这又有什么关系呢？"

"这么说吧，你看得出来，我们的东西都弄丢了，"梅里说，"我们的食物不太够。"

"喔！嗯！你们不需要担心这个，"树胡说，"我可以给你们喝种东西，能让你们常保翠绿，长得又快又好。如果你们想要离开，我随时可以把你们放在森林外的任何一个地方，我们走吧！"

树胡轻而牢地将这两名霍比特人夹在两边的臂弯中，一只接一只地抬起大脚，走到高地边缘；然后，像是树根一样的脚趾抓住悬崖边缘，他小心又稳固地一阶一阶走下去，最后来到了森林的地面。

他立刻迈开大步，在树林间穿梭，越来越深入森林。他的步伐一直沿着河流走，稳定地朝着山脉的斜坡往上爬。许多的树木似乎都陷入沉睡，对于他的经过并没有多少反应，不过，也有许多树木开始颤抖，当他走近时伸出枝叶遮住他的头。当树胡快速移动的时候，他嘴里依旧对自己喃喃不停念诵着如同乐音一般的语言。

　　霍比特人沉默了很长的一段时间。十分奇异的，他们竟然觉得安全和放心，同时有很多东西令他们思考和好奇。最后，皮聘终于忍不住问道：

　　"打搅你了，树胡，"他说，"我可以问问题吗？为什么凯勒鹏会警告我们，不要打搅你的森林？他告诉我们最好不要和这里有所牵扯。"

　　"嗯嗯，他知道吗？"树胡咕哝道，"以我来说，我可能也会告诉你们相同的话。不要和罗伦林多瑞安森林有所牵扯！古时候精灵们是这么称呼那座森林的，不过现在他们把它缩短了，变成罗斯洛立安。或许他们改变称呼是对的，或许那座森林已经在渐渐消逝，不再继续成长。那里曾经是人们歌颂的黄金之谷，现在已经成了梦中花。啊，好啦！那里的确是个特殊的地方，不是每个人都能踏入冒险的。我很惊讶你们能够安全出来，但你们能够进去更让人觉得不可思议：已经有好多年没有陌生人进去过了，那的确是块诡异的地方。

　　"这里也是一样的。人们来这边会感觉到忧伤，没错，来这边是会忧伤的！ Laurelindórenan lindelorendor malinornélion ornemalin。"他自言自语道，"我想，他们在那边已经和现世隔绝了。"他说，"不论是这里，或是黄金森林之外的任何事物，都跟凯勒鹏年轻时不一样了。不过：

　　　　　　Taurelilómëa-tumbalemorna Tumbaletaurëa Lómëanor,

　　"他们以前常这样说，世事或许多变化，但在有些地方却是恒久不变的。"

"你这是什么意思？"皮聘问道，"什么东西会恒久不变？"

"树木和树人。"树胡回答道，"我也不完全明白自己身上的状况，所以无法完整地向你解释。我们之中有些依然保持着树人的特征，以我们的角度来看还算活跃；但有些同伴变得昏昏欲睡，你可以说他们'人'的成分被慢慢抽离了，只剩下'树'的成分。当然，大多数的树也还是树，不过，有些却已经处在半梦半醒的状态，有些甚至相当的清醒，变得有些——有些像树人了，这一切都是这样循环不息的。"

接着，树胡又说："当有些树发生这样的转变时，你会发现他们的心并不好，这和他们的木质没有关系，我不是指他们被虫咬了或得病了。对啦，我认识一些树沐河下游的老柳树，唉！树干都空了，事实上他们都快变成碎片了，但还是依旧如同嫩叶一般的甜美、沉寂。当然，也有一些靠近山脉的河谷中的树木，结实着哪，可心坏透了。这种状况似乎会传染。这里从前有些地方相当的危险，现在也还是有相当黑暗的地方。"

"你指的是北方的老林吗？"梅里问道。

"算是，算是吧，很类似，但情况比那更糟糕。我怀疑北方有些大黑暗时期所留下的残影还在那边，不好的记忆有时会一直流传下来。不过，这块土地上也有黑暗从未曾离开过的河谷，有些树木比我还要古老。然而，我们依旧尽力而为。我们会赶走陌生人，不让那些愚蠢的家伙进来；我们训练和教导，我们散步的时候同样也会除草。

"我们这些古老的树人是牧树者，现今存留下来的树人已经没多少了。绵羊有时会变得和牧羊人一个脾气，牧羊人也会和绵羊越长越像；

但这种变化的过程很缓慢,而且出现的时间也都不算久。树木和树人之间的关系更密切也变得更快,他们还一同走过漫长的岁月。树人比较像精灵:不像人类那般对自己感兴趣,而是更能够深入其他事物的本质。但是,从某个角度来看,树人又更像人类,他们比精灵容易变通,也更容易了解事物的外在。或者,从某个角度来说,树人优于两者:因为树人比较稳定,他们有持久的恒心。

"我的同胞之中如今有些看起来像是树木一样了,必须要有巨大的变动才能够唤醒他们,而且他们只用低语的方式交谈。不过,我的森林中有些树枝叶很柔软活跃,还有许多可以和我交谈。当然,这都是从精灵开始的,他们唤醒树木,教导它们使用树的语言。古老的精灵总是希望能够和每种东西交谈。但紧接着,大黑暗就降临了,他们渡海而逃,有些躲进远方的山谷,隐藏起身份,撰写着逝去时代的歌谣;而那些时代再也不会重临了。唉,唉,从卢恩到这里曾经一度全都是一座大森林,这个区域不过是它的东方边境而已。

"那可是个宽广的年代!我可以吟唱、步行一整天,耳中除了听见山中传来自己的回音,没有别的响声。这里的树林就像是罗斯洛立安的森林一样,只不过更浓密、更强壮、更有活力。那空气中的清新味道!啊,我常常一整个星期都花在深呼吸上面。"

树胡沉默下来,继续往前走,但他的脚步几乎是寂静无声的。不久之后,他又开始哼歌了,慢慢地变成吟诵诗文的语调。霍比特人过了一段时间之后才发现,原来他是吟诵给他们听的:

在那塔沙瑞楠的柳树下,我走过春天。

啊！那春日的景象和气味，就在塔斯仁谷地！
我说那真是不错的感觉。
在那欧西瑞安德的榆树林里，我走过夏天。
啊！那夏日的光芒和美妙的乐声，在欧西七河之滨，
我以为那是最好的美景。
我又在秋天来到了尼多瑞斯的山毛榉树林。
啊！那片片金黄、簇簇火红，和那秋叶的轻声叹息，
我早已经心满意足。
在冬天，我爬上了多索尼安的高地松林。
啊！那凛凛寒风、皑皑白雪，和那冬日的黑色枝桠！
我放开喉咙，对着苍天歌唱。
这些大地如今都隐在波浪之下，
我只能走在安巴伦那、塔伦莫那、阿达罗宙，
走在我的土地上，走在法贡森林中，
此地的树木根深，
年岁比树叶还要茂密。

他诵唱完了，又开始沉默地迈进，整座森林中却没有传出任何回响。

天色渐渐变黑，暮色开始落在树木的枝桠上。最后，霍比特人看到在前方有一个陡峭的黑色斜坡：他们终于来到了山脚下，也就是翠绿的马西德拉斯峰。在此地还是小溪的树沐河喧嚷地沿着斜坡流下，才

刚离开山上冰冷的泉源不久。在溪流的右边是面很长的斜坡，上面长满了青草，在暮色下显得灰蒙蒙的。此地没有任何的树木生长，可以直接看到顶上的天空，在云朵的空隙之间，已经可以看见闪烁的星辰。

树胡开始往斜坡上走，脚步并没有任何延缓。突然间，霍比特人看见前方出现了一个宽阔的开口，两边各有一株高大的树木，仿佛是活生生的门柱一般。当树人靠近的时候，两株树举起枝杈，所有的树叶也开始晃动。他们是长青树，树叶是墨绿色，有一层蜡光，在暮色中闪闪发亮。在两株树之后则是一块平坦的空地，仿佛是山坡上开凿出了一座大厅一样，两边的石壁都往上逐渐升高，一直到达五十呎高以上；而两旁各有一排树木，也随着他们越深入内部而越来越高耸挺拔。

大厅尽头的岩壁十分陡峭，但底部又挖了个凹洞，成了有着圆拱顶的小房间，这是大厅中除了枝叶自然构成的屋顶之外，唯一的人造屋顶。在大厅里侧的其他地方，树木的枝叶将外界的光源全都遮住，只留下正中央的一块空隙。一道涓涓细流从上方泉源跃出，脱离斜坡上的小河，发出清脆悦耳的声音落下岩壁，在那拱顶的小房间前构成了一道透明的帘幕。这些流水又汇集在树木间的一个石盆中，再度喧扰地沿着开口流出去，和外面的树沐河汇流，踏上它的森林之旅。

"嗯，我们到了！"树胡打破了长久的沉默，"我带你们走了大约七万个树人步，但我不知道这在你们的计算中是有多远的距离。反正，我们已经到了最后山脉的根脉地区。这里的名称在你们的语言中应该是威灵厅。我喜欢这个地方，今晚我们就待在这边。"他将两人放在两排树木之间的草地上，皮聘和梅里跟着他走向拱顶。霍比特人注意到他走路时膝盖几乎不弯曲,但他的腿却可以张得很开。他会先将大脚拇指(真的很大很宽喔)踩到地面,然后其他部分再跟着移动。

树胡先在落下的泉水中站立了片刻,然后他深吸一口气,哈哈大笑着走进房间内。里面有一张巨大的石桌,但没有任何的椅子。房间的后方已经相当黑暗了。树胡拿起两个大容器,将它们放在桌子上。这两个容器里面似乎装满了水,但树胡将手罩到容器上,它们立刻开始发光,一个是黄金色的光芒,另一个则是饱满的绿色,整个房间被这两种交织的光芒所照亮,仿佛夏日阳光透过嫩绿的树叶般宜人。霍比特人回头一看,发现整个洞穴中的树木也都开始发光,一开始很微弱,但逐步增强。所有的树叶边缘都染上一圈光辉,有些翠绿,有些金黄,有些则如同红铜;而树干本身看起来像是夜光石所打造的石柱一样。

"好啦,好啦,现在我们可以好好地聊天了!"树胡说,"我想你们应该已经渴了,你们多半也已经累了,快喝下这个!"他走到房间的后方,两人看见那边有好几个高大的石瓮,上面盖着看来十分沉重的盖子。树胡打开其中一个大瓮,用一个大长柄勺舀出一些液体,装满了三个碗,一个碗很大,另外两个碗则稍微小一点。

"这是树人居住的地方,"他说,"所以恐怕没有可以坐的位置。不过,你们可以坐在桌上。"他将霍比特人一把抓起,放到离地面六呎高的巨大石板上,让他们踢着小脚,喝着饮料。

这饮料喝起来像水一样,就和他们在森林边的树沐河中所喝到的河水味道一样,但是其中有股很难形容的香气:那味道很淡,却让他们想起森林中晚风吹拂所带来的味道。这饮料的效力从脚指头开始,一路缓缓地往上升,让他们的四肢百骸,最后连头皮都感觉到精力充沛。

霍比特人觉得自己连头发都站了起来，开始迎风飘扬、卷曲和生长。至于树胡，他先是把脚泡在大厅中央的石盆内，然后仰头缓缓地一口喝光碗内的东西，霍比特人还以为他这一口永远都喝不完。

最后，他放下了碗。他满足地叹息道："啊，哈，呼姆，嗯，这才比较适合聊天。你们可以坐在地板上，不过先让我躺下来，这样可以避免刚刚喝的东西直冲脑门，让我想睡觉。"

在房间右边则有一张相当低矮的床铺，不过几呎高，上面铺满了干草和树皮。树胡慢慢地躺上床（腰身只有些微的弯曲），直到全身都躺上去为止。然后，他枕着手，看着天花板上灿烂的光芒像阳光下的树叶般舞动，梅里和皮聘则在他身边的草枕头上坐了下来。

"现在可以告诉我你们的故事啦，别太快喔！"树胡说。

霍比特人就从一行人离开霍比特屯开始，对他描述这趟冒险中的遭遇。他们的顺序有些混乱，因为两人会彼此插嘴打断对方的描述，而树胡也常阻止说话的人，询问之前的细节，或者是跳过去询问后来的状况。他们完全没提到魔戒的事情，也没告诉他出发的理由和目的地，而他也没有针对这方面提出质疑。

他对于一切都非常感兴趣：对于黑骑士，对于爱隆，对于瑞文戴尔、老林、汤姆·庞巴迪、摩瑞亚矿坑，以及罗斯洛立安和凯兰崔尔，他都十分好奇。他要求他们一遍又一遍地描述夏尔和四周的环境。这时他说了句很奇怪的话："你们从来没看见，嗯，附近有任何树人吗？"他问道："好吧，不对，应该是树妻才对。"

"树妻？"皮聘问道，"她们和你们长得一样吗？"

"是的，嗯，又不太算。我现在实在不太确定。"树胡若有所思地说，"但我想她们会喜欢你们老家的，所以我才会想要问。"

树胡对于甘道夫的一切事迹都感到特别好奇；对萨鲁曼的所作所为，更是问得巨细靡遗。霍比特人很遗憾自己对他们知道得实在不够多，唯一的线索是山姆转述甘道夫在会议中的描述。不过，至少他们确定乌骨陆和部下都是来自艾辛格，并且尊称萨鲁曼为主人。

当他们的故事，最后终于来到了洛汗国骠骑和半兽人之间的战斗后，树胡说道："嗯，哼姆！好的，好的！这果然是很多新消息啊。不过，你们没有告诉我全部的内情，恐怕还差得远了。但是，我了解你们的所作所为都符合甘道夫的期望。我看得出来有什么大事正在发生，那到底是什么事，不论时机好坏，我都可能有机会知道。以根与枝之名哪，这些事情真奇怪：就在我眼前冒出了两个没有在旧列表上的小家伙！不只如此，九名被遗忘的骑士再度出击，猎杀他们；甘道夫带领他们踏上艰困的旅程；凯兰崔尔在卡拉斯加拉顿收留他们；半兽人在荒地上千里追踪要寻找他们：这些小家伙一定被卷入了恐怖的暴风中，我希望他们可以安全渡过！"

"你自己又怎么样呢？"梅里问道。

"呼姆，嗯，这场大战并未打扰到我，"树胡说，"它大半是和精灵及人类有关。那些都是巫师的事：巫师们总是喜欢担忧未来。我不喜欢担心未来。我不跟任何人站在同一边，因为也没有任何人和我站在同一边。如果你了解我的意思：没有人像我这样关心树木，连现今的精灵都不关心了。不过，我对精灵依旧比对其他种族客气：许久以前是他们给了我们智慧，即使我们之后分道扬镳，但这个礼物绝不可轻易忘记。而且，还有一些人、一些东西是我绝对不会苟同的。事实上，我彻头彻尾地反对他们，这些布拉鲁。"他又再度发出厌恶的哼声，"这些半兽人和他们的主人。

"当黑暗入侵幽暗密林的时候，我曾经紧张了一阵子，但当它返回魔多时，我就放松下来了：魔多毕竟离这里很远。但是，看来这股邪风又再度从东方吹来，所有树木枯萎的时刻或许正在渐渐逼近。单凭老树人无法阻止这风暴，他必须支撑过这风暴，或是就此断折。

"可是，现在连萨鲁曼都堕落了！萨鲁曼就在我们附近，我不能忽略他。我想，我一定得做些什么。最近我经常思索，到底要拿萨鲁曼怎么办。"

"谁是萨鲁曼？"皮聘问道，"你知道他的过去吗？"

"萨鲁曼是名巫师，"树胡回答，"除此之外我就不清楚了，我并不知道巫师的过去。我只知道他们是在大船越过海洋前来之后出现的；但他们是否乘坐大船来的，我不确定。我相信萨鲁曼在他们之中的地位很高。不久之后——你们可能会说那是很久很久以前——他就不再四处奔波与介入人类和精灵的事务了。他在安格林诺斯特定居下来，洛汗国的人又叫那个地方艾辛格。他一开始十分地低调，但他的名声不胫而走。他们说他接受了圣白议会议长的职务，但结果似乎并不怎么好。现在我怀疑是否那时萨鲁曼就已经落入邪道。反正，他以前并不会对邻居造成任何麻烦，我曾经和他说过话，他有一段时间经常在我的森林里面漫步。那时他总是很有礼貌，时常会请求我的许可（至少在他遇到我的时候会这样），总是愿意倾听；我告诉他许多单凭他自己的力量永远不会知道的事情，但他从来没有用同样的态度回报我。我不记得他曾告诉过我任何事情,而他这样的情况越来越严重。他的脸孔——那张我如今已经很久没有见到的脸孔,变成像是石墙上的窗户一样封闭,窗户内的窗帘还拉了起来。

"我想,现在我才明白他到底在忙些什么。他正计划要成为人们不可忽视的力量。他的脑袋就像齿轮一样乱转,他根本不在乎其他的生物,除非他们此时此刻可以帮助他称霸世界。现在,我确定他是沦落黑暗之道了,他收留了许多半兽人和邪恶的生物!嗯哼,呼姆!更糟糕的是,他似乎对他们动了某种手脚,某种很危险的事。因为,这些艾辛格的士兵看起来更像是邪恶的人类。自大黑暗中存留下来的半兽人害怕太阳,这是他们的特征;但是,萨鲁曼的部下虽然痛恨太阳,却可以忍受它。不知道他到底做了些什么?他们究竟是被摧残的人类,还是他将半兽人和人类混种?那真是邪恶的罪行!"

树胡咕哝了片刻,仿佛正在念诵某种树人古老的谚语。"一段时间以前,我开始怀疑为什么半兽人能这么自在地穿越过我的森林。"他继续说道,"直到最近,我才怀疑萨鲁曼是这幕后的黑手,许久以前他就在森林里面窥探我的秘密、规划道路。他和他的邪恶部下正在大肆破坏蹂躏这里。他们在边界砍倒了很多树,很好的树。有些树他们砍倒之后就弃置在地,任其腐烂,这是半兽人的恶行;不过,大部分的树木都是被运到欧散克塔中当做炉火的燃料。这些日子以来,艾辛格的浓烟终日不断。

"该死,这个连根带叶都烂光光的家伙!那许多树木都是我的朋友,是我从种子到果实都熟得不得了的老友;许多都拥有自己独特的声音,就这样永远地失去了。许多原先曾经茂密丰美的树林也都成了断枝残干的废墟。我已经袖手旁观太久了,竟然坐视这种残忍恶行,一定得阻止这一切!"

树胡猛地从床上弹起来,站直,一巴掌拍在桌面上。发出光亮的容器猛一震动,激出两道火焰来。他的眼中有着绿色的怒火,胡子也根根竖起,像一把大扫帚证明了他心情的激动。

"我会阻止这一切!"他低吼道,"你们跟我一起来,或许可以帮上我的忙。如此一来,你们其实也在帮助自己的朋友;如果不阻止萨鲁曼,刚铎和洛汗就会面临腹背受敌的窘境。我们的方向是相同的——去艾辛格!"

"我们愿意和你一起走,"梅里说,"我们会尽可能地帮忙。"

"没错!"皮聘说,"我会很高兴看见白掌被推翻的。即使我派不上什么用场,我也很高兴可以在现场目击。我永远不会忘记乌骨陆和越过洛汗国的那趟噩梦。"

"很好!很好!"树胡说,"但我说得太急躁了些。我们绝不可以操之过急。我刚刚太激动了,必须要冷静下来思考才行。因为大喊'住手!'比实际行动要轻松多了。"

他走到拱门前,在落下的泉水中又站立了片刻,然后他大笑着甩甩身子,从他身上纷飞开来的水滴像是红色和绿色的火花一样纷纷落在地上。他走回来,再度躺回床上,陷入沉默中。

过了一阵子之后,霍比特人又听见他开始喃喃自语。他似乎在扳着手指头数数:"法贡、芬格拉斯、佛拉瑞夫,啊,啊……"他叹息道,"问题是我们的人数太少了!"他转过身对霍比特人说:"在黑暗来到之前就在森林中行走的树人只剩下三位：只有我法贡、芬格拉斯和佛拉瑞夫，这是我们的精灵语名字；你可以叫他们叶丛和树皮，这样比较好记。在我们三个之中，叶丛和树皮恐怕都帮不上什么忙。叶丛已经变得太像树了，整天昏昏欲睡；他去年一整个夏天都站在那边，陷在半沉睡的状态，四周的荒草长到及膝高，他头上的树叶可是很丰美的呢！他以前在冬天的时候会醒来，但是最近他变得太迟钝，连那时候都无法走得太远。树皮则是居住在艾辛格西边的山坡上，也是麻烦最多的区域，他被半兽人弄伤了，许多他的同伴和树群们也都被杀死或是被摧毁了。他躲到更高的地方去，藏在他最爱的桦木林里面不敢下来。不过，我想我应该还是可以找到不少年轻的树人，只要我能够说服他们这次的危机有多大，只要我能让他们热血沸腾：我们实在不是那种天性好斗的生物。真可惜，我们的数量实在太少了！"

"既然你们在这边居住了这么久，为什么数量还是那么少呢？"皮聘问道，"是有很多人去世了吗？"

"喔，不！"树胡说，"没有人因为寿命的关系死去。当然，在过去那邪恶的年代中，有许多死在黑暗的手下，但有更多的树人变得像树木一样。不过，我们的数量本来就不多，而且中间也没有增加；我们已经有很多年没有小树人，也就是我们的小宝宝了。你知道，我们的树妻都消失了。"

"好可怜啊！"皮聘说，"她们怎么会都死掉了呢？"

"她们没死！"树胡抗议道，"我根本没说她们死了。我是说树妻都消失了。她们消失之后，我们就再也找不到她们了。"他叹了一口气："我以为大多数的人都知道这件事情。有许多歌谣是有关树人寻找树妻的故事，从幽暗密林到刚铎之间的人类和精灵，都会诵唱这些歌谣。它们没有这么容易就被忘记吧。"

"这样啊，恐怕这些歌谣都没越过山脉，来到夏尔。"梅里说，"你可以告诉我们这个故事，或者是唱几首这类歌来听吗？"

"好的，我会的。"树胡说，看来对这样的要求感到十分高兴，"但是我没办法详细地描述这个故事，只能简短说明；然后我们就必须休息了。明天我还要召集会议，还有很多工作要做，甚至要开始一趟旅程。"

"那是个十分奇异又哀伤的故事。"他暂停了片刻之后说，"当这个世界还年轻的时候，森林遍布大地，树人和树妻，当时她们还是树女——啊！我还记得芬伯希尔的可爱，记得风枝那轻盈的步伐，在我们年轻时那快乐的时光！她们和树人一起行动，一起居住。但我们的思绪并没有一直朝向同一个方向发展：树人把他们的爱给了在世界上遇到的其他事物，但树妻则把思绪转移到其他的东西身上。因为树人喜爱大树、野林和高山的陡坡；他们喝的是山泉水，吃的是树木自然落下的果实；他们学习精灵语，并且和树木交谈。但树妻把关怀献给了更小的植物，献给那些在森林外阳光下的草本植物；她们喜爱的是灌木丛中的野莓和春天野生的苹果及樱桃，以及夏天在水边地上生长的药草，秋天在大地上生根的草蓟。她们不想和这些植物说话，只想要它们聆听并遵从给予它们的命令。树妻命令植物照着她们的喜好生长出叶子和果实来；树妻喜欢秩序、丰饶和安详（在这里，安详的意思是每样东西都停留在树妻当初安排的位置上）。因此，树妻开始开辟花园，变成她们的居所。但我们这些树人则是四野游荡，只会偶尔来到这些花园。然后，当黑暗来到北方，树妻们越过了大河，在那边开辟了新的花园，驯服了新的植物，我们和她们更少见面了。在黑暗被推翻之后，树妻拥有的大地开始丰收，田野间结满了玉米的果实。人类从树妻那里学到了这技巧，对她们十分敬重；但我们对人类来说就成为单纯的传说，只是森林中心的神秘意志。然而如今我们还好好地站在这里，但树妻的花园已经全都毁弃；人类现在称呼那里为褐地。

"我记得那是很久以前，是在索伦和来自海上的人类作战的那段时期，我突然很想要再看看芬伯希尔。以前我最后一回见到她时，她在我的眼中依旧十分美丽，虽然她的模样已经和当年的树女十分不同了。由于她们经年辛勤工作，树妻都弯腰驼背，皮肤变成棕色，她们的头发在艳阳的炙烤之下成了成熟玉米的黄色，脸颊红得像熟透的苹果一样。但她们的双眼依旧是我族人民的双眸。我们越过安都因河，来到她们的大地，却发现一片荒漠：一切都被破坏烧毁了，战火延烧过该处，造成了莫大的破坏，但树妻们并不在那里。我们找了又找，唤了又唤，询问所有遇到的人，想知道树妻往哪里去了。有些人说他们从来没见过树妻；有些人说见过她们往西走，有些人说往北走，有些人说往南走。但不管我们往哪个方向去找，就是找不到她们。我们非常、非常地哀伤。但森林再度呼唤我们，我们就又回到了森林中。之后有许多年，我们经常离开此地，寻找树妻，在世界各地呼喊她们美丽的名字。但随着时光的流逝，我们慢慢放弃了这项搜寻，很少再离开远行。现在，树妻已经成了我们脑海中的回忆，我们的胡子也已经斑白飘落。精灵们作了很多有关树人搜寻的歌谣，有些歌谣甚至翻译成人类的语言。但我们自己没有作出任何歌谣,单单是在思念她们时吟唱她们美丽的名字就已足够。我们相信终有一天会再度和她们相遇,或许可以找到一个地方和她们厮守终老。但预言说,那只有在我们都失去这一切的时候才会完成这个梦想。或许这个末日终于已经快要到来了。因为若是古代的索伦摧毁了树妻的花园,现在的魔王恐怕会让所有的树木枯死。

"有一首精灵歌谣,就是描述我刚刚所叙述的故事,至少就我所知是这样的。这歌曾经一度传唱于大河上下游。不过你们别搞错了,这不是树人的歌曲;如果要用树人语来唱,这会是很长的一首歌!不过,我们每个树人都在内心熟记这首歌,不时会轻轻地哼唱。翻译成你们的语言是这样的:

树人:当春天吹开山毛榉的嫩叶,
　　　树汁满溢时;
　　　当光芒照在野林的小溪中,
　　　风吹溪畔时;
　　　当步伐轻快,呼吸深沉,
　　　山风冷冽时;
　　　快回到我身边!快回到我身边,
　　　赞颂我的国度美丽如诗!

树妻:当春日来到草场上,
　　　玉米结实累累时;
　　　当花朵像未融初雪

　　　　　罩在兰花树梢时；
　　　　　当阵雨和阳光笼罩大地，
　　　　　空气中充满芬芳时；
　　　　　我会留在这里，不会去你那边，
　　　　　因为我的国度美丽如诗。

树人：当夏天落入世间，
　　　笼罩在黄金色的午后时，
　　　在沉睡的叶下树木的美梦
　　　缓缓成真实；
　　　当林地翠绿清凉，
　　　西风吹拂时，
　　　快回到我身边！快回到我身边，
　　　赞颂我的领地永不侵蚀！

树妻：当夏焰暖和树梢的水果
　　　烤熟了野莓时；
　　　当稻草金黄，玉米穗洁白，
　　　村中收成满满时；
　　　当蜂蜜满溢，苹果成熟，
　　　西风吹拂时，
　　　我将留在这里，在阳光下流连，
　　　因为我的土地累累结实！

树人：当冬日到来，冷风飞舞
　　　山丘和树林也低伏时；
　　　当树木倒下，无星的夜晚
　　　吞噬了无阳的白昼时；
　　　当吹起致命的东风，
　　　下起苦雨时；
　　　我将寻找你，呼唤你，
　　　我将不再让你迷失！

树妻：当冬日到来，歌唱结束；
　　　黑暗终于落下时；
　　　当树枝断裂，光明不再，
　　　劳动的时节已过去时；
　　　我将寻找你，等待你，
　　　直到我们重逢的那时：
　　　我们将一同上路，
　　　携手并肩共淋苦雨！

树人与树妻合：我们将一同踏上
　　　前往西方的道路。
　　　在那遥远的彼方将会找到
　　　我俩可安息的大陆。"

树胡的歌唱完了。"这首歌就是这样的。"他说,"当然,原来是精灵语,因此轻松、快速,很快就结束了。我觉得这首歌很凄美。但是树人如果有时间,可能还有更多意见想表达!不过,现在我得站起来,好好睡一觉了。你们要站在哪边睡?"

　　"我们通常要躺下来才能睡的。"梅里说,"在这边应该就可以了。"

　　"躺下来睡觉!"树胡重复道,"当然啰,我都忘记了,嗯,呼姆。我的记性真是有点糟糕:刚刚唱的歌让我满脑子都是过去的回忆,几乎以为我在和年轻的小树人讲话呢。啊,你们就躺在这床上睡吧,我要站在雨里面睡觉了。晚安!"

　　梅里和皮聘爬上床,蜷缩在柔软的苔藓和干草上。这张床有种新鲜的味道,而且还十分地温暖。桌上的光芒熄灭了,树木的光线也慢慢地黯淡消失;但他们依旧可以看见树胡站在拱门下,手举到头上,动也不动地站着。天空中星光闪烁,照亮那些洒在他指尖和头上,再纷纷坠落到他脚上的水滴。霍比特人倾听着这让人心安的滴水声,最后终于睡着了。

　　两人醒来时,发现清冷的阳光正照在大厅中,并且也照进了洞穴里。高空稀疏的云朵正顺着东风飘移。树胡并不见人影;但是,当梅里和皮聘正在石盆旁盥洗的时候,他们听见树胡哼唱着走上了两排树间的小路。

　　"呼,呵!早安哪,梅里和皮聘!"发现他们起床之后,树胡以低沉的声音问好,"你们睡得还真久,我从早上到现在都已经走了几百步了。我们先喝一杯,然后去参加树人会议。"

　　他又帮两人倒了满满一碗的饮料,但这次是从不同的大瓮中舀出来的。那味道也和昨天晚上喝的那碗不同,感觉起来更醇厚、更让人饱足,可说是比较像食物。当霍比特人坐在床边喝着饮料,嚼着小块的精灵干粮时(这是因为他们觉得早餐一定要吃点什么,而不是因为他们肚子饿),树胡就站在一旁,用树人语、精灵语和一些奇怪的语言喃喃自语,看着澄蓝的天空。

"树人会议在哪里?"皮聘大胆问道。

"呼?呃?树人会议?"树胡转过身说,"树人会议不是地方,而是树人集合的会议,这可是很少发生的事情喔;但我已经说服很多树人,让他们答应前来。我们集会的地方和以往一样,是人类叫作德丁哥的地方。它在这里的南方,我们必须在中午前赶到。"

不久之后,他们便出发了。像昨天一样,树胡将这两个霍比特人抱在臂弯里。在大厅的入口处,他往右边转,一脚跨过了小河,沿着树木稀少的陡坡边缘往南边走。一路上霍比特人看见了许多丛的桦木和花楸,后方则是黑色高耸的针叶林。很快的,树胡就转了方向离开山丘,一头冲进茂密的森林里。这里的树木更大、更高,是霍比特人所见过最茂密的森林。一开始,他们又感觉到像初进法贡森林时的气闷凝滞,但这感觉很快就过去了。树胡并不和他们交谈,他低沉地哼着曲调,似乎在思索着什么;对于梅里和皮聘来说,他口中所发出的似乎只是哼哼、呼呼、嗯嗯的节拍声,只不过音符和曲调时常变更而已。他们不时会听见森林里面传来响应,可能是哼声或是颤音,仿佛来自地面,或者是他们头上的枝叶;不过,树胡的动作丝毫没有减缓,头也没有往两边看。

他们走了很长的一段时间,皮聘试着想要计算树人总共走了多少步,但最后在三千步左右就搞混了;正好在同一时间,树胡也放慢了脚步。突然间,他停了下来,把霍比特人放下,把手卷成杯状凑到嘴边;然后他不知道是用吹还是用喊叫的方式,发出了巨大的轰轰声,仿佛森林中独有的震耳号角声,余韵还在森林间不停地回荡。从很远的地方也传来了巨大的轰,轰,轰三声,响应他的呼唤。

树胡接着把梅里和皮聘放到他的肩膀上,再度开始往前走,并且不时发出同样的号声;每次的回应则是越来越近、越来越大声。就这样,他们最后来到了一堵看起来根本无法穿透、由浓密的常青树所构成的高墙,霍比特人从来没有见过这种植物。它们从根部就开始长出分支,墨绿色的树叶看起来有点像无刺的冬青一样,而树上还长有许多笔直的花茎,上面拱着许多橄榄绿的花苞。

树胡往左走,绕过这个巨大的围篱,几步之后就走进了一个狭窄的入口,穿过入口之后,眼前就是一道长长往下倾斜的陡坡。霍比特人注意到他们正走入一块巨大的洼地,如同碗状的地形,十分宽深,边缘则是被那道高大的常青树围篱围住。洼地内长满了青草,看起来很光滑,除了生长在碗底的三株高大俊美的银桦树之外,草地上并没有其他的树木。另外有两条来自东边和西边的通道,也同样通向这块洼地。

已经有几名树人先到了,还有许多树人正从另外两处入口进来,有些人则是跟在树胡后面。当他们靠近的时候,霍比特人瞪大眼睛打量了一番。起初他们以为会看到和树胡没有多大差别的树人(就像霍比特人在外人眼中看来没什么差异一样),但他们很惊讶地发现自己错得离谱。树人的长相个个不同,就像不同种类的树;有些虽像同种类的树,但因为生长过程与时间长短而在外貌上有了很大的不同,有些甚至像是不同种类的树一样,就像桦树和山毛榉,橡树和冷杉。这其中也有几名比较古老的树人，身上长满了苔藓和树瘤，但都没有一个比得上树胡这么德高望重；另外，也有许多高大、强壮的树人，枝杈和树皮都干干净净的，仿佛是正值壮年的树木一般，不过，在场的没有年轻的树人，也没有小树人。当他们抵达的时候，谷洼中的草地上已经大概站了二十多名的树人，还有许多正在进场。

一开始，梅里和皮聘对于树人之间的多样化感到十分的惊讶，他们在树皮、枝叶、颜色、形状、手臂和脚的长度上各有不同（甚至连手指和脚趾，都有从三根到九根的差异）。有几个树人看起来和树胡有点关系，让他们想到桦树或是橡树；不过，场中也有其他种类的树木，有些人让他们想到栗树：这些树人的皮肤是深褐色的，手指又大又长，腿则是短而粗壮；有些树人让他们联想到白杨树：又高又直的身躯，手指十分细致优雅，手臂和腿都很长；有些则让他们想到杉树（最高的树人们），其他还有银杏、花楸、菩提树等等。不过，等到所有的树人都到齐围绕着树胡，微微低着头用音乐般的语言交谈，并且久久专注地打量着两位陌生人的时候，两名霍比特人才清楚意识到他们都属于同一个族类；他们都拥有相同的眼睛。并非每个树人的眼睛都像树胡一样深邃、古老，但都同样地拥有缓慢、稳定和沉思的神情，以及同样的绿色光芒。

等到所有的人都聚集起来，在树胡身边围成一大圈之后，他们就开始了一连串让人好奇又无法理解的对话。树人一个接一个地开始呢喃，直到所有的人都加入这一连串漫长、高低起伏的音律中为止。有些时候这声音在一边会特别强烈，有些时候则是在一边低落下来，随即又在另一边以轰鸣声再度出现。虽然皮聘听不懂对方的语言，他推测这些都是树人语，他一开始觉得这声音听起来很悦耳；不过慢慢的，他的注意力便涣散了。经过很长的一段时间之后（那呢喃声并没有丝毫缓慢下来的迹象），他发现自己开始胡思乱想：既然树人语是种很缓慢的语言，那么这些家伙到底说完"早安"了没有？如果树胡要点名，那不知道又会花上多少天的时间才能念完这些家伙的名字？"不知道树人语中的是或不是到底怎么说？"他边想着边打呵欠。

树胡立刻意识到他的转变："嗯，哈，嘿，我可爱的皮聘！"他说，其他的树人都立刻停下念诵。"我都忘记你们是群很着急的生物，而且聆听你们完全不懂的语言也很累人，你们可以下来了。我刚才把你们的名字告诉树人会议，他们也看过你们了，也都同意你们不是半兽人，也同意将你们的那一行歌谣加入古老的列表中。我们还没有讨论到其他的事，不过，对于树人会议来说，这样算很快了呢！你和梅里可以在附近逛逛，如果你们想要喝喝水、冲冲凉，在北面边上有口好泉水。在会议正式开始之前，我们还有不少东西要谈。我到时候会再来找你们，告诉你们事情的发展如何。"

他将霍比特人放了下来，在他们离开之前，两人深深一鞠躬。从树人们呢喃的抑扬顿挫和眼睛的眨动看来，这动作似乎让他们大感兴趣；不过他们很快就又转回到自己关注的事上。梅里和皮聘沿着之前下来的小径往回走，从树篱的开口处向外望。覆满树木的长斜坡从洼地的一侧向上延伸，在这之后，在最远处的杉树边缘，是高大雪白的山脉尖峰。他们往左边南方看，可以看见森林一路绵延，伸到迷蒙的远方。在更远处闪烁着一丝淡绿的影子，梅里猜测那多半是洛汗的草原。

"不知道艾辛格在哪里？"皮聘说。

"我根本不知道自己现在在哪里,"梅里说,"但是,那座山峰多半是马西德拉斯峰,就我所记得的来说,艾辛格好像是在山脉尽头的一个凹谷中。说不定它就在这座山脉后面。在那山峰左边,看起来似乎有烟雾在缭绕,你说呢?"

"艾辛格是什么样子?"皮聘说,"不知道树人能对它采取什么行动?"

"我也很好奇。"梅里说,"我记得艾辛格是一圈岩石和小山丘所构成的地形,中间是块平原,正中央的一座孤岛还是石柱什么的,叫作欧散克,萨鲁曼在上面盖了座高塔。在四面环绕的高墙上有一座门,也许不止一座。我记得平原中间有条河流,是从山里面流出来的,一直流过洛汗隘口。那里看起来不像树人可以轻易解决的地方。不过,我对这些树人有种奇怪的感觉,不知道为什么,我认为他们并不像外表看起来那么的安全和好笑。他们似乎动作很慢、古怪,有耐心,几乎到了悲伤的地步;但是,我相信他们是可以被鼓舞起来的。一旦发生这种情形,我会希望自己不要处在和他们敌对的那一边。"

"没错!"皮聘说,"我知道你的意思。一头公牛在草地上慢吞吞地吃草,或许看来很安全,但它也可能突然间气势汹汹地狂奔。不知道树胡能不能够唤醒这些沉睡的树人?我确定他真的想这么做,但他们似乎不喜欢太激动。昨天晚上树胡就变得很激动,后来就又平静下来。"

霍比特人又往回走,树人的声音依旧在他们的会议场上不停地起起伏伏。太阳现在已经爬到半空,越过树篱照进来:阳光照在桦木树梢顶上,并让谷地北边都笼罩在和煦的黄色光芒下。他们也在那方向发现了一汪闪烁的清泉。两人沿着大碗的边缘走在常青树脚下——能够再度光着脚踏在青草上的感觉实在很舒服,更何况可以不需要急着赶路——然后下到喷泉旁。他们喝了一些干净、冷冽、有点刺激的泉水,然后在一块长满青苔的岩石上坐了下来,看着流泻在草地上的阳光,以及蓝天上行云在地面投下的影子。树人的呢喃声持续着。整个谷地似乎化成一个遥远的世外桃源,远离了一切曾经发生在他们身上的遭遇。他们开始想念同伴们的声音和面孔,特别是佛罗多、山姆以及神行客的身影。

好不容易,树人的声音停止了。他们抬起头,发现树胡正带着另一名树人朝他们走来。

"嗯,呼姆,我又来啦!"树胡说,"你们觉得累或是不耐烦了吗?希望你们不要觉得不耐烦,因为我们才刚结束第一回合的会议呢。我还必须对那些住得很远、那些离艾辛格极远的树人,或是我来不及在会议前通知的树人解释这一切;在那之后,我们还必须决定该做些什么。不过,只要我们详细地说明了一切发生的事实,对树人来说,决定怎么做不会花太久的时间。我也不想否认,恐怕会议还得持续很长的时间,多半还要好几天。因此,我带了个同伴给你们。他在附近有个居所,布理加拉德是他的精灵语名字。他说他已经做好决定,不需要继续待在会场中了。嗯嗯,他是我们当中个性最急躁的树人了,你们应该会处得很好。再见!"树胡转身离开了他们。

布理加拉德站在那边,花了一些时间认真地打量霍比特人;两人回瞪着他,心中怀疑不知何时可以看到他展现出"急躁"的个性来。他身材很高,似乎是属于比较年轻的树人,手臂和腿的外皮都很光滑;他的嘴唇红润,头发是灰绿色的。他能像修长的小树一样在风中弯曲摇摆。最后,他开口了,他的声音频率比树胡要高,也比较清晰。

"哈，嗯嗯，我的朋友们，让我们散散步吧！"他说，"我是布理加拉德，在你们的语言中是'快枝'的意思。不过，当然啦，这只是我的绰号而已。自从我在一位老树人说完问题之前就回答'好的'之后，他们就都这样叫我了。而且，我喝水的速度也很快，其他人连胡子都还没沾湿，我就已经喝完出门去了。你们跟我来！"

他伸出均匀的双臂，用细长的手指牵住两名霍比特人。接下来整天他们都和他一起在森林里面漫步，唱着歌，欢笑着。快枝是个很爱笑的树人。如果太阳从云后探出头来，他会大笑；如果路上遇到一条小溪，他也会大笑，还会弯下身往头上和脚上泼水；只要在树林中听见什么声音，他也都会大笑。不论何时，只要他在路上看见花楸树，他就会停下脚步，伸出手摇晃着身体高声吟唱。

到了晚上，他将两人带到他的屋子里面，这不过是块长满青苔的大石，安置在斜坡下的青草上。四周长满了花楸树，一旁还有山壁中冒出来的泉水（所有树人的屋子都近水源）。随着夜幕降临，他们又继续谈天说地了好一会儿。他们可以听见远处树人会议的声音仍在持续着；不过，现在他们的声音听起来似乎比较深沉和严肃。偶然会有一个巨大的声音变得比较快速、急促，而其他的声音都跟着沉默。不过，布理加拉德依旧在他们身边，用他们的语言轻柔地呢喃着。霍比特人稍后知道他是树皮的同胞，而他们所居住的地方就是首当其冲遭到破坏的森林。两人这才明白，为什么他在对付半兽人的这个话题上，会这么急躁。

"在我的家园中有很多的花楸树，"布理加拉德幽幽地说，"在我还是小树人的时候，这些花楸树就已经落地生根。那是很久很久以前，在世界还很安静的时候。最早的花楸树是树人种下，用来取悦树妻们的；

但她们看着这些树,微笑着说她们知道哪里还有更白的花朵和更饱满的果实。不过,在我眼中,全天下没有任何比它们更美丽的植物了!这些树木一直不停地生长着,每株树都俨然长成一座巨大的绿色厅堂,在秋天,它们的红色梅子会变成它们的负担、美丽与骄傲。以前有许多飞鸟聚集在那里,我喜欢小鸟,即使它们会吱喳乱叫也不会改变我的想法,而且那时的花楸树也多得可以和任何人共享。但是,慢慢地那些鸟儿变得既不友善又贪婪,它们会破坏树木,把果实抓落在地却又不吃。然后,半兽人带着斧头来了,他们砍倒我的树木。我呼唤着它们的名字,但它们听不见,也无法响应,它们躺在地上,死了。

> 喔,欧络法恩,雷沙米塔,卡里密力!
> 美哉花楸树,满树的白色花苞更衬托你的美丽,
> 我的花楸树,我看见你在夏日里光彩熠熠,
> 你的树皮光滑,树叶轻飘,声音柔软清凉:
> 金红色的皇冠高高戴在你头上!
> 亡矣花楸树,你的秀发灰败干裂;
> 你的皇冠粉碎,声音如花凋谢。
> 喔,欧络法恩,雷沙米塔,卡里密力!"

霍比特人在布理加拉德温柔的歌声中缓缓睡去,那歌声就像借由许多不同的语言来哀悼这许多逝去的、他所钟爱的美丽树木。

第二天他们也和他一起度过,但这次三人并没有远离他的"屋

子"。大多数时候他们都默默地坐在岩壁下的避风处；因为风儿变得比较冰冷，云朵变灰，更为低垂；很少见到阳光，而远处的树人说话声音依旧不停地抑扬顿挫，有时强而有力，有时低回忧伤，有时快，有时则缓慢庄穆如挽歌。第二天的夜晚降临，树人会议依旧在满天星斗与滚滚驰云之下继续进行着。

　　第三天破晓的时候，风强而冷冽。天一亮，树人的声音就突然变强，随后又减弱到几乎无声的地步。随着晨光渐渐展露，风停云止，空气中充满了期待的气氛。霍比特人注意到布理加拉德正专注地倾听着，虽然对他们来说，在他家所在的这谷地中，树人会议场上传来的声响十分微弱。

　　到了下午，太阳渐渐往西方的山脉偏移，从云朵的空隙间射出长长闪亮的金色光柱。突然间，众人意识到一切的嘈杂声响都停止下来，整个森林陷入沉寂之中，树人的声音早就停息。这代表着什么意思？布理加拉德站得又高又挺，回头看着树人聚集的地方。

　　随着一声巨响，传来了让人热血沸腾的叫声：啦——轰，啦！整座森林随着这声音摇摆低头，仿佛被一阵飓风吹袭。又是一阵沉静，随后，激昂雄壮如庄严鼓声的进行曲，伴随着砰砰拍打的鼓声，树人嘹亮雄浑的歌声传了过来。

　　　　出发，出发，伴随着鼓声前进：哒隆哒、隆达、隆达、轰！

树人们越走越近，歌声越来越激昂：

出发,出发,伴随着战鼓、号角前进:哒隆哒、隆达、隆达、轰!

布理加拉德抱起霍比特人,从他家中走了出来。

    没多久,他们就看见行进的队伍渐渐靠近,树人们跨着大步朝着他们走来。树胡走在最前方,大约有五十名树人两两并肩紧跟在后,他们的脚步齐一,两手还同时拍打着身侧,步伐和着手的节拍一致前进。当他们逐渐靠近的时候,双眼中的光芒清晰可见。
    "呼姆,轰!我们终于来了,我们终于来了!"当树胡看见布理加拉德和霍比特人的时候,他大声喊道,"来吧,加入我们!我们要出发了,我们要前往艾辛格!"
    "前往艾辛格!"树人们异口同声地大喊。
    "前往艾辛格!"

    攻入艾辛格!纵使它被坚不可破的磐石包围;
    纵使它是铜墙铁壁,易守难攻插翅也难飞,
    我们冲,我们撞,我们终于要宣战,
    敲破那石头,打开它城门;
    枝干燃烧,炉火熊熊,我们终于要宣战!
    战鼓雷鸣,大地昏暗,不破敌城绝不返,
    前进,前进;
    艾辛格的末日在眼前!

艾辛格的末日在眼前，艾辛格的末日在眼前！

他们就这么唱着战歌，一路往南而去。

布理加拉德的双眼闪动着火光，在树胡的身边走着。老树人现在把霍比特人抱起来，将他们放回肩膀上，因此，他们可以抬头挺胸，血液沸腾地跟着队伍前进。虽说他们本来就预料到会有惊天动地的变化，但他们对于这些树人的转变还是感到十分惊讶。他们的怒气仿佛山洪暴发一样突然，势不能挡。

"树人们毕竟还是很快下定了决心，对吧？"皮聘过了不久之后，趁着歌声暂歇，四周只有踏步声和挥手声的时候问道。

"快吗？"树胡回答道，"呼姆！的确很快，比我想象的快多了。我已经有很多很多年没有看过他们这么激动了。我们树人通常不喜欢情绪上的波动，除非认知到我们的性命和树群陷入极端的危险，否则我们是不能采取行动的。自从索伦和渡海的人类宣战以来，这座森林就没有这样过了。是那些半兽人肆无忌惮的砍伐——甚至连砍树当柴烧这种坏借口也没有——激怒了我们；而且，本来应该协助我们的邻居竟然出卖了我们。巫师们应该清楚，他们比常人更有知识。不管是精灵语、树人语或是人类的语言，都没有足以咒诅这种背信忘义恶行的字眼。我们要推翻萨鲁曼！"

"你们真的会打破艾辛格的城门吗？"梅里问道。

"呵，嗯，我们真的可以！或许你还不知道我们有多强壮。你们听过食人妖吗？它们拥有一身可怕的怪力。但是，食人妖只是天魔王在黑暗时代里模仿树人所做出的仿冒品，①正如同半兽人是精灵的仿制品一样。我们比食人妖更强壮。我们是大地的骨干所孕育成的。我们可以像树根一样轻易地断山裂石，只要我们一激动起来，那速度可是快多了！只要我们没有被砍倒，或是被火焰、魔法给摧毁，我们可以将艾辛格撕成两半，甚至将它的铜墙铁壁都化成废墟。"

"但萨鲁曼会试着阻止你们，对吧？"

"嗯，啊，是的，的确是如此，我并没有忘记这一点，我的确为此思索了很久。但是，许多的树人都比我要年轻很多，他们现在都已经被唤醒了，脑海中只有一个念头：摧毁艾辛格！不过，不久之后他们的情绪就会比较平复，在我们停下脚步喝晚餐水的时候，他们会开始仔细思考这个问题。啊，到时候我们一定会很口渴的。但是，现在让他们前进并歌唱吧！我们还有很长的路要走，还有很长的时间可以思考。我已经开始思考了。"

树胡往前迈进，和其他人一起又唱了一会儿。但在过了一段时间之后，他的声音渐渐化成呢喃，最后又沉默下来。皮聘看见他的双眉紧锁在一起。最后，他抬起头，皮聘看见他的眼中有一种忧伤，但不

---

① 在古老的星光第一纪元中，天魔王马尔寇仿造了一种凶猛、强悍却毫无智慧的食人生物，这些黑血的巨人被称为食人妖。据说马尔寇是模仿树人们强而有力的体魄，才造出这个种族。不过，它们的智能极度低下，几乎不会任何的语言，大部分只能用半兽人之间的方言交谈。它们的身材几乎是一般人类的两倍高，皮肤则是绿色的鳞甲，可以抵挡刀剑的攻击；不过，它们有一个最大的缺陷，就是畏光。由于仿造它们的法术是在黑暗中施展的，如果光亮照到它们身上，这个法术就会被破除，它们的外壳就会开始往内生长，将它们化成石像。因此，它们在黑夜出没，或是待在隧道或洞穴中等猎物上门。

当第二纪元索伦崛起的时候，他赐给这些愚蠢的生物相当的智力，让它们有了学习和制造工具的能力，也成为更恐怖和危险的生物。

是不快乐。他的眼中有一股光芒，仿佛那股绿色的火焰已经沉陷到他思绪的深处去了。

"当然，吾友，也有这个可能，"他缓缓地说，"我们可能迈向的是我们自己的末日，这是树人最后的一次进军。但是，如果我们待在家中袖手旁观，末日迟早会临到我们的。其实我们自己也都意识到了这件事情，也正是因此我们会下定决心。这并不是仓促的决定。至少，树人的最后一战或许可以换取后人的歌颂。啊……"他叹气道，"我们在彻底消失之前，或许可以对这世界作出最后的贡献。不过，我还是很希望在有生之年，能够看到我们和树妻的歌谣成真，我实在很想念芬伯希尔！好吧，这么说吧，歌曲就像树木一样，只按照它们自己的方式和时机开花结果，有些时候，它们会就这样枯萎凋谢。"

树人们继续迈开大步迅速前进。他们此时已经下到一块向南倾斜的狭长丘陵地，现在他们开始往上爬，一直爬向了西边高地的边缘。森林逐渐消失，众人来到了只有稀疏桦木生长的空旷高地，然后是只有几株苍老松树的光秃斜坡。太阳缓缓地落入眼前的山脉背后，暮色笼罩大地。

皮聘回头看着队伍，他发现树人的数量增加了——还是他看错了？原先光秃秃的斜坡上现在长满了树木，但它们都在移动着，难道是法贡森林的树木整个苏醒过来，越过山丘准备开战了吗？他揉揉眼睛，怀疑是否睡意让他看到了幻影？但那些灰色的身影依旧稳稳地继续往前移动，枝桠间传来了如风吹过的飒飒声。树人们现在越来越靠近高地边缘，所有的歌声也都停了下来。夜色降临，四野一片寂静，只有大地在树人脚下发出微微的颤动,以及许多枝叶沙沙的低语。最后,他们走到了高地边缘,低头看见一个幽深的黑洞:那是山脉边缘的裂谷,捻苦路纳,萨鲁曼之谷。

"夜色笼罩艾辛格!"树胡说。

第五章

白骑士

"我都快冷到骨髓里了!"金雳跺着脚,挥舞着手臂说。好不容易到了天亮。天一亮,三人就想办法弄出一顿早餐填饱肚子。在晨光中,他们准备好继续搜寻霍比特人的足迹。

"也不要忘记找那个老家伙的足迹!"金雳说道,"如果我发现他的脚印,我的心情会好一点。"

"为什么呢?"勒苟拉斯问道。

"因为有脚、会留下脚印的老人,多半不会是什么可怕的怪物。"矮人回答道。

"或许吧!"精灵回答,"不过,这里的草丛很深又很有弹性,即使是沉重的靴子也不一定会留下脚印。"

"这应该难不倒游侠。"金雳说,"一根弯折的草就足以让亚拉冈判读出线索来。不过,我也不指望他能够找到什么蛛丝马迹。我们昨天晚上看到的是萨鲁曼邪恶的影像。即使在大白天,我也敢这么确定。或许,他现在还正从法贡森林里瞪着我们呢!"

"的确很有可能,"亚拉冈说,"但我还是不太确定。我刚刚在思考有关马匹的事情。金雳,你说它们昨晚是被吓跑的,但我并不这么认为。勒苟拉斯,你听见它们的声音了吗?它们听起来像是受到惊吓的牲畜吗?"

"不像。"勒苟拉斯回答,"我清楚听见它们的声音。若不是因为四周的黑暗和我们自己的恐惧,我会说它们是突然间太过兴奋了。它们的嘶鸣声就像是马儿看到许久不见的朋友一般。"

"我也是这么想!"亚拉冈说,"但除非它们回到我们身边来,否则我搞不清楚其中的谜团。来吧!天色已经很亮了,还是先看看到底发生了什么事情,稍后再来猜测吧!我们应该从营地附近往四下仔细搜寻,不要漏掉任何可能的线索,沿着斜坡往森林的方向找。不管我们对于昨晚的访客有什么看法,我们的任务还是找到那些霍比特人;如果他们真的凑巧逃了出来,应该会躲在树林间,至少我们也可以看到一些线索。如果在这里和森林的前缘都找不到任何的痕迹,那么就必须在战场的焚灰之间找寻线索。但是,洛汗国的骠骑手段实在太利落了,我们在那边恐怕找不到多少痕迹的。"

三人爬着在四周的地面仔细搜寻了一阵子。树木哀伤地矗立在他们头上,枯干的树叶无精打采地垂挂在树上,在冷风中沙沙颤抖。亚拉冈慢慢地往外移动,他来到了河岸边那些篝火烧剩的残迹旁,然后又循着地上的痕迹往回搜寻到发生战斗的小丘。突然间,他停下脚步,脸几乎贴到草丛中。然后,他大声呼喊其他人。他们连忙跑了过来。

"终于,我们在这边找到了新的线索!"亚拉冈从地面上捡起一片破碎的叶子给大家看,那是一片很大的、有着金色色泽的苍白叶片,现在已经大半变成枯萎的褐色。"这是罗瑞安的梅隆树叶,上面还有一些干粮的碎屑，地面也有一些。你们看！附近还有几段被切断的绳索！"

"这是割断绳索的小刀！"金雳说。他弯下腰，从一丛曾被践踏过的草丛中拾起一根短的锯齿刀刃，被踩断的刀柄就落在旁边。"这是半兽人的武器！"他小心翼翼地拿着刀，看着它那雕刻过的刀柄，面露恶心之色。刀柄的形状是一个丑恶的脑袋，脸上有双斜吊眼和邪淫的笑容。

"好吧，这真是我们所找到的最大的谜团了！"勒苟拉斯大声说道，"一个被绑住的俘虏，竟然从半兽人和骑士的包围圈中逃了出来；然后他在没有任何掩护的地方停了下来，利用半兽人的小刀割断绳索。可是这是怎么办到的？因为，如果他的脚被绑住，要怎么走路？如果他的手被绑住，又要怎么使用小刀？如果他的手和脚都没有被绑住，那他又为何割断绳索？他对于自己惊人的表现很满意，于是坐下来舒舒服服地吃干粮！单从这点，就算没有罗瑞安的树叶，我们也可以推断这家伙一定是个霍比特人。在那之后，我想他应该是长出翅膀，高高兴兴地飞进树林里面去了。要找到他应该很简单，我们只要也跟着长出翅膀来就好了！"

"我猜这一定和魔法有牵连。"金雳说，"不知道那老人扮演了什么样的角色？亚拉冈，你对于勒苟拉斯的推论有什么看法？你有更好的高见吗？"

"或许我有！"亚拉冈脸上露出了微笑，"我们手边还有一些细微的线索你们没有考虑到：我同意这名俘虏一定是霍比特人，在他抵达这边之前，手或腿一定已经挣脱了束缚。我猜是他的手，因为这样会让谜题变得比较容易，而且，我从其他的线索判断，他是被半兽人抱到这边来的。你们看,几步之外有血迹,那是半兽人的血迹。在这一带有很深的蹄印,又有重物被拖走的痕迹。这名半兽人是被骠骑杀死的,后来他的尸体又被拖去焚化。但他们并没有发现霍比特人,他并非'毫无掩护',因为当时还是晚上,他又穿着精灵斗篷。他觉得又饿又累,因此,我们可以推测,在他利用死去敌人的小刀割断绳索之后,就顺便休息了一下,吃掉一些东西,然后才爬离此地。知道他口袋里还有一些兰巴斯,让我放心不少,即使他逃跑的时候没有携带任何装备。这种在口袋中随身携带食物大概是霍比特人的习惯。我虽然都是用他来描述,但我希望梅里和皮聘是一起行动的;很遗憾的,现场没有其他的线索可以支持我的这个想法。"

"根据阁下精巧的推论,请问我们的朋友,一开始又是怎么挣脱手腕的束缚的?"金雳问道。

"我不知道那是怎么发生的。"亚拉冈回答,"同样的,我也不知道为什么会有一名半兽人要把他们抱走。我们可以确定,他绝对不是想帮助他们逃跑。因为如此,我似乎明白了一个从一开始就让我大惑不解的情况:为什么在波罗莫战死后,半兽人甘于只抓走梅里和皮聘而已?他们并没有试图找出我们,也没有攻击我们的营地;相反的,他们全速朝着艾辛格前进。他们是否以为自己已经俘虏了魔戒持有者和他忠实的仆人?恐怕不是。即使他们的主人知道真相,也不敢把这机密对半兽人说得这么清楚。他们绝不可能对属下公开提及魔戒,半兽人不是那么忠实的仆人。但我想,半兽人得到的命令应该是不计一切代价俘虏霍比特人,要留活口。因此在战斗开始前,有人试着想把俘虏偷偷带走,对于这些人来说,阵前叛变是家常便饭;某些强壮、大胆的半兽人或许想要独自带着这奖赏逃跑，获取利益。这就是我的推断。也许还有别的可能性。总之，我们可以确定一点：我们的朋友至少有一个逃出了魔掌；现在我们的任务是在回洛汗之前找到他。我们不能够因法贡森林而退却，因为他一定被迫躲入了这座森林。"

"我不知道什么比较让我害怕：法贡森林，还是必须走路穿过洛汗。"金雳闷闷不乐地回答。

"那我们还是先进法贡森林吧！"亚拉冈说。

过不了多久，亚拉冈又找到新的线索。在靠近树沐河的地方，他找到了脚印；那些是霍比特人的脚印，但对方的脚步太轻，无法确认有多少人。接着，他们又在森林边缘的一株大树旁找到了一些痕迹；但该处的泥土太硬了，找不到太多的线索。

"至少有一个霍比特人站在这里，回头看了一阵子；然后他就转过身，走进了森林中。"亚拉冈说。

"那我们也必须进去了。"金雳说，"不过，我不喜欢这座法贡森林的样子，之前也有人警告我们了。我真希望这趟追踪是把我们领到别的地方！"

"不管传说是怎么说的，我不认为这座森林有邪恶的气息。"勒苟拉斯说。他站在森林的边缘，身子微微前倾，仿佛正在倾听，同时睁大眼睛望向林中的暗影。"不，这不是邪气；就算有，也距离我们很远。我只能依稀听到黑暗之处有着黑色树木的动静。我们附近没有任何的威胁，但我可以感觉到监视和愤怒。"

"好吧，至少它们的愤怒不会是冲着我来的。"金雳说，"我可没有伤害它们。"

"我当然知道,"勒苟拉斯说,"但它们的确受过伤害。森林里面有什么事情正在发生,或是即将发生。你们难道没感觉到那种风雨欲来的气氛吗?它让我喘不过气来。"

"我觉得空气很闷,"矮人说,"这森林比幽暗密林要来得稀疏,但却有股陈腐的霉味,看起来烂兮兮的。"

"这是座古老的森林,非常古老。"精灵说,"古老到几乎让我觉得自己又变年轻了,自从我和你们这些孩子一起旅行以来,从未有过这种感觉。这是座古老、充满了回忆的森林。如果在和平的年代,我在此可能会觉得身心舒畅。"

"我想也是!"金雳哼了哼,"毕竟你是个精灵,而所有的精灵都是怪里怪气的家伙。但你至少让我很放心,你去哪里,我都愿意跟着。不过,请随时准备好你的弓箭,我也会备好我的斧头。不是要用在树木上啦!"他看着身边的大树,急忙补充道:"我只是不想要意外遇上那个老人时,手上还没有可以'讨论'的筹码。我们走吧!"

话一说完,三名百里追踪的猎人就走进了法贡森林。勒苟拉斯和金雳把观察足迹的工作交给亚拉冈,不过实在没有什么痕迹可给他看。森林的地面十分干燥,又盖满了枯叶;不过,亚拉冈推测逃跑的俘虏多半会靠近水边走,因此他经常走回溪水边观察。正因如此,他才发现了梅里和皮聘停下脚步喝水和泡脚的地方。所有的人都可以清楚地看见那里有两个霍比特人的足印,其中一双还比较小。

"这真是个好消息!"亚拉冈说,"可惜的是这脚印已经是两天之前的痕迹了。看起来，从这边开始，霍比特人离开了水边。"

"那我们该怎么办？"金雳说，"我们可没办法跑遍整个法贡森林搜寻他们，我们的存粮不够。如果我们不能赶快找到他们，恐怕也帮不上什么忙，只好在他们身旁坐下来，用大家一起挨饿来表达我们的友谊。"

"如果我们只剩这个选择，那也没有反悔的余地！"亚拉冈说，"我们继续往前吧。"

最后，他们终于来到了树胡的小山丘前的斜坡，抬头看着通往高处峭壁的那道简陋的阶梯。阳光不时从滚动的云朵中射出金光，森林看起来不再显得那么灰暗阴沉。

"让我们上去看看四周吧！"勒苟拉斯说，"我还是觉得胸口有点闷，尝尝新鲜的空气对我可能比较好一些。"

一伙人爬上阶梯。亚拉冈走得比较慢，最后才爬上高地，一路上他都在仔细地观察阶梯和地面的蛛丝马迹。

"我几乎可以百分之百确定，霍比特人来过这里！"他说，"但还有其他的痕迹，非常奇怪的痕迹，我竟然认不出来。不知道我们是否可以从这块高地上看见什么线索，让我们知道下一步该怎么做？"

他站直身子，看着四周，但没有发现任何有用的线索。高地面向南方和东方，但只有东方的视野是开阔的，从那个方向他可以看见一排排的树梢朝下而去，和之前他们所踏足的平原衔接在一起。

"我们绕了一大圈路。"勒苟拉斯说，"如果我们在第二天或第三天就离开大河往西走，大家就都可以毫发无伤地来到这里。前途果然是难以预料的啊!"

"但我们并不想来法贡森林啊!"金霁说。

"不过我们还是到了这里,又正好陷入了罗网之中。"勒苟拉斯说,"你看!"

"看什么?"金霁问道。

"森林里面的东西。"

"哪里?我可没有精灵那么好的视力。"

"嘘!小声点!看那边!"勒苟拉斯指道,"就在森林里,在我们之前经过的地方,就是他——你应该可以看见他在森林里面走动吧?"

"啊,我看见了!我看见了!"金霁压低声音说,"亚拉冈,你看!我不是警告过你了吗?那个老人又来了,身上披着肮脏破烂的灰衣服,难怪我一开始没发现他。"

亚拉冈看见一个弯腰驼背的身影正在缓缓移动。他距离他们并不远。他看起来像是一个倚着拐杖的老乞丐,疲乏不堪地走着。他的头低垂,并没有朝他们的方向打量。在其他地方,三人或许会用和善的话语问候他;但此刻三人沉默挺立,都有一种奇怪的预感:有某种隐藏的力量——或是威胁正逐渐靠近。

金霁张大眼睛瞪视了好一阵子,看着那身影一步步越走越近。然后,突然间,他再也克制不住自己的情绪,大喊道:"你的弓,勒苟拉斯,拉弓!瞄准他!那是萨鲁曼。别让他有机会开口,或是对我们施咒!先射再说!"

勒苟拉斯拿起长弓,缓缓地拉开弓弦,仿佛有另一股力量在和他的意志对抗。他手上捻着一支箭,却没有将它搭在弦上。亚拉冈沉默地站着,脸上露出极度专注的表情。

"你们在等些什么?你们到底怎么搞的?"金霹压低声音,紧张万分地说。

"勒苟拉斯是对的。"亚拉冈低声说,"不管我们有多害怕、多怀疑,都不可以这样攻击一位毫无防备、尚未露出敌意的老人。我们等着看吧!"

就在那一刻,那老人加快了脚步,以惊人的速度来到了石壁之下。然后,突然间他抬起了头,众人则是动也不动地往下看。天地之间瞬间变得万籁俱寂。

他们看不见他的面孔,他戴着兜帽,在兜帽之上还有一个宽檐的高帽,遮住了他脸上所有的特征,只露出鼻尖和灰胡子。不过,亚拉冈觉得自己似乎惊鸿一瞥,看见对方在帽檐下精光逼人的双眼。

最后,那老人终于打破了沉默:"朋友,真高兴见到你们!"他柔声说,"我想要和你们谈谈,是你们下来,还是我上去?"不待回答,他就开始往上爬。

"就是现在!"金霹大喊着,"勒苟拉斯,阻止他!"

"我刚刚不是说过要和你们谈谈了吗?"那老人说,"精灵先生,快把弓箭拿开!"

弓和箭果然从勒苟拉斯的手中掉下,他的手却依旧保持着原来的姿势。

"还有你,矮人先生,请你先把手从斧柄上移开,等我上来吧!你不会需要这个'筹码'的。"

金雳动也不动,如同石像一般呆立着,眼睁睁地看着这老人身手矫健如同山羊一般跳上阶梯。老人似乎不再如之前一样地露出疲态,当他踏上高地的时候,似乎有什么白光一闪,仿佛灰色的破衣底下还穿着华美的白袍,意外显露了出来。在这一片寂静中,金雳倒吸一口冷气的声音显得格外刺耳。

"我再重复一次,真高兴见到各位!"那老人走向众人道。当距离只有几呎远的时候,他倚着手杖,从帽檐下凝视着他们:"诸位于这里有何贵干?精灵、人类和矮人,全都穿着精灵的衣服,我想这一定有段引人入胜的故事吧!我们在这里可不常看见这种景象。"

"听您说话的口气,似乎很了解法贡森林。"亚拉冈说,"我的推论没错吧?"

"不敢说是很了解,"那老人回答,"我可能要花上好几辈子的时间才能够了解这里,但我偶尔会来这边逛逛。"

"我们可以知道您的大名,听听阁下要跟我们说的话吗?"亚拉冈说,"时间不等人,我们还有一个急迫的任务是不能等的。"

"我刚刚已经说过我的高见了,你们在这边干什么,有什么精彩的故事可以和我分享吗?至于我的名字!"他轻轻地笑了几声,亚拉冈觉得那声音让他感到全身一股寒意,却不是出自恐惧或是害怕,那感觉仿佛是冰水或是冷风扑面而来,让他突然间清醒过来。

"我的名字!"老人又重复了一次,"你们应该都已经猜到了吧?我想你们之前应该听过的。没错,你们绝对听过这名字。不过,来吧,还是说说你们的故事吧?"

三人沉默地站着，没有回应。

"你们这种态度，可能会让人怀疑你们的任务有什么见不得人的地方。"老人说，"幸好我知道一些内情。我相信你们在追踪两名年轻霍比特人的足迹。没错，霍比特人！别这样瞪着我，假装你们好像从来没听过这奇怪的名字一样。你们听过，我也不例外。好吧，再告诉你们，他们前天爬到这里来过，遇见了意料之外的人物。这样有没有让你们比较安心一点？现在你们是不是想知道他们被带到哪里去了？好吧好吧，或许我可以告诉你们更多的消息。我们为什么还站在这边？你们应该看得出来，你们的任务已经没有那么紧急了，我们坐下来好好聊聊吧！"

那老人转过身，走向悬崖边的一堆石头，自顾自地坐了下来。其他的人仿佛魔咒解除一般，也都回过神来。金雳的手立刻握住斧柄，亚拉冈拔出剑，勒苟拉斯拾起了弓。

老人一点也不在意，他停下脚步，挑了块平整的石头坐了下来。于是，他的灰斗篷分了开来，他们终于确切看见了他底下穿着的白色衣袍。

"萨鲁曼！"金雳擎着斧头冲向前，"快说！快说你把我们的朋友藏到哪里去了！你把他们怎么样了？快说，否则我就给你脑袋来上一斧头，恐怕连巫师都没办法应付我这一斧！"

老人的动作快到让人来不及反应，他立刻跳了起来，跃到一块大岩石之上。他站在那边，身形突然间高涨，低头俯视着他们。他的兜帽和灰色的破烂衣物都被抛开，身上白色的服装显得格外耀目。他举起法杖，金雳的斧头脱手飞出，掉落在地面上；亚拉冈的宝剑紧握在他僵硬的手中，此时也跟着发出刺眼的火焰。勒苟拉斯大喊一声，对着高空射出一箭，它化成一道火焰。

"米斯兰达！"他大喊着，"米斯兰达！"

"我对你再说一次，真高兴见到你，勒苟拉斯！"那老人说。

他们全都瞪着他。他的须发在阳光下如同白雪一样洁白，袍子散发着白色的光芒，他浓眉下的双眼清澈雪亮，如同阳光一样直刺人心；他的手中握着无比的力量。三人的心中充满了惊讶、欢乐和恐惧，一时之间竟不知该如何开口。

最后，亚拉冈回过神来："甘道夫！"他说，"没想到你竟然在我们最需要你的时候出现了！刚刚究竟是什么蒙住了我的眼睛？甘道夫！"金雳一言不发跪倒在地上，双手遮住眼睛。

"甘道夫……"那老人复颂着，仿佛在记忆中回想一个极少使用的词，"没错，就是这个名字，我以前叫作甘道夫。"

他从岩石上走下来，捡起地上的灰斗篷，再度将它披起；众人有一种闪耀的太阳再度被云雾遮掩的感觉。"是的，你们还是可以叫我甘道夫！"他的声音又再度恢复成他们的老友和向导，"起来吧，我的好金雳！我不怪你，你也没伤到我。是的，老友们，你们的武器根本无法伤到我。高兴一点吧！我们终于又见面了。正好在扭转局势的时刻。前所未见的风暴即将降临，但局势已经逆转了。"

他摸着金雳的头，矮人抬起头，突然间笑了："甘道夫！"他说，"可是你为什么全身穿着白色的衣服？"

"没错，我现在一身白衣了。"甘道夫说，"事实上，你们其实也可以把我当做萨鲁曼，我扮演的是萨鲁曼应该担任的角色。算了吧，还是告诉我你们的故事吧！在我们分手之后，我经过了火焰和深水的考验。我忘记了许多我认为我知道的事物，也再度记起了许多我早已忘却的事物。我可以看见极远的情势，但却对许多近在眼前的消息视而不见。说说你们自己的状况吧！"

"你想要知道些什么？"亚拉冈问，"如果是从我们在桥上分离之后的所有故事，那可能要花上很长的时间。你能先告诉我们有关霍比特人的消息吗？你找到他们了吗？他们安不安全？"

"不，我没有找到他们。"甘道夫说，"艾明穆尔高地之间的山谷被黑暗所笼罩，直到老鹰告诉我之后，我才知道他们遭到了俘虏。"

"老鹰！"勒苟拉斯说，"大概是三天之前，我最后一次看见一只老鹰在很远的高空中飞翔，在艾明穆尔的上空。"

"是的，"甘道夫说，"那位就是风王关赫，也是将我从欧散克塔救出来的巨鹰。我派它先到这边来侦察大河，搜集情报。它的视力很好，但它无法看见所有在山丘下和树林内的事物。有些事是它看见的，有些是我自己发现的。魔戒现在已经不在我能提供协助的范围之内了，没有一个魔戒远征队的成员能帮得上忙。它差点就被魔王发现，但它还是逃了开来。我在其中也出了一些力，那时我在高处，与邪黑塔进行搏斗，魔戒才能躲过一劫。随后，我很疲倦，非常地疲倦；在黑暗的思绪中徘徊良久。"

"那你知道佛罗多的状况！"金雳迫不及待地问道，"他怎么样？"

"我不敢确定。他暂时逃离了一次极大的危险，但他眼前还有许多的挑战。他决定单独前往魔多，而他也出发了。我只知道这么多。"

"不是单独一人。"勒苟拉斯说,"我们认为山姆和他一起去了。"

"是吗?"甘道夫的眼中精光一闪,脸上露出微笑,"真的吗?我现在才知道,但我并不觉得惊讶。很好!非常好!你让我放心了。你们最好再多告诉我一些。坐到我身边来,告诉我你们的旅程。"

三人坐在他的脚边,亚拉冈从头开始叙述一行人的故事。有很长的一段时间,甘道夫一言不发,只是静静地听着,并没有询问任何问题。他的手放在膝盖上,眼睛也一直闭着。最后,当亚拉冈说到波罗莫战死,以及他被送上大河走人生最后一段路的情景时,老人叹了一口气。

"亚拉冈吾友,你并没有说出所知或是所推测的全部!"他静静地说,"可怜的波罗莫,我没想到这种事情会发生在他身上。这对他来说是极端严苛的考验,他是一名战士,也是流有高贵血液的王族。凯兰崔尔告诉过我他有危险,幸好他最后还是躲过了万劫不复的结局,我替他感到高兴。就算只为了波罗莫,那两个年轻的霍比特人跟着我们也没白来,不过,他们所扮演的角色还不只如此。他们被带到法贡森林来,这两个霍比特人的到来,就像是落在山坡上的小石头一样,乍看虽然不显眼,却会启动惊天动地的山崩。即使在我们谈话的时候,我也可以听见那土石松动的声音。在大难来临的时候,萨鲁曼最好别在家门外被逮到!"

"亲爱的朋友,有件事情你一直没改变,"亚拉冈说,"你还是很爱打哑谜。"

"什么?打哑谜?"甘道夫说,"不!我是在大声地自言自语。这是我的老习惯了。我习惯对众人中最睿智的家伙说话，因为实在没体力对那些年轻人解释一切。"他又笑了，但这次，这声音听起来像是温暖的阳光一样和煦。

"即使以古代人类家族的眼光看来，我都早已不年轻了。"亚拉冈说，"你愿意说得更明白一些吗？"

"我又该说些什么？"甘道夫暂停片刻，思索着，"如果你想要知道我到底在想什么，我只能说，刚刚所讲的都是我对于目前局势的看法。当然，魔王也早就知道魔戒已经离开了夏尔，而它目前的持有者是一个霍比特人。他现在也知道离开瑞文戴尔的远征队人数，以及每个人的种族，但是，他依旧还不确定我们的目的和用意。他推测我们都会前往米那斯提力斯，因为如果是他，他也会这么做。根据他的思考模式，我们这样的计划会对他造成极为沉重的打击。他目前正惶惶不可终日，不知道会有哪个掌握权柄的伟人出现，拿着魔戒挑战他、以战争推翻他，取代他的地位。他根本没想过我们只想推翻他，不想找人取而代之；我们竟然想摧毁魔戒的这个计划，也根本从未出现在他最黑暗的噩梦中。毫无疑问的，你也看得出来我们的幸运和希望之所在。由于他幻想中的战争，他被迫仓促掀起战争，认为自己必须把握时机。他相信如果自己先发制人，只要伤害够大，或许可以不用发动接下来的攻击，因此，他为最终战争所准备的兵力，必须比计划中更早开始行动。真是聪明反被聪明误！如果他把所有的力量用来守卫魔多，倾全力搜寻魔戒，那我们才真正只能臣服于他；不管我们使用什么样的方法，最后魔戒和持有者都无法躲过他的搜寻。幸好，他的目光在世界各地犹疑，却没有注意到自己的家门，大部分的时间都花在米那斯提力斯之上。不久之后,他就会发动全部的兵力攻打该处。

"因为,他已经知道自己派出阻挠远征队的部队已经失败了。他们没找到魔戒,也没有带回霍比特人俘虏。即使他们只做到了后者,对我们也会是沉重的打击,甚至可能导致整个计划的瓦解。不过,我们还是别想太多,免得长他人志气,灭自己威风。至少目前来看,魔王的计划失败了。这都要多谢萨鲁曼!"

"那萨鲁曼没有出卖我们啰?"金雳问道。

"他依旧是个叛徒,"甘道夫说,"这是毫无疑问的。不过,这听起来很奇怪,对吧?艾辛格的阵前倒戈似乎是我们所承受的最大打击。被我们当做统领和指导者的萨鲁曼拥有极为强大的力量,他的威胁使洛汗国的骠骑不得支援米那斯提力斯,只能眼睁睁地看着邪恶的势力从东方入侵。但是,叛徒是把两面刃,萨鲁曼也有私心想要抢夺魔戒,据为己有,至少想抓到几名霍比特人供作他邪恶计划的驱使。因此,在索伦和萨鲁曼的尔虞我诈之下,他们唯一达成的任务,就是在恰到好处的时机将这两个霍比特人带到法贡森林来,如果不是这命运的安排,这两人可能根本没机会出现在这里!

"而且他们满怀新的疑虑,打乱了他们的计划。多谢洛汗国的骠骑,这下子魔多不会知道这场战斗的结果了。但黑暗魔君知道有两个霍比特人在艾明穆尔被俘,并且违抗他手下的命令被强迫带到艾辛格去。现在,艾辛格也成了米那斯提力斯之外他的一大隐忧;如果米那斯提力斯陷落,萨鲁曼恐怕也会唇亡齿寒。"

"真可惜我们的朋友将这两大势力分隔开来,"金雳说,"如果艾辛格和魔多之间没有其他国家作为分隔,我们就可以坐山观虎斗了。"

"如果这样,那获胜者将会拥有比任何一方都要强大的力量,而且也不会再有任何怀疑。"甘道夫分析道,"但艾辛格是无法对抗魔多的,除非萨鲁曼先弄到魔戒,现在这已经永远不会发生了,他还不知道自己的危险,有许多事情他依旧被蒙在鼓里。他急着想要捕获猎物,因此迫不及待离开基地,想要观察和监督他的手下;但这次,他来得太晚了,战斗已经结束,他也没有在这边停留太久。我观察过他的思绪,发现了他的疑虑。他不擅长野外追踪的技巧,因此,他相信那些骑士杀死了所有的人,并且将尸体全都烧光了。但他看不出来这些半兽人是否带着俘虏,他也不知道他的部下和魔多的爪牙之间的争执,更不知道有翼使徒的事情。"

"有翼使徒!"勒苟拉斯惊呼一声,"我在萨恩盖宝激流上,用凯兰崔尔的弓射了他一箭,让他从空中坠落。他让我们恐惧不已,那到底是什么生物?"

"是你无法用弓箭杀死的敌人!"甘道夫说,"你杀死的只是他的坐骑,但骑士很快就获得了新的坐骑,因为他是九戒灵之一,现在骑着有翼的坐骑。很快,他们所带来的恐惧将会侵袭我们盟友的军队,遮蔽阳光的温暖。但他们暂时还不能跨越大河,萨鲁曼也没机会知道戒灵的新伪装。他的全副心神都集中在魔戒上。魔戒曾出现在那场战斗中吗?有人找到魔戒了吗?如果骠骑王希优顿偶然发现了它的力量怎么办?他所看见的只有这些,因此,他回到艾辛格,加强对洛汗的骚扰。在这段时间中,有一个更靠近的危险他浑然不觉,只是不断地动脑对付洛汗,他忘记了树胡这号人物。"

"你又在自言自语了!"亚拉冈笑着说,"我不知道树胡是什么人。

我大概猜到了萨鲁曼的两面作战计划,但我看不出来霍比特人到法贡森林这件事有什么重要的,最多不过是让我们徒劳无功地紧追数百哩而已。"

"等等!"金雳大喊一声,"我还想先知道一件事情。昨天晚上我们看到的是你——甘道夫,还是萨鲁曼?"

"你们看到的绝对不可能是我!"甘道夫回答,"所以,我必须假设你们看到的是萨鲁曼。很明显的我们看起来很相像,所以我可以原谅你想砍掉我脑袋的冲动。"

"很好,很好!"金雳说,"我很高兴那不是你。"

甘道夫又笑了,"是的,亲爱的矮人,"他说,"幸好我没到哪里都被认错,这一点我再清楚不过!不过,当然啦,我也不会责怪你对我的欢迎仪式。我怎么会呢,我总是告诫朋友们,在对付大敌时连自己的双手都不可轻信啊。葛罗音之子金雳,但愿有一天你可以同时看到我们两人,那时再作出判断吧!"

"可是那些霍比特人呢!"勒苟拉斯打岔道,"我们千里迢迢前来找他们,你似乎知道他们在哪里。他们现在在哪里?"

"和树胡以及树人们在一起。"甘道夫说。

"树人!"亚拉冈大惊道,"古代传说树林中有高大的树人,原来是真的?世界上还有树人吗?如果那不是洛汗国的传说,我也只会以为他们是古代绝种的生物。"

"才不只是洛汗国的传说呢!"勒苟拉斯辩解道,"不,大荒原上的每名精灵都会吟唱这些树人的悲歌,但是,树人只存在于我们的记忆中。如果我遇到树人,我真的会觉得自己又变年轻了!至于树胡,这其实是'法贡'两个字翻译成通用语的称呼，但你似乎好像指的是一个人。这个树胡是谁？"

"啊！你问太多了，"甘道夫说，"我对他所知甚少，但光是这样的故事就足以让你们听上很久的时间了。树胡就是法贡，这座森林的守护者，他是树人中最年长也是中土世界太阳下最古老的生物。勒苟拉斯，我真的希望你有机会可以遇见他，梅里和皮聘很幸运，他们就在我们坐的这个地方遇见了他。他在两天前来到这里，并且把他们带去远方山脚下他居住的地方。他经常来到这里静思，特别是在外界的传言让他心神不宁的时候。四天以前，我看到他在树林间穿梭，我想他发现了我，因为他停了下来；但我并没有开口，因为我当时满脑子都是忧虑，而且在与魔多之眼的搏斗之后非常疲倦，而他也没有开口叫我的名字。"

"或许他也把你当做萨鲁曼了。"金雳说，"但你谈他的方式好像他是朋友似的，我一直以为法贡是很危险的。"

"危险！"甘道夫大声说，"我也很危险，除非你们亲眼见到黑暗魔君，否则我可以算是世界上最危险的人。亚拉冈也很危险、勒苟拉斯也很危险，金雳，你被危险所包围了……连你自己也很危险。当然，法贡森林的确不平静，特别是对于那些执斧入山林的人来说更是如此；而法贡本人也很危险，但他同样也很睿智和友善。不过，现在他长期累积的怒气已经满溢了，整座森林中都充满了他的愤怒。霍比特人的到来和所带来的消息，让这怒气决堤而出；很快的，它们就会化成滔天巨浪，但瞄准的目标是萨鲁曼和艾辛格的士兵。有件自远古以来就没有发生过的事情即将发生了：树人将苏醒过来，了解自己拥有惊人的力量。"

"他们会怎么做？"勒苟拉斯惊讶地问。

"我不知道，"甘道夫说，"我想他们自己也不知道。"他低下头，陷入沉思。

其他人看着他。一道阳光穿破飘移的云层，落到他放在膝盖上的手掌心，让他的两手中笼着光，仿佛杯中盛满水一般。最后，他抬起头，凝视着太阳。

"快到中午了，"他说，"我们必须赶快动身。"

"要去找我们的朋友和树胡吗？"亚拉冈问道。

"不，"甘道夫说，"那不是你们该走的道路。我已经告诉你们希望之所在，但那也只是希望而已，希望并不代表胜利。我们和所有的盟友们都身处在战争中，这场战争只有靠着魔戒才能够让我们确保胜利。这让我十分哀伤，更极端地恐惧：有许多事物可能被摧毁，甚至一切都可能会失去。我是甘道夫，白衣甘道夫，但黑暗的力量依旧比我强大。"

他站起身，以手遮日看向东方，仿佛正观看着极遥远地方无人能见的事物。然后他摇摇头。"不！"他柔声说，"它已经离开了我们的掌握，至少我们应该为此感到高兴，我们不再会受到魔戒的诱惑。我们必须在几近绝望的状况下面对危机，但至少真正致命的威胁已经去除了。"

他转过身。"来吧，亚拉松之子亚拉冈！"他说，"不要后悔你在艾明穆尔所做的决定，也不要认为那是一场徒劳无功的追踪。你在一团混乱中理出头绪，作出了选择，那选择是公正的，我们也获得了回报。

正因为如此，我们才能够适时会面，否则将错过最好的时机。你和同伴们的这趟任务暂时结束了，你们的下一趟旅程是你对人许下的承诺。你必须前往伊多拉斯，谒见希优顿，因为他们需要你。安都瑞尔圣剑的光芒现在必须自它长久的等待中显现，面对战斗。洛汗国已经陷入了战争，还有更邪恶的阴谋：希优顿身陷危机之中。"

"那么，我们岂不就不会再见到那些快乐的霍比特人了？"勒苟拉斯说。

"我可没这么说。"甘道夫说，"谁知道呢？别心急，去你该去的地方，心中怀抱着希望！去伊多拉斯吧！我也会和你们一起去的。"

"不管对什么年纪的人来说，那都是段很长的路。"亚拉冈说，"我担心在我们赶到之前，战斗就已经结束了。"

"我们到时就会知道了，到时就知道了。"甘道夫说，"你们愿意和我一起走吗？"

"没问题，我们会一起出发的。"亚拉冈说，"但我猜得到，如果你想的话，其实会比我还要早到达那边。"他站起来，意味深长地看着甘道夫。其他人瞪着两人，看着他们面对面地站着。亚拉冈那人类的灰色身影十分高大，如同磐石一般坚定不移。他的手放在剑柄上，看起来仿佛是刚脱离迷雾之海的君王，踏上低等人类的湾岸一样。在他面前则是一个弯驼的苍老身影，白色的袍子闪着光芒，仿佛有一种经历岁月磨炼的神光隐匿其中，超越了君王的力量。

"甘道夫，我说的对不对？"亚拉冈终于说，"只要你想做到，任何事情都可以比我更快达成。这让你理所当然成为我们的队长和舵手。黑暗魔君有九名骑士，但我们拥有一位胜过他们的白骑士。他通过了火焰和深渊的考验,敌人将对他无比畏惧,我们愿意跟他上山下海。"

"是的,我们愿意一起跟随你!"勒荀拉斯说,"但首先,甘道夫,我必须知道你在摩瑞亚到底怎么了,好让我心安。你愿意告诉我们吗?难道你就不能多花一点时间,对朋友解释你是如何逃出的吗?"

"我已经浪费太多时间了。"甘道夫回答,"时间已经不够了。但即使我们有一整年的时间可以耗用,我也不会告诉你们一切。"

"那就请你把握仅有的时间,把你愿意说的部分告诉我们!"金雳锲而不舍地追问,"来嘛!甘道夫,告诉我们你和炎魔决斗的经过如何!"

"别提起他的名字!"甘道夫的脸上仿佛闪过一阵痛苦的乌云,他沉默地坐着,看起来苍老如风中残烛。"我不停地往下掉……"他最后终于开口,十分缓慢,似乎连要回忆起这过程都非常痛苦。"我一直往下掉,他也跟我一起往下掉,我被他的火焰包围,遭到严重的烧伤。然后我们一起落入了深水之中,一切都归于黑暗;死亡之潮无比的冰冷,我的心脏险些为之冻结。"

"都灵之桥下的深渊很深,从来没人度量过。"金雳说。

"但它还是有尽头的,是在人所未见、光明也无法达到之处。"甘道夫说,"最后我终于来到了大地的根基上。他仍然跟着我。他的火焰已经熄灭了,但他成了黏稠的形体,比缠人窒息的毒蛇还要致命。

"我们在地心深处不停地搏斗,时光似乎停止流逝。有时是他抓住我,有时是我砍倒他,最后,他逃进黑暗的隧道中。葛罗音之子金雳,那些隧道并非都灵的百姓所建造的,在远比矮人家园还要幽深的地底,有无名生物挖掘出隧道,连索伦都不知道这些生物,他们比他还要古老。虽然我曾行过该处,但我不愿意在此多说,使白日蒙上阴影。在那绝望的环境中,敌人成了我唯一的希望,我对他紧追不舍;就这样,他终于带我来到了凯萨督姆的秘道中。他对这些地方实在是了如指掌,我们一直往上走,最后来到了无尽之梯。"

"那个地方已经失传很久了,"金雳说,"许多人说它只存在于传说之中,但其他人则认为它已经被摧毁了。"

"它的确存在,也没有被摧毁,"甘道夫说,"它从最底层的地牢一路通往最高阶的山峰,是一段高达数千阶的螺旋楼梯。它的尽头是雕刻在西拉克西吉尔峰之内的都灵之塔。

"在那座山峰的积雪之中有一个孤单的开口,旁边则有一块平地俯瞰着整个笼罩在云雾之中的大地。该处的阳光炽烈,但脚下却完全被云雾所遮蔽。他一跳出来,我随即跟在后面,正好看见他全身冒出新的火焰来。没有人看见这一切,或许,在未来的岁月中,将会有歌谣描述那段巅峰之战。"甘道夫突然间笑了:"但歌词能写些什么呢?那些从遥远的下方抬头仰望之人,只会认为峰顶笼罩在暴风雪中。他们听见隆隆雷声,看见耀目的闪电劈在凯勒布迪尔峰上,以及火舌不停地自山峰上蹿起。这样还不够吗?我们四周升起了浓密的烟雾,那是蒸气和白烟;冰雹如同暴雨般落下。我打倒了敌人,他从高处坠下,撞毁了大块的山壁,从此再也没有爬起来。接下来,黑暗把我吞没,我游离了时间与意识,并漫游在我不愿再提及的道路上。

"我被赤裸裸地送了回来再停留一段时间,直到我把工作完成。我就这么不着寸缕地躺在山顶。身后的高塔已经化为粉尘,出口也消失了,已经毁坏的阶梯中塞满了破裂、烧焦的岩石。我就这么孤单、被遗忘、束手无策地躺在孤绝的山峰上。我躺在那里瞪着天空,看着星辰运行,每一天都如同一个纪元般漫长。我耳边依稀可以听见全大地传来的声响:生和死、歌唱和哭泣,以及岩石承受极大重量的闷哼。就这样,风王关赫最后找到了我,把我带离了绝顶。

"'伸出援手的老友啊,我注定要成为你的负担!'我说。

"'你以前或许算是个负担,'他回答,'但现在你已经不同了。在我的爪下,你轻得如同天鹅的羽毛一般,阳光可以穿透你的身体。事实上,我认为你根本不需要我了,如果我松开爪子,你可能会随风飘扬呢!'

"'千万别松手!'我大呼道,这时才觉得生命重新在体内跃动,'带我去罗斯洛立安!'

"'事实上,这正是派我来的凯兰崔尔女皇所下的命令。'他回答。

"因此,我就这么抵达了卡拉斯加拉顿,并得知你们已经离开了。我流连在那时光不老之地,在那里,日子带来的是医治,而非衰老。我的确获得了医治,并且披上了白袍。我和他们商谈,也获得了许多忠告。因此,我自奇异之路前来,为你们其中一些人带来消息。女皇嘱咐我告诉亚拉冈这段话:

> 登丹人在何处,伊力萨王,伊力萨王?
> 为何你的亲族仍漂流在远方?
> 失落的王储重现之时指日可待,
> 灰衣的队伍也将从北而来。

但汝之道路将充满黑暗：
　　亡者镇守着那道路通往海岸。

"她对勒苟拉斯则是说：

　　勒苟拉斯，绿叶在树下久待
　　汝已度过快乐的时光。注意那大海！
　　若汝听见岸边的海鸥鸣叫，
　　汝之心将不再甘于被森林围绕。"

　　甘道夫沉默地闭上眼。

　　"她没有给我任何的话语吗？"金雳低头道。

　　"她的话语让人有不祥的感觉，"勒苟拉斯说，"对于收到的人来说又含混不清。"

　　"这话还是安慰不了我！"金雳说。

　　"那你要怎么样？"勒苟拉斯说，"难道你宁愿她明明白白地说出你的死期？"

　　"是的，如果她别无他话可说。"

　　"她说了什么来着？"甘道夫张开眼说，"啊，我想我明白她的意思了。金雳，真抱歉！我刚刚在思索那讯息的意思。但事实上，她的确有话要告诉你，那既不黑暗，也不伤悲。

　　"'给葛罗音之子金雳——'她说，'代夫人向他问好，执吾发者，无论你往何处去，我的心思都与你同在。但务须小心，不要将斧头错砍了树木!'"

"真高兴你能够和我们重逢,甘道夫。"矮人手舞足蹈地用奇怪的矮人语大声唱歌。"走吧,走吧!"他挥舞着斧头高喊道,"既然甘道夫的脑袋现在是神圣不可侵犯的,让我们找颗对的脑袋砍砍吧!"

"时机应该不会太远了。"甘道夫起身说道,"来吧!老友重聚,已经占去了我们不少的时间,现在该赶路了。"

他再度披上破旧的斗篷,开始带路。一行人跟着他,很快地就从高地走下来,进入森林,回到了树沐河的河岸边。他们一言不发,直到再度来到法贡森林边缘的草地为止。四周还是没有他们马匹的踪迹。

"它们没有回来。"勒苟拉斯说,"这次恐怕要走很远了!"

"我可不能走路,事态紧急!"甘道夫说,然后,他抬起头,吹出一声嘹亮的口哨声;那声音清澈响亮,让其他人都觉得无比惊讶,很难想象这种声音会是出自老人之口。他吹了三次口哨;然后,从遥远的地方,众人听见有马匹的嘶鸣声,乘着东风飘送过来。他们惊奇地等待着。不久之后,就传来了马蹄声。一开始,只有趴在草地上的亚拉冈可以感觉到,接着声音逐渐增强,其他人也都可以听见。

"来的不止一匹马。"亚拉冈说。

"当然了,"甘道夫说,"一匹马可载不了全部的人哪!"

"有三匹马。"勒苟拉斯看着平原的彼端,"你看看它们跑得多快!你看,那是哈苏风,旁边是吾友阿罗德!但领头的是一匹十分高大的骏马,我之前没有见过它。"

"你以后也不会再有机会看见这么美丽的神驹了!"甘道夫说,"这是影疾。它是众马之王，连洛汗国之王希优顿都不曾见过比它优秀的骏马。你们看，它是不是闪着银光，跑起来如同激流奔腾？它是来找我的，它是白骑士的坐骑，我们将要并肩作战！"

正当老法师还在说话的时候，那匹马依旧冲势未缓地奔向他；它的毛皮闪耀，鬃毛在疾驰下跟着狂风飞舞，另外两匹马则紧跟在后。当影疾一见到甘道夫的时候，它立刻缓下步伐，开始大声嘶鸣；然后，它缓步小跑过来，低下高傲的头，用鼻子在老人的脖子上磨蹭个不停。

甘道夫轻拍着它，"老友，这里离瑞文戴尔可真远哪！"他说，"但聪明、快速的你，总是在我需要的时候赶来帮忙。让我们奔驰到天涯海角，再也不分离吧！"

另外两匹马很快地也跟了上来，静静地站立一旁，仿佛在等待着命令。"我们立刻前往梅杜西，前往你主人希优顿的宫殿。"甘道夫神情凝重地命令，众马低下头。"时间紧迫，请诸位同意载送我们，我们恳求你们以全速赶路。哈苏风载送亚拉冈，阿罗德则是协助勒苟拉斯，我会让金雳坐在我前面，在影疾的同意之下一起赶路。现在我们先喝点水，然后就出发。"

"我这才明白昨晚是怎么一回事，"勒苟拉斯身轻如燕地跃上阿罗德的背，说，"不管它们一开始是不是因为恐惧而逃跑，后来它们都遇到了影疾，它们的首领，因此高兴地和它会合。甘道夫，你知道它就徘徊在附近吗？"

"是的，我知道！"巫师说，"我的意念投向它，恳求它快速赶来。昨天它还远在这地的南方，愿它能更加快速地带我们回去！"

甘道夫在影疾耳边低语几句,马王立刻开始奔驰,但并未超过其他两匹马能赶上的速度。过了不久,它猛然转向,选择一处比较低矮的河岸,带领众人蹚过河流,然后领着他们往南踏上一块宽阔无树的平原。风吹过一望无际的草原,像是一阵阵起伏的灰色海浪。这里没有任何道路的痕迹,但影疾并没有显出丝毫犹豫。

　　"它正朝着希优顿在白色山脉下的皇宫直线前进。"甘道夫说,"这样子会比较快。东洛汗的土地比较坚实,主要的北方大路就经过该处,在河的那一边,但影疾知道这条路上的每一个沼泽和坑洞。"

　　接下来的许多个小时,他们都在草原和河谷间奔驰着。绿草的高度时常甚至高达骑士的膝盖,众人的坐骑似乎泅泳于绿色的大海中。他们一路上遇到许多隐蔽的水塘,以及大片大片的芦苇摇曳在潮湿危险的沼泽上;但影疾都找得到路,而另两匹马也都跟着它的蹄印走。太阳开始渐渐往西沉落。越过辽阔的大平原望去,骑士们目睹远方的太阳如同一团火球沉入草丛里。在远方的山脉,两边山肩下都闪烁着红光。似乎有一道黑烟升起笼住了落日,将它化成一片血红,宛如它落下地平线时点燃了草原似的。

　　"那里就是洛汗隘口。"甘道夫说,"它现在几乎就在我们的正西方。艾辛格就在那个方向。"

　　"我看见了一道浓烟。"勒苟拉斯说,"那会是什么?"

　　"战争的前兆!"甘道夫说,"继续赶路!"

第六章

金殿之王

　　他们一路骑过了落日和暮色，一直骑进黑暗的夜色当中。当他们终于下马休息的时候，连亚拉冈都觉得全身僵硬酸痛。甘道夫只给了他们几个小时的休息时间，勒苟拉斯和金雳睡着了，亚拉冈摊开四肢平躺在地上；但甘道夫倚着手杖站着，在黑暗中凝视着东方和西方。万籁俱寂，周遭没有任何生物的踪迹或响声。当他们再醒来的时候，夜空中布满了许多云朵，在冷冽的风中飘移着。在清冷的月光下，他们继续开始赶路，速度和白天时一样快。

　　时间流逝，他们依然马不停蹄地赶路。金雳开始低垂下头，如果甘道夫没有抓住他，将他摇醒，他可能就这么落下马去。疲倦但自傲的哈苏风和阿罗德，跟随着它们毫无疲态的领袖，追着那在黑夜中依稀可见的灰色影子。月亮落入多云的西方，两旁的景物都飞快地被抛在脑后。

　　空气中增添了一股寒意，东方的黑暗缓缓淡褪成冰冷的灰色。红色的曙光从他们左方的艾明穆尔高地之上一道道蹿出。清澈的黎明已经到来了，一阵狂风吹过，让路上的野草全都为之低头。突然间，影疾停下脚步昂首嘶鸣。甘道夫指着前方。

"你们看!"他大喊着。众人抬起疲倦的双眼凝神望去,在他们眼前就是南方的大山,顶端覆盖着白色的积雪,还有一道道黑条状的皱褶。草原一路延伸到山脚边,最后进入许多尚未被晨光触及的幽暗山谷中,隐遁在崇山峻岭的中心地带。就在赶路人的眼前,那些幽谷中最大的一个像是群山间一道长长的海湾一样开展。在那山谷的深处,他们在绵延的山脉中依稀看见一座挺立的孤峰;在山谷的入口处有一座孤伶伶的高地,像是一名哨兵守在谷口。在那座高地脚下有一条银光闪闪的河流,河流源自山谷;在上升旭日的光芒中,他们瞥见高地的顶端有一道金色的光芒。

"勒苟拉斯,说吧!"甘道夫说,"告诉我们你看见了什么!"

勒苟拉斯伸手遮住刺眼的曙光,定睛一看。"我看见一条积雪所融成的溪流,"他说,"它是从山谷中的阴影里一路流出,东边还有座翠绿的山丘,有道壕沟和带刺的围篱围住了该处。在那里似乎有许多的屋舍,在正中央的一块绿地上,有一座人类所建造的巨大殿堂,在我的眼中看起来,它似乎拥有黄金打造的屋顶,那光芒照耀着四周的城市,它的柱子和大门也都是金色的。宫殿附近有许多穿着闪亮盔甲的人类守卫着,但其他的人都还在梦乡中。"

"这座城市叫作伊多拉斯,"甘道夫说,"那个黄金宫殿叫作梅杜西,洛汗国的骠骑军团的统帅,塞哲尔之子希优顿就居住在该处。我们和曙光一同来到,眼前的道路也十分清楚,但我们必须更谨慎地赶路;因为战火迫在眉睫,不管从远方看起来怎么样,这些牧马王随时都处在枕戈待旦的警戒状态。不要拿出武器,也不要冒犯对方,一切都等我们到希优顿的王座之前再说。"

当一行人来到溪边时，晨光已经十分明亮，众鸟啁啾。溪水一路匆匆流入平原，在山脚下转了个大弯，往东流去，汇入河床上芦苇遍布的树沐河。大地一片翠绿，在湿润的草地与溪流的两岸生长着低垂的柳树。在这块南方的土地上，柳树的枝条上已经开始冒出泛红的芽胞，让人感觉到春天的脚步近了。溪流上有一处浅滩，两边溪岸较低，可看见饱经马蹄践踏的痕迹。四人从该处渡过小溪，踏上一条通往较高地势的宽广道路上。

在那座被围墙所包围的山丘脚下，这条路绕经许多高而翠绿的小丘。在这些小丘的西边，草地的颜色洁白如同新降的初雪：一朵朵绽放的小花，像是草原上缀满了无数的星辰。

"你们看！"甘道夫说，"这些草地上的明亮眼睛多么美丽啊！它们被称作永志花，在这个人类的国度中则被称为心贝铭花，因为它们整年开放，生长在亡者安息之处。看啊！我们已经来到了希优顿的先王们沉眠的地方。"

"左方有七座坟丘，右方有九座坟丘。"亚拉冈说，"自从黄金宫殿建成以来，确实经过了很长的一段时间。"

"在我们的幽暗密林中，枫叶红了五百次，"勒苟拉斯说，"但在我们的眼中看来，不过是一瞬。"

"但对骠骑们来说，可是极为久远之前的事情了！"亚拉冈说，"这皇家的兴起都已经成为歌谣中记载的传说，确实的年代也消失在历史的迷雾当中。现在，他们将这里称作家园，语言也和北方的同胞有了区隔。"然后,他开始用一种矮人与精灵都没听过的语言吟唱一首歌谣,虽然两人不知其中的意义,但也被那特殊的旋律所吸引,集中精神倾听着。

"我猜,那就是骠骑国的语言吧,"勒苟拉斯说,"它听起来就像是这片大地本身,富饶而又平坦,但在某些地方又坚韧、严肃如同山脉一样。但我实在猜不出其中的意思,只感觉出里面充满了人寿短暂、岁月无常的悲哀。"

"翻译成通用语是这样的,"亚拉冈说,"我尽量翻译得贴切一点。

  骏马与骑士今何在?
  号角撼地今何在?
  钢盔与铠甲今何在,
  飘扬金发今何在?
  春意、农耕、金黄的玉米今何在?
  一切都如细雨落入山中,
  如微风吹拂草原;
  岁月隐入西方,
  藏入山后的黑暗。
  谁能收回枯木火焰之飞烟,
  或见流逝入海的年华复还?

"这是一首洛汗国早已遗忘的诗歌,歌颂年少的伊欧有多么高大、多么俊美,他策马自北方而来,他的坐骑费勒罗夫,众马之父的四蹄仿佛乘风而起的四翼。人们依旧会在傍晚吟唱这样的歌谣。"

在交谈间，一行人已经越过那些沉默的墓丘，随着蜿蜒的道路来到了山丘之上，他们最后终于到了宽阔的挡风高墙和伊多拉斯的大门旁。

该处坐着许多披挂锃亮锁子甲的人，一看见他们靠近就立刻跃起，以长枪阻住了去路。"陌生人停步！"他们用骠骑语大喊，要求来客表明身份和来意。他们的眼中有着好奇，却没有多少的友善之意，全部的人都阴郁地看着甘道夫。

"我很了解你们的语言，"他用同样的语言回答，"但很少陌生人做得到这一点。如果你们想要获得答案，为什么不照惯例使用西方的通用语提问呢？"

"吾王希优顿下令，除非是我国的盟友，了解我族的语言，否则不得进入此门！"一名守卫回答，"在这战火逼近的关键时刻，除了我们的同胞，以及来自蒙登堡和刚铎的人之外，我们不欢迎其他的人。你们穿着奇怪的衣服，大胆地从平原上过来，却又骑着类似我族的骏马，你们究竟是谁？我们已经留心观察你们很久了。我们从来没见过这么奇怪的骑士，更没见过这匹超凡脱俗的神驹。除非我们的双眼被法术蒙蔽，否则它一定拥有马中之王的血统。表明你的身份，你究竟是萨鲁曼派来的巫师，还是他的魔法所创造的幻影？快点说！"

"我们不是什么幻影，"亚拉冈说，"你的眼睛也没看错。承载我们的确是贵国的骏马，我猜你在开口之前就已经知道了。马贼是不可能光明正大把马骑回马厩的。这是哈苏风和阿罗德，是骠骑国第三元帅伊欧墨在两天前慷慨借给我们的。我们遵守承诺，将这两匹马带回来了。

难道伊欧墨没有回来告诉你们，我们即将前来的消息？"

守卫的眼中掠过一丝挣扎。"有关伊欧墨的消息，无可奉告！"他回答，"如果你说的是真的，毫无疑问，希优顿应该已经知道了这件事情。或许有人已经预料到你们的出现。就在两天之前，巧言大人来我们这边转告了希优顿王不准陌生人通过此门的命令。"

"巧言？"甘道夫用锐利的眼光看着守卫，"不要再说了！我的任务和巧言没有关系，我要晋见的是骠骑王本人。时间紧迫。可否请你进去通报王上我们已经到了？"他浓眉下的双眼精光闪烁地瞪视着对方。

"好的，我会的。"对方缓缓地回答，"但我该以什么名号通知吾王呢？你外表看起来老态龙钟，疲倦不已，但我觉得你在这层伪装下其实是精明干练的。"

"你看得很清楚，也很会说话。"巫师说，"我就是甘道夫，我回来了。你看！我也带回来一匹骏马。这是神驹影疾，只有我能够驯服它。在我身边的是亚拉松之子亚拉冈，人皇的继承人，他的目的地正是蒙登堡；另外两位是精灵勒苟拉斯和矮人金雳，我们的同伴。快去求见你的主人，告诉他我们正在门口等候，想要和他谈谈，希望他能够准许我们进入他的宫殿。"

"你给的名号果然不是一般人能够拥有的！我会将它们呈报给吾主，询问他的看法。"那名守卫说，"请在此稍候，我会将他的指示转告给诸位。别抱太高的期望！这是黑暗的年代。"他飞快地离开，让同僚们看守着这些陌生人。

不久之后他回来了。"跟我来！"他说，"希优顿准许各位进入，但你们所携带的任何武器，即使只是手杖，都必须留在门口。门卫会帮诸位保管的。"

黑色的大门随即打开，一行人跟在卫士之后鱼贯而入。眼前是一道宽广的大路，铺满了鹅卵石，一路通往山丘上，中间还夹杂着许多精心设计的阶梯。他们经过了许多木造的房屋和暗色的门扉，在道路旁有一条渠道，清澈的泉水潺潺流经其间。最后，他们终于来到了山丘顶端。在那里，一片青绿的台地上矗立着一座高大的平台，台地下方有一股泉水从石雕的马头口中喷出，流入一个宽广的水池里，然后从池中溢出流入底下的渠道中。在青绿的台地之上有一道高大宽广的石阶，在最高一阶的左右有两排石雕的座椅，椅上端坐着其他的守卫，他们的膝上横放着出鞘的宝剑。他们的金发绑成细辫，垂在肩膀上；阳光照在他们绿色的盾牌上，反射出耀眼的光芒，他们的胸甲擦拭打磨得如同镜面一样光亮，当他们站起来的时候，也比常人要高出许多。

"眼前就是宫殿了。"带路的卫士说，"我必须回去大门值勤了，再会！愿骠骑王以礼相待诸位！"

他转过身飞快地离开，其他人在那些守卫的打量之下开始一阶阶往上爬。守卫们一言不发地站着，直到甘道夫踏上最后一阶为止。在同一时间，他们用清朗的声音以本国的语言问好。

"致敬，远道而来的旅人！"他们说，并且将剑柄转向来客以示和平之意。绿色的宝石在阳光下闪耀着。其中一名守卫走向前，以通用语说道。

"我是希优顿的看门人，"他说，"在下名为哈玛，在诸位进门前请将武器交给我。"

勒苟拉斯将银柄的小刀、箭囊和长弓交到他手中。"好好保管！"他说，"这些是来自于黄金森林的武器，是罗斯洛立安的女皇亲手交给我的。"

那人的眼中闪起惊奇之色，匆忙地将武器放在墙边，仿佛畏惧这些东西。"我向你保证，不会有人乱动这些武器。"他说。

亚拉冈迟疑了片刻："这不是我的作风，我不愿将安都瑞尔离手，或是交给任何人。"

"这是希优顿的命令。"哈玛说。

"即使他是骠骑王，我也不确定希优顿的命令，是否能够凌驾伊兰迪尔直系子孙，刚铎王储亚拉冈的意愿。"

"就算你坐在迪耐瑟的王位上，这也是希优顿的皇宫，不是亚拉冈的。"哈玛迅即走到门前，挡住众人的去路。他已经拔出了剑，指着这些陌生人。

"这样的争执毫无意义，"甘道夫说，"希优顿的要求是没必要的，但拒绝他也是无用的。不管是睿智或是愚笨，国王理应可以在宫廷内执行他的命令。"

"的确，"亚拉冈说，"若我手中并非安都瑞尔圣剑，即使这只是平民的小屋，我也愿意听从主人的指示。"

"不管这把剑叫什么名字，"哈玛说，"如果你不愿意单枪匹马面对伊多拉斯的所有臣民，还是要请你将它置放此处。"

"他可不是单枪匹马！"金雳抚弄着战斧的刀刃，目光凌厉地看着眼前的守卫，仿佛他是一棵正要被砍倒的小树，"他可不是单枪匹马！"

"不要冲动,不要冲动!"甘道夫说,"别伤了和气,我们应该要忍耐,如果我们刀剑相向,魔多的嘲弄将会是我们唯一的奖赏。我的任务很紧急,忠诚的哈玛,这是我的宝剑。好好保管,这柄剑叫作敌击剑,是远古的精灵铸造的,让我们通过吧。亚拉冈,不要坚持了!"

亚拉冈缓缓地解下圣剑,将它小心放在墙边。"我将它放在此处,"他说,"但我命令你不准碰触它,其他人也不例外。在这精灵的剑鞘中藏放着断折重铸的圣剑。巧匠塔尔查在古代铸造了这柄神兵。除了伊兰迪尔的子嗣之外,任何人意图拔出此剑都将横尸当场。"

守卫后退了几步,震惊地望着亚拉冈:"阁下似乎是从远古乘着传说之翼而来的人物;如您所愿,大人!"

"好吧,"金雳说,"我的斧头如果有安都瑞尔做伴,它在这边也不会可惜了。"他将武器放在地上:"好了,如果一切都已经妥当,请让我们晋见你的主人。"

那名守卫依旧犹豫不决。他对甘道夫说:"你的手杖,请原谅我,它也要留在门口。"

"愚蠢!"甘道夫说,"小心是一回事,但无礼又是另一回事。我已经老了,如果我不能靠着手杖走过去,那么我就要坐在这里,等待希优顿王亲自走出来和我谈话!"

亚拉冈哈哈大笑:"看来每个人都有不愿意交给别人的东西。可是,要让老人失去依靠的确太冷酷了。来吧,让我们进去吧!"

"巫师手中的手杖可能不只是老年的支撑,"哈玛说,他仔细地打量着甘道夫手中的木杖,"不过,在不确定的状况下,自重的人会相信自己的智慧。我相信你们是我国的盟友,也是重荣誉的人物,同时也不会有任何的邪心，你们可以进去了。"

　　守卫抬起了大门口沉重的门闩，将门往内推开，巨大的铰链咿呀作响。一行人走了进去。在山丘上呼吸过清新的空气之后，这殿内感觉起来又暗又暖。这座大殿极长极宽，四处都是阴影和幽暗的灯光，巨柱支撑起高耸的屋顶。阳光从东边屋檐下高高的窗户照进来，在大厅中洒下一道道亮光。从屋顶的天窗往外看去，在淡淡的轻烟之上是清朗的蓝色天空。当四人的眼睛适应了室内的亮度之后，这才发现地面是由许多色彩缤纷的石头所铺设的，盘绕的符文和各种奇怪的图案在他们脚下交错着。这时，他们也发现柱子上有着丰富的图案，闪动着黯淡的金光。四周的墙壁上挂着许多织锦，在宽阔的织幅上是许多昂首阔步的传说中人物，有些织锦随着年岁而变得黯淡，有些则在阴影中朦胧不明。但有一幅图案被洒上了耀眼的阳光：一名年轻人骑在白马上。他正吹动着一只大号角，金黄色的头发随风飞舞；马儿昂头长嘶，红红的鼻翼翕动，嗅闻着远方的战火，它的膝盖间则有绿色和蓝色的流水喷溅着。

　　"看，那是年少的伊欧！"亚拉冈说，"他就是以这样的英姿从北方策马而来，加入凯勒布兰特平原的战争。"[①]

[①] 洛汗国的奠基始自于第三纪二五一〇年，当时刚铎的大军正在凯勒布兰特平原苦战，由伊欧率领的一支游牧民族经过，解救了大军的危机。为了感谢他们伸出援手，刚铎将一整个省份的土地划给他们，让他们成为一个独立自主的盟邦，这就是洛汗建国的历史。

四名伙伴走向前，越过了大殿中央燃烧的熊熊炉火。然后他们停住脚步。在大殿的另一头，有一个面北向门有三阶梯级的高台，在高台的正中央是一张巨大的宝座。宝座上坐着一个男子，他苍老佝偻的模样让人几乎以为他是个矮人；但他白色的头发又长又密，编成了许多根长辫，从他头上戴着的一圈金冠底下垂下来。在他的前额正中央有一枚白色钻石闪闪发光。他雪白的胡子一直垂落到膝盖上，但他的眼中依旧有着闪动的光芒，毫不留情地在陌生人身上扫射着。在他的宝座后站着一名穿白衣的女子。在他的脚下阶梯上，则坐着一名形容枯槁、拥有一张苍白多虑的脸孔和一双双眼眼皮重垂的男子。

众人陷入沉默之中，宝座上的老人动也不动。最后，甘道夫终于开口了："幸会，塞哲尔之子希优顿！我回来了。请留心！暴风将临，所有的盟友都需团结，否则将被各个击破。"

老人缓缓地站起身，全身重量几乎都倚在一柄全黑、有着白色骨柄握把的木杖上。众人注意到，虽然他现在身形佝偻，但他年轻时必定是龙行虎步，浑身充满了帝王之气。

"你好！"他说，"或许你还期望我会欢迎你。不过，说实话，甘道夫先生，我对你实在吝于给予欢迎。你一直都是噩兆的先驱，麻烦就像乌鸦一样紧跟着你，你出现得越频繁状况就越糟糕。我不需要骗你，当无主的影疾回来的时候，我很高兴可以再看到它，但更高兴它的骑士失踪了。当伊欧墨回来通知我你已经过世的消息时，我并不为你哀悼。可惜远方的消息往往让人空欢喜一场。你又出现了！就像以往一样，你势必会带来更糟糕的消息。巫师甘道夫，为什么我要欢迎你呢？告诉我吧！"他又慢慢地坐回座位上。

"王上圣明,你说的真是一针见血!"坐在高台阶梯上的苍白男人说,"不到五天之前,我们才得知您的左右手,骠骑国的第二元帅,王子希优德战死在西洛汗。伊欧墨这人又不值得信任,如果让他掌权,将不会有什么人来守卫您的宫墙。而且,我们还刚从刚铎知道黑暗魔君又在东方蠢动,这个四处流浪的家伙偏偏挑这个时间出现。甘道夫先生,我们为什么要欢迎你呢?我替你取名叫噩耗,噩耗和恶客一样不受欢迎。"他神情凝重地干笑几声,边抬起沉重的眼皮,用阴沉的目光打量着这些来人。

甘道夫柔声说:"老友巧言,毫无疑问的,你被认为是此地智者,王上也很倚重你。但每次会带来噩耗的人有两种可能。他可能是邪恶的仆人,也可能是在危机时挺身前来相助的义勇之士。"

巧言说:"或许吧!但还有第三种人,食尸者,以他人的哀伤和战火的蔓延为乐的人。老巫师,你帮过我们什么?这次你又要怎么帮我们?上次你来要求的是我们的协助。那时王上请你挑选任何一匹马,赶快离开。你竟然无礼地挑选了影疾,吾主因此相当懊悔,但只要能够让你赶快离开国界,这代价也算是值得的。我想这次多半也会和上次一样,你又是来乞求我们的帮助的。你带来援兵了吗?还是马匹、刀剑、长枪?这才是我所谓的援手,也才是我们目前真正需要的东西。你身后的这些跟班是谁?三个穿着灰衣的流浪汉,你自己看起来就像是个乞丐头一样!"

"塞哲尔之子希优顿,你宫廷的礼节似乎退步许多,"甘道夫说道,"难道你的看门人没有回报我同伴的名号吗?洛汗国的君王极少接见过这样的三名贵客。他们置于你门前的武器可值千军万马。他们之所以穿着灰衣是出自于精灵的善意，如此他们才能躲过黑暗的力量，历经重重危险来到你的驾前。"

"那么，如同伊欧墨所说的一样，你们和黄金森林的女巫结盟了？"巧言说，"难怪，那座森林里面全是欺瞒和诡诈的罗网。"

金雳一步跨上前，但甘道夫的手迅速抓住他的肩膀。他只得停下脚步，浑身僵硬地站着。

> 在罗瑞安，在黄金林
> 在那人迹罕至的梦幻森林，
> 只有极少凡人见过那光芒，
> 永恒不变，耀目闪烁的灵光。
> 凯兰崔尔！凯兰崔尔！
> 你的井水洁净名闻遐迩；
> 洁白玉手中星辰闪亮，
> 纯洁无瑕的芳叶幽乡。
> 在罗瑞安，在黄金林，
> 在那凡人难明的美丽森林。

甘道夫温柔地唱完这首歌，突然间神色一凛，他丢开破烂的斗篷，挺起胸膛，不再倚着手杖，用冷冽清朗的声音说道：

"智者只阐述他所知道的真相，加默德之子葛力马，你已经堕落成一条无知的蛆虫。闭上嘴，不要再耍弄你那三寸不烂之舌。我经历火焰和死亡的考验，不是要把时间浪费在和下人争辩上，天雷将证明我的怒气……"

他高举起手杖,一阵轰隆的雷声响起,东窗射入的阳光被乌云给遮蔽了,整个大殿仿佛突然被夜色所笼罩,火焰变成软弱无力的余烬。众人眼中只能看见高大逼人、一身雪白的甘道夫站在那渐暗的火炉前。

在一片昏暗当中,众人听见巧言嘶哑的声音说道:"王上,我已经警告过你不要让他带手杖进来!哈玛那个笨蛋出卖了我们!"一道刺眼的强光闪过,闪电击中屋顶。接着一切都安静下来,巧言动也不动地趴在地上。

"塞哲尔之子希优顿,你愿意听我说话了吗?"甘道夫问道,"你需要协助吗?"他高举起手杖,指向一扇高窗。那里的黑暗似乎消退了,从那开口可以看见一块高远的澄蓝天空。"并非一切都是黑暗的。骠骑王,不要丧志,我能提供的是天下无双的力量,绝望者将无法从我口中获得忠告。但我还可以给予你建议、给予你指导。你听见了吗?有些话是不可以对别人说的,请你走出大门,望向远方。你龟缩在阴影中,只聆听这家伙的片面之词已经太久了!"

希优顿缓缓地离开椅子。大殿中再度充满微弱的光线。他身后的女子快步走到他身边,搀扶着他;老人颤巍巍地走下阶梯,虚弱地走向门口。巧言依旧动也不动地趴在地上。他们走到门前,甘道夫用力敲打着门。

"开门!"他大喊道,"骠骑王要出来了!"

大门轰然开启,新鲜的空气扑面而来,大殿中吹入了一阵微风。

"把你的守卫都遣到楼梯底下去!"甘道夫说,"还有你,小姐,让他和我独处片刻,我会好好照顾他的。"

"去吧,王女伊欧玟!"衰老的国王说,"担心受怕的时刻已经过去了。"

那女子转过身,缓缓地走回大殿内。当走过门口时,她回头看了一眼;她的眼神庄肃而充满了忧虑,当她的目光停留在国王身上时,流露出浓浓的怜悯之情。她长得非常美丽,长发如同黄金的河流,瘦高的身躯穿着一袭白袍,系着银色的腰带;她看来英气勃发,让人可以感受到一种钢铁般的坚毅,果然是拥有王族血统的女子。亚拉冈第一次在白昼目睹了洛汗王之女伊欧玟的美貌,认为她冰冷如同清晨的薄雾,尚未褪去少女的青涩;而她也在一瞬间发现了他:高大的王储,散发着饱经风霜的睿智,披着灰色的斗篷,她可以感觉到他身上有股隐藏的力量。她僵立了片刻,最后飞快地转过身,消失在众人眼前。

"王上,"甘道夫说,"看看你的国土!再一次呼吸自由的空气吧!"

他们在皇宫雄伟的门廊前,可以看见洛汗国青绿的疆域一路绵延到地平线的彼端。微风细雨开始缓缓飘落,犹如一道帘幕;头顶的天空和以西的天际依旧黑暗,雷声隆隆,远方山丘上闪电肆虐。但迅即转为北风,来自东方的风暴也开始缓缓消退,往南移向大海。突然间,一束阳光穿透他们身后云层的裂罅,照射下来;细雨在阳光中像是银丝一般闪耀,远方的河流像反光的玻璃一般耀眼。

"外面并不黑暗哪!"希优顿讷讷地说。

甘道夫回答:"的确,你的年岁也并不像某些人暗示的那么老朽。抛去你的拐杖吧!"

国王的手一松,黑色的手杖就这么落到地面上。他慢慢地直起身,仿佛弯腰许久的仆人一般小心翼翼。现在，他抬头挺胸地站着；当他看着天空时，湛蓝的双眼闪闪发光。

"我最近所做的梦都是晦暗的，"他说，"但我觉得自己重获新生。甘道夫，如果你早些来，我可能已经醒过来了。我担心，你到来的时机会不会已经太迟了，你只能见到我皇室的末日，伊欧之子布理哥所兴建的壮丽皇宫，恐怕就快要荡然无存了。火焰将吞没我国的宝座，我能做些什么？"

"你有很多事情要做。"甘道夫说，"但请先召伊欧墨进宫。我猜，你应该在那个人称'巧言'的葛力马的谗言之下，将他关进监牢去了吧？"

"是的。"希优顿说，"他违抗我的命令，并在殿中公然威胁要杀死葛力马。"

"敬爱你的人，多半不会敬爱巧言和他的忠告。"甘道夫说。

"或许吧，我会照你所说的做。召哈玛过来，既然他不适任看门的职务，那我就让他跑跑腿好了。让犯错者去带领犯错者来接受审判！"希优顿的声音十分凝重，但他看着甘道夫的脸上露出笑容，许多原先因忧虑而生的皱纹都在这一笑之间被抚平，消失无痕。

当哈玛应召去执行命令后，甘道夫带希优顿到一张石椅上坐下，自己则坐在国王面前最高的阶梯上。亚拉冈和同伴们都站在一旁。

"我没时间把所有你应该知道的事情告诉你，"甘道夫说，"但如果我的预测是正确的，不久之后我就可以更完整地告诉你一切。千万小心！你即将面临连巧言那诡计多端的谎言都无法比拟的大危险。但你看！至少我已经将你从谎言的罗网中拯救出来，你又活了起来。刚铎和洛汗并非孤军作战，敌人比你想象的还要强大，但我们拥有他无从知晓的一线希望。"

甘道夫的口气越来越急促，他的声音现在压得极低，除了国王之外没人听见他讲些什么。但众人都可以看见希优顿眼中的光芒越来越盛，最后他以无比的气势站了起来，甘道夫也跟着起立，两人并肩从这高处望向东方。

甘道夫用中气十足的雄浑嗓音说："是的！我们的希望就在那里，但我们最大的恐惧也在该处。我们的处境可说是千钧一发，但只要我们能够再坚守阵地一段时间，战况就还有希望。"

众人也纷纷将视线转向东方。他们的思绪越过绵延的草原，直到视线的尽头，又继续越过山脉，来到了魔影之地的黑暗山脉。魔戒持有者身在何方？悬挂千钧的一发依旧岌岌可危！

视力极好的勒苟拉斯，似乎看见了一道白色的闪光，那或许是阳光照在远方卫戍之塔上的亮光。在更远处，燃起了一道小小的火舌，那还很遥远，却是目前最迫切的威胁。

希优顿再度慢慢地坐下来，似乎他体内的疲倦依旧在和甘道夫的意志作对。他转过身看着雄伟的宫殿。"唉！"他说，"这邪恶该由我来承担，在我戎马半生之后的老年，不得安享我换来的和平！哀哉勇者波罗莫！年少者离世，而年长者竟只能苟活、衰老。"他用满是皱纹的手抓住膝盖。

"如果你的手能够再度握住剑柄，相信他们会恢复旧日活力的！"甘道夫说。

希优顿站起身,将手往腰间一探,但却没有摸到宝剑。"葛力马把我的宝剑收到哪里去了?"他喃喃自语道。

"收下这个,王上!"一个爽朗的声音说,"这将永远效忠王上!"有两人飞快地走上前来,站在低几级的阶梯上。来人是伊欧墨,他未戴头盔也未穿铠甲,但手中握着一柄出鞘的宝剑。他跪下将剑柄递向国王。

"怎么会这样?"希优顿严厉地说。他转身面对伊欧墨,对方惊讶地看着他昂首挺胸、精力充沛地站在自己面前。原先那个蜷缩在宝座上,或是倚着拐杖走路的老人到哪里去了?

"是我自作主张,王上。"哈玛颤抖着声音说,"我知道伊欧墨将会被释放,我可能被高兴冲昏了头而做错事。但是,我想,既然他被释放,他就是骠骑军团的元帅,我便遵他所嘱将他的宝剑交给他。"

"只为了将它奉上您的驾前,王上!"伊欧墨说。

希优顿沉默了片刻,看着跪在他面前的伊欧墨,两人都动也不动。

"你不接下宝剑吗?"甘道夫问道。

希优顿缓缓地伸出手。当他的手指一碰到剑柄时,在旁观者的眼中,精力似乎一瞬间回到他瘦弱的臂膀上。他猛地取起剑,将它在阳光下挥舞着,然后他大吼一声,接着用雄浑无比的声音,以洛汗语喊出备战的命令:

>奋起,奋起,希优顿的骑士!
>邪恶苏醒,东方黑暗现。
>备好战马,吹响号角!

伊欧子嗣齐向前！

禁卫军们以为自己被召唤，飞快地冲上来。他们惊讶地看着王上的转变，不约而同地拔出剑，将它们放在国王的脚前。"谨遵吾王圣旨！"他们异口同声地说。

"吾王希优顿万岁！"伊欧墨大喊道，"能看到您恢复活力我们实在太高兴了！甘道夫，我们将永远不会再说你是噩耗的传信人了！"

"伊欧墨啊，我的外甥，收回你的宝剑！"国王说，"去吧，哈玛，把我自己的剑找回来！葛力马把它收了起来。顺便也把他带到我面前来吧。甘道夫，你说如果我愿意听的话，你有忠告可以给我。你的建议是什么呢？"

"你已经让自己照我的建议做了！"甘道夫回答道，"你信任伊欧墨，而不再对一个巧言令色的人推心置腹；你抛开遗憾与恐惧，将意志集中在当下。如同伊欧墨所建议的，派出你所有的兵力即刻往西前进，我们必须趁着还有时间，先摧毁萨鲁曼的威胁。如果这场仗失败了，我们全盘皆输。如果我们成功了，就还有下一个目标要达成。与此同时，你所有留下来的子民，包括女人、小孩和老弱，都必须躲进山中，他们一定早就对这邪恶的一天做好准备了！让他们收拾补给品，但不准为了大小财宝而拖延，他们的生命才是最珍贵的。"

"我现在觉得你的建议果然很好，"希优顿说，"让所有的子民都准备好！至于我的宾客们——甘道夫，你说得对，我的宫殿之中礼仪荡然无存。你们一整夜马不停蹄，现在都快中午了，而你们居然未曾阖眼、粒米未进。应该准备客房，让你们用餐之后好好休息。"

"不需要,王上,"亚拉冈说,"不管我们多么疲倦,都还不能休息。洛汗国的战士必须今天就出发,我们得带着斧头、圣剑和长弓跟着一起出发。骠骑王,我们带这些武器来并非是要倚在您的宫墙上休息的。我也答应了伊欧墨,我将会和他并肩作战!"

"胜利的希望这下才真正来临了!"伊欧墨说。

"只是希望而已,"甘道夫说,"别忘记,艾辛格依旧十分强大;还有其他的威胁正在不断逼近。希优顿,不要拖延,在我们出兵之后,快点带着子民们躲到山中的登哈洛去!"

"不,甘道夫!"国王说,"你不知道自己已经彻底治好我了。我不会照你说的做,我将御驾亲征;若有必要,我将不惜战死沙场,这样我才能够安息!"

"那么,就算洛汗国战败,也将成为史诗中最壮烈的篇章!"亚拉冈说。站在附近的士兵们敲击着武器,大喊道:"骠骑王御驾亲征!骠骑万岁!"

"但你手无寸铁的子民不能没有引导他们的人啊。"甘道夫说,"谁将代替你管理和指引他们?"

"在我走之前我会想出答案的。"希优顿回答,"我的咨询大臣可不就来了吗?"

就在此时,哈玛从大殿中走了出来。在他身后被两个人左右架着的是巧言葛力马。他的面孔极为苍白,他的眼睛在阳光下不停地眨着。哈玛跪下来,将一柄收在剑鞘包覆黄金、镶有绿色宝石的长剑托献给国王。

"王上，这是西鲁格因，您的家传宝剑！"他说，"是在他的箱子里面发现的。他极度不愿意交出钥匙，箱子里面还有许多其他人遗失的东西。"

"你说谎。"巧言心虚地说，"这柄宝剑是你的主人亲手交给我保管的。"

"现在这主人又再度向你要这柄剑了。"希优顿说，"你有意见吗？"

"当然没有，王上。"巧言说，"我心心念念的都是您的福祉和安危。王上，千万别累着或耗费太多力气，让其他人来打点这些不速之客吧。您的午餐已经快准备好了，难道您不想要用餐吗？"

"我当然会，"希优顿说，"在我的桌上也准备好客人的午餐。大军今天就开拔。派出传令！召唤所有居住在附近的战士，命令所有能够使用武器、拥有马匹的男子，在正午过后两小时之内集结在城门口！"

"王上！"巧言大喊着，"这正是我所害怕的。这名巫师对您下了魔法！难道没有任何兵力留下来，保卫您王朝代代相传的黄金宫殿和财宝吗？难道没有人要留下来保护骠骑王？"

"如果这是什么魔法，"希优顿说，"也比你在我耳边嘀咕的谗言要让我感觉舒服多了。你不断地吸取我的精力，最后终有一天会让我退化成四脚走路的野兽。不！我们一个人都不留，连葛力马也一样，葛力马也得骑马上阵。去吧！你还有时间打点一切，清理你宝剑上的锈痕！"

"开恩啊，王上！"巧言趴在地上哀嚎着，"请可怜我这为您鞠躬尽瘁的小人物，千万别把我派离您身边！至少在其他人都离开的时候，我将会寸步不离地守护你。别将您的忠仆葛力马赶走啊！"

"我特别对你开恩，"希优顿说，"我不会把你遭离我的身边，我将会御驾亲征，我要求你和我一起出征，证明你的忠诚。"

巧言仔细地打量每个人的脸，他的眼神仿佛野兽在猎人的包围中寻找出路。他用苍白的长舌舔着嘴唇："这样的决心，果然只有伊欧子嗣的国王才会拥有，即使他已经年老力衰了。"他说，"但是，真正敬爱他的忠臣会考虑到他的年纪。我看得出来，现在已经太迟了。某些不会因我王驾崩而难过的人已经说服了他。如果我不能揭穿他们的阴谋，王上，请至少听我一言！您至少该让一名了解您的想法、服从您命令的人留在伊多拉斯。指派一名忠诚的管家，请让您的大臣葛力马替您保管一切，直到您回来！我祈祷您会安全回来，虽然没有多少人认为这是可能的。"

伊欧墨哈哈大笑。"如果这样的托辞无法让你躲避战争的话，最尊贵的巧言先生，"他说，"你会接受什么更为低贱的工作？让你背负粮食上山吗？——如果有人信任你的话。"

"不，伊欧墨，你对巧言先生的诡计还是没有完全理解。"甘道夫将锐利的目光转向巧言，"他非常大胆、工于心计。即使此刻他仍在玩弄诡计，想要险中求胜。他已经浪费了我不少宝贵的时间了。跪下，毒虫！"他突然以可怕的声音说："跪下来！萨鲁曼买通你多久了？他承诺的价格是多少？当所有的人都死了之后，你会拿走这些宝物、带走你所垂涎的女人，是吧？你那双眼睛已经在她身上游移打量太久了！"

伊欧墨握住剑柄。"我早就知道了！"他喃喃道，"光是为了这个原因，我就甘冒禁律，在大殿中斩杀他于剑下。但我还有其他的原因足以杀他——"他大步向前，但甘道夫伸手拦住他。

"伊欧玟现在已经安全了。"他说，"但是你，巧言，你已经替你真正的主人尽力了。至少也获得了一些奖赏。不过，萨鲁曼以不守信用而恶名昭彰。我建议你最好赶快前往，提醒他不要忘记你忠心为他牺牲奉献。"

"你说谎！"巧言无力地反驳道。

"这三个字你说得未免太轻松、太频繁了吧！"甘道夫说，"我不说谎。希优顿，你看，这就是你王朝中的毒虫！为了你的安全，你不能带他走，也不能把他留下来。处死他并不算过分，不过，有时最明显的解决之道并不是最好的方法。他曾经是你的部下，为你做了不少事，给他一匹马，让他自己选择去向。从他的选择中，你将知道他的为人。"

"巧言，你听见了吗？"希优顿说，"眼前是你的选择：和我一起上战场，让我们看看你的忠心在战斗中是否经得起考验；或者是现在离开我们，随你爱去哪里！不过，如果我们有机会再相见，我将不再开恩。"

巧言慢慢地站起来。他半闭着眼睛看着所有人。最后，他的目光落到希优顿身上，仿佛准备说些什么。突然间，他站了起来，双手抽搐着，怨毒的眼神让四周的人不由自主地后退。他露出满嘴的利牙，对着国王的脚边啐了一口，接着狂奔下阶梯。

"去追他！"希优顿说，"不能让他伤害任何人，但也不要弄伤他或是阻拦他！如果他想要的话，可以给他一匹马。"

"那还必须要有马愿意让他骑才行。"伊欧墨愤愤不平地说。

一名守卫奔下阶梯，另一名守卫跑到水井边，用头盔盛了满满的清水，用来洗干净巧言弄脏的地面。

"客人们，来吧！"希优顿说，"让我们把握时机，享受仓促之下所能准备出来的餐点吧!"

他们再度走回宫殿中。此时,他们已经可以听见传令兵在底下的城市中宣布集合,备战的号角也吹响了。只要城内的居民和附近的人们都集合完毕,国王就会马上出发。

国王的餐桌上坐着伊欧墨和其他四名客人,负责侍奉国王的是伊欧玟。他们用餐的速度很快,当希优顿询问甘道夫有关萨鲁曼的情报时,其他人都沉默不语。

"谁猜得到他到底多久之前就背叛了我们?"甘道夫说,"他并非自始就是邪恶的。我相信他曾经是洛汗国之友,甚至当他的心肠逐渐变黑的时候,他也觉得你们还有利用价值。但他暗中计划毁灭你们已经有很长一段时间了,只是他仍戴着友谊的假面具,直等他准备好为止。在这些年间,巧言的工作很简单,你的所作所为都会立刻汇报到艾辛格去;因为当时你的国境是开放的,陌生人可以自由来去。巧言则是不停地在你耳边进献谗言,毒害你的思想、冷却你的热情、削弱你的活力,而其他人只能眼睁睁地看着这一切发生,因为你被巧言玩弄在股掌之间。

"但是,当我逃出来之后,我警告了你,那张友善的面具在明眼人之前被揭穿了。在那之后,巧言被迫只能在剃刀边缘讨生活,不停地想办法拖延,阻止你集合所有的兵力。他的心机很重,总是看情况行事,有时扩大人们的恐惧,有时麻痹人们的警觉心。你难道忘了,他是多么迫切地说服你不应该浪费兵力在北方边境的巡逻上,应该把重兵驻守在西边?他说服你禁止伊欧墨猎杀那些入侵的半兽人。如果伊欧墨没有违抗你被巧言欺骗而下的命令,这些半兽人如今已将他们劫掠来的惊人成果,带到艾辛格了。虽然那成果并不是萨鲁曼最想要的,但其中有两名我队伍中的伙伴,他们分担着我们的秘密任务——请王上见谅,那任务现在连你我都得暂时保密。你能够想象,我们的同伴将受到何等的折磨,或是萨鲁曼可能得知对我方多么致命的情报?"

"我亏欠伊欧墨许多。"希优顿说,"忠言逆耳啊,果不其然。"

"这么说吧,"甘道夫说,"对于遭到蒙蔽的人来说,真相或许反而是比较丑陋的。"

"的确,我完全遭到他的蒙蔽!"希优顿说,"贵客们,我能够摆脱这个命运都要感谢诸位,你们又再度及时伸出援手。在你们离开之前,请任意挑选礼物,我绝不会吝啬。除了我的宝剑之外,任何一样我朝的宝物都可以送给你们!"

"我们还不知道这次援手到底是否伸得及时。"甘道夫说,"至于你所说的礼物,王上,我选择一项十分切合我需要的礼物,请将影疾赐给我!你之前只是将它借给我,但我现在必须骑着它和黑暗对抗,在黑暗中射出一丝银光,而我不敢拿任何不属于我的生命来冒险。而且,我们人马之间已经有了密不可分的感情。"

"你选得很好!"希优顿说,"我很荣幸可以将它送给你。这是项十分宝贵的礼物,这世上再无其他马匹比得上影疾。它仿佛是古老的神驹复生一般。从今以后,再也不会有这么伟壮的骏马了。至于其他的贵客们,我可以提供兵器库中的一切给你们。你们不需要刀剑,但我的库藏中有刚铎赐给我先祖的精工打造的盔甲,在你们离开之前请记得挑选所需的盔甲,愿它们协助你们战无不胜!"

人们从国王的宝库中拿出盔甲来，为亚拉冈和勒苟拉斯穿戴。他们选择了头盔和圆盾，盾牌的边缘装饰着黄金，并镶有绿、红、白三种宝石。甘道夫不穿盔甲，金雳也不需要洛汗的锁子甲，即使洛汗国的宝库中有符合他身材的盔甲，也不会有任何一件比得上他在北方山下打造的。不过，他还是挑选了一顶镶铁的皮帽戴在头上，以及一面小圆盾，圆盾上面有着绿底的白马标记，那是伊欧皇族的家徽。

"愿你好好使用它！"希优顿说，"那是我父命人在我少年时打造给我的。"

金雳鞠躬为礼。"骠骑王，能够背负您的盾牌我觉得很荣幸。"他说，"事实上，我宁愿背马，也不愿意骑马。我比较偏好用脚走路。不过，或许有一天我能够遇到徒步和敌人作战的机会。"

"很有可能！"希优顿说。

国王站了起来，伊欧玟立刻拿着醇酒走上前。"向希优顿致敬！"她说，"饮下这杯中的酒，纪念这欢乐的一刻，愿您健康出征，平安归来！"

希优顿从杯中喝了一口，她接着将杯子递给每一位客人。当她站在亚拉冈面前时，她突然停住，愣愣地看着他，眼中闪动着莫名的光芒。当他看着她美丽的面孔时也不禁露出微笑；但当他接过酒杯，手无意间碰触到伊欧玟的玉手时，他清楚感觉到她对这轻触颤抖了一下。"敬亚拉松之子亚拉冈！"她说。"敬洛汗国的王女！"他回答，但脸上的笑容已经敛去，显得忧愁。

当他们都喝过酒后，国王穿过大殿来到门前。卫士在此等候他，传令官们也都肃立在旁，在伊多拉斯或附近的诸侯与将领们也都到齐了。

"各位听我说！这次亲征可能是我最后一次的出战，"希优顿说，"我没有子嗣，吾儿希优德已经战死沙场，我宣布外甥伊欧墨未来成为王储，继承我的王位。如果我们两人都无法生还，国民们可以按照自己的意愿选出新领袖。但是，现在，我必须将我的国民交给一位值得信任的人带领。谁愿意留下来？"

无人开口。

"你们没有任何中意的人吗？我的子民究竟信任什么人？"

"他们信任的是伊欧王室。"哈玛回答。

"但是我舍不下骁勇善战的伊欧墨，他也不会愿意留下来，"国王说，"而他是王室的最后一名成员。"

"我指的不是伊欧墨。"哈玛回答，"而他也不是王室最后一名成员。还有伊欧蒙德的女儿伊欧玟，他的妹妹。她十分勇敢，情操高尚，全国的人民都敬爱她。让她在我们离开的时候，担任洛汗国的领袖吧！"

"就这么办！"希优顿说，"传令下去，伊欧玟公主将率领他们！"

国王在殿门前的一张椅子上坐下，伊欧玟在他面前跪下，从他手中接过一柄宝剑和一件美丽的盔甲。"再会了，外甥女！"他说，"这是个危机四伏的时刻，但或许我们还有机会回到这黄金宫殿。留在登哈洛的人民可以长期防守，而万一这场战争失败，逃回来的残兵也会投奔那里。"

"千万别这么说！"她回答道，"您不在的时候，我将度日如年。"不过，当她这样说的时候，目光悄悄地飘向亚拉冈。

"国王会归来的!"他说,"别害怕!我们的真正威胁不在西方,而是在东方。"

国王接着和甘道夫并肩走下阶梯,其他人紧跟在后。当一行人朝城门口走去的时候,亚拉冈回头望了一下。伊欧玟孤单地站在宫殿门前阶梯的顶端,她手握着剑柄,将剑支在面前。她已披上闪亮的锁子甲,这时在阳光下浑身发出银光。

金雳扛着斧头,走在勒苟拉斯身边。"呼,我们终于出发了!"他说,"人类每次要做什么事情总是要先说一大堆话,我的斧头都等得不耐烦了。不过,我并不怀疑这些洛汗人在战斗时的能力。真可惜他们习惯的作战方法和我不同,我要怎么和他们并肩作战?我希望可以用双脚走路,而不必像一袋行李似的在甘道夫的马上弹来弹去。"

"我想,那位置比大多数人都安全多了。"勒苟拉斯说,"不过,当战斗开始的时候,甘道夫或是影疾都会很高兴能够摆脱你的,毕竟斧头并不适合骑马作战。"

"矮人不是天生骑士。我适合砍断半兽人的脖子,而不是替人类剃头皮。"金雳拍着斧柄说。

到了城门口,他们发现已经有一大群人,老老少少,都骑在马上集结完毕了。眼前至少有超过一千人的战力,他们的长枪罗列起来,如同浓密的树林。当希优顿走上前来时,众人都不约而同地大声欢呼。有人牵着国王的坐骑雪鬃过来,还有人则牵着勒苟拉斯和亚拉冈的马。金雳局促不安地皱着眉头,伊欧墨领着自己的马走到他身边。

"你好,葛罗音之子金雳!"他大喊着,"我还没时间在你的斧头下学习温柔有礼的话语，正如你所承诺的。但我们可否暂时将争执放到一边？至少我不会再说森林女皇的坏话了。"

"伊欧蒙德之子伊欧墨啊，我可以暂时忘记那次的不愉快。"金雳说，"但如果你未来有机会目睹凯兰崔尔女皇，你必得承认她是世界上最美丽的女子，否则我俩的友谊就完了。"

伊欧墨说："就这么说定了！但在那之前请暂时原谅我，为了表示原谅，我恳求你和我共乘一骑。甘道夫将和骠骑王并肩共骑在前；如果你愿意的话，我的坐骑火蹄将搭载我们两个。"

"非常感谢你！"金雳十分高兴地说，"如果我的同伴勒苟拉斯愿意和我们一起并骑的话，我会很高兴接受您的好意。"

伊欧墨说："就这么办！我的左边是勒苟拉斯，亚拉冈在我右边，这个组合将无人能挡！"

"影疾呢？"甘道夫问。

"在草地上散步呢！"众人回答，"它不让任何人碰它。你看，它就在河边，像是柳树底下的阴影一样。"

甘道夫大喊着坐骑的名字，吹了声很响的口哨；远方的影疾昂首嘶鸣，如同飞箭一般向集结的部队疾奔而来。

"吹拂的西风若有形体的话，现身时就会是这样吧。"伊欧墨看着骏马奔到巫师面前时说道。

"看来这礼物已经自己送到你面前了。"希优顿说，"大家听着！我在此宣布我的客人甘道夫，将永远是我国最睿智的咨询者、最受欢迎的漫游者、马队的贵族、洛汗国的领袖；我在此，郑重地将马中之王影疾送给他。"

"感谢你，希优顿王！"甘道夫说。他随即抛开灰色的斗篷，丢下帽子，一跃而上马背。他并不穿戴盔甲，白色的头发在风中飞舞，白袍在阳光下闪闪生光。

"看啊！白骑士驾临！"亚拉冈大喊道，所有的人都跟随着一起喊。

"吾王与白骑士！"他们大喊着，"骠骑出发了！"

号角声响起，马匹纷纷提起前蹄应和，长枪敲击着盾牌。国王一挥手，洛汗国的最后一支劲旅就如疾风奔雷一般驰向西方。

伊欧玟孤身一人站在寂静的皇宫门口，看着草原上枪尖的反光。

第七章

圣盔谷

当他们离开伊多拉斯的时候,太阳已经开始西沉,落日的光芒将眼前起伏的洛汗大草原铺上了一层炫目的金光。西北方靠着白色山脉脚下有一条被踩踏出来的道路,他们沿此前进,越过翠绿的乡野,穿过许多条细小的溪流。右方极远处是耸立的迷雾山脉,随着他们前进的脚步,它变得越来越高大、越来越黑暗。太阳在他们面前缓缓沉坠,暮色也跟着降临。

马队继续前进,被军情驱策。他们担心太晚抵达,于是以全速前进,绝少停下来休息。洛汗国的良马善驰耐久,但眼前还有许多哩的旅程。从伊多拉斯到艾辛河渡口的直线距离大约有一百二十哩,他们希望能够在那边和阻挡萨鲁曼入侵的部队会合。

夜色将众人包围。最后,他们不得不停下来扎营。他们已经马不停蹄地赶了五个小时路程,深入了西部的平原,但眼前还有超过一半的距离。在满天星斗和月光下,他们围成一个大圈扎起了营帐。由于不明四周状况,他们没有生火,但是在四周设下了重重的守卫,斥候也骑到远方打探敌情,如影子般没入起伏的大地。这夜相安无事地度过。到了黎明,号角声再度响起,一个小时之内他们又踏上了征途。

天上没有一丝云朵,但他们可以感觉到空气凝重;以这个季节来说,这是相当炎热的一天。初升的太阳带着血色,其后还有一大块黑云跟着出现,仿佛东方有暴风雨即将降临;在西北方,似乎也有另一道黑影在不断地游移,在巫师谷上缓缓移动。

甘道夫策马奔回勒苟拉斯和伊欧墨身边。"勒苟拉斯,你拥有精灵的敏锐视力,"他说,"可以从数哩之遥分辨麻雀和黄雀。告诉我,你往艾辛格的方向看见了什么?"

"距离那边还有很远的距离。"勒苟拉斯用手遮住日光,观察到,"我看见一道黑影,里面有一些生物在移动;有许多高大的身影在河边移动,但我看不出来那是什么。遮蔽我视线的并非是云雾,而是某种笼罩大地的力量,它正沿着那河流往下扩散;感觉上,好像是树林之中的阴影都从山丘上集体流泻而出。"

"而在我们的身后则是魔多来的风暴,"甘道夫说,"这将会是危险的一夜。"

第二天,众人依旧继续赶路,但空气变得越来越沉重。过了中午,乌云开始赶上他们,高耸的云中闪动着雷电的光芒。太阳落下,在一片烟雾中赤红如血。当最后一抹光线照在瑟理西尼峰陡峭的山壁上时,骠骑们的枪尖都反射着血红的烈焰;他们这时已来到白色山脉最北端,三座锯齿状的山峰与落日遥遥相对。在最后一抹余光中,马队的先锋看见一个黑点奔向他们。那是一名狂奔的骑士,他们停下脚步等待他。

他终于来到马队之前,那是一名头盔脏污、盾牌裂成两半的骑士。

他有气无力地爬下马,不停喘气,最后他终于挤出说话的力气:"伊欧墨在吗?"他问道,"你们终于来了,但是已经太晚了!兵力也太少了!自伊欧德战死之后,战况急转直下,我们昨天承受了惨重的牺牲,并且被迫强渡艾辛河,许多战士在渡河的过程中战死。当天晚上,对方的生力军又夜袭我们的营地,全艾辛格的兵力一定都已经派出来了,萨鲁曼把山上的野人和登兰德的牧羊人都收纳成为旗下的士兵,并且驱使他们攻击我军。我们寡不敌众,盾墙遭敌击溃,西谷的鄂肯布兰德带着残兵退守圣盔谷,其他的战士则只有四散奔逃。

"伊欧墨在哪儿?告诉他前方的战况已经没有希望了。在艾辛格的恶狼抵达伊多拉斯之前,他应该回防我朝最后的宫殿。"

希优顿原来一言不发,隐在前锋之后,对方话一说完,他立刻策马向前。"瑟欧,来我面前!"他说,"带队的是我,骠骑的最后大军已经来到这里了,我们不会不战而退!"

那人的脸上突然间充满了喜悦,他立刻挺直腰杆,接着立刻跪下,将满是缺口的长剑献给国王。"王上,请下令吧!"他大喊,"请饶恕我的无知!我以为——"

"你以为我躲在梅杜西,像老狗一样龟缩不出。当你们出兵的时候的确是这样的,但一阵西风吹醒了沉睡的雄狮……"希优顿说,"给这人一匹新马!让我们一起前去支持鄂肯布兰德!"

在希优顿说话的时候,甘道夫往前骑了一段距离,孤身看着北方的艾辛格和西方的落日。这时他赶了回来。

"希优顿,我们动作得快!"他说,"快去圣盔谷!别去艾辛河渡口,也别在平原上徘徊!我得要先离开你们一阵子,影疾必须载我去执行另一个急迫的任务。"他转过身看着亚拉冈和伊欧墨以及全体骠骑,大喊着:"好好保护骠骑王,直到我回来。在圣盔之门前等我!再会了!"

他在影疾的耳边低语几句,骏马如同飞箭一般劲射而出。在落日余晖中,他的身影如同一道银光旋风般卷过草原,消失在众人眼前。雪鬃扬首嘶鸣,想要跟在后面狂奔,但只有飞鸟能够追过影疾。

"这是怎么一回事?"一名禁卫军问哈玛。

"甘道夫有急事待办。"哈玛回答道,"他经常都是来无影去无踪的。"

"如果巧言在这边,恐怕可以编出许多是非来。"另一人说。

"的确是,"哈玛说,"至于我嘛!我宁愿等待甘道夫回来。"

"或许你会等上很久。"另一名禁卫军接话道。

部队离开了朝向艾辛河渡口的道路,转往南进。夜色降临,他们依旧头也不回地奔驰。山丘越来越靠近,白色山脉的山峰已经被夜色所吞没。在数哩之外,西谷的另一边,有一座深绿色的峡谷,那是三面环山的峡谷,当地的人们称呼它为圣盔谷,为了纪念一名古代在此躲藏的英雄。这座峡谷的地形从北边瑟理西尼峰的阴影中一路向内延伸,越往里走就越陡峭狭窄,直到两旁的峭壁如高塔般地矗立,遮挡住一切光线为止。

在圣盔谷的入口、圣盔之门前,北方的峭壁上有一座巨石伸出;在那底下有一道远古所建造的高墙,墙内则是一座耸立的高塔。人类有传说在刚铎全盛之时，海上之王借由巨人之手建造了这座要塞。这里被称为号角堡，因为在塔上吹响的号角会在后方的深谷中回绕，仿佛古代的战将从深谷的洞穴中苏醒而战。古代的人类也将高墙从号角堡延伸到南边的峭壁，完全阻挡住峡谷的入口。深溪从底下的涵洞中流出，它在号角岩的位置转了个弯，经过一个宽阔的绿色三角，从圣盔之门流向圣盔渠，再从那边落入深溪谷，最后流进西谷中。西谷的领主鄂肯布兰德，就驻守在圣盔之门的号角堡中。当时代黑暗，战争的威胁逼近，有远见的他修复了城墙，并且强化了堡垒的防御能力。

部队的主力大多还在深溪谷口前的低谷之中，就已经听到了先遣斥候的喊声和号角声。在黑暗中箭矢呼啸四射。很快，一名斥候策马回报，狼骑士出没在山谷中，一群半兽人和野人正从艾辛河渡口急行军，目标似乎是朝向圣盔谷。

"我们发现了许多同胞在撤退时遭到杀害的尸体。"斥候报告道，"我们在路上还遇到了群龙无首、溃散奔逃的散兵，似乎没人知道鄂肯布兰德的下场如何。如果他没有在遭遇战中牺牲，也很可能在抵达圣盔之门前就被敌军赶上。"

"有任何人看见甘道夫吗？"希优顿问道。

"是的，王上，许多人看见一名穿着白衣的老人骑在马上，像风一般在草原上四处奔波。有人以为他是萨鲁曼。据说他在天黑之前被目击奔向艾辛格。有些人也说他们早先看到了巧言，随着一群半兽人往北而去。"

"如果甘道夫赶上他，巧言可就惨了。"希优顿说，"我还真想念

圣盔谷 & 号角堡及周边土地

新旧两名顾问。不过,在这种时刻,我们别无选择,只能继续往前进,不管鄂肯布兰德在不在,我们都必须照着甘道夫的指示前往圣盔之门。有人知道北方前来的部队兵力有多少吗?"

"对方数量非常庞大。"斥候说,"虽然撤退的士兵会因为草木皆兵而夸大敌人的数量,但我和比较老练的战士当面谈过,我相信敌人的主力部队是我们集结在此之兵力的好几倍。"

"那我们就必须更快些!"伊欧墨说,"让我们先冲杀这些阻挡在我们和要塞之间的敌人。圣盔谷中有许多可以躲藏数百人的洞穴,还有通往山中的秘道。"

"别相信秘道的隐秘性,"国王说,"萨鲁曼对此地已经观察许久。不过,我们应该还是可以死守住该处。快出发吧!"

亚拉冈、勒苟拉斯和伊欧墨并肩而行骑在先头部队中,他们头也不回地骑进夜色之中,随着四周越来越黑暗,往南的地势越来越陡峭,行进的速度也越来越慢。他们发现前方的敌人并不多,偶尔会遇到走散的半兽人小队,但是在骠骑没来得及动手之前,这些家伙便都已逃之夭夭。

"我恐怕不久之后,"伊欧墨说,"骠骑王御驾亲征的消息就会传到敌军首领的耳里了,我还不确定对方是萨鲁曼,或是哪个大将。"

他们身后的威胁也逼近得很快。这时他们已经可以听见身后传来粗哑的歌声。部队已经爬上了深溪谷,当他们回头观看的时候,他们望见无数火把,在背后黑暗的大地上,密密麻麻的火红光点像是红花一般绽放,或像长蛇般在低地上延伸,偶尔还会有某些地方蹿起熊熊烈火。

"对方的兵力确实惊人,而且还紧追不舍!"亚拉冈说。

"他们一路放火,"希优顿说,"不管是花草树木都被他们烧个精光。这里曾经是座水草丰美、放养很多牲畜的山谷。唉,我可怜的百姓!"

"如果现在还是白天,我们可以像山脉席卷而下的暴风一样,杀进他们的队伍中!"亚拉冈说,"被迫在他们面前不停奔逃,让我觉得满腔怒火。"

"我们不需要再逃多远了。"伊欧墨说道,"眼前不远就是圣盔渠,那是在圣盔之门下方约四百米的古老壕沟,我们可以在那边转身迎战。"

"不行,我们的人数不足以守住圣盔渠。"希优顿说,"它的长度大概一哩左右,其中的缺口还相当宽。"

"如果敌人追上来,一定得派后卫据守那缺口。"伊欧墨说。

当骑士们来到圣盔渠的缺口时,天上无星也无月,溪水从山上由渠道流出,渠旁的道路则是通往号角堡。一座耸立的石墙陡然出现在他们面前,高墙阴影前还有一道深黑的陷坑。当他们骑近的时候,一名卫兵喝问他们的身份。

"骠骑王要前往圣盔之门!"伊欧墨回答道,"我是伊欧墨。"

"这真是天大的好消息!"卫兵说,"动作快!敌人紧追在后!"

部队通过了那缺口,停留在斜坡上。他们很高兴地发现,鄂肯布兰德留下了很多人防守圣盔之门,而且还有很多逃过大难的士兵回来协助防守该地。

"我们或许可以凑出一千名战斗的步兵。"带领部下防守圣盔渠的老兵加姆林说，"但这些人里面，不是像我一样见识了太多寒暑，就是和我这位孙子一样乳臭未干。有任何关于鄂肯布兰德的消息吗？我们昨天听说他带着西谷最强骑兵团的残部一起撤退，但他并没有出现。"

"我想他恐怕不会来了。"伊欧墨说，"我们的斥候打听不到任何关于他的消息，而我们身后的山谷中更是挤满了敌人。"

"我衷心希望他能逃过这场大难。"希优顿说，"他是个骁勇善战的人，他拥有远古英雄再世般的勇气和意志。但我们不能在这边空等。必须赶快将所有的部队都撤进城墙内才行。你们的补给够吗？我们当初是准备和敌人决战，没想到必须面对围城的局面。"

"在我们身后的圣盔谷中，集合了西谷中的老弱妇孺。"加姆林说，"有许多的食物，还有不少的牲畜以及粮秣也都集中在该处。"

"非常好。"伊欧墨说，"敌人在后面的谷地上放火破坏了一切。"

"如果他们想要来圣盔之门前乞求我们的食物，他们可得要付出极大的代价！"加姆林说。

国王和所有的部队继续前进，他们在跨过溪水的堤道前下马，所有的骠骑都牵着马匹走上斜坡，走进号角堡的大门中。在那边，守军又再度热情地欢迎这些生力军的到来；有了这些战力，他们才终于获得了足够防御要塞和城墙的兵力。

很快地，伊欧墨就部署好兵力。国王和他的禁卫军，以及许多西谷的战士负责镇守号角堡。不过，伊欧墨将自己大部分的兵力都安排在深溪墙、墙的塔楼以及墙后方，因为如果敌方集中兵力攻打此处，这里的防御是最脆弱的。马匹则被领到圣盔谷的深处，以仅剩的少数兵力来看守。

深溪墙高达二十呎,宽可以让四个人并肩齐步,防御守军的胸墙则只有身材高大的人才能够伸头往外看;墙上到处布满了可以让弓箭手瞄准敌人的箭孔。这道防御工事可由一条号角堡外院门前延伸过来的阶梯抵达;另外还有三道从背后的圣盔谷过来的阶梯。不过,在面对敌人的正前方则是光滑平整的高墙,巨大的石块彼此之间严丝合缝,毫无任何可以落脚的地方。对于进攻的部队来说,眼前是一道如同悬崖一般难以克服的阻碍。

金雳靠在城墙的胸墙上;勒苟拉斯则坐在胸墙上,拨弄着弓弦,眺望那片朦胧的黑暗。

"我就是喜欢这样!"矮人用力跺着脚底的岩石说,"我们越靠近山脉,我的心情就越好。这里的岩石都很坚固,这可是块骨骼牢靠的大地。我从壕沟那边走上来的时候,脚下清楚感觉到它们的强韧。只要给我一百名同胞和一年的时间,我就可以把这地方建造得固若金汤,让来犯的敌人无不烟消云散。"

"我相信你。"勒苟拉斯说,"你毕竟是矮人,矮人都是怪里怪气的家伙。我不喜欢这个地方,就算在白天也不会喜欢。不过,金雳,你的话令我安心;我很高兴能有你拿斧头屹立在我身边,我真希望能有更多你的同胞加入我们。但我更希望能有百名幽暗密林的弓箭手来防守此处,我们会需要他们的。骠骑们拥有自己本领独特的射手,但数量太少了,太少了!"

"以射箭来说,现在嫌黑了些。"金雳说,"事实上,这是该睡觉的时候了。睡觉！现在我可能是有史以来最需要睡眠的矮人了，骑马真是累人。但我的斧头不甘寂寞地在手中跳跃，只要给我一整排半兽人和挥舞斧头的空间，我的疲倦就会一扫而空！"

时间缓慢流逝，底下的山谷依旧野火四窜，艾辛格的部队正沉默地前进。守军们可以清楚地看见他们的火把排成许多列，同时朝向此地进发。

突然间，高喊声、惨叫声和人类的战呼从圣盔渠的方向传了过来，火把似乎全都挤在缺口附近，接着它们分散开来，消失了。人们开始往城墙内撤，躲进号角堡的防御之中，西谷的后卫们已经被敌军赶出了之前的阵地。

"敌军来袭！"他们大喊着，"我们射光了箭，让圣盔渠内躺满了半兽人的尸体。但这无法阻止他们太久，他们已经从许多地方同时爬过了壕沟，像是蚂蚁雄兵般蜂拥而来。但我们已经给他们上了惨痛的一课：别带火把！"

时间已经过了午夜。天色一片漆黑，沉闷凝滞的空气预示着将临的风暴。突然间，一道炫目的亮光划破了云朵，闪电的獠牙刺在东边的山丘上。在那一瞬间，城墙上的守军看到了在他们和圣盔渠之间被闪电照亮的底下如同白昼噩梦般的景象：地面上挤满了黑色的身影，有些矮胖、有些高壮，戴着头盔和黑色的盾牌。数以千百计的敌人正不停地拥过沟壕，穿过那缺口，这股黑色的浪潮一路涌过喷溅到两侧的悬崖，不停朝城墙逼近。山谷中雷声轰隆滚动，滂沱大雨毫不留情地哗哗落下。

如同大雨一般密集的箭雨瞄准城墙射来，全都被坚固的岩石给阻挡了，只有极少数射中了目标。对圣盔谷的攻击已经展开了，但守军却没有任何的回应，也没有回射一箭一矢。

进攻的部队停了下来，被那岩石和高墙沉默的威胁所阻挡。闪电一再地扯裂黑暗，接着，半兽人们嘶哑地大吼，挥舞着刀剑和长矛，对着防御工事中任何会动的目标发射密集的箭矢。骠骑军团惊讶地向外张望，他们仿佛看见一片极其广阔的黑色玉米田，在狂暴的战火下摇动，每个玉米穗上都闪着芒刺的光。

刺耳的号角声响起，敌人蜂拥而上，有些攻向深溪墙，其他则攻向通往号角堡大门的堤道和斜坡。最高大的半兽人都集结在那里，登兰德的野人也被指派到该处。他们迟疑了片刻，也跟着冲向前。在闪电的照耀下，每个头盔和盾牌上艾辛格的白掌都显得十分刺眼。进攻的部队抵达了岩石边，开始冲向城门。

于是，守军终于回应了：一阵浓密的箭雨和巨石从城墙上落下。攻方被打得一阵踉跄，阵形溃散，只得转身逃跑；但随即再度集结进攻，溃散，再攻。如此周而复始，像滚滚而来的海潮，每次都更进一步攻占了几吋的土地。号角声再度响起，一群吼叫的人类冲了出来，他们高举着巨盾，如同屋顶一般遮挡着上方攻击，在队形中间则抬着两根巨大的树干。在他们后方密密麻麻的一群半兽人弓箭手不断发射箭矢，压制城墙上的守军。他们就这样冲到了门前，在许多双强壮手臂的挥动下，大树干一次又一次冲撞着城门。如果有任何人被守军丢下的巨石砸死，立刻有两人上前来取代。一次又一次，巨大的破城槌狠狠撞击在城门上。

伊欧墨和亚拉冈并肩站在深溪墙上。他们听见那破城槌一次又一次发出震耳的撞击声；在一阵突如其来闪电的照耀下，他们发现城门已经岌岌可危。

"快来！"亚拉冈说，"这是我们并肩拔剑的时刻了！"

两人十万火急地沿着城墙狂奔，爬上楼梯，奔到外院的号角岩上。他们边跑边集合了一群强悍的剑士。在西墙的墙角有一座小门，通往墙外峭壁凸出之处。门外，一条狭窄的小路，在巨岩边沿和城墙之间通往城门口。伊欧墨和亚拉冈两人并肩冲出小门，部下紧跟在后。两柄剑同时拔出，就像合而为一的神兵一般激射出光芒。

"古丝温出鞘！"伊欧墨大喊着，"古丝温为骠骑而战！"

"安都瑞尔！"亚拉冈大喊着，"安都瑞尔为登丹人而战！"

两人从旁边的山壁上奋不顾身地扑向那些野人；安都瑞尔不停地挥舞，发出白色的火焰。城墙与塔楼上的守军纷纷开始大喊："安都瑞尔！安都瑞尔上战场了！断折的圣剑今晚再现神光了！"

负责破门的敌军被这气势所压，只得抛下树干，转身迎战；但他们的盾牌阵形仿佛被一道闪电击破，溃不成军。守军如同斩瓜切菜一般砍倒他们，或是将他们推到底下的河流中。半兽人弓箭手在一阵乱射之后，也跟着逃跑了。

伊欧墨和亚拉冈站在城门前环顾四方，雷声现在已经渐渐远离，闪电依旧在南方的山脉中肆虐。阵阵的强风再度从北方吹来，天上的浓云被撕扯吹开，星辰也探出头来；在峡谷一侧的山丘上方，西沉的月亮正从残云的空隙中露出黄色的光芒。

"我们来得还是有点迟了。"亚拉冈看着城门说。巨大的门枢和上面的铁条已经都被撞弯了，许多木板也都出现了裂缝。

"可是，我们也不能站在墙外抵御敌人的攻击。"伊欧墨说，"你看！"他指向堤道。已经又有一整群的半兽人和人类在溪流旁再度聚集。箭矢呼啸而来，撞在他们身旁的岩石上。"快来！我们得赶快回去，看看要如何从门内修补这座城门。来吧！"

他们转过身准备再度冲回要塞。就在那时，有数十名躺在地上装死的半兽人跳了起来，无声无息地紧跟在后。有两名半兽人扑倒抓住了伊欧墨的后脚跟，把他拉倒，其他人立时扑过来压在他身上。在这千钧一发之际，一个之前没人注意到的矮小身影从黑暗中跳了出来，沙哑地大喊：Baruk Khazâd! Khazâd ai-mênu! 一柄斧头在黑暗中飞舞，那两名半兽人的脑袋就这么飞上半空中，其他人见势头不对，也立刻转身开溜。

亚拉冈还没赶回到伊欧墨身前，他就已经摆脱纠缠，站了起来。

侧门又关了起来，城门也闩上从内侧堆了石块补强。在一切都安排妥当之后，伊欧墨转过身，"葛罗音之子金雳，多谢你的救命之恩！"他说，"我不知道你和我们一起冲了出来。看来，不速之客往往是最好的客人。你是怎么出现在那边的？"

"我跟你们一起跑出去是为了摆脱睡意，"金雳说，"但是我看着那些野人，发现他们的体型对我似乎太高了些，所以我就在旁边的石头上坐下来，欣赏你们的剑技表演。"

"你的恩情实在难以报答！"伊欧墨说。

"在今晚结束之前你应该会有很多机会的。"矮人笑着说，"不过，我自己倒是挺满意的。自从离开摩瑞亚之后，除了木头，我几乎什么都没砍过。"

"两个！"金雳拍着斧头说，他已经回到之前在城墙上的岗位。

"两个？"勒苟拉斯说，"看来我的表现好多了，等下我还得去找人借箭才行，我的箭都射完了。我至少射中了二十个敌人。可是，倒下的敌人和对方全军的数量比起来，只算是九牛一毛。"

天空此时变得十分清朗，西沉的月亮发出耀眼的光芒。但这光芒并未给骠骑们带来任何希望。他们眼前的敌人似乎越来越多，而且远方山谷中还有更多的敌军正朝缺口处涌入。从号角岩上的突袭只争取到极为短暂的时间；对城门的攻击这时已变得加倍猛烈。艾辛格的部队如同怒潮一般不停地拍打深溪墙，半兽人和野人把城墙前的空地挤得水泄不通。对于底下不停抛上来的抓钩，守军们砍断绳索的速度几乎赶不上它们丢上来的速度。数以百计的长梯在墙边架了起来，许多梯子被守军推倒砸断在下方，但又有更多的梯子冲上取代；半兽人飞快地在梯子上攀爬，如同南方森林中的猿猴一般矫健。墙脚的尸体堆积如山，越来越高，但敌人却视若无睹地继续蜂拥而上。

洛汗国的战士开始疲倦了。他们的箭矢都已耗尽，长矛也都掷完；每柄剑都出现了缺口，盾牌也都伤痕累累。亚拉冈和伊欧墨三次鼓舞士气，拼杀敌军稳住阵脚，安都瑞尔的火焰三次在绝望中从城墙上杀退了敌军。

然后,要塞后方的圣盔谷中传来了骚动,半兽人像老鼠一样从溪水的涵洞中钻了进来。他们在峭壁的阴影下悄悄集结,等到战况最炽烈、几乎所有的守军都冲上城墙时,他们才跑了出来。有一些半兽人已经冲到了圣盔谷口,开始和马群的守卫打起来。

金雳大喊着从城墙上一跃而下:"凯萨德!凯萨德!"震耳的战呼在山壁之间回响。很快的,他就不再感到无聊没事做了。

"喂!"他大喊着,"半兽人混进来了!注意注意!勒苟拉斯,快过来!这边够我们两个好好杀一顿。冲啊!"

老兵加姆林从号角堡往下看,在漫山遍野的喧闹中听见了矮人的大吼声。"半兽人进入圣盔谷了!"他大喊,"圣盔谷守军注意!冲啊!"他带着许多西谷的战士从巨岩上冲了下来。

他们的反击猛烈得超乎对方想象,半兽人的兵力在他们面前彻底瓦解。不久之后,入侵者就被围困在峡谷的角落,所有的人不是被杀,就是被逼得在惨叫声中跌落深谷。

"二十一个!"金雳说。他双手一挥,最后一名半兽人倒在他脚前。"现在我的杀敌数终于超过勒苟拉斯先生啦。"

"我们必须堵住这个老鼠洞。"加姆林说,"据说矮人是掌控岩石的奇才,大师,请协助我们!"

"我们无法用指甲或是战斧来雕凿岩石。"金雳说,"但我会尽力帮你们。"

他们尽可能地收集了许多小石头和岩石碎块,在金雳的指导下,西谷的战士们挡住涵洞的这一端，只留下一个小开口。聚积大雨而水流上涨的深溪在被堵塞的水道内乱窜，慢慢地在峭壁之间积起了一汪水塘。

"上面会干一点。"金雳说，"来吧，加姆林，我们回去看看城墙的人表现如何！"

他爬上城墙，发现勒苟拉斯站在亚拉冈和伊欧墨身边，精灵正在磨着他的长刀。在从涵洞入侵的企图被封住之后，敌人的攻击似乎暂时松懈了一阵子。

"我杀了二十一个！"金雳说。

勒苟拉斯说："很好！但我已经累积到二十四个，刚刚上面这里有一场激烈的白刃战。"

伊欧墨和亚拉冈都疲倦地倚着宝剑。在他们的左方，号角岩上又再度响起了激烈的战斗声。不过号角堡依旧如同大海中的孤岛面对浪潮，仍然屹立不摇。它的城门已经破烂不堪，但在重重的工事和岩石阻挡下，暂时还没有敌人能够攻入。

亚拉冈看着苍白的星辰和即将落入谷底的月亮，说："这一夜和一年一样漫长！"他说："到底还要多久才会天亮？"

"就快了！"加姆林这时爬上了城墙，站在他身边说，"但我恐怕黎明也帮不上我们的忙。"

"曙光始终为人类带来希望！"亚拉冈说。

"可是，这些艾辛格的变种怪物，这些萨鲁曼以邪恶之法将半兽人与野人混种培育出来的新种，并不惧怕阳光。"加姆林说，"同样的，山中的野人也不怕。你听见他们的声音了吗?"

"我听见了。"伊欧墨说,"但在我耳中听起来,它们似乎只是鸟兽的嘶吼声。"

"其中有许多用的是登兰德的语言。"加姆林说,"我听得懂那种语言。那是人类所使用的一种古语,骠骑国西边谷地一带曾经使用过这种语言。哼!他们恨我们,这时也感到很高兴,因为他们似乎确定我们会惨败。'国王!国王!'他们大喊着,'我们会亲手杀死他们的国王。稻草头去死吧!北方的强盗去死吧!'这些都是他们替我们取的诨名。五百年来,他们从未忘记刚铎将这块土地赐给伊欧并与之结盟的仇恨。萨鲁曼煽动了这过去的仇恨。在仇恨的驱使下,他们是凶猛的战士。除非希优顿王战死,或是他们全被消灭,否则不管黑夜或是白天,都无法阻挡他们的怒火。"

"无论如何,白昼都会替我带来希望!"亚拉冈说,"传说中不是说过,只要有人守卫号角堡,它就永不会陷落吗?"

"吟游诗人是这样说的。"伊欧墨说。

"那么,就让我们怀抱希望守住这里吧!"亚拉冈回答。

就在他们交谈的时候,又响起了另一阵号角声。接着一阵爆炸,夹着火光与硝烟弥漫。深溪的水冒着青烟汹涌流出:水流已经不再堵塞,墙上被炸出了一个大洞,一大群黑影涌进洞内。

"萨鲁曼的邪恶伎俩!"亚拉冈大喊道,"在我们谈话的时候,他们又爬进了涵洞,还在我们脚下点燃了欧散克塔的妖火。冲啊,杀啊!"他大喊着跳下城墙;但在此同时,数百条云梯也对着城墙立了起来。

敌方最后一波攻势，从城墙内和城墙外疯狂展开，犹如一股黑潮横扫上沙滩。守军被敌人给冲散了。一部分的骠骑被逼得朝着圣盔谷内撤退，他们边战边退，不时有人倒下，沿路步步拼死战斗，渐渐退向洞穴。另一些人则是奋力杀回要塞。

圣盔谷中有一道宽大的阶梯，通往号角岩和号角堡的后门，亚拉冈就站在阶梯底端，安都瑞尔依然在他的手中闪闪发光，圣剑的威力暂时逼退了敌人，每一名能够奋战退到阶梯边的守军，一个接一个撤入堡垒中。勒苟拉斯单膝跪在亚拉冈身后的阶梯上方，他弯弓瞄准，但手上只剩下孤单的一支羽箭，他凝神看着前方，准备射死第一个胆敢靠近阶梯的半兽人。

"亚拉冈，能退到阶梯前的守军都已安全进入堡垒了，"他大喊着，"快回来！"

亚拉冈转过身，飞快地奔上阶梯；但久战的疲倦让他奔跑中一步踏空，摔倒在阶梯上。敌人们立刻蜂拥冲向前，半兽人们大吼着伸出长长的手臂抓向他。当先的第一个半兽人被勒苟拉斯一箭射中咽喉，但其他人还是争先恐后地冲上来。就在此时，守军从墙上丢下一枚巨石，将其他的半兽人全都撞回圣盔谷中。亚拉冈趁机一个箭步冲入门内，门轰地一声关了起来。

"这下子糟糕了，老友！"他用手臂擦去额上的汗珠，说道。

"糟透了，"勒苟拉斯说，"但只要还有你与我们同在，就还没到绝望的地步。金雳到哪里去了？"

"我不知道。"亚拉冈说，"我最后一次看到他的时候，金雳还在外面奋战，但敌军把我们冲散了。"

"糟糕！这真是个坏消息！"勒苟拉斯说。

"他是个身经百战的战士，"亚拉冈说，"我们只能希望他可以逃到洞穴中，在那边他可以暂时安全地待一阵子。至少比我们要安全多了。那样的避难所会是矮人喜欢的。"

"我也这么希望。"勒苟拉斯说，"不过，我真希望他是朝这个方向撤退的。我很想告诉金雳老大，我的战绩已经累积到三十九人了！"

"如果他能够杀出重围退进洞穴中，一定可以再胜过你。"亚拉冈笑着说，"我从来没看过这么刁钻的战斧。"

"我得赶快去找些箭才行。"勒苟拉斯说，"如果天亮了，我就有更好的条件可以瞄准了。"

亚拉冈进入到要塞中，他震惊地得知伊欧墨没来得及撤入号角堡。

"不，他没有往号角岩这方向来。"一名西谷的战士说，"我最后看见他的时候，他在圣盔谷口集结人马，准备反攻。加姆林和矮人都和他在一起；但我无法冲到他们身边去。"

亚拉冈穿过要塞的内院，进入塔中最高的房间。国王在里面，站在窄小窗后的阴影中凝视着山谷中的战况。

"亚拉冈，有什么消息吗？"他说。

"王上，深溪墙已被攻陷，守军都被冲散了，但还是有很多人躲进了号角岩内。"

"伊欧墨回来了吗？"

"没有，王上，但你有不少兵力撤入了圣盔谷，有人说伊欧墨就在他们当中。借着该处狭窄的地形，他们或许可以挡住敌人的侵袭，撤退入洞穴中。之后他们还有什么希望，我就不知道了。"

"我想至少比我们有希望多了。据说里面有很丰富的补给，而且，因为山壁上方有很多的裂缝通风，洞穴中的空气十分新鲜。只要守军决心坚守，没有任何的力量可以强行侵入。他们应该可以支撑很长一段时间。"

"但半兽人从欧散克塔带来了可恶的魔法，"亚拉冈说，"他们有种会爆炸的火焰，靠着那火焰，他们轻易地炸开了城墙。就算他们攻不进洞穴中，也可以把守军封死在里面。唉，多说无益，我们还是仔细想想该怎么守住号角堡才行。"

"我被困在这牢笼中，"希优顿说，"如果我可以带着部队冲上战场，身先士卒地享受那种置生死于度外的杀敌感觉，就是战死沙场也比困守在此地好多了。"

"在这里，至少你有骠骑国最坚强的要塞保卫你。"亚拉冈说，"在这里比在伊多拉斯，或甚至是登哈洛都要容易防守多了。"

"据说号角堡从未被攻陷过，"希优顿说，"但我现在心里也不禁感到有些动摇。世事多变化，一度强盛的国家可能在转眼间崩溃。世界上怎么可能有任何高塔挡得住这种狂暴的攻击和无尽的仇恨？如果我早知道艾辛格的势力已经如此坐大，或许我就不敢这么狂妄地上战场，就算有甘道夫在背后全力支持也不会。他的建议现在看起来并没有像在白天时那么妥当！"

"在大势底定之前，王上，不要轻率评断甘道夫的忠告。"亚拉冈说。

"不久一切就会结束了。"国王说，"但我可不愿意像只困兽一样被囚在这牢笼中。雪鬃和哈苏风以及禁卫军的坐骑都在内院里,只要天一亮,我就会下令部属吹起圣盔的迎战号角,亲自策马出阵。亚拉松之子,你愿意和我同上战场吗?也许我们可以杀出一条血路,或至少拼出一场可歌可泣的战斗——希望到时还会有人活下来,作歌纪念我们。"

"我会与你同赴战场!"亚拉冈说。

他向国王告退,回到城墙上,把握每一个机会激励守军,哪里战况最激烈,他就奋不顾身地前去支援。勒苟拉斯紧跟在他左右。城下爆炸的火光一次又一次撼动城墙。敌方又丢出了许多抓钩,升起许多攻城梯;半兽人一次又一次冲上城墙,而守军也一次次将他们击退。

最后,亚拉冈站在城门上,不顾敌方的箭雨,看着东方的天空逐渐泛白。然后,他举起右手,对着敌人伸出掌心,示意要谈判。

半兽人们欢声雷动。"下来!下来!"他们大喊着,"如果你想要和谈,快下来!把你们的国王带出来!我们可是善战的强兽人。如果他不来,我们会把他从洞中抓出来!把你们懦弱的国王带出来吧!"

"国王爱来就来,爱走就走。"亚拉冈说。

"那你在这边干什么?"他们回答,"你为什么看着这个方向?你想要亲眼看见我们壮盛的军容吗?我们可是骁勇善战的强兽人啊。"

"我想要看看黎明的景色。"亚拉冈说。

"黎明又怎么样?"他们轻蔑地回答,"我们是强兽人,不管白天黑夜、风霜雨雪,我们都不会停止战斗。不管天上出的是太阳还是月亮,我们都是来杀人的。黎明又能怎样?"

"没有人知道崭新的一天会带来些什么。"亚拉冈说,"你们最好赶快撤退，免得必须面对厄运。"

"你不下来，我们就把你射下来。"他们大吼着，"这根本不是什么和谈，你根本无话可说。"

"我还有几句话要说。"亚拉冈回答，"号角堡从未被敌人攻陷过。赶快撤退，否则我们将会把你们赶尽杀绝。没有人可以活着回去向北方的主人汇报军情，你们还不知道自己正面对着末日。"

亚拉冈独自站在倾颓的城门之上，面对着敌人的大军，全身散发出举世无匹的王者之气，许多野人停下了动作，不安地回头看着背后的山谷，有些甚至抬头困惑地望着天空。但半兽人们则是毫不留情地哈哈大笑，箭矢标枪如雨激射，越过墙头，亚拉冈及时一跃而下。

一声震耳欲聋的巨响和刺眼的火光爆射，亚拉冈之前所站立的地方在浓烟中轰然崩塌。城门下方的防御工事似乎受到闪电击打一般崩溃了。亚拉冈飞奔向国王所在的高塔。

但是，就在大门被攻陷、半兽人们狂吼着准备冲锋时，他们的身后忽然响起了一阵低语的声音，仿佛是从远方刮来了一阵风，这阵低语越来越响，形成一片嘈杂，在晨曦中呼喊着奇怪的讯息。号角岩上的半兽人听见这吓人的声音，不禁纷纷转头回顾。就在此时，从要塞的高塔中突然响起了可怕的巨响，圣盔的迎战号角吹响了。

所有听见这声音的人都不禁浑身颤抖。许多半兽人伏倒在地，用爪子捂住耳朵。号角声在深谷中不断回响，一声接一声，仿佛每座山岗与悬崖上都有一名号手在响应这呼唤。墙上的守军无不抬起头，惊奇地倾听着；号角的回声始终没有停歇，而是在群山中不住回荡，一声回应一声，越来越奔放、越来越振奋高昂。

"圣盔！圣盔！"骠骑们大喊着，"古代的勇士复生了，将协助希优顿王打胜仗！"

国王在众人的欢呼声中出现，他的马匹洁白胜雪、盾牌金黄耀眼、长枪无比锐利。他的右边是伊兰迪尔的子嗣亚拉冈，身后则是伊欧皇室的禁卫军。曙光划破天际，夜色悄然消退。

"骠骑们，冲啊！"一声大吼，所有的马队全都朝敌人冲锋。他们冲出了倒塌的大门，沿着堤道一路所向披靡，像是狂风吹过草原一般席卷艾辛格的部队。在圣盔谷中传来激烈的响应，人们从洞穴中杀出，赶走了留在该处的敌人。号角岩所有残存的守军全都一涌而出。震耳的号角声依旧在群山中不停地回荡。

国王带领着禁卫军奋勇冲杀，敌人的统帅和军官，不是死于长枪之下就是四散溃逃，没有任何半兽人或是人类可以阻挡他们的攻势。敌人的背后是骠骑的长枪和利剑，面前是山谷。他们哀嚎着逃窜，黎明的确给他们带来了意想不到的致命打击。

就这样，希优顿王从圣盔之门一路冲杀到圣盔渠，部队在那边勒马止步。天色越来越明亮。阳光开始从东方的山丘后一道道跃出，照射在他们的枪尖上。但他们全都静坐在马上，目瞪口呆望着深溪谷的景象。

大地的容貌已经完全改变了。原先那里是一片翠绿的溪谷，青翠的草地顺着斜坡一直生长蔓延到山丘上来，现在那里却出现了一座森林。巨大的树木，光秃而沉默，一排又一排地矗立在草原上，纠缠的枝桠上方是灰白的树冠，它们扭曲盘错的老根则深深钻入土壤，埋在青草之中。森林中漆黑一片。夹在圣盔渠和这座无名的森林之间，只有不到一哩的空地，萨鲁曼引以为豪的大军就被困在该处，既怕后方的骠骑王又怕前方恐怖的树林。他们没命地自圣盔之门奔逃下来，如今却被困在圣盔渠下，像一片黑压压的苍蝇。他们徒劳无功地攀爬着峡谷两旁的哨壁，想要逃开这困局。东边的谷壁十分陡峭，难以攀爬；而左侧的西边，他们真正的致命一击逼近了。

一名穿着白袍的骑士，在刺眼的阳光下突然出现在山坡上，号角声再度从山下响起。在他身后，一千名手握钢剑的步兵从山坡上直冲而下。在他们的队伍中有一名高大强悍的战士，他握着红色的盾牌。来到山谷边缘时，他举起一只巨大的黑色号角凑到唇边，吹出震耳欲聋的响声。

"鄂肯布兰德驾到！"骠骑们欢欣鼓舞地大喊，"鄂肯布兰德！"
"看啊！白骑士！"亚拉冈大喊道，"甘道夫又回来了！"
"米斯兰达！米斯兰达！"勒苟拉斯说，"这可真是巫师的法术！快来！我要在魔法消失之前，看看这座森林。"

艾辛格的部队仓皇狼狈地四处冲撞，偏偏每个方向都是死路。高塔中又再度响起号角声。国王领着骠骑从圣盔渠的缺口冲了出来，西谷的领主鄂肯布兰德也带兵从山坡上冲下来。而影疾则以飞快稳健的四蹄在山谷中奔跑。白骑士的出现让敌人恐惧得发狂，野人们在他面前趴地不敢动弹，半兽人狂叫着丢下武器只顾逃命。他们像是被强风吹散的黑烟一般四散奔窜；在走投无路之下，他们只得哀嚎着冲入森林的阴影中，并再也没人活着出来。

第八章

通往艾辛格之路

就在这样一个美丽的清晨,希优顿王和白骑士甘道夫,于深溪旁的青青草原上再度会面了。当时在旁的还有亚拉松之子亚拉冈、精灵勒苟拉斯、西谷的鄂肯布兰德,以及黄金宫殿的众诸侯。洛汗国的骠骑们都聚拢在领袖身边,他们的心中充满了胜利的喜悦,目光都投射往森林的方向。

突然间又响起一阵大喊,之前被追入圣盔谷的残兵都一涌而出,老兵加姆林、伊欧蒙德之子伊欧墨和矮人金雳都在行列中。金雳的头盔不见了,脑袋上扎着沾血的麻布,但他的声音依旧中气十足。

"四十二个啊,勒苟拉斯先生!"他大喊着,"真可惜,我的斧头都砍出缺口了,第四十二名敌人的脖子上竟然有个铁项圈。你那边情况怎么样?"

"你赢我一个!"勒苟拉斯回答,"但我并不沮丧,能够看见你活生生地站在这里,实在是太让我喜出望外了啊!"

"欢迎,伊欧墨!"希优顿说,"看见你没有受伤,我真是高兴。"

"骠骑王,"伊欧墨致意道,"黑夜已经过去,白昼又降临了。但我没想到随着白昼而来的会是这么奇怪的景象。"他转过身,眼中充满了惊奇，先是看着那座凭空出现的森林，然后是甘道夫，"阁下再一次不期而来，拯救我们于危难之中。"他说。

"不期而来？"甘道夫说，"我说过，我会回来和你们在这边会合的！"

"但是你并未说是什么时间，也没有告诉我们你会怎么回来。你带来的帮手可真是奇怪。白袍甘道夫，你的法术真是让人吃惊！"

"或许吧。不过，若我真有法术，我还没显出来呢。我只不过是在危机中给予良好的建议，并且善用影疾的速度罢了。你们自己的奋战不懈和西谷战士连夜行军，才是胜利的关键。"

众人用着更为讶异的眼神看着甘道夫。有些人不安地瞥着黑黝黝的森林，同时还揉揉眼睛，仿佛以为他们与他看到的东西不一样。

甘道夫高兴地哈哈大笑。"你们是指那些树吗？"他说，"不，我和诸位一样看见眼前的森林。那可不是我的功劳，它是超越了贤者思虑的奇迹，比我的计谋还要好；从结果来看，甚至超越了我原先的预料呢！"

"既然这不是你变的，那会是谁的魔法？"希优顿说，"显然不会是萨鲁曼的，难道是我们还未曾得知的、更强大的贤者吗？"

"这不是魔法，却是种更为古老的力量，"甘道夫说，"那是在精灵歌唱或铁锤响起之前，就生存在这世界上的力量。

> 在铁矿被发掘、树木被砍伐前，
> 月下的山脉还是少年；
> 在魔戒铸造、邪恶诞生前，

它就已经在森林中行走多年。"

"你这谜语的答案是什么呢?"希优顿问道。

"如果你想要知道,你们应该跟我一同前去艾辛格。"甘道夫回答。

"去艾辛格?"众人异口同声地大喊。

"是的!"甘道夫说,"我必须回到艾辛格,愿意的人也可以跟我一起来。他们或许可以在该处看到奇异的景象。"

"但是,就算所有的伤兵都恢复体力、医治好伤口,骠骑们也没有足够的兵力进攻萨鲁曼的坚固堡垒。"希优顿说。

"无论如何,我还是会去艾辛格。"甘道夫说,"我不会在那边待太久。我的目标是往东方。在月亮亏蚀之前,你们可以在伊多拉斯等我!"

"不!"希优顿说,"在黎明前的黑暗中或许我曾有过怀疑,但是我不愿意在此和你分开。如果你如此建议,那么我会和你一同前往。"

"我想尽快和萨鲁曼谈谈,"甘道夫说,"既然他对你们造成了极大的伤害,你到场也是理所当然的。但是,你们多快可以出发?"

"我的部下都兵疲马倦了,"国王说,"我也疲惫不堪。我日夜不停地赶路,几乎没有阖眼。唉!我的衰老并不全是出于巧言的影响。这是无药可医的疾病,就连甘道夫都没有办法。"

"那么,要和我一同出发的人,最好现在就休息。"甘道夫说,"我们等傍晚天暗之后再动身。这样也好,因为我建议大家的来去最好尽量保持隐秘。不过,希优顿,请不要带太多人同行。我们这次去是会谈,而不是开战。"

国王接着挑选了没有受伤、拥有快马的战士，派遣他们将胜利的消息通知到洛汗国的每个角落；他们也受命通知所有的男子，不论年少或苍老，都必须赶往伊多拉斯。骠骑王将在满月后的第二天，在该处集结所有能够战斗的人。至于和他一起前往艾辛格的随从，他则挑选了伊欧墨和二十名禁卫军；和甘道夫同行的有亚拉冈、勒苟拉斯和金雳。矮人虽然受伤，但还是顽固地不肯留下来。

"这只是轻微的擦伤，头盔又挡住了攻击。"他说，"这种半兽人的抓伤，才不足以让我留下来呢！"

"你休息的时候，我会照料伤口。"亚拉冈说。

国王回到号角堡中，陷入沉睡，他已经有很多年没有睡得如此安详了，他所选择的随从也都跟着休息。但其他没有受伤的骠骑们则开始了一项极为辛苦的任务；因为战场上有许多战死者，暴尸在荒野中或是峡谷内。

没有任何的半兽人活着，他们的尸体难以计数。但有许多的野人投降了，他们害怕地大声求饶。

骠骑们没收了他们的武器，派他们开始清理战场。

"协助我们收拾你们犯下的过错，"鄂肯布兰德说，"在那之后，你们必须发誓永不携带武器跨越艾辛河渡口，也不准再和人类的敌人一起并肩作战；然后，你们就可以自由地回到家园去。我们知道，你们其实是被萨鲁曼所欺瞒，许多人因信任他而战死在此处。但即使你们获胜了，可能也不会比死亡好到哪里去。"

登兰德的人听得目瞪口呆，因为萨鲁曼告诉他们洛汗国的战士十分残酷，会将俘虏活活地烧死。

在号角堡之前的战场上堆起了两座墓冢，所有为了保卫此地而阵亡的骠骑们，都安息在此处。东洛汗的埋葬在一边，西谷的则埋葬在另一边。在号角堡的阴影下，有另一座单独的墓冢，其中葬着禁卫军的队长哈玛，他战死在圣盔之门前。

半兽人的尸体则在远离人类墓冢之处堆积如许多小山，距离那座森林不是很远。人们感到相当困扰，因为这许多堆的尸体多到无法掩埋，也无法焚烧。他们没有多少柴火；即使甘道夫没有警告他们绝不可伤害那座森林，他们也不敢对那些奇怪的树木刀斧相向。

"就把半兽人的尸体放在那边吧。"甘道夫说，"到时候我们就知道该怎么办了。"

到了下午，国王的随从们准备出发，埋葬尸体的工作才刚开始。希优顿特别停下来哀悼禁卫军队长哈玛的牺牲，并且将第一抔土撒在他的坟上。"萨鲁曼对我及这片大地造成了极大的伤害，"他说，"当我们见面的时候，我绝不会忘记这件事！"

当希优顿、甘道夫以及同行的伙伴骑下圣盔渠出发的时候，太阳已经偏近峡谷西边的山丘了。骠骑和西谷的人民，那些从躲藏洞穴中出来的老弱妇孺，都聚集在身后送行。众人吟唱了一首胜利的战歌，之后全都沉默下来，担忧地望着那片树林，他们对它感到害怕。

骑士们来到森林边，人马都一起停了下来，不愿意贸然进入。树木看来泛灰，有种咄咄逼人的感觉，四周弥漫着一层雾气和黯影。它们长长下垂的树梢如同一根根搜寻的手指，它们裸露在地表的树根扭曲隆起，好像某种不知名怪物的触角，其下还有着幽深的黑色洞穴。但甘道夫还是领着队伍往前走，原先从号角堡下来的道路与森林会合处出现了一个开口，巨大的树枝搭成一座拱门，甘道夫走了进去，其他人也跟在后面。他们惊讶地发现这条路竟然一直延伸下去，路旁就是深溪，头顶还看得见充满金黄色光芒的天空。即使如此，两旁巨大的树木似乎已经笼罩在暮色里，向外延伸入无法穿透的黑影中；他们可以听见枝叶摇动的嘎吱声和呻吟声，还有远方的呼喊，以及飘移不定的诡异声响，似乎都蕴含着无比的怒气。林中没有任何半兽人或是其他生物的踪迹。

勒苟拉斯和金雳共骑着一匹马，他们刻意保持在甘道夫身边，因为金雳很害怕这座森林。

"这里好闷热！"勒苟拉斯对甘道夫说，"我觉得有股强烈的怒气在四周盘旋，你没有感觉到空气在你耳边震动吗？"

"有的！"甘道夫说。

"那些倒霉的半兽人下场怎么样？"勒苟拉斯问。

"那个啊，我想永远都不会有人知道了。"甘道夫回答。

他们沉默地骑了片刻，但勒苟拉斯一直不停地左右观看，只要金雳同意，他经常会勒马停下来倾听森林的呢喃。

"这是我所见过最奇怪的树林了！"他说，"我曾看过无数幼苗长成参天古木；我真希望现在有时间可以让我在此探索，它们有独特的语言，只要有时间，我可以理解它们的想法。"

"不，千万不要！"金雳说，"我们最好赶快离开！我猜得到它们的想法：痛恨所有用两只脚行走的生物，它们不停呢喃着要勒死和压碎这些家伙。"

"它们并非痛恨所有用两只脚行走的生物。"勒苟拉斯若有所思地说,"这点你错了。它们恨的是半兽人。因为它们本来不属于这里,对人类和精灵所知甚少。它们生长在远方的山谷中。金雳,我猜它们是从法贡森林的深谷中长出来的。"

"那么,这儿一定是这个世界上最危险的森林了!"金雳说,"我很感谢它们所扮演的角色,但我实在很难爱上它们。你或许会认为它们很不错,但我已经看过比这世界上任何花草树木都要美丽的景象,我现在脑中还充满着那里的幻影。"

"勒苟拉斯,人类的举动真是奇怪!他们在这里拥有的是北方世界最壮丽的景色,而他们是怎么描述的呢?洞穴,就这么简单两个字!洞穴!战时用来躲藏、储存补给品的地方!亲爱的勒苟拉斯,你知道圣盔谷的洞窟有多么美丽和广大吗?如果矮人知道这样的奇景,他们将不远千里来朝圣,只为了能看它一眼。啊,真的,他们愿意用黄金来换取看上一眼这样的景象!"

"我愿意用黄金换取不必看它的权利,"勒苟拉斯说,"万一我误入其中,我还愿意用两倍的黄金来换取脱身!"

"你没亲眼目睹,我可以原谅你的想法,"金雳说,"但你真的是太武断了,你以为幽暗密林中在矮人协助下建造的皇室厅堂算美丽吗?它们和我在这边所看到的奇观比起来,只像是陋室一样穷酸;这里是难以言喻的庞大宫殿,水滴落下的节奏溅跳在四周,所聚集成的池水则美丽得恍如星光下的镜影湖。

"勒苟拉斯,不只如此,当人们点起火把,走在高耸的圆顶下时,呵！勒茍拉斯，那光洁的洞壁上有宝石、水晶及珍贵的矿脉在闪烁，火把的光芒渗透入天然的大理石，像贝壳一样，它们透明得犹如凯兰崔尔女皇的玉手一般。洞中四处还有白色、橘黄色和破晓时分玫瑰色的石柱，勒茍拉斯，它们形状各异，如同雕梁画栋的梦境般美丽。这些石柱从多彩的地面蹿出，与洞顶悬垂下来的闪亮物质相接：那些悬垂物有的如翅膀，有的如长绳，有的精致如冰冻的云雾帘幕，如长枪、旗帜和飘浮在空中的堡垒！而地下水泉所构成的湖泊倒映着这些奇景，仿佛漆黑的湖面覆上一层明镜照映着一个闪烁华丽的世界；壮伟的都市，那是连都灵做梦都无法想象的美景，四通八达的街道延伸入巨柱架构的精致厅堂，直到深入光芒照耀不到的黑暗中。滴答一声，晶莹的水滴落下，涟漪让所有的高塔和建筑，如同海面下的珊瑚与海草一般摇曳生姿。夜晚来临，它们闪烁着消失在眼前；火把如此通往另一个厅堂与另一个梦幻。勒茍拉斯，那里有接连不断的厅堂；一个殿堂接一个殿堂，一个拱顶接一个拱顶，阶梯之后还有阶梯；而这美景却依然继续蜿蜒进入山脉的核心。洞穴！圣盔谷的洞窟！幸运眷顾我才会让我机缘巧合进入该处！离开那里时，我忍不住热泪盈眶。"

"那么我祝福你，金雳，希望能够让你好过些，"精灵说，"但愿你能从这场战争中安全归来，再度欣赏到这美景。但不要将这秘密和你的同胞分享！从你的描述中，这巧夺天工的奇观已不再需要斧凿去画蛇添足。或许这地的人不愿大肆声张是明智的，一群忙碌的矮人带来锤子和凿子，毁坏的可能比创造的更多。"

"不，你不明白。"金雳说，"没有任何矮人会对这美景无动于衷，即使这里可以开采出钻石和黄金，都灵的子嗣也绝不会冒渎此处。你们难道会在春天砍下长满鲜花的枝条当柴烧吗?我们会好好照顾这座岩石花园,绝不可能破坏它。我们会小心翼翼,轻轻敲击——或许耗一整天只敲下一小片岩石;如此,随着岁月的流逝,我们可以开出新的通道,将仍隐藏在黑暗中的洞穴挖掘出来,让人们一睹这隐藏许久的美丽。啊,还有光,勒苟拉斯!我们还要制造一些光亮,就如凯萨督姆的灯光一样,我们可以用它来驱走自洞穴生成以来就存在的黑暗;而当我们想要休息的时候,我们可以轻易地让夜色重新降临。"

"金雳,你的话感动了我。"勒苟拉斯说,"我从来没听过你用这种口气说话。你几乎让我后悔没去见见那些山洞。来!让我们做个约定——如果我们都能够从前面的无数危机中生还,我们会一起旅行一阵子。你当随我一起去拜访法贡森林,而我会跟你去参观圣盔谷的奇观!"

"那本来不是我回程时想走的路。"金雳说,"不过,如果你答应和我一起回到那洞穴,分享它的美景,我就愿意忍耐法贡的景象。"

"我答应你。"勒苟拉斯说,"可惜啊!我们现在都必须暂时把洞穴和森林抛开。你看!我们已经来到森林边缘了。甘道夫,距离艾辛格还有多远?"

"直线距离大约四十五哩,"甘道夫说,"从深溪谷到渡口大约十五哩,从那儿到艾辛格的大门大约三十哩。不过,我们今晚应该不需要整夜赶路。"

"当我们到那边时,会看到什么呢?"金雳问,"你或许已经知道了,但我可猜不到。"

"我自己也不太确定。"巫师回答,"我昨天日落之后曾到过该处,但之后可能发生了很多事情。不过，我想，即使你必须被迫离开爱加拉隆的闪耀洞穴，你也应该会觉得不虚此行的。"

最后，一行人终于穿过了森林，发现自己已经来到了峡谷的最底部，从圣盔谷出来的道路在此分岔，往东是通往伊多拉斯，往北则是通往艾辛河渡口。当他们走出森林的蔽荫时，勒苟拉斯停下马，回头遗憾地看着森林。然后，他突然大叫一声。

"有眼睛！"他说，"从树干之间有眼睛看着我们，我从来没看过这样的眼睛！"

其他人也都吃惊地停下来，转过身看着森林，而勒苟拉斯则准备策马往回走。

"不行，不要！"金雳大喊，"随便你要发什么疯都行，但先让我下马！我不想看什么眼睛！"

"停步，绿叶勒苟拉斯！"甘道夫说，"别走回森林里！暂时别去，你的时机还没到。"

正当他们交谈的时候，有三个奇怪的身影从树林中走了出来。他们和食人妖一样的高大，每个都至少有十二呎高，他们粗壮的身体看来跟正值壮年的树木一样坚韧，上面披着灰色和褐色的皮或是衣物；他们的四肢修长，有很多只手指，头发看来很坚硬，胡子则像苔藓一样是灰绿色的。他们用严肃的眼睛望着前方，但并非注视这些骑士，他们的目光转向北方。突然间，他们将手凑到唇边，发出一连串如同号角般清澈悦耳，但变化却更多端的响声。接着，那呼唤有了回应；骑士们又转过头，看见同样的生物从草原上大步走来。他们从北方飞快地走来,走路的姿态如同苍鹭一样优雅,但速度不同,他们的长脚动起来比苍鹭的翅膀还要快。骑士们失声惊呼,有些甚至伸手握住了剑柄。

"你们不需要动用武器,"甘道夫说,"这些只不过是牧人而已。他们不是敌人,事实上,他们根本不会管我们!"

似乎的确是这样,因为当他说话的时候,这些高大的生物对他们并没有多看一眼,只是自顾自地走进森林中,消失了。

"牧人!"希优顿说,"他们的牲畜在哪里?甘道夫,这些到底是什么生物?对你来说,他们显然一点也不陌生。"

"这些是树的牧人。"甘道夫回答,"你已经很久没在炉火边聆听传说和故事了吧?你的国家里面,有很多孩童都能在曲折离奇的故事里,迅速找出你问题的答案。国王啊,你刚刚看到的是树人——法贡森林的树人,那座森林在你们的语言中是树人林。难道你以为这个名字是乱取的吗?不,希优顿,那是有原因的:对他们来说,你们不过是历史的一瞬;从少年伊欧到老人希优顿这么长的时间,对他们来说都只是一刹那;所有你们皇室的丰功伟业,在他们眼中不过是过眼烟云。"

国王沉默了片刻。"树人!"他最后终于说,"我想,从传说的影子中,我开始有点理解树木的神妙了。我有生之年竟目睹这样一个奇怪的时代!数百年来,我们只是忙于照顾牲畜、耕种、兴建房屋、打造工具,或者是协助米那斯提力斯对抗邪恶。我们认为这就是人类的一生,就是整个世界运转的道理。我们对边界之外的事物毫不关心。我们的歌谣中描述了这些生物,但我们却渐渐忘了他们,只漫不经心地把他们当做童谣中的事物来看待。现在,歌谣中的传说活生生地冒出来,在光天化日之下出现在我们面前。"

"希优顿国王,你应该感到高兴才对。"甘道夫说,"因为,此时受到威胁的不只是人类渺小的生命,也包括了这些你认为是传说中的生物。即使你浑然不觉他们的存在,你也并非孤立无援。"

"但我还是应该感到伤悲,"希优顿说,"因为,不管我们的战争多么顺利,总会有很多美丽、奇妙的事物,从此永远消失在中土大陆上,对吧?"

"或许是的,"甘道夫说,"我们无法完全修复索伦的邪恶所造成的破坏,更不可能让它变得像是从未发生过。但我们注定要经历这样的时代。我们还是继续原先选择的旅程吧!"

众人转向离开谷底和森林,踏上了通往渡口的道路。勒茍拉斯不情愿地跟在后面。太阳已经落入地平线下;但是,当他们骑离山峦的阴影,转头望着西方的洛汗隘口时,天空依旧一片绯红,浮云底下仍燃烧着霞光。在这霞光中有许多黑色翅膀的飞鸟在盘旋;有些发出凄厉的叫声飞掠他们的上方,飞回岩石中的家园。

"这些秃鹰在战场上,可是十分忙碌哪!"伊欧墨说。

他们不疾不徐地继续往前骑,夜色铺天盖地落在四周的平原上。月亮缓缓升起,正在逐渐转圆,在银色辉光中,丰饶的草原像是灰色的大海般上下起伏。当他们终于靠近渡口的时候,已经骑了将近四小时。长长的斜坡通往河边平缓的滩头,河流经过这浅滩继续向前,两旁是青草丛生的高阶地。众人从风中可以听见狼嚎的声音,一想到这里曾经有许多同胞战死,他们就觉得心情沉重。

这条道路往下蜿蜒伸向河边,两旁是渐渐升高的草堤,在河的对岸又再度往上攀升。河中有三道平坦岩石铺设的踏脚石,中间还有专门给马匹通过的浅滩,从一岸经过河中的沙洲到另一岸。骑士们往下望着水中的石头路,都觉得很奇怪;此地原先是个河水喧嚣之处,无时无刻不听见水花冲击岩石的声音;但现在却一片沉寂。河床几乎已经干了,只剩下光秃的岩石和灰色的沙洲。

"这里怎么变得这么阴沉凄凉?"伊欧墨说,"这条河到底遭到了什么灾难?萨鲁曼已经摧毁了很多美景,难道他连艾辛河都破坏了?"

"看起来的确是这样。"甘道夫说。

希优顿说:"唉!我们一定得经过这里,踏上无数骠骑惨遭野兽吞食的战场吗?"

"我们只能走这里。"甘道夫说,"战死者的确让人怀念不已,但至少山中的恶狼不会吞食他们,这些狼吃的是他们的战友半兽人,这邪恶的关系就是彼此吞食啊。来吧!"

他们走入了枯竭的河流,那些野狼随着他们的来到纷纷销声匿迹。当狼群看见月光下的甘道夫和影疾浑身染着银光时,感觉到一种无比的恐惧。骑士们走到河中央的沙洲上,对岸的阴影中有许多眼睛依旧在虎视眈眈地注视着他们。

"你们看!"甘道夫说,"友军在这边留下了痕迹。"

他们看见沙洲的正中央堆起了一个坟堆,四周堆砌着石块,并插着许多长枪。

"在附近阵亡的骠骑都被埋葬在此处。"甘道夫说。

"愿他们安息!"伊欧墨说,"在他们的长枪锈蚀之后,愿他们的英灵继续镇守艾辛河渡口！"

"吾友甘道夫，这也是你努力的成果吗？"希优顿说，"你在一夜的时间内，完成了这么多惊人的事情！"

"当然，是靠着影疾和其他人的协助。"甘道夫回答，"我骑得很快，去到很远的地方。不过，在这座坟堆旁我倒是有话可以安慰你：的确有许多人战死在渡口，但并没有人们想象的那么多。有许多人只是被敌军冲散，我派一部分随西关将领去和鄂肯布兰德会合，另一部分则是在这边完成了这些工作，他们现在应该已经随你的将领往伊多拉斯进发了，我派他带了很多人回去镇守你的宫殿。我知道萨鲁曼派出了他的全部兵力来对付你，他的仆人放下手边所有的工作来攻击圣盔谷，这块大地上似乎所有的敌人都消失了，但是，我还是担心会有狼骑士或盗匪趁隙攻击梅杜西。不过，我想现在你可以不用担心了，你的宫殿将会完好如初地欢迎你的归去。"

"我看到它也会很高兴的！"希优顿说，"但是，我想，和它相处的时间恐怕不会太长。"

于是，队伍告别了沙洲中的坟堆，越过河流，爬上河的对岸。他们继续前进，离开让人哀伤的渡口。他们一离去，狼嚎又再度响起。

有一条古老的道路从艾辛格通往这渡口。一开始它随着这河流往东，然后折向北走，最后则转离河边直朝着艾辛格的城门而去；城门位于西边的山麓，距离山谷的入口大约有十六哩的路程。他们沿着这条路走，但没有走路面，大部分时候是奔驰在大道旁的短草硬地上。一行人骑得飞快，到了午夜，他们已经离渡口约十五哩远了。由于国王已经累了，他们停了下来，结束今晚的行程。他们已经到了迷雾山脉的山脚,巫师谷长长的侧臂延伸到了他们面前。由于月亮已经西沉,光芒被山丘给遮挡,眼前的山谷中一片黑暗;但是,从山谷深幽的阴影中升起了极大一团夹杂着蒸气和浓烟的雾气;这烟雾盘升上高空后,在月光的折射下,像一团闪烁着的银色和黑色烟波,在天空中不住翻滚。

"甘道夫,你觉得那是什么?"亚拉冈问道,"外人可能会认为巫师谷起了大火呢。"

"这些日子以来,那座山谷就是这样烟雾环绕,"伊欧墨说,"但我之前从来没看过这样的景象。这些大多数是蒸气,黑烟只占极少部分。萨鲁曼多半又在策划什么阴谋对付我们;或许他正在煮沸所有艾辛河的水,因此河水才会枯竭。"

甘道夫说:"或许吧,明天我们就会知道他在干什么了。现在让我们先休息一下吧!"

他们在艾辛河的河床旁边扎营,一度喧闹的河流如今沉默空旷。有些人把握时间睡了片刻。但到了凌晨,守夜的人一声大喊,所有的人都醒了过来。月亮已经消失了,只剩满天闪烁的星斗;但大地上有些比夜色还要沉郁的形影在移动着,在河流两边朝向他们而来,似乎要往北方去。

"留在原地!"甘道夫说,"不要拔剑!耐心等!他们会过去的!"

一阵迷雾笼罩住众人,他们依旧看见天上有几颗星斗无力地闪耀着,但四周都陷入了无法穿透的迷蒙中;他们被困在快速移动的高大阴影之间。依稀可以听见一些声音,那是低语、号叫和无尽的叹息,大地在他们身下颤抖。他们似乎呆坐了极长的一段时间,心中充满了恐惧；但最后，那黑暗和低语声还是过去了，消失在群山之间。

在遥远南方的号角堡中，半夜，人们突然间听到了巨大的声响，仿佛有强风吹入谷中，地面不停地震动；所有人都极为害怕，没有人敢冒险出去察看。但是，到了早晨，他们一出门就看到了让人惊讶的景象，那些半兽人的尸体和森林都一起消失了！在谷地开口的地方，草地受到严重的践踏，许多土壤都翻了起来，仿佛有位巨大牧人驱赶着大群的牛在此放牧狂奔。但在距离圣盔渠一哩远的地方，地上被挖了一个大坑，上面用石头堆成了小山。人们相信半兽人的尸体被埋在该处，但之前躲进森林里面的半兽人是否也在其中就不得而知了。那座小山从此被称作死亡丘，没有任何人类胆敢涉足其上，该处也从此寸草不生。那些奇怪的树木再也没有出现在深溪谷中；他们已经连夜回到了法贡森林的黑暗深谷中。他们终于报了半兽人滥砍滥伐的深仇大恨。

国王和随从们当夜无法再入睡，但他们再也没有看见任何奇异的景象；唯一的例外是，潺潺河水声似乎突然间清醒过来。他们在半夜听到水流冲上岩石的声音，然后，艾辛河恢复了旧观，再度成了一条水流湍急的溪流。

黎明时他们已经准备好要出发了。东方泛着灰光，但他们看不见升起的太阳；空气中充满了浓重的雾气，四周全弥漫着水汽。他们骑上大道，缓缓前进。这道路又宽又广，保养良好。迷雾中依稀可以看见在他们左边逐渐隆起的山脊；他们已经进入了捻苦路纳，所谓的"巫师谷"。这是座三面环山的山谷，只有南方有一个出口。它曾经是个美丽、翠绿的地方，艾辛河从谷中穿流而过，在流入平原之前在此已是河深水急的大川；它在上游多雨的山区中汇聚了许多泉水和小溪，它的流域原先是祥和、富饶的大地。

现在一切都改观了。在艾辛格的墙下，依旧有数亩萨鲁曼的奴隶所修剪的花园，但谷地绝大部分区域都成了杂草和荆棘丛生的荒地。荆棘四处生长，攀爬在灌木丛和河岸边，构成了小动物出没居住的洞穴。此地光秃秃的，没有任何树木存活，但是在杂草间仍可看见古老森林惨遭砍伐和烧毁的残桩断木。这是一片让人感到哀伤的大地，只有河水撞击岩石的单调声响。烟雾和蒸汽在云雾间飘移，也在谷地间乱窜。骑士们一言不发，许多人心中十分疑惑，不知道这次的冒险将会有什么样阴暗的结局。

在他们又继续骑了一阵子后，原先的大路成了宽广的街道，地上铺满了巧匠精心安排的扁平大石，严密的接缝中不见生有一株野草。道路两边的沟渠有水不停地往外流。突然间，一根高大的石柱无声无息地出现在众人眼前。石柱呈黑色，上面有块巨大的岩石，雕绘着一只白掌，它的手指指向北方。众人知道不远处应该是艾辛格的大门了，他们觉得心情十分沉重，但他们的视线依旧无法穿透前方的浓雾。

在山脉之间，巫师谷之中，有块经历了无数的岁月，人们始终称之为艾辛格的地方。该处一部分是天然的地势，但西方皇族在那边兴建了极为雄伟的建筑；萨鲁曼在那里居住了很长的一段时间，他并没有虚度这些时光。

在萨鲁曼被许多人认为是巫师之长的全盛时期时，这里的情景是这样的：一道巨大的环形石墙，如同峭壁般，环绕着山边建成一圈；这墙只有一个开在南边的巨大拱形出入口。在这条从黑色岩石中开凿出来的长隧道的两头，装有两扇大铁门。这两扇门巧妙地安装在用钢柱打进山体做成的铰链上，因此，只要拉开门闩，任何人都可以伸手轻轻一推，无声无息地打开它。当来客穿过这条回音荡漾的隧道出来时，会看见一个广大的圆形平原，有点像一个浅底大碗：圆边直径有一哩左右。这里曾经一度绿树成荫，长满了奇花异果，由两旁山脉流下的泉水所灌溉，这些水最后汇聚成一个小湖。但是，在萨鲁曼统治的后期，这里所有的绿意都被破坏殆尽。道路被铺上了黑硬的石板，路旁原先生长树木的地方现在竖立了许多石柱，有些是大理石打造的，有些则是钢铁或青铜，柱与柱之间串有沉重的锁链。

　　石墙的内环兴建了许多房屋，向墙内挖凿了各种房间、大厅和通道，因此，整个圆形的平原广场都处在无数窗户和门扉的俯视之下。这些建筑里居住了成千上万的居民：工人、仆役、奴隶和战士，还存有大量的武器，狼群则被饲养在地底的洞穴中。整个平原广场也被挖得千疮百孔，竖直的隧道深挖进地底，它们顶端的开口用低矮的土丘或岩石来做圆顶封盖，因此，夜间月光下的艾辛格看起来像是一座死者不安睡的坟场，大地常会无端地震动。这些隧道可经由许多的斜坡与螺旋状的阶梯直深入地底的巨大洞穴，萨鲁曼在这些洞穴中藏放着他的财宝、兵器库、仓库、铁匠和巨大的熔炉。钢铁的轮子在此处日夜不停地转动，铁锤永不止息地发出敲击声。到了夜间，这些隧道会冒出许多的蒸气，被底下的红光、蓝光或妖异的绿光所照亮。

欧散克塔

所有的道路夹在铁链之间通往广场的中央。在那里有一座雄伟的高塔，是由远古的工匠所建造，整个艾辛格的环形围墙也都是他们的杰作。但是，这座高塔却不似人类的创造物，反而像是古时在群山的震动中硬从地面拉扯出的骨架一般。它是一座孤立的岩峰，漆黑的表面反射着光芒；四根巨大的多面体方柱紧密结合在一起，到接近顶端处又分叉开来，它们的尖端锐利得如同枪尖，边缘锋利得好似刀刃。在这些尖叉之间有一块平台，打磨光滑的地面上刻画着许多奇怪的符号，站在这平台上的人可以从将近五百呎的高度俯瞰底下的平原广场。这就是欧散克塔，萨鲁曼的要塞；这个名称有两个意思（不知是巧合或是刻意）：在精灵的语言中，欧散克表示牙之山；但在骠骑国的古语中，欧散克代表的是狡诈之心。

　　艾辛格是个易守难攻的壮伟之地，它一直以美丽的面貌迎接了许多个岁月；这里曾经居住过许多伟大的王侯，西方刚铎的诸侯驻跸在此，智者从这里仰观天象。但萨鲁曼慢慢地将此地按他的目的重新改造，在他那被欺瞒的心智中，觉得自己将此地改造得尽善尽美。他为所有高超的技艺与精巧的发明，舍弃了自己原先的睿智，他以为这些事物都是他自己想象创造出来的，但实际上全都来自魔多。因此，他所做的一切都是空无，只是儿戏或奴隶的奉承，堡垒、兵器库、监狱和地牢，都是对巨大的邪黑塔、要塞巴拉多的模仿和抄袭。邪黑塔则是安坐在东方，对这对手不屑一顾，嘲笑这阿谀奉承，等候着自己的时机，安于自己那难以估计的强大力量与高傲，高枕无忧地面对这一切。

　　这就是传闻中的萨鲁曼的要塞；因为没有任何现今的洛汗人曾进出其间；或许只有极少数像巧言这样的人，会悄悄进入此地，却不敢和其他人分享他们的见闻。

甘道夫骑向上有白掌的高大石柱，经过它。这时，骑士们惊讶地发现，石柱上的巨掌不再是白色的；上面仿佛沾着干掉的血迹，靠近一看，他们才发现它的指甲也变成红色的。甘道夫若无其事地继续向雾中前进，众人迟疑地尾随在后面。他们环顾四周，发现这里好像不久前遭遇到洪水，路旁的低洼地都成了水塘，所有的空洞中都满了水，还有涓涓细流从岩石的裂缝中淌下。

最后，甘道夫终于停了下来，示意众人上前。一行人看见甘道夫前方的雾气已经散开，苍白的阳光照耀在大地上。正午刚过，他们来到了艾辛格的大门前。

但见毁坏的大门被丢在地上，扭曲变形。四周散布着许多碎石和瓦砾，远近净是砸碎的石块，有些还被集中成数堆。高大的拱门依旧存在，但整个隧道顶端都被打穿，成了露天的街道，两旁的峭壁般的高墙上有着纵横交错的刻痕和凹洞，墙上的塔楼则被打成了齑粉。即使大海暴涨以狂风巨浪之姿扑向这些山丘，恐怕也无法造成比眼前更大的破坏。

隧道之后墙内的广场淹没在冒着蒸汽的水里，像是一个冒泡的大锅，水面上漂浮着许多残梁断木、箱子、桶子以及砸烂的器具。断折的石柱只剩下断裂的底端露出水面，所有的道路全都被水淹没了。远处，半笼罩在云雾里的，似乎耸立着一座岩石岛屿，那是未受风暴摧毁的欧散克塔，依旧漆黑耸立，苍浊的水从四面拍打着它的底部。

国王和所有的人全都一言不发地坐在马上，惊讶万分，明白萨鲁曼已经被推翻了；但他们完全猜不出来这是怎么办到的。他们把目光转向破烂不堪的拱门和饱经蹂躏的铁门，在离他们不远处有一个很大的瓦砾堆；突然间，他们注意到那堆瓦砾上躺着两个悠闲的小小身影，身披灰衣，在瓦砾中几乎让人难以发现。他们四周有许多的碗盘酒瓶，可能刚刚才大吃大喝了一顿，现在正在饭后休息一下。有一个似乎是睡着了；另一个则是双手交叠在后脑上，好整以暇地跷着二郎腿，背靠着一块大石头，嘴里正吐出一个又一个的淡蓝烟圈。

有那么片刻，希优顿和伊欧墨以及他们所有的部下，就这么惊奇地瞪着他俩；在艾辛格的一片残破废墟中，对他们而言，这恐怕是最奇特的景象。但是，就在国王能开口前，那个吐烟的小家伙突然察觉到沉默地站在烟雾中的这群人。他立刻跳了起来。他看起来像是个年轻人，但身高却不及常人的一半；他没戴帽子的头上是一头褐色的鬈发，但身上穿着的是像甘道夫的同伴们去到伊多拉斯时一样的灰色斗篷。他将手放在胸前，深深一鞠躬。接着，他似乎没注意到巫师和他的朋友们，转过头对伊欧墨和国王说起话来。

"欢迎大人们来到艾辛格！"他说，"我们是这里的看门人。在下梅里雅达克，是沙拉达克之子；而我的同伴，啊，恐怕他已经累垮了！"说到这里，他踢了那名同伴一脚，"他是皮瑞格林，图克家族的帕拉丁之子。我们的故乡是在遥远的北方。萨鲁曼大人还在里面；不过，他此刻正在里面和巧言密谈，否则，我想他一定会前来欢迎诸位这么尊贵的客人！"

"他一定会的！"甘道夫笑着说，"那是萨鲁曼命你们守住破烂的城门,在大吃大喝之余分神替他看看客人抵达了没吗?"

"不,大人,他没想到这一点。"梅里神情凝重地回答,"他被太多事缠住了。我们的命令是来自接管艾辛格的树胡。他命令在下必须要用最适当的言辞欢迎洛汗的国王,我已经尽力了。"

"那你又是怎么对待你共患难的伙伴?勒苟拉斯和我又怎么办?"金雳再也忍不住了,不禁大吼道,"你们这两个家伙,你们这两个毛毛脚,全身长毛、好吃懒做的小鬼!你们害我们跑了多远知道吗?整整六百哩!穿越沼泽和森林,经历战斗和死亡,都是为了救你们!然后我们竟发现你们在这边悠闲地大吃大喝,而且还——抽烟!抽烟!你们这些坏蛋,烟草是哪里来的?天哪!我真是又高兴又生气,如果我不发泄一下,实在会受不了啊!"

"金雳啊,你把我心里的话都说出来了!"勒苟拉斯笑着说,"不过,我比较想要知道他们的酒是哪里来的。"

"你们追了这么久,有一样东西没找到,那就是更聪明的脑子。"皮聘张开一只眼说,"你们发现我们坐在胜利的战场上,在兵荒马乱之后的废墟中,竟然还为我们有资格好好休息而惊讶!"

"有资格休息?"金雳说,"我真不敢相信你的话!"

骑士们都笑了。"毫无疑问的,这是好朋友会面的场景。"希优顿说,"所以,甘道夫,这些就是你们失踪的朋友啊?这真是充满奇迹的时代啊。自从我离开皇宫之后,已经见识到了许多奇迹;而现在在我眼前又出现了另一种传说中的人物。你们是不是传说中的半身人,我们当中有人称呼你们为霍比特特兰?"

"王上,请叫我们霍比特人。"皮聘说。

"霍比特人?"希优顿说,"你们的语言好像改变了;不过,这个名字听起来倒是很恰当。霍比特人!果然是百闻不如一见啊。"

梅里再度鞠躬,皮聘跳了起来,也跟着深深一鞠躬。"王上,您太客气了,我可是会都把你的话当做真心的。"他说,"我也遇到了另一个奇迹!自从我离家之后,已经见识过了许多国度,但之前从来没听过有人知道任何关于霍比特人的故事。"

"我族是许久以前离开北方的居民,"希优顿说,"但我不想骗你们,我们没有霍比特人的故事。我们的传说只说,在很远的地方,越过许多山脉和河流,有一群矮小的生物居住在洞穴或是沙丘中。但是没有任何关于他们所行事迹的传说,因为据说他们游手好闲,躲避人类的目光,可以在一瞬间消失,而且他们还可以将嗓音伪装成飞鸟的啁啾声。不过,看来似乎并不只是这样。"

"的确,王上。"梅里说。

"比如说,"希优顿说,"我从没听说过他们会从嘴里喷烟。"

"这也难怪,"梅里回答,"因为这门艺术我们是在几代之前才开始发展的。在我们的纪年一〇七〇年时,居住在南区长底的托伯·吹号者,第一次在他的花园中种植出真正的烟草。至于老托伯是怎么发现这植物的……"

甘道夫打岔道:"希优顿,你不知道你正面对着什么样的危险,如果你表现出一丝一毫的耐心,这些霍比特人就会在战场的废墟旁,和你讨论用餐的快乐、他们父亲、祖父、曾祖父或是九等远亲的芝麻蒜皮小事。或许你应该利用其他时间,再来听听抽烟这档事的历史。梅里,树胡呢?"

"我相信他应该是在北边吧,他去找干净的水喝。大多数的树人都和他一起走了,他们还在那边忙着。"梅里对着冒烟的湖泊挥挥手;当众人转头看去时,听见什么东西崩塌的声音,似乎山崩了一样,更远的地方则是传来轰轰、呼姆的声音,似乎有人正吹响着胜利的号角。

"没有人看守欧散克吗?"甘道夫说。

"有这些水就够了。"梅里说,"不过,快枝和其他的树人其实还在警戒中。广场水中的柱子其实不完全是萨鲁曼的杰作。我想,快枝就在那个阶梯附近的巨岩旁。"

"没错,那边有个高大的灰色树人,"勒苟拉斯说,"他的双臂贴在身侧,直挺挺地像是柱子般矗立在那里。"

"已经过了中午了,"甘道夫说,"我们从一早到现在都没吃任何东西。但我又想尽快和树胡见面。他没有留话给我吗?还是这些碗盘酒瓶让你忘记了他交代的话?"

"他是留了话,"梅里说,"我刚刚正准备要说,你们的一大堆问题打断了我的进度嘛!我正准备说,如果骠骑王和甘道夫愿意骑马到北面的墙边,他们会发现树胡就在那边,他会亲自招待两位。请容我补充一句,你们也可以在该处找到最上等的食物,那是由你们谦逊的仆人亲手挑选的。"他鞠躬说道。

甘道夫笑了。"这样好多了!"他说,"好吧,希优顿,你愿意和我一起去找树胡吗?我们必须绕点路,幸好还不算远。当你见到树胡之后,你会知道更多的。因为树胡就是法贡,也是树人之中最年长的领袖,当你和他说话的时候,你会听见世间最古老的语言。"

"我愿意和你一起走,"希优顿说,"再会了,霍比特人!愿我们可以在我的宫殿中再会！那时，你们可以坐在我旁边，告诉我所有你们想说的东西：父祖辈或一切你记得起的小事都可以，我们也可以讨论老托伯和他的草药知识。再会了！"

霍比特人深深鞠躬。"这位洛汗国的国王还真好！"皮聘压低声音说，"他人真不错，很客气呢！"

第九章

残骸和废墟

甘道夫和国王一行人转往东骑去,准备绕过艾辛格残破的城墙去找树胡。但亚拉冈、金雳和勒苟拉斯则留下没去。他们让阿罗德和哈苏风在附近吃草,自己在霍比特人身边坐了下来。

"好呀,好呀!这场追猎终于已经结束了,我们好不容易会面了,却是在一个我们谁也没想到要来的地方。"亚拉冈说。

"既然大人物都去讨论大事去了,"勒苟拉斯说,"猎人或许可以从朋友身上知道那些小谜团的真相。我们一路追踪你们留下的痕迹到森林里面去,但有许多事情让我们感到十分好奇。"

"而我们也想要知道发生在你们身上的很多事呢。"梅里说,"老树人树胡告诉了我们一些事,但实在是太少了。"

"没问题,会有时间的。"勒苟拉斯说,"我们是辛苦追踪的人,你们应该先告诉我们之前的经历。"

"这件事也还不急,"金雳说,"吃完饭后可能听起来会舒服些。我头很痛,时间又过了中午了。你们这些懒惰虫应该找到不少吃的东西吧?如果有好吃好喝的,可以勉强消我心头的怒气啦。"

"没问题!"皮聘说,"你们是要在这边吃,还是要舒服一点,在萨鲁曼的警卫室废墟里吃？它就在拱门底下那边。我们刚刚在这里野餐，是因为得注意道路上的动静。"

"有注意才怪！"金雳说，"不过，我可不愿意在半兽人的屋子里面吃饭，更别说碰任何半兽人污染过的食物。"

"我们可不会要你这样做。"梅里说，"我们这辈子已经受够半兽人了。不过艾辛格还有许多其他的种族。萨鲁曼还算聪明，不敢完全信任半兽人。他有人类看守大门，我想那是他最忠实的仆人。反正哪，他们相当受到宠幸，拥有很不错的补给品唷！"

"有烟草吗？"金雳说。

"不，我想没有好到那个地步。"梅里笑着说，"不过，那又是另一个故事了，我们可以等到吃完午餐再说。"

"那就带我们去吃午餐吧！"矮人叫道。

霍比特人在前面带路，一行人穿过拱门，在左边找到了一连串的阶梯，顶端有一扇门。那扇门直接通往一个大房间，远端有其他的小门，一旁还有壁炉和烟囱。这房间是从岩石中凿挖出来的，过去可能十分的昏暗，因为它唯一的窗户是面向着隧道。不过，由于隧道顶已经被打穿了，外面的日光就直接流泻进来，壁炉内还正燃着熊熊的火焰。

"我生了一些火，"皮聘说，"在大雾里面烤火感觉好多了。附近柴火很少，我们所能找到的几乎都泡湿了。幸好壁炉里有一股很强的气流，风似乎是透过上方岩石间的裂缝在流动，也幸好这些风孔没有被堵塞。有火真的很方便，我帮你烤些面包吧！不过，这些面包恐怕已经有点久了，大概做了三四天了吧。"

亚拉冈和同伴们在一张长桌的一端坐了下来,霍比特人则跑进另一扇内门中。

"那边是储藏室,幸好没被水淹到。"皮聘说。他们拿着盘子、杯子、碗、刀叉和各种各样的食物回来。

"金雳大爷,你也不需要一闻到这些东西就皱鼻子。"梅里说,"树胡说,这些可不是半兽人的东西,而是人类的食物。你想喝葡萄酒还是啤酒?里面还有一桶啤酒,味道不错喔!这是顶级的腌猪肉。如果你需要的话,我也可以替你切一些培根,帮你煎一煎。真抱歉没有蔬菜啊,过去几天补给可能稍稍受到了一些影响吧!除了奶油和蜂蜜之外,我也没有别的东西可以让你涂面包。这样满意吗?"

"啊,非常满意啦。"金雳说,"我的怒气一看到食物就阵亡不少啰!"

三人很快就狼吞虎咽起来;两名霍比特人也毫不客气地再开怀大吃一顿。"我们必须陪客人吃,否则未免太失礼了!"他们说。

"你们这个早上可还真是有礼貌啊!"勒苟拉斯笑着说,"不过,如果我们没来,你们可能也会彼此陪对方继续再吃下去吧。"

"或许吧,为什么不呢?"皮聘说,"我们可是和半兽人周旋了很久,在那之前又都吃得很少。我们已经很久没有开怀大吃了哪!"

"但这似乎并未对你们造成任何伤害。"亚拉冈说,"事实上,你们看起来健康极了。"

"啊,的确是。"金雳从杯边上下打量着两人,"哇!你们的头发长得比我们分开前更浓密也更卷了些。我还敢打赌你们两个都长高了一点,我不知道像你们这种年纪的霍比特人还会长高。这个树胡看来可没让你们饿着。"

"他是没有。"梅里说,"但是树人光靠喝水过活,而喝水怎么能填饱肚子。树胡的饮料可能营养充足,但我们总觉得要有些可以嚼的食物才算数。即使是有精灵的干粮可嚼也不错啊。"

"你们喝了树人的水,对吧?"勒苟拉斯说,"啊,那么我想金雳没有看错,法贡森林的饮料可有不少奇异的传说哪。"

"那块土地上有许多奇异的传说。"亚拉冈说,"但我却从来无缘亲身一探。来吧,告诉我那座森林的事,也好好描述一下树人吧!"

"树人,"皮聘说,"树人是——树人每个都不一样,但他们的眼睛,他们的眼睛真的很特别。"他啜嚅了几句,最后又闭上嘴。"喔,好吧,"他继续道,"你们已经从远处看过一些树人了,至少他们看见了你们,回报说你们正在前来的路上。我想,在你们离开这里之前,应该会看到更多的树人。你们会有自己的看法的。"

"等等,等等!"金雳插嘴道,"我们怎么从故事的一半开始说起。我听故事喜欢按正确的顺序,从我们远征队分散的那天开始说起吧。"

"如果有时间的话,你会听到的。"梅里说,"但首先——如果你们吃饱了的话——你们可以把烟草塞到烟斗里点燃。然后,我们可以暂时假装自己都还安全地待在布理,或是瑞文戴尔。"

他掏出了一个装满烟草的小皮袋。"我们有一大堆喔,"他说,"在离开这里时,你们爱拿多少就拿多少。皮聘和我今天早上做了不少打捞工作,水上漂着各种各样的东西。是皮聘发现了两个小木桶,我想是从某个仓库里被冲出来的。当我们打开桶盖的时候,发现里面装满了这些东西:你所能期望的最顶级烟草,而且还都没弄湿呢!"

金雳捏了一些，在手掌中揉搓着，又闻了闻。"摸起来很好，闻起来更香！"他说。

"当然啊！"梅里说，"我亲爱的金雳，这是长底叶啊！桶子上面还清清楚楚贴着吹号者家的标签哪！我实在想象不出它是怎么跑到这边来的。我猜，多半是萨鲁曼专用的吧。我从来不知道这东西会运到这么远的地方来。不过，现在正好派上用场。"

"是啦，"金雳说，"如果我有烟斗就更好了。唉，我的在摩瑞亚或更早之前就弄丢了。你们的战利品中有烟斗吗？"

"不，恐怕没有。"梅里说，"我们没找到，连在这个房间里面也没有，看来萨鲁曼喜欢自己享受。我想，就算现在去敲欧散克塔的大门跟他讨一支烟斗，恐怕也没什么用吧！我们可以共用一个烟斗，患难之交一定能这么做啦。"

"等等！"皮聘说。他把手伸进外套胸前的口袋，掏出一个袋口绑着绳子的小软袋子。"我贴身保存了两个对我而言像魔戒一样珍贵的宝物——这是一个，我自己的旧木头烟斗；还有另一个，以前没用过的新烟斗。我带着这两样东西到处跑，连我自己也不知道为什么。在我的烟草用完之后，我根本不认为一路上还会找到任何烟草。不过，现在还是派上用场了。"他掏出一支有宽浅凹槽的小烟斗递给金雳，"这样你对我的气该扯平了吧？"他说。

"早就抛到九霄云外去了！"金雳说，"我高贵的霍比特人啊，这让我反过来倒欠你们很多哪！"

"好啦，我要回去外面看看状况如何了！"勒苟拉斯说。

"我们都跟你一起去。"亚拉冈说。

他们走出来，在大门前的石堆上坐下。现在他们可以清楚看见山谷的景象，烟雾在清风吹拂下全都飘走了。

"让我们轻松一下吧！"亚拉冈说，"我们可以坐在废墟旁边聊天，让甘道夫在别的地方忙吧，我很少觉得这么累。"他将灰色的斗篷裹起来，藏住身上的锁子甲，双腿一伸躺了下来，接着开始吞云吐雾。

"大家看！"皮聘说，"游侠神行客又回来了！"

"他从来没离开过，"亚拉冈说，"我既是神行客，也是登纳丹，我属于北方也属于刚铎。"

他们沉默地吸了一阵子的烟。高挂在西方天际的太阳从层层白云间斜照进山谷，暖暖照在众人身上。勒苟拉斯躺在地上，专注地看着天上的变化，低声哼着歌。最后，他坐了起来。"可以了吧！"他说，"已经过了很久啦！如果不是因为你们抽烟，雾气也都散去了。你们到底说不说？"

"好吧，我的故事一开始的时候是：我醒了过来，发现自己浑身被绑住，身在半兽人的营地中，"皮聘说，"让我算算，今天是几号？"

"是夏垦历的三月五号。"亚拉冈说。皮聘扳着手指计算着。"才不过九天以前！"[①]他说，"自从我们被抓以来，我还以为已经过了一年了咧！好吧，虽然其中有一半像是噩梦一样，但我清楚记得接下来那非常恐怖的三天。如果我忘记任何重要的关键，梅里会提醒我的。我不准备详述所有的鞭打、辱骂和臭味，光是去回忆就令人受不了。"接着，他

[①] 夏尔的历法中每个月只有三十天。

开始仔细描述波罗莫的最后一战，和半兽人一路从艾明穆尔赶往森林的过程。其他人在符合他们猜测的地方纷纷点头。

"这里是几样你们弄丢的宝物。"亚拉冈说，"相信你们会很高兴找回这些东西的！"他解开了斗篷底下的腰带，拿出两柄小刀来。

"太好了！"梅里说，"我根本没指望会再找到这些东西！我用我的刀子伤了好几个半兽人，但乌骨陆把我们的武器给没收了。他瞪我们的眼光可真是凶狠啊！一开始我还以为他准备要刺死我们，不过，他随即就把这两把刀丢开，仿佛会烫手一样。"

"皮聘，还有你的别针。"亚拉冈说，"我替你好好保管着这样东西，它可是很珍贵的。"

"我知道。"皮聘说，"丢掉它我真心痛，但我还有什么选择呢？"

"你确实别无选择。"亚拉冈说，"人在紧急关头若不能壮士断腕，恐怕会遇上更大的麻烦。你的选择是正确的。"

"割断你手上的绳子也真是聪明的一招！"金雳说，"虽然你可说是运气好，但你也是用双手掌握住了机会。"

"也给我们留下了个大谜团。"勒苟拉斯说，"我还以为你们长出翅膀了呢！"

"很不幸的没有。"皮聘说，"但你们还没听到有关葛力斯那克的部分。"他打了个寒战，不愿意继续说下去，留给梅里去描述那恐怖的一刻：无情的双手、恶臭的呼吸和葛力斯那克拥有怪力的毛毛臂膀。

"光是描述这个魔多的半兽人，或是他们口中的路格柏兹，就让我觉得很不安。"亚拉冈说，"黑暗魔君已经知道太多了，他的下人也一样。葛力斯那克很显然在争执之后，设法送了些消息到河对岸去。血红眼将会十分注意艾辛格，萨鲁曼这回可是自作自受了。"

"是啊，不管哪一方获胜，他的前途都十分黯淡，"梅里说，"从他手下的半兽人踏上洛汗国的那一刻起，局势就整个变得对他都不利了。"

"甘道夫暗示过，我们曾经瞥见过这个老坏蛋，"金雳说，"就在森林附近。"

"那是什么时候？"皮聘问道。

"五天之前的晚上。"亚拉冈说。

梅里说："让我算算看，五天之前——啊，我们来到故事中你们一无所知的部分了。那天早晨战斗结束后，我们遇上了树胡，当天晚上我们在他的树屋威灵厅休息。第二天早上我们去树人会议，也就是树人的集会，那真是我这辈子见过最诡异的事了。他们的会议整整持续了两天，我们和一名叫快枝的树人一起度过了两个晚上。到了会议的第三天下午，树人们突然爆发了。真惊人！整座森林气氛非常紧绷，仿佛有场风暴在累积，然后一切突然间爆发开来。我真希望你们能听听他们在行军时所唱的歌！"

"如果萨鲁曼听到了那歌声，就算他只剩两条腿能跑，他也早就跑到几百哩之外去了！"皮聘说。

"攻入艾辛格！纵使它被坚不可破的磐石包围；
我们冲，我们撞，我们终于要宣战，
敲破那石头，打开它城门。

歌词当然并不止这些。这首战歌中有一大部分没有歌词，听起来就像是号角和战鼓声,让人十分振奋。我当时以为那只是某种进行曲,没什么特别的意思,但是当我到了这边之后,我才知道他们的厉害。"

"我们越过最后一道山脊,在天黑之后进入巫师谷。"梅里接着说,"那时我才第一次感觉到,整座森林都在我们身后移动,我还以为我在跟树人一起做梦,但皮聘也注意到了。我们两个都觉得很害怕,不过,要等到后来我们才知道这到底是什么情形。

"他们是胡恩,树人用所谓的'简称'这样称呼他们。树胡不愿意多谈他们,但我想他们是几乎退化成树的树人,至少外表看起来很像。他们四处散布在树林中,或在森林边缘,沉默伫立着,永远不松懈地照管着森林;在最黑暗的深谷中,我认为有数以千计这样的生物存在着。

"他们拥有极强大的力量,而且似乎可以将自己裹藏在阴影中,你很难清楚地看见他们移动,但他们的确在动。如果他们生气了,他们可以非常快速地移动。你可能在抬头看看天气,或是听听风吹的声响,然后突然发现,自己已经无声无息地被树林包围了。他们依旧可以发出声音,也可以和树人谈话,根据树胡的说法,这是为什么他们还被叫作胡恩的原因。但他们的个性变得十分古怪跟狂野,非常危险。如果没有真正的树人约束他们,我可不敢在他们附近走动。

"然后,当天晚上我们就悄悄爬下一条长长的峡谷来到巫师谷的上方,包括所有的树人和跟在他们背后沙沙作响的胡恩。当然,我们看不见他们,但可以听到空气中充满了吱吱嘎嘎的声音。天色非常的黑暗,那是多云的一个夜晚。他们离开山丘之后,就开始快速移动,发出类似风吹过的嘈杂声。月亮被云朵遮住了,在午夜过后不久,整个艾辛格的北边就都被高大的树木给占据了。我们没有发现任何的敌踪或是阻碍，只有高塔上的一扇窗户里还透着光，如此而已。

"树胡和几名树人继续悄悄前进，潜到了靠近正门的地方。皮聘和我跟着他，我们都坐在树胡的肩膀上，我可以感觉到他身体紧张得微微颤抖。但是，即使树人在生气的状态下，他们依旧可以非常小心和有耐心。他们就这么动也不动像岩石般站着、呼吸和倾听。

"突然间起了巨大的骚动，号角雷动，艾辛格的高墙不停地回响。我们以为自己被发现了，战斗终于要展开了，但完全不是这么一回事，萨鲁曼的所有兵力倾巢而出。我对这场战争一无所知，也不知道洛汗国的骠骑出动了，只知道萨鲁曼这次似乎要给他的敌人致命一击，他几乎让艾辛格成了空城。我看见敌人们头也不回地出发，半兽人的长龙延伸到地平线的彼端，还有骑着巨大恶狼的部队，而且，队伍中也有人类组成的战力。许多人携带着火把，在闪动的火光中我可以看见他们的面孔，大部分只是普通的人类，身材很高，头发是黑色的，表情阴沉，但并不特别邪恶；不过，也有其他很恐怖的怪物，他们长着半兽人的面孔，和人一样高，一双斜眼瞟呀瞟的。你知道吗，他们让我想起布理出现的那个南方人，只不过他没有像这些人有那么明显的半兽人血统。"

"听你一说，我也想到了他。"亚拉冈说，"我们在圣盔谷也对付了不少这种混种的半兽人。很明显的，那名南方人可能就是萨鲁曼的间谍；但我不确定他究竟是为黑骑士工作，还是为了萨鲁曼工作。这些邪恶的势力彼此之间尔虞我诈、钩心斗角，实在很难确定谁效忠谁。"

"好啦，我大概推算了一下，当时至少有一万人以上的兵力。"梅里说，"他们花了快一个小时才全部走出城门。有些沿着大道往渡口走，有些人转个弯,往东方走。大概一哩之外,在河水特别湍急的地方建有一座便桥。如果你们站起来,还可以看见那座桥。他们粗哑的嗓门都大声唱着歌,每个人都有说有笑,发出可怕难听的声音。我想洛汗国这次可能要完蛋了。但树胡不为所动。他说:'今晚我的工作是要用岩石对付艾辛格。'

"虽然我看不见黑暗中的情形,但是我推测大门一关上,那些胡恩可能就开始往南移动。我想,他们的任务是去对付半兽人。到了早上,他们就已经到了远处的山谷;反正,那里笼罩着一种我无法看穿的黑暗。

"等萨鲁曼把所有的兵力都派出去之后,就轮到我们上场了。树胡把我们放了下来,走到城门前,开始猛击大门,大声喊着萨鲁曼的名字。门内毫无回应,只有箭矢和落石从高墙上飞下来。但用箭矢对付树人根本无效;当然,他们会觉得疼痛,但也更激起了他们的怒火,就像我们被蚊子咬一样。树人身上可以插满了半兽人的箭,却不会受到什么真正的伤害。对了,他们也不会中毒;而他们的皮似乎非常地厚,比一般的树皮要坚韧多了,得要有极为沉重的一斧,才会对他们造成严重的伤害。他们不喜欢斧头。不过,光是对付一名树人就要有很多的持斧战士才行:对树人砍出一斧的人永远不会有机会砍出第二下。树人一拳就可以打穿最坚硬的钢铁。

"在树胡身上被插了几支箭矢之后,他才刚开始热身,照他的说法,也才真正的'仓促'起来。他发出震耳的呼姆、轰的声音,然后有十多名树人走上前去。生气的树人是非常恐怖的。他们的手指和脚趾陷入岩石中,像是撕扯面包屑一样将它们拉碎。那就像是观看一棵老树的根在百年中做的动作,缩短到几秒钟之内进行一样。

"他们又推、又拉、又扯、又摇、又晃;过不了五分钟,巨大的城门就在轰隆声中倒地,成了一堆废铁;有些树人甚至开始捣毁城墙。我不知道萨鲁曼以为发生了什么事情,我只知道他根本不知道该如何对付这情况。他的巫术最近可能退步啦,但我认为他实在不是怎么样伟大的人。特别是被困在一个拥挤的地方,没有什么机器、奴隶和军队的时候,更是显得一无是处。他和我们的老甘道夫真是完全不同;不知道他的名声,是否都是来自于躲在艾辛格这地方所造成的。"

"你错了。"亚拉冈说,"他曾经名副其实、相当了不起。他的知识渊博、思维精细、技巧过人,并且他还拥有操控他人心智的力量。他能说服贤者,更能威吓弱小;他肯定仍然保有这种能力。即使在他遭受失败的现在,我敢说,在这中土世界,若有人单独和他交谈,能全身而退的恐怕寥寥无几。或许在他的阴谋被揭穿之后,甘道夫、爱隆和凯兰崔尔可以不受影响,但其他人就极少能敌得住他了。"

"树人是安全的,"皮聘说,"他似乎曾经说服过他们,但这状况再也不会发生了。反正,他自始至终就不了解他们,忽略他们是他极为严重的失算。他本来就没有对付他们的计划;等到他们开始行动,要研拟任何对策也嫌太晚了。在我们的攻击开始之后,艾辛格中剩余的鼠辈就开始从每个树人打出的破洞往外钻。树人放过了人类,在盘问过他们之后,就让他们离开,到目前为止大概也只有发现二三十个。我认为没有任何半兽人活着逃出来,至少胡恩们不会放过他们。那时整个艾辛格都被包围在一座浓密的森林里,连山谷那边都毫无空隙。

"当树人将大部分的南墙捣成废墟,而剩余的爪牙也都弃守逃跑之后，萨鲁曼也仓皇而逃。我们抵达的时候，他正好站在城门口，我猜是来视察他那壮盛的军容的。当树人冲进门，他便匆忙地开溜了。一开始树人没有发现他，但随着云朵散开，满天灿烂的星光就足够让树人看清楚附近的环境。突然间，快枝大喊一声：'砍树者！砍树者在这边！'快枝是名很温柔的树人，但这也让他更痛恨萨鲁曼，他的同胞在半兽人的斧头下吃尽了苦头。他从内城门的通道上跳了下来，怀着满腔怒火像是一阵风冲上前。有个苍白的身影，借着柱子的遮掩拼命往前奔窜，几乎就快逃到塔前的阶梯了。事情就差那么一点。动作飞快的快枝冲到塔边，只差一两步就能把那个家伙勒死在门边，可惜对方先他一步溜进塔内。

"当萨鲁曼安全躲回欧散克塔之后，他就启动了那些他宝贝的机器。那时已经有许多树人进入了艾辛格，有些是跟着快枝进来的，其他的则是从北边和东边破墙而入；他们在山谷内四处游荡，造成极大的破坏。突然间，无数的火焰和恶臭的黑烟蹿起，整块大地上的各种孔道都喷出了熊熊的火焰。有几名树人被烧伤了，其中一个，我记得他的名字是柏骨，一名非常高大、雄壮的树人，正好被一团燃烧的液体火焰给淋到了，转眼间就成了一根大火把：那情景真是太可怕了。

"那才真正惹恼了树人们！我还以为他们之前的举动已经算是激动了，但我错了，我随后才知道什么叫作生气的树人，那真是让人心胆俱裂的景象。他们咆哮大吼，直到隆隆的声浪开始令岩石爆裂崩塌；我和梅里趴在地上，用斗篷塞住耳朵。树人们如同狂风般席卷整座山谷，他们打断柱子、用巨石堵塞洞口，巨大的岩石好像树叶一般满天飞舞。欧散克塔成了在飓风中心的唯一建筑。我亲眼看见巨大的铁柱和岩石飞起数百呎，砸烂了欧散克塔的窗户。幸好，树胡还保持清醒；他很幸运，身上没有任何的烧伤。他不希望树人们在狂怒中伤害到自己，也不想让萨鲁曼趁着这团混乱逃跑。许多树人不停地用身体撞击欧散克塔，但却没有多大的效果。建造塔身的岩石又硬又光滑，多半是有什么比萨鲁曼还要古老的魔法灌注在其中。反正，树人们就是没有着手之处，也无法在上面造成任何的裂缝；他们的冲撞只把自己弄得浑身青肿，伤痕累累。

"因此，树胡冲进这一片混乱中，开口大喊。他低沉的声音压过了一切嘈杂的声音。突然间，一切沉寂下来。在这片沉寂中，我们听见高塔上传来了尖厉的笑声。这对树人们产生了十分奇特的影响。他们之前的愤怒沸腾到了极点，现在却冷静下来，安静、严肃得像是冰山一样。他们离开平原，聚集到树胡身边，动也不动地站着。他用树人的语言对他们交代了几句话，我猜他是在说一个他很早以前就决定的计划。然后，他们就在曙光中逐一消失了。当时天已经快要亮了。

"我相信他们派人监视那座塔，但那些监视者隐藏得非常好，让我根本无法看见他们。其他人则全都往北走了；他们在那边忙了一整天，全看不见踪影。大部分时候我们只有两个人，那真是很无聊的一天；于是我们到处乱逛，虽然我们尽可能避开欧散克塔的窗子，但它们还是充满威胁地瞪着我们。我们花了不少时间在找吃的东西。我们也坐下来聊天，想着远处南方的洛汗国不知道怎么样了，以及我们其余的同伴遭遇如何。在这段时间中，我们不停地听到远方传来岩石落下和敲打的声音，重击的轰隆声在群山间不停回响着。

"到了下午，我们绕着围墙走过去，想要看看到底怎么回事。在山谷的开口处有一座胡恩所构成的巨大黑暗森林,围着北墙边是另一座。我们不敢进去,但远远可以听见里面传来撕扯扭拽的声音。树人和胡恩携手一起挖掘深坑和渠道,建造巨大的水池和水坝,把艾辛河所有的水流和山中的泉水都集中在一起。我们决定不打搅他们。

"到了黄昏的时候,树胡回到了城门口。他愉悦地发出哼哼声,看来似乎相当满意。他伸展着粗壮的手脚,深深地吸了一口气。我问他是否觉得疲倦了。

"'疲倦?'他说,'不,没有,不疲倦,只是身体有些僵硬。我真希望可以好好喝上几口树人的饮料。我们工作得很辛苦,今天所劈砍的石头和挖掘的土壤,远远超过好几千年来所做的,幸好已经快完成了。入夜之后千万别靠近这座门或是旧隧道!大水可能会淹过这里,那些水会暂时染上恶臭,直到把萨鲁曼的污秽给冲干净为止。这样,艾辛河才能够恢复往日的纯净。'他随手从墙上扯下一大块岩石,单纯只是好玩而已。

"就在我们想着要躲在哪里才能安全睡个觉的时候,最出乎意料的事发生了。我们听见一名骑士快速奔驰在大道上。梅里和我悄悄地趴在地上,树胡自己则躲到拱门下的阴影中。突然间,一匹骏马像是一道银光掠过般冲上前来。天色已经暗了,但我可以清楚看见那骑士的面孔,似乎闪烁着光,他全身的衣服都是白色的。我坐了起来,张口结舌地瞪着他。我试着想喊,却做不到。

"其实根本不需要喊,他就在我们身前停下来,低头看着我们。'甘道夫!'我最后好不容易挤出三个字,但听起来跟咳嗽一样。他可是中气十足地说啦:'你好啊,皮聘!这可真是让人喜出望外啊!'喔,

好啦，我稍微修正一下，其实他是说：'快起来，你这个笨图克人！在这一片废墟里面，树胡到底人在哪里？我想要见他。快点！'

"树胡听到他的声音，立刻从阴影里走了出来；那可真是场诡异的会面。我真是诧异，因为他们两人似乎谁也不感到惊讶。甘道夫显然知道树胡在这里，而树胡在城门附近晃来晃去似乎也是为了等待甘道夫。可是，我们明明把摩瑞亚发生的事情都跟那老树人说了啊。然后，我想起了他当时脸上露出的怪异表情。我只能假设，他曾经看到过甘道夫，或是有些关于他的消息，只是不愿意匆忙地将事情说出来。'不要仓促行事！'是他的口头禅。可是，当甘道夫不在的时候，连精灵都不会说出多少他的行踪。

"'呼姆！甘道夫！'树胡说，'真高兴看见你来了。树木和水流、货物和岩石，我都可以处理；但那边还有一个巫师要对付呢。'

"'树胡，'甘道夫说，'我需要你的帮助。你已经做了很多，但我还需要更多的帮助。我大概有一万名左右的半兽人要对付。'

"然后，这两个人就走到另外一个角落，悄悄地讨论起来。对树胡来说一定觉得很仓促，因为甘道夫似乎十万火急，边走就边说了很多话。他们只离开了几分钟，或许十五分钟吧，然后甘道夫又回到我们身边，他似乎松了一口气，几乎要露出笑容。那时，他才说他很高兴见到我们。

"'可是，甘道夫，'我大喊着，'你之前到哪里去了？你遇到其他人了吗？'

"'不管我去了哪里，现在都回来了！'他用甘道夫惯用的那套说法回答我，'没错，我看到了一些同伴。不过现在不适合聊天叙旧，今晚是危险的一晚，我得要四处赶路。但明天的曙光或许会更明亮；果真如此，我们将会再见面的。好好照顾自己，不要靠近欧散克！再会！'

"在甘道夫走后，树胡开始沉思，他显然在短时间内知道了很多消息，正在设法消化这些情报。他看着我们说道：'嗯，我这才发现你们并不像我想的那么仓促，你们保留了很多，只说了你们该说的。嗯，这可真是一大堆新消息啊！好吧，树胡又得开始忙了。'

"在他离开之前，我们从他口中得知了一些消息，但并没有让我们觉得多高兴。至少当时，我们比较担心的是你们三个，对佛罗多、山姆和波罗莫，可没有多余的时间去想他们。我们知道有场大战将临，而你们也在其中，甚至可能无法生还。

"'胡恩会帮忙的。'树胡说。然后他就离开了，直到今天早上我们都没再看见他。

"当天深夜，我们躺在一堆石头上，什么也看不见。雾气和阴影像一块厚重的毯子，遮蔽了周围所有的景象。空气又热又闷，到处充满了各种骚动声、摩擦声和像是呢喃的耳语声。我猜多半是有几百名的胡恩出发去帮忙战斗了。稍后，南方传来了打雷一般的巨响，远方的闪电划过了整个洛汗。每隔一阵子，我们就可以看见远方的山脉突然间被闪电照亮，像是黑白的风景，然后消失。在我们身后的群山中也传来隆隆声响，但又不像打雷，整座山谷都回荡着这声音。

"当树人打破水坝，将所有存积的水从北墙的缺口灌入艾辛格的时候，一定已经午夜了。胡恩的身影都消失了，雷声也渐行渐远。月亮也缓缓落到西方的群山之后。

"艾辛格开始被洪水灌入，一瞬间河水就在平原上四处横流，残余的月光照在四溢的洪水上，反射着微弱的光芒。这些四处窜流的洪水毫不留情地钻进地下的隧道和孔洞，随即就冒出了大量的白色蒸汽，白烟也跟着不停涌出。地底传来了沉闷的爆炸声，偶尔还会冒出火光，数道浓密的蒸汽一路往天空蹿，将欧散克紧紧包围起来，在月光下形成了平地云海的诡异景观。大水依旧毫不留情地持续流入，到了最后，艾辛格看起来像是一个汤碗，各个角落都被蒸汽和烟雾所笼罩。"

"我们昨夜靠近巫师谷入口的时候，就看见南方冒起一大堆的蒸汽和烟雾。"亚拉冈说，"我们还担心是萨鲁曼在酝酿新的诡计对付我们呢。"

"这次可轮不到他了！"皮聘说，"他可能都快被呛死，连笑都笑不出来了。到了昨天早上，大水都流入了地底，平地则笼罩在大量的浓雾中。我们暂时躲在这边的房间里面，觉得非常害怕，里面湖水开始溢流，沿着旧隧道往上淹。我以为我们会像半兽人被困在洞穴中一样走投无路，幸好我们在储藏室后面找到了一个楼梯，可以走到拱门上方。由于楼梯之前被树人破坏了一部分，通道也被落石堵塞了，我们花了很大的功夫才挤出去。然后，我们就安全地坐在高地上静观水淹艾辛格的奇景。树人们不停地将大水导入，淹灭所有的火焰和洞穴，大雾慢慢地聚集在一起，变成了一朵巨大的伞状云，可能有一哩高哪！到了晚上，东边山丘那边还出现了漂亮的彩虹，日落被山上的密密细雨给遮挡住了，一切都非常安静，只有远方几只野狼嗥叫着哀悼这一切。树人们晚上又停止导水，让艾辛河重新复流。故事就是这样啦！

"从那之后，积水就开始退去，我猜，底下的洞穴中一定有什么可以让水流出去的出口。如果萨鲁曼从他的房间往外看,一定会觉得惨不忍睹。我们在这边觉得很寂寞,在整个废墟中连一个可以聊天的树人都没有。我们一整晚都待在拱门上,那里又湿又冷,根本睡不着,我们有种感觉,仿佛随时会有大事发生。萨鲁曼还在塔里面,到了晚上,有种像是风吹进谷内的声音传来,我想是之前离开的树人和胡恩又回来了;不过,我也不知道他们现在到哪里去了,当我们爬下来察看四周环境时,已经是个又湿又多雾的清晨了。大概就是这样,在那一阵混乱之后,现在感觉起来可以说是十分安详。自从甘道夫回来后,我甚至觉得更安全了些,终于可以睡觉了!"

众人沉默了片刻,金雳重新将烟草装满烟斗。"有件事我不明白,"他一边点着火绒盒一边说,"巧言——你告诉希优顿说他和萨鲁曼在一起,这家伙是怎么进去的?"

"喔,对了,我都忘记他了!"皮聘说,"他直到今天早上才赶到。我们正生好火,才吃了一些早餐,树胡就出现了。我们听见他在外面哼歌,同时叫着我们的名字。

"'小朋友,我正好过来想要看看你们过得怎样,'他说,'顺便告诉你们一些消息。胡恩们已经都回来了。一切都很好,好得不得了哪!'他大笑着,边拍着大腿。'艾辛格里再也不会有半兽人,再也不会有斧头了! 天晚之前就会有人从南方过来;当中有些人你会很高兴见到的。'

"他话才刚说完,我们就听见路上有马蹄的声音。我们冲到城门前,我站在那里瞪大眼睛眺望,心里半期待着会看见神行客和甘道夫带领大军过来。可是，出乎意料之外，从浓雾中出来的是一个骑着疲惫老马的人，他自己看起来也是狼狈不堪。此外没有别的来人了。当他走出大雾之后，猛一看见眼前的一片残破，整个人都惊呆了，脸色刷地几乎变成了青绿色。他震惊过了头，以至于一时之间没有注意到我们就在旁边。当他发现的时候，他惊叫一声，试着要掉转马身逃跑。但树胡三步就赶上了他，将他从马上抓了下来。他的马匹吃惊窜逃，而他则是趴在地上不敢动弹。他说他叫作葛力马，是国王的好友和咨询大臣，这次是希优顿派他来送一个重要的口信给萨鲁曼。

"'没有其他人胆敢冒险穿越到处都是半兽人的区域，'他说，'所以他们才派我来。我一路上突破重重难关，现在又饿又累。我被恶狼追赶，偏离了原先的路径。'

"我看见他偷瞄树胡的样子，心中暗叫了一声'骗子'。树胡以他惯有的方式慢吞吞地打量了他好几分钟，直到对方完全趴到地上去了。然后，他终于开口说：'哈，嗯，巧言先生，我本来就在等你呢！'那人听到这名字吃了一惊。'甘道夫先到过这边，所以我知道很多有关你的事情，也知道该怎么对付你。甘道夫说，把所有的老鼠都摆在一个陷阱里；我会照做的。现在我是艾辛格的主人，而萨鲁曼则被锁在他的塔中；你可以进去把所有你能编出来的口信告诉他。'

"'让我去，让我去！'巧言说，'我知道怎么走。'

"'我可不怀疑你知道怎么走，'树胡说，'但这地的情况有点变了，你自己去看看吧！'

"他让巧言走了。这家伙一跛一跛地穿越拱门，我们则是紧跟在后；直到他看见一片水乡泽国横亘在他和欧散克塔之间的情形。然后他转过身面对我们。

"'快让我离开这里!'他哀求道,'让我离开!我的口信现在一点用也没有了。'

"'的确,'树胡说,'不过,你只有两个选择:留在我身边,直到甘道夫和你的主人抵达为止;或是越过这些积水。你选择哪一个?'

"一提到他的主人,那人就开始浑身发抖,接着把一只脚踏进水中,但随即又抽了回来。'我不会游泳!'他说。

"'水并不深,'树胡说,'水很脏,不过不会对你造成伤害,巧言先生。快下去!'

"话一说完,那个落魄的家伙就跳进水中。他走了不远,水就快淹到他的脖子了。最后,我看到他抱着桶子还是木板之类的东西开始漂流。但树胡涉水靠近,监视着他的进度。

"'好啦,他已经进去了。'当他回来的时候描述道,'我看见他像只溺水的老鼠一样爬上台阶。塔里还有人,有只手伸出来把他拉了进去。现在他到了目的地,希望人家会好好欢迎他。现在我得先去找个地方洗干净身上的污泥;如果有人要找我,我就在北边。这里的水都不够干净,没办法让树人饮用或是沐浴。所以,我要请你们两位小朋友注意正在前来的人物,请注意,会有洛汗的国王喔!你们必须用所知最周到的礼仪欢迎他,他的部下才刚和半兽人打了一场恶战。或许,你们对欢迎一位人类国王的正确尊称和礼仪,比我们树人懂多了。我年轻的时候,大草原上到处都是王公贵族,我却从来学不会他们的称呼和语言。他们也会想要一些可以让人吃的食物,我想你们也都知道是什么。所以,请你们尽可能找一些适合国王吃的东西吧!'故事到此告一段落啦。不过，我很想要知道巧言是谁？他真的是国王的咨询大臣吗？"

"他是的，"亚拉冈说，"同时兼任萨鲁曼派在洛汗的间谍和仆人。这家伙可说是罪有应得了。他认为无敌的壮丽王国出现在他面前竟是一片废墟时，那滋味恐怕就够受了。但是，我想，塔里可能还有更可怕的遭遇在等他。"

"没错，我并不认为树胡让这家伙进入欧散克塔是出于仁慈。"梅里说，"树胡似乎对赶他进去颇感快乐，当他去喝水和洗澡的时候还在偷笑呢。在那之后我们忙了好一阵子，花了很大的功夫搜寻漂浮在水上的残骸。我们在附近找到了两三间在水线以上的储藏室，但树胡还派了一些树人过来，带走不少东西。

"'我们需要二十五份人吃的食物。'树人说，由此可见在你们到达之前，就已经有人仔细算过你们的人数了。你们三人很明显是该和大人物们一起走的。不过，你们在那边也不会吃得比这边好。我跟你们保证，我们留下的食物跟送出去的一样好。应该是更好，因为我们没把酒给他们。

"'那饮料怎么办？'我问树人。

"'艾辛河的水就够了。'他们说，'那对人类或是树人来说都够好了。'不过，我还是希望树人们有时间从山泉中酿出他们爱喝的那种饮料，这样一来，我们就可以看见甘道夫翘着胡子回到我们面前。在树人走掉之后，我们觉得又饿又累。但我们并没抱怨，实际上，我们的努力换来丰厚的报酬。在那一阵忙乱之中，皮聘发现了这些残骸中的宝物，吹号者牌子的烟草。'吃过饭后抽烟实在太爽了！'皮聘说；所以，最后就变成你们看到的样子了。"

"现在我们全都了解了。"金雳说。

"只有一件事情例外,"亚拉冈说,"夏尔南区的烟叶怎么会来到艾辛格,我越想就越觉得不对劲。我之前从未来过艾辛格,但我曾经往来过这片区域,对横亘在夏尔和洛汗之间的这片荒地相当了解。这地区已经有许多年没有任何货物的往来和贸易,至少没有公开的。我猜,萨鲁曼应该和夏尔的某个人有秘密的往来。或许除了希优顿的皇室之外,其他地方也有巧言这样的人在。桶子上有制造日期吗?"

"有,"皮聘说,"这是一四一七年份的,是去年的——不,应该说是前年的,那年的烟草很不错。"

"啊,好吧,不论当初酝酿过什么邪恶勾当,我希望现在都已经结束了;再不然,其他的状况我们此时也爱莫能助。"亚拉冈说,"但我认为等下应该把这小事告诉甘道夫,虽然这在他所忙的大事里似乎微不足道。"

"我真好奇他都在忙些什么。"梅里说,"下午都快过完了。让我们四处逛逛吧!神行客,如果你想的话,现在可以走进艾辛格了。只是,风景并不怎么好看!"

第十章

萨鲁曼之声

一行人穿过了坍塌的隧道，站到一堆石块上，眺望着黑色的欧散克塔和上面无数的窗户；在它周围的那片荒芜中，依旧笼罩着一股邪气。积水现在几乎已经全部消退了，只剩四处可见的水洼还积满了脏水，上面漂浮着泡沫和残骸。但圆形广场大部分的地方都已露出水面，地面上到处都是泥泞和滚落的石块，还有许多黑色的坑洞，并且到处都可见到东倒西歪的柱子。在这个庞大破碗的边缘，有许多隆起的大土丘和斜坡，像是石砾被巨大的风暴刮到这里来一样。在那之后，是翠绿色的山谷，一直绵延到山脉两臂之间的深谷中。在这废墟的对面，他们看见骑士们正小心翼翼地择路而行，从北方过来，已经逐渐接近了欧散克塔。

"那是甘道夫，还有希优顿和他的部下！"勒苟拉斯说，"我们过去和他们会合吧！"

"小心走！"梅里说，"如果你们不小心，地上一些松动的石板可能会翘起来，让你们摔到坑洞里去。"

他们勉强沿着残破不堪的道路走向欧散克塔，脚步很慢，因为地上的石板都破碎不堪，布满了泥泞。骑士们看见他们正在靠近，便在岩石的阴影下停步等候。甘道夫策马向他们骑来。

"好啦，树胡和我刚刚讨论了一些有趣的事情，也做了几个计划。"他说，"我们也都好好地休息了一下。现在，我们必须继续任务了。我希望你们也都已经休息过和用过餐了。"

"是的。"梅里说，"不过，我们的讨论是在吞云吐雾中开始跟结束的。但是，我们对萨鲁曼的敌意稍微降低了。"

"是吗？"甘道夫说，"嗯，我可没有。现在，在我离开之前，还有最后一项任务要做：我得要拜访一下萨鲁曼。这会很危险，也可能完全无济于事，但还是得做。你们愿意的人可以和我一起去。但千万要小心！也不可松懈！这可不是开玩笑的时候。"

"我要去，"金雳说，"我希望见见他，看看他是否真的和你长得很像。"

"矮人先生，你要怎么分辨呢？"甘道夫问道，"如果他觉得有必要，萨鲁曼在你的眼中或许会看起来和我一样，在经历了这么多之后，难道你还不能够了解他的邪恶吗？好吧，或许我们到时候就会知道了。他搞不好不敢在这么多人之前露面。不过，我已经说服所有的树人离开他的视线，或许我们可以让他走出来。"

"到底是哪里危险啊？"皮聘大惑不解地问道，"他是会用箭射我们？还是往窗户外面丢火焰？或者他可以从远距离对我们施法？"

"如果你们来到他门前却掉以轻心，最后一个是最有可能的。"甘道夫说，"但我们实在无法推断他到底能做什么，或会尝试做什么。被逼到角落的野兽是最危险的。萨鲁曼还拥有你们连猜都猜不到的力量。

小心他的声音！"

一行人终于来到欧散克塔下。整座塔黑漆漆的，岩石闪着光泽，仿佛是潮湿的一般。多面体的岩石拥有许多面锐利的边缘，仿佛刚经过斧凿。在树人的怒火爆发之下，欧散克塔唯一受损的痕迹，是靠近塔底的几处裂缝和几块碎片。

在塔的东面，两根石柱交会的凹角处，有一扇巨大的门，离地相当高，门的上方有一扇紧闭的窗户，窗前有个围着铁栏杆的阳台。通往大门的是二十七阶宽大的石阶，不知是以什么样的技术用同一种黑岩雕凿出来的。这是高塔唯一的入口；但在陡峭的塔壁上开有许多内宽外窄的高窗，从底下远远望上去，它们像是兽角上的许多小眼睛。

在楼梯前甘道夫和国王双双下了马。"我先上去。"甘道夫说，"我曾经来过欧散克，知道这里的危险。"

"我也跟你上去。"国王说，"我已经老了，不再惧怕任何的危险。我希望能够和折磨我这么久的敌人谈谈。伊欧墨可以跟我来，免得我这双老腿不争气。"

"就这么办！"甘道夫说，"亚拉冈应该跟我来，其他人都在楼梯底下等。如果有任何事情发生的话，他们在底下都可以清楚地看到、听到。"

"不行！"金雳说，"勒苟拉斯和我都想一起去。我们分别代表各自的种族，我们要跟在你们后面。"

"那就来吧！"甘道夫话一说完，就爬上了阶梯，希优顿走在他身旁。

洛汗的骑士们不安地坐在马上，分立在阶梯的两侧，神情担忧地看着高塔，害怕他们的国王会遭到什么危险。梅里和皮聘坐在楼梯口，觉得既不被重视，也很不安全。

"从门那边一路踩烂泥就走了快半哩路！"皮聘嘀咕着，"我真希望可以悄悄地溜回守卫的房间！我们来这边干嘛？又不需要我们。"

甘道夫站在欧散克塔的门口，用手杖敲打着大门，门上传来空洞的声音。"萨鲁曼，萨鲁曼！"他用十分威严的声音大喊道，"萨鲁曼快出来！"

有一段时间无任何的回应。最后，门上的窗户打开了，但看不到任何的人影。

"是谁？"一个声音说，"你们想要什么？"

希优顿吃了一惊。"我听过这声音，"他说，"我诅咒我第一次听到它的那一天。"

"巧言葛力马，既然你已经变成萨鲁曼的跑腿，就快去把他找来！"甘道夫说，"不要浪费我们的时间！"

窗户关上了。他们静静地等着。突然间，另一个低沉优美的声音说话了，它的每字每句都如同音乐一般魅惑人心。那些不提防他的人聆听这个声音，稍后要复述时多半什么也记不起来；即使他们记得，他们也会感到奇怪，因为那些话根本平淡无奇。大多数时候他们只记得很高兴听见那声音说话，所有那声音说的话，似乎都无比睿智、极端地有道理，让他们内心想要快快同意好显得自己也很聪明。当其他人说话的时候，他们的声音相较起来就显得沙哑、粗鲁不堪；如果他们胆敢指责那声音，那些已经着魔的人心中会不由自主产生一股怒气。

对于某些人来说，这魔力只有在那声音说话的时候才存在，当它对其他人说话时，这些人会忍不住失笑，就像人们看穿魔术师的诡计时一样。对大部分人来说，光是听见一次那声音，就足以让他们迷失自我；但对那些被这声音征服的人来说，不管他们走到天涯海角，那声音都会继续起作用，他们会一直听到那温柔的声音在耳边不停地低语和催促。没有人能不受到这话音的影响；只要话声的主人还能控制这声音，就没有人能拒绝它的要求和命令，除非这人具有极强的意志力。

"怎么了？"那声音温和有礼地问道，"你们为什么要打搅我的休息？难道你们无论日夜都不愿意放过我吗？"那声音仿佛出自一颗善良的心灵，因为遭到无故的骚扰而受伤。

众人抬起头，吃了一惊，因为他们都没有听见任何人出来的声音，却接着见到一个身影站在阳台上俯视着他们。那是一名披着大斗篷的老人，那斗篷到底是什么颜色实在很难说，因为它的色泽会随着他们目光的移动或他身子的摆动而变幻。他有一张长脸和饱满的额头、一双深邃难测的黑眸，但他此刻的眼神十分忧虑和慈善，而且还有些疲惫。他的须发全白，但在嘴边和鬓角旁，依旧有着几缕黑丝。

"看起来很像，却又有所不同。"金雳嘀咕着说。

"不过来吧，"那温柔的声音说，"这其中至少有两个人我认识。我太了解甘道夫了，他绝对不会来这边寻求帮助或是解惑。但你就不同了，骠骑王希优顿，你高贵的纹章昭示了你的身份，但更清楚说明你身份的，是伊欧皇家的英俊容貌。喔，声威显赫又伟大的塞哲尔之子啊！你之前为什么不以朋友的身份前来？我非常想要见见你，目睹这位西方最强大的君主，特别是在这几年，我更是想要将你从那邪恶的谗言和误解中解救出来！难道这已经太晚了吗？即使我已经受到了这么重的伤害，即使，唉！洛汗国的子民也在其中出了不少力，但我依旧想要拯救你，救你脱离逐步逼近、不可避免的灭亡。不要再继续执迷不悟了，真的只有我可以帮你忙啊。"

希优顿张开嘴，仿佛想要说些什么，却又什么也没说。他抬头看着萨鲁曼的面孔和那正俯视着他的幽深黑眸，然后转头看看身边的甘道夫，似乎开始迟疑了。甘道夫没有任何的动作，只是沉默地站着，仿佛正在耐心地等候某种将临的召唤。骠骑们最先开始骚动，纷纷发出赞同萨鲁曼话语的声音；但随后也都像中了魔法的人一样沉默下来。在他们看来，甘道夫就从未如此尊敬、睿智地对他们的王上说过话。如今看来，甘道夫对待国王的态度实在粗鲁又傲慢自大。他们心里蒙上了一道阴影，一种对未来将遭遇极大危险的忧虑：或许甘道夫正在将骠骑国推向灭亡的黑暗中，而萨鲁曼却站在一扇逃命的大门旁，将门推开了一半，让他们看见一道希望之光照进来。气氛越来越静滞沉重。

打破这沉默的是矮人金雳。"这个巫师所说的话都是谎言！"他低吼着，边握住腰间的斧头，"在欧散克的语言中，协助代表的是破坏，拯救代表的是屠杀，这任谁都看得出来。我们不是来这里向你卑躬屈膝的。"

"不要激动！"萨鲁曼说，在那一瞬间，他的声音似乎不那么温和，眼中也有道光芒一闪即逝。"葛罗音之子金雳，我不是在对你说话。"他说，"你的家园在远方，当然对此地的动荡不安不屑一顾。但你并不是自愿卷入此地的危机中，所以我也不责怪你在这场战争中所扮演的角色——英勇过人吧，我相信。但是，我请求你，先让我和洛汗的国王——我的好邻居以及曾经一度的好友谈谈。

"希优顿国王，你说呢？你愿意与我和解，接受我多年累积的知识所能带来的好处吗？我们是否可以一同携手对抗邪恶，让双方的善意平复彼此的伤痛，并开出和平之花，给这块土地带来更美好的未来？"

希优顿依旧没有回答，没有人看得出来他是在强忍怒气还是起了动摇。伊欧墨开口了。

"王上，请听我一言！"他说，"现在我们总算体会到前人警告的危险。我们历经血战，获胜前来，难道就为了站在这里听任一个油腔滑调的老骗子卖弄言辞吗？受困的猎物当然想要向猎人讨饶。他能够给您什么样的帮助？他唯一想的就是从这危机中逃出。您怎么可以向这个出卖同伴的杀人凶手让步？别忘记死在渡口的希优德和圣盔谷中的哈玛之墓！"

"邪恶的毒虫，如果我们要讨论油腔滑调，恐怕阁下才是其中的佼佼者。"萨鲁曼说，现在众人都可以明显地看出他的怒气。"但是，别这样，伊欧墨！"他又换成温柔的嗓音，"每个人都必须扮演自己的角色，你的责任是舞枪弄剑，你也因此获得了极高的荣誉。请你服从王上的命令，砍杀那些被认为是敌人的对手，政治是你不能理解的复杂事务。或许，等你将来继承了王位，可能会知道国王必须慎选朋友。萨鲁曼的友谊和欧散克塔的力量，是不可以被轻忽的宝物，不管我们之间有多少误解、冲突都一样。你赢了一场战斗，但并非整场战争，而且这次你获胜的关键是下次不会再出现的。或许，下次这幽暗的森林会出现在你家门前，它们漫无目的、毫无理智，对人类一点好感也没有。

"可是洛汗王哪，难道因为英勇的战士求仁得仁，在战场上牺牲，我就得背负杀人凶手的罪名吗？如果你们单方面宣战，即使我不愿意，人们也会因此而死。如果这样就算是杀人凶手，伊欧的皇室岂不是满手血腥；在过去的五百年中他们不是杀死了无数敌人、征服了许多对手？但是，他们稍后也和许多的对手签订和约，一切都不过是政治的问题而已。希优顿，我俩之间是否能化干戈为玉帛？毕竟这是我们两人的责任。"

"我们可以和平相处。"希优顿最后终于口齿不清地勉强回答。几名骠骑大声欢呼。希优顿举起一只手："我们可以和平相处，"他话声一凛道，"在你和你所有的计谋和努力全都被摧毁之后，在你的邪恶主上的机关全都被铲平之后，我们可以拥有和平。你大概还想把我们交给那个主子吧。萨鲁曼，你是个骗子，是个玩弄人心的毒蛇，你伸出友谊之手，我却看到魔多的利爪在其后。你这个冷血的禽兽！即使你是为了正义对我宣战，你要怎么解释被烧得漆黑的大地和孩童的尸体？况且你并非正义，就算你比我睿智十倍，也不代表你有资格为了自己的利益夺人国家！你的部下在圣盔之门杀死了哈玛，并且践踏、破坏他的尸体。当你被绞索吊在窗外，任由秃鹰踩躏的时候，我才会放过你们。我真是有辱伊欧一族，虽然我是个不肖子孙，但我也不需要向你低头。放弃吧，你的欺瞒之声已经失去了魅力！"

骠骑们如梦初醒地看着希优顿，他们主人的声音在萨鲁曼的乐声之后，听起来沙哑而粗鲁。萨鲁曼一时间被怒气冲昏了头，他靠在栏杆上，仿佛想要用拐杖击打希优顿。许多人突然间看到了一幅毒蛇袭人的景象。

"秃鹰！"他嘶声说，众人都因为这瞬间的转变而打了个寒战。"混账！伊欧皇族算是什么东西？他们不过是一群骑马强盗，住在稻草屋里、喝着肮脏的水，孩童和畜生厮混在一起！你们自己已经偏安太久了。绞刑索已经渐渐靠近、慢慢地收紧，最后会把你们通通都勒死！"他的声音又变了，仿佛正慢慢地压抑自己的怒气。"我不知道为什么要浪费时间在你身上，马王希优顿，我根本不需要你和你的这些小丑，你们逃得快，冲得慢。我很久以前就给予你超过你身份地位的赏赐，但你拒绝了。为了你好，我又再度提出，却反而遭到你的恶言相向。罢了，罢了，回去你们的茅草屋吧！

"但是，甘道夫！我最替你感到可惜，替你觉得丢人。你怎么能够忍受这样的同伴？甘道夫，你至少是有尊严、自傲的人物，拥有高贵的心肠和远见，难道到了现在，你还是不愿意听我的忠告吗？"

甘道夫动了一下，抬头看着。"有什么话，是你在我们上次见面的时候还没说的？"他问道，"还是，你有什么话要收回？"

萨鲁曼愣了片刻。"收回？"他似乎有些迷惑，"收回？我这都是为了你好，你却不领情。你太过自大，不听外人的建议，只是一意孤行。但是，你偶尔还是会犯错，误解了我的用意。在上次的会面中，恐怕我是太急于说服你，而失去了耐心。我真的很后悔，因为我对你并无恶意；即使你现在带着这一群无知的暴徒前来，我还是不会怪你的。我怎么会呢？我们岂不都是中土世界最优秀、最古老与高贵的使者吗？我们的友谊可以为彼此带来许多的好处。我们现在携手，仍然可以完成许多大业，挽救这个脱序的世界。让我们敞开心胸，不要理会这些下等生物的干扰吧！就让他们等待我们的决定！为了共同的利益，我愿意尽释前嫌，重新接纳你。你愿意与我共商大计吗？你愿意上来吗？"

萨鲁曼这最后一搏，几乎投注了他所有的力量，四周的围观者无不动容。但这话施展的魔力完全不同。他们听见的是一名仁慈的国王正和蔼地苦劝他犯错却依旧备受敬爱的宰相，但他们却被关在门外，倾听跟他们不相干的谈话，就像是淘气的小孩或愚蠢的仆人，在偷听父母或主人说话，并担心这件事到底会对他们有什么影响。这两个人的确是超凡脱俗，大有智慧。他们肯定会结盟，甘道夫将会走入高塔，在欧散克塔雄伟的厅堂中讨论着凡人无法理解的事务。大门将会关上，他们将会被遗弃在门外，等候交办的工作或是处罚。即使是在希优顿的脑海中，这想法也逐渐成形，让他开始怀疑："他会出卖我们，他会抛弃我们一走了之。"

然而，甘道夫笑了。那些幻觉如同一缕轻烟般瞬间消失。

"萨鲁曼啊！萨鲁曼！"甘道夫笑着说，"萨鲁曼哪，你这辈子真是选错了行业。你应该去当国王的弄臣，模仿他的咨询大臣，相信这样可以骗到一些东西糊口。哈，还对我来这招！"他停下来，忍住笑喘口气道："了解彼此？我恐怕我早已超越你的理解范围了。至于你，萨鲁曼，如今我对你可是了如指掌。我比你更清楚记得你的论点与你的事迹。上次我和你见面的时候，你还是魔多麾下的狱卒，我本来会被送到那边去的。不，那从屋顶逃了出去的客人，下次要从大门进去时会更加小心。不，我想我是不会上去的。不过，听着，萨鲁曼，听我最后说一次！你愿意下来吗？艾辛格比你期望的与幻想打造的要弱多了。你坚信不疑的其他东西可能也是这样。暂时离开它一下不好吗？或许，转向另一些新的事？萨鲁曼，好好想想！你愿意下来吗？"

萨鲁曼的脸上掠过一道阴影，然后变得死白。在他来得及隐藏之前，围观的众人都看见了他面具底下的恐惧和迟疑，既不想龟缩在塔中又不敢离开它的保护。他迟疑了一刹那，众人也跟着屏住呼吸。然后，他开口了，声音冰冷凄厉；他已经被骄傲和仇恨给征服了。

"我会下来吗？"他模仿着对方说的话，"手无寸铁的人会打开门和强盗谈判吗？我在这边就可以听清楚你要说什么。我可不是笨蛋，我也不相信你，甘道夫。他们不在我看得到之处，但我知道那些木头恶魔们随时准备等你的号令。"

"狡诈的人本身必定多疑。"甘道夫疲倦地回答，"但你不需要担心自己的小命。如果你真的了解我，就会知道我既不想杀你，也不想伤害你；只有我有力量保护你。我给你最后一次机会，如果你愿意的话，你可以自由地离开欧散克。"

"这听起来真不错！"萨鲁曼轻蔑地说，"听起来真像是灰袍甘道夫的说法：那么包容、那么体贴。我知道你会喜欢上欧散克塔的，当然，我能够离开这里对你来说是更好的。但我为什么要离开？你所谓的'自由'又是什么？我想应该有条件吧？"

"离开的原因，你应该自己看得很清楚，"甘道夫回答，"其他的你则可以想得到。你的仆人全都被消灭了，你的邻居和你反目，你试着想要背叛新主人。当他的眼睛下次转到这里来的时候，将会是被怒气充满的血红眼。但是，当我说'自由'的时候，我的意思就是'自由'；你可以不再受到束缚、不再受到牵绊，自由自在地去你想去的地方，甚至是魔多。但你必须先将欧散克塔的钥匙和你的手杖交给我。这就当做是你善意的抵押品，稍后会再归还给你。"

萨鲁曼的脸孔因为愤怒而扭曲，眼中闪动着红光。他狂笑着说：

"稍后!"他大喊着,声音变成嘶吼:"稍后!是啊,我想应该是等到你也拿到巴拉多的钥匙之后吧!还有七王之冠、五巫之杖,以及比现在伟大得多的称号。这可真是个谦逊的计划啊。这里面根本不需要我的帮助嘛!我还有其他的事情要忙,别傻了!如果你想要和我谈判,还是把握机会赶快走开,等你清醒一点之后再来吧!把这些跟屁虫丢下!再见!"他转身离开了阳台。

"回来,萨鲁曼!"甘道夫用极富威严的声音说。众人十分惊讶地发现,萨鲁曼竟然真的转回头,仿佛被硬拖回来一样。他靠在栏杆上气喘吁吁地看着外面。他的脸上遍布皱纹、脸颊凹陷,握住手杖的双手变得跟爪子一样狰狞。

"我还没准你走,"甘道夫严厉地说,"我还没说完。萨鲁曼,你变成了一个无知的人,让人同情。你还有机会改过向善,但你竟然决定留下来,为了自己的错误而感到悔恨。那就留下来吧!但我警告你,你要出来就没有这么简单了,除非等到东方的邪恶之手过来抓你。萨鲁曼!"他大声道,声音充满了力量与权柄:"看哪!我不再是被你出卖的灰袍甘道夫。我是死而复生的白袍甘道夫。你现在什么颜色都不是了,我在此剥夺你巫师的身份和参与议会的资格!"

他高举起手,用清朗冰冷的声音大声说道:"萨鲁曼,你的手杖将断折……"喀嚓一声,萨鲁曼手中的拐杖断成两截,杖头落在甘道夫的脚下。"去吧!"甘道夫说。萨鲁曼惨叫一声,踉跄地倒退离开。就在那一刻,塔上丢下来一个沉重的闪亮物体,它撞上铁栏杆,差点打中甘道夫的脑袋,最后将他所站的地板附近砸凹了一块。栏杆发出一声巨响,跟着掉了下来,但那圆球却完好无损,它一直沿着楼梯往下滚。那是颗黑色的水晶球，球心仿佛着火一般，在它滚到楼梯之外前，皮聘跑去捡起那水晶球。

"该死的家伙！"伊欧墨大喊，但甘道夫不为所动。"不，这不是萨鲁曼丢的，"他说，"我想也不是他授意的。它是从上面更高的一个窗子丢下来的。我猜是巧言先生没瞄准的临别礼物。"

"或许瞄得很不准，因为他不知道自己到底是比较恨你，还是比较恨萨鲁曼。"亚拉冈说。

"或许是这样吧。"甘道夫说，"这两个家伙彼此做伴的日子不会好过的：他们会彼此猜忌、用话互相攻击。但这处罚很公正。如果巧言可以活着走出欧散克塔，就算是他赚到了。"

"来，小朋友，让我拿！我可没叫你动手啊。"当甘道夫转身看见皮聘缓慢地爬上阶梯，怀中似乎抱着极沉重的东西时，立刻大喊。他走下阶梯，匆忙自霍比特人手中接下黑球，小心翼翼地包在斗篷中。"交给我来处理。"他说，"我想这可不是萨鲁曼会随便丢弃的东西。"

"不过，他可能还有别的东西可以丢。"金雳说，"如果我们已经辩论完了，最好是先离开他们的射程！"

"已经都说完了。"甘道夫说，"我们走吧。"

他们转过身，步下欧散克塔的阶梯。骠骑们对国王欢呼，对甘道夫敬礼。萨鲁曼的魔咒已经破除了：他们清楚看见他听命前来，又夹着尾巴爬开。

"好啦，都忙完了。"甘道夫说，"现在我得赶快去找树胡，告诉他发生了什么事情。"

"他应该猜得到吧?"梅里说,"难道还会有别种结局吗?"

"的确不太可能,"甘道夫回答,"但也不是完全没有。但我有若干理由要尝试,有些是出自慈悲,有些不是。首先,让萨鲁曼看到他自己声音的力量正在减弱,他不可能同时扮演暴君和顾问的角色。当计划成熟摊开时,秘密就再也不是秘密了。但他却掉入了陷阱,想当着其他人的面诱骗他的受害者与他和谈。然后,我给了他最后一个相当公平的机会,请他放弃魔多和他自己的计划,并且借着协助我们来补偿这一切。他当然知道我们的需要,他能够给我们相当大的帮助。但他选择袖手旁观,选择躲在欧散克塔中。他不愿意听从吩咐,只愿意下令指挥。如今他只能活在魔多的恐怖阴影下,但他还梦想着可以乘势而起。真是愚蠢!如果东方的势力对艾辛格伸出魔爪,他会被活活吞掉。我们无法从外面摧毁欧散克塔,但是索伦——谁知道他能做什么?"

"但是如果索伦没有攻下他呢?你会怎么对付他?"皮聘问道。

"我?什么也不做!"甘道夫说,"我完全不会对他怎么样。我不想要控制任何人。他会怎么样呢?我也不知道。我惋惜的是有那么多好东西被困在塔中腐朽。不过,对我们来说情况还不太坏。命运真是个有趣的东西!仇恨经常会反噬自己。即使我们真的闯进了欧散克塔,恐怕也不会找到什么宝物比巧言刚丢下来的东西更珍贵的了。"

从上方高处的窗户中传来一声凄厉的尖叫,却又戛然而止。

"看来萨鲁曼也是这样想。"甘道夫说,"我们离开他们吧!"

一行人转身走向已成废墟的大门。他们还没穿过拱门,树胡和十多名其他的树人就从原先站立的石堆阴影中大步走了出来。亚拉冈、金雳和勒苟拉斯惊讶地看着他们。

"这就是我的三位伙伴，树胡，"甘道夫说，"我跟你提到过，但你还没见过他们。"他一一介绍了他们三人。

老树人仔仔细细地打量每个人，并且逐一和他们谈话。最后，他对着勒苟拉斯说："所以，你是大老远从幽暗密林来的啊，亲爱的精灵？那里曾是座很大的森林呢！"

"现在也还是。"勒苟拉斯说，"但还没有大到让我们会厌烦看见新的树木。我很想要去看看法贡森林。之前我曾经走入它的边界，差点就不想离开。"

树胡的眼中闪着满意的光芒。"我希望在不久之后你可以如愿以偿！"他说。

"如果我能幸运度过大战的话，我会来的。"勒苟拉斯说，"我已经和朋友达成协议，如果一切顺利，我们将在您的允许下前去拜访法贡森林。"

"任何与你一同前来的精灵，我们都欢迎！"树胡说。

"我所说的朋友不是精灵。"勒苟拉斯说，"我指的是葛罗音之子金雳，这位矮人。"金雳深深一鞠躬，但他的斧头偏偏不巧哐当一声掉在地上。

"呼姆，嗯！啊，"树胡面露不豫之色看着他，"拿着斧头的矮人！呼姆！我对精灵很有好感，但你的要求未免过分了些。你们之间的友谊真少见啊！"

"或许很少见，"勒苟拉斯说，"但只要金雳还活着，我就不愿孤身进入法贡森林。他的斧头不是用来砍树，而是用来砍半兽人脖子的，喔，法贡，法贡森林的主人哪，他在战场上砍了四十二名半兽人！"

"呼！这听起来真不错！"树胡说，"那就欢迎你来！好吧好吧，事情还没发生呢，我们也不需要提早担心吧。不过，现在我们得先分手了。白昼快过完了，而甘道夫说你们天黑之前就要走，骠骑王也急着要回家了。"

"是的，我们现在就得走了。"甘道夫说，"我很遗憾必须把你们的看门人一起带走，希望少了他们你们也不会有问题。"

"应该没什么问题啦。"树胡说，"但我会想念他们的。我们在这么短的时间内变成了朋友，让我开始想我一定是变得仓促了——大概是往回长，变年轻啦。不过这也不能怪我，他们可是我好多年以来第一次在太阳或月亮下看到的新鲜事啊。我不会忘记他们的。我已经把他们的名字放进列表中，树人会记得他们的。

> 大地生树人，寿命与山齐，
> 大步漫游，大口喝水；
> 霍比特孩子们，饿得像猎人，
> 个头小小，生来爱笑！

"只要树叶还会换新，我们就还是朋友。再会了！如果你们在那块美丽的夏尔听说了什么消息，记得告诉我！你们知道我的意思，就是树妻的踪影。假如可以的话，最好自己来！"

"我们会的！"梅里和皮聘异口同声说，然后匆忙地转身离去。树胡看着他们，沉默了片刻，若有所思地摇摇头。然后，他转过来面对甘道夫。

"那么，萨鲁曼不愿意离开啰？"他说，"我也认为他不会。他腐烂的心地和邪恶的胡恩一样黑。不过，如果我被打败，所有的树木也都被摧毁，那么只要还有一个小洞可以躲藏，我也不愿意出来。"

"是的，"甘道夫说，"但你又没有计划想要用大树征服全世界，奴役所有的生物。也就这样了吧，我们就让萨鲁曼在这边疗伤止痛，编织仇恨的罗网。欧散克塔的钥匙在他手中，千万别让他逃走。"

"绝对不会！这交给我们树人就好了。"树胡说，"没有我的同意，萨鲁曼绝不可能踏出塔外一步。树人们会好好看着他的。"

"好极了！"甘道夫说，"这也正是我所希望的。现在我可以减少一个担忧，转去想别的事了。不过，你们必须小心。水已经退了，我恐怕守卫的数量无法严密地看守这座塔。我认为欧散克塔底下有很深的隧道，不久之后，萨鲁曼就会想要利用那些隧道悄悄地来去。如果你们愿意的话，我请求你们再度将水导进来，直到艾辛格变成湖泊，或是你们找到地底隧道的出口为止。在你们把所有的地底隧道都淹没、出口都堵住之后，萨鲁曼才会愿意乖乖待在楼上，看着窗外的风景。"

"把这些都交给树人吧！"树胡说，"我们会仔仔细细地搜索整座山谷，翻看每块石头底部。会有许多树木回来居住在这里，老树、野生的树。我们会把它们称作监视森林。就算只是一只松鼠经过，我也会知道。都交给树人吧！就算过了七十年、七百年，我们也不会松懈的。"

第十一章

真知晶球

当甘道夫及其伙伴,与国王和骠骑们一行人从艾辛格出发的时候,太阳已经落到西边山脉长长的臂弯后去了。甘道夫背后载着梅里,亚拉冈则载着皮聘。两名禁卫军先行出发,疾驰而去,侦察前方的山谷中有无异状。其他人随后而行。

树人们像一排雕像般肃穆地站在城门前,每个都高举着双手,却是一语不发。当他们在蜿蜒的道路上走了一段距离之后,梅里和皮聘转头回望。天空依旧还是亮的,但长长的阴影已经慢慢笼罩了艾辛格,灰败的废墟开始沉入黑暗中。树胡孤身站在那里,像一截老树干,霍比特人不禁忆起在法贡森林边缘高地上,阳光下的初次会面。

他们来到了白掌之柱。柱子还矗立在该处,但雕刻在上方的白掌已经被丢在地上,打成碎片。在道路中央还躺着一根长长的食指,在暮色中显得惨白,它红色的指甲已经变成黑色的了。

"树人真是巨细靡遗!"甘道夫说。

他们继续往前,山谷中的暮色渐渐深浓。

"甘道夫,我们今天晚上会骑很远的路吗?"梅里过了一阵子之后问道,"我不知道你对我们这些小跟屁虫有什么感觉,但是小跟屁虫们都觉得很累,暂时不想跟屁,想要躺下来休息。"

"你也听到啦?"甘道夫说,"别太在意!你应该很高兴那些话都不是针对你说的。他的眼睛其实一直盯着你。如果这话能够安慰一下你的自尊心,我得说,此刻你和皮聘是他脑中最忧虑的两个人。你们是谁?是怎么到这边的?又是为了什么?你们知道些什么?你们是否真被俘虏过?果真如此,又是如何在半兽人全部阵亡的状况下逃出来的?萨鲁曼聪明一世的脑袋,全都耗在这些谜团上打转。梅里雅达克啊,如果你对他的关心感到荣幸,那么他的一声嗤笑可就是赞美啰。"

"多谢啦!"梅里说,"不过,甘道夫,能够跟在你屁股后面到处转才是真正的荣幸哪。举例来说,像我坐在这个位置,就有机会可以把问题再重复一次。我们今天晚上会骑很远的路吗?"

甘道夫笑了:"真是锲而不舍的霍比特人哪!所有的巫师都该在身边带上一两个霍比特人——一方面可以教导他们用词遣字,一方面还可以纠正他们。真抱歉,但我连这些细节都已经想好了。我们可以轻松地骑几个小时,到了谷口就休息,明天比较需要赶路。

"当我们来的时候,我们本来想回程直接从艾辛格跨越平原回到国王位于伊多拉斯的宫殿去,这会需要骑上好几天。但我们仔细考虑过后,更改了这个计划。我们已经派了信差前去圣盔谷,通报国王明天将会回来。他将从那边带领许多人走山路前往登哈洛。从现在开始,不管白天或黑夜,超过三人以上的团体,都当尽量避免公开行在这片土地上。"

"你要么就不说,不然就说上一大堆!"梅里说,"我其实只是担心今天晚上睡哪里而已。圣盔谷和其他那些地方都是什么样子？在哪里啊？我对这个国家可说是一无所知。"

"如果你想要了解发生了什么事情，那最好赶快学着点。不过，不是现在，也不是找我——我有许多要紧的事情得赶快想。"

"好吧，我会在营火旁边缠着神行客不放，他比较有耐心。可是，为什么要这么隐秘呢？我还以为我们赢了这场战争呢！"

"是啊，是赢了，但这只是第一场胜利，这场胜利还会为我们带来更多危险。魔多和艾辛格之间必定有某种联系，我还没有搞清楚。他们到底是怎么交换情报的呢？我还不知道，但它们彼此之间确有往来。我想魔王之眼一定会更加频繁地注视巫师谷和洛汗，让它看见得越少越好。"

道路缓缓地沿山谷蜿蜒而去。艾辛河流淌在岩石河床上，时远时近。夜色从山脉上笼罩下来，所有的迷雾都消散了，只剩下阵阵冷冽的寒风。快要圆的月亮将东方天空洒满了苍白的光，他们右方的山脉缓缓沉降成了光秃低矮的山丘，大平原在他们的面前展开。

他们终于停了下来。接着，一行人转离了大路，再次向长满青草的高地行去。他们往西走了一哩左右，来到了一处溪谷中。溪谷的开口朝南，背后伸向圆形丘多尔巴兰的缓坡，多尔巴兰山是北方山脉最后的分支，山脚十分青翠，山上长满了石南丛。溪谷两侧杂乱丛生着去年的老蕨类，蕨丛中可见春天新长的卷曲嫩芽正从芬芳的泥地里破土而出。溪流低矮的两岸长着密密的灌木丛，他们在灌木丛下扎营，那大约是午夜前两小时左右。他们在一株茂密山楂树下的凹地中生起一堆营火，这棵山楂树高大如乔木，虽然经历了不少岁月，但每根枝干依旧十分硬朗，枝杈上几乎都长满了花苞。

他们安排好了守卫，每一班有两个人。在大家用过晚餐之后，不当班的人纷纷裹上斗篷或毯子，开始睡觉。霍比特人独自躲在角落，躺在一堆老蕨类植物上。梅里昏昏欲睡，但皮聘却似乎显得精力旺盛；他不停地翻来覆去，那些蕨类被压得发出怪声。

"怎么搞的？"梅里问道，"你躺在蚂蚁窝上吗？"

"不是，"皮聘说，"可是我觉得很不舒服，我在想我有多久没在床上睡过觉了？"

梅里打了个哈欠。"你自己用手算啊！"他说，"你一定知道我们离开罗瑞安有多久了吧。"

"喔，你说那个啊！"皮聘说，"我指的是卧室里面一张真正的床。"

"好吧，那就是瑞文戴尔啰。"梅里说，"管那么多干嘛啊，今天晚上我在哪里都睡得着。"

"梅里，那是你运气好啊。"皮聘轻声说，停了好一会儿之后，又说，"载你的是甘道夫。"

"那又怎么样？"

"你有没有从他口中，获得任何的消息或情况？"

"有，多得很，比平常要多很多。不过，其实你也都听到了，你就在旁边，我们又没有小声讲话。如果他愿意载你，你又觉得可以从他口中弄出更多消息，那么明天可以换你跟他走。"

"真的吗？太好了！但他的嘴巴还是很紧吧？一点都没变。"

"没错！"梅里稍稍清醒了一些，开始疑惑到底是什么让伙伴辗转反侧。"他似乎成长了些。我想,他可以同时更仁慈又更警觉,比以前更快乐又更严肃。他变了,但我们还没有机会看见他到底变了多少。但你想想他对付萨鲁曼的最后那一段!别忘了,萨鲁曼以前曾是甘道夫的上级长官,他可是议会的议长,管他那是什么意思。他曾经是白袍萨鲁曼。但现在白袍的称号被甘道夫继承了。萨鲁曼被叫过来就过来,让人夺走他的手杖,最后也听话乖乖地离开了!"

"好吧,如果甘道夫真的改变了,那我看他比以前更守口如瓶了。"皮聘争辩道,"那个——玻璃珠,他似乎很高兴可以拿到它。他知道或猜测到一些有关它的事情。但他告诉了我们吗?没有,一个字也没说。是我把它捡起来,让它免于掉进水池里。来,小朋友,交给我——就这样而已。不知道那究竟是什么东西?它感觉起来好沉重啊。"皮聘的声音越变越低,仿佛在和自己说话。

"喂!"梅里说,"原来你挂心的就是这个东西啊?皮聘老友,别忘记吉尔多所说的话,山姆最爱引用的那句:不要插手巫师的事务,他们心机深沉,易动怒。"

"可是,我们过去好几个月以来的生活,几乎都和巫师密不可分。"皮聘说,"除了危险共享之外,我也应该有资格得知一些情况吧!我想看看那个水晶球。"

"快去睡觉!"梅里说,"你迟早会知道消息的。亲爱的皮聘,在好奇心方面,图克家的人从来没胜过烈酒鹿家的人。但是,我请问你,现在时间对吗?"

"好嘛!我只不过告诉你我想看看那水晶球,应该没什么不妥吧?我知道我拿不到它,甘道夫把它抱得死紧,好像母鸡孵蛋一样。但你也只会告诉我拿不到所以快去睡觉！这也没屁用啊！"

"啧！不然我该说什么？"梅里说，"我很遗憾，皮聘，但你一定得等到早上了。等吃完早餐之后，我应该也会跟你一样好奇，我也会尽量帮你套巫师的话。但我现在实在撑不住了。我再继续这样打哈欠，嘴巴就要裂到耳根子去了。晚安！"

皮聘没有再说什么。他躺着不动，但就是睡不着。梅里道过晚安后没多久就睡着了，所发出的均匀呼吸声也没起多大的催眠作用。想看那颗黑球的念头，似乎随着四周越来越安静而变得更加强烈。皮聘再次感受到它在手中的重量，再度看见他注视过片刻的球心深处神秘的红色光芒。他翻来覆去，尝试要把思绪转到别的地方去。

到最后，他实在忍不住了，他爬了起来，看看四周。天气有点冷，他只能裹紧斗篷。月亮散发着冷白的光芒，笼罩着整个溪谷，灌木丛的影子深黑。四周躺着尽是沉睡的身影。他看不见两名站哨的人，也许他们上到山丘上去了，或者是隐藏在灌木丛中。皮聘在一种自己也无法理解的意念驱使下，蹑手蹑脚地走到甘道夫的身边。他低头看着对方。巫师似乎睡着了，但他的眼皮并未完全阖上，从长长的睫毛间还可以看到他的眼珠。皮聘慌乱地退后几步，但看到甘道夫没有反应之后，霍比特人再度从巫师脑袋的后方靠近来。甘道夫裹在毯子里面，外面再盖着斗篷；在他身边，就在他右侧与弯起的手臂中间，有一团东西，某种圆圆的物体被包在黑布中；他放在上面的手似乎刚刚才滑到地面上。

皮聘屏住呼吸，一步一步悄悄地靠近。最后，他跪了下来，小心翼翼地伸出手,缓缓将那一团东西拿起:它似乎没有他原先以为的那么重。"或许,这只是个包裹吧!"他心里有一种如释重负的奇特感觉,但手却没有将东西放下来。他抱着那东西发呆了片刻,然后,突然想到了一个点子。他又蹑手蹑脚地溜走,找到一块大石头,再无声无息地走回来。

他很快地将外面的布抽下,将石头包进去,跪下来将布包放回巫师的手中。这时,他终于有时间仔细打量他发现的东西。就是这个,一颗光滑的水晶圆球,现在看起来一片漆黑,显得死气沉沉。皮聘拿起圆球,匆匆用自己的斗篷裹住它,转过身准备走回自己的床边。就在这时,甘道夫在沉睡中动了动,嘟哝了几个字,似乎是种奇怪的语言;然后他伸出手,摸到了布包,满足地叹了口气,没有再做出任何动作。

"你这个笨蛋!"皮聘对自己说,"你会惹上大麻烦的,快把它放回去!"但他这才意识到自己两腿发软,不敢再回到巫师身边拿布包。"这次我一定会把他弄醒的,"他想,"最好等我冷静一些再说。既然这样,我不如就先看看吧。当然不是在这里!"他蹑手蹑脚地走开,在距离自己的小床不远的地方找了块岩石坐下来。月亮正从溪谷的边缘探过头来。

皮聘伸直两膝端坐着,水晶球就放在两膝之间。他弯身低头看着它,像个饥饿的孩子找了个远离他人的角落盯着一碗食物一样。他掀开斗篷,仔细地看着水晶球。在他四周的空气似乎突然间变得凝重而紧张。起初,水晶球黑得像黑玉一样,月光反射在它的表面;然后,球心发出了一丝微光,里面开始动起来,它紧抓住他的视线,让他无法移开双眼。很快地,整个球内似乎着了火;球开始旋转,或者是里面的光芒在转动。突然间，光芒熄灭了。他喘着气挣扎起来，但身体姿势依旧是弯腰盯着水晶球，双手抱着不放。他的头越靠越近，接着变成僵硬得不能动弹；他的嘴唇无声地移动了片刻。然后，随着一声闷喊他整个人往后倒在地上，动也不动。

这喊声相当凄厉。守夜的人随即从坡岸上跳下来。全营的人很快都醒了过来。

"原来这位就是小偷啊！"甘道夫说。他匆忙地用斗篷遮住地上的水晶球。"但是你，皮聘！情况恐怕一发不可收拾了！"他跪在皮聘的身边，这个霍比特人僵硬地躺在地上，双眼圆睁，视而不见地瞪着天空。"这邪术！他对自己，也对我们全体，造成了怎样的危害？"巫师的神情紧绷而憔悴。

他握住皮聘的手，俯下脸去听他的呼吸，然后再把手放到他的额头上。这个霍比特人抽搐了一下，终于闭上了眼睛。他大喊出声，坐了起来，慌乱地瞪视着围在他四周一张张被月光照得惨白的脸。

"这不是给你的，萨鲁曼！"他用尖厉的声音大喊，躲开甘道夫的碰触。"我会立刻派人过去拿。你明白吗？就这样说！"然后他挣扎着想要站起来逃走，但甘道夫温柔坚定地抱住他。

"皮瑞格林·图克！"他说，"快醒过来！"

这个霍比特人松了一口气，躺了回去，紧抓着巫师的手不放。"甘道夫！"他大喊着，"甘道夫！原谅我！"

"原谅你？"巫师说，"先告诉我你到底做了些什么！"

"我，我拿了这颗水晶球，而且还往里面看，"皮聘结结巴巴地说，

"我看到了让我很害怕的东西。然后我想要走,却走不了。然后他就过来质问我,他看着我,然后,然后,我就只记得这么多了。"

"这样不够。"甘道夫严厉地说,"你究竟看到什么,又说了什么?"

皮聘闭上眼,忍不住打了个寒战,但什么也没有说。众人都沉默不语地瞪着他,只有梅里不忍心地别过头去。但甘道夫的表情依旧不为所动。"快说!"他说。

皮聘迟疑地低声再度开口了,他的声音慢慢地变得清晰、有力。"我看见黑色的天空和很雄伟的堡垒。"他说,"还有小小的星辰。它看起来似乎很遥远、很古老,但又十分确实与清晰。然后,那些星辰开始忽隐忽现,似乎被什么有翅膀的东西遮住了。我想那些东西真的很大,但从水晶球里看过去,像是蝙蝠绕着高塔在飞。我想应该有九只;有一只直接朝我飞过来,变得越来越大。它有种恐怖的——不,不行!我说不出口。

"我以为它会飞出来,所以试着想要逃开;可是,当它遮住整个水晶球的时候,就消失了。然后他来了。他没有开口,因此我没听到任何的话。他只是看着我,我就知道他的意思。

"'你回来了?你为什么这么久没有向我汇报?'

"我没有回答。他又问:'你是谁?'我依旧没有回答,可是我觉得好痛苦,他步步进逼,最后我只能说:'我是霍比特人。'

"然后,突然间他似乎看见了我,对我哈哈大笑。那是种残酷的笑。好像用刀子刺我一样。我拼命挣扎。但他说:'等等!我们不久之后会再见的。告诉萨鲁曼,这珍宝不是给他的。我会立刻派人过去拿。你明白吗?就这样告诉他!'

"然后他幸灾乐祸地盯着我,我觉得自己碎成了片片。不,不行!我不能再说了,后来我什么也不记得了。"

"看着我!"甘道夫说。

皮聘抬起头来直视着他的眼睛。巫师沉默地瞪视他片刻。然后,他的表情和缓下来,露出似笑非笑的表情。他轻轻地将手放在皮聘的头上。

"好啦!"他说,"不用再说了!你没有受伤。你眼中也没有我所害怕的说谎,但这是因为他没有和你接触太久。皮瑞格林·图克,你是个笨蛋,但至少还是个诚实的笨蛋。更聪明的人或许会在这样的遭遇中犯下大错。不过,给我记住!你和所有的朋友都逃过了一劫,这单纯只是好运而已。你别指望会发生第二次。如果他当下就质问你,那你肯定会把所有知道的事全部告诉他,让我们全都身陷险境。但他太急躁了。他不只想要情报,更想要快点得到你,这样,他才可以在邪黑塔中慢慢对付你。别发抖!如果你想要插手巫师的事务,就必须准备好面对这样的状况。来吧!我原谅了你,别担心了!事情没有想象中的那么糟糕。"

他温柔地抱起皮聘,将他带回床边。梅里跟在后面,在他床边坐下。"皮聘,躺好,尽量试着休息一下!"甘道夫说,"相信我。如果你以后又觉得手痒,可以告诉我!我可以治好这种病。亲爱的霍比特人,请你记住,不要再把石头放在我臂弯里了!来,我让你们两个独处吧。"

甘道夫话一说完,就回到其他人身边。众人依旧心事重重地站在欧散克塔的水晶球旁。"在我们最意想不到的夜里,危险临到。"他说,

"那真是千钧一发!"

"皮聘怎么样?"亚拉冈问。

"我想应该都没事了。"甘道夫回答,"他并没有受到太久的影响,霍比特人的恢复力又十分惊人。这个记忆和恐惧感可能很快就会消退的,或许还太快了些。亚拉冈,你愿意收下这个欧散克塔的水晶球,好好保管它吗?这是个危险的任务。"

"确实是危险,但并非对每个人都危险。"亚拉冈说,"有个人拥有正当的继承权。这一定是伊兰迪尔宝库中的真知晶球,是由刚铎的国王们安置在欧散克塔的。既然我的时机已近,我愿意收下它。"

甘道夫看着亚拉冈,接着,在众人的惊讶中,他掀起盖布,鞠着躬将晶球献给亚拉冈。

"请收下,王上!"他说,"这只不过是物归原主罢了。但请容我进上一言,别使用它——暂时别用!千万小心!"

"我已经等待、准备了这么多年,怎么会急躁轻忽于一时呢?"亚拉冈说。

"这是说不准的,行百里者半九十,许多错误常常是在最后犯下的。"甘道夫回答,"至少请你不要大肆宣扬,不只你,还有在座的诸位!尤其不能让霍比特人皮聘知道它在何处。因为它的诱惑或许会再度施展,因为他根本不该去用它,甚至是碰触。他在艾辛格就不应该碰触它,我的动作应该更快一些的。但当时我只顾着监视萨鲁曼,最后才发现这是什么。到了现在,我才能够绝对确定这块石头的真正来历。"

"是的,不会再有疑问了。"亚拉冈说,"至少我们知道艾辛格和魔多之间的联系方式了,许多谜团都获得了解释。"

"我们的敌人拥有诡异的力量,但同时也有诡异的弱点!"希优顿说,"古谚有云:恶有恶报就是这样的。"

"这已经证实了许多次。"甘道夫说,"但这次我们的运气实在太好了。或许这名霍比特人替我阻挡了一次极大的危险。我之前本来想亲自测试这枚石头,找出它的用途。如果我这样做了,我将在他面前揭露了自己。即使这是不可避免的,我也还没准备好面对这样的考验。但就算我拥有力量逃脱,光是被他在时机到来之前发现,就是极大的危险。"

"我想,时机已经到了。"亚拉冈说。

"还没。"甘道夫说,"他正处在短暂的疑惑中,我们必须好好把握。魔王还以为这枚水晶球是在欧散克塔中,当然了,他没有理由怀疑。因为,霍比特人是被囚在该处,在萨鲁曼的逼迫下使用那颗水晶球,是种对他的折磨。魔王的心中此刻将充满了这霍比特人的声音和影像,并且满心期待,可能要等一段时间之后才会发现自己的错误。我们必须把握这段时间。我们之前已经太松懈了,现在必须赶快采取行动。艾辛格的邻近地带已经不再适合久留,我会立刻带着皮瑞格林·图克往前走。这会比当众人都睡着后让他一个人躺在黑暗中要安全多了。"

"我会留下伊欧墨和十名骠骑。"国王说,"他们明天一早就和我一起出发。其他人则可以跟随亚拉冈,任何时间都可以出发。"

"就照你说的做。"甘道夫说,"但你们必须尽快躲进山脉的掩蔽中,前往圣盔谷!"

就在那一刻,一道阴影笼罩了他们。明亮的月光似乎突然间被遮蔽了。几名骠骑惊呼一声,抱住脑袋蹲伏在地,仿佛想要躲避天空降下的袭击：无名的恐惧和死亡的冰冷笼罩了他们。他们惊恐地抬头仰望，有个巨大的有翼生物飞过月亮，像是块巨大的乌云。它盘旋了片刻，又往北飞去，速度比中土世界上任何的狂风都要快。星辰在它面前也为之失色。最后，它消失了。

众人浑身僵硬地站起来，甘道夫凝视着天空，手臂直直向下垂着，双手紧握成拳。

"戒灵！"他大喊着，"魔多的信差。风暴将临了。戒灵已经渡过了大河！快点出发！快！不要等天亮了！赶快上马，全速进发！"

他立刻一跃而起，边跑边召唤着影疾。亚拉冈紧跟在他后面。甘道夫跑向皮聘，一把将他抱起来，说："这次你和我走！"他说："影疾将会让你看看它的脚程有多快！"然后，他跑向刚才他就寝的地方，影疾已经在该处等候了。巫师背起一小袋行李，跳上马背。亚拉冈将皮聘裹好毯子和斗篷，抱起来放到甘道夫的臂弯中。

"再会！快点跟上来！"甘道夫大声说，"出发，影疾！"

骏马头一仰，尾巴在月光下甩动着。然后它就一跃向前，掀起尘土，如同山中吹来的北风般，消失得无影无踪。

"这还真是一个美丽祥和的夜晚啊！"梅里对亚拉冈说，"有些人的运气可真好。他睡不着，还想要和甘道夫骑马遛遛——咻！现在他不是走了！却没人主持正义，把他变成石像以儆效尤！"

"如果是你先拿起那水晶球，而不是他，现在又会怎么样？"亚拉冈说，"你搞不好会惹上更大的麻烦呢。谁知道呢？现在，你能跟我走搞不好算是走运哩。我们马上出发。快去准备好，把皮聘留下的东西一起带走。快点!"

影疾奔驰在平原上,不需要引导也不需要催促。还不到一小时,他们就越过了艾辛河渡口。身后就是骑士的墓冢和那些冰冷的长枪。

皮聘已经慢慢恢复了。他觉得很温暖,但刮在他脸上的风十分冷冽,也相当提神醒脑。他和甘道夫在一起。水晶球和那遮蔽月亮的黑影所带来的恐怖正在逐渐消退,那些事都被遗留在山中的迷雾里或在消逝的噩梦中。他深深吸了一口气。

"甘道夫,我不知道你不用马鞍的。"他说,"你没有马鞍,也没有马嚼!"

"若不是因为影疾,我也不会用精灵的方式骑马。"甘道夫说,"不过影疾不愿意承受任何的鞍具。不是你骑影疾,而是它载你。当然,得要它愿意才行。除非你自己跳下去,否则它会让你一直留在马背上。"

皮聘问:"它跑得到底有多快?从风声感觉起来非常快,但又很平稳。脚步好轻喔!"

"它现在的速度是世间马匹的极限了。"甘道夫回答,"但这样对它来说还不算快。地形在这里有些陡,也比河对岸崎岖。但是你看,白色山脉在星空下靠近的速度有多快!山峰像是黑色的枪尖一样朝我们逼近。不多久,我们就会来到分岔路口,进入深溪谷,也就是前天晚上的战场。"

皮聘沉默了片刻。他听见甘道夫柔声对自己哼着,用许多语言唱着同样一首歌,脚下的路飞快地往后逝去。最后,巫师换了一首皮聘听得懂的歌,在风声中有几行字清楚地飘进他耳中:

高大的船和伟壮的王,

三乘以三,

是什么带他们脱离陆沉,

越过大海来到此境?

七星七晶石,

一株圣白树。

"甘道夫,你在说些什么?"皮聘问。

"我刚刚在背诵一些歌谣。"巫师回答,"我想,霍比特人对那些他们曾经知道的歌谣,都忘光光了。"

"这可不见得。"皮聘说,"我们也有很多自己的歌谣,或许你不会感兴趣。但我从来没听过这首歌。这首歌是在说什么?什么是七星、七晶石?"

"这是有关于古代的国王和帕兰特里的故事。"甘道夫说。

"那又是什么东西?"

"帕兰特里的意思是'可以望远之物'。欧散克塔的晶球就是其中一个。"

"那么,它就不是,不是——"皮聘迟疑道,"不是由魔王所打造的啰?"

"不,"甘道夫说,"也不是萨鲁曼做的。这超越了他的能力,也超越了索伦的能力。帕兰特里来自比西方皇族的故乡更远的地方,它们来自艾尔达玛,是诺多精灵所造的。有可能是费诺王子亲自打造的,时间久远到无法用现今的年岁单位来度量。很遗憾,没有什么东西是索伦不能够拿来供作邪恶之用的。唉！萨鲁曼也真是不幸！我现在才看出来，这颗真知晶球多半就是他堕落的根源。任何胆敢使用超乎自己能力的装置的人，都会身陷危险。但真正该怪的其实还是自己。愚蠢！竟然将这样东西秘藏起来，希望借此获益。他对议会的成员从来没有提过这样东西。我们从未想过有任何的帕兰特里躲过了刚铎古代的大战。人类几乎完全忘了它们。在刚铎，它们甚至是个秘密，只有极少数人知道；在亚尔诺，只在登丹人的历史歌谣中才有记载。"

"古代的人类拿这个东西来做什么？"皮聘问，对自己竟然一次获得了那么多问题的解答，既兴奋又吃惊，不禁好奇这样的好运究竟会持续多久。

"可以看见远方，利用思想和对方交谈，"甘道夫说，"因此，这些法器才能够在漫长的历史中守卫刚铎，并且让刚铎团结在一起。他们将这些真知晶球置放在米那斯雅诺、米那斯伊西尔，以及艾辛格墙内的欧散克塔。统管众晶石的主晶石被安放在毁灭之前的奥斯吉力亚斯的星辰圆顶下。其余三枚晶石则安放在遥远的北方。在爱隆所保存的记载中，据说这些晶石安放在安努米那斯和阿蒙苏尔，而伊兰迪尔的晶石则安置在俯瞰卢恩海湾、也就是灰船停泊的米斯龙德港的塔丘上。

"每枚真知晶球都可以互相响应，但所有位于刚铎境内的晶石都在奥斯吉力亚斯主晶石的监控下。看来，欧散克塔不只不受岁月的侵蚀，连其中的晶石都存留了下来。但它独自一枚起不了作用，只能看见远方的事物和过去的影响。毫无疑问的，这对萨鲁曼来说已经非常有用了。但他显然并不觉得满足。他越看越远，直到他的目光来到巴拉多。于是，他在那边落入了陷阱！

"谁知道亚尔诺和刚铎所失落的晶石现在何方？深埋地底还是深沉海底？但至少索伦弄到了一颗，用在他的邪恶大业上。我猜那应该是伊西尔的晶石，因为他在许久之前征服了米那斯伊西尔，并且将该地转变成邪恶的米那斯魔窟。

"综合以上种种推断，很容易就可猜到四处窥探的萨鲁曼在该处被逮并困住了；从那之后，他就受制于远方的魔王，当说服无用的时候，对方就用恐吓的方式。聪明反被聪明误，噬人者遭到了反噬！我真不知道他被迫经常去凝视晶石，接受魔王的指示、监督有多久了，而欧散克的晶石在受制于巴拉多这么久之后，除非遇到拥有钢铁般意志的人，否则这颗晶石都会将凝望之人的心思飞快传往巴拉多。而它又拥有这么可怕的吸引力！难道我会没有感觉吗？即使是现在，我心里都必须不断抵抗挑战自己意志的欲望，看看我是不是能和魔王的意志相抗，将这颗晶球导向我想看的——望向宽阔大海的彼端，看见美丽提理安城的盛世，看见费诺王子那无法想象的心思与巧手所打造出来的仙境，那时，银白树和黄金树仍然灿烂盛开！"他叹了一口气，沉默下来。

"我真希望早点知道所有这些事。"皮聘说，"我当时根本不知道自己在做什么。"

"喔，不，你知道的。"甘道夫说，"你知道自己正在做错事，犯愚蠢的错误；你也告诉自己了，但你就是不听。我之前没有告诉你这些事，是因为在我思索过所有发生了的事之后，才明白过来，这也不过就是我们这一路骑来才理出头绪的。但是，就算我早点跟你说，也无法降低你的欲望，或让你更容易抵抗它。正好相反！不，不经一事，不长一智。人要受过教训才会记得住。"

"你说的没错。"皮聘说,"现在,即使七颗晶石都放在我面前,我也只想闭上眼睛,双手插进口袋里。"

"很好!"甘道夫说,"这正是我所期望的。"

"但我想要知道——"皮聘又开口道。

"求求你!"甘道夫大喊道,"如果和你分享知识是为了治好你的好奇心,我这辈子恐怕都得和你说个不停了。你还想知道什么?"

"所有星辰和生物的名字,整个中土世界的历史,以及天外和隔离大海的故事。"皮聘边笑边说道,"当然啰!干吗不问?我一定得把握机会才行!呵呵,其实今晚没有那么急啦!此刻我只想知道的是那道黑影。我听见你大喊'魔多的信差'。那是什么?它会对艾辛格造成什么影响?"

"那是名骑在翅膀上的黑骑士,戒灵。"甘道夫说,"它有可能把你抓去邪黑塔。"

"但他不是来找我的,对吧?"皮聘结巴的说,"我是说,它不知道我看了……"

"当然不知道。"甘道夫说,"从巴拉多直飞欧散克塔至少也有六百哩,即使是戒灵也要花上几个小时才能飞得到。我猜,萨鲁曼在派出半兽人之后一定曾经用过这晶石,而他内心的想法都已经在不知不觉中被人所知。那名信差是来搞清楚他到底在做些什么。在今晚的意外之后,我想,还会有另一名戒灵飞快地赶过来。如此一来,萨鲁曼就会自食恶果了。他手中没有俘虏,又没有真知晶石可以使用,更无法响应魔王的召唤。索伦将会认为他把俘虏藏起来,并且拒绝使用真知晶石。即使萨鲁曼对信差说实话,也完全无济于事。因为虽然艾辛格已经毁了,他却依旧安全地躲在欧散克塔中。因此,不管他怎么做,看起来都会像是一名叛徒。但他却依然为了避免被视为叛徒而拒绝我们!连我都猜不出来在这状况下他会怎么做。我想,只要他还在欧散克塔内,他还是拥有抵抗九骑士的力量。他可能会尝试着这样做。他可能会试着困住戒灵,或至少杀死他们所骑乘的坐骑。如果是这样的话,洛汗国就必须小心看管马匹了!

"但我无法预测最后的结果会如何,对我们到底有什么影响。或许魔王依旧十分困惑,会被对萨鲁曼的怒气给蒙蔽了判断力。或许他很快就会知道我曾经在那边,身后还跟着霍比特人。甚至还能够得知伊兰迪尔的子嗣还活着,就在我身边。如果巧言没有被那洛汗国的盔甲所欺瞒过去,他应该还记得亚拉冈的称号。这才是我担心的。因此,我们才必须赶快动身。不是为了逃跑,而是为了迎向更大的危险。皮聘,影疾的每一步都让你更靠近魔影的根据地。"

皮聘一言不发,只是紧紧地裹住斗篷,仿佛突然间感到极度的阴寒。灰色的大地不停地往后掠去。

"你看!"甘道夫说,"西洛汗的山谷就在眼前。我们终于又回到了东去的路上,前方那片阴影就是深溪谷的入口。里面就是爱加拉隆和闪耀洞穴。不要问我有关那里的问题,如果你再遇到金雳,去问他;这次你搞不好会获得超过你所想听的冗长答案。你这趟恐怕无法亲眼欣赏那个地方。它们很快就会被我们抛在背后。"

"我还以为你要去圣盔谷!"皮聘说,"你到底要去哪里?"

"去米那斯提力斯,我要在战火包围那里之前赶到。"

"喔!那里有多远呢?"

"很远很远。"甘道夫回答,"大约是希优顿王宫距离这里的三倍远;魔多的信差从这里直飞到希优顿的王宫大概有一百多哩,影疾在地面上得绕更远的路。不知道它和魔多的信差究竟谁快?"

"我们要一直骑到天亮,那还有好几小时。到时候,即使是影疾都必须找个谷地休息。我希望会是伊多拉斯。如果你能睡,就睡吧!你或许可以看见第一缕曙光照耀在伊欧家黄金宫殿上的美景。随后,两天之后,你就可以看见明多陆因山的紫色阴影和迪耐瑟的白色城墙了。

"现在,影疾,快跑!雄伟的骏马啊,用你前所未有的速度奔驰吧!我们现在已经到了你生长的地方,你该知道此地的一草一木。快跑吧!我们的希望系在你的速度上!"

影疾一昂首,大声嘶鸣,仿佛被号角声召唤投入战场一般。然后它一跃向前,四蹄冒出火花,夜色从它身旁疾驰而去。

皮聘慢慢地陷入了梦中,同时却有种奇怪的感觉:他和甘道夫像石像一样僵硬,两人正坐在一匹作势欲奔的骏马雕像上;整个世界则是夹带着强劲呼啸的风从马蹄下滚滚而去。

第四卷

第一章

驯服史麦戈

"好啦,主人,我们这次真的无路可走了!"山姆·詹吉说。他垂头丧气,垮着肩膀站在佛罗多身边,眯着眼睛瞧着面前的景象。

这是他们离开远征队的第三天晚上,不过,这也是有些勉强的推算,自从他们在艾明穆尔光秃崎岖的岩石地形中跋涉以来,几乎完全忘了时间的计算。他们有时会遇上死路,必须折回,有时则发现自己在花了几小时后竟绕回了原地。但是,基本上他们还是在稳定地向东前进,尽可能找到路朝这弯曲怪异的山脉的外缘走。但每一次,他们都发现山脉的最外缘是无法下去的断崖绝壁,阴沉俯瞰着底下的平原;越过这崎岖的山脊后,前方是一片青黑腐烂的沼泽,那里显然鸟兽绝迹,看不见一样会动的活物。

霍比特人此时站在一座高耸、光秃荒凉的悬崖边缘,悬崖底下被包围在迷雾中;在他们背后是参差起伏的高地,笼罩在飘动的云雾间。一股寒风从东方刮来。夜色已经渐渐聚拢在他们前方那片形状丑陋的大地上;那里原先看来一片恶心的绿色,现在淡褪成一种阴郁的褐色。右方极远处的安都因河,白天在太阳底下不时闪烁着光芒,现在则隐没在幽暗的暮色中。但他们的目光并未越过大河回望刚铎,回望他们的朋友和人类的土地。他们凝望的是南方和东方,那里有一道黑线悬在夜幕的边缘,仿佛是静止不动的黑烟构成的遥远山脉。在极远处的地平线,不时会蹿起一小点闪烁的红光。

"这真是矛盾哪!"山姆说,"这世界上只有一个我们听过,但又绝不想要靠近的地方,现在我们偏偏朝着那个方向走!而且我们竟然还没办法走过去,看来我们是走错方向了。我们没办法从悬崖上下去;就算下去了,我敢打赌,我们也将面对那整片恶心的绿沼泽。呸!你闻得到吗?"他迎着风嗅了嗅。

"是的,我闻得到。"佛罗多说,但他依旧站着不动,双眼仍然定定瞪视着远方黑暗天际线的那点闪烁火焰。"魔多!"他低声喃喃道,"如果我必须去那边,我希望这旅程可以尽快结束!"他打了个寒战。晚风不只寒冷,更夹杂着浓重的腐败味道。"好吧,"他最后终于将目光移开,说,"不管有没有路,我们都不能在这里过夜,必须找个比较有掩蔽的地方歇脚,再熬过一夜;或许明天可以找到别的路。"

"或许后天、大后天、大大后天……"山姆咕哝着,"或许永远不会。我们可能根本走错路了!"

"我也不确定。"佛罗多说,"我想,我命中注定要去那黑暗之地,因此我们一定能够找到路。但这路对我是福是祸呢?我们唯一的希望就是速度。拖延就是落入了魔王的掌心——而我现在被困在这里,正在拖延。难道是邪黑塔中的意志在操纵我们吗?所有我的抉择都出了错。我应该早点离开远征队,从北方由大河与艾明穆尔的东边下来,越过战争平原来到魔多的门前。但现在光靠你我两人,实在没办法找到回头的路,而半兽人又在东岸出没;日子每过一天,我们就丧失一天宝贵的时间。山姆,我已经累了,我不知道还能怎么办。我们还有什么吃的?"

"只剩这些,佛罗多先生,你称为兰巴斯的东西。数量还很多,总比没有好。当我第一次吃到这美味时,我从没想过自己竟然会腻,会想要换口味。但我现在真的好腻了,一块白面包,一杯——唉,半杯啤酒就好了。我从营地背了一大堆炊具过来,又有什么用?先是没东西生火,再来是没东西可煮,连根草都没有!"

他们转离了悬崖,走下到一个满是岩石的洼地。西沉的太阳被云遮住,夜色飞快地降临。他们在寒冷中缩在一个饱经风霜的大石底下的凹口,在满是棱角的碎石地上辗转反侧,试着尽量入睡,这里至少可以挡住寒冷的东风。

"佛罗多先生,你有没有再看见它们?"山姆问。他们浑身冰冷僵硬地坐在凹槽中,在寒冷灰暗的清晨嚼着干粮。

"没有。"佛罗多说,"我已经有两个晚上什么也没看见,什么也没听见了。"

"我也没有。"山姆说,"呼!那双眼睛真的让我害怕得难以形容!或许我们终于摆脱了他。咕鲁!哼!如果我有机会抓到他,一定掐得他咕噜咕噜叫不停!"

"我希望你永远不需要这样做。"佛罗多说,"我不知道他是怎么跟踪我们的,但也有可能像你说的一样,他或许又跟丢了。在这干枯荒凉的大地上,我们根本无法留下什么脚印,也没有什么味道可以让他的鼻子闻。"

"我希望真的是这样。"山姆说,"我很希望能永远摆脱他!"

"我也是,"佛罗多说,"但他不是我主要的问题。我希望我们可以离开这块丘陵地!我讨厌这个地方。在这东边我觉得暴露无遗,一点掩护也没有,在我和那块黑暗之地中间,除了那块死寂的平原,什么也没有,而魔眼还在那边虎视眈眈。来吧!今天无论如何都得找到下去的路。"

然而,时间慢慢地流逝,当下午都快过完时,他们还在山丘边缘上下攀爬,找不到离开的路。

有时候,在这块荒地的死寂中,他们会幻想自己听见身后传来微弱的声音,可能是有块石头掉落,或是想象有脚步轻踩在岩石上。但是,如果他们停下来,仔细地侧耳倾听,就什么都听不见了,只剩下风吹过岩石间的微弱叹息——即使如此,也让他们联想到从尖利的牙齿间呼出的嘶嘶声。

他们这一整天都艰难地往前跋涉,艾明穆尔的外缘却逐渐往北延伸。在高地的边缘有一片风化剥蚀的大平石,上面来回满布着沟壑,形成悬崖表面一道道陡峭的切痕。为了要在这些越来越深也越密的深沟间找到一条出路,佛罗多和山姆被迫偏往左边走,逐渐远离了高地的边缘。他们并未察觉自己已经走了好几哩的路是逐渐下倾的地势,悬崖顶是慢慢朝低地下降的。

终于,他们必须停下来。眼前的山脊猛地往北转,并且被一道深沟给切开;深沟对面的地势又是往上陡升:一堵巨大、灰色的峭壁就耸立在他们前方，仿佛是由刀子劈出来的一般。眼前他们是无法继续前进了，他们现在必须转向西或是转向东。但如果往西走，只会让他们面对更多的艰苦跋涉和迟延，会让他们走回群山之间；往东方则只能走到悬崖的边缘。

"山姆，我们别无选择，只能爬下深沟去，"佛罗多说，"看看它会把我们领到哪里吧！"

"我敢打赌，一定是道要命的断崖。"山姆说。

这深沟比看起来的要高、要深很多。他们往下爬了不远，发现了几丛纠结干瘪的树，这是他们多日以来第一次看到的大型植物，大部分是扭曲的桦树，中间也夹杂着几株杉树；许多树已经枯死了，被冷冽的东风剥蚀得只剩下树心。在气候比较好的时节里，这里必定曾是一处生有丛丛茂盛植物的深沟，但是现在，在五十多码之后就没树了，四周又是一片荒芜，只有一些断裂的老树桩挣扎着耸立在山崖的边缘。这道深沟底部紧挨着一条岩石断层的边缘，布满了粗糙的破碎石块，十分陡峭地往下降。当两人好不容易走到深沟的尽头，佛罗多俯身往外探看。

"你看！"他说，"我们一定在不知不觉中，已经往下走了很长一段路，再不就是悬崖本身变矮了。这里比之前要低多了，看起来也蛮容易下去。"

山姆在他旁边单膝跪地，不情愿地探头往下看。然后他又抬头看看左边那直入云霄的峭壁。"是简单多了啊！"他嘟哝着，"好吧！我想往下永远都会比往上要容易。不会飞，总会跳吧！"

"恐怕还真有你跳的！"佛罗多说，"我看看，高度大概有——"他目测了一下到底的高度,"我看,最多三十六呎,不算太高啦。"

"这就够了!"山姆说,"喔!妈呀!我最恨从高处往下看了!可是,光看总比爬要好。"

"都一样啦,"佛罗多说,"我想我们可以从这边爬下去,不试试看不行。你看,这里的岩石和几哩之前差异很大,这里崩塌了很多次,有很多落脚的地方。"

的确,外侧的崖壁在此不再那么险峻陡峭,而是变成稍稍有些往外倾斜的斜坡,看起来像是地基遭到移位的巨大海堤,整个轮廓与走向都变形扭曲,使得坡面上留下宽大的裂缝和长而倾斜的边缘,在好些地方看起来几乎像是宽阔的阶梯。

"如果我们想要试着爬下去,最好赶快一点;今天天黑得早,我猜是暴风雨要来了!"

东边烟雾迷蒙的山脉,现在已经隐没在朝西边围拢过来的更深的黑暗里。开始刮起的风中传来了远方的阵阵闷雷声。佛罗多嗅着空气,神情疑虑地望着天空。他把腰带绕到斗篷外绑紧,将不重的背包背好,然后走到悬崖边。"我来试试。"他说。

"好吧!"山姆闷闷不乐道,"还是让我先下去好了!"

"你?"佛罗多说,"什么让你改变主意了?"

"我没有改变主意,这只是有常识的做法:让最有可能失手的人先下悬崖。我可不想跌在你身上把你给一起撞下去,没必要一人失足却跌死两个。"

在佛罗多来得及阻止他之前,他就坐了下来,将小脚伸到悬崖外,然后转过身,用脚尖试图找到落脚的地方。他这辈子不知道有没有做过比这更冷血大胆或更愚蠢的事情。

"不,不!山姆,你这个家伙!"佛罗多说,"你连看都不看就爬下去,一定会害死自己的!快回来!"他抓住山姆的手臂,一把将他拉回来。"来,先等一下,要有耐心!"他说。然后,他趴在地上,伸出头去看着悬崖下方;可是,虽然太阳还没下山,天却暗得很快。"我想我们应该可以爬得下去。"他仔细观察之后说,"至少我可以,而你,如果保持冷静,照着我说的做,应该也没有问题。"

"我可不知道你怎么能够这么确定,"山姆说,"你看!在这种亮度之下,我们甚至不能够看到悬崖底,万一最后你没有落脚的地方,要怎么办?"

"我想,那就爬回来吧。"佛罗多说。

"说起来可简单。"山姆抗议道,"最好等到早上,天比较亮一点再爬。"

"不,只要还有机会我就不愿意耽延。"佛罗多突然带着怒气说,"我不愿意浪费每一分每一秒。我一定要试着离开这个地方。在我没回来或没叫你之前,不要轻举妄动!"

他以手指抓住悬崖的边缘,缓缓地让身体下降,直到手臂快伸长到极限时,脚尖就正好触到了一块突出的地方。"第一步没问题!"他说,"这块突出的部分往右延伸,我可以松开手站在这里。我要——"他的话声被截断了。

黑暗顷刻间从东方袭来,吞没了整个天空。头顶上传来了旱雷的声音,撕裂天际的闪电直击在山丘中。紧接而来的是一阵狂风,呼号的风声中夹杂了一声凄厉的尖叫。许久以前,当他们逃离霍比特屯的时候,在沼泽地就听过这样的叫声;即使当时他们还身在霍比特屯的森林中,这声音也让他们的血液为之冻结。在这寸草不生的荒地中,这叫声的效果更加骇人;它像恐惧与绝望所凝成的冰冷刀刃,恶狠狠地插入两人的胸口,让他们无法呼吸。山姆立刻趴倒在地。佛罗多不由自主地松手去遮住耳朵和脑袋。他摇晃了几下,脚底一滑,惨叫一声跌了下去。

山姆听见这声音,立刻使出浑身力量拼命爬到崖边。"主人,主人!"他大喊着,"主人!"

没有回答。他发现自己浑身打战,于是深吸一口气,再度大喊道:"主人!"狂风似乎将他的声音塞回喉咙中,但在风声过去之后,一声微弱的叫喊传进他耳里:

"没事,没事!我在这里,可是我什么都看不见。"

佛罗多的声音很微弱。事实上他离山姆并不远。他刚刚只是滑了一跤,并未摔落悬崖,而且在往下滑了几码之后便踏到另一块突出之处。幸好这处崖壁是向内倾斜的,狂风将他吹得结结实实地贴在崖壁上,因此他才没有跌下去。他稳住了身形,将脸贴在冰冷的石头上,感觉着自己的心跳。但不知是由于黑暗太过浓密,还是他失去了视力,他眼前只见一片漆黑。他怀疑自己不知是否撞瞎了,于是深吸一口气,想镇静下来。

"快回来!快回来!"他听见山姆的声音穿透这一片黑暗。

"没办法,"他说,"我看不见,也找不到可以抓住的地方,我还不能够动。"

"佛罗多先生，我能怎么办？我能怎么做？"山姆不顾安全地把整个上半身都伸出悬崖外。为什么主人看不见？天色很昏暗，但也没有黑到会什么都看不见。他可以看见底下佛罗多的灰色身影趴在山壁上，但距离却又远到无法伸出援手。

又是一阵雷声，大雨降了下来。混杂着冰雹的雨幕往山崖扑来，带着刺骨的冰寒。

"我要下来了。"山姆大喊着，不过他却一时之间也想不出下来有什么用。

"不，不行！等等！"佛罗多的声音现在有力多了，"我应该很快就会恢复，我已经感觉好多了。等等！没有绳子你千万不要轻举妄动。"

"绳子！"山姆一兴奋就忍不住自言自语起来，"我真是笨到该用绳子把自己吊起来！山姆·詹吉啊，你真是脑袋装浆糊，老爹常跟你这样说，果然是没错。绳子！"

"别再啰唆了！"佛罗多已经恢复到可以感觉到好气又好笑的情绪了，"别管你老爹怎么说啦！你的意思是你口袋里就有绳子吗？如果是的话，还不快拿出来！"

"没错，佛罗多先生，都在我包包里面。我背着它跑了几百哩，到要用的时候却忘得一干二净！"

"那还不快点把绳子垂下来！"

山姆飞快地脱下背包，在里面翻来翻去。在袋底的确有一捆罗瑞安的精灵所糅制的灰丝绳索，他把一端丢给主人。佛罗多眼前的黑暗似乎离去了，或者是他恢复了视力。他可以看见有条灰色的绳子垂降下来，他认为这绳子有种微弱的银色光辉。现在，在黑暗中他的眼睛终于有一个可以聚焦的东西了，这让他觉得不再那么昏眩。他探身向前，将绳子紧紧地绑在腰上，然后用两只手抓住绳子。

山姆后退几步，将双脚抵在离悬崖边几码远的一个树桩上来施力。如此半拉半爬，佛罗多终于回到崖顶，整个人趴在地上。

闪电雷声在远方不停地闪烁咆哮，雨势依旧很大。霍比特人再度爬回深沟中，但那里也找不到什么遮蔽的地方。雨水汇成的一道道水流开始流进沟中，很快就汇聚成山洪在石块上冲激飞溅，然后从悬崖上冲下去，像是一个巨大屋顶上排下的水一样。

"我如果还待在那边，现在不是被水淹得半死，就是被冲到崖底去了。"佛罗多说，"幸亏你身上有绳子！"

"如果我能早点想到就更好了！"山姆说，"或许你还记得，我们离开精灵的家乡时，他们把绳子放到我们船上。我很喜欢那些绳子的做工，因此悄悄藏了一段在背包里。感觉起来好像是好多年前的事情了。'这会帮上很多忙的。'哈尔达还是哪位精灵这样说，他说得果然没错！"

"真可惜我没想到多带一段来，"佛罗多说，"但我离开远征队时既仓促又混乱，哪还想得到这些。如果我们有足够的绳子，就可以用来爬下悬崖。不知道你的绳子有多长？"

山姆小心翼翼地用手臂来测量。"五、十、二十、三十个手臂长左右。"他说。

"谁想得到竟然有这么长！"佛罗多吃惊地说。

"啊！谁想得到呢？"山姆说，"精灵真是神奇的种族。绳子看起来很细，其实很强韧，摸起来像牛奶一般柔滑，收起来体积也很小，又轻如羽毛。他们真是个神奇的种族！"

"三十个手臂长！"佛罗多在脑海中估算着，"我想应该够了。如果暴雨在午夜之前结束，我要再试试看。"

"雨势已经开始在减小了，"山姆说，"可是，佛罗多先生，千万不要在微弱的光线里冒险了！即使你已经不在乎那风中的叫声，我还很担心呢。听起来像是黑骑士，只不过是空中传来的，仿佛他们学会了风行一样。我想我们最好等天亮。"

"我则觉得，若非绝对必要，我不想再耽搁分秒卡在这悬崖边，让黑暗国度的眼睛越过沼泽监视我们。"佛罗多说。

他一说完，就站起来又走到深沟底端。他探头往外看去，东方的天色又再度澄清起来，风暴的外缘已经开始瓦解，主要的雨云已将它巨大的翅膀笼罩在艾明穆尔上空，索伦黑暗的心思在乌云上笼罩了一阵子。于是乌云转了个方向，将冰雹和闪电击打在安都因河谷上，并且将阴影笼罩在米那斯提力斯上，仿佛带来了开战的威胁。然后，乌云在山脉上降低云头，聚集它巨大的云峰，缓缓移动到刚铎和洛汗国的边界；正往西方前进的骠骑们，正好看见如山般的乌云跟在太阳之后移动。不过，在这块荒凉的山地与冒臭气的沼泽上方，湛蓝色的天空又再度开启，几颗黯淡的星斗出现在天空中，仿佛新月之上的苍穹开了几个小口一般。

"能够再度看清楚眼前的景象真好！"佛罗多深吸一口气说，"你知道吗，我之前以为自己瞎掉了！多半是由于那闪电或是什么邪恶的力量。我什么都看不见，完全看不见，直到那绳子垂降下来，绳子似乎在黑暗中发出了银光。"

"它在黑暗中看起来的确是银色的。"山姆说,"我之前从来没有注意过,不过,自从我将它收起来之后,也没把它再拿出来过。佛罗多先生,如果你这么坚持要爬下去,要怎么利用这绳子?三十个手臂长,大概就是三十六呎左右,跟你估计悬崖的高度几乎一样。"

佛罗多沉思了片刻。"山姆,把它绑紧在树桩上!"他说,"这次我想你可以如愿先下去了。我来把你放下去,你只需要用手脚蹬着石壁就好了。不过,如果你可以在中途找到突出的岩石站一会儿,让我休息一下也是很好的。当你下去之后,我会跟着下来,我觉得自己已经恢复正常了。"

"好吧,"山姆语气沉重地说,"如果别无选择,那我们还是赶快完成吧!"他拿起绳子,将它紧紧地绑在最靠近崖边的树桩上,另外一端则是绑在自己的腰上。他不情愿地转过身,准备再度攀下悬崖。

事实上,事情并没有如他预期的那么糟糕。尽管当他从两脚间往下看的时候,还是好几次忍不住闭上眼睛,但这绳子似乎给了他信心。途中有段相当危险的地方,山壁光滑陡峭又往内凹,完全没有落脚的地方,他脚一滑,只靠着绳子悬空晃荡。但佛罗多依旧稳定、持续地将他往下放,最后这段旅程终于结束了。他最害怕的是在他离地还很高时绳子就用完了;不过,当山姆踩到地面时,佛罗多手上还有好长一截绳子。他对着头上大喊:"我到了!"虽然他的声音清楚地从底下传来,但佛罗多看不见他,他的灰色斗篷已经将他融入暮色中了。

佛罗多则花了更多时间才下来。他将绳子绑在腰上,确定绑紧了,他将绳子缩短一些,好让自己在未达地面之前能被绳子拉住,避免失手时跌落摔死,他对这条细细的灰绳子不像山姆那么有信心。同样的,他在途中两处地方都必须完全依靠它:一处是岩壁光滑到连霍比特人强韧的手指都无处可抓,一处是可落脚的支撑点实在太远。幸好,他还是安全地下来了。

"好啦!"他大喊着,"我们做到了!我们终于逃出了艾明穆尔!接下来会怎么样?或许我们不久之后,又要开始抱怨脚底石头太硬了。"

但山姆并没有回答,他正仰头看着悬崖。"要命!"他说,"猪脑袋!我的好绳子!它绑在树桩上,我们人在底下,正好留给那个臭咕鲁一条阶梯。干脆留下个路标告诉他我们去哪里好了!对他来说一定很简单。"

"如果你能想出一个两全其美的办法,让我们可以用绳子下来,又可以同时把它一起带下来,那我就接受猪脑袋这绰号,或是你老爹给你的任何称呼。"佛罗多说,"如果你真的想的话,那可以爬回去,解下绳子,再跳下来啊!"

山姆搔搔头。"抱歉,我实在想不出办法来。"他说,"可是我真的不喜欢把绳子留在这边。"他抓着绳子的这端,轻轻地摇一摇,说:"要和从精灵国度带出来的东西分别,实在让我难过。或许这是凯兰崔尔自己亲手做的呢。凯兰崔尔……"他喃喃自语道,难过地垂下头。然后他抬起头来,用力拉了绳子最后一下,仿佛向它道别。

让两名霍比特人大吃一惊的是,绳子松脱下来了。山姆仰跌在地,那条长长的灰绳子也无声无息地从天上掉下,落在他身上。佛罗多笑起来:"这绳子是谁绑的啊?"他说,"幸好它在关键时刻没松开!我全身的重量都依靠在你绑的结上哪!"

山姆没有笑。"佛罗多先生，或许我不擅长爬山，"他用自尊受伤的语气说，"但我对绳子和打结可是很擅长，你可以说这是我们家族的遗传。我爷爷和大伯安迪，一年都会表演几次走绳索呢。我刚才在树桩上绑的绳结跟任何人绑的一样紧，不管是在夏尔还是在其他地方。"

"那么，我猜绳子一定是断了——被悬崖边缘给磨断的。"佛罗多说。

"我打赌它没有！"山姆用更受伤的语气说。他弯下腰检查着绳子的两端。"真的没有。你看，连一点痕迹都没有！"

"那恐怕还是得怪你的打结技术了。"佛罗多说。

山姆摇摇头，没有回答。他若有所思地抚摸着绳子。"佛罗多先生，你要怎么想都随便你，"他最后终于说，"但我认为这绳子是在我呼唤之后，自己掉下来的。"他爱惜地将绳子卷起，放回背包中。

"它的确是掉下来了，"佛罗多说，"这才是最重要的事情。不过，现在我们得想想接下来该怎么办，天马上就要黑了。你看，月亮和星星看起来多漂亮啊！"

"它们真的让人心情一振，对吧？"山姆抬起头来说，"不知为何，我觉得它们很有精灵的味道。月亮也快圆了。在这种多云的天气里，我们已经有好几天没有看到月亮，它越来越亮了。"

"没错，"佛罗多说，"但距离满月还有好几天。我想，在这样的月色下，我们最好还是不要踏上沼泽地。"

在夜色的第一道阴影之下，两人展开了第二阶段的旅程。走了一阵子之后，山姆转回头看着他们经过的道路。深沟的出口看起来像是悬崖上的一道缺口。"幸好我们有绳子。"他说,"这下我们可给那个拦路强盗留下了一个谜团。这次他可以用那双臭脚在悬崖上好好玩玩了!"

他们小心翼翼地在乱石和粗砾之间找路离开崖边,由于大雨,这地变得十分湿滑。这里的地形依旧相当陡峭,他们没走多远,就遇到了一个突然出现在他们面前的深沟。它不是很宽,但是在这种微弱的光线下要跳过去实在太危险了。两人觉得可以听见沟底传来水流的声音。这条深沟在他们左边蜿蜒向北弯回山里去,挡住了两人往这方向去的道路,至少在这黑暗中他们不可能朝这个方向走。

"我想我们最好回头沿着山崖往南边走,"山姆说,"或许我们可以找到一个遮风避雨的洞穴。"

"我也这么想。"佛罗多说,"我已经累了,不管我有多讨厌拖延,今晚实在没有多少力气可以在这些岩石间攀爬了。我真希望我们眼前有条清清楚楚的大路,这样一来,我就可以走到腿快断掉再休息。"

他们发觉,在艾明穆尔崎岖破碎的山脚下跋涉并不轻松,而山姆也没有找到什么可以遮风避雨的凹洞,只有光秃秃的石坡被罩在悬崖阴影下,他们越往回走,它就显得越高越陡。到了最后,他们精疲力竭地瘫倒在一块靠近悬崖的大石底下。他们瘫坐了一会儿,在寒冷的黑夜中可怜兮兮地缩在一起,努力地和不停袭来的睡意搏斗,但眼皮却越来越重。月亮此时已经升到半空,发出清澈的光芒。微白的光照亮了岩壁的表面与阴沉寒冷的峭壁,将整块黑暗的大地转变成一片森冷的灰白色,当中还分布着一道道的黑色阴影。

"好吧!"佛罗多站了起来,把斗篷裹得更紧一些。"山姆,你盖我的毯子睡一会儿吧。我先走走，负责守夜。"突然间他身子一僵，随即弯腰抓住山姆的手臂。"那是什么？"他低语道，"你看悬崖上那是什么东西！"

山姆的视线移过去，同时猛吸了一口气。"啧！"他说，"就是他，那个死咕噜！要命！我还以为这次可把他困住了！结果你看看！他竟然像丑恶的蜘蛛一样爬下来。"

在苍白月光的照耀下，显得几乎直上直下的光滑悬崖上，有一个黑色的小身影正伸长了细瘦的四肢往下爬。或许他柔软如触须一般的手脚，可以找到霍比特人看不见也无法利用的缝隙和落脚处，但从远处看去，他似乎是靠着手脚上的吸盘在山壁上前进的，好像某种蜥蜴或是昆虫一样。而且，他还是头朝下地往下爬，仿佛在嗅闻着路前进。他不时会缓缓地抬起头，转动细长的脖子往回望；此时，霍比特人就会瞥见一眼两个闪着苍白光芒的小光点，他那双眼睛朝着月亮眨啊眨的，接着又闭了起来。

"你想他看得见我们吗？"山姆说。

"我不确定，"佛罗多低声说，"我想应该看不到，即使是同伴都很难清楚看见这些精灵的斗篷。几步之外我就看不清楚你的身影了。而且，我也听说他不喜欢太阳和月亮。"

"那他又为什么会朝这个方向爬？"山姆问。

"山姆，小声一点！"佛罗多警告道，"或许他闻得到我们的味道。而且，我相信他的听力跟精灵一样敏锐。我想他现在多半已经听到了什么声音，可能就是我们谈话的声音。我们刚刚在那边不是大喊大叫的吗?而且,我们在不到一两分钟之前,说话都还是太大声了些。"

"好吧,总之我已经厌倦这家伙的紧追不舍。"山姆说,"他实在太黏人了,这次如果有机会,我要跟他好好谈谈,我认为这次可不能让他再逃跑了。"山姆戴上兜帽遮好头脸,无声无息地朝向悬崖边移动。

"小心点!"佛罗多压低嗓音,跟在后面说道,"别惊动他!他可是比外表看起来要危险多了。"

那个黑影这时已经爬了四分之三的路,离地面只有不到五十呎的距离。两名霍比特人埋伏在一块大石旁,动也不动地观察着他。他似乎遇到了一段难以落脚的道路,或是遭遇了什么困难的抉择。两人可以听见他嗅闻着,还不时夹杂着听起来像是诅咒的嘶嘶声。他抬起头,佛罗多和山姆觉得似乎听见他吐痰的声音,然后他又继续往下移动。现在他们已经能听见他那沙哑细碎的声音了。

"啊,嘶!小心,我的宝贝!欲速则不达。我们可不能拿脖子冒险,对吧,宝贝?当然了,宝贝——咕噜!"他又抬起头,对着月亮眨眼,接着又很快闭上眼。"我们讨厌这东西!"他嘶声说,"可恶、讨厌的银光——嘶——它监视我们,宝贝,它还弄痛我们的眼睛。"

他越来越靠近地面,嘶嘶声就越清楚尖锐。"我的宝贝,我的宝贝,它在哪里?它在哪里?这是我们的,是我们的,我们想要它。这些小偷,这些小偷,这些可恶的臭小偷!他们把我的宝贝带到哪里去了?诅咒他们!我们恨他们。"

"听起来他好像不知道我们在这边,对吧?"山姆低语道,"他的宝贝是什么?难道是——"

"嘘!"佛罗多压低声音说,"他已经很靠近了,会听见我们的所有声音。"

的确,咕鲁这时突然停了下来,他连在细长脖子上的大脑袋四下转动着,仿佛正在倾听什么。他苍白的眼睛半睁了开来。山姆压抑住自己,只是手指忍不住绞扭在一起。他充满了愤怒和厌恶的双眼,正紧紧盯在那个变形的生物身上,看着他再度开始移动,再度自言自语。

最后,他到了距离地面不过十几呎的地方,就在两人的头上。从那里开始悬崖陡峭又往内凹,连咕鲁都找不到任何手脚可以着力的缝隙。他似乎想要扭转过身体,准备用脚先下去。就在此时,他尖叫一声突然跌落下来,同时,他卷起手臂和脚将身体团团包住,就像是丝线突然断裂而往下掉的蜘蛛一样。

山姆闪电般冲出躲藏处,三步并作两步冲到悬崖边,在咕鲁没来得及站起来之前,他就已经扑了上去。但他惊讶地发现,咕鲁即使刚从悬崖上落下来,还来不及做任何防备,也比他预料的难缠多了。在山姆还没抓到对方之前,一双长手和长脚已经紧紧缠住了他,柔软但极为有力,像绳索般慢慢地收紧,两只黏黏的手爪则摸索着伸向他的咽喉。接着,锐利的牙齿咬入了他的肩膀。山姆唯一能做的,就是用力把他坚硬的圆脑袋撞上咕鲁的脸。咕鲁发出嘶嘶声,唾沫乱喷,但是没有放手。

如果山姆只有一个人,可能就会遭遇难以想象的厄运。但佛罗多迅速地扑上来,将刺针拔出鞘。他用左手拉住咕鲁稀疏的头发,让他不由自主地往后仰,露出长长的脖子,强迫他那双恶毒的眼睛瞪着天空。

"放手!咕鲁。"他说,"这是刺针,你之前曾经看过这柄武器。放手,不然这次你将亲身体验它的威力!我会把你的喉咙割断。"

咕鲁立刻像是扯断的丝线般软瘫在地上。山姆站了起来,揉捏着肩膀,他的眼中充满了怒气,但他无法还手,那位可怜兮兮的敌人现在正趴在石头上哀嚎。

"不要伤害我们!宝贝,不要让他们伤害我们!好霍比特人不会伤害我们,对不对?我们不想要伤人,但是他们就这么扑上来,好像猫捉老鼠一样,你说是吧,宝贝?咕噜,我们好孤单。只要他们对我们好,我们也会对他们很好很好,对吧,是的,嘶嘶的。"

"好吧,这下子该怎么办?"山姆说,"我说把他绑起来,以后他就不能再偷偷摸摸跟在我们后面了。"

"但你这样会杀死我们,杀死我们……"咕鲁哀嚎说,"残酷的小霍比特人,把我们绑在这荒凉寒冷的地方,丢下我们不管,咕噜,咕噜。"在他不停发出咕噜声的喉咙里面,传出类似啜泣的声音。

"不能这样做。"佛罗多说,"如果我们要杀他,我们必须一刀杀了他。但像这种状况,我们又不能够这样做。可怜的家伙!他也没有伤害到我们。"

"喔,是嘛!"山姆揉着肩膀说,"他一定有这个念头,我敢打赌,只要给他机会,他绝不会犹豫的,他多半打算在我们睡觉的时候勒死我们。"

"或许吧,"佛罗多说,"他打算怎么做是另一回事。"他开始仔细思考眼前的状况。咕鲁躺在地上不动,不再发出哀嚎声,山姆站在旁边,低头瞪着他。

佛罗多觉得自己似乎听见了从遥远的过去所传来的声音:

比尔博当时没有趁机杀死这家伙，真是太可惜了！

可惜？正是对性命的怜惜阻止他下手，怜惜和同情：不要妄动杀机。

我实在没办法怜悯咕鲁，他被杀是罪有应得。罪有应得！我可不这么认为，许多苟活世上的人其实早该一死，许多命不当绝的人却已逝于人世。你能够让他们起死回生吗？如果不行，就不要这么轻易论断他人的生死，即使是最睿智的人也无法考虑周详。

"好吧，"他放下宝剑大声地回答，"但我还是觉得很害怕。而且，你也看到了，我不想伤害这个家伙。当我现在终于看见他的时候，我的确怜悯他。"

山姆瞪着主人，发现他似乎在和一个看不见的人交谈。咕鲁也抬起头。

"嘶嘶的，宝贝，我们真的很可怜。"他求饶道，"悲惨悲惨！好霍比特人不会杀我们，好霍比特人不会的。"

"没错，我们不会的。"佛罗多说，"但我们也不会让你就这样走掉。咕鲁，你满脑子都是坏念头和坏主意，你得跟我们一起来，好让我们监视着你。而且，你必须尽可能地帮助我们，这是你应该对我们作出的回报。"

"嘶的，嘶的，"咕鲁坐起来说，"好霍比特人！我们愿意和他们走，帮他们在黑暗中找到安全路。没错，我们会的。而他们在这一片荒地里要去哪里？我们想知道，没错，我们想知道？"他抬头看着他们，眨动的眼中闪过一道诡诈迫切的光芒。

　　山姆咬牙怒视着他,但他也意识到主人的情绪有点怪,而这件事显然不容争辩。不过,他还是对于佛罗多接下来的回答感到惊讶。

　　佛罗多直视着咕鲁的双眼,让他慌忙避了开去。"你知道的,史麦戈,或者你已经猜到了——"他低声、严肃地说,"我们当然是要去魔多。而我相信,你知道该怎么过去。"

　　"啊!嘶嘶!"咕鲁用手遮住耳朵,仿佛对方这么坦诚、这么公开地提到这名字,让他觉得极端痛苦。"我们猜过,是的,我们猜过,"他低声说,"我们也不要他们去,是吧,宝贝?没错,宝贝,好霍比特人不要去。那里都是灰、灰,还有烟尘;还会很口渴,到处都是洞穴,洞穴,洞穴,半兽人,几千名半兽人……好霍比特人不要去——嘶嘶——那个地方。"

　　"你果然去过那边?"佛罗多紧追不舍,"你觉得被一股力量召唤回去,对吧?"

　　"嘶的,嘶——不!"咕鲁尖叫道,"一次而已,是意外,对吧,宝贝?是的,意外。我们不要回去,不要,不要!"接着,他的声音和所用的语言突然间改变了,他开始在喉间啜泣,自言自语起来:"走开,咕噜!你弄痛我了。喔,我可怜的手好痛,咕噜!我,我们,我不想要回去,我找不到。我好累了,我,我们找不到它,咕噜,咕噜,不,不知道——在哪里。他们永远都醒着。矮人、人类和精灵,可怕的精灵拥有明亮的双眼。我找不到。啊!"他站了起来,双拳紧握成一团,对着东方挥拳大声咒骂。"我们不要!"他大喊着,"不要为你这么做。"然后他又瘫倒下来。"咕噜,咕噜,"他的脸趴在地上,"不要看我们!

快走！去睡觉！"

"史麦戈，他不会听你的话离开或是去睡觉的。"佛罗多说，"如果你真的想要摆脱他，你就必须帮助我。而唯一的方法，恐怕就是找到前往他老巢的道路。但你不需要跟我们走到最后，只需要带路到门口就可以了。"

咕鲁再度坐起来，眯着眼睛看着他。"他就在那边，"他沙哑地说，"一直都在的。半兽人会把你带过去，在河东岸很容易遇到半兽人，别问史麦戈。可怜，可怜的史麦戈，他很久很久以前去过一次。他们把他的宝贝拿走了，现在永远找不到了！"

"如果你跟我们来，或许我们可以再找到他。"佛罗多说。

"不，不会的，永远找不到！他弄丢了宝贝。"咕鲁说。

"站起来！"佛罗多说。

咕鲁站起来，不停地后退，直到靠在山壁上为止。

"听着！"佛罗多说，"你在白天还是晚上比较容易找到路？我们很疲倦，不过，如果你选择晚上，我们就从今晚出发。"

"大亮光弄痛我们的眼睛，真的。"咕鲁哀嚎着，"不能在白天底下走，时候还没到。它很快就会跑到山后面，嘶的。好霍比特人，先休息一下！"

"那么先坐下来，"佛罗多说，"不要乱动！"

霍比特人一边一个在他身边坐了下来，每个人都背靠着墙壁，伸直了腿休息。他们彼此之间不需要任何的沟通，都知道这时一定不能睡着。月亮慢慢地隐退，阴影从山脉上盖过来，他们眼前变得越来越黑暗。天空中的星辰在黑暗衬托下,显得额外明亮繁密。咕鲁将膝盖顶着下巴,手和脚平放在地上,闭着眼,但他的身体十分地僵硬,似乎在思考或倾听着些什么。

佛罗多看着山姆,两人的眼神交会,立刻就明白对方的意思。他们放松下来,头靠着山壁,假装闭上眼。不一会儿,他们便传出了舒缓均匀的呼吸声。咕鲁的手抽动了一下,他的头用几乎无法察觉的动作,往左右微微晃动了一下。接着,他先张开一只眼,然后是另外一只。霍比特人毫无反应。

突然间,咕鲁用惊人的敏捷和速度,如同蚱蜢或青蛙般一跃而起,扑入黑暗中。但这正是山姆和佛罗多所预料到的。他才跳出两步,山姆就已扑了上去,佛罗多正好赶过来抓住他的腿,将他绊倒。

"山姆,你的绳子又能派上用场了。"他说。

山姆拿出绳子。"咕鲁先生,在这个荒凉的地方,你又准备要去哪里啊?"他咬牙切齿地说,"我们很怀疑哪,很怀疑。我敢保证是要去找你的半兽人朋友吧。你这个肮脏的狡猾东西。这绳子应该套在你的脖子上,紧紧打个死结才对。"

咕鲁静静地躺在地上,不敢轻举妄动。他并没有回答山姆,只是迅速怨毒地瞥了他一眼。

"我们只要让他无法逃脱就好了。"佛罗多说,"我们要他能走来带路,所以不能绑住他的腿,或是他的手臂,这家伙走起路来似乎是手脚并用的。那么就绑住他的一只脚踝,另外一端由我们来抓住就好了。"

在山姆打绳结的时候,他低头看着咕鲁。未料绳子的效果让他们全都吃了一惊。咕鲁开始尖叫,那是种单薄、刺耳的声音,让人听起来毛骨悚然。他不停地痛苦扭动,试着用嘴巴去咬绳子,同时尖声叫个不停。

最后,佛罗多终于相信他是真的很痛苦,但这应该不是绳结的效果。他仔细地检查绳结,发现它并不算特别紧,事实上根本不够紧。山姆一向是口硬心软。"你是怎么搞的?"他说,"如果你老是想逃跑,我们一定得把你绑起来,但我们又不想伤到你。"

"好痛,我们好痛。"咕鲁嘶嘶地说,"它好冰,它咬我们!精灵弄的,诅咒他们!残酷可恶的霍比特人!当然了,宝贝,就是因为这样我们才会想要逃跑。我们早就猜到他们是残酷的霍比特人。他们和精灵是朋友,那些眼睛烁亮的残酷精灵。快拿走!我们好痛。"

"不,我不会把它从你身上拿走,"佛罗多说,"除非——"他停下来思考了片刻,"除非你可以发誓让我相信你。"

"我们愿意发誓遵照他的命令,是的,嘶嘶的。"咕鲁依旧抓着脚踝不停扭动,"好痛喔!"

"发誓?"佛罗多说。

"史麦戈,"咕鲁突然清楚地张开眼,炯炯有神瞪着佛罗多的眼中有一道异样的光芒,"史麦戈以宝贝发誓。"

佛罗多立刻站了起来,山姆再度对他的严肃表情和话语大吃一惊。"以宝贝发誓?你好大的胆子!"他说,"你想想!

至尊戒,驭众戒,禁锢众戒黑暗中。

"你愿意发出这样的誓言吗?史麦戈,它控制你的。而且,它比你狡猾太多了。它会扭曲你的话,要小心点!"

咕鲁趴在地上。"以宝贝发誓,以宝贝发誓!"他重复道。

"你发誓愿意怎么样?"佛罗多问。

"非常非常乖。"咕鲁说。然后,他爬到佛罗多脚前,趴在地面上,用沙哑的声音低语起来;他浑身发抖,仿佛这句话的每个字都让他怕到骨子里去:"史麦戈发誓,永远,永远都不会让他得到它。永远!史麦戈会救它。但他必须以宝贝起誓。"

"不!不能,"佛罗多用严厉、怜悯的眼神低头看着他,"你只想要看它、碰触它,即使你知道它会把你逼疯。不,不能以它起誓,但是,你可以对它起誓。是的,史麦戈,你知道它在哪里,它就在你面前。"

一瞬间,在山姆的眼中,他的主人突然变得高大,而史麦戈则是缩小了:一个高大威严的身影,一个将自己的光芒隐藏在灰色云朵之后的君王,而他的脚前则有一只乞怜的小狗。但是,从某个角度来看,这两个人彼此之间又有类似之处,他们可以感知彼此的心思。咕鲁直起身子,开始触摸着佛罗多的膝盖,摇尾乞怜。

"趴下!趴下!"佛罗多说,"快发誓!"

"我们发誓,是的,我发誓!"咕鲁说,"我愿意服侍宝贝的主人。好主人,好史麦戈,咕噜,咕噜!"突然间,他又开始啜泣,回头咬啮着自己的脚踝。

"山姆,把绳子解开!"佛罗多说。

山姆不情愿地照做了。咕鲁立刻站了起来,开始到处乱蹦乱跳,好像一只刚被主人鞭打,又被主人摸头的小狗一样兴奋。从那一刻起,有某种改变发生了,并且在他身上持续了一段时间。他不再哀嚎、不再发出那么多的嘶嘶声,他会直接对同伴说话,不再对宝贝说话。如果他们靠近他,或是做出什么突然的动作,他会猛然退缩、闪躲;而且,他也刻意避开他们的精灵斗篷。不过,总体来说,他还是非常的友善、费尽心力想要讨好人,让人看了很不忍心。如果有任何人说了笑话,甚至只是佛罗多温和地对他开口,他都会咯咯大笑。如果佛罗多对他说话的口气重了些,他就会啜泣。山姆几乎不对他说话,他比以前更怀疑眼前的这个生物,比起原来的咕鲁,他更讨厌这个新的史麦戈。

"好吧,咕鲁,不管是谁,我们在叫你就是了,"他说,"快点动身吧!月亮已经不见了,夜色也快开始减退了。我们最好出发了。"

"是的,是的,"咕鲁同意道,边蹦蹦跳跳地说,"我们出发!从北边到南边只有一条通道,是我找到的。半兽人不会用,半兽人不知道。半兽人不会走沼泽,他们会绕很远很远的路过去。你们走这边很幸运,遇到史麦戈更幸运。是的,跟着史麦戈来!"

他走了几步,又回头探询似的望着他们,像是等待主人带他去散步的小狗一样。"等等,咕鲁!"山姆说,"别跑太远!我会紧跟着你,别忘记我手上还有绳子。"

"不会,不要!"咕鲁说,"史麦戈发过誓了。"

在清澈的星光之下,他们在深夜踏上了旅程。咕鲁领着他们回头往北走了片刻,然后他往右转离了艾明穆尔的险峻陡坡,走下碎石满布的斜坡,朝下方的大沼泽走去。一行人迅速轻悄地融入了黑暗之中。魔多大门前所有的荒地都笼罩在一片黑暗的寂静中。

第二章

沼泽之路

咕鲁的动作很快，他行走时头颈往前伸，经常手脚并用。佛罗多和山姆得十分辛苦才能赶得上他，但他似乎不再想要逃跑了。如果他们落后了，他会转过身等待他们。过了一段时间之后，他带着两人来到他们之前曾经到过的深沟边，但这次距离山峦又远了一些。

"就是这里！"他大喊着，"底下有条路，没错，我们可以跟着走下去，那边有出口。"他指着东南方的沼泽说。沼泽的臭味直冲他们的鼻子，即使在这带着凉意的夜里，那股浓重的臭气还是十分呛鼻。

咕鲁沿着裂隙往下走，最后他回头喊道："在这里！我们可以从这边下去，史麦戈以前来过这里，我就是在这边躲过半兽人的。"

他领着路，霍比特人跟着他爬下裂隙。一路上并不难走，因为这条裂隙在此只有十五呎深，十几呎宽而已。底下果然有溪水在奔流，事实上，这就是众多由山上流下，供给恶臭沼泽积水的小溪之一。咕鲁转向右，朝着南边走去，他的大脚啪啪踏着浅而多岩的小溪，能碰到水似乎让他觉得很高兴，有时他会咯咯地笑，甚至挤出某种曲调难辨的歌曲。

地上寒冰冰，
刺痛手心，
咬着脚底。
巨岩和石块，
好像骨骸，
无肉无依。
溪水和池塘，
湿润清凉：
爽到心里！
我们想要——

"哈！哈！我们想要什么呢？"他瞄着霍比特人说，"我们告诉你，"他声音沙哑地自问自答，"他早就猜到了，巴金斯老早就猜到了！"他的眼中闪过一道光芒，山姆在黑暗中注意到那光芒，认为那并不是什么善意的神色。

活着却不呼吸，
冰冷带着死气；
永远不渴，喝水却忙；
披着铠甲，却不叮当。
在陆地窒息，
把一座岛屿，
看作高山峻岭；

误认为泉水喷，
是那气泡飞。
如此柔美！
如此可喜！
我们只希望
可以抓到一条鱼，
多汁又甜美的鱼！

这些字眼却正好提醒了山姆一件事情，自从他知道主人将要收容咕鲁作向导的时候，就一直觉得不安的事情：食物的问题。他并不认为主人会想到这件事，但很明显地咕鲁想到了。咕鲁在这段漫山遍野跟踪的过程中，到底怎么求得温饱的？

"我猜多半吃得不怎么样，"山姆想，"他看起来瘦巴巴的。如果没有鱼的话，我看他很可能会想要尝尝霍比特人的味道。我敢打赌，如果他遇上我们打盹的时候，一定会这样做的。哼哼，我绝不会让他得逞的，山姆绝不会当他的牺牲者！"

他们在蜿蜒的溪谷里面跟跄地走了很长一段时间，至少对两腿酸痛的佛罗多和山姆来说是这样的。溪谷往东蜿蜒，随着他们的前进，溪水越来越浅，河道越来越宽。最后，天空终于冒出了些许的曙光。咕鲁看起来并不疲倦，但他却停下脚步抬起头。

"快白天了。"他低声说，仿佛白天是种会悄悄跟上来偷袭他的怪兽。"史麦戈留在这里，我会留在这里，这样大黄脸就不会看见我。"

"我们看见太阳应该要很高兴才对,"佛罗多说,"不过,我们会待在这里,反正我们现在也已经累到走不动了。"

"看到大黄脸会觉得高兴,你实在不太聪明。"咕鲁说,"它会让你被看见。聪明讲理的霍比特人会和史麦戈在一起,到处都有半兽人和怪物,他们可以看到很远的东西。和我一起躲在这里吧!"

三人靠着深沟旁的山壁开始休息。现在这里的山壁不过只有一个人类那么高,沟底还有好些干燥的宽扁大石头;溪水则在另一边的沟槽里流着,佛罗多和山姆躺在大石上休息着。咕鲁在溪水里面打滚摸索。

"我们必须先吃一点东西。"佛罗多说,"史麦戈,你饿了吗?我们能够分你的东西不多,不过,只要东西还有剩,我们就会和你分享。"

一听见饿这个字,咕鲁苍白的眼中亮起了绿光,瘦干脸上的那双眼睛似乎比平常还要突出许多。一瞬间,他似乎又恢复了原有的咕鲁行为模式。"我们好饿,嘶嘶的,我们好饿,宝贝。"他说,"他们吃什么?他们有没有好吃的鱼?"他的舌头从黄色的利齿间钻了出来,舔舐着苍白的嘴唇。

"不,我们没有鱼,"佛罗多说,"我们只有这个——"他拿起一片精灵的干粮说:"还有水,希望这边的水可以喝。"

"嘶嘶的,嘶嘶的,好水,"咕鲁说,"要喝,要喝,把握机会喝!可是宝贝,他们有的是什么东西?可以咬吗?好吃吗?"

佛罗多掰下一片兰巴斯,放在原先包干粮的叶子上递给他。咕鲁闻了闻那叶子,表情立刻就变了,他露出恶心和厌恶交杂的扭曲表情,似乎又准备露出以往那恶狠狠的样子。"史麦戈闻到了!"他说,"精灵住所出来的叶子！恶！好臭。他爬过那些树，就一直洗不掉手上的味道，我可爱的手啊。"他丢掉叶子，捏住兰巴斯的一小角，咬了一口；却立刻吐了出来，开始剧烈咳嗽。

"啊！不！"他口齿不清地说，"你们想要呛死可怜的史麦戈！吃起来像灰尘，他没办法吃这东西。他得饿肚子了，但史麦戈不在乎。好霍比特人！史麦戈答应过了。他会饿肚子。他不能吃霍比特人的食物。他会饿肚子。可怜的瘦瘦史麦戈！"

"抱歉，"佛罗多说，"可惜我帮不上忙。我本来以为这食物可以让你更健康一些，只要你愿意试试，不过，看来你连试都没办法。"

霍比特人沉默地嚼着兰巴斯。山姆很久以来都没觉得这干粮如此美味了，咕鲁的反应让他又注意起这东西的味道。但他吃得并不舒服。咕鲁看着他们把每一口干粮从手里送到口中，好像是餐桌边的忠狗一样。只有当他们吃完收拾好东西准备休息的时候，他才终于相信他们没有藏起任何好东西。然后，他就转身离开，坐在比较远的地方哼哼叫。

"听着！"山姆对佛罗多耳语道，但其实声音并不是那么的小，他不在乎咕鲁到底听不听得到，"我们得要休息，但是有这个饥肠辘辘的坏蛋在附近，我们不能够两个人同时睡着，不管他有没有发誓都一样。不管是史麦戈还是咕鲁，我敢打赌，旧习难改啊！佛罗多先生，你先睡，我会撑到眼睛睁不开的时候再叫你。跟以前一样，我们轮流睡。在他还能到处乱跑的时候，我们必须提防。"

"山姆，或许你说得没错。"佛罗多刻意大声地说，"他的确有了些改变，但究竟是什么改变，又有多深刻，我都还不确定。不过，认真地说，我并不认为现在有必要太担心。不过，如果你想的话，还是盯着他。让我睡两小时，然后叫我起来。"

佛罗多累到几乎话一说完，头就往前垂向胸口，立刻睡着了。咕鲁似乎不再害怕，他蜷成一团，满不在乎地开始睡觉。他的呼吸均匀地穿过齿间，发出恼人的嘶嘶声，但他像石头一样动也不动地躺着。过了不久之后，山姆担心自己如果坐着继续听同伴的呼吸声，多半也会睡着，因此赶忙站起来，轻轻地戳了戳咕鲁。他紧握一团的手抽动了一下，但没有任何其他的反应。山姆弯下身，在他的耳边低声说："有鱼！"但对方还是没有任何反应，连呼吸都没有丝毫的改变。

山姆搔搔头说："多半是真的睡着了！"他喃喃自语道："如果我像咕鲁一样，这家伙就永远没机会醒来了。"他强自压抑住浮现在脑中的宝剑和绳子的影像，走回主人身边坐下。

当他醒来的时候，天空已经黯淡下来，光线比他们用早餐时更暗。山姆立刻跳起来。这不是因为他觉得精力充沛或是肚子饿，而是因为他突然间意识到，自己已经睡过了整个白天，至少九个小时！佛罗多依旧睡得很熟，四仰八叉地躺在他身边。咕鲁不见了。山姆开始从他老爹的丰富词汇中，找出各种各样责备自己的话语；同时，他也想到主人的看法是正确的：他们目前根本没什么需要提防的地方。他们两个至少都还活得好好的，没有被勒死。

"可怜的家伙！"他半后悔地说，"不知道他到哪里去了？"

"不远，不远！"他头上一个声音说。他抬起头，看见咕鲁的大头和耳朵，正背对着傍晚的天空看着他。

"哇！你在那边干吗？"当山姆一看见对方的身影，立刻又起了疑心。

"史麦戈肚子饿了，"咕鲁说，"很快就回来。"

"现在马上回来！"山姆大喊着，"喂！快回来！"但咕鲁已经消失了。

佛罗多一听见山姆的叫喊声，立刻揉着眼睛坐了起来。"嗨！"他说，"出了什么事吗？现在什么时候了？"

"我不知道，"山姆说，"我猜太阳多半已经下山了。他又跑了，说他肚子饿。"

"别担心！"佛罗多说，"你管不住他的。他会回来的，到时你就知道了。那誓言短时间内还会有效。反正，他也不会离开他的宝贝。"

在知道自己睡了好几个小时，身旁还有一名饥肠辘辘的咕鲁时，佛罗多并没有很担心。"别又想到那些你老爹骂你的话了。"他说，"你已经精疲力竭了，而结果显然也很好：我们至少都好好休息过了。眼前还有很艰难的一段路，恐怕是最糟糕的路段。"

"关于食物的部分，"山姆说，"我们这个任务到底会花多久的时间？在我们完成之后，又该做些什么？这个干粮可以让你有体力不停往前走，但是却无法让人感到真正的饱足，至少我是这样啦。我对制造干粮的人没有任何不敬的意思。真正让我担心的是，我们每天都必须吃一点，而它可不会越长越多。根据我的判断，我们大概还有至多三星期左右的存粮，这还得是在勒紧裤腰带的状况下才有可能。到目前为止，我们都吃得太过随意了些。"

"我不知道要花多久的时间才能完成。"佛罗多说，"我们在艾明穆尔耽搁了很久的时间。不过，山姆，我最好的朋友，我并不认为我们需要考虑在那之后会发生什么事情。照你说的，即使我们有机会可以完成这个任务，谁知道最后会有什么希望？如果我们这样做，谁又知道最后会怎么样？如果至尊魔戒落入火焰之中，而我们正在旁边呢？山姆，我问你，你觉得我们那个时候会需要什么面包吗？我想恐怕永远不需要了。如果我们可以好好保持精力，让自己可以安全地走到末日火山，那就已经够了。我甚至开始觉得，可能连这个都做不到。"

山姆静静地点头。他握住主人的手，弯下身去。他没有亲吻它，但眼泪却滴在其上。然后他转过头，用袖子擦着鼻子，接着站起来，在四周来回踱步，尝试要吹口哨轻松一下，却半天才挤出一句："那个该死的家伙到哪里去了？"

事实上，咕鲁不久之后就回来了；但他的动作轻到让人毫无察觉，直到他站在他们面前。他的手指和脸上都沾满了黑色的泥浆。他口中依旧在不停地嚼着某种食物。不过，他们并不想要知道那究竟是什么食物。

"可能是小虫或是什么从洞里面挖出来的东西，"山姆想，"恶，这个肮脏可怜的家伙！"

咕鲁在大口喝完溪水和洗过手脸之后，才对他们说话。此时，他舔着嘴唇，走到他们身边。"现在好多了。"他说，"我们休息够了吗？可以继续了吗？好霍比特人，他们睡得可真熟。相信史麦戈了吗？很好，很好。"

他们旅程的第二部分，和前半段其实并没有多大的差异。随着他们继续前进，深沟变得越来越浅，它底部的坡度也越来越平坦了。溪底的岩石越来越少，取而代之的是大量的泥浆，而两旁的陡壁也逐渐变成平缓的堤岸。溪水开始蜿蜒漫流。今晚已经快要结束了，但云雾遮蔽了月亮和星光，他们只能透过隐隐露出的灰光来判断清晨的到来。

在黎明前最冷的时刻，他们来到了溪流的末端。两岸变成长满了青苔的土丘，在经过最后一段腐蚀的岩石之后，溪水哗哗地流进一处褐色的沼泽中，就此消失不见。虽然他们感觉不到有风，但干枯的芦苇还是发出沙沙的响声。

现在，他们的两旁和前方是宽广的沼泽和淤泥，向南与向东延伸到朦胧的远方。迷雾在黑暗、发出各种声音的池子间弥漫。沼泽特有的臭味悬浮在凝滞的空气中。在远处，几乎就是正南方，隐隐可见魔多高耸的山脉，看起来像是一块边缘破碎的乌云飘浮在一片诡谲难测的雾海上。

霍比特人现在只能完全依靠咕鲁的带领。在这迷茫的雾气中，他们不知道，也猜不到，自己其实只是刚进入沼泽的北边，主要宽广的沼泽区还在他们眼前的南边。如果他们对地形了解得比较清楚，或许可以多花一点时间往回走，往东边多走一些路，就可走上硬路前往宽阔的达哥拉平原，也就是古代在魔多大门前一场大战的战场。不过，走那条路不见得更有希望。因为魔王的士兵和半兽人大多往来于该地，在那片荒凉、毫无掩蔽的平原上，连罗瑞安精灵的斗篷都无法隐藏他们。

"史麦戈，我们接下来要怎么走？"佛罗多问道，"我们一定要经过这些恶臭的地方吗？"

"不用，其实根本不用。"咕鲁说，"如果霍比特人想要很快抵达黑色的山脉直接去见他，就根本不用。我们可以后退一点，绕过一点路。"他瘦弱的手臂往北边和东边挥舞着："你就可以走上又冷又硬的路，直接来到他国度的大门前。他有很多部下会在那边等待客人的到来，会很高兴把你们直接带去见他，喔，这是真的。他的魔眼随时随地都会注意那块土地。很久很久以前，史麦戈就在那边被他发现。"咕鲁打了个寒战，"但史麦戈从那之后就会用自己的眼睛了，没错，是的，我从那之后就学会用自己的眼睛、鼻子和双脚。我知道有其他的路，比较难走、没有那么快，但是比较安全，如果我们不想要被他发现，就跟着史麦戈走！他可以在这一片很棒的迷雾里面，带你们走过沼泽。小心地跟着史麦戈，这样一来，在他抓住你之前，你或许可以走上很长很长的一段路。"

天已经亮了，一个无风、寂静的早晨，沼泽浓重的臭味依旧弥漫四周。没有任何阳光穿透低矮的乌云，咕鲁似乎急着要继续往前走。因此，在短暂地休息了片刻之后，他们又再度出发，很快就迷失在这片寂静阴暗的世界里，迷雾遮断了他们四周的一切视线，让他们既看不见所离开的山丘，也看不见将前往的高大山脉。他们排成一列：咕鲁、山姆、佛罗多，缓慢地往前走。

佛罗多似乎是三人之中最疲倦的人，虽然前进的速度已经很慢了，他还是经常掉队。霍比特人很快就发现，原先看起来像是一大片沼泽的区域，其实是很多池塘、软泥地和到处蜿蜒堵塞的河道所构成的。只有极为敏锐的眼睛和小心的步伐，才能在这里找出一条曲折的通道。咕鲁当然够敏锐，而连他都必须使出浑身解数才行。他的长颈子和脑袋不停地四处乱转，同时还嗅闻着，对自己嘀咕着；有些时候他会举起手，示意大家暂停，自己往前走一小段路，用手指或脚趾测试着地面，或者甚至将耳朵贴到地上，倾听着一切动静。

这地实在阴沉凄凉，让人身心俱疲。冰冷、湿黏的冬天似乎仍停驻在这被人遗忘的国度中。唯一的绿意是漂浮在一滩滩油腻黑水上的青黑色水草。枯死的草丛和腐朽的芦苇矗立在这迷雾中，像是过往夏天所留下的尸骸。

随着天色逐渐变亮，迷雾也稍稍减少了一些，变得比较薄弱、比较透明。在这块腐烂、潮湿的土地上，金光闪烁的太阳正越升越高，照耀在这块水汽蒸腾的大地上，但底下的人只能看见它像个模糊的鬼影匆匆而过，朦胧、苍白，没有散发出任何的暖意和颜色。但即使是这样模糊的阳光，也让咕鲁皱起双眉，低下头。他停下脚步不肯再往前走，于是他们在一大丛浓密的褐色芦苇丛旁蹲下来休息，模样就像被追猎的小兽。四周一片死寂，偶尔传来的只有草叶断落掉进池中，或植物被他们感觉不到的气流吹动的声音。

"连只鸟都没有！"山姆哀叹地说。

"没错，没有鸟，"咕鲁说，"好鸟！"他舔着牙齿说："这里没有鸟，有蛇、有虫还有池子里面的东西。很多东西，很多丑东西。没有鸟。"他哀伤地说。山姆用恶心的表情瞪着他。

他们和咕鲁同行的第三天就这么过去了。在夜色笼罩其他更愉快的大地之前，他们又再度出发，不断继续前进，中间只有短暂的休息。他们暂停主要不是为了休息，而是为了帮咕鲁；因为现在连他前进的时候都必须万分小心，有时候连他自己都无法确定下一步该怎么走。他们已经来到了死亡沼泽的中心，完全被黑暗给包围了。

他们缓缓地走着，同时弯腰注意着地面，紧跟着前面的人，专心注意着咕鲁的一举一动。沼泽地越来越湿，展开成了宽阔的死水塘，让他们要找到坚硬的地面落脚而不陷入那咕嘟冒泡的泥泞中越来越困难。还好三名旅人都很轻盈，否则他们可能永远也走不出这个沼泽。

这时，天已经全黑了，连空气也变得又黑又沉重，令人呼吸困难。当光亮出现的时候，山姆揉揉眼睛，还以为自己的脑袋出了什么问题。他起先是左眼角瞄到，似乎有道一闪即逝的淡淡光芒，但接着其他光芒随即出现：有些很像发光的烟雾，有些则像迷蒙的火焰，缓慢闪烁在看不见的蜡烛上；它们四处闪烁飘忽，像是被看不见的手搅动飞舞的薄纱一般。但他的两名伙伴都未对此发表任何意见。

最后，山姆终于忍不住了。"咕鲁，这些究竟是什么？"他压低声音说，"这些光芒？它们把我们全都包围了。我们被困住了吗？它们是什么？"

咕鲁抬起头。他正趴在地上左右打量着，面前是一池黑色的水，他不知道该往哪边走。"没错，它们到处都是，"他低语道，"这些就是骗人光，鬼火，是的，是的。不要理它们！不要看！不要跟它们走！主人到哪里去了？"

山姆回头一看，发现佛罗多又掉队了，他看不见他的身影。他往回走了几步，闯进黑暗中，不敢走太远，也不敢太大声地呼唤主人。突然间,他撞上了佛罗多,他正呆呆地望着那些幽幽的鬼火,两手僵硬地垂在身体两侧,水和泥巴正从他手上往下淌。

"来吧,佛罗多先生!"山姆说,"不要看它们!咕鲁说我们不能够看它们。我们跟上他,赶快离开这个该死的地方!"

"好吧,"佛罗多仿佛从梦中清醒一般,"我来了,快走吧!"

山姆又急急忙忙地往前走,却一不小心被一丛植物的根给绊倒了,他摔下去时双手重重按在地上,未料手却一下深陷入泥浆中,让他的脸也贴近了地上的水潭。他听见一阵微弱的嘶嘶声,同时一股诡异的恶臭飘上来,周围的光芒开始闪烁,旋转飞舞。有片刻时间,他眼前的池水变得像是某种窗户,玻璃上积满了尘泥,透过它可让他看见水里。他猛然把手从泥浆中拔出,大喊着后退好几步。"里面有死东西,水里面有死人脸,"他恐怖地说,"死人脸!"

咕鲁哈哈大笑:"这就是死亡沼泽,是的,是的,这就是它们的名字。"他咯咯笑着:"在鬼火闪烁的时候,你不应该张大眼睛往里看!"

"它们是谁?它们是什么?"山姆转过身看着佛罗多,他正跟在后面。

"我不知道,"佛罗多用像是做梦一样的声音回答,"但我也看见了它们,在鬼火亮起的时候,我在水塘中看见了它们。每一个水塘中都有,一张张苍白的脸,在很深很深的水里面。我看见好多的脸:邪恶、严厉的面孔,高贵、哀伤的面孔;许多面孔高傲又美丽,银色的头发中缠绕着许多水草。但全都散发出恶臭,全都腐烂了,全都死了。它们体内有一种堕落的光芒。"佛罗多用双手遮住脸说:"我不知道它们是谁,但是我想我看见了精灵和人类,旁边还有半兽人。"

"是的，是的，"咕鲁说，"全都死了，全都烂掉了。精灵、人类和半兽人都一样。死亡沼泽。很久以前这里有过一场大战，是的，人家是这样告诉史麦戈的，那时史麦戈还年轻，还没遇到宝贝。那是场恐怖的大战；高大的人类拿着长剑，还有可怕的精灵，以及半兽人的尖叫。他们在黑色的大门前的平原上厮杀奋战了好几个月。从那之后，沼泽就出现了，吞没掉所有的坟墓；不断地扩张蔓延、再蔓延。"

"但那已经是上个纪元的事情了。"山姆说，"死人不可能真的在这里！难道这是黑暗大地的某种诅咒吗？"

"谁知道呢？史麦戈也不知道。"咕鲁回答，"你碰不到它们，也捞不到它们。我们试过一次，是的，宝贝。我试过一次，但你就是碰不到它们。或许，只能看到影像，但是碰不到。不，宝贝！都死了。"

山姆用阴郁的眼神瞪着他，又不禁打了个寒战，觉得自己已经猜到史麦戈为什么尝试去碰触它们。"好吧，我可不想要再看到它们，"他说，"再也不要了！我们可以继续往前走，快点离开这个地方吗？"

"好的，好的，"咕鲁说，"但是必须很慢，非常慢。非常小心！不然霍比特人就会加入它们，自己也会有小小的鬼火。紧跟着史麦戈！不要看那些鬼火！"

他弯着腰背继续往右边走，试图找到一条道路绕过这水塘。他们两人紧跟在咕鲁之后，也弯着腰，时常像咕鲁一样手脚并用。"如果再继续几天，我们看起来就像是三只小咕鲁排队前进了！"山姆想。

最后，他们终于来到这个黑色水塘的尽头，想办法横越它，他们或爬或跳，险象环生地从一块块浮出水面的草丛上越过了水塘。他们经常会失足,一脚踏入或两手扒进臭如粪坑的水中,弄得他们全身都是泥泞,连脖子上都又黑又黏的,每个人都觉得对方臭气熏天。

等到他们好不容易踏上干地的时候,已经是午夜之后了。咕鲁不停地发出嘶嘶声跟自言自语,看来似乎很高兴:他似乎靠着某种神秘的方法,借由感官、嗅觉和对黑暗中形影的记忆,他好像又知道自己身在何方,并确定眼前的路该怎么走了。

"我们继续前进!"他说,"好霍比特人!勇敢的霍比特人!当然非常非常累,我们也是,宝贝,我们全都很累。但是我们必须要带主人远离这些怪火,是的,是的,我们一定要!"话一说完,他就立刻往前走,几乎是以小跑步的方式,冲进一条两旁都是高大芦苇丛的小径,而他们两人尽可能想办法跟上他的速度。但是,过了不久之后,他突然停了下来,开始充满疑虑地嗅闻着空气,发出嘶嘶声,仿佛他又感到困扰或不高兴了。

"怎么搞的?"山姆误会了对方的举止,喝问道,"干吗要闻成这样?我捂着鼻子都差点被臭昏过去。你很臭,主人很臭,整个地方都很臭!"

"是的,是的,山姆也很臭!"咕鲁回答,"可怜的史麦戈闻得到,但好史麦戈忍住不说话,为了帮助好主人。但这不重要。空气在动,会有变化,史麦戈不明白,他不高兴。"

他又继续往前走,但他的不安似乎渐渐增加,经常停下脚步,整个身子直立起来,伸长脖子往东边和南边看。刚开始,霍比特人还完全感觉不到有什么事情在困扰着他。然后,三个人突然间不约而同地停下来，僵直着身体倾听着。对佛罗多和山姆来说，他们似乎听见远方高空中传来一声长长的、凄厉的尖叫。他们忍不住打了个寒战；在同一时间，空气的扰动也明显到他们可以察觉，气温瞬间变冷了。当他们呆立着倾听时，他们听见远方有种风暴来临的声音；那些鬼火摇晃着、逐渐减弱，然后消失了。

咕鲁不肯前进，他呆立在那边，浑身发抖、自言自语，同时，有一阵强风吹了过来，横扫过原先雾气弥漫的沼泽。夜色变得不再那么昏暗，亮度让他们足以看见或隐约看见纠结扭动的迷雾成团向他们卷来，扫过他们而去。他们抬起头，看见破碎成片片的云朵，接着，南方的天空出现了悬浮在云朵之上、发出光芒的月亮。

看到月亮，霍比特人觉得心情振奋了片刻，但咕鲁趴了下来，开始诅咒着白脸。接着，当佛罗多和山姆凝望着天空，呼吸着新鲜的空气时，看见它来了：有一小朵黑云从那可憎的山脉中飞出来；一团黑影自魔多上升，那是个长着巨大翅膀的丑恶生物。它遮住了月光，发出一声刺耳的叫喊，以比风更快的速度，向西方飞驰而去。

三人同时朝前一扑，趴在冰冷的地面上不敢抬头。但那恐怖的阴影却折回来了，不停盘旋，从他们正上方低飞而过，它的翅膀卷起了沼泽中的恶臭。然后，它就消失了，在索伦的怒气之下飞快地赶回魔多；呼啸的风似乎也随着它一起离开，死亡沼泽又再度陷入荒凉沉寂之中。极目所及一直延伸到远处山脚下的荒原，现在又再度笼罩在苍白的月光下。

佛罗多和山姆揉着眼睛站起来，像是刚经历噩梦的小孩，发觉熟悉的夜晚依然存在于这世界上。但是咕鲁依旧趴在地上动也不动，仿佛晕了过去。他们勉强将他拉起来，但他有好一会儿不肯把脸抬起来，一直用他那双大而扁平的手抱住脑袋，双肘着地蜷缩成一团。他哭喊着："死灵！有翅膀的死灵！宝贝是它们的主人。它们可以看见所有的东西，所有的。没有任何事物可以阻挡它们。该死的白脸！它们会把一切告诉他。他可以看见，他会知道。啊，咕噜，咕噜，咕噜！"直到月亮西沉，落入托尔布兰达岛之后，他才愿意站起来继续前进。

从那时候开始，山姆认为咕鲁又有了改变。他变得更奉承、更巴结；但山姆有时会惊讶地发现他眼中闪动着奇异的光芒，特别是在看着佛罗多的时候。而且，他也会越来越常使用以前说话的口气。山姆还有另一件越来越担心的事：佛罗多似乎很疲倦，疲倦到了精疲力竭的地步。他没说什么，事实上，他几乎连句话都不说；他也没抱怨，但走起路来却像是背着沉重负担的旅人，而且，这重量似乎还在不停地增加；他独自拖着脚步，速度越来越慢。因此，山姆必须经常拜托咕鲁停下脚步，等待主人跟上来。

事实上，佛罗多每往魔多的大门前进一步，就越觉得挂在脖子上的魔戒又重了几分；他现在开始感觉到有一种实质的力量在将他往下拉。但使他更困扰的是那只魔眼，这是他自己对它的称呼。它的压力远远胜过魔戒，让他走路的时候更抬不起头直不起腰来。那双魔眼以一种邪恶、不断滋长的敌意，正以极强大的力量穿破一切云雾、岩层、血肉的屏障，上山下海地搜寻你，要把你赤裸裸、无法动弹地死锁在它致命的仇视之下。躲避它搜索的屏障是如此薄弱，但这些薄纱却依然在挡着它。佛罗多清楚知道那股仇恨意志的中心点位于什么地方，就像普通人闭着眼睛也可以知道太阳的方向一样。他正面对那方向，那一波波涌来的力量不停地击打着他。

咕鲁可能也感觉到某种相同的力量。但他那卑鄙的心灵夹在魔眼的压力、近在咫尺的魔戒的引诱，以及自己在利剑之下所发的誓言之间，到底在想些什么，霍比特人完全无法猜测。佛罗多根本没有精力多想。而山姆的全副心神都放在主人身上，几乎没有注意到自己心中也蒙上了一层黑暗的阴影。现在他让佛罗多走在他前方，小心翼翼地注视着主人的一举一动，不时地扶持脚步不稳的他，或是用笨拙的言语鼓励他。

当白天终于到来之后，霍比特人惊讶地发现，他们竟然已经离那座不祥的山脉如此的近。空气现在变得凉爽、干净多了，虽然魔多的山脉依旧离他们有一段距离，但已不再是视线尽头处充满威胁的阴影，而像一列狰狞的黑塔，耸立在阴沉荒原的彼端。他们终于来到了沼泽的尽头，在经过几片干枯皲裂的淤泥和泥炭地后，就消失了。前方的大地是一块缓缓隆起、寸草不生的贫瘠斜坡，一路通往索伦大门前的荒漠。

整个灰白的白昼，他们像是小虫般躲在一块黑色的巨岩下，免得被空中恐怖的黑影发现。在这段行程接下去的日子里，恐惧的阴影越来越盛，让人脑海中无法回忆出什么确实的影像。在这疲乏无路的荒野里，他们又挣扎跋涉了两个晚上。他们感觉到空气似乎变得越来越干燥，有种苦涩的臭味渗入他们的呼吸，让他们的口唇逐渐干裂。

最后，在他们与咕鲁结伴同行的第五天早晨，他们再度停了下来。

在他们眼前，曙光中一座巨大的山脉直耸上天插入云雾里。从山脚下延伸出一条条高大的支脉和断碎的丘陵，离他们最多只有十几哩。佛罗多恐惧地四处张望。这里和死亡沼泽以及荒凉不毛的褐地旷野一样恐怖，但眼前在晨光下被缓缓揭开面纱的这块大地比前两者更为邪恶可憎。即使在那充满了亡灵的沼泽中，依旧保有些残破的绿意，让人感觉到春天的影子；但是，在这里，既无春天，夏天也永远都不会来。这里寸草不生、万物凋零，连靠着腐败之物就可以生长的苔藓都无法在此苟活。在这里的水塘都被泛着病态死灰色的泥土和烟灰所淤塞，仿佛山脉将它体内的脏物呕吐得遍地都是。许多碎裂化为粉尘的岩石在此堆积如山丘，被火焚烧过和毒物污染过的土堆，一排排矗立如坟场中无穷无尽的墓碑一般。这一切，都在迟疑展露的晨光中显现出来。

他们已经来到了横亘在魔多之前的荒漠：这是它的奴隶所行黑暗事迹的最后纪念物，当他们所有的目的都成为一场空之后，只有这块无药可救的死寂大地会留存下来——除非大海泛滥，将此地完全冲刷淹没。"我觉得好想吐。"山姆说。佛罗多没有回答。

他们站在这块土地之前好一会儿，像是快要睡着的人知道噩梦就潜藏在前而拼命抵抗着睡意，然而他们知道，他们唯有经过这阴影，才能见到黎明。天色越来越亮，地面上的凹洞和染有剧毒的土堆变得越来越清晰。太阳爬上高空，穿行在云朵和一道道的黑烟中；在此连阳光都变得虚弱无力。霍比特人并不喜欢这种阳光，它看起来一点也不友善，只是徒然让他们的行踪被揭露在众多敌人的眼前，而他们就像漫游在黑暗魔君王国中的一缕小鬼魂。

由于他们已经太过疲倦，无法继续往前，他们找了个可以休息的地方。他们坐在一个火山灰堆起的土丘的阴影下，有好一阵子谁也没开口；没想到，土丘上突然冒出了恶臭的浓烟，呛得他们喘不过气来。咕鲁第一个站起来，他呛咳咒骂，然后完全不管身后的霍比特人就手脚并用地逃开。山姆和佛罗多紧跟着他爬开，好不容易来到一个圆形的坑洞中，它面西的边缘特别高耸。坑洞中冰冷死寂，坑底还有反射着七彩光芒的恶心油渍。他们瑟缩在这恶心的坑洞中，希望借由它的阴影躲过魔眼的注意。

白天过得很慢，他们都觉得非常口渴，却只敢从水壶中稍稍喝一点水。那是他们在之前深沟的溪流中装的，从他们现在所在之处往回望去，那里似乎变成了一个美丽又安详的地方。霍比特人轮班警戒。一开始，他们虽然极累，两个人却谁也睡不着；但是，随着太阳西移躲进缓慢移动的云朵中，山姆打起了瞌睡。那时是佛罗多放哨，他靠在坑洞的斜坡上，但那并不能解除他胸口所感觉到的沉重负担。他抬头看着布满一道道黑烟的天际，看见奇怪的魅影、黑色骑马的身影，以及来自过去的幻影。他在半睡半醒之间不知过了多久，最后终于失去了意识。

山姆突然间醒了过来，以为自己听见主人的叫喊声。天色已经接近黄昏。佛罗多不可能发出任何的叫喊声，因为他已经睡着了，而且几乎快要滑到池底去了。咕鲁在他身边。一时间，山姆以为他正准备叫醒佛罗多，但细看之下才发现不是这样。咕鲁正在自言自语，史麦戈正在和另外一个共享同样的声音，但说话时带着更多嘶嘶声的人格争论,苍白与绿色的光芒不断在他眼中闪烁互换。

"史麦戈发过誓了!"第一个人格说。

"是的,是的,我的宝贝,"另一个人格回答道,"我们发过誓了,要拯救我们的宝贝,不让他找到它,永远不让。但它正在逐渐靠近他,没错,一步一步越来越近。我们不知道,我们不知道这霍比特人想要怎么做,是的,我们不知道。"

"我不知道,我没办法。它在主人手上,史麦戈发过誓要帮助主人!"

"是的,是的,要帮助主人:宝贝的主人。但如果我们是主人,那么我们就可以帮自己,是的,而且也不会破坏诺言。"

"但史麦戈说过他会非常非常乖。好霍比特人!他把残酷的绳子从史麦戈的脚上拿走。他很和气地对我说话。"

"非常非常乖,呃,我的宝贝?那我们就乖一点,和鱼一样,好孩子,只对我们自己好。当然,不会伤害好霍比特人,不,不会。"

"但是我们是以宝贝起誓!"史麦戈的声音抗议道。

"那就抢下它,"另一个声音说,"让它变成我们的!这样我们就会变成主人了,咕噜!让另外一个霍比特人,那个疑心重的坏霍比特人在地上爬,没错,咕噜!"

"但不会害到那个好霍比特人吧?"

"喔,不,如果这不会让我们高兴,我们就不做。可是,我的宝贝,他还是巴金斯家的人,是巴金斯家的人偷走了它。他找到它,却什么也不说,不说。我们恨巴金斯家的人。"

"不,这个巴金斯家的人例外。"

"才不,每个巴金斯家的人都一样,还有所有藏起宝贝的人。我们一定要拿到宝贝!"

"可是,他会看见的,他会知道的。他会把它从我们手中夺走!"

"他看见了,他也知道了,他听见我们作出愚蠢的承诺,违背他的命令。是的,一定要拿到它。死灵在搜索了,一定要拿到它!"

"不能为了他这样做!"

"不,好孩子。你看,我的宝贝,如果我们有了它,那么我们就可以逃走,甚至躲过他的搜索,对吧?或许我们可以变得很强,变得比死灵还要强。史麦戈大王?咕鲁大帝?至尊咕鲁!每天都可以吃鱼,一天吃三次,海上捞来的新鲜鱼。最珍贵的咕鲁!一定要拿到它。我们想要它,我们要它,我们要它!"

"可是他们有两个人,他们会很快醒过来,杀死我们!"史麦戈最后挣扎道,"不是现在,时候还没到。"

"我们想要它!但是——"这个人格暂停了很长的一段时间,仿佛想到了什么新点子,"时候还没到,呃?或许吧,她可以帮忙,是的,她可以。"

"不,不要!不要走那边!"史麦戈哭喊道。

"要的!我们想要它!我们想要它!"

每一次,当第二个人格说话时,咕鲁的细长手指就会缓缓伸向佛罗多,然后在史麦戈说话的时候又会猛抽回来。最后,两只手臂连同那扭曲的手指,都抽搐着伸向佛罗多的脖子。

山姆躺着不动,完全被这场争辩吸引住了,他半闭着眼睛看着咕鲁的一举一动。在他简单的小脑袋中，曾认为咕鲁最大的危险是他的饥饿，是他想要吃掉霍比特人的欲望。这时，他才意识到情况并非如此：咕鲁感受得到魔戒恐怖的召唤，所谓的他就是黑暗魔君，但山姆很好奇她是谁？或许是这个小怪物在四处漫游的过程中所结交的怪物朋友。然后，他就将此事忘得一干二净，因为眼前的状况已经发展过头，变得越来越危险了。他觉得四肢非常沉重，但他还是使尽全身力气坐了起来。他心中有某种预感，警告自己不要让对方知道他听见了之前的争论。他重重地喘了口气，夸张地伸了个懒腰。

"什么时候了？"他睡眼惺忪地问。

咕鲁从齿缝间发出了一声长长的嘶嘶声。他站了起来，有片刻时间全身肌肉紧绷并充满威胁性；但他随即又瘫软下来，四肢往前趴倒在地，然后往上爬到坑洞边。"好霍比特人，好山姆！"他说，"头昏昏，是啊，头昏昏！让好史麦戈来看守！不过，已经傍晚了，天色已经渐渐暗下来，该走了。"

"正好！"山姆说，"也是我们该出发的时间了。"但是，他心中也不禁开始怀疑，到底应该放任咕鲁继续乱跑比较危险，还是将他留在身边比较危险。"该死！我真希望他被呛死！"他嘀咕着。他踉跄地走下坑底，将主人叫醒。

奇怪的是，佛罗多觉得神清气爽。他之前一直在做梦，黑暗的阴影已经消退了，在这块恶疾之地竟出现了一幅幅美丽的影像。他记不起来到底是什么了，却知道自己因为那影像而觉得心情轻松而高兴。他的重担似乎也变轻了些。咕鲁像条狗般兴高采烈地欢迎他，他咯咯笑着，将细长的手指扭得噼啪响，又去抚摸着佛罗多的膝盖，佛罗多对他露出微笑。

"来吧！"他说，"你很聪明，很忠实地替我们带路，这是最后的一个阶段了。把我们带到门口，我就不会再要求你跟着一起来了。只要把我们带到门口，然后你就可以去任何你想去的地方，只要不去投靠敌人就好。"

"去大门吗？"咕鲁露出害怕和惊讶的表情，"主人说要去大门！是的，他这样说。好史麦戈一定会遵命的，是的，遵命。但是当我们走近之后，我们或许会看见，我们是会看见。它一点都不漂亮，喔，不，喔，不！"

"出发吧！"山姆说，"我们赶快把这件事情解决掉！"

他们在逐渐降临的暮色中爬出坑洞，速度缓慢地在这片死寂的大地上前进。他们没走多远，又再度感觉到死灵乘着翅膀掠过沼泽地时那同样的恐惧降临。他们停了下来，趴在那带着恶臭的地面上，但是阴暗的天空却什么也没有。很快的，这阵威胁感又消失了，或许它只是执行巴拉多的某个任务，在高空中飞过而已。过了一阵子之后，咕鲁爬起来，继续弯腰驼背地往前走，不断地浑身发抖。

大概在午夜过后一个小时，恐惧感第三度袭来；但这次的感觉更遥远，似乎是从云层上以极高的速度扑向西方。不过，咕鲁却害怕得不得了，认为众人的行踪已经被发现，因而敌人正派出大军来猎杀他们。

"三次了！"他哭叫道，"三次就真的很危险。他们感觉到我们在这里，他们感觉到宝贝了！宝贝是他们的主人，我们今天不能再走了，一点用都没有，没用！"

恳求和好言相劝完全失去了效用，直到佛罗多板着脸，生气地命令他，并且一只手放到剑柄上，咕鲁才终于站起来。最后，他狂嚎一声，像是条被毒打的狗一样，继续前进。

就这样，他们毫不休息走了一夜，直到第二天清晨；这期间他们一直丧气地垂着头，除了耳畔呼啸的风声之外，什么也听不见，什么也看不见。

第三章
黑门关闭

在第二天天亮之前,他们前往魔多的旅程结束了。沼泽和荒漠都已经被抛在背后。他们眼前,在苍白黯淡的天空下,重重阴森的黑影是魔多高耸的山脉。

在魔多西边绵延的山脉是伊菲尔杜斯——"黯影山脉",在北边的是伊瑞德力苏破碎的山峰和残脊,颜色灰白如灰烬。这两座山脉的山脊互相围拢接近,构成一座巨大的山墙,环绕住阴惨惨的葛哥洛斯盆地和力斯拉德平原,以及苦涩的内陆海诺南。这两座山脉往北延伸出长长的山脊,在两道山脊之间有一座很深的狭谷,被称作西力斯葛哥,意思是"被诅咒的通道",它是进入魔王之境的入口。高耸的峭壁在狭谷两侧低矮下来,在谷口处有两座陡峭的山丘,光秃黑硬。在这两座山丘上矗立着"魔多之牙":两座高耸坚固的高塔。它们是许久以前,刚铎的人类在推翻索伦之后,为了纪念自己的丰功伟业和力量所建造的,同时也用来监视这块土地,避免索伦再逃回老巢来。但是,刚铎的力量渐渐衰微,人类开始怠惰,两座高塔闲置了许多年。然后,索伦回来了。现在,这两座年久失修的守卫高塔,已经被再度修好,里面日夜不休驻守着强大的兵力。它们有坚固的石砌外墙,在面对北方、东方和西方的墙上有许多窗洞,里面布满了许多永不松懈的眼睛。

横跨狭谷的入口,在两座峭壁之间,黑暗魔君建造了一座防御城墙。城墙上有一扇巨大的铁门,守卫们日夜不停地在城垛上巡逻。在两旁的山丘之中,也挖掘了无数的隧道和洞穴,成群结队的半兽人就在其中生活,随时准备在一声号令之下蜂拥而出应战。除非来客是应索伦之召前来,或是知道通过黑暗之门的秘语,否则都将被这强大的兵力给团团围住,难以脱逃。

两名霍比特人绝望地瞪着这两座高塔与城墙。即使在这微光中,他们从远处依旧可以看见黑衣黑甲的守卫在城墙上不停地逡巡,以及门前络绎不绝的士兵。他们此刻趴在伊菲尔杜斯最北端阴影下的一个石坑边缘,往外张望。如果他们可以化身成乌鸦,大约只要飞行十几呎的距离,就可抵达比较近的那座黑塔。塔顶有着缭绕的黑烟,就仿佛山丘中闷烧着火焰一样。

白日降临,苍白的太阳了无生气地照在伊瑞德力苏的边缘。突然间,铜制的号角自守卫高塔中响起,从山丘底下隐藏的洞穴和山丘上的据点都传来了回应,还有,在更遥远的巴拉多要塞中,也跟着传来震耳的鼓声和号角声,不停地回荡在邪恶空洞的山谷中。魔多又开始了它新的、充满恐怖辛劳的一天;夜间的守卫听见这讯号,纷纷回到他们在地底的住所,而目光邪恶、面目丑陋的白天守卫则大踏步地走上岗位。城墙上闪动着钢铁被阳光照射的光辉。

"好啦,我们终于到了!"山姆说,"门就在这边,在我看起来,多

341

半就是我们能够走到的最后一个地方了。这是我的看法啦,但是如果我们家老爹看见现在的我,一定又有话要说了。他老是说我若走路不当心,下场肯定要遭殃。不过,我想我以后恐怕不会再见到老家伙啦,他一定会怀念在我面前数落我的机会:山姆,老子跟你说过了吧!如果我还能再见到他那张老脸,而他也还有一口气在,他就可以一路讲个没完。不过,以我目前的模样,恐怕不洗把脸他是认不出来的。

"现在如果再问'我们要去那边?'恐怕有点晚了吧。除非我们想要请半兽人送我们一程,否则就无路可走了。"

"不,不行!"咕鲁说,"没用的,我们不能再前进。史麦戈说过了。他说:我们可以走到门前,然后再看看。我们现在可看见啦。喔,是的,宝贝,我们是看见了。史麦戈知道霍比特人不能走这边。呵,是的,史麦戈知道。"

"那你带我们来干啥?"山姆没好气地说。

"那是主人说:带我们到门前。所以好史麦戈就照做。主人这样说的,聪明的主人。"

"我是这样说过。"佛罗多说。他的表情十分阴沉严肃,但很坚定。他浑身又臭又脏,衣衫褴褛,眉宇之间有着疲倦的神色,但他不再弯腰驼背,双眼也更明亮清澈。"我这样说,是因为我打算进入魔多,而我不知道有其他的路。因此,我只能走这条路,我并没有要任何人跟我一起去。"

"不,不,主人!"咕鲁磨蹭着他,似乎非常着急,"走这条路没用!没用的!不要把宝贝带给他!他会把我们全吃掉的,如果他拿到宝贝,他会把全世界都吃掉的。好主人,留下它,对史麦戈好一点。不要让他拿到它。或者离开这里，去找个好地方住，把这东西交给小史麦戈。是的，是的，主人：还给史麦戈好不好？史麦戈会好好保管。他会做很多好事，特别是对好霍比特人。霍比特人回家，不要去大门！"

"我受命前往魔多，因此我一定得去。"佛罗多说，"如果只有这条路，那我也别无选择。之后的事情就交给命运吧！"

山姆一言不发，单看佛罗多脸上的神情他就都明白了，他知道再说什么都没用。毕竟，从一开始，他就没有对这次的任务抱持任何真正的希望。不过，身为一名天性快乐的霍比特人，只要绝望不在眼前，他就不需要任何的希望。现在，他们终于来到痛苦的结局。但他会始终紧跟着他的主人，这也是他前来的真正目的，他会一直紧跟到底。他的主人绝不会孤单前往魔多，山姆愿意和他一同前往——并且无论如何他们都要摆脱掉咕鲁。

只是，咕鲁暂时还不打算被摆脱，他跪在佛罗多的脚前，绞扭着双手尖声说："主人，不是这个方向！"他恳求道："还有另一条路。喔，是的，的确还有另一条路。另一条更黑暗、更难发现、更秘密的道路。但史麦戈知道，让史麦戈带你们去！"

"另一条路？"佛罗多充满疑虑道，低头以究查的目光看着咕鲁。

"嘶嘶的！嘶嘶的！真的有另一条路，史麦戈找到的。我们去看看它还在不在。"

"你之前没有提到这件事情。"

"不，因为主人没有问。主人没有说他想要干什么。他没有告诉可怜的史麦戈。他只说：史麦戈，带我去大门，然后说再见！史麦戈可以到任何地方，并且乖乖的。但是现在他又说：我准备从这条路进入魔多。所以史麦戈非常害怕。他不想要失去好主人。而且，他发誓，主人逼他发誓，要拯救宝贝。但如果主人走这个方向，他将会把它直接交给他，直接交到黑掌上。所以史麦戈必须两个都救，于是他想起了另一条以前曾经存在过的路。好主人，史麦戈很乖，一直很帮忙。"

山姆皱起眉头。如果他的眼神可以在咕鲁身上打洞，那咕鲁早就满身是血了。他的心中充满疑惑。从外表上看来，咕鲁似乎真心感到着急，想要帮助佛罗多。但山姆想起了之前偷听到的争辩，发现自己很难相信原先一直被压抑的史麦戈，突然间冒上来成了强势人格：至少，他没敢在争辩中说最后一句话。山姆推测史麦戈和咕鲁（或者是他心里替他们取的绰号：胆小鬼和肮脏鬼）至少暂时达成了一个共识——两者都不希望魔王获得魔戒；两者都希望佛罗多不被抓走，或是在他们的监视下越久越好。反正，只要久到肮脏鬼有机会染指他的"宝贝"就好。山姆很怀疑是否真有另一条通往魔多的路。

他心中暗自嘀咕："幸好这臭家伙的两半人格，都不知道主人的目的是什么。"他想："我敢打赌，如果他知道佛罗多先生准备永远摧毁他的宝贝，这家伙一定会拼命的。反正，肮脏鬼很害怕魔王，似乎接受了他的什么命令，他宁愿检举我们，也不愿被逮到正在帮助我们；当然，更不可能让他的宝贝被熔化掉。至少，这是我的看法，我希望主人可以仔细地想一想。他比大多数人都要聪明，但心肠太软了些。我实在猜不出来他下一步会怎么做。"

佛罗多没有马上回答咕鲁。在山姆那有些迟钝却十分精明的脑袋正在考虑这些事情的时候，他瞪着西力斯葛哥的黑色山崖发呆。他们所躲藏的凹穴位于一座小山丘的一侧，他们下方是一条长长的沟状山谷，对面便是魔多山墙的外墙。在这座山谷中央，奠立着西边瞭望塔的黑色地基。在晨光下，可以清楚看见交会在魔多大门前的几条道路，灰白而且沙尘满布；一条往北走，另外一条往东钻入缠绕在伊瑞德力苏山脚底下的浓雾中，第三条则是朝向他来。这条路绕过高塔，进入一处狭窄的关隘，然后经过他脚底下不远的山谷，再从他的右手边，往西转沿着山肩走，然后往南进入覆盖了整个伊菲尔杜斯西侧山崖的深重阴影中；在他的视线之外，它继续往前进入夹在大河和山脉之间的狭长土地。

　　佛罗多凝望着眼前的景象，突然间意识到平原上似乎起了阵骚动。似乎是有支庞大的部队正在行军，不过，这部队大部分的兵力都被从荒地上飘来的沙尘和烟雾给遮蔽了。但是，他依旧不时可以瞥见许多长枪和头盔的闪光；在道路的两旁，还可以看见大队的骑兵正滚滚驰来。他想起了仅仅几天之前在阿蒙汉山上看到的景象，现在回想起来却恍如隔世。然后，他才知道，之前心中燃起的小小希望又再度幻灭了。刚才的号角声不是备战而是欢迎。这些前来的部队不是刚铎的士兵，不是久远前战死的勇士从坟中爬起，像复仇的幽灵前来攻击黑暗魔君。这些是其他部族的人类，他们来自广大的东方大地，在君王的召唤之下前来；这些部队之前驻扎在大门前，现在，他们准备进入他的基地，增强他不断壮大的力量。佛罗多这时似乎才突然意识到他们的处境有多危险，多孤立无援，天色越来越亮，面对近在咫尺的巨大威胁，他迅速拉起了灰斗篷的兜帽戴在头上，退回他们藏身的凹穴。然后，他转向咕鲁。

"史麦戈，"他说，"我愿意再信任你一次。事实上，我似乎也别无选择，看来我命中注定要接受从你而来的协助，而你却是我最不想寻求协助的人；而你的命运是协助我，协助一个你抱持恶意追踪了许久的对象。到目前为止，你的表现都值得我称赞，并且你也真心谨守你的誓言。我说你真心，是认真的。"他瞄了山姆一眼后继续道："我们已经有两次落在能任你宰割的状况里，但你没有对我们作出任何的伤害。你也没有尝试从我身上拿走你之前极端渴望的东西。希望第三次会是最好的证明！但是，史麦戈，我必须警告你，你身处极大的危险中。"

　　"是的，是的，主人！"咕鲁说，"非常危险。一想到这件事，史麦戈就浑身发抖，但他没有逃跑，他必须帮助好主人。"

　　"我指的不是我们都必须面对的危险。"佛罗多说，"我指的是只有你才会遇到的危险。你对那个你称为宝贝的东西发过誓。记住！它会确保你遵守誓言，却会扭曲你的誓言，让你受到伤害。你应该受到了影响，而且还愚蠢地在我面前露出马脚。你刚刚说，把它还给史麦戈。别再让我听到你说这句话！别再让这念头在你心中滋长！你永远不可能拿回这东西，但想得到它的欲望将会让你落入悲惨的结局。你永远不可能再得到它。万一逼不得已，史麦戈，我会戴上宝贝，而这宝贝在许久以前就已经控制了你。如果我戴上了它，并且对你下令，即使是命令你跳下悬崖或是跳入火中，你也都必须服从。而我是真的会如此下令的。史麦戈，要小心了！"

　　山姆欣慰地看着主人，但同时也感到惊讶：佛罗多脸上的表情和声音中的语调都是他从来没见过的。他以前一直以为，佛罗多这么好心肠的人，一定有些见识不清的地方。当然，他始终坚信佛罗多是世界上最有智慧的人（老比尔博和甘道夫除外）。咕鲁由于和主人相处的时间不长，因此也可能犯了相同的错误，将体贴和盲目混为一谈。无论如何，那一番话在他身上发挥了极大的效果，把他吓坏了。他趴在地面上，只能口齿不清地喃喃念着好主人。

佛罗多耐心地等了片刻，然后，他用比较温柔的口吻说："来吧，不管你是咕鲁还是史麦戈，告诉我你所说的另外一条路。如果可以的话，也请你详细地说明白，为什么我应该放弃这条明显的路，转而听从你的计划。快点，我赶时间！"

不过，咕鲁似乎吓得失了神，佛罗多的威胁让他心惊肉跳。要从他含糊不清的口中搞清楚他到底在说什么，实在困难；而且，他还不时会趴在地上重复哀求着两人要对"可怜的小史麦戈"仁慈一点。过了一阵子之后，他好不容易比较冷静了些，佛罗多才一点一点从他话中得知，如果旅人沿着那条从伊菲尔杜斯往西边转的路前进，他最后会来到位于一圈黑暗树木之中的十字路口。在右边有条路通往奥斯吉力亚斯以及越过安都因河的大桥，中间还会有一条往南方去的路。

"一直走一直走一直走，"咕鲁说，"我们从来没走过那条路，但是他们说那条路有好几百哩，到最后你可以看见永恒不息的大水。那里有好多的鱼，而且还有吃鱼的大鸟，一定是很好的鸟。但是好可惜，我们从来没去过那个地方，唉！没有机会。他们说，再过去更远的地方还有更多的土地，但是黄脸在那边很热，又没有什么云，那里的人都很凶猛，有着黑色的脸孔。我们不想要看到那块土地。"

佛罗多说："当然不想！不要岔太远了，第三个路口呢？"

"喔，是的，喔是的，还有第三条路。"咕鲁说，"那就是左边的那条路。它立刻往上爬爬爬，一直蜿蜒爬到高大的阴影里。然后当它绕过黑色大岩石，你会看到它，突然看到它在你上方，然后你会想要躲起来。"

"看到它，看到它？究竟是会看到什么？"

"古老的要塞，非常老，非常恐怖。我们以前，很久以前，在史麦戈还很年轻的时候，曾经听过南方的故事。喔，没错，我们曾经坐在大河岸边，在那遍地杨柳的地方，说着很多故事，那时大河也很年轻，咕噜，咕噜。"他开始啜泣，喃喃自语，霍比特人耐心地等待着。

"南方的故事，"咕鲁又继续道，"有关眼睛烁亮的高大人类，他们的房子好像岩石打造的山丘，他们的国王拥有银色的皇冠和圣白树，好美的故事。他们会建造非常高的高塔，有一座是银白色的，里面有颗像月亮一样的石头，四周还有雄伟的白墙。喔，没错，有很多关于月之塔的故事。"

"那应该就是米那斯伊西尔，伊兰迪尔之子埃西铎所建造的高塔。"佛罗多说，"是埃西铎砍下了魔王的手指。"

"是的，他的黑掌上只剩下四根指头，但这也够了。"咕鲁浑身发抖地说，"而且他很痛恨埃西铎的城市。"

"天下哪有一样东西是他不恨的？"佛罗多说，"但月之塔和我们有什么关系？"

"喔，主人，以前就有关系，现在也还有，那座高塔、白墙和屋子；但是现在已经不再美丽了，已经不再完整了。他很久以前就征服了那里。现在那里变得十分恐怖，旅人看见它就会忍不住发抖，他们会躲开它的视线范围，他们会躲开它的阴影。但是主人必须要走那边，那是唯一的路。因为山脉在那边比较低矮,古老的道路在那边往山上攀升,直到它们抵达山顶的隘口为止。然后它又会一直一直往下降,直下到葛哥洛斯为止。"他的声音变成了低语声,又忍不住打了个寒战。

"可是这要怎么帮上我们的忙呢?"山姆问道,"魔王一定对自己的领域了如指掌,而那个隘口应该也有重兵驻守才对?高塔并不是空的吧?"

"喔,不,不是空的!"咕鲁低语道,"看起来是空的,但其实不是,喔,不是!非常恐怖的东西居住在那边,半兽人,永远都是半兽人;但还有更恐怖的怪物,更恐怖的怪物居住在该处。那条路会从高墙的阴影下经过,穿过大门,没有任何在路上移动的东西可以逃过他们的监视。里面的东西知道一切,他们是沉默的监视者。"

"原来这就是你的建议,"山姆说,"我们可以往南再走很长的一段距离,然后发现我们被困在一个更要命的地方,前提还是我们要有可能抵达那边才行。"

"不,当然不是。"咕鲁说,"霍比特人必须要看到,霍比特人必须要了解。他并没预计有人会从那边展开攻击,他的魔眼观察四方,但是那里是他比较不会注意之处。他不可能一次看到所有的地方,至少目前还不行。你看,他已经征服了黯影山脉以西直到大河边的所有领土,现在大桥也在他的掌握中。他认为没有人可以不在桥上掀起大战的状况下穿过月之塔,就算他们准备用很多船渡河,数量也一定会多到引起他的注意。"

"你似乎知道很多他的想法和做法。"山姆说,"你最近是不是和他说过话?还是和半兽人聊过天?"

"不好的霍比特人，不讲理！"咕鲁生气地瞪了山姆一眼，转过身对佛罗多说，"当然，史麦戈和半兽人谈过话，但是在他遇到主人之前，而且他也和许多人说过话：他曾经旅行过很多地方。他所说的话现在很多人都知道。对他跟对我们，最大的危险是在北方，有一天他会走出黑色大门，这天很快就会到来。这是唯一大军可以到来的路，但是他并不害怕敌人往西方走，因为那边有沉默的监视者。"

"果然是这样！"山姆可不愿意被人家忽视，"所以我们就可以走上前去，敲敲门，问问看我们是不是走对路前往魔多？还是他们沉默到不能够回答？这一点道理都没有。我们或许待在这里不要走，搞不好还可以省下长途跋涉的力气。"

"别拿这个来开玩笑。"咕鲁嘶嘶地说，"这不好笑，喔，一点都不好笑。要闯进魔多本来就一点道理也没有。但是如果主人说他要去，或是他一定得去，那么他一定得要试别的路。但他不会去那可怕的城市，不，当然不是。这也是史麦戈帮上忙的地方，好史麦戈，虽然大家都不跟他说到底要干什么，他还是愿意帮忙。这是他找到它的，他知道它。"

"你找到什么？"佛罗多问。

咕鲁趴在地上，声音再度变得十分低微："一条小路往上进入山脉，然后是很多阶楼梯，狭窄的楼梯。呵，没错，又长又窄，然后是更多的阶梯。然后……"他的声音变得更低不可闻："是条隧道，黑暗的隧道；最后是一条裂缝，一条就在大路上方的小径。史麦戈就是从那条路逃出黑暗的。但那已经是好多年前了。那条路可能已经消失了，但也可能还没有，可能还没有。"

"我不喜欢这个样子,"山姆说,"听他说起来太简单了。如果那条路还在,现在一定也有兵力把守了。咕鲁,有人看守那边,对不对?"当他提出这个问题的时候,他看见,或觉得自己似乎看见,咕鲁的眼中绿光一闪。但咕鲁依旧嘟哝着没有回答。

"到底有没有人看守?"佛罗多严厉质问,"史麦戈,你是真的逃出黑暗吗?还是你获准离开,去执行任务?至少这是亚拉冈多年前在死亡沼泽中找到你时的想法。"

"他说谎!"咕鲁说,他一听见亚拉冈,眼中就闪起邪恶的光芒,"他说我的话全是谎言,没错,他说谎。我真的逃了出来,全靠我可怜的一个人。他的确告诉我要去找寻宝贝,而且我也真的找了又找,找了又找,我当然要找。但不是为了黑暗王。宝贝是我们的,我告诉你它是我们的。我真的逃了出来。"

佛罗多有种奇怪的确定感,在这件事上,咕鲁没有像其他人推测的那样口是心非;他的确找到了一条离开魔多的路,至少他相信他是凭借着自己的聪明找到的。因为,他注意到,咕鲁用了"我"这个字。这个称呼极少出现,它通常是某些过往实情与诚心的残余浮现时的标志。但是,即使咕鲁在这件事上说的话是真的,佛罗多也不敢忘记魔王的狡诈。那趟"逃亡"或许根本就是安排好的,是邪黑塔精心策划的一个戏码。无论如何,他看得出来咕鲁隐藏了许多事实。

"我再问你一次,"他说,"那条密道有没有人看守?"

但是,亚拉冈的名字让咕鲁变得情绪阴沉。他整个人像是一名骗子竟然因为说实话而被怀疑一样受伤。他没有回答。

"有没有人看守?"佛罗多重复道。

351

"有的，或许有吧，这里根本没有安全的地方。"咕鲁语带保留地说，"没有安全的地方。但是主人如果不试，就只能回家。没有别的路了。"他们无法再从他口中逼出更多的话。那条密道和那个隘口的名字他不能说，或是不愿意说。

那个名字是西力斯昂哥，一个拥有可怕传说的地方。亚拉冈或许可以告诉他们这个地方的著名之处，而甘道夫则会警告他们千万别去。但他们此时别无依靠，亚拉冈人在远方，甘道夫正在艾辛格的废墟中和萨鲁曼周旋。但是，即使在他对萨鲁曼发出最后通牒，真知晶球砸在阶梯上冒出火花的时候，他的思绪依旧落在佛罗多和山姆身上，他的意志仍越过漫漫长路，带着希望和怜悯在找寻他们。

或许佛罗多感觉到了，却不自知，正如他在阿蒙汉山上时那样——尽管他以为甘道夫已经去世了，已经永远被埋葬在遥远的摩瑞亚的阴影中。他坐在地上沉默了很长的一段时间，低着头，试图回想所有甘道夫对他说过的话。但是，在这个选择上，他想不起任何有关的建议。甘道夫的指引太早就被夺走了，那时他们距离黑暗大地还很远。甘道夫并没有说他们最后要怎么进入魔多，或许他也不知道。他曾经独自冒险进入魔王在北方的要塞，多尔哥多；但是，进入魔多，去到末日火山与巴拉多塔，在魔王的力量东山再起之后，他曾经去过那些地方吗？佛罗多并不这么认为。而他，只是一个夏尔来的小半身人，一个住在宁静乡间的单纯霍比特人，竟得要找出一条路，去那连伟人都无法去或不敢去的地方。这命运真是太坏了！但是，这责任是他在去年春天，在远方他家中的小客厅里义无反顾接下的。如今来看这事是如此遥远，仿佛是远古时代历史的一个篇章，那时世界还很年经，银树与金树仍然盛开繁花。这真是个恶劣的选择。他该选择哪一条路？如果两条路都同样地通往恐怖与死亡，又何苦费心选择？

    时间一分一秒在流逝，一种深沉的寂静笼罩着他们所躲藏的灰色坑洞，在如此靠近恐惧之地的边境上，他们可以清楚感觉到一种死寂，这寂静像是一层厚厚的面纱，将他们和周围的整个世界隔绝开来。他们头顶上是灰白的穹苍，不时飘过一缕缕的黑烟，但它看起来又高又远，仿佛透过因沉重忧思而更显深沉凝重的空气看见一般。

    即使是在太阳之下飞翔的苍鹰，也无法发现这两名裹着灰色斗篷、背负着命运的重担、一言不发静坐在坑洞中的霍比特人。它或许会暂停片刻观察咕鲁，一个趴在地上的小生物：以为那或许是某种人类小孩的骨骸，身上还挂着残破的衣物，细长的手跟腿几乎已成白骨：没有值得啄食的血肉。

    佛罗多的头垂在膝盖上，山姆则是躺了回去，双手交叠在脑后，茫然瞪着空旷的天空。至少，有好长一阵子是空旷的。然后，山姆觉得自己似乎看见了一只黑色的鸟形生物飞进他的视线，盘旋了片刻，然后就飞走了。接着是另外两只，然后又有第四只。它们看起来都非常小，但是，不知怎的他知道它们其实相当庞大，拥有极宽的翼展，飞翔在极高的天空中。他遮住眼睛，身体向前蜷缩成一团。他感觉到黑骑士出现时同样的恐惧，那种随着风中的尖叫与月亮蒙上阴影所传来的无法遏止的恐惧，只不过，这次的压迫感没有那么强烈，威胁感更加遥远。但那依旧是种威胁。佛罗多也感觉到了。他的思绪被打断，他忍不住颤抖瑟缩，但他没有抬头。咕鲁缩成一团，像是被逼到角落的蜘蛛一样。

那些长着翅膀的生物盘旋着,接着一阵俯冲,飞快地回到魔多去。

山姆深吸一口气。"骑士们又在空中盘旋了!"他声音沙哑地低声说,"我看见他们了。你认为他们看得见我们吗?他们的高度很高,如果他们是之前的黑骑士,那么,他们在白天应该看不到什么吧?"

"是的,或许什么都看不到。"佛罗多说,"但他们的坐骑却看得见,而且这些他们所骑的长着翅膀的生物,多半比世界上其他生物看得都要远。它们就像大型的食腐肉鸟一样。他们在寻找某些东西,我恐怕魔王已经提高警觉了。"

恐惧的感觉消退了,但那笼罩的沉寂却被打破了。他们之前似乎与世隔绝,身处在孤绝的海岛上,但现在他们再度暴露在敌人眼前,危险又再度回来了。但佛罗多没跟咕鲁说话,也没做出选择。他闭着眼,仿佛在做梦,或是在仔细回顾过去的所有回忆。最后,他站了起来,似乎已经做出选择,准备开口了,但是刹那间,"什么!"他说,"那是什么?"

新的恐惧降临。他们听见歌声和粗鲁的吼叫声。一开始它似乎是从遥远的地方传来的,但那声音越来越近,正朝着他们走来。他们三人心中浮起的念头都是:那些黑色的巨鸟看见了他们,派出武装的士兵来搜捕他们,索伦的恐怖仆人向来都是以速度著称。他们躲了起来,倾听着一切。人声和武器的撞击声都十分靠近了。佛罗多和山姆将他们的小剑拔出鞘,这次已经无路可逃了。

咕鲁缓缓地爬起来,像只昆虫一样地爬到坑洞边。他小心地一时一时伸出脖子,直到他可以透过两块岩石间的空隙往外看。他保持不动，一声不出地看了一阵子。目前，那声音已经开始降低，然后慢慢变弱走远了。远处魔多大门上又传来了号角声。然后，咕鲁悄悄地缩回来，溜下坑洞中。

"更多人类去魔多。"他压低声音说，"黑面孔。我们之前没看过这种人类，没有，史麦戈没看过。他们很凶狠，有黑色的眼睛和黑色的头发，耳朵戴着金环，是的，很多很多漂亮的黄金。有些还在脸颊上涂了红颜色，披着红斗篷，他们的旗子和长矛都是红色的；他们还有黑色和黄色的圆盾牌，上面有大尖刺。不好，他们看起来是很残酷的人类，几乎和半兽人一样坏，而且还高大多了。史麦戈认为他们是从大河尽头的南方来的，他们是从那条路过来的。他们已经走进了黑门；但还会有更多的人前来。一直会有更多的人进入魔多。有一天，所有的人都会走进去。"

"有没有猛犸？"山姆问，他一听见这种未知的种族，立刻把之前的恐惧都抛到九霄云外去了。

"没有，没有猛犸。猛犸是什么？"咕鲁问道。

山姆站起来，双手交叠在背后（他每次"念诗"的时候就会这样），开口道：

老鼠般灰，
屋子般魁伟，
鼻子像条蛇，
我会让大地打嗝，

当我跨越草地；

树木也会开裂战栗。

我嘴里吹着号角，

在南方四处行脚，

扇着大耳朵，

历经年月许多。

我咚咚地散步，

绝不躺在地上闭目，

连死也不躺下。

我就是猛犸，

世上生物数我最大，

苍老、高壮、庞大。

如果你曾看过我，

绝对不会忘记我。

如果你从没看过我，

一定不会相信我。

但我就是那古老的猛犸，

绝不躺下的猛犸。

　　"这啊，"山姆在念完诗之后说，"这是我们在夏尔念的一首诗。或许只是乱掰的，或许不是。不过，我们自古就有关于南方的传说和故事喔。在古代，霍比特人经常四处游历，不过没有多少人回来，而他们所说的也不全都被人相信：所谓的夏尔之谈和布理的消息就是这么来的。但是我曾经听说过有关日之地的大家伙的传说。我们在故事中叫他们史卧丁人，据说，他们作战的时候会骑猛犸。他们会把屋子和高塔放在猛犸背上，而那些猛犸会对彼此丢掷石块和大树。所以，当你提到'从南方来的人类，都穿着红色衣服戴着黄金'的时候，我自然会问'有没有猛犸？'因为如果真有的话，我一定要冒险看一看。不过，唉，现在看来，我想我这辈子都没机会看见猛犸了，或许这世界上没有这种动物。"他叹气道。

"没有，没有猛犸。"咕鲁又再说道，"史麦戈没有听过猛犸，他不想要见到它们。他不想要这些家伙存在。史麦戈想要离开这里，躲在比较安全的地方。史麦戈想要主人也一起去。好主人，要不要跟史麦戈一起走？"

佛罗多站了起来。刚刚在山姆背诵那首壁炉旁的旧诗歌时，他忍不住自重重思虑中哈哈笑了起来。欢笑驱散了他的迟疑。"我真希望我们有一千只猛犸，而甘道夫可以骑在当先的一头白猛犸上。"他说，"那么，我们或许就可以硬闯这个邪恶的地方。不过，我们什么也没有，只有一双疲惫不堪的脚。好吧，史麦戈，第三次对你的信任或许会是最好的一次。我愿意和你一起走。"

"好主人，聪明的主人，好主人！"咕鲁高兴地拍着佛罗多的膝盖，"好主人！那么，好霍比特人，现在休息吧，在岩石的阴影下休息吧，靠着岩石休息！静静地休息，等到大黄脸离开为止。然后我们就可以赶快走。我们一定要安静无声得像影子一样！"

第四章

香料和炖兔子

他们在白昼剩余的几小时天光中休息，随着日影的移动变换位置，直到他们躲藏坑洞西侧的阴影越变越长，最后终于完全将坑洞笼罩在内。然后，他们随便吃了一些东西，小口地喝了一些水。咕鲁什么都没吃，但很高兴地接受水喝。

"很快就可以多喝水了，"他舔着嘴唇说，"干净的水从大河流过来，我们要去的地方有好水，史麦戈也会在那边找到食物。他很饿了，真的，咕噜！"他用一双大手抚摸着凹下去的肚子，眼睛闪起绿色的光芒。

当他们终于出发的时候，暮色已经相当深沉了，他们悄悄从坑洞的西侧爬出来，像是鬼魂一般融入大路旁的死寂荒野中。大概再过三天就要满月了，但月亮要到午夜左右才会爬到山脉之上，此刻紧接着黄昏的夜色依旧十分深沉。尖牙之塔上有一道冒得很高的红光，但除此之外，魔多之门中毫不懈怠的守卫没有露出丝毫的动静。

他们在荒凉的石地上跟跄跋涉了许多哩路，那只红眼似乎一直盯着他们。他们不敢冒险走大路，但一直让它保持在左边，同时隔上一段距离。最后,当夜已经渐渐深了,而他们也已经很疲倦的时候,那只眼睛才变成一个小红点,然后消失在夜空中。他们已经绕过了山脉较低的北边山肩,正在往南迈进。

随着一股奇特的轻松感,他们再度找了个地方歇脚,但时间并不长。对咕鲁来说,他们的速度还不够快。就他的估计,从魔多之门到奥斯吉力亚斯的十字路口大约有九十哩,他希望分四次走完这段路程。因此很快地,他们又再度挣扎着上路,直到黎明在灰色的荒野中慢慢散播开来为止。那时他们已经走了几乎二十四哩了,即使霍比特人有胆继续走,他们恐怕也已经走不动了。

渐露的晨光向他们揭示了一块比较没有那么荒凉残破的大地。左方依旧是看来十分险恶的山脉,但他们可以看见近在眼前的南方大路,在此脱离了黑暗的山脚,向西偏斜而去。在道路前方再过去,山坡上长满了阴郁的树木,像乌云一样,但山坡上还长满了石南、金雀花、山茱萸,以及他们所不认识的其他灌木。此外,他们还可以看见四处生长着一丛丛高大的松树。霍比特人虽然感到非常疲倦,但心情却又振奋了起来:这里的空气清新、饱含着香气,让他们想到在遥远的故乡中夏尔北区的景象。对他们来说,能够暂缓一口气,走在一块只被黑暗魔君征服了几年,尚未完全腐化毁坏的大地上,实在感觉好极了。但他们并没有忘记自己依旧身在危险之中,也没有忘记魔多之门虽然被山脉所挡住,但还是位于极近之处。他们四下寻找可以在白天让他们躲过那些邪恶之眼搜索的藏身之处。

白昼过得很不安。他们尽可能地深藏在石南丛中，数着缓慢流逝的时间，而时间似乎慢得像是静止了；他们依旧还在伊菲尔杜斯的阴影之下，太阳也被云雾遮蔽了。佛罗多有时会陷入昏睡，睡得平静深沉，不知道是因为信任咕鲁，还是因为太疲倦而懒得担心他；不过，山姆就实在睡不着，即使连咕鲁都已经在睡梦中发出各种各样的怪声，他还是辗转反侧。或许，让他一直醒着的是饥饿，而不是怀疑，他开始很怀念家乡口味和正常的饮食，那些"热腾腾的，从锅子里端出来的东西"。

当大地在前来的夜色中化成一片灰暗之后，他们又开始继续前进。过不了多久，咕鲁就领着他们踏上了往南方的道路；在那之后，他们前进的速度变得更快，但也变得更危险。他们的耳朵随时都要注意前方是否传来马蹄声或脚步声，或背后有追兵跟上他们。但是，一夜过去，他们没听到骑士或步兵的声音。

他们走的路是在古远时代兴建的，大概在魔多之门以下有三十哩左右的路，是新修复的，不过，当它持续往南前进，荒野就开始和它争起主权来了。古代人类的建筑成就仍可从平坦笔直的道路中看出来：它有时会切过山脉的侧坡，或是借由某个精致的拱桥跃过一段溪流。但是，到了最后，一切巧匠石艺的痕迹都消失了，只有四处留下的破断石柱，从路边的树丛中探出头来，而古时铺路用的石板依旧潜藏在荒堙蔓草之间。石南、树木和蕨类植物蔓生在道路两侧，有时甚至会倒垂到路上来。到了最后，这条路缩窄成了乡间小路；但它依旧笔直：领着他们用最快速的方式穿越这块土地。

就这样，他们踏进了人类曾经一度称之为伊西立安的北边疆域，一个长满了茂密植物和激越溪流的美丽乡野。夜晚在圆月和星辰的照耀下变得十分舒适，在霍比特人的感觉中，似乎他们越走，空气中的香气就越明显。从咕鲁不停的嘀咕与喘息中，可看出他似乎也感觉到了这种变化，而且并不喜欢。晨光一露出头，他们就立刻停了下来。他们已经来到了一条地堑的尽头，中央的部分又深又陡，道路沿着石脊上切了过去。这时，他们爬上地堑的西侧，向四周瞭望。

天空曙光渐明，他们看见原先近逼的山脉现在距离相当远了，以一个长弧度往东退去，消失在远方。随着他们往西转，眼前可见和缓的斜坡直切入下方的迷雾中。环绕在他们四周的是各种树脂类的小树，有杉树、香柏树、柏树和其他没在夏尔见过的树木，林木间还有十分宽阔的草原，到处都可以看见发出甜美香气的药草和灌木。从瑞文戴尔出发的遥远旅程，已经带他们来到距离家乡极远的南方，但是，直到来到这比较有遮阴之地时，他们才真正感受到气候的变化。在此地，春天已经开始忙碌起来，羊齿植物穿透了地面的苔藓，落叶松的顶端也冒出了绿色的新芽，小花在草原上开放，鸟儿歌唱着。伊西立安，这座刚铎的花园，现在在荒芜中依旧保持着让人怜爱的姿态。

它的西边和南边面对着安都因河温暖的河谷，东边有伊菲尔杜斯山脉为屏障，却尚未受到它阴影的污染；北边则受到艾明穆尔高地的保护，因此可以迎接来自南方的温暖空气和远自海上吹来的满含水汽的风。此地生长着许多高大的树木，都是许久以前种植的，由于后人疏于照料，它们便自顾自地生长繁茂。众多的树丛中包括了柽柳、笃耨香树，还有橄榄树和月桂树；杜松、桃金娘和百里香也都聚生在一起，或将它们浓密的枝叶层层深覆在隐藏的岩石上；各种的鼠尾草绽放着蓝色、红色或是浅绿色的花朵；还有香花薄荷和新发芽的芫荽，以及其他许多各种超乎山姆园艺知识的草药和香料。此地凹凸不平的山壁上已经长出了许多虎耳草和景天花，樱草和银莲花从榛树丛的空隙中生长出来；日光兰和许多百合花在草地上摇颤着它们半开的花朵。这些深绿色的草生长在许多小池边，它是奔流往大河安都因的小溪，在山谷之间暂时驻足的地点。

　　三名旅人转身离开道路，走下山丘。随着他们拨开四周各种的灌木丛与药草，甜美的香气扑鼻而来。咕鲁又咳又吐，但霍比特人却欢欣鼓舞地深呼吸；突然间，山姆哈哈笑了，因为心情畅快，而不是听了笑话。他们沿着一条奔流迅速的小溪往前进，不久之后，这条小溪带着他们来到了浅谷中一个清澈的小湖旁；它其实是古时候的一个石砌水池，水池的边缘几乎完全被青苔和蔷薇所覆盖了；池旁生长着许多菖蒲，在它深沉、水波不兴的水面上漂浮着荷叶。不过，小池中的水十分清澈，水流从另一端池缘上的缺口溢流到旁边的草地上。

　　他们在这边梳洗一番，好好地把清水喝了个饱。然后，他们寻找一个可以休息和躲藏的地方；因为这块土地虽然看来十分美丽，但依旧还是魔王的领土。他们离大路没有很远，即使从大路下到这里这样短短一段距离，他们已经看到古老战争的创痕，以及由半兽人和魔王其他的邪恶奴仆所造成的新破坏：一坑没有掩埋的垃圾和排泄物、随意砍倒的枯死的树木，树皮上有粗野刀刻的邪恶符文或魔眼的标志。

　　山姆爬到水流出口处的下方，嗅闻触摸着那些不熟悉的植物和树木，一时间忘记了魔多的威胁，却被突如其来的景象提醒了眼前的危险。他踏到了一圈被火烧灼过的草地，在正中央找到了一堆烧焦、破碎的骨骼和骷髅头。虽然这块荒野的旺盛生命力已经让不少野草蔓生盖过了这场屠杀的痕迹，但它发生的时间看来并不久。他急忙回到伙伴身边，却什么也没说：他不想让咕鲁随意去打扰冒渎那些尸骨。

"我们找个地方躺一下吧，"他说，"最好是高一点的地方。"

在离小湖不远的高处，他们找到了一片深褐色、去年生长的羊齿植物，再过去则是一大丛沿着陡峭的斜坡往上生长的有着深绿色叶子的月桂树，顶端围绕着古老的香柏树。他们决定在此休息，度过一个看来将会相当明亮、温暖的白天。这个天气适合在伊西立安的草地和森林中漫游，可惜的是，虽然半兽人讨厌阳光，但这里还是有太多他们可以躲藏、监视的地方；而且，还有许多其他索伦邪恶的爪牙也会四处出没。此外，咕鲁无论如何也不会愿意在大黄脸底下行动。很快地，太阳就会越过伊菲尔杜斯阴暗的山脊，他会因为那光亮和高温而发昏，趴在地上动弹不得。

山姆在一路上前进时想的都是食物。现在，在将那绝望、无法穿过的大门抛在背后之后，他便开始不像他主人所想的，完全不去考虑完成任务之后的生活；反正，他总觉得留下一些精灵干粮以备日后状况更糟糕时救急，才是明智之举。自从他评估干粮仅够三周食用的那天算起，到现在已经又匆匆过了六七天了。

"如果以这个速度来看，三周能够到达火山就算运气好了！"他想，"而且，我们还有可能会想要回来，真的有可能！"

此外，在经过一整夜的跋涉和早上的盥洗及饮水之后，他比平常更觉得饥肠辘辘。他真正想要的是一顿早餐或是晚餐，在袋边路的老厨房中，坐在炉火边好好享受。他脑中灵光一现，于是转向咕鲁。咕鲁正准备悄悄溜走，此时正好四肢着地从蕨类植物上往外爬。

"喂！咕鲁！"山姆说，"你要去哪里？狩猎吗？来，听我说，老家伙，你不喜欢我们的食物，我也很想要换换口味。既然你的新口头禅叫作随时效劳，那么，你可以找点适合一名饥饿的霍比特人吃的东西吗？"

"是的，或许吧，是的，"咕鲁说，"史麦戈愿意效劳，只要他们开口要求，只要他们好声好气地请史麦戈去做。"

"当然！"山姆说，"我就是请你去做，如果这样不够客气，就算我求你帮忙吧。"

咕鲁消失了。他离开了好一段时间，佛罗多在吃了几小口的精灵干粮之后，也趴在干蕨叶上睡着了。山姆看着他，晨光刚溜进树叶下的阴影中，但他依旧可以清楚看见主人的脸孔，以及那双垂放在身旁地上的手。他突然想起佛罗多受了重伤之后，躺在爱隆屋子里床上的样子。在山姆持续注视着他的时候，注意到他体内似乎闪动着某种淡淡的光芒；如今这光芒变得比以前更清楚、更强烈了。佛罗多脸上的表情十分平和，恐惧和担忧的痕迹都已经离开了；但那张脸看起来有些苍老，苍老而美丽。似乎之前的岁月痕迹在平日都隐而不见，现在才显露出来，但旁人依旧可以看出来这张脸是属于谁的面孔，至少，山姆是这样认为的。他摇摇头，似乎有千言万语却不知该如何表达，只能呢喃着说:"我爱他,他就像这样,有时那光芒会穿透出来。不过,不管有没有这光芒,我都爱他!"

咕鲁悄悄地溜了回来,从山姆肩后探头探脑。他看着佛罗多,然后闭上眼,一声不出地爬开。山姆稍后走到他身边,发现他正嚼着什么东西,一边自言自语。在他旁边的地上躺着两只小兔子,他的双眼正贪婪地看着它们。

"史麦戈乐意效劳。"他说,"他带来了小兔子,好兔子。但主人睡觉了,或许山姆也想睡觉。还想要兔子吗?史麦戈很想帮忙,但没办法一次抓到那么多东西。"

不过,山姆倒是一点也不反对吃兔子,他也这么告诉咕鲁,至少煮熟的兔子没问题。所有的霍比特人都会做菜,这门学问是在他们学写字(有许多人很可能一辈子都不会)之前,就开始练习的博大精深之艺。不过,即使以霍比特人的标准来看,山姆都算是一名好厨子,只要有机会,他就会在野外露一手他的厨艺。即使到了今天,他的背包中还是带着一部分炊具:一个小火绒盒、两个小平底锅,较小的锅正好可以装进大锅内,锅内还有一柄木匙、一根短柄的双尖叉以及几根备用的烤肉串针。在背包的底部还藏着另一个小木盒,里面是调味的无价宝藏:盐。但他还需要火和一些其他的东西。他一边掏出刀子,磨利之后开始剥兔子皮,一边思索着这件事情。他不要离开熟睡的佛罗多,即使几分钟也不行。

"听着,咕鲁,"他说,"我有另外一个任务给你。去把这些锅子装满水,带回来!"

"史麦戈会去取水,是的,"咕鲁说,"但是霍比特人想要那么多水干嘛？他已经喝过了，也已经清洗过了。"

"别管那么多。"山姆说，"如果你猜不到，你很快就会亲眼看到了。你越快把水拿回来，就可以越快知道。千万别把我的锅子弄坏了，不然我就把你剁成肉酱。"

在咕鲁离开之后，山姆又看了佛罗多一眼。他依旧静静地睡着，但山姆突然惊觉到他的脸和手似乎都只剩下皮包骨而已。"他太瘦了。"他嘀咕着，"不像个霍比特人。如果我可以把这些兔子煮好，我就把他叫起来。"

山姆收集了一堆最干燥的蕨叶，又去附近山坡上找了一堆树枝和枯木，顶端那株香柏木断落的树枝供给他不少柴火。他在离蕨类不远的坡底挖了一个浅坑，然后将柴火摆进去。经过他的巧手打着火石拨弄之后，他很快就生起了一小堆火，它几乎没冒什么烟，却有种浓郁的香味。当他弯腰吹着火，并架上更大的树枝来将火弄旺些时，咕鲁小心地捧着平底锅，一边自言自语地咕哝着回来了。

他把锅子放下来，然后突然看见山姆在做些什么。他低声惊呼，似乎又害怕又生气。"啊！嘶嘶——不要！"他大喊着，"不可以！笨霍比特人，蠢霍比特人，没错，蠢！他们绝对不可以这样做！"

"不可以做什么？"山姆惊讶地问。

"不可以弄出这种可怕的红舌头。"咕鲁嘶嘶地说，"火，是火！这很危险，没错，真的危险，它会烧人，或杀人，而且还会把敌人引过来。是的，它会的！"

"我不这么认为。"山姆说，"只要你不把湿的东西放上去，弄出浓烟来，我想它就不会引人注意。不过，就算它会冒烟，我也准备冒这个险——我要炖兔子!"

"炖兔子!"咕鲁不高兴地尖声说,"糟蹋了史麦戈留给你的好肉,可怜的史麦戈肚子饿啊!为了什么?笨霍比特人,为了什么?它们还小,肉很嫩、又很甜。吃掉它们,吃掉它们!"他用手戳着已经剥皮、靠近火边的兔尸。

"别吵,别闹!"山姆说,"每个人的喜好不同,我们的面包会让你呕吐,生肉则会让我呕吐。如果你把兔子给我,那就是我的了,我爱吃爱煮不干你的事。而且我也煮了,你不需要一直看着我。你可以自己去抓兔子,爱怎么吃就怎么吃——等等,最好别在我面前吃。这样你就不需要看见火,我也不需要看见你,我们两个人都会比较舒服。如果你不放心,由我来负责让这火焰不冒烟。"

咕鲁嘀咕着退了回去,钻进附近的森林中。山姆忙碌地搬弄着平底锅。"霍比特人拿到兔子,"他自言自语道,"就是要拿香料和根茎类植物来配,特别是马铃薯,当然更别提面包了,看来我们应该可以搞出一些香料来。"

"咕鲁!"他轻声说,"第三次,也是最后一次麻烦你啦,我想要一些香料。"咕鲁从蕨类中探出头来,看起来既不友善也不太愿意帮忙。"几片月桂、一些百里香、几根鼠尾草就够了,请你在水滚之前找回来。"山姆说。

"才不要!"咕鲁说,"史麦戈不高兴。史麦戈也不喜欢臭臭的叶子。他不吃草,也不吃树根,不,宝贝。除非他肚子很饿或很不舒服,可怜的史麦戈。"

"如果史麦戈不听话,那么当这水滚了之后,他就会被扔到非常非常烫的水里面去。"山姆威胁道,"山姆会亲手把他的脑袋放进去,是的,宝贝。如果现在当季的话,我也会请他去找芜菁和萝卜还有马铃薯,我打赌这里有很多好的野生植物,我愿意为了五六颗马铃薯付很多钱。"

"史麦戈不去。喔,不,宝贝,这次不去了。"咕鲁嘶嘶道,"他害怕又非常疲倦,这个霍比特人又不好,一点也不好。史麦戈不要去挖什么根和萝卜还有马铃薯。马铃薯是啥,宝贝,呃,啥是马铃薯?"

"洋——芋——啦,"山姆说,"是我老爹最喜欢吃的东西,也是很适合用来填饱肚子的好食物。不过,你应该找不到,所以也不用找了。史麦戈,乖一点,替我找这些香料,我会比较相信你的。而且,如果你能找到我要的嫩叶,把它带回来,我这几天就会煮马铃薯给你吃。真的:詹吉大厨做出来的炸鱼和薯片,你绝对无法拒绝哦!"

"才怪,才怪,我们可以。烧焦好鱼,浪费浪费。现在就给我鱼,把臭薯片留下来!"

"哼,你真是没救了。"山姆说,"给我去睡觉!"

到了最后,他还是得自己去找做菜要用的东西。但是他不需要走太远,至少不需要走到看不见他主人沉睡的地方。有好一会儿,山姆坐着沉思,一边等待水滚。天色越来越亮,四周也变得相当温暖;草地和树叶上的露珠也渐渐消退。很快的,切块剁好的兔肉就在平底锅中连香料一同咕嘟咕嘟地滚着。山姆在等兔肉炖熟的时候几乎睡着了。他让肉炖了将近一小时,中间不停地用肉叉测试肉的熟度,并且尝尝汤汁的味道。

当他认为一切已经准备妥当之后，他将锅子从火上拿下，蹑手蹑脚地走到佛罗多身边，弯下腰来，佛罗多半张开眼看着他，然后立刻从梦中醒来：又是一个平静、安详的梦境。

"嗨，山姆！"他说，"你没睡觉啊？出了什么问题吗？现在几点了？"

"大概是天亮之后几个小时吧，"山姆说，"依照夏尔的时间计算，或许是八点半。一切都没问题。不过，我可不会说这是完美的：没有高汤、没有洋葱、没有马铃薯。我刚炖了一锅东西给你，还有一点汤，佛罗多先生，对你身体好。不过，你得要从杯子里面喝，或是等汤凉一些从锅子里面直接吃，我没有带碗和其他的餐具。"

佛罗多打了个哈欠，伸着懒腰。"山姆，你应该好好休息的。"他说，"在这一带生火实在很危险。不过，我也真的饿了。嗯嗯！我闻到的是什么味道？你煮的是什么东西？"

"是史麦戈的礼物，"山姆说，"一对小兔子。不过，咕鲁现在多半觉得很后悔。遗憾的是，我们只有几种香料可以搭配，没有别的配菜。"

山姆和主人就这么坐在地上，共用叉子和汤匙分享炖肉。他们又允许自己多吃了半块精灵干粮，这让他们有种在家乡吃山珍海味的感觉。

"呼！咕鲁！"山姆吹着口哨，轻声喊道，"来嘛！还有时间改变主意喔，如果你想要试试炖兔子，锅子里面还有剩喔！"没有任何的回音。

"喔，好吧，我想他是去找东西吃了，我们把它吃完吧。"山姆说。

"然后你得好好睡一觉。"佛罗多说。

"佛罗多先生,在我休息的时候,你别打盹喔。我不太相信他,他的体内还存在有一部分的肮脏鬼——喔,我是指那个坏的咕鲁,他这部分显然又开始增强了。现在,我认为他会尝试先除掉我,我们两个彼此看不对眼,而且他对山姆很有一些意见,喔,是的,宝贝,很有意见。"

他们就这么吃完了,山姆走到小溪边去洗餐具。当他站起来准备走回去的时候,他回头看着斜坡上的景象。那时,他注意到太阳从凝聚在东方的某种毒气、雾气或阴影中冉冉升起,金色的阳光洒在他四周的树木和草地上;然后,他发现有一道蓝灰色的轻烟,在阳光下显得十分刺眼,从他上方的树丛中冒出来。他无比震惊地发现,这来自于他忘记熄灭的篝火。

"这样不行!我没想到它会变得这么显眼!"他嘀咕着快步跑回营地。突然间,他停下脚步,仔细倾听着。他是不是听到了口哨声?或者那是某种怪鸟的叫声?如果那是口哨声,肯定不是来自佛罗多的方向。然后那声音又从另外一个地方冒了出来!山姆开始拼了老命往回跑。

他发现有一部分火舌烧到了坑洞边缘,点燃了一些干枯的蕨叶,起火的蕨叶又让潮湿的草地开始冒烟。他慌忙将火焰踩熄,灰烬弄散,用树叶盖住坑洞,然后他又悄悄地溜回佛罗多身边。

"你有没有听见口哨声和听起来像是响应的声音?"他问道,"大概在几分钟之前。我希望那只是鸟叫声,可是听起来不像,我觉得比较像是有人在模仿鸟叫。而且,刚刚我的篝火似乎在冒烟。这次如果我又惹了什么麻烦,我永远不会原谅自己的,搞不好根本没机会后悔!"

"嘘!"佛罗多低声道,"我想我听见什么声音了。"

两名霍比特人背起小背包,准备好逃跑,接着两人无声无息地爬进浓密的羊齿丛中,他们趴在那边动也不动地倾听着。

毫无疑问地是有声音出现,对方正低声、小心地交谈,他们距离不远,而且还在不断地靠近当中。然后,突然间,有个声音就在旁边冒了出来。

"这里!这就是冒烟的地方!"那声音说,"他们一定就在附近。我猜躲在那些蕨丛里面,他们这次插翅也难飞了。然后我们就可以知道这些家伙到底是什么东西。"

"是啊,还有他们知道些什么!"第二个声音说。

立刻,四名男子就从不同的方向走向两人藏身之处。既然无路可逃也无法继续躲藏下去,山姆和佛罗多跳起来,背对着背,拔出腰间的短剑。

如果他们对眼前所见感到吃惊,他们的捕捉者更是目瞪口呆。总共有四名高大的人类;有两人手中握着有着明亮宽边的长矛,另两人拿着几乎和身长一样高的巨弓,背后还背着一大袋绿色羽毛的长箭。每个人腰间都挂着长剑,身穿色调深浅不一的绿色和棕色衣服,似乎是特别为了在伊西立安的绿地中隐藏行迹而设计的。他们的手上戴着绿色的手套,头被兜帽遮住,脸上也戴着绿色的面具,只露出一双明亮、锐利的眼睛。佛罗多立刻就联想到波罗莫,因为这些人类在身高、举止和口音上,都和他十分近似。

"我们发现的和想象中的差很多。"一人说,"不知道眼前的是什么生物。"

"不是半兽人。"另一个人说,松开了紧握的剑柄,他一看见佛罗多手中的刺针,立刻握住自己的长剑。

"那是精灵啰?"第三个人怀疑地说。

"不!不是精灵。"第四个身形最高的人说,他显然是四人中的首领,"在这些日子,精灵不会出没在伊西立安;而且根据传说,精灵们看起来非常的美丽。"

"阁下的意思就是我们看起来不美丽啰!"山姆说,"多谢你的夸奖。在你们对我们评头论足完之后,或许你们愿意说说你们是谁,以及为什么你们不让两个疲倦的旅人休息。"

那个高大的绿人冷冷一笑。"我是法拉墨,刚铎的将军。"他说,"不过,这块土地上根本不会有什么旅行的人,只有邪黑塔的仆人和白色要塞的士兵。"

"偏偏我们两者都不是。"佛罗多说,"不管法拉墨将军怎么想,我们真的是路过的旅人。"

"那就请你们快点说出你们的来意和身份,"法拉墨说,"我们还有要事在身,没时间和你们猜谜聊天。快点!你们的第三名同伴呢?"

"第三名?"

"是的,我们之前看到有个鬼鬼祟祟的家伙,把鼻子伸到底下池子里去,他看起来绝非善类,我猜多半是半兽人的某种侦察用的变种,再不然就是他们饲养的动物,但他一溜烟就跑不见了。"

"我不知道他到哪里去了。"佛罗多说,"他只是我们在路上巧遇到的同伴,我没办法替他负责。如果你们稍后遇到他,别下杀手;请将他带过来,或是叫他来找我们。他是个可怜的生物,我暂时必须照顾他。至于我们,我们是夏尔来的霍比特人,夏尔位于遥远的西北方,必须越过许多河流才能到。我是德罗哥之子佛罗多,这位是哈姆法斯特之子山姆卫斯,是我忠心的助手。我们从瑞文戴尔——有些人叫那边伊姆拉崔——历经重重的险阻才来到这里。"法拉墨突然神情一凛,变得非常专注。"我们原先有七名同伴,其中一名在摩瑞亚牺牲了,另外的同伴则是在拉洛斯瀑布之上的帕斯加兰分别了:其中有两名我的同胞,还有一名矮人、一名精灵和两名人类,他们是亚拉冈和波罗莫,他说他来自米那斯提力斯,南方的一座城市。"

"波罗莫!"四名男子同时惊呼道。

"迪耐瑟主上之子波罗莫?"法拉墨说,他的脸上又出现了那种严肃的神情,"你和他一起来的?如果这是真的,那可真是个意外的消息。矮小的陌生人们,迪耐瑟之子波罗莫是白色要塞的守门将军,也是我们的总帅,我们非常想念他。你又是什么人,为什么会和他有牵连?太阳已经开始升起了,你最好快点!"

"波罗莫带到瑞文戴尔的谜语你听过吗?"佛罗多回答。

圣剑断折何处寻?
伊姆拉崔之中见。

"我的确听过这两句诗。"法拉墨震惊地说,"既然你也听过,就代表你说的话至少有部分的真实性。"

"我之前所提到过的亚拉冈,就是断折圣剑的持有者。"佛罗多说,"我们就是那首诗中所提到的半身人。"

"我也猜到了。"法拉墨若有所思地说,"至少我看得出来。埃西铎的克星究竟是什么?"

"还隐匿不明。"佛罗多回答,"相信时间会给大家一个清楚的答案。"

"我们必须要知道更多才行,"法拉墨说,"而且我们也想要知道,是什么让你来到这么遥远的东方,来到阴影笼罩下的——"他指着那个方向,不愿意说出名字。"不过,不是现在。我们还有更急迫的任务。你身处危险之中,今天恐怕没办法再走太远了。在中午以前附近就会有一场大战,然后就会是死亡,或是飞快逃回安都因流域的旅途。为了你,也为了我们好,我会留下两人来保护你们。在这一带,聪明的人不会信任在路上巧遇的伴侣。如果我可以生还,我会再和你详谈的。"

"再会了!"佛罗多深深一鞠躬,"随你怎么想,我是所有对抗魔王之人的盟友。只要我的任务容许,我会愿意和你们一起走的,我们这些矮小的半身人愿意帮你们这些高大强壮的人类任何忙。愿光明照耀你们的宝剑!"

"无论如何,至少这些半身人是非常客气的。"法拉墨说,"再会了!"

霍比特人又再度坐了下来,但是这次他们没有对彼此倾吐心中的想法和疑惑。就在近旁的月桂树下的阴影中,有两名人类看守着他们。

随着温度逐渐升高,他们偶尔会拿下面具散散热,佛罗多看见他们是相貌堂堂的人,肤色很白,发色很深,眼睛是灰色的,都有一张高傲和哀伤的脸。他们低声地彼此交谈,起初用的是通用语,不过带着古代的腔调,然后又换成他们自己的语言。佛罗多随即惊讶地发现,他们所用的竟然是精灵语,或至少是一种和精灵语相差无几的语言;这下子,他更惊奇地打量着对方,因为他现在确定他们是西方皇族在南方的后裔,是登丹人的一支。

过了不久之后,他开始和他们攀谈,但是,这些人回答得相当小心。他们自称是马伯龙和丹姆拉,是刚铎的士兵,也是驻守伊西立安一带的游侠,因为他们的祖先曾经在伊西立安沦陷之前居住在这里。从这些人的后代中,迪耐瑟王挑选了一群敢死队员,秘密地越过安都因河(从哪里并如何渡河,他们都不愿意透露),突袭在伊菲尔杜斯和大河之间出没的半兽人和其他的敌人。

"这里距离安都因河东岸大概有三十哩,"马伯龙说,"我们很少来到这么远的地方。但这次我们有新的任务,我们是来揍这些偷袭哈拉德的部队,这些该死的家伙!"

"是啊,诅咒这些该死的南方人!"丹姆拉说,"据说,自古以来,刚铎和南方的哈拉德帝国就有往来,不过双方从未建立过友谊。那时,我们的边境远达安都因河的出海口,他们省份中最靠近我们的昂巴也承认我们的统治权,不过,那已经是很久以前的事情了,我们之间已经有几百年没有任何的往来。现在,我们得知魔王和他们结盟,他们准备投靠他,或是重回他的怀抱——我们怀疑这些人一直和魔王有所牵连。在看到他这么强大的力量和部队之后,我知道刚铎的末日已近,米那斯提力斯的高墙终将陷落。"

"不过，我们可不愿意坐以待毙，听任魔王为所欲为。"马伯龙说，"这些该死的南方人从古时的大道过来，准备加入邪黑塔的部队。是啊，他们所行进的正是刚铎所铺设的道路，而且他们还毫无警觉地走在上面，以为新主人的力量无比强大，光是这些山脉的阴影就足以保护他们。我们是来给他们一个教训的。许多天以前，我们得到情报，他们集结了大量的兵力往北进发。其中一支部队，根据我们的侦察，将会在中午左右经过这里，也就是上方那个隘口。鸟兽或许可以在这条路上自由奔跑，但是他们例外！只要法拉墨领导我们，这些人就逃不掉。这段时间他经常自愿执行最危险的任务。不过，他的命运似乎受到上天的眷顾，再不然就是他的时候还未到。"

他们停止交谈，开始仔细倾听着周遭的寂静，一切似乎都冻结了起来。山姆趴在树丛边，小心翼翼地往外看。借着霍比特人锐利的眼睛，他注意到四周还有许多人类埋伏着，他可以看见这些人悄悄地爬上斜坡，有时单枪匹马，有时成群结队，唯一的共通点，就是都保持在浓密的树丛阴影中；他们身上所穿着的迷彩衣物，更让他们天衣无缝地混入地形地物中，极难被发现。他们全都戴着兜帽和面具，手上戴着手套，身上携带着和法拉墨一行人一样的武器。不久之后，他们就全部通过从山姆的眼前消失了。太阳持续高升，阴影开始往后退缩。

"不知道那个该死的咕鲁在哪里？"山姆躲回阴影中，一边想着。"他有很大的机会被误认为半兽人，或者是被大黄脸烤死。不过，我想他会照顾自己的。"他在佛罗多的身边躺了下来，开始打瞌睡。

他醒了过来，似乎觉得刚刚听见号角的声音。他坐直身子，现在已经是正午了。两名守卫紧张地站在树木的阴影下。突然间，号角声变得更清楚，毫无疑问是从山坡顶上传来的。山姆认为他也听见了狂乱的呼喊声，但那声音十分的微弱，仿佛是从洞穴中传出来的。然后，战斗的声音就在靠近他们躲藏之处的上方传了过来。他可以清楚地听见金铁交鸣之声，听见刀剑击打在盾牌上的闷响和砍在头盔上的清脆声；人们惨叫、大吼的声音，还有一个清晰的声音在大喊刚铎万岁！刚铎万岁！

"听起来像是几百个铁匠同时一起在打铁。"山姆对佛罗多说，"我实在不希望他们再靠近了。"

但那声音越来越靠近。"他们来了！"丹姆拉大喊道，"你们看！有些南方人从包围中逃了出来，正往外跑。他们往那边跑了！我们的人正在将军的率领下追杀他们。"

山姆好奇地想要看得更仔细，于是跑到守卫们身边去，他爬上了一株较大的月桂树，想要看得更清楚些。他依稀看见有一大群肤色黝黑的人穿着红衣，沿着斜坡往下跑，穿着绿色衣服的人则紧追在后，毫不留情地砍杀掉队的敌人。空中箭雨密布。突然间，有一个人从他们所躲藏的上方斜坡滚了下来，一路撞开小树，差点跌在他们头上，最后倒在几步远的羊齿植物中，脸朝下，一支绿色的羽箭插在他金色项圈下的脖子上。他红色的袍子被扯烂了，身上层层的黄铜胸甲也弯折破碎，用黄金束起的黑发上染满了鲜血，褐色的手上依旧紧握着一柄破碎的长剑。

这是山姆第一次看见人类彼此间的作战，而他实在不喜欢。他很高兴自己没看见死人的面孔。他开始想要知道那人的名字以及他的家乡；想知道这人内心是否真的邪恶，或是有什么人威胁或欺骗他千里迢迢地从家乡跑到这边来送死；或许，他宁愿选择静静地在家乡终老一生。不过，这些在他脑海中一闪而逝的念头很快就都被赶走了。因为正当马伯龙朝尸体走过去时，附近又传来了新的、刺耳的吼叫声。在这一团混乱中，山姆听见了某种低沉的鼓声或是号角声。然后，是一连串沉重的撞击和踏步声，仿佛大型的破城锤不停地敲打着地面。

"小心！小心！"丹姆拉对同伴大喊，"希望瓦拉赶走他！姆马克！姆马克！"

山姆先是十分恐惧和惊讶，不过随即转为惊喜，他看见一个巨大的形体撞穿树丛，从斜坡上冲了下来。在他眼中，那是一只比屋子还要巨大的怪物，简直是座会移动的灰色小山。或许，这是因为恐惧和惊奇，让它在霍比特人的眼中放大了数倍，但哈拉德的姆马克的确是体型无比庞大的一种生物，今天中土世界中已经不见它的踪迹了；日后它那些侥幸生存下来的远亲，完全无法和它的尊荣和骄傲相提并论。它直接朝着旁观者冲过来，在千钧一发之际在他们几码外转了个弯，让他们脚下的大地为之震动。它巨大的腿如同树桩一样粗壮，像是风帆的耳朵不停地翕动，长长的鼻子高举，如同即将出击的蟒蛇一般，红色的小眼中闪动着怒火。它那双上扬的獠牙上有着黄金的环饰，同时还滴着鲜血。它身上原先披挂着的红色和金色的布幔都已经破烂不堪。它巨大的背上本来似乎搭载着一座高大的攻城塔，也在它凶暴地穿越森林时被撞个稀烂；在它高高的脖子上还挂着一个仓皇无助的人，他是史卧丁人之中体型最高大的战士，相形之下却显得无比的渺小。

这只巨兽继续不停地往前冲，盲目冲过池塘和树丛，箭矢无力地从它厚厚的皮肤上纷纷滚落下。两个阵营的战士都在它面前四散奔逃，许多依旧被它追上，在脚下踩成肉酱，很快地它就消失在众人面前，依旧嘶鸣着冲向远方。一直到很久以后，山姆都没有再听说过它的消息，不知道它是否在野外生活了一段时间，在远离家园的地方怡享天年；还是它被困在某个深坑中，或者是在狂怒中奔入大河中，从此不知所终。

山姆深吸一口气。"那就是我说的猛犸！"他说，"这世界上果然有猛犸，我今天就看到了一只。这真是怎样的经历啊！可惜，家乡的人永远不会相信我的。好吧，如果这一切结束了，我想要休息一下了。"

"把握时机好好休息吧。"马伯龙说，"将军如果没受伤，不久之后就会回来的。在他回来之后，我们会很快出发的。只要这消息一被魔王知道，他马上会派兵来搜捕我们，而他很快就会知道了。"

山姆说："你们离开的时候请安静一点！没必要把我吵醒。我已经走了一整晚的路了。"

马伯龙笑了。"山姆卫斯先生，我不认为将军会把你们留在这边的。"他说，"我们到时候就知道了。"

第五章

西方之窗

当山姆醒过来的时候,他以为自己只睡了几分钟,不过他发现时间不但已经到了下午,连法拉墨都已经回来了。他带了很多人一起回来,事实上,是刚刚那场大战的所有幸存者,现在都聚集在这个斜坡上,大约有两三百名。他们围成一个马蹄形,法拉墨坐在正中央,佛罗多站在他面前,看起来就像一场对囚犯的审判。

山姆从羊齿蕨丛中爬了出来,但是没有任何人注意他,因此他在队形的尽头坐了下来,刚好可以看见和听见所有发生的事情。他专注地听着、看着,准备随时有需要就冲到主人身边去。他可以看见法拉墨的面孔,对方现在已经除下了面具;那是张严肃、拥有王者之气的面孔,而那双逡移审视的眼中也有着相当的智慧。当他看向佛罗多的时候,灰眸中露出浓浓的疑惑。

山姆很快就听出来,将军对佛罗多在几个部分的交代感到不满意:他想要弄清楚佛罗多在从瑞文戴尔出发的远征队中,究竟扮演什么样的角色?为什么他会离开波罗莫?现在又准备前往何处?他特别针对埃西铎的克星反复质问。很明显地,他认为佛罗多刻意隐藏一些重要的关键不让他知道。

"但是，从字面上来说，就是因为半身人的到来，埃西铎的克星才会再度苏醒。"他坚持道，"如果你就是诗中的半身人，毫无疑问的，你也将这样东西，不管它是什么，带到了你所说的那场会议中，而波罗莫也看到了这样东西。我的这项推论有错吗？"

佛罗多没有回答。"那么！"法拉墨说，"我希望从你口中知道更多有关它的事情。因为，波罗莫关心的事情和我关心的一样。至少在远古的传说中，杀死埃西铎的是半兽人的箭矢。但到处都可以看到半兽人的箭矢，光是这样的景象，并不会让刚铎的波罗莫认为末日将临。你随身携带着这样东西吗？你说它还隐而未现，但是不是由于你选择要将它隐藏起来？"

"不，这不是因为我的选择。"佛罗多回答，"这不是属于我的东西。这东西不属于任何的凡人，不管他是伟大还是弱小；如果有任何人想宣称有权拥有此物，那也只有先前提过的，带领我们从摩瑞亚抵达拉洛斯瀑布的远征队队长，亚拉松之子亚拉冈。"

"那么，为什么不是波罗莫，伊兰迪尔之子所建造的本城的王子有权拥有？"

"因为亚拉冈是伊兰迪尔之子埃西铎的直系子孙，而他所继承的长剑，就是伊兰迪尔的圣剑！"

人群中响起一片惊叹，开始窃窃私语，有些人甚至大喊着："伊兰迪尔的圣剑！伊兰迪尔的圣剑要来米那斯提力斯！风云将变！"但法拉墨依旧不为所动。

"或许吧。"他说，"但兹事体大，即使这位亚拉冈到了我邦，我们也必须有更确切的证据才行。当我六天之前离开的时候，他或是你的任何一位同伴,都没有来到米那斯提力斯。"

"波罗莫可以接受我的说法。"佛罗多说,"事实上,如果波罗莫人在这里,他就可以回答你的一切疑问。既然许多天前他就已经到了拉洛斯瀑布,并且准备直接前往你的城市;如果你回去,你可能很快就可以从他口中得知答案。我在远征队中的任务,是所有队员都知道的秘密,因为那是伊姆拉崔的爱隆在会议中公开指派给我的任务。为了执行那项任务,我来到了这块土地,只是我奉命不能对任何远征队成员以外的人揭露这项任务。我只能说,任何抵抗魔王势力的善军,最好都不要阻碍我的工作。"

不管佛罗多内心怎么想,他的语气都十分自傲,而山姆也对此十分赞赏;但是,这些话并未使法拉墨平息下来。

"如此说来,"他说,"你是在嘱咐我不要多管闲事,赶快回国,不要打搅你。当波罗莫回来的时候,他会告诉我一切。你说的是当他回来的时候!你是波罗莫的朋友吗?"

佛罗多的脑海中,栩栩如生地浮现了波罗莫攻击他想抢夺魔戒的神情,他迟疑了片刻。法拉墨的眼神变得更凌厉了。"波罗莫是我们远征队中一位勇敢的队友。"佛罗多最后终于说,"是的,从我的角度来看,我的确是他的朋友。"

法拉墨露出凝重的笑容。"那么,如果你知道波罗莫已经过世了,你会觉得很难过吗?"

"我当然会难过!"佛罗多回答。然后,他注意到法拉墨的眼神,结结巴巴地反问:"过世?"他重复道:"你是说他已经死了,你确定吗?你刚刚只是想要和我玩文字游戏,陷害我?还是你想要欺骗我?"

"即使你是半兽人，我也不会用欺骗的手段对付你。"法拉墨说。

"那么，他是怎么死的？你又是怎么知道的？你刚刚不是说远征队的成员在你离开前，一个也没有抵达你的城市。"

"有关他是怎么死的，我还正想要从他的朋友和同伴口中知道详情。"

"可是，当我们分别的时候，他还活得好好的啊。就我所知，虽然这世界上有很多危险与挑战，他也没有理由死啊！"

"这世上的确有许多危险，"法拉墨说，"背叛就是其中一个。"

山姆听着这对话，感到越来越不耐烦，也越来越生气。最后这句话实在超过了他忍耐力的极限，因此他奋不顾身地冲进众人之中，站到主人身边。

"佛罗多先生，请容我插嘴，"他说，"但这场话谈得也够久了。他没有资格对你这样说话。毕竟，你是为了他和这些高大的人类，以及其他人好，才来经历这么多的折磨痛苦。"

"听着，将军大人！"他抬头挺胸，双手叉腰地站在法拉墨面前，脸上的表情仿佛是在教训一名年轻的霍比特人，不该随便进入别人的果园一样。众人为此交头接耳，但有些人脸上还挂着诡异的笑容：他们可不常见到将军坐在地上，和一个叉开双腿站立、怒气冲冲的霍比特人四目相对的景象。"听着！"他说，"你到底在暗示些什么？在魔多派出所有的半兽人猎杀我们之前，不如打开天窗说亮话吧！如果你认为我的主人杀死了波罗莫，然后逃离现场，那你脑袋一定坏掉了！但是，不管如何，至少说出你的想法！然后让我们知道你打算怎么做。但口口声声说要和魔王对抗的人，却不让其他人以他们的方式去尽他们自己的一份义务，实在令人遗憾。如果魔王可以看见目前的状况，他一定会很高兴的，搞不好还以为有了个新盟友呢！"

"耐心点！"法拉墨不带怒气地说，"不要抢在你主人之前说话，因为他比你睿智多了，我也不需要任何人告诉我眼前的危险。即使这样，我还是空出时间来，希望能够在艰难的情况下作出公正判断。如果我和你一样急躁，可能早就把你给宰了；因为，我接到的命令是杀无赦，完全不需要刚铎统治者的同意。但我不愿毫无意义地宰杀人类或是鸟兽，即使在必要的时候，我也不会感到任何的乐趣；同样的，我也不浪费时间在空谈上。不要担心，坐在你主人旁边，给我安静点！"

山姆涨红着脸，一屁股坐下来。法拉墨再度转向佛罗多。"你刚刚问我怎么知道迪耐瑟的儿子去世了；死讯有许多种传递的方法。俗谚有云，夜风经常将消息传递给血亲——波罗莫是我的哥哥！"

他的脸上掠过一道悲伤的阴影。"你还记得波罗莫大人随身携带有什么特殊的东西吗？"佛罗多思考了片刻，担心会有什么进一步的陷阱，同时也不知道这场辩论到底会怎么样结束。他好不容易才从骄傲的波罗莫手中救下魔戒，他根本无法想象要如何逃过这么多骁勇善战的士兵。但是，他心中却隐隐明白，虽然法拉墨的外表长得和哥哥很像，却是一个比较不自我中心，同时也更严肃和睿智的人。"我记得波罗莫随身携带了一只号角。"他最后终于说。

"你的记性不错，表示你的确应该见过他，"法拉墨说，"那么或许你可以仔细地回想一下：那是一个用东方大陆野牛的角所打磨的号角，利用纯银装饰，上面写有古代的文字。那是我们家族中长子代代相传许多年的传家宝,据说只要在古代刚铎国境中吹响这号角,它的声音就会传到人们的耳中。

"在我出发的五天以前,也就是距离今天十一天之前,我听见了那号角的声音,听起来似乎是从北方传来的,但是相当微弱,仿佛是从记忆中绵延下来的号角声。我和父亲都认为这是不祥的预兆,因为自从他出发以后我们就没有了他的消息,边境的警卫也没有发现他的行踪。在那之后的第三个晚上,我又遇到了另一个奇特的征兆。

"当天晚上我坐在安都因大河旁,在灰白的新月下看着那不停流动的河水,耳边传来杨柳飘摇的声音。我们就这样不停地监视着河岸,因为奥斯吉力亚斯现在已有部分落入了魔王的掌握,他会从该处派遣部队前来攻击我们。但是,那天半夜,整个世界都仿佛陷入沉睡之中,然后我看见了,或者是在我的梦境中出现了,一条漂浮在水面上的灰色小船。那条小船的设计十分特殊,有着高高的船首,船内没有任何人操桨或执舵。

"我立刻感到状况非比寻常,因为船身周围似乎环绕着苍白的光芒。我立刻走到岸边,开始踏入水中,感觉到有股力量在吸引着我;然后,那条船保持着原先的速度漂向我,它漂到我的手边,但是我并没有伸手去碰它。它吃水很深,仿佛里面装载着什么沉重的物体;在我的眼中,里面似乎装满了清水,那些光芒也就是从这儿来的,在水中沉睡着一名战士。

"他的膝盖上有一柄断剑,我看见他身上有许多的伤痕——那是我死去的哥哥,波罗莫。我知道他的穿着、他的宝剑和他那张英俊的面孔。其中只少了一样东西:他的号角。此外,有一样东西是我没见过的：一条美丽的，由黄金叶子串连起来的腰带，系在他腰间。波罗莫！我大喊着：你的号角呢？你到哪里去了？喔，波罗莫！但他接着就漂走了。那条船转向水流，闪闪发光地漂入河中。那看起来好像一场梦境，但又不是梦，因为我没有醒来的感觉。我很确定他已经过世了，如今顺着大河漂向大海。"

"唉！"佛罗多说，"那的确就是我认识的波罗莫。因为那条黄金腰带，是在罗斯洛立安时凯兰崔尔女皇赠送给他的。你见到我们时，我们身上穿的衣服，就是她所给我们的精灵灰衣，这个胸针就是同样的做工。"他碰碰喉间绿色和银色的叶形别针。

法拉墨仔细地看着那别针。"这真美丽！"他说，"是的，这的确就是同样的做工。原来你们曾经通过罗瑞安之境？在古代，它的名字叫作罗伦林多瑞安，但已经许多年没有人类踏入过了。"他柔声呢喃道，用新的惊奇眼光打量着佛罗多："现在我开始了解你身上有许多奇特的事，你愿意再多告诉我一些吗？因为如果波罗莫死在可以见到家乡的地方，我会觉得相当遗憾。"

"我知道的都已经告诉你了。"佛罗多说，"不过，你的故事让我觉得十分不安。我想，你看到的可能只是一个幻觉，是某种已经发生或将会发生的厄运的阴影。除非，它是魔王的某种诡计。我曾在死亡沼泽中看见古代英勇战士沉睡的面孔，或许那也是他邪恶的魔法造成的。"

"不，不是这样的。"法拉墨说，"因为他的诡计会让人心中充满了厌恶；但我当时心中充满了遗憾和悲伤。"

"但是这怎么可能会发生呢？"佛罗多问道，"没有任何船只可以通过托尔布兰达多岩的山区，而且波罗莫的提议是准备通过树沐河，再经过洛汗回到故乡。但是，怎么有可能会有船只通过一路上众多的瀑布和激流，安全抵达你当时所在的地方呢？"

"我不知道，"法拉墨说，"但那船又是从哪里来的呢？"

"是从罗瑞安来的。"佛罗多说，"我们划着三条这样的船一路顺着安都因河来到拉洛斯瀑布。它们也是精灵所打造的。"

"你们通过了那隐藏的大地，"法拉墨说，"但是，看来你对它的力量并不了解。如果人类和黄金森林中的魔法女王打过交道，接下来可能会遇到意料之外的状况。因为根据传说，凡人踏进太阳照不到的世界是极端危险的，古代没有多少人在离开的时候是可以不受影响的。

"波罗莫！喔，波罗莫！"他大喊着，"那不死的女王，她究竟对你说了些什么？她看见了什么？你的心中想起了什么？你为什么要去罗伦林多瑞安，却不照着你之前的计划，骑着洛汗的骏马在清晨回到家乡？"

然后，他又转过身面对佛罗多，再度用平静的声音说："德罗哥之子佛罗多，我想这些疑问你都应该可以解答才是，但或许不在此时此地。不过，如果你还是认为我所见所闻只是幻影，那么我可以告诉你这件事。波罗莫的号角真真实实地回到了他的家乡，绝对不是幻影。号角漂流到岸边，但却仿佛被斧头或是长剑砍成两半；一半是在刚铎守望者驻防地的芦苇丛中被发现的，那是在北方树沐河下游的汇流之地；另外一半则是被有任务在身的人在河中发现的。看起来非常巧合，但根据古谚，枉死者不会让自己冤沉大海的。

"此刻，长子代代相传的号角之碎片，正摆在迪耐瑟王的膝上，而他正坐在宝座上等待新的消息。你难道对这号角破碎的消息一点也不知情吗？"

"是的，我的确完全不知道。"佛罗多说，"但如果你没有听错的话，号角响起的那一天，就是我和我的仆人离开远征队的那一天。你刚刚所说的故事让我十分地害怕。因为，如果当时波罗莫身陷险境，最后甚至阵亡，我很担心其他的伙伴也都遭遇了不测。他们都是我一同出生入死的亲族与好友。

"你可否把你的疑虑放到一边，让我离开呢？我非常疲倦，心中充满了哀伤，并且十分恐惧。但在我也遭到同样的命运之前，我还是有个任务必须要做。而且，如果远征队只剩下我们两名霍比特人，我们就更不能够拖延了。

"回去吧，法拉墨，刚铎勇敢的将军，把握机会好好防卫你的城市，而我必须面对命运领我前往该去之处！"

"我们这场谈话同样也令我觉得疑虑不安，"法拉墨说，"但你确实是太过多虑了。除非是罗瑞安的居民亲自前去照料他，否则有谁会替波罗莫安排丧礼？当然不是半兽人或是无名者的奴仆。我猜测，你的同伴还有些人活了下来。

"不过，不论在北边边界上发生了什么事，佛罗多，我都已经不再怀疑你了。如果这些艰苦的日子让我拥有判断人心的能力，那么或许我也能够以此推断半身人的想法。不过——"他露出了久违的笑容，"佛罗多，你身上有种奇怪的气质，或许是精灵的味道吧。但是，我们刚才那一席话背后的意义比我一开始所想的还要大。我现在应该把你带回米那斯提力斯,让你亲自回答迪耐瑟的问题。可是,如果我作出了错误的选择,可能会赔上我自己的性命并连累到我城邦的命运。因此,我将不在仓促中决定。不过,我们必须马上动身,不能在此继续拖延。"

他从地上一跃而起,对四周的人发号施令。人群立刻分散成许多小组,往不同的方向散去,很快地隐入岩石和树木的阴影中。不久,只剩下马伯龙和丹姆拉留在原地。

"轮到你们两位了,佛罗多和山姆卫斯,你们两位和我以及两名护卫一起走。"法拉墨说,"如果你们计划往南走,现在也不能够继续走那条路了。这条路在今后好几天之内都会非常危险,在我们执行了这次突袭之后,此地会受到更严密的监控。而且,我想,你们都已经相当疲倦,今天无论如何都往前走不了多远了。我们也一样累,现在我们要前往距离此地大约十哩左右的秘密藏身处。半兽人和魔王的间谍,截至目前还没发现那个地方,即使他们发现了该处,我们也能够在那边以寡击众固守很长的时间。你们可以和我们一起在那边休息一段时间,到了早上,我会决定怎么做才是对你也对我最好的。"

佛罗多别无选择,只能服从这个要求或是变相的命令。至少,目前看来这是个明智的做法,因为这群刚铎战士刚刚的所作所为,已经让在伊西立安的旅行暴露在高度危险中。

他们立刻就出发,马伯龙和丹姆拉打前锋,法拉墨和佛罗多及山姆则走在后头。他们绕过了霍比特人之前盥洗的池子,越过了小溪,爬上一段长长的斜坡,进入森林的绿影中,一直往下坡和往西方前进。

当他们以霍比特人最快的步伐前进的时候,照旧压低声音交谈着。

"我之所以会中断我们那段谈话,"法拉墨说,"并不只是因为山姆卫斯先生提醒我时间紧迫,同时也是因为我们所讨论的话题,已经接近无法在众人面前公开谈论的事务了。是因为这个原因,我才把话题转向我兄长的状况,不再追问埃西铎克星的详情。佛罗多,你对我并没有完全说实话。"

"我没有说谎,也已经把所有能说的真相都告诉你了。"佛罗多回答。

"我不怪你。"法拉墨说,"就我看来,你在很难言明之处依旧说得相当有技巧,也很有智慧。不过,我还是从你没有说出口的话语中猜到了不少。你和波罗莫的关系不怎么好,或者是你们离开的时候起了冲突。我猜,你,以及山姆卫斯先生,心里都有些委屈。虽然我十分爱他,也很想要为他复仇,但我很了解他的为人。埃西铎克星——我推测它就是引起你们之间的冲突,并造成你们远征队员彼此纷争的原因。它显然是某种强而有力的传世宝物,而这类的东西在盟友之间向来不会促进双方的友谊,万一有一方从古代的传说中得知了真相就更是如此。我的猜测是否很接近了?"

"的确很接近,"佛罗多说,"但并不完全正确。远征队中没有纷争,但的确有犹豫不决:我们不确定在离开了艾明穆尔之后该走哪条路。不过,即使是这样,古代的传说也告诉我们不要仓促评断像是这样的——传世宝物。"

"啊,那么果然和我所想的一样:你所遭遇到的争执仅限于波罗莫身上。他希望把这东西带到米那斯提力斯去。真是遗憾!命运让你无法告诉我期待已久的真相,也让我无法从最后一个见到他的人口中探索事实:他生命中的最后一刻到底在想些什么。不管他之前是否犯了错,但我知道一件事:他没有白白牺牲,死前的努力至少让他可以瞑目,他脸上的表情比生前的任何时刻都要安详。

"可是,佛罗多,请原谅我一开始那么急躁地逼问你有关埃西铎克星的事情。在此时此地谈论它实在不智,我当时没有时间思考。我们刚打了一场艰苦的战斗,我脑中乱糟糟的。不过,当我和你交谈的时候,虽然我越来越逼近真相,最后我却刻意地避开了主题。但你必须知道,许多古代的学问仍保存在城市的统治者当中,并未传到境外。虽然我们家族不是伊兰迪尔的直系子孙,但我们仍保有努曼诺尔人的血统。我们家族可直溯到马迪尔,他是当时的宰相,在国王御驾亲征时担任摄政王,代理朝政。那时在位的国王是伊雅努尔,安那瑞安最后的血脉,而他死时膝下无子。因此,从那天以后,宰相就开始肩负起治理王城的责任,那已经是许多代以前的故事了。

"我还记得波罗莫小的时候,当我们一起学习祖先的过去和这座城市的历史时,父亲并非真正国王的事实一直让他非常不高兴。'如果国王永不归来,到底要等几百年才能够让宰相成为国王?'他会这么说。'在其他比较缺乏忠诚的国家,或许只要几年。'我父亲回答,'在刚铎,即使一万年也不会有所改变。'唉!可怜的波罗莫。这多少可以让你明白一些有关他的为人吧?"

"的确,"佛罗多说,"但他一直十分尊敬亚拉冈。"

"我毫不怀疑这一点。"法拉墨说,"如果他像你所说的认同亚拉冈的血统,那么他的确会对他非常尊敬。不过,关键的时刻还没到来。他们还没有抵达米那斯提力斯，或在战争中成为彼此竞争的对手。

"但我把话扯远了。在迪耐瑟家族中，我们自古以来就对古代传说投注许多心力。在我家族的宝库中保留了许多古代的历史：书籍或是石板，书写在草叶、岩石、羊皮纸上的记载，甚至是撰写在银叶和金叶之上的各种不同的文字。有些现在已经完全无人能懂了；其余的一些记载，则是没有多少人曾打开它们。我可以看得懂其中一小部分，因为有人教过我。就是这些记载，让灰袍圣徒来到我们的城中。我第一次见到他时还是个孩子，从那之后他也只来过两三次。"

"灰袍圣徒？"佛罗多问道，"他有名字吗？"

"我们遵照精灵的习惯称呼他为米斯兰达，"法拉墨说，"他很满意这个称呼。'我在各族中拥有许多名字。'他说，'在精灵中是米斯兰达，在矮人中是塔空；当我年少居住在远古的西方时，被称为欧络因，在南方被称为因卡诺斯，北方则是甘道夫；但我从来不去东方。'"

"甘道夫！"佛罗多说，"我就知道是他。灰袍甘道夫，我最宝贵的朋友，也是我们远征队的领袖。他在摩瑞亚牺牲了！"

"米斯兰达牺牲了！"法拉墨说，"你的远征队似乎被厄运所诅咒。我实在很难相信，如此睿智、拥有这么强大力量的人会就这么死亡，也带走了无数的知识。他曾经在我邦中施行了许多的奇迹。你真的确定吗？有没有可能他只是暂时离开？"

"很遗憾，我很确定，"佛罗多说，"我亲眼看见他落入了深渊之中。"

"我看得出来这背后有段相当恐怖的故事，"法拉墨说，"或许你可以稍后再告诉我。我现在认为，这位米斯兰达并不只是一位历史学者而已,他是我们的时代里在幕后推动许多事迹的一位伟大人物。如果他当时在我们中间,为我们解读那段预言,或许我们不需要派出信差就可以清楚了解预言的意义。但是,他可能不会这么做,因为波罗莫注定要踏上这趟旅程。米斯兰达从来不告诉我们未来会怎么样,也不明说他的目的。我不知道他是如何获得了迪耐瑟的许可,可以自由地查阅我们的记载。当他愿意教导我的时候(这机会极为少有),我便可从他身上学到一点东西。他一直以来都专注地搜寻与询问我们有关刚铎初创时于达哥拉一战的相关记载,我们不愿提及名号的那位魔头,就是在那场战役中被推翻的。他也非常关注有关埃西铎的故事,不过我们在这方面能说得很少,因为连我们也不确定他的下落如何。"

法拉墨压低了声音继续说:"但是,我至少知道,或是猜到了这些事,并且从此将它当做秘密藏在心里:埃西铎从那位无名者的手中取下了什么东西,随后他离开刚铎,再不见于人世。我想,这就是米斯兰达疑问的解答;不过,当时看起来,这只是研究历史者才有兴趣知道的细节而已。即使当我们反复讨论我们梦中的预言时,我也没有想到那东西和埃西铎的克星是同一个东西。因为埃西铎遭到伏击,被半兽人射死,这是我们唯一所知道的传说,米斯兰达也没有告诉我更多。

"不过,我实在猜不出来这到底是什么东西,但它一定是某种拥有强大力量,会带来厄运的物品,或许是黑暗魔君所制造的某种邪恶武器。如果那是种可以让人取得优势的武器,我毫不怀疑骄傲、无惧的,往往不假思索,将米那斯提力斯的胜利(和他个人的荣耀)摆在第一位的波罗莫,可能会想要取得这东西,甚至受到它的诱惑。当初我就不应该让他前往的!本来在我王和长老们的意见中,应该是由我来执行这任务；但是他自告奋勇前往，既然他是长子，又拥有更多的战斗经验，我只能让贤了。

"不要担心！即使这东西就放在路边，我也不会想要伸手。就算米那斯提力斯即将沦陷，只有我能拯救它，我也不愿为了它好以及为了我的荣耀而使用魔王的武器。不，德罗哥之子佛罗多，我不需要这样的胜利。"

"爱隆主持的那场会议也是这么认为，"佛罗多说，"我也一样。我也不愿意和它有所牵扯。"

"就我来说，"法拉墨说，"我宁愿看到圣白树再度开花结果，银皇冠回到我城，米那斯提力斯重获和平，米那斯雅诺恢复旧观，充满了光明和美丽，如同后中之后一样的尊贵：而不是诸多奴隶中的女王，不，甚至不应该是诸多自愿的奴仆中的善心女王。在我们对抗那吞蚀一切的邪恶时，战争是必要的手段，但我并不因刃利、箭尖而爱用它们，也不因战士可以获得荣耀而喜爱战争。我爱的是他们所致力保卫的，努曼诺尔人的城市，我宁愿让人们回忆它的美丽、它的古典和它的睿智，而不是让人畏惧它的力量；除非，这力量是来自于对于古代智者的尊敬。

"因此，不要害怕！我并不打算要求你告诉我更进一步的消息，我甚至不准备问你我刚刚的猜测是否已经接近事实。不过，如果你愿意相信我，或许我可以给予你一些忠告，甚至，在你的任务中协助你。"

佛罗多没有回答，他几乎向自己渴求帮助和忠告的欲望低头了，他想要告诉这个肩负重责大任的青年，他的话语听起来从容睿智，似乎一切都已经了然于胸。但有某种力量阻止了他，他的心中充满了恐惧和哀伤：如果他和山姆真的是九人小队最后的幸存者，那他就成了秘密的唯一保有者，宁可被误会也不能鲁莽地泄漏秘密。当他看着法拉墨，倾听着他的话语时，波罗莫在魔戒诱惑下戏剧性的转变过程，也活生生地出现在他脑海里：他们两人虽然不完全一样，但却又有很多方面相同。

他们沉默地走了一阵子，像灰色和绿色的影子穿过老树下，脚步声轻得难以察觉；在他们的头顶上，有许多鸟雀鸣唱，太阳照耀在伊西立安长青的森林中遮天的墨绿闪亮树叶上。

山姆完全没有介入这次的对话，他只是静静地倾听着，同时，他也竖起霍比特人灵敏的耳朵，聆听着四周的一切声响。他注意到一件事情，在这整段交谈中，咕鲁这名字一次也没有出现过。他很高兴，只不过，他并不敢奢望这名字会从此永远消失。他很快就察觉到，虽然他们三个人走在一起，但附近还有许多其他的人类：不只丹姆拉和马伯龙在阴影中穿梭，两旁还有其他的人在走动，全都迅速隐秘地前往同样一个地点。

有一次，他似乎被某种遭到偷窥的不适感所驱使，突如其来地回过头，发觉自己似乎看见有个黑色的小身影躲到一棵树干之后。他准备开口大叫，随即又闭了起来。"我不是百分之百确定，"他对自己说，"如果他们都不打算再去想他，为什么我又要提醒他们那个卑鄙鬼呢？我真希望自己可以把他忘记！"

因此，他们继续往前，树林慢慢变得越来越稀疏，地形也逐渐往下倾斜。然后他们再度往右转，很快来到了一个狭窄山谷中的小河前：它是流入上方高处那个圆池塘后又流出的同一条溪，现在已经成了一条越过许多岩石，泛着泡沫的激流，两旁垂吊着冬青和深色的黄杨。往西望去，他们可以看见下方笼罩在朦胧微光中的低地与广阔的草原，以及远在偏西太阳照耀下，波光粼粼的大河安都因。

"在此，唉，我必须冒犯两位。"法拉墨说，"我希望你们可以谅解一位直到目前为止都将客气置于命令之上，没有下令杀死或是绑起你们的人。但从现在开始，我必须蒙上两位的眼睛。这是上级的严格命令，任何外人，即使是和我们并肩作战的洛汗骠骑也不例外，都不得看见我们即将踏上的道路。"

"就请你照着惯例来吧。"佛罗多说，"即使是精灵，在必要时也做同样的事，在我们跨越罗斯洛立安的边境时蒙上我们的眼睛。矮人金雳对此很不高兴，但我们霍比特人能够忍受。"

"我将要带你去的地方，没有精灵的住所那么美。"法拉墨说，"但我很高兴你是自愿而非由我强迫才接受。"

他低声轻唤，马伯龙和丹姆拉立刻走出森林，回到他身边。"蒙上这些客人的眼睛。"法拉墨说，"绑紧一点，但不要让他们觉得不舒服。不用绑住他们的手，他们会保证不试着偷看。其实我宁愿相信他们会主动闭起眼睛，只是，人快摔倒的时候自然会睁开眼睛，我不能冒这个风险。领他们走，免得他们跌跤。"

两名守卫用绿色的领巾蒙上了霍比特人的双眼，并且将他们的兜帽戴上，几乎连嘴都遮住了。接着他们各自迅速牵住一人的手，继续往前走。佛罗多和山姆对这最后一段路的了解，都是靠着在黑暗中猜测。

过了一会儿之后，他们发现自己走在一条很陡的下降斜坡上，道路很快就缩窄到他们必须排成单行前进，还不时会摸到两侧的石壁。守卫走在他们两人背后，双手牢牢握住他们肩膀，给予指引。有时他们会来到比较崎岖的地方，会被暂时抱起来，然后又重新放下。水流的声音一直在右手边，也变得越来越清楚、越来越大声。最后，一行人停了下来。马伯龙和丹姆拉将他们转了好几圈，让他们完全失去了方向感。接着他们又往上爬了一小段路，温度变得比较冷，水流的声音也变微弱了。然后他们又被抱着走下许多阶楼梯，绕过一个转角。突然间，他们又听见水流声，清楚响亮，是冲激飞溅的声音。这水声似乎将他们团团包围，他们还感到水如细雨般洒在他们手上脸上。终于，他们又被放回地面。他们呆立了片刻，心中忐忑不安，完全不知道自己身在何方，也没有人开口说话。

然后，法拉墨的声音从后方传来。"解下他们的眼罩！"他说。两名守卫掀开他们的兜帽拿掉蒙眼的领巾，他们眨着眼睛，深吸了一口气。

他们站在一块潮湿、光滑的石板上，它似乎是个门槛，他们身后是个从岩石中凿出来的大门。他们面前则挂着一道薄薄的水帘，距离近到佛罗多伸手就可触及流水。水帘朝西，落日的光芒一束束照在水帘上，红光被折射成许多变幻无穷、闪烁多彩的小光点。这情景仿佛是他们站在一座精灵高塔的窗前，窗帘是由金、银、红宝石、蓝宝石和紫晶石等等所串成的，在不熄的光焰燃照下，瑰丽无比。

"至少我们来的时机刚巧，希望能够弥补你们的耐心，"法拉墨说，

"这是落日之窗,汉那斯安南,万泉之地伊西立安中最美丽的瀑布,只有极少数的外人曾经看过这里,可惜的是之后并没有华丽的厅堂可以与之相匹配。请进吧!"

当他说话的时候,太阳已经落下,流水中的火焰也跟着慢慢地消逝。他们转过身,进入低矮的拱门,立刻发现自己进入了一个石制的大厅,又宽又广,连屋顶都高低不平。潮湿的墙壁上插着几支点燃的火把,让室内充满着微弱的光亮,其他人则是三三两两地从另一边的窄门走进来。当霍比特人的眼睛习惯这黑暗之后,他们发现洞穴比之前想象的大多了,里面装满了各式各样的补给和武器。

"好啦,这就是我们的避难所。"法拉墨说,"这不是个很舒服的地方,但至少可以让你们安全地度过一夜。这里至少很干燥,也有食物可吃,只是不能生火。古代有段时间流水是流经这座大厅,从那扇拱门流出去;但古代的巧匠在上面的峡谷中改了河道,让流水从上方高处的岩石上落下,形成一个落差高两倍的瀑布。为了避免流水或其他东西进入这个洞穴,当时的工匠把所有的入口都封闭了,如今只剩下两个出口:一个是你们被蒙住眼进来的通道;另一个则是穿过那道水幕,落进一个满是尖锐岩石的池塘中。你们先休息吧,我们会把晚饭预备好!"

霍比特人被带到一个角落,如果他们想躺下,那里还有两张低矮的床铺。在此同时,人们在洞穴中各自忙开来,动作井然有序,安静又迅速。他们从墙壁上取下挂着的桌板,把它架在架子上,上面摆上餐具。大部分的餐具都十分朴实,不过每个的做工都十分细致。圆盘子、碗、碟都是用黄杨木或褐色的黏土制成的，既光滑又干净。偶尔可以看到桌上摆着黄铜的杯子或是小盆；最内桌的中央，一个朴素的高脚银杯放在将军位置上。

法拉墨在人群当中走来走去，轻声询问每一个走进来的士兵。有些人是刚执行完追杀南方人的任务，其他一些人则是负责担任后卫，肃清道路上的障碍。所有的南方人都被消灭了，唯一的例外只有姆马克，没有人知道它的下落如何。直到目前为止，他们都还没有发现敌人有任何动作，路上连一个半兽人的间谍都没有。

"安朋，你什么都没发现吗？"法拉墨询问最后走进来的人。

"没有，大人。"那男子说，"至少没有半兽人。但是，我发现，或是我以为自己看见了某种奇怪的东西。当时天色已经快要黑了，那时人的视力往往会把东西夸大，或许那只不过是只松鼠。"山姆一听见这描述，立刻竖起耳朵。"但如果是这样，那就是只黑色的松鼠，而且它还没有尾巴。它看起来像是地上的一道阴影一般，躲在一棵树后面，当我一靠近，它就像只松鼠一样飞快地爬上树。您不准我们随意射杀鸟兽，因此我也没有浪费箭矢，反正当时天色也已经太暗了，我实在无法瞄准，那身影也在一瞬间消失在树叶的遮掩中。不过我还是在那边停留了一阵子，因为那景况看起来很可疑，后来我才匆忙地赶回来。我认为当我转身离开的时候，听见头顶上方高处有什么东西对我发出嘶嘶声，或许是只大松鼠。但也或许是在那无名者的阴影笼罩下，有什么幽暗密林的野兽跑进了我们的森林里来。根据传说，那边有怪异的黑色松鼠。"

"或许吧，"法拉墨说，"但如果真是这样，这也是个坏兆头，我们可不想要幽暗密林的动物逃到伊西立安的森林来。"山姆认为他在说这个话的时候,飞快地瞄了霍比特人一眼,但山姆还是不动声色。他和佛罗多就这么躺了一会儿,看着火把的光亮,人们压低着声音四处移动,佛罗多就这么睡着了。

山姆挣扎着,和自己内心的想法不停争辩。"他或许没问题,"他想,"但也可能没这么简单。华美的言辞可能包藏祸心。"他打了个哈欠。"我可以连续睡上一整个星期,我最好睡一下吧。就算我死撑着不睡觉,四周都是这么高大的人类,山姆·詹吉啊!你又能够干些什么?我想一点用也没有。不过,你还是得要熬着保持清醒下去才行。"他最后竟然还是做到了。洞口的光芒渐渐黯淡下来,那道垂落的灰色水幕越来越模糊,最后消失在阴影里。水声的节奏单调而持续着,不管是早晨、傍晚或是深夜,它呢喃着让人昏昏欲睡的低语。山姆不停地揉着眼睛。

此刻,又有更多的火把被点亮了。他们开了一桶葡萄酒,储藏食物的桶子也被打开,人们从瀑布里面取了很多水,有些人开始在水盆中洗手。部下们把一个铜盆和白色的毛巾,送到法拉墨面前让他盥洗。

"叫醒我们的客人,"他说,"同时也给他们一些水,是该用餐的时候了。"

佛罗多坐了起来,打着哈欠伸了个懒腰。不习惯受人服侍的山姆惊讶地发现一名高大的男子向他行礼,手中捧着一盆水。

"先生,麻烦你把水放在地上就好!"他说,"这对你我来说都比较方便。"然后,在那人惊讶又好笑的目光下,他把头扎进冷水中,并把水泼在脖子和耳朵上。

"你们家乡的习惯是在吃晚饭前洗头吗?"伺候霍比特人的男子问道。

"不,我们多半在早餐前洗头。"山姆说,"但是如果你缺乏睡眠,泼些冷水在脖子上的效果和春天的及时雨浇在莴苣上一样好。好啦!这会儿我可以保持足够的清醒吃晚餐了。"

他们被带到法拉墨旁边的位子,为了方便他们吃饭,两人的座位是在众人坐的板凳上放上小桶子,然后再垫上许多张毛皮。在用餐之前,法拉墨和所有的部下都面向西方,沉默肃立了片刻。法拉墨示意山姆和佛罗多也跟着照做。

"这是我们的习俗,"他们坐下后他说,"我们会面向西,遥念努曼诺尔,以及再过去的精灵之乡,并向精灵之乡以西的永恒之地致意。你们在用餐前有这样的习俗吗?"

"没有。"佛罗多突然间觉得自己像个没受过教育的乡巴佬一样,"但是,如果我们受邀用餐,我们会向主人行礼,在吃完之后也会再度行礼,感谢他们的招待。"

"我们也会这样做。"法拉墨说。

在经过这么长的野外旅行和扎营,以及在荒野中度过了那么久的时日之后,这顿晚饭对霍比特人来说像是难得的大餐一样。他们可以饮用冰凉、香气四溢的醇黄美酒,可以吃着面包和奶油,享受腌肉和干果,以及上好的红色奶酪,而且是用干净的刀叉和碟子,以干净的双手来享用。佛罗多和山姆对所有的食物都照单全收,第一份、第二份,甚至是第三份都是如此。美酒流入他们的血管和疲惫的四肢，自从离开罗瑞安之后，他们内心已经很久没有感觉这么轻松愉快过了。

用餐完毕之后，法拉墨带领两人来到洞穴后方一处凹进去的空间，这里有道帘幕半遮着；并且安放了一张椅子和两张凳子，壁龛中放着一盏黏土烧制的油灯。

"你们可能很快又会昏昏欲睡了，"他说，"特别是这位忠心的山姆卫斯先生，他在吃饭之前连眼都不肯闭一下，我不知道他是怕我，还是怕会错过晚餐。不过，刚吃过饭就睡觉对身体实在不好，更何况是在一顿大餐之后。我们先聊聊天吧！你们从瑞文戴尔一路到这边来，中间一定有很多的故事可以说。而且，或许你们也愿意听听有关现在你们所处这块土地的故事。告诉我有关我哥哥波罗莫、还有老米斯兰达，以及罗斯洛立安的美丽居民的故事。"

佛罗多此刻不再觉得昏昏欲睡，也很想交谈。不过，虽然食物和美酒让他放松下来，却没有让他丧失警觉性。山姆自顾自地哼着歌，在佛罗多开口之后，起初他很满足于倾听，只偶尔会发出赞同的声音。

佛罗多讲述了许多经历，不过，他总会在关键时刻把话转离远征队的任务和魔戒，同时，还刻意强调波罗莫在这整趟冒险中的英勇事迹，包括对抗荒野中的恶狼，在高山上和暴风雪搏斗，以及在甘道夫丧生的摩瑞亚矿坑中奋战。法拉墨对于桥上的一战极为动容。

"逃离半兽人，对波罗莫来说一定很难忍受，"他说，"即使是躲避你所说的那个妖兽炎魔也一样。不过，他还是最后一个离开的！"

"他的确是最后一个离开的，"佛罗多说，"亚拉冈也被迫扛下了领导我们的责任。在甘道夫牺牲之后，只有他知道我们该怎么走。但如果不是为了照顾我们这些弱小的队员,我想他和波罗莫都不会逃离该地的。"

"也许吧,如果波罗莫和米斯兰达一同葬身该处,而不是继续前去面对等在拉洛斯瀑布上方的命运,对他会好得多。"法拉墨说。

"也许。不过,现在该换你告诉我你们的遭遇了。"佛罗多说,再度刻意转开话题,"这样我才能更了解米那斯伊西尔和奥斯吉力亚斯,以及长久以来屹立不倒的米那斯提力斯。在这场漫长的战争中,你的城市有什么战胜的希望?"

"我们有什么希望?"法拉墨回答,"从很久以前我们就不抱持希望了。如果伊兰迪尔的圣剑重临,或许可以协助我们重拾希望;但是,除非某种预期之外的精灵或是人类的援军到来,否则那也只会是昙花一现而已。因为敌长我消,我们是一个逐步衰颓,已经步入秋天却没有春天的民族。

"努曼诺尔的人类,绝大多数散居在大陆沿海地区,但是其中大部分都已经受到邪恶的诱惑而堕落了。许多人沉陷入黑暗和邪恶的诱惑中,有些人则是无所事事,丧失斗志;有些则是彼此征战,互相削弱力量,直到他们被野人所征服为止。

"我们在刚铎从不碰触这些邪恶的知识,也不会让无名者在我邦中受到尊崇。西方所迁来的古老智慧和美丽,只存在于伊兰迪尔子嗣的国度中,现在依旧没有消散。但是,即使刚铎落入了不同程度的腐败,认为魔王陷入了沉睡;忘记他只是被驱逐而非被消灭。

"死亡之气四处蔓延,因为努曼诺尔人的家乡虽然毁灭了,但是他们依旧渴求着万世不变的永生不死。国王建造着比生者住宅还要豪华的陵墓，对于古代的先祖名讳，记忆得比自己子孙之名还要清楚。毫无子嗣的国王枯坐在衰败的王宫中，思索着继承人的问题，在密室中衰老的人们试验着强效的不死药，或是在高而寒冷的塔中观测星象，而安那瑞安一系的国王，没有留下任何的血脉。

"但是，宰相的家族相形之下却比较睿智，也更幸运。睿智，是因为他们从海岸边征召我族中强壮、坚定不屈的百姓，也从伊瑞德尼姆拉斯山脉中找寻饱经历练的同胞。他们和北方骄傲的民族签订休战和约，那些勇猛强悍的人虽然经常攻击我们，却与我们有着远亲的关系，和野蛮的东方人或是残酷的哈拉德人完全不同。

"因此，到了第十二代宰相西瑞安的年代时（我父亲是第二十六代），他们骑马前来援助我们在凯勒布兰特平原上的血战，消灭了侵占我们北方省份的敌人。他们就是我们所称的洛汗人，牧马王，我们将卡兰纳松的疆土分封给他们，从此那地改名为洛汗国，因为那里本来就是我帝国中地广人稀的一个省份。他们从此成了我们的盟友，对我们一直十分忠诚，只要我们有需要，他们就会前来支持；同时，他们也协助我们守卫北方边境和洛汗隘口。

"他们从我们的历史和文化中尽可能地学习，在必要的时候，他们的王族也会使用我们的语言。不过，在绝大部分事上他们还是坚持祖先的文化和记忆，使用自己的北方语言。我们十分喜爱他们，他们是高壮的男子和美丽的女子，都同样的骁勇善战，有金色头发和明亮的双眸，而且很强壮。他们让我们想起了远古时候，人类活力十足的初民。根据我们历史的记载，这些骠骑们的确和我们拥有紧密相连的血缘，他们的祖先和努曼诺尔人一样，是来自于人类那三个古老的家族；

他们不是精灵之友金发哈多的直系后裔，但他的百姓与子孙中或许有人留在这块大陆上，拒绝了主神的召唤渡海前往西方。

"因此，在我们的历史记载中，我们将人类分成了上民，或西方之民，也就是努曼诺尔人；以及中民，曙光之民，也就是洛汗人和他们依旧居住在北方大地的同胞；以及最后的野人，黑暗之民。

"但是，就如同洛汗人变得更文明、更温和的同时，我们也变得更像他们，再也无法声称自己是什么上民了。我们也成为了所谓的中民，曙光之民，但却还拥有别的记忆。因此，我们虽然和骠骑们一样热爱战争和荣誉，以及任何本身良善的事物，它们算是种磨炼，也是种手段；虽然我们依旧认为一名战士应该拥有更多的学识和本领，不该只是知道杀戮和使用武器，却照样最推崇战士，把战士看得比其他职业的人要高，这是因为我们这个黑暗时代的需要。因此，就连我哥哥波罗莫，也是因他的骁勇善战，而被视为刚铎的第一勇士。他确实非常英勇：米那斯提力斯的后裔已经许久没有出过这么勇敢、身先士卒的战士，也没有人能够像他那样吹响皇家的号角了。"法拉墨叹了口气，陷入沉默中。

"大人，你的故事中都没提到有关精灵的事。"山姆突然鼓起勇气说道。他注意到法拉墨在提到精灵时似乎非常尊敬；这比他的彬彬有礼以及美酒佳肴更赢得山姆的尊敬，同时也平息了山姆的疑虑。

"山姆卫斯先生，我确实没提，"法拉墨说，"因为我没有特别研究精灵的典故。但是你也触及了我们逐渐从努曼诺尔人退化为中土居民的另一个关键。如果米斯兰达确实和你们同行，而你们也和爱隆交谈过，那么你们应该知道：努曼诺尔人的祖先伊甸人，在起初的大战中和精灵们并肩作战，也因此赢得了海中王国的奖赏，可以从那边眺望到精灵之乡。但是，在这黑暗的年代中，中土世界的人类和精灵在魔王的诡计下彼此疏远了，随着时间的流逝，各自走上了不同的道路，彼此渐行渐远。人类现在会怀疑和畏惧精灵，又对他们几乎一无所知。我们这些刚铎的居民也变得和其他人类一样，像是洛汗人一样；连他们这些黑暗魔君的敌人，都会避开精灵，对黄金森林充满了恐惧。

"不过，我们当中依旧有人在可能时便和精灵往来，甚至不时会有人秘密前往罗瑞安，但极少有回来的。我不是这样的人，因为我认为凡人刻意去寻找这些长生不死的种族是危险的。但是，你们和白女皇交谈的经验依旧让我十分羡慕。"

"罗瑞安的女皇！凯兰崔尔！"山姆大喊着，"你应该见见她才对，真的，大人！我只是个霍比特人，在家乡的工作是个园丁，大人，你懂吧，我不善于吟诗作对，或许偶尔会来上一两首打油诗，你知道的，但是真正优美的诗歌就不行了。所以我没办法告诉你我真正要说的意思，那得要变成诗歌才能够表达其万一。你得要去找神行客，啊，就是亚拉冈啦，或者是老比尔博先生，才能够听到真正的诗歌。但我真希望我能够为她作一首歌。大人，她真的很美！漂亮极了！有些时候像是花海中的高大神木，有些时候又像是纤细美丽的白色雏菊；如同钻石般坚硬，如同月光般柔软；温暖似阳光，冰冷如星霜；如白雪覆盖的山巅般高傲又遥不可及，像春日里头上戴着野菊花冠般天真欢喜。不过，这都只是我自己的胡言乱语，都无法描述她真正的美貌。"

"那么她一定真的非常美了，"法拉墨说，"美到让人觉得危险。"

"我对于你所谓的危险不太了解，"山姆说，"但是我刚刚想到，人们多半把自己的危险带入罗瑞安森林，然后才发现那里的危险是他们带去的危险。但或许你可以称她是危险的，因为她拥有极度让人慑服的力量。你有可能在碰上她时被撞得粉碎，就像是船只撞上岩石一样；或者你可能会溺死，就像霍比特人落到河里一样。但是，你不能因此责怪河流或是岩石。说到波罗——"他住了口，满脸涨得通红。

"嗯？你要说波罗莫怎么样？"法拉墨追问道，"你准备要说什么？他把自己的危险带进罗瑞安？"

"是的，大人，请您见谅，我认为您哥哥的确是个好人，但您应该也很了解他。从瑞文戴尔出发以后，我就一路观察他，仔细注意他的一言一行；请您原谅我的小心眼，不过我这都是为了主人的安全，对波罗莫没有任何不敬的意思。我个人认为，他在罗瑞安第一次清楚意识到我早就猜到的：他真正想要的是什么。从那一刻起，他才知道自己想要的是魔王的戒指！"

"山姆！"佛罗多大吃一惊地喊道。他刚刚正陷入沉思，突然醒神时却发现自己已经太迟了。

"天哪！我干了什么好事！"山姆脸色变得煞白，接着又涨成猪肝色。"我又来了！老爸常对我说：你如果想要张开大嘴，最好把脚塞进去！他这次又对了。喔，天哪，天哪！

"听着，大人！"他转过身，鼓起所有的勇气面对法拉墨，"请您千万不要因为仆人的愚蠢而占我主人的便宜。你之前的话一直都冠冕堂皇，一直谈着有关精灵什么的，让我丧失了戒心。但是，我们常说冠冕堂皇者必有其可取之处，此刻正好是证明你真正人格的机会！"

"看起来的确是。"法拉墨非常轻柔、非常缓慢地说,脸上露出奇异的笑容,"原来这就是一切谜团的解答!原来是人们认为早已被摧毁的至尊魔戒。波罗莫试着靠武力抢夺这枚戒指?而你们逃了出来?然后一路奔逃——来到我这里!在这荒野中,你们这两名半身人落在我手里,我还有一群部队听我的号令,而戒中之戒就在我的面前。这真是太幸运了!这是刚铎大将法拉墨展现高洁德行的机会!哈!"他站了起来,极其高大和严肃,双眼中闪动着光芒。

佛罗多和山姆从凳子上跳起来,肩并肩背靠在墙上,同时笨拙地伸手去抓剑柄。四周一片寂静。洞穴中所有的人都停止了谈话,神情惊奇地看着他们。但是法拉墨重新在椅子上坐定,开始无声哑笑,然后突然再次变得神情肃穆。

"唉!不幸的波罗莫!这实在是太严苛的考验了!"他说,"你们两位来自遥远异乡的旅人,背负着人类的大难,你们是如何地增添了我的悲伤啊!但是,你们对人类的判断力却不及我对半身人。刚铎都是言出必行的人。我们极少开口,但只要誓言一出,我们就会谨守诺言,死而后已。我之前说过,即使这东西就放在路边,我也不会想要伸手。即使我是那渴望拥有此物之人,并且就算我说的当时并不清楚知道它是什么,我也仍然会把那句话当做誓言,谨守我的承诺。

"但我不是渴望它之人。或者说,我聪明到足以知道有些危险是人必须躲避的。安心坐下!山姆卫斯,不要担心。如果你刚刚是不小心说漏了嘴,就把它当做命运的安排吧。你那颗心不只忠诚,更刁钻精明,看得比你那双眼睛要清楚多了。虽然这看起来很奇怪,但告知我这件事是安全的。这或许还帮了你所爱的主人的忙。事情如果是在我的能力范围之内,我会给予他协助。所以,不要担心。但是,也请你不要再提到这东西了,一次就够了!"

霍比特人回到座位上,非常安静地坐着。人们回头继续喝酒谈话,以为刚刚将军和小客人们开了什么玩笑,现在已经恢复了平静。

"好吧,佛罗多,我们终于彼此都开诚布公了。"法拉墨说,"如果你是由于其他人的要求,而非自愿地收下这东西,那么我对你致上敬意及同情;而且,我对你竟然能够将它藏着而不去用,感到十分敬佩。对我来说,你代表了一种新的人和新的世界。你的同胞们都像你一样吗?那么你的国度一定是个和平安详的地方,园丁在那边一定极受尊敬。"

"我们那里并不是天堂,"佛罗多说,"但的确很尊敬园丁。"

"不过,即使在花园里面,人们也一定会觉得疲倦,就如这世界太阳下的所有生物一样。你又离家很远,疲惫不堪,今晚就到此为止吧。去睡吧,两位,尽可能好好休息。不要害怕!我不想要看它或碰触它,甚至不想要更了解它(我目前所知道的已经足够了),以免危险万一偷袭我,我会在考验中败给德罗哥之子佛罗多。现在去休息吧——不过,如果你们愿意的话,只要告诉我一件事,你们想去哪里,以及要做些什么。因为我必须观察、等待和周详思考。时间过得很快,明天一早,我们各自都必须赶向自己该走的路。"

起初的震惊已经过去了,但佛罗多仍觉得自己不住地在发抖。这时极大的疲惫犹如乌云压顶,他再也没有办法强打起精神了。

"我得要找条路进入魔多。"他用微弱的声音说,"我准备要前往葛哥洛斯盆地，我必须要找到火之山，并且将这东西丢进末日裂隙中。甘道夫是这样告诉我的。我不认为我有能力到达那里。"

法拉墨极其震惊地瞪视了他片刻。然后，他突然及时托住了摇摇欲坠的佛罗多，温柔地将他抱起，走过去将他放在小床上，替他盖好被子，他立刻就陷入了深深的沉睡中。

旁边的另一张床是为他仆人准备的。山姆迟疑了片刻，然后深深一鞠躬。"晚安，将军大人，"他说，"大人，你接受了考验。"

"是吗？"法拉墨说。

"是的，大人，你也证实了你的人格是最高洁的。"

法拉墨笑了："山姆卫斯先生，你真是个鲁莽的仆人。不过，我还是认为有德者的称赞是最值得珍惜的。可是，我其实没什么值得赞美的。我既未受到引诱，也不想做超过我本分的事啊。"

"啊，好吧，大人，"山姆说，"你说过我的主人有种精灵的气质，你的看法很正确。但请容我补上一句：你也有种特殊的气质，大人。这让我想起，想起，好吧，巫师甘道夫。"

"或许吧。"法拉墨说，"也许你洞悉的，是来自遥远努曼诺尔的气质。晚安！"

第六章

禁忌之池

佛罗多醒过来时,看见法拉墨正俯身望着他。一瞬间,他被过去的恐惧所攫住,连忙坐起身子不停地往后缩。

"没什么好怕的。"法拉墨说。

"天已经亮了吗?"佛罗多打着哈欠问道。

"还没,但夜晚已经快要结束了,满月已经开始落下。你要来看看吗?我还有另外一件事情需要你的意见。很抱歉吵醒你,但你愿意过来吗?"

"好的。"佛罗多爬起来,一离开温暖的被子和毛皮,他不禁打了个寒战。这个没有火焰的洞穴似乎有些寒意;在这一片沉寂中,水声显得格外吵人。他披上斗篷,跟着法拉墨一起离开。

山姆突然间由于某种警戒心而醒了过来,当他一看到主人的空床时,立刻跳了起来。然后他看到两个黑暗的身影,佛罗多和一个人类,站在黑暗的拱门前,该处现在洒满了苍白的光亮。他急忙跟了过去,穿过一排排沿墙席地而睡的人。当他走到洞口的时候,发现原先的帘幕已经变成了一幅由丝绸、珍珠和银线所织串成的薄纱,闪烁炫目:那是皎洁的月光所融成的。但是,他并未停下来欣赏它,而是转往一旁跟着主人穿过洞壁上的狭窄出口。

他们先是走进一个黑暗的通道中,然后迈上很多级潮湿的阶梯,来到一个在岩石中挖出的小平台,此地借由头顶上方的深长天井所透下的苍白天光来照明。从这里阶梯分成两道,一道继续往上走,似乎通到瀑布上方溪流的堤岸;另一道转向左边。他们走左边这道。它弯弯曲曲地往上攀升,像是塔楼中的阶梯一般。

最后,他们走出了黑暗的岩石通道,向四面张望。他们正站在一块宽阔平坦的大岩石上,四边没有栏杆或护墙。在他们的右边,也就是东方,湍急的溪流直泻而下,落在许多阶梯上,然后涌入一道开凿出来的光滑渠道,水花翻滚,白沫四溅,几乎就从他们脚前流过,然后从他们左边悬崖上的裂口一头栽下去。一名男子站在悬崖边,一言不发地往下看。

佛罗多转头看着那左弯右拐打着漩涡的水流;然后他抬起头,望向远方。整个世界安静而冰冷,黎明似乎即将来临。在西边远处,一轮圆月正在慢慢下沉。苍白的雾气缭绕着底下壮丽的山谷:一个填满了银色雾气的宽阔深渊,底下奔流着安都因大河的冰冷黑水。在此之外则是一片墨黑,其中闪烁点缀着冰冷、尖锐、遥远、白如鬼牙般的伊瑞德尼姆拉斯,刚铎的白色山脉的山峰,上面挂着终年不融化的积雪。

佛罗多在那高耸的岩石上站了片刻,一阵寒意流过他的背脊:不知道在这片广阔的黑暗大地上,他的老队友们究竟在何处行走或躺卧,又或是已经死去,被雾霭所包裹掩埋。他为什么会被叫醒带到这边来呢?

412

山姆也急着想要知道这问题的答案,因此又等不及开始喃喃自语,当然,他以为这只有主人听得见:"佛罗多先生,这的确是个很美的景色,但是我都冻到心里,更别提骨子里!到底有什么事情?"

法拉墨听见了,立刻回答道:"月落刚铎。这是他①离开中土世界前,从古老的明多陆因山脉上,投给美丽的伊希尔的最后一瞥。这景色值得你稍稍发一下抖。不过,这不是我主要带你来看的东西——至于你,山姆卫斯,你是不请自来,寒冷是你警觉过头的惩罚。等一下喝杯酒就没事了。过来,和我们一起看吧!"

他走到黑暗的崖边,站在那名沉默哨兵身旁,佛罗多跟了过去。山姆站在他们背后的原地上,光是这块高耸、潮湿的平台就让他觉得够不安了。法拉墨和佛罗多一起往下看。很深的悬崖下,他们看见白花花的水流灌进一个充满水沫的大池塘中,然后在岩石的椭圆盆中打着漩涡,直到它们再度找到一个狭窄的出口,哗啦啦地流入更平坦的地区。月光依旧照在瀑布的底端,在池中的波澜上泛着光芒。此刻,佛罗多察觉到有个小小的黑色身影站在池边,不过,就在他张大眼睛看时,那身影跳入水中,像一支飞箭或利石般干净利落地切开水面,消失在瀑布激起的大量漩涡与泡沫中。

法拉墨转头问身旁的人:"安朋,这次你觉得它是什么东西?松鼠,还是鱼狗?在幽暗密林漆黑的池塘中有黑色的鱼狗吗?"

"不管它是什么,总之绝对不是一只鸟。"安朋回答道,"他拥有四肢,潜水的样子很像人类,看起来水性也非常好。他到底在找什么?

---

① 努曼诺尔人和霍比特人一样,都称月亮为男性的"他",太阳为女性的"她"。

413

想要找路穿过水幕进入我们的藏身处吗？看来我们似乎终于被发现了。我身上带着弓箭，我也在池塘的两边安排了和我一样百步穿杨的射手。将军，只要你一声令下，我们马上会把他射死。"

"可以吗？"法拉墨迅速转向佛罗多问道。

佛罗多一时间没有回答。然后，"不行！"他说，"不！我求你们不要这样做！"如果山姆胆子够大，他可能会抢先大声说："可以！"虽然他看不见，但是他从众人的对话中足以猜到他们发现了什么。

"那么，你知道这是什么啰？"法拉墨说，"来吧，既然你已经看过了，告诉我为什么要饶过他。在我们之前所有的谈话中，你完全没有提及这个猥琐的同伴，而我也暂时不加追问。我等着他被抓到我面前来再说。我派出了最精锐的猎手去找寻他，但是他都躲了过去，除了在此的安朋昨天傍晚曾经发现过他之外，其他人直到现在才看见他的踪迹。不过，现在他所做的比在山上捕捉兔子严重得多，他竟然胆敢来到汉那斯安南，这下他只有死路一条了。我对这生物感到非常惊奇，他如此狡猾隐秘地溜到我们藏身地之前的池塘来游泳；难道他以为人类晚上睡觉的时候都不警戒吗？他为什么会这样做？"

"我想，有两个答案。"佛罗多说，"首先，他对于人类所知甚少，即使他这么狡猾，但你的藏身处是如此隐秘，他可能根本不知道有人类躲在里面。其次，我想他是被一种宰制的欲望诱惑来此，这欲望强过了他的谨慎。"

"你说他是被诱惑到这里来的，是吗？"法拉墨压低声音说，"那么他知道你的重担吗？"

"的确知道。他自己曾经拥有它许多年。"

"他是持有者?"法拉墨惊讶地猛吸一口气,"这又牵扯到了更多的谜团,那么他在追逐这个东西啰?"

"或许吧。这对他来说十分珍贵。但我没提过这件事。"

"那这家伙到底在找些什么?"

"鱼,"佛罗多说,"你看!"

他们低头望向底下那黑暗的池子。一颗黑色的小脑袋出现在池子远方的一端,正好在岩石深沉的阴影外;池中银光一闪,泛起一阵小小的涟漪。他游到池边,接着如青蛙般以令人惊异的敏捷度爬出水面上岸。他立刻坐了下来,在池边啃咬着刚刚发出银色闪光的物体,最后一丝月光现在已经落入池子底端的石壁后了。

法拉墨轻轻地笑了。"鱼!"他说,"这种欲望可能比较没那么危险吧。或许也不一定,汉那斯安南的鱼可能会让他付出一切。"

"我已经瞄准他了。"安朋说,"将军,我到底该不该射呢?根据我国的律法,未经允许前来此地只有死路一条。"

"等等,安朋,"法拉墨说,"这件事情没有这么简单。佛罗多,现在你有什么看法?我们为什么要饶过他?"

佛罗多说:"这生物又饿又可怜,而且毫未察觉自己的危险。还有,甘道夫,你口中的米斯兰达,他也会要求你不要为这些原因而射杀他。他曾禁止精灵这样做。我不太清楚到底为什么,而我所猜测到的部分也不能在此公开说。但这生物在某方面似乎和我的任务息息相关;在你找到我们并将我们带走之前,他是我的向导。"

"你的向导!"法拉墨说,"这事情变得更奇怪了!佛罗多,我会为你做很多事情，但这件事我不能让步：让这狡猾的家伙随心所欲地自由来去，稍后高兴的话再加入你们，或游荡时被半兽人抓走，在酷刑威逼下透露出他所知道的一切。我们必须杀死他或是抓住他；如果无法迅速抓到他，我们就必须杀死他。但是，如果我们不借着羽箭，要如何抓住这个滑如泥鳅的家伙？"

"让我静悄悄地下去接近他。"佛罗多说，"你们可以弯弓搭箭，如果我失败了，至少可以先射死我，我不会逃走。"

"那就快点去吧！"法拉墨说，"如果他能够活着逃出，这家伙下辈子都必须担任你忠实的仆人了。安朋，带佛罗多下到池边，动作轻一点，这家伙鼻子和耳朵都灵得很，把你的弓箭给我！"

安朋哼了一声，领路走下蜿蜒的阶梯到达一处平台，然后又走上另一道阶梯，最后来到一个被树丛掩盖的隐秘出口。在静悄悄地穿过出口之后，佛罗多发现自己身处在池子南边的岸上。天色现在极暗，瀑布显得灰白，仅能反射西方天空残余的月光。他看不见咕鲁的踪影。他往前走了几步，安朋悄无声息地走在他身后。

"继续走！"他对着佛罗多的耳朵低声说，"小心你的右边，如果你掉进池子里，除了你那捕鱼的朋友之外可没人能帮你。也别忘记，附近还有弓箭手，虽然你看不见他们。"

佛罗多蹑手蹑脚地弯身走向前，像咕鲁一样用手往前探路，并且稳住自己的身体。大部分的岩石都十分平坦光滑，但略带湿滑。他停下脚步聆听着。一开始他什么也听不见，只有背后瀑布不停冲下的流动声；随后，他才听见前方不远处有个嘶嘶声在低语。

"鱼，好鱼儿。白脸已经消失了，宝贝，好不容易，是的。现在我们可以平静地吃鱼。不,不平静,宝贝。因为我的宝贝不见了,是的,不见了。肮脏的霍比特人,臭霍比特人。把我们丢在这里跑掉了,咕噜;宝贝也跟着走了。只剩下可怜的史麦戈独自一人。不,宝贝。可恶的人类,他们会拿走它,偷走我的宝贝。小偷。我们恨他们。鱼,好吃的鱼。会让我们身强体壮,会让眼睛发亮,手指有力,是的。勒死他们,宝贝。只要我们有机会,就把他们全都勒死。好鱼。好好的鱼!"

他就这样一直不断地重复着,几乎和瀑布一样无止无休,中间只被他进食所发出的咬啮与吞咽声所打断。佛罗多打了个寒战,带着怜悯和厌恶的情绪听着。他真希望这一切可以停止,让他永远再也不需要听见那声音。安朋就在背后不远,他可以溜回去,要求他让射手放箭。在咕鲁大快朵颐的时候,这些人或许可以靠得够近,只要一支箭正中目标,佛罗多就可以永远摆脱掉这可恶的声音。可是,不行,他必须负起照顾咕鲁的责任,主人必须因为仆人的服务而照顾他们,即使这服务是出自于恐惧。如果不是咕鲁,他们可能早就在死亡沼泽中灭顶了。还有,佛罗多不知怎的知道,甘道夫不会希望这样的。

"史麦戈!"他柔声叫唤。

"鱼,好吃的鱼。"那声音说。

"史麦戈!"他又更大声了一点。那声音停了下来。

"史麦戈,主人回来找你了。主人在这里。快来,史麦戈!"对方没有回答,只轻嘶一声,仿佛深吸了一口气。

"快来,史麦戈!"佛罗多说,"我们有危险了。如果人类发现你在这里,他们会杀死你。如果你不想死,就快点来,快来主人身边!"

"不!"那声音说,"主人不好,留下可怜的史麦戈,和新朋友走掉。主人可以等，史麦戈还没吃完。"

"没时间了。"佛罗多说，"把鱼一起带走，快来！"

"不！一定要吃完鱼。"

"史麦戈！"佛罗多无比着急地说，"宝贝会生气了。我要拿走宝贝，然后告诉它：让他吞下骨头，呛到不能呼吸，永远不准再尝到鲜鱼了。来吧，宝贝在等待！"

黑暗中传来猛然吸气的声音，接着咕鲁四肢并用地从阴影中爬了出来，像是只被召唤的听话狗狗一样。他嘴巴里叼着一条吃到一半的鱼，手上还拿着另外一条。他爬到佛罗多身前，几乎和他鼻子碰鼻子，并且开始嗅闻他的味道。他苍白的眼睛开始闪亮，然后从嘴里拿出鱼，站了起来。

"好主人！"他低语道，"好霍比特人，回来找可怜的史麦戈了。好史麦戈来了。现在让我们赶快走吧，快点走，是的。穿过树林，趁天色黑的时候。是的，来吧，我们快走吧！"

"是的，我们很快就会出发了。"佛罗多说，"但不能马上就走，我会遵照之前的承诺和你一起走，我也再度作出承诺，但不是现在。你还没有逃离危险，我会救你，但你必须相信我。"

"我们必须相信主人？"咕鲁怀疑地说，"为什么？为什么不马上走？另一个粗鲁的霍比特人呢？他在哪里？"

"在上面。"佛罗多指着瀑布说，"我必须带着他走，我们得要回去找他才行。"他的一颗心开始往下沉，这实在太像是欺骗了。他并不担心法拉墨会让咕鲁被杀死，但他很可能会将他囚禁起来，绑住他；对这个天性狡猾的可怜家伙来说，这看起来就像是佛罗多骗了他。他可能永远都无法让咕鲁理解，这是他唯一可以用来拯救他的办法。他还能怎么办？他只能对双方都尽量保持信心吧。"来吧！"他说，"不然宝贝会生气的。我们要回到河流上游。来吧，来吧，你走前面！"

咕鲁沿着池边往前爬了不远，不停地嗅闻着，很是怀疑。这时他停下来并抬起头。"有什么东西在那边！"他说，"不是霍比特人。"突然间他猛转过头，凸出的双眼中闪动着绿色的光芒。"主人，主人！"他带着嘶嘶声说道，"狡猾！骗人！说谎！"他吐了口口水，伸出细长的手臂，扭动着手指。

就在那一瞬间，安朋高大的黑色身影从他背后站起来，将他扑倒。一只强而有力的手掐住了他的咽喉，将他压制住。他如同闪电般不停扭动，全身湿漉漉、黏答答的他，扭动得像只蛞蝓，又像是恶猫一般的又抓又咬。但接着又有两个人类从黑暗中钻了出来。

"不准动！"一个人说，"不然我们会把你全身射满箭，让你变成刺猬！不准动！"

咕鲁软瘫下来，开始哀嚎啜泣，他们毫不温柔地将他五花大绑。

"轻点，轻点！"佛罗多说，"他的力气没办法和你们比，请尽量不要弄伤他。如果你们小心一点，他会比较安静的。史麦戈！他们不会伤害你的，我会和你一起去，你就不会受伤。除非他们杀了我！相信主人！"

咕鲁转过头，又对他吐口水。旁边的人将他拎起来，用头罩将他眼睛盖住，将他带走。

佛罗多紧跟在后，觉得胸中有着极大的罪恶感。他们穿越了树丛后的开口，沿着楼梯和通道再度回到洞穴中。洞穴中又点亮了两三支火把，人们开始骚动。山姆也在那边，他对那些人所扛着五花大绑的东西投以怪异的眼光。"抓到他了吗？"他问佛罗多道。

"是的。不过不是我，我没抓他。一开始，他是因为相信我而过来，我不希望他被绑成这样。我希望最后一切会没事，但这整个过程让我觉得很不舒服。"

"我也是。"山姆说，"不管哪里，只要有这悲惨的家伙在，就会令人不舒服。"

一名男子走了过来，对霍比特人比了个手势，示意他们走到洞穴后方的隔间去。法拉墨坐在他的椅子上，头上壁龛中的油灯也再度点亮了。他示意两人在他身旁的凳子上坐下来。"替我们的客人送酒来。"他说，"也把那俘虏带到我面前。"

酒送了上来，随后安朋也带着咕鲁走过来。他拿掉了咕鲁脑袋上的头罩，将他扶起来，并且站在后面支撑着他。咕鲁眨着眼，用他厚重灰白的眼皮遮住他眼中的恶毒。他看起来十分悲惨，浑身湿答答的，又闻起来都是鱼腥味（手上还抓着一条鱼）。他稀疏的头发如同海草般挂在额头上，鼻翼不停地翕动着。

"放我们走！放我们走！"他说，"绳子弄痛我们了，是的，好痛啊，我们什么都没做。"

"什么都没做？"法拉墨用锐利的目光扫视着这可怜的家伙，但他的脸上没有任何的表情，没有愤怒、没有怜悯、没有惊讶，"什么都没做？你难道没有犯下任何该被绑起来，或是承受更严重处罚的罪名吗？无论如何，这都非由我来论断，幸亏如此。不过，今夜，你来到了擅入者死的地方，这池塘里的鱼要让你付出很大的代价。"

咕鲁立刻丢下手中的鱼。"不要鱼了。"他说。

"代价不在于你捕捉的鱼上。"法拉墨说，"单是来到这边看到那池子，就该是死刑。靠着这边这位佛罗多的恳求，我才让你活到现在，他说你至少还做过一些值得他感谢的事。不过，你的说法也得让我满意才行。你叫什么名字？你什么时候来的？你准备去哪里？你有什么目的？"

"我们迷路了，迷路。"咕鲁说，"没名字，没目的，没宝贝，什么都没有。只有空肚子。只有饿饿；是的，我们很饿。几条小鱼，几条臭臭的瘦小鱼给可怜的我们吃，他们就说要杀人。他们真睿智，真公正，真是好公正！"

"我并不睿智，"法拉墨说，"不过，倒还算是公正，至少是我们的小小智慧可以容许的公正。佛罗多，松开它！"法拉墨从腰间拿出一柄小刀，递给佛罗多。咕鲁误会了他的意思，害怕地趴在地上。

"来，史麦戈！"佛罗多说，"你必须相信我，我不会抛下你的。实话实说，这对你会有好处，不会伤害到你的。"他割断了咕鲁手腕和脚踝上的绳子，并且将他扶起来。

"过来这边！"法拉墨说，"看着我！你知道这地的名字吗？你之前来过这里吗？"

咕鲁缓缓抬起眼来，不情愿地看着法拉墨。他的双眼黯淡无光，空洞苍白地瞪视了片刻那位刚铎男子清澈的双眼。洞中一片寂静。接着，咕鲁低下头，又瘫趴在地上，浑身发抖地说："我们不知道我们也不想知道。"他哀嚎着说："以前没来过，以后也绝对不会来了！"

"你心中有许多锁上的门窗，窗后是黑暗的房间。"法拉墨说，"但

421

是，我知道你这次说的是实话，这是聪明的做法。你准备怎么样赌咒，让我相信你永远不会回来，也永远不会透露讯息领任何活的东西回到这个地方？"

"主人知道。"咕鲁瞥了佛罗多一眼，"是的，他知道。如果他愿意救我们，我们会向主人保证。我们会向它保证，是的。"他爬到佛罗多的脚边。"救救我们，好主人！"他哀嚎着说，"史麦戈向宝贝发誓，真心发誓。永远不会来，永远不说，永远不会！不，宝贝，不会！"

"你满意吗？"法拉墨说。

"是的。"佛罗多说，"至少，如果你不接受这种誓言，你就必须执行你的律法。这已经是最沉重的誓言了。但我也向他保证过，如果他来到我身边，就不会受伤害。我可不愿做个言而无信的人。"

法拉墨坐着沉思了片刻。"很好。"他最后终于说，"我把你交给你的主人，德罗哥之子佛罗多，让他决定该怎么处置你！"

"可是，法拉墨大人，"佛罗多鞠躬道，"您还没有说明你到底准备怎么对待佛罗多，在你说清楚之前，他也无法替自己或是同伴拟订任何计划。你之前说等到早上再判决，而现在已经快天亮了。"

"那么我就宣布我的判决吧，"法拉墨说，"佛罗多，至于你，在我王赐给我的权力之下，我宣布你可以在刚铎的古老国境范围中自由来去；唯一的例外是此地，不管你或是你的同伴，均不得在未受吩咐之下再踏进此处。这命令将持续一年又一天，然后就终止效力；除非，在那之前你愿意来到米那斯提力斯，晋见城主和刚铎的宰相。那么，我将恳请他确认我所做的，并且让这命令成为终身有效。在这段时间之内，不论你将谁纳入庇护，都将被视同为受我的保护，以及在刚铎的保护之下。你同意吗？"

佛罗多深深一鞠躬。"我同意，"他说，"我也愿意接受您的指挥，希望我的效劳对这样一位高贵的人物能够有所帮助。"

"这的确有极大的帮助。"法拉墨说，"现在，你愿意将这个生物，这个史麦戈，纳入你的庇护之下吗？"

"我愿意庇护史麦戈！"佛罗多说。山姆大声地叹了一口气；当然，他不是对法拉墨的决定感到不满，他像任何霍比特人一样，对此极为赞同。事实上，若是在夏尔，同样的事情可能要说更多话、鞠更多次躬。

"那么我必须对你宣布，"法拉墨转向咕鲁说，"你仍是被判死罪；但是，只要你和佛罗多同行，我们就不会取你性命。但是，如果你被任何刚铎的子民发现你离开了佛罗多，那任何人都可以立刻诛杀你。如果你不再服侍他，愿死亡很快降临于你身，不管是在刚铎境内或境外。现在回答我：你要去哪里？他说你是他的向导。你要带领他去哪里？"

咕鲁没有回答。

"这件事我不容许你保密。"法拉墨说，"回答我，不然我就要收回之前的缓刑！"咕鲁依旧不吭声。

"让我来替他回答。"佛罗多说，"他照我的要求，带我到了黑门之前；但我们发现无法通过该处。"

"没有任何通道可以进入无名之地。"法拉墨说。

"因此，我们转了个方向，走上往南的道路，"佛罗多继续道，"他说在靠近米那斯伊西尔的地方，可能有一条通道。"

"那里叫米那斯魔窟。"法拉墨说。

"我其实不太清楚,"佛罗多说,"但我想那条路是往上通到那座古城所在的山谷北边的高山上去。它会往上通到一个很高的裂口,然后下到——之后的土地。"

"你知道那条道路的名字吗?"法拉墨问道。

"不知道。"佛罗多回答。

"那条路叫作西力斯昂哥。"咕鲁猛吸了一口气,开始自言自语。"这名字对吗?"法拉墨转身问他。

"不!"咕鲁回答,然后他又哀叫起来,仿佛被什么东西刺了一下。"是的,是的,我们听过那名字一次。但那名字跟我们有什么关系?主人说他一定要进去,所以我们一定得找条路才行。没有别的路了,没有了。"

"没有别的路了?"法拉墨说,"你怎么知道?谁曾经彻底探索过那黑暗的国度?"他若有所思地打量了咕鲁好一会儿。随后,他再度开口:"安朋,带走这家伙。对他好一点,但不要松懈。史麦戈,你也别想跳进瀑布里面,底下的岩石会把你撕成碎片的。赶快离开,去吃你的鱼去!"

安朋走了出去,将瑟缩的咕鲁赶在他前面。阻隔外界的帘幕又再度拉了起来。

"佛罗多,我认为你这么做很不聪明。"法拉墨说,"我不认为你应该和这个家伙一起走,他一肚子坏水。"

"不,没有你想象的那么坏。"佛罗多说。

"或许不全是坏心眼,"法拉墨说,"但是,恶毒像坏疽正在吞噬他，而他体内的邪恶也在不停地滋长。他不会把你们带到什么好地方去的。如果你愿意让他离开，我可以安全地把他带到刚铎边境任何一个他指定的地方去。"

"他不会接受的，"佛罗多说，"他会像长久以来一样紧跟在我后头。我也对他承诺了许多次，要保护他，跟着他前往任何他带我去的地方。你不会要求我对他失信吧？"

"不，"法拉墨说，"但我内心确实想请你这么做。因为，当人看到朋友不智地将自己和厄运绑在一起的时候，劝告他背信似乎不能算是种恶行。但，算了吧——如果他愿意跟你走，你也只能忍受他。只是，我不认为你非得去西力斯昂哥不可，对于该处他有许多事没告诉你们。我清楚看到他心中隐瞒了许多东西。千万别去西力斯昂哥！"

"那么我又能去哪呢？"佛罗多说，"难道要回到黑门之前束手就擒吗？你对那地方究竟知道多少，竟会让你听到名字就如此害怕？"

"都是不确定的传闻。"法拉墨说，"我们刚铎人在这些年间甚至连大路的东边都不踏上一步，年轻人更是一辈子也没有来过这里，我们也都没有进入过黯影山脉。我们对它的一切所知，都是来自古代的报告和旧日的传言。但是，我们确信，在米那斯魔窟之上的通道中，居住着某种邪恶的力量。只要一提到西力斯昂哥的名字，老一辈的人和饱读历史的学者都会大惊失色，不愿多说。

"米那斯魔窟的山谷在很久以前就落入了邪恶的魔掌，即使被驱逐的魔王还住在远方，并且伊西立安也还大部分掌握在我们手中的时候，那里就是个充满恐怖与威胁之地。正如你所知道的，那座城市曾是个强大、自豪又美丽的要塞，米那斯伊西尔，我们城市的姊妹城。但是，它在魔王第一次掌权的时候就被堕落的人类给攻占了，在魔王被推翻之后，这些人漫无目的四处流浪。据说，他们的领袖是堕落入黑暗邪术中的努曼诺尔人；魔王赐给他们拥有力量的戒指，他将他们吞噬了：让他们变成了活生生的鬼魂，恐怖又邪恶。在魔王离去之后，他们占领了米那斯伊西尔并居住在该处，他们将该城和整座山谷中都填满了腐败之气：表面上看起来似乎空无一物，但实际上废墟中却居住着无形体的恐惧。九名君王隐身在该处，经过他们的秘密筹备之后，魔王又再度回归，他们也变得更为强大。然后，九名骑士从恐惧之门中蹿出，我们毫无抵抗他们的方法。千万别靠近他们的要塞。你会被发现的。那是个恶毒永不松懈之处，充满了监视的眼睛。千万别往那个方向走！"

"但你能够告诉我其他的方向吗？"佛罗多说，"你刚刚也说了，你自己也无法带领我进入那山脉，更别提越过它们了。可是，我必须遵从爱隆等人在会议中的指示，一定要找到一条路越过那座山脉，至少必须搏命一试。如果我因为这条道路的危险而转回头，那么，我能够找到谁收留我？人类？还是精灵？你愿意让我带着这东西前往米那斯提力斯吗？就是这个东西逼使你兄长疯狂！它会对米那斯提力斯造成什么样的影响？难道未来将会出现两座米那斯魔窟，隔着充满腐败的死亡大地相视而笑吗？"

"我不愿意这种情况发生。"法拉墨说。

"那么你要我怎么办？"

"我不知道。只是，我不愿意你走向死亡或是遭遇严刑拷打的道路。我也不认为米斯兰达会选择这条路。"

"既然他已经离开了人世，我就得靠自己找出一条路来，而我们也没时间浪费在四处搜寻上了。"佛罗多说。

"这真是艰难的命运与毫无希望的任务。"法拉墨说,"不过,至少请你记得我的警告:小心这个向导史麦戈,他之前双手沾满了血腥,我可以看得出来。"他叹气道。

"好吧,德罗哥之子佛罗多,我们如此相逢又别离。你不需要我温言软语的安慰:在这日光之下,我不指望日后能再见到你了。但你将带着我的祝福上路,我也祝福你所有的同胞。你先休息一下,我们替你们准备一些吃的东西。

"我其实很想知道这个狡猾的史麦戈到底是怎么找到这东西,又是怎么弄丢它的,但我现在不想再打搅你了。如果,有一天你能够生还重返活人之地,我们能够重新叙旧,靠着高墙坐在阳光下笑谈过往的伤悲时,你一定要告诉我。直到那时,或是在努曼诺尔的真知晶球所无法看见的未来其他时刻中,我只能说:珍重再见!"

他站起身,对佛罗多深深一鞠躬,然后拉开帘幕,走入洞穴中。

第七章

前往十字路口

佛罗多和山姆再度回到床上，沉默地休息了片刻，身旁的人类则是忙着处理随新的一天到来的工作。不久之后，有人送上清水让他们盥洗，随后带他们来到一张摆好三份食物的餐桌前。法拉墨和他们一起用早餐。从昨天那场战斗至今他都未曾阖过眼，但看来并没有疲态。

当三人吃完早餐之后，一起站了起来。"愿你一路不受饥饿所扰！"法拉墨说，"你们的补给实在不多，所以，我已经命令部下将一些适合长途旅行的食物放进你们的背包中。当你们还在伊西立安中行走时，你们不会有饮水的问题；但是，千万别饮用伊姆拉德魔窟——活死谷中流出的泉水。你们必须切记这一点。我所有的斥候和哨兵都已经回来了，有些甚至曾潜到魔多大门附近。他们都发现了一个奇怪的现象，这片大地上四处空无一人。道路上没有任何移防的迹象，任何地方都听不到脚步声、号角声或是弓弦声。无名之地的上空笼罩着一股寂静，似乎在等待些什么。我不知道这意味着什么。但是似乎一切就快有定论了。风暴将临。你们当尽快赶路！如果你们准备好了，就马上出发。太阳很快就会驱走阴影的。"

旁人将霍比特人的背包送了上来（比之前重了一些），另外还有两柄打磨过的坚固手杖，一端包着生铁，一端有着紧紧绑覆的皮绳。

"我没有什么适当的礼物可以送给即将分别的你们，"法拉墨说，"但是，请收下这些手杖。它们对于在野外行走攀爬的人或许有些帮助。白色山脉中的居民经常使用这种手杖；不过，这是我们为了配合你们的身高刚削好并包上铁的。它们是用美丽的拉比西隆树制造的，那是刚铎的木匠最喜爱的木材，它们向来有能找到路回家的美誉。愿这功能在你们即将前往的黑暗大地上不会完全失效！"

霍比特人深深一鞠躬。"您真是太客气了！"佛罗多说，"半精灵爱隆曾经说过，我会在路上找到出乎意料的友谊。我的确没有料想到会有你这样的情谊，能够获得你的友谊，就足以将邪恶转为善良。"

他们做好了出发的准备。咕鲁被从某个藏身的洞穴中带了出来，他似乎比之前冷静多了，只是，他依旧躲在佛罗多身边，不敢面对法拉墨的目光。

"你的向导必须蒙上眼罩，"法拉墨说，"但我特许你和你的仆人山姆卫斯不用这样做。"

当他们走上前要罩住他的眼睛时，咕鲁发出吱吱声，紧抓着佛罗多不放。于是佛罗多说："请把我们三个人的眼睛都蒙住，最好先蒙我的，这样或许他就明白我们没有恶意。"蒙上眼睛后，他们被领着离开汉那斯安南的洞穴。之后，他们通过了许多的走道和阶梯，感受到晨间甜美清新的空气吹拂在脸上。他们蒙着眼继续上上下下又走了一段时间。最后，法拉墨的声音下令除去他们的眼罩。

他们又再度站在树林中。在这里听不到瀑布的声音，如今他们和那条溪流所流经的山谷之间隔着一道长长的面南的山坡。在西边,他们可以看见光芒穿过树林照进来,放眼望去只见一片空旷的天空,仿佛世界在那里突然到了尽头。

"我们在此必须分离了。"法拉墨说,"如果你听从我的建议,你们最好还是不要往东走。你们可以直接往前走,如此会有很长一段距离你们都会处在森林的掩蔽下。在你们的西侧是一座巨大的山谷的边缘,路会时陡时缓,有时沿着长长的山坡走,你们要靠近这道山脊和森林的边缘走。我想,在你们刚开始赶路的时候可以在白天前进。这块土地处在一种虚伪的安详中,所有的邪恶都暂时离开此地。再会了,好好保重!"

他按照他们同胞的习俗拥抱两名霍比特人,将手放在他们的肩膀上,亲吻他们的额头。"请带着所有善良之人的祝福去吧!"他说。

他们以最虔敬的姿态深深一鞠躬。然后法拉墨转过身,走向一段距离之外的两名侍卫,头也不回地离去了。他们这才看到这些披着绿衣的人行动之快速真令人惊叹,几乎一眨眼的工夫就消失了。森林中法拉墨之前所站立的位置显得空荡荡的,仿佛是度过了一场梦一般。

佛罗多叹了一口气,转身向南。仿佛为了嘲讽之前所有的礼仪一般,咕鲁正在一棵树底下挖掘着泥巴。"肚子又饿了?"山姆想道,"嗯,又来了!"

"他们终于走了吗?"咕鲁说,"这些可恶的臭人类!史麦戈的脖子还很痛,是的,好痛。我们走吧!"

"是的,我们走吧。"佛罗多说,"不过,如果你只会批评那些对你宽宏大量的人,你就给我闭上嘴!"

"好主人!"咕鲁说,"史麦戈只是在开玩笑。他最会原谅人了,是的,是的,他最会了,即使是好主人的小骗局也一样。喔,是的,好主人,好史麦戈!"

佛罗多和山姆没有回答。他们扛起背包,拿起手杖,走进伊西立安的森林中。

他们这天在路上休息了两次,同时吃了一点法拉墨为他们准备的食物:干果和腌肉,足够他们吃很多天,还有能再保存一段时间的新鲜面包。咕鲁则是什么都没吃。

太阳升起,在众人不注意的时候越过头顶,又悄悄地往西落下。从西方投射来的光芒变得略带金黄,他们一直走在绿色的林荫中,四周一片寂静。鸟儿似乎全都飞走了,或是全都变哑了。

黑暗早早降临到这沉默的森林中,在夜色完全笼罩大地之前,他们就疲倦地停了下来,因为,他们从汉那斯安南已经走了超过二十一哩的距离了。佛罗多躺在一棵老树的树根上沉沉睡去。山姆躺在他旁边,却没那么放心:他醒过来许多次,但从未发现咕鲁的行踪,在他们一准备休息之后,咕鲁就立刻溜走了。究竟他是独自睡在附近的地洞中,还是毫未休息地游荡了一整夜,他都没交代;不过,天刚一亮,他就回来了,叫醒他的同伴。

"快起来,是的,他们得快起来!"他说,"还要往东往南走很远。霍比特人必须快一点!"

第二天过得和前一天几乎没什么两样,只除了那种沉寂感似乎更深沉了；空气变得十分凝重，走在树下开始有种让人喘不过气来的感觉。仿佛远方开始有雷雨在凝聚。咕鲁经常停下脚步，嗅闻着空气，然后他会自言自语，并且催促大家用更快的速度前进。

他们展开当天第三阶段的跋涉时，下午已经快要过完了，森林变得比较开阔，树木也都变得更高大、更稀疏了些。高大的冬青树矗立在宽广的林间草地上，四周还间或穿插着白杨木，以及一些刚冒出绿芽的古老橡树。他们周围的草地上散布着白屈菜和银莲花，白色和蓝色的花瓣都闭了起来，陷入沉睡之中；此外还有好几亩覆满了落叶的林地上长满了风信子：它们纤弱的钟形花梗已经穿透出了地上的腐叶。四周看不见任何的飞禽走兽，不过，在这些空旷的地方，咕鲁变得相当害怕，他们现在小心翼翼地走着，飞快地从一处阴影窜到另一处阴影。

光线消逝得很快，他们已经来到森林的边缘了。他们坐在一株苍老的橡树底下，看着它伸出蛇般纠结的树根攀下崎岖的陡岸。他们前方是一个深邃、幽暗的山谷。山谷对面森林又再度茂密起来，在暮色中呈灰蓝色，继续往南延伸。在他们的右边，刚铎的山脉在火红的天空映照下，在遥远的西方发着红光。左边则是无尽的黑暗，那是魔多高耸的山墙；狭长的山谷就从那黑暗中伸展出来，如一条蜿蜒陡落的沟槽伸向安都因河。山谷底部有一条激流，佛罗多在这一片寂静中可以听见下方传来水流冲击岩石的声音；在溪流的另一侧有一条蜿蜒而下的道路，像一条灰白的丝带，向下深入到夕阳光芒所不及的灰色冰冷迷雾中。在那里，佛罗多似乎看见有些古老的高塔和残破的尖顶，阴森幽暗，远远看去像是漂浮在一片幽暗的海上。

他转过身问咕鲁："你知道我们在哪里吗？"

"是的，主人，在危险的地方。这是通往月之塔的道路，主人，往下通往河边的那座废墟都市。那座废墟都市，是的，非常可怕的地方，到处都是敌人。我们不应该接受人类的建议，霍比特人已经偏离那条道路很远了。现在必须往东走，走上那边。"他对着黑暗的山脉挥舞着细瘦的手臂，"我们不能走这条路。喔，不行！残酷的人会从塔中往这边走。"

佛罗多低头看着那条路。无论如何，目前路上没有任何动静。它看起来十分孤单，荒废弃置，一直往下延伸到云雾弥漫的废墟中。不过，空气中有股邪恶的感觉，仿佛确实是有什么人眼看不见的邪恶事物在路上来去游荡。佛罗多再次看着远方夜色中的高塔，不禁打了个寒战，底下的水声似乎变得十分冰冷而残酷：那是魔窟都因河的声音，来自死灵之谷遭污染的邪恶之河。

"我们该怎么做？"他说，"我们已经走了这么远的距离，现在我们应该在背后的树林里找个可以躲藏躺下的地方吗？"

"躲在黑暗中一点用也没有。"咕鲁说，"霍比特人现在白天必须隐藏行踪，是的，白天。"

"喔，拜托！"山姆说，"即使我们必须半夜起床，现在也得先休息一下。如果你知道怎么走，眼前还会有很长一段时间天不会亮，足够让你带我们走很长的距离。"

咕鲁不情愿地同意了，他朝着森林的方向转回去，沿着森林的边缘往东跋涉了一段路。他不愿意在这么靠近邪恶之路的地面上休息，因此，在经过一番争执之后，他们全都爬上一株大橡树，它从主干上分叉出来的粗密枝桠提供了很好的藏身之地，躺起来还蛮舒服的。夜色降临，在树叶之间也变得一片黑暗。佛罗多和山姆喝了一点水，吃了一些面包和干果，但咕鲁则是立刻蜷缩起来，开始睡觉。霍比特人完全没有阖眼。

在咕鲁醒过来时，可能已经过了半夜了，两名霍比特人突然发现他目光灼灼地看着他们。他倾听了片刻，闻了闻，这正如他们之前所注意到的，是他通常用来探测夜里时间的方式。

"我们休息够了吗？我们睡饱了吗？"他说，"走吧！"

"我们没休息够，我们也没睡饱。"山姆抱怨道，"但我们还是必须跟着你走。"

咕鲁立刻从树上跳了下来，四肢着地，霍比特人则是慢慢地爬下来。当他们再度回到地面之后，咕鲁立刻领着他们往东走，踏入那块黑暗的大地。他们几乎看不见什么东西，因为夜色极端深沉，他们在被树根绊到之前几乎无法发现它们的存在。地面变得越来越崎岖，也越难行走，但咕鲁似乎一点也不受影响。他领着两人穿过灌木丛和荒枯的荆棘丛，有些时候绕过某个幽暗的深坑或是地堑，有时则是走进漆黑的树丛凹坑中又走出来；如果他们往下走一小段路，接下去要爬的坡总是变得更长、更陡。他们显然一直在往上攀升。当他们第一次停下来休息的时候，回头依稀可以看见被他们抛在背后的森林的顶部，如同一块广大深沉的阴影横躺在大地上，是漆黑夜空下一片更黑的黑夜。从东方似乎有一股巨大的黑暗在慢慢浮现扩散，吞吃着黯淡模糊的星辰。西沉的月亮稍后摆脱了追逐的乌云，但它周围仍裹着一圈灰蒙蒙的黄色光晕。

最后，咕鲁转过身对霍比特人说："很快就要天亮了，霍比特人动作必须快一点。在这些地方最好不要待在空旷处，不安全。动作快！"

他加快脚步，其他人疲倦地紧跟在后。很快的，他们开始爬上一块高出来的丘陵，上面大半长满了金雀花和越橘树，以及矮而锐利的荆棘；不过，偶尔也可以见到一些焦黑的开阔处，是近来野火所留下的疤痕。当他们越爬近丘顶，金雀花树丛也变得越密集；它们看起来非常的苍老、高大，下方枯瘦憔悴，但上方依旧十分壮硕，上面已经绽放着许多在微光中闪烁的黄色花朵，并飘送着阵阵幽香。这些有刺的灌木丛高大到可容霍比特人直着腰走在树下，穿过地面覆盖着厚厚树叶的干燥夹道。

他们在这宽阔山丘的另一侧边缘停下来，爬到一丛纠结的荆棘丛下藏身。这些荆棘纠缠盘绕的枝条呈弧形弯倒近地面，又被四处生长的老欧石南给爬上盖了过去。在这一团纠结的棘丛内竟有一个中空的天地，地面铺满了掉落的树枝和杂草，顶上则是盖满春天的新叶和新芽。他们在这块空间中躺了片刻，疲倦得无力进食；透过顶上的缝隙，他们注意着天色缓慢改变。

但是白天迟迟不肯降临，只出现一个死气沉沉的褐色黎明。在东方低垂的云朵之下，有一片暗红的光：那不是破晓的曙光。从他们所在之处越过几片崎岖的大地，伊菲尔杜斯山脉的黑暗身影正对着他们皱眉头，山脚下模糊的夜色仍然十分浓重，不曾散去，顶端在那暗红光芒的笼罩下是尖牙般的山峰轮廓。在他们的右边，是一块往西凸出的高大山肩，在阴影中显得格外黑暗。

"我们接下来该怎么走？"佛罗多问道，"魔窟谷的开口，是否就在那团黑暗过去那边?"

"我们需要这么早就担心吗?"山姆说,"我们今天白天应该不会再赶路了吧?如果这也算白天的话!"

"或许不会,或许不会。"咕鲁说,"但我们必须赶快到达十字路口。是的,到十字路口。就在那边,是的,主人。"

魔多上空的暗红光芒消失了。东方接着冒出大量的云气,盘踞在他们上空,让曙光也变得十分黯淡。佛罗多和山姆吃了一些食物,躺了下来,但咕鲁却十分不安分。他不愿意吃他们的食物,只是喝了一点水,然后,他在荆棘丛下爬来爬去,四处嗅闻且不停喃喃自语。接着,他就突然消失了。

"我猜是去找东西吃了。"山姆打着哈欠说。这次该他先睡,他很快就陷入梦乡。梦中他以为自己又回到袋底洞的花园,似乎在找些什么东西;但是他背上背着一个沉重的包袱,让他直不起腰来。不知道怎么搞的,这花园看起来似乎杂草丛生,非常凌乱,荆棘和野草也从围栏边开始恣意蔓延到花床上来。

"我知道这都是我的工作,可是我好累啊。"他一直不停地说着。突然间,他想起自己要找什么东西。"我的烟斗!"他大喊一声醒了过来。

"蠢蛋!"他对自己说,当他张开眼睛时,还搞不清楚自己为什么会躺在树篱底下;"烟斗一直都在背包里面!"然后,他才想到自己的烟斗或许是在背包中,但他身上却没有任何的烟草,而且,他还身在离袋底洞不知道有几百哩远的地方。他坐了起来,天色几乎全黑了。主人为什么让他一路睡到晚上,却没有叫醒他呢?

"佛罗多先生,难道你都没睡吗?"他说,"这是什么时候了?看起来很晚了!"

"不,没有很晚。"佛罗多说,"但是,天色却变得越来越暗而不是明亮。依我的判断,现在甚至还没中午,你才不过睡了大约三个小时。"

"不知道发生什么事情了。"山姆说,"有暴风雨要来吗?如果是这样,这可能会是我这辈子看过最猛烈的暴风雨了。真希望我们能够找个深坑躲起来,而不是只躲在树丛下。"他倾听着四周的声音,"那是什么?是雷声,鼓声,还是什么的?"

"我不知道。"佛罗多说,"它已经持续了很长一段时间了。有些时候地面似乎在震动,有些时候,似乎连你的胸口都跟着一起跳跃。"

山姆看着四周。"咕鲁呢?"他问,"难道他还没回来吗?"

"没有,"佛罗多说,"一点他的声音或影子都没有。"

"好吧,我不怪他。"山姆说,"事实上,我这辈子从来没有这么想要摆脱过一个人。但这还真符合他的风格,在走了这么远的路,正当我们最需要他的时候,他就走丢不见了——不过,我很怀疑他是否还真的有用。"

"你忘记之前在死亡沼泽的旅程了。"佛罗多说,"我希望他不会遭遇到什么不测。"

"我希望他不要又玩什么诡计。总之,我希望他像你说的,不要落入别人手里。因为如果是那样,我们很快就会有麻烦了。"就在那一刻,隆隆的巨响又再度传来,现在听起来更清楚、更低沉。他们脚底的大地似乎也开始跟着颤抖。"看来,我们现在就有麻烦了。"佛罗多说,"我担心我们的旅程就要画上句点了。"

"或许吧,"山姆说,"可是我老爹常说,保得一条命,不怕没希望。他后面还经常加上一句:更重要的是吃东西。佛罗多先生,你不如先吃点东西,然后睡一会儿吧。"

山姆推测,应该可称为下午的时间慢慢过去了。从覆盖的荆棘丛向外望去,只能看到一个阴沉、没有阴影的世界,缓缓融入一团无形无状、毫无色彩的幽暗里。它让人感到窒息,却一点也不温暖。佛罗多辗转反侧,睡得很不安宁,并且口中不时发出呓语。山姆认为有两次听见他说甘道夫的名字。时间好似停滞一般。突然间,山姆听见身后传来嘶嘶声,原来是四肢着地的咕鲁正用闪闪发光的眼睛窥视着他们。

"醒来,醒来!爱睡虫,快醒来!"他低语着,"醒来!没时间了。我们必须走了,是的,我们必须立刻出发。没时间了!"

山姆怀疑地瞪着他:他似乎十分害怕,或者是非常兴奋。"现在就走?你又在搞什么把戏?时间还没到。要是换成高雅有下午茶可喝的地方,这时连下午茶的时间都还没到呢!"

"愚蠢!"咕鲁嘶嘶地说,"我们不是在什么高雅的地方。时间快不够了,是的,快没时间了。我们必须离开。醒来,主人,快醒来!"他摇着佛罗多,佛罗多从梦中猛然惊醒,紧抓住咕鲁的手臂坐了起来。咕鲁甩开他的手,往后退缩。

"他们不可以这么愚蠢。"他嘶嘶地说,"我们必须走了。没时间了!"之后,他嘴里翻来覆去就是这么几句话。他之前去了哪里,他在想些什么让他变得如此急躁,他都不愿意说。山姆内心充满怀疑,也表现在脸上；但佛罗多则是面无表情，让人不知道他心中在想些什么。他叹着气，背起背包，准备踏入那不断凝聚的黑暗中。

咕鲁蹑手蹑脚地带着他们走下山边，同时尽可能走在有掩蔽的地方，只要一遇上空旷的地形，几乎一定是弯腰快跑前进；不过，在如今这么昏暗的光线下，即使是目光锐利的野兽，恐怕也很难发现这些穿着灰色斗篷戴上兜帽的霍比特人，他们轻手轻脚前进，更是悄无声息。就这么不惊一草一木，他们飞快地穿越并消失在黑暗中。

他们排成单行，静默无语地赶了一个小时的路，这地从四方而来的死寂与阴暗压迫着他们，只有偶尔才被远方所传来的雷声或是遥远山谷中的鼓声所打断。他们从之前躲藏的地方不停往下走，然后转向南，以咕鲁所能找到最笔直的路线穿过这崎岖的山坡朝远方的山脉前进。在不远之处，他们现在可以看到一排如同高墙一样的树木，当他们走近的时候，才发现这些树是巨大又古老的神木群，每株都是参天大树，虽然顶端枯萎断折，仿佛被风暴扫过或被雷电劈打过，却不足以摧毁它们或掀翻它们的深根。

"十字路口，是的。"咕鲁低语道，这是他们从离开之前的藏身处后，他所说的第一句话。"我们必须往那边走。"他往东转去，领着众人走上斜坡，然后它突然出现在他们眼前：南方大道，沿着山脚蜿蜒前进，直到深入一大圈的树木中。

"这是唯一的路，"咕鲁低语道，"除了这条路之外没有别的路，没有路了。我们必须前往十字路口。动作快！安静点！"

他们像是深入敌境的斥候一般悄悄踏上那条路，沿着它西边多岩的路肩躲躲藏藏地前进，他们自己灰如岩石，脚步也轻得如同猎食的野猫。最后，他们终于抵达了那圈树木，发现自己身处在一圈顶上毫无遮蔽的空地上，直视着阴沉的天空。这些神木巨大树干之间的空间，看起来像是某种倾颓大殿的黑色巨大拱门。在空地的正中央，有四条道路交会在一起；他们身后的是通往魔多大门的路，眼前则是通往南方的长路，在右边的是从奥斯吉力亚斯上来的路，经过十字路口，向东进入黑暗中：这是第四条，也就是他们准备踏上的道路。

佛罗多满心恐惧地在该处站了一会儿，这才意识到有道光芒在闪烁，他看见那光芒照在身旁山姆的脸上。他转过身，透过众多的枝叶，看见那条通往奥斯吉力亚斯的道路，像一条被拉直了的缎带般持续往西方绵延。在那边，在被暗影笼罩的阴郁刚铎再过去的远方，正在缓缓沉落的太阳终于从缓慢凝聚的巨大云朵边缘露出脸来，像一团不祥的火球落入尚未遭到污染的大海中。这短暂的光芒照在一尊巨大的坐像上，这雕像庄严肃穆，如同亚苟那斯峡谷中巨大的君王石像。岁月侵蚀了它的外表，残暴邪恶的手也毁坏过它。它的头被砍掉了，那位置被放上一颗粗凿过的圆石，野蛮的手粗鲁地在上面画了一张咧嘴狞笑的邪恶脸孔，额头中央还有一只红色的眼睛。在它的膝盖和宝座上，以及整个基座，都涂满了魔多爪牙所使用的粗鲁原始文字。

突然间，在西沉的阳光照耀下，佛罗多看见了国王的头颅，它滚到了路边。"山姆，你看！"他大喊着说，"你看！国王又再度戴上了皇冠！"

它的双眼已经被挖空、胡子也断了，但在它高而坚毅的额头上，却有一圈银色和金色的花冠。一种开满了小白花的爬藤缠绕在国王的额头上，仿佛在向倾倒的国王致敬，在它雕刻出来的头发间，生长着黄色的景天花。

"邪恶是不可能永远胜利的！"佛罗多说。接着，短暂的余晖便突然消失了。太阳落入地平线，仿佛油灯被熄灭一般，黑夜降临。

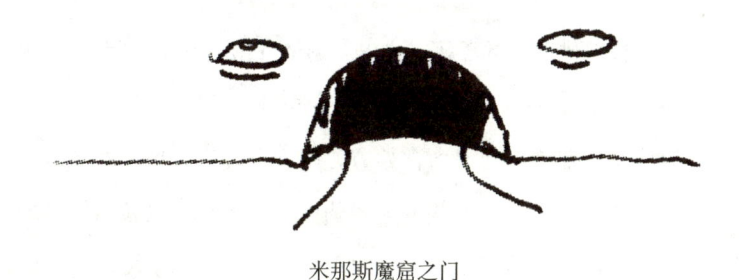

米那斯魔窟之门

第八章

西力斯昂哥的阶梯

咕鲁正拉着佛罗多的斗篷，恐惧不耐地发出嘶嘶声。"我们必须走了，"他说，"我们不能够站在这里。快点走！"

佛罗多不情愿地转过身背离西方，跟着向导走向黑暗的东方。他们离开这一圈树木，沿途躲躲藏藏地朝向山脉前进。这条路笔直地前进了一段距离，随即弯向南方，直到来到他们从远方就可以看见的巨岩底下。黑色的巨岩耸立在他们上方，似乎比它上方黑沉沉的天空来得更加黑暗。道路在它的阴影笼罩之下继续前进，绕过它之后再度拐向东，并开始往上攀升。

佛罗多和山姆怀着沉重的心情吃力地往前进，再也没有力气去担忧他们的危险。佛罗多低着头，他胸前的重担又开始将他往下拉扯；在伊西立安时，他几乎忘了它的重量，可是当他们一通过十字路口之后，它又开始增加了。这时，感觉到他脚下的路又变陡了，他疲倦地抬起头来；于是，正如咕鲁之前所说的：他看见了戒灵的城市。他缩身躲到岩石边。

那条狭长的山谷，是个充满了阴影的深谷，直切入山脉中。在它远处的那端，也就是山谷的侧臂内，在伊菲尔杜斯黑暗膝部的高大石座上，矗立着米那斯魔窟的城墙和高塔。在它四周，上天下地，都笼罩在一片黑暗里，但那座死城中却有光芒。那不是许久以前被囚的美丽月光，从月之塔——米那斯伊西尔的大理石墙上透出来，照射在山谷中。事实上，这时它所散发出来的光芒比月亮在蚀亏时所发的光还要苍白，飘忽不定如腐败之物的气息，又像是鬼火，完全无法照亮四周的任何景物。在高塔和城墙上有许多的窗户，像是无数望向虚无的黑洞；但高塔最顶层的轮廓渐渐显露出来，先是一边，然后是另一边，像个巨大的鬼头恶毒地睨视着黑夜。有那么片刻，三人呆站在那边，抖抖缩缩，不由自主地瞪着它。咕鲁第一个恢复镇定，他再度紧张地拉扯着他们的斗篷，但是没有说话。他几乎是硬拉着他们前进，每一步都是极不情愿的，时间的流逝似乎也变慢了，因此每抬起一步都仿佛要经过数分钟的挣扎才能放下。

就这样，他们缓慢地来到了那座白色的桥梁。在此，发着微弱光芒的道路通过山谷中央的溪流继续往前，蜿蜒而上通向城门：那是个张开在北边城墙上的血盆大口。溪流两岸都有宽广的平地，笼罩着阴影的草地上长满了白色的花朵。这些花朵也发着微光，虽然美丽，形状却让人不寒而栗，像是噩梦中扭曲变形的东西。它们还发出一股淡淡的、令人作呕的停尸间气味，一股腐败的味道充满在空气中。那座桥梁从这一边的草地跨到另一边的草地上。在桥头上有着精工打造的人兽雕像，但全都看起来丑恶、腐化。桥下的水流十分寂静，还冒着水汽，只是，这些冒上来盘绕在桥上的水汽却是冰寒彻骨。佛罗多觉得自己的脑中一片空白，五官六识全都天旋地转，突然间，仿佛有种超越他意志的力量接管了他，让他伸出手，盲目地跑向前，脑袋左右晃动着。山姆和咕鲁都奔上前,正当主人走到桥边,即将摔落桥下时,山姆飞快地抓住主人的手臂,扶住了他。

"不是这方向!不,不是这方向!"咕鲁低语道,但他齿缝间发出的嘶嘶声像口哨般撕裂了这沉静,他害怕得趴到地上去。

"撑过去,佛罗多先生!"山姆对着佛罗多的耳朵说,"醒过来!不是那个方向。咕鲁说不是,我难得同意他的看法。"

佛罗多抬手按住额头,将视线转移至山坡上的城市。发着闪光的高塔迷住了他,他极力抵抗着内心那股想要沿这路跑向塔门的欲望。最后,他终于勉力转过身,而就在他这么做的时候,他感觉到魔戒拉紧了他脖子上的链子在违抗他;而他的眼睛也一样,当他移开目光时,有那么片刻他像是瞎了。他面前的黑暗完全无法穿透。

咕鲁像只吓坏了的野兽缩在地上往前爬,已经消失在这片黑暗中。山姆扶着步履蹒跚的主人,尽可能地紧跟在后。在离溪岸边不远处,路旁的石壁上有个缺口,他们穿过这缺口,踏上了一条狭窄的小径。在山姆的眼中,这条小径起初如同刚才的路那样闪着微光,直到他们爬到上方脱离了草地上那片死亡花朵的花海之后,小径才黯淡下来,蜿蜒直上山谷的北坡。

霍比特人肩并肩沿着这条小径艰苦地前进,完全无法看见前方的咕鲁,只有在他停下脚步回头招手示意的时候,才知道他人在何方。那时,他的眼中闪动着白绿色的光芒,或许是反映着魔窟的妖光,或者是他心中的某种情绪点亮的。佛罗多和山姆一直都觉得,魔窟的黑洞和诡异的妖光紧随着他们,使他们充满恐惧不停地回头张望,再勉强拉回自己的目光注意越来越黑暗的小径。他们缓慢地前进。当他们往上

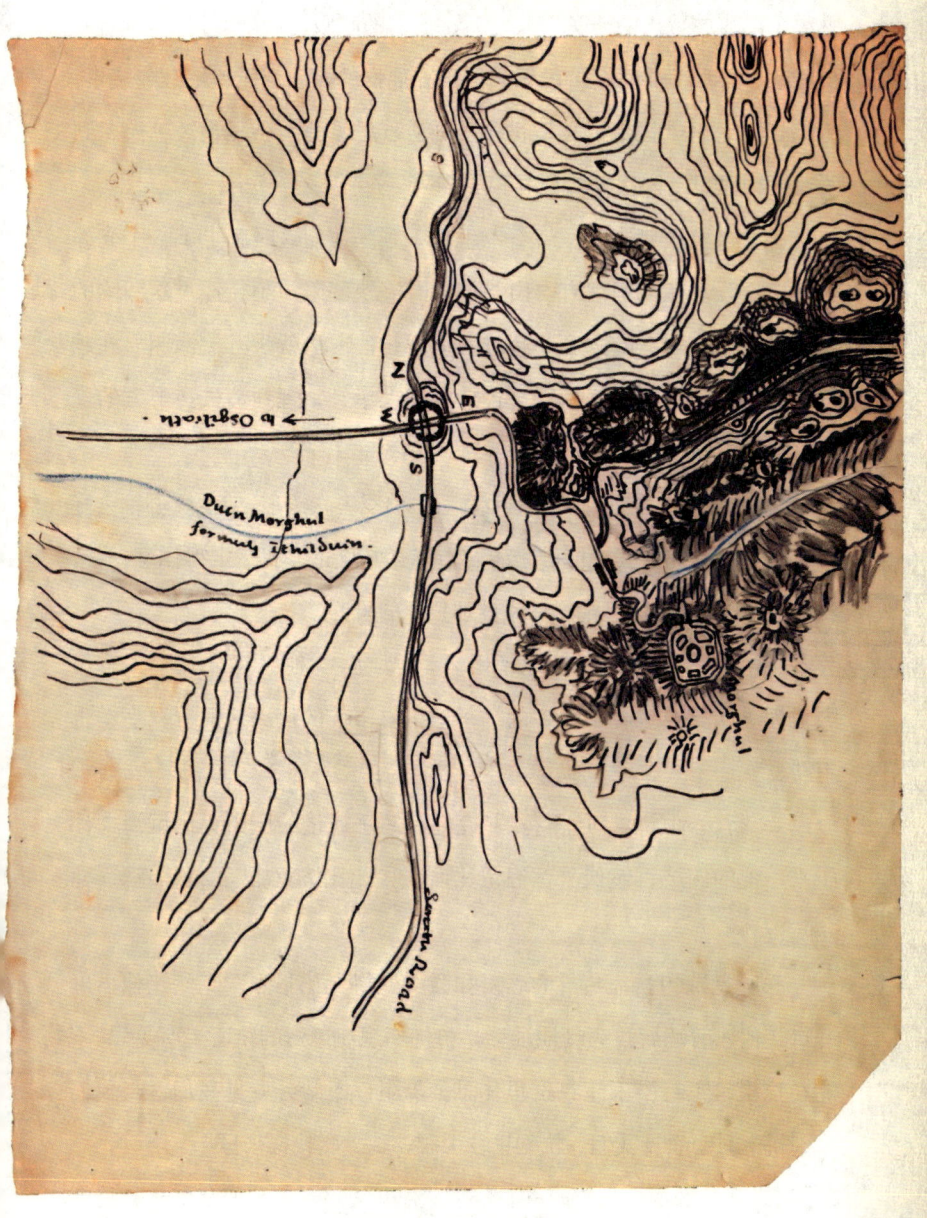

米那斯魔窟 & 十字路口

脱离了溪流中冒出的恶臭雾气之后,他们的呼吸才终于变得比较顺畅,头脑也不再那么昏昏沉沉的了;但现在他们的四肢都无比地酸痛疲累,仿佛扛着千斤重担走了一整夜,或是逆着急流往上游了很久一般。到了最后,他们不休息实在走不下去了。

佛罗多停下脚步,在岩石上坐了下来。他们这时爬上了一个光秃秃的大石丘。在他们前方,山谷壁上有一块凹陷,小径经过这凹陷的外缘继续前进,它的宽度不超过一道窗台,右边就是万丈深渊;在越过山脉南面陡峭的山壁后,小径持续往上攀升,直到消失在上方的一团黑暗中。

"山姆,我一定得休息一下才行。"佛罗多低语道,"山姆哪,它好重,好重!不知道我还能够带着它走多远?反正,我一定得休息一下,我们才能继续赶路!"他指着眼前那狭窄的险路。

"嘘!嘘!"咕鲁急忙跑了回来。"嘘嘘!"他手指放在嘴上,用力地摇着头。他拉着佛罗多的袖子,指着眼前的道路,但佛罗多动也不动。

"不行,"他说,"还不行。"疲倦和超乎疲倦的压力排山倒海向他压来,他的四肢百骸似乎都因诅咒而变得无比沉重。"我得休息。"他喃喃道。

一听见这句话,咕鲁的恐惧和激动变得无比强烈,竟然让他再度开口,他遮着嘴唇、嘶嘶地说话,仿佛不想让隐形的窃听者听见。"不能在这里,不行、不能在这里休息。笨蛋!眼睛会看见我们,当他们来到桥上时会看见我们。快走!往上爬,往上爬!快来!"

"来吧,佛罗多先生,"山姆说,"他又说对了,我们真的不能待在这里。"

"好吧,"佛罗多用虚弱的声音说,仿佛在半梦半醒之间。"我愿意试试。"他疲倦无比地站起身。

已经太迟了!就在那一刻,他们脚底下的岩石开始剧烈地震动,比先前更加震耳欲聋的轰隆声再度在地面上滚动,在山脉中不停地回响。然后,一道刺眼的红光突如其来地射出,在遥远的东方之后,这道红光射进天际,将低矮的云朵全都染成血红色。在这充满阴影和苍白微光的山谷中,这红光激烈得让人难以忍受。在葛哥洛斯盆地中涌出的火光照耀下,岩石尖峰和利刃般的山脊在漆黑中突刺而现。接下来是一声巨大的雷响。

米那斯魔窟跟着回应了。一道道的闪电射向天际:蓝白色的电蛇从高塔和环绕在四周的山丘上直冲阴沉的云朵。大地发出哀鸣;从城市中传出了一声刺耳的号叫。在混杂着秃鹰粗厉冷酷的鸣叫和马匹恐惧疯狂的嘶鸣中,城中传来了令人撕心裂肺、毛骨悚然的刺耳尖叫声,这声音急遽拔高,超越了人类听力的极限。霍比特人转身面对它,接着跟跄趴倒在地,用手紧紧捂着耳朵。

这恐怖的声响结束之后,紧接着的是一长段让人觉得无比痛苦的沉默,佛罗多承受不了这种压力,缓缓地抬起头。在狭窄的山谷彼端,几乎与他视线平行的那座邪恶都市,它利齿森森的大门已经敞开了,从门中走出了一支前所未有的部队。这部队全都穿着黑衣,漆黑得如同黑夜一般。靠着城墙苍白的反光与地面微弱的光芒,佛罗多勉强可以看见他们:一排接一排、一行接一行的小人影,寂静无声地快速前进,如同黑色浪潮源源不绝地涌出。在他们队伍之前，领军的是一群秩序井然、如同影子一般的骑兵队，领头的是一名比所有骑士都要高大的形体：一名全身墨黑的骑士，只除了头上有个像是头盔的皇冠，闪动着危险的光芒。现在他正走近下方的桥，佛罗多瞪大的双眼紧跟着他，完全无法眨动或移开。这莫非就是九骑士之首，返回人世带领他的邪恶大军前往战场？是的，眼前的确就是那形容枯槁的堕落之王，他那冷酷的手曾握着致命的利刃刺杀魔戒持有者。之前的伤痕开始隐隐作痛，一股冰寒之气流向佛罗多的心脏。

正当这些念头带着恐惧刺穿佛罗多，让他如遭咒语捆绑不能动弹之时，那骑士突然在桥头停了下来，身后的所有部队也跟着静止不动。一时间天地一片死寂。或许是魔戒在呼唤那死灵之王，因为他似乎犹豫不安了片刻，感应到有某种别的力量进入了他的山谷。浑身散发着恐惧、戴着头盔的黑色头颅左右转动，用旁人看不见的双眼扫视着四周。佛罗多等待着，像是毒蛇眼前的鸟儿一样动弹不得；在他等待的时候，他突然确切地感觉到一道比以往都要迫切的命令——戴上魔戒！但是，这压力虽然极为强大，他这时却还没有向它屈服的倾向。他知道魔戒只会出卖他，即使他戴上魔戒，也还没有面对魔窟之王的力量，时候还没到。他自己的意志不再响应那命令，虽然他因恐惧而慌张，并且感觉到有股强大的力量从外界袭来。那力量操纵他的手，而佛罗多只能眼睁睁地看着（就像在观看某种古老的故事一样），让他的手一寸一寸移向脖子上的项链。然后，他自己的意志启动了，慢慢地强迫他的手退回去，命令它去寻找另一样东西，一样藏在靠近他胸口的东西。在他的手中，那东西感觉起来又冷又硬：凯兰崔尔女王赐给他的小水晶瓶，这段时间以来他一直珍藏着，直到此刻才想起。当他一碰到它，所有魔戒的念头都被驱逐出脑海。他叹了口气，垂下头去。

就在同一刻，死灵王转过身，策马骑过桥梁，他所有的黑衣部队也紧跟在后。或许是那精灵的斗篷欺瞒过了他的双眼，或许是他那小小敌人的心智增强了，抵抗了他的意志。但他也在匆忙中，必须赶路。时机已经到来，他伟大的主上已经下令，他必须带着部队即刻投入西方的战场。

他很快地如同阴影融入黑暗中，消失在路的另一头；在他身后，无数的黑色身影依旧不停地通过桥梁。即使是在埃西铎的全盛时期，这座山谷也从未派出过这么强大的兵力。安都因河从来没有受过这么邪恶和浩大的兵力的攻击；然而，这只不过是魔多诸多兵力中的一支，而且还不是最强大的。

佛罗多打了个寒战。突然间，他的思绪飘向法拉墨。"风暴终于爆发了！"他想，"这庞大的刀山剑林是要前往奥斯吉力亚斯的。法拉墨来得及渡河吗？他早已猜到了，但他知道确切的时间吗？在九骑士之首出马亲征的时候，有谁能够守住渡口呢？还有其他的部队会来。我已经太迟了。一切都要丧失了。都是因为我在路上的拖延，一切都完了。即使我完成了这项任务，也不会有任何人知道了。我还能去告诉谁，一切都将成为徒劳一场。"他被这种软弱的情绪彻底击溃，开始啜泣起来。而魔窟的部队依旧继续不停地前进。

然后，从极遥远的地方，仿佛是穿越了夏尔的回忆而来，在某个阳光灿烂的早晨，门一打开，他听见山姆的声音说："醒过来，佛罗多先生！快醒来！"即使那声音加上"你的早餐做好了！"他也一点都不会感到惊讶的。山姆的语气的确相当急促。"醒来了，佛罗多先生！他们都走了。"他说。

一声沉闷的响声，米那斯魔窟的大门关了起来。最后的一排长枪已经消失在路的彼端。高塔依旧对着山谷露出狞笑，但塔中的光芒已经消失了。整座城市又落入了黑暗与沉默的阴影中，但它依旧虎视眈眈地看着这山谷。

"醒来了，佛罗多先生！他们都走了，我们最好也赶快走了。这个地方还是有种力量留下来，它有眼睛，或是不用眼睛也可以看见四周的变化，你懂我的意思吧；我们在同一个地方待得越久，它就越有可能发现我们。快来，佛罗多先生！"

佛罗多抬起头，慢慢地站起来。绝望并没有离开他的心头，但之前的软弱已经过去了。他甚至露出凝重的微笑，明白自己心中已经决定了一切，正好和之前的想法完全相反。该做的就是要做，即使法拉墨、亚拉冈和爱隆、凯兰崔尔、甘道夫都无法为他分担这责任，他也不在乎。他一只手拿着手杖，另一只手握着凯兰崔尔送给他的礼物，当他注意到清澈的光芒从手中流泻而出时，他将它放到胸口，贴在胸前。然后，他转身离开现在只残余着微弱灰光的魔窟，准备继续往上走。

看来，在米那斯魔窟的大门打开时，咕鲁似乎一路爬进了黑暗之中，把霍比特人留在后头。现在他又爬了回来，牙齿不停地打战，手指搓动着。"笨蛋！愚蠢！"他嘶嘶地说，"动作快！他们绝对不可以认为危险已经过去了。并没有。快点！"

他们没有回答，只是跟着他爬上那危险的岩石边缘。即使在经历过那么多危险之后，他们还是不喜欢这样的处境，但幸好它的距离并不长。很快的，小径来到了一个圆形转角，山脉在此又往外隆起，而小径也突然进入了岩石上的一道狭窄开口。他们已经来到了咕鲁所提过的第一段阶梯。四周极黑，几乎伸手不见五指，但咕鲁回头望向他们时，眼睛在黑暗中发出微光，就在他们上方几步远。

"小心！"他低声说，"阶梯，很多阶梯。一定要小心！"

他们的确需要非常小心。佛罗多和山姆起初觉得两边终于有了山壁，安全多了，但那阶梯陡峭得几乎跟梯子一样，当他们越爬越高，就越来越意识到背后底下那一片漆黑。石阶每级都很窄，高低不平，时常令人猝不及防：它们的边缘磨损又很滑，有些甚至破碎不堪，还有的脚一踏上去就碎成飞灰。霍比特人挣扎着前进，到最后他们要用手抓着上面的阶梯，强迫自己疼痛的膝盖不停弯曲伸直；然而阶梯却似乎永无止尽地一直切入陡峭的山中，但他们头上的山壁却变得越来越高。

到了最后，正当他们觉得自己再也无法忍受的时候，他们看见咕鲁的眼睛又回头望着他们。"我们到了！"他低声说，"第一段阶梯走完了。聪明的霍比特人可以爬这么高，非常聪明。再爬几阶就好了，是的。"

头昏脑涨、浑身酸痛的山姆，还有跟在后面的佛罗多，爬上最后一阶，一屁股坐在地上，揉捏着腿和膝盖。他们这时是在一个深黑的通道上，它似乎还不停地往上延伸，差别只是它的坡度比较和缓，而且没有阶梯。咕鲁并没有让他们休息太久。

"还有另外一道阶梯。"他说，"更长的阶梯。当我们走完下一段阶梯后就可以休息，现在还不行。"

山姆发出哀嚎声。"你刚刚说会更长吗？"他问。

"是的，嘶嘶的，更长，"咕鲁说，"但是没有这么难爬。霍比特人爬完了直直梯，接下来会是弯弯梯。"

"在那之后呢？"山姆说。

"到时候就知道了。"咕鲁柔声说，"喔，是的，到时候就知道了！"

"我记得你说过那边有个隧道，"山姆说，"是不是要穿过一条隧道或什么的？"

"喔，是的，有条隧道。"咕鲁说，"但霍比特人在去那边之前可以先休息一下。如果他们可以穿过隧道，他们几乎就到顶了。非常接近，只要他们能通过。喔，是的！"

佛罗多打了个寒战。之前的攀爬让他汗流浃背，但现在他觉得浑身又黏又冷，似乎从看不见的山顶上有道冷风不断地往下吹。他站起来，抖动身子说："好吧，出发吧！这里实在不适合久坐。"

这条通道似乎绵延好几哩，冷风一直不停地吹过来，让他们一直顶着寒风前进。这座山脉似乎要用这致命的吹息来吓阻他们，不让他们前往一探高处的秘密，或是想要将他们吹下身后的黑暗中。他们只知道自己似乎走到了尽头，因为右手边突然感觉不到任何的山壁。他们几乎什么也看不见。大团大团没有形状的幽黑与深灰的阴影耸立在他们上方与四周，但在低垂的云朵下方不时会迸射出暗红色的光芒，在那一瞬间，他们可以看见前方和左右两边都是高耸入云的山峰，仿佛是擎天的大柱正顶住一个摇摇欲坠的天顶一般。他们似乎往上直爬了几百呎,来到了一处宽敞的岩棚下,左方是一道峭壁,右方是一个深谷。

咕鲁领着他们贴近峭壁底下走过。暂时,他们似乎不用再继续往上爬,但地面却变得更为崎岖,在黑暗中显得更加危险,而且路面上堆满了大小不一的落石。他们非常小心、缓慢地前进。无论是山姆还是佛罗多,都不记得自己进入魔窟谷有多久了。黑夜似乎永远不会离开。

一段时间之后,他们又再度看到眼前有一座高大的山壁隆起,并且跟着再度出现另外一道阶梯。他们又停了下来,稍后开始继续往上爬。这是段极为漫长又疲倦的攀爬;但这次的阶梯并没有切入山中,而是在后倾的峭壁上如蛇一般蜿蜒而上,其中一段甚至沿着直上直下的断崖边缘走,佛罗多往下望了一眼,看见在他底下那犹如广大深渊的是通往魔窟谷的大峡谷。在它底部,从死城通向无名关隘的死灵之路散发着诡异的光芒,像虫一般绵延着。他急忙转头离开。

阶梯一直不停蜿蜒向上,最后,在经过一段又短又直的攀爬之后,再次来到了另一块平地上。这条小径已经改变了行进方向,转离了在大峡谷中主要的通道,沿着它自己在较低的峭壁底部切出来的危险空隙,穿入更高的伊菲尔杜斯的领域中。霍比特人隐约可以看见两边有着高耸的石柱与尖峰,之间有着比黑夜还要深沉的石隙,在此,无数的寒冬不停地咬啮与侵蚀着这些太阳永远照不到的岩石。这时,天空的红光似乎变得更强了,然而他们不能确定这到底是可怕的早晨确实来到了这个阴影之地,还是他们看见的只是索伦在远处葛哥洛斯盆地的翻腾中所发出的暴怒火焰。佛罗多抬起头,在前面远方高处,正如他所猜测的,他看见了这条艰难之路的最顶端。在东边暗红色天空的映衬下,在最高的山脊上有一条勾勒出来的狭窄石隙,从两座山肩之间深切而过,在两座山肩上各立有一块兽角形状的岩石。

他停下脚步,更仔细地打量着,左边的岩角比较高细,里面发出某种红光,或者也有可能是天空的红光透过其中的孔洞照过来。他现在可以清楚地看见,那是一座矗立在隘口的高耸黑色塔楼。他碰碰山姆的手臂,指向前方。

"我不喜欢它的样子!"山姆说,"你所说的秘密通道,最后还是有人把守。"他转过身面对咕鲁低吼道:"我想你早就知道了,对吧?"

"是的,所有的路都受到监视,"咕鲁说,"当然是这样的。但霍比特人一定要试试才行。这可能是监视最薄弱的地方。或许他们都去参加大战役了,或许这样!"

"或许吧。"山姆咕哝道,"好吧,它看起来离这里还很远,我们还要爬很高才会到那边,而且还要过隧道。佛罗多先生,我想你应该要睡一会儿。我不知道现在是白天或晚上的什么时间,但是我知道我们已经连续走了很长一段时间了。"

"是的,我们得休息一下。"佛罗多说,"让我们找个可以避风的角落吧,积蓄一些体力,准备走最后一程。"因为他觉得情况应该是这样。山外那块土地的恐怖和要在那边执行的任务,似乎十分遥远,远到暂时还不会困扰他。他全部的心思都在想着要如何穿越眼前那无法穿透的高墙和守卫。只要他能够完成这不可能的事情,那么任务似乎就有希望完成了。至少,这是他在身心俱疲、处在西力斯昂哥的阴影下艰难往前迈进时的想法。

尸罗的巢穴

他们在两座巨大的石柱之间坐了下来，佛罗多和山姆坐在比较靠里面的地方，咕鲁则蹲伏在靠近出口的地方。霍比特人在这里吃了他们估计是踏入无名之境前的最后一餐，或许这也会是他们一起吃的最后一餐了。他们吃了一些刚锋的食物，又加了一些精灵的干粮，最后再喝了一点水。不过，由于他们得节省水，因此他们只是勉强沾湿一下干燥的嘴唇。

"不知道我们还会不会再找到水喝？"山姆说，"可是，我想他们即使在那边也要喝水吧？半兽人会喝水，对吧？"

"是的，他们喝水。"佛罗多说，"但还是别说了，他们所喝的东西不是我们能喝的。"

"那么我们就更应该装满水壶，"山姆说，"可是这里根本一点水也没有，我连一滴水声都没听到。而且，法拉墨还说过不可以喝任何魔窟中的水。"

"他所说的是，不要喝任何从伊姆拉德魔窟中流出的水。"佛罗多说，"我们已经不在那个山谷里面了，而且如果这里有泉水，也只是流进那山谷，不是流出那山谷。"

"我可不会这么想，"山姆说，"至少在我渴死之前都不信。这个地方有种邪恶的感觉。"他嗅了嗅，"而且还有一种奇怪的味道，你注意到了吗？有种怪怪的味道，令人窒息，我不喜欢这味道。"

"我不喜欢这里的任何东西，"佛罗多说，"不管是阶梯或是石头、气味还是骨头。大地、水、风似乎都受到了诅咒。但我们的路偏偏就是通往这里。"

"是的，的确是这样，"山姆说，"如果我们在出发前对此地早有任何了解，现在就不会在这里了，但我想世事多半就是这样吧。在传说和故事中的那些英勇行为，佛罗多先生，那些我以前称之为冒险的事迹，我以前认为这都是那些伟大的人物主动去找寻的，因为他们想要寻找刺激，想要在单调无聊的生活中找到一些乐子。但是，真正真实或铭刻人心的故事并不是这样发展的，通常，人们都是误打误撞地闯入历史漩涡中，或者可以说他们的道路就是被如此安排。我想，他们和我们一样，有很多回头的机会，只是他们选择坚持下去。如果他们真的回头了，我们也不会知道，因为他们将会被历史所遗忘。我们都听过那些继续坚持下去的人们的故事，但并非都是好结局——至少，对于故事内的主角和外面的读者来说不是好结局。你知道的，就是回到家，一切都没事，只是稍稍有了一些变迁，就像比尔博先生一样。但是，这些并不是最好听的故事，虽然能够掉进那样的故事是我们梦寐以求的！不知道我们现在到底是掉进了什么样的故事中？"

"我也不知道，"佛罗多说，"但我也不能确定，这才是故事的真正情节。你随便找个最喜欢的故事当例子好了：你或许可以知道，或甚至是猜到这是什么样的故事，是快乐结局，还是悲剧收场，但是，故事中的主角就没有这么好运了，你也不会想要让他们先知道结局。"

"是的，主人，当然啰。就以贝伦当例子啰，他根本没想到自己会从安戈洛坠姆的铁王冠上取下精灵宝钻，但他还是做了，那个地方比我们现在所处的地方还要黑暗、还要危险许多。但是，当然，那是个很长的故事，超越了欢乐、悲伤和遗憾，精灵宝钻最后才来到埃兰迪尔手中。对了，主人，我之前从来没想过这件事情！我们有——在女皇给你的玻璃瓶里面，其实有那宝钻遗留的光线耶！对啊，我们其实还在同一个故事里面耶！这故事还在继续中——难道伟大的故事永远不会结束吗？"

"对，故事永远不会结束，"佛罗多说，"但里面的人物来来去去；当他们的情节结束之后，他们就会离开，我们的情节迟早也会结束的。"

"到那时，我们就可以好好休息一下，睡个好觉！"山姆苦笑着说，"佛罗多先生，我真的只想这样而已，我想要的只是普通的休息，睡一觉，醒来在花园里面辛苦地工作一天，我想这可能就是我辛勤工作一辈子的模式，那些重大的计划根本不是给我这种人的。不过，我还是好奇我们会不会被放入歌曲和故事里。当然，我们是在故事中了啦！但我的意思是说，要化成文字，你知道，就是能在壁炉边说的故事，或是往后岁岁年年，都能从一本写着红色和黑色字体的大书里面念出来。那时人们会说：'我们来听听佛罗多和魔戒的故事！'然后他们会说：'好啊，我最喜欢这个故事了。佛罗多非常勇敢，对吧，爸爸？''是的，孩子，他是霍比特人中最出名的人，这应该就可以解释一切了。'"

"这已经解释了太多啦。"佛罗多笑着说，这是一个发自内心的清朗笑声。自从索伦来到中土世界后，这些地方就不曾听过这样的声音了。山姆突然间感觉到，仿佛所有的岩石都在倾听着，连高耸的山壁也倾压过来。但是佛罗多对此完全不在意，他又笑了。"是啊，山姆，"他说，"听你这么一说，让我心情好愉快，仿佛这故事已经写成了一样。但是你还漏掉一个重要的人物：坚毅的山姆卫斯。'老爸，我想要听更多山姆的故事。老爸，他们为什么不把他的戏份加多一点呢？我最喜欢他说话了，每次都让我笑呵呵。如果没有山姆，佛罗多恐怕就走不远了，对吧，老爸？'"

"好啦，佛罗多先生，"山姆说，"你不应该搞笑的。我可是十分认真的。"

"我也是,"佛罗多说,"我现在也还是。我们想得是有点太远了。山姆,你和我,还卡在故事中最糟糕的部分呢,而且,很有可能有人在这边会说:'爸,不要再念了,我们不想要听了!'"

"或许吧,"山姆说,"但我不会是那个说这种话的人。事情被完成跟结束,和被写成伟大故事中的一个篇章,是不一样的。对啊,甚至咕鲁在故事里面都有可能成为好人,至少比他在你身边的表现还好。照他自己的说法,他自己以前也很喜欢故事。不知道他认为自己是英雄还是坏蛋?"

"咕鲁!"他大喊道,"你会想要当英雄吗——这家伙这下又跑到哪里去了?"

无论是他们掩蔽处的入口还是附近的阴影中,都看不到他的踪影。他拒绝吃他们的东西,但照惯例喝了一小口水,然后他似乎就像以前一样蜷缩起来睡觉。他们以为他的消失是跟昨天一样,又去附近找他自己喜欢的东西吃了;但他这次显然是趁着他们两人说话的时候溜走的。但这次又是为了什么?

"我不喜欢他什么也不说就偷偷溜走,"山姆说,"尤其是现在。他不可能在这边找到吃的东西,除非他想要吃石头。哼,这里甚至连青苔都没有!"

"现在担心他也没有用了。"佛罗多说,"即使我们知道是哪条路,没有他,我们也走不远,看来我们也只好忍受他的怪癖。如果他爱玩把戏,就只能让他玩了。"

"都一样,但我宁愿让他在我的监控之下,"山姆说,"而且,如果他在玩什么把戏，我更希望能够看清楚他在干什么。你还记得他从来没说清楚这里到底有没有守卫吗？现在我们在这边看到了一座塔楼，或许是空的，或许不是。你想他会不会去找里面的驻军了？可能是半兽人还是什么的——"

"不，我不这么认为。"佛罗多回答，"即使他有什么诡计，我想他也不会是这种。至少我不认为他会去找半兽人，或是任何魔王的仆人。为什么要等到现在，为什么要花那么大力气爬到这里，来到这么靠近他害怕的土地之后，再这样做呢？自从我们和他结伴之后，中间不知道有多少次可以让他把我们出卖给半兽人。不，如果他真的有什么诡计，那一定是他自己的秘密计谋，完全不想让人知道。"

"好吧，佛罗多先生，我想你说的没错，"山姆说，"不过，这并不能让我放心。我不想要犯下任何错误：我毫不怀疑他会兴高采烈地把我交给半兽人，他可能还会亲吻对方的手。但是我忘了——还有他的宝贝。的确，我想这整件事情都可以归结到宝贝要给可怜的史麦戈。如果他有阴谋，这会是唯一的重点。但把我们带到这里来对他到底有什么好处，我实在猜不到。"

"搞不好他自己也猜不到。"佛罗多说，"我也不认为在他迷糊的脑袋里面，会只有一个计划。我想他真的是不想让宝贝落入魔王手中，尽量拖延时间。因为，如果魔王拿到了魔戒，那也会是他的最后一场灾难。就另一方面来说，他拖延的目的，也是为了等待适当的时机。"

"是的，这是胆小鬼和肮脏鬼之间的争执，就像我之前所说的一样。"山姆说，"不过，越靠近魔王的土地，胆小鬼就会变得越像肮脏鬼。记住我说的话：如果我们能够走到那处关口，他绝对不可能这么轻易就让我们把魔戒带进去的。"

"我们还没走到边界上哪。"佛罗多说。

"是的,但在那之前,我们最好睁大眼睛,别有任何的松懈。只要我们一闪神,肮脏鬼就会很快地攻击我们。不过,主人,现在你打个盹还是安全的,只要你人在我身边。如果你能够眯一会儿,我会觉得很高兴的。我会替你守着;只要你靠在我身边,让我可以抱着你,就绝不可能有人能不惊动山姆而碰你一根汗毛。"

"睡觉!"佛罗多叹气道,他的口气仿佛是在沙漠中看见绿洲的幻影一样,"是啊,连在这边我都睡得着。"

"主人,那就睡吧!枕在我的腿上睡吧。"

几小时之后,当咕鲁从前方向黑暗的小径上鬼鬼祟祟地爬回来时,发现他们就是这个样子。山姆靠在岩石上,脑袋歪向一边,呼吸十分沉重。佛罗多的头枕在他膝上,熟睡着。山姆的褐色小手一只放在他苍白的额头上,另一只则轻柔地放在主人的胸前。两人的表情都十分祥和。

咕鲁看着他们,他瘦削、饥饿的面孔上掠过一种奇怪的表情,他眼中的光芒消失了,变得微弱、灰败,苍老而疲倦;他的脸上似乎笼罩着痛苦的阴影,摇着头,回头看着山顶,似乎陷入某种内心的挣扎中。然后他又转回头,伸出一只颤抖的手,非常小心地碰触着佛罗多的膝盖,几乎可以说是一种爱怜的动作。在那么一瞬间,如果两名睡着的霍比特人看得见,他们会认为眼前站着的是一名疲倦的年老霍比特人,经历了早该归于尘土的漫长岁月,所有的朋友和亲戚也全都失去,年轻的活力也早已不复记忆,只剩下又老又弱的臭皮囊。

但那触碰使佛罗多动了一下,在睡梦中轻哼了一声,山姆立刻惊醒过来。他第一眼看到的景象是咕鲁——"准备对主人动手",他心里这样想。

"喂!"他粗鲁地说,"你在干什么?"

"没有,没有,"咕鲁柔声说,"好主人!"

"就算是吧。"山姆说,"你这个老坏蛋,但你跑到哪里去了?偷偷摸摸地溜走,又偷偷摸摸地溜回来。"

咕鲁缩回了手,厚重的眼皮下再度隐隐闪现出绿光。他这时看起来真像蜘蛛,四肢弯曲蹲伏在地上,双眼凸出地看着对方。刚刚那一瞬间已经消逝了,再也无法唤回。"偷偷摸摸,偷偷摸摸!"他嘶嘶地说,"霍比特人真是有礼貌,是啊。喔,好霍比特人!史麦戈带他们上到其他人都不知道的秘密道路。他又累又渴,是啊,很渴很渴,他还是带领着他们到处找路,搜寻可能的出路,而他们就只会说偷偷摸摸,偷偷摸摸。真是好朋友,喔,是的宝贝,真是好啊!"

山姆觉得有些后悔,但依旧不是很相信对方。"抱歉,"他说,"我很抱歉,只怪你不该把我从睡梦中惊醒。而且我是不应该睡着的,所以我才会有些惊慌。可是,佛罗多先生很累了,我请他眯一下,结果就变成这样了。抱歉。但是你刚刚到底去了哪里?"

"偷偷摸摸,哼。"咕鲁说,眼中的绿光依旧没有消失。

"喔,好吧,"山姆说,"随便你爱怎么说都可以!我想反正这也不会离事实太远。现在我们最好一起偷偷摸摸地走。什么时候了?是今天吗?还是已经到了明天了?"

"已经是明天了,"咕鲁说,"你们已经睡过一天了。很愚蠢,很危险,如果不是可怜的史麦戈偷偷摸摸地看守你们。"

"我想我们很快就会厌倦偷偷摸摸这个字眼了!"山姆说,"不过,算了吧,我会把主人叫起来的。"他温柔地拨开佛罗多额前的头发,弯下身轻轻呼喊着他的名字。

"佛罗多先生,快醒来!快醒来!"

佛罗多动了动,张开眼,看到山姆正低头看着他,不禁露出了微笑。"山姆,你叫得有点早了吧?"他说,"天还是黑的呢!"

"是的,这里一直都是黑漆漆的。"山姆说,"但是咕鲁回来了,佛罗多先生,他说这已经是隔天了。所以我们必须继续往前走,那是最后一段路了。"

佛罗多深吸一口气,坐了起来。"最后一段路!"他说,"嗨,史麦戈!找到吃的东西了吗?你休息过吗?"

"没吃的、没休息,史麦戈什么都没有。"咕鲁说,"他只会偷偷摸摸。"

山姆发出啧啧的声音,但还是忍住没多说什么。

"史麦戈,别给自己乱扣罪名,"佛罗多说,"这样不聪明,不管是真的还是假的都一样。"

"不管别人说他什么,史麦戈只能照单全收。"咕鲁回答说,"好心的山姆卫斯先生给了我这个罪名,他是个见识广博的霍比特人。"

佛罗多看着山姆。"是的,主人,"他说,"当我突然醒过来,发现他就在我身边的时候,我的确这样叫他。我说过我很抱歉了,但我很快就不那么觉得了。"

"好了,算了吧。"佛罗多说,"不过,既然我们都已经到了这个地

463

方,史麦戈,你和我都一样,告诉我,我们在前面可以自己找到方向吗?我们已经看到了那条路,也找到了进魔多的方法,我想之前的承诺已经算是完成了。你已经照着你所承诺的做了,你不需要再受到任何的牵绊:你可以回去找东西吃,可以自由自在地休息,不管你想怎么样都可以,只是不能去投靠魔王的奴仆。有一天,我或是那些记得我的人,可能会给你一些奖赏。"

"不,不,时候还没到!"咕鲁哀嚎着说,"喔,不行!他们自己找不到路的,对吧?喔,真的不行。隧道就在眼前了,史麦戈必须继续下去。不能休息。不能吃东西。还不能。"

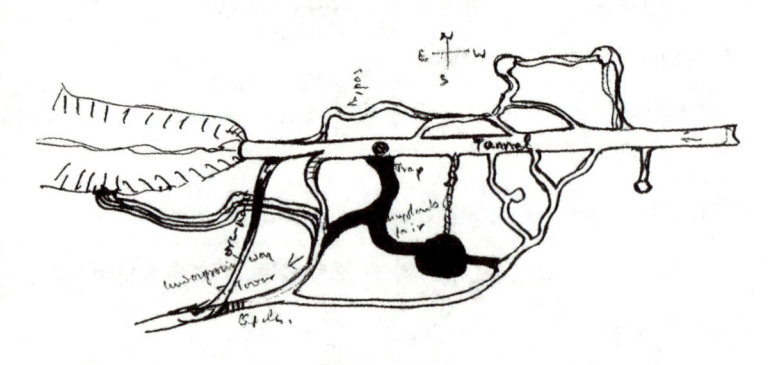

尸罗巢穴平面图

第九章

尸罗的巢穴

如同咕鲁所说的一样,现在或许已经是白天了,但霍比特人完全看不出有多大的改变;唯一的差异就是原先天空是处在完全的黑暗中,仿佛被浸在深沉的黑墨水之中,而现在,天空则是变成如同深夜一般的颜色,在许多空隙中他们继续前进,咕鲁走在前面,霍比特人则是肩并着肩,走上两旁高耸着风化的柱状岩石的道路,那些矗立的岩石看起来像是一座座巨大的、未经雕凿的石像。四周完全寂静无声。在不远的前方,大约一哩左右之处,是座高大的灰色山壁,也是这座山脉最后一块巨大隆起的山体。它看起来十分黝黑,随着他们的走近,它更显得往上攀升,直到它高耸入天挡在他们眼前,遮断了所有在它之后的景物。岩壁之下则是灰蒙蒙的阴影。山姆嗅了嗅附近的气味。

"臭!这味道好臭!"他说,"之前的臭味越来越浓烈了。"

他们此时正身处在阴影下,在这正中央有一个洞穴的开口。"这就是进去的地方,"咕鲁柔声说,"这就是隧道的入口。"他并没有说出它的名字:托瑞克昂哥——尸罗的巢穴。从其中传出了一种浓烈的臭味,这并非魔窟山谷中的腐败气味,而是一种恶心的恶臭,仿佛有各种各样的难以名状的秽物堆积在洞穴中,在黑暗之中孕育着。

"这是唯一的路吗，史麦戈？"佛罗多说。

"是的，是的。"他回答道，"是的，我们现在必须走这条路。"

"你是说你以前进过这个洞？"山姆说，"呼！不过，你大概不介意这种臭味。"

咕鲁的眼中异光闪动："他不知道我们介意什么，是吧，宝贝？不，他不明白。但史麦戈可以忍受很多事情。是的，他曾经走过这条路。喔，是的，从中间通过。这是唯一的道路。"

"不知道是什么东西发出这种臭味。"山姆说，"这好像是——算了，我不想说。我打赌这是半兽人住的地方，他们的秽物大概在里面堆了几百年。"

佛罗多说："不管是不是半兽人，如果这是唯一的路，我们就必须走进去。"

他们深深吸了一口气，然后走了进去。走不了几步，他们就处在一片漆黑之中了。自从摩瑞亚那黑暗的矿坑通道之后，山姆和佛罗多就没有遇见过这样的黑暗；而且，这里的黑甚至让人觉得更深沉、更浓密。在矿坑内，还有空气流动、回声和广大空间的感觉。这里的空气沉滞、凝重，声音仿佛会被吸收一般。他们似乎走在一个完全由黑暗的本质所构成的恐怖世界当中，这黑暗所吐出的呼吸不只会让人的眼睛看不见，更可以抹去脑中一切关于颜色和形状的记忆。这里是永夜，永不改变的黑夜，这里的一切都是黑夜。

不过，在刚开始他们还有感觉，事实上，他们手脚的触觉一开始时敏锐得几乎令他们难受。让他们惊讶的是，墙壁感觉起来很光滑，而地面上除了偶有一两步阶梯之外，十分笔直平坦，一直沿着同样陡的坡度往上攀升。这条隧道又高又宽，宽到两名霍比特人并肩前进时，只有伸直手臂才能碰触到两边的洞壁，他们彻底被黑暗隔绝，谁也看不见谁，只剩自己单独一人。

咕鲁先走进去，好像就在几步之外。在他们还有心情他顾的时候，可以听到他嘶嘶的呼吸声与喘息声就在前面。但是，过了不久之后，他们的感官变得迟钝下来，触觉和听觉似乎都麻痹了，他们摸索着继续往前进，主要靠着当初进来时的一股意志力在支撑，希望不久之后就可以穿过隧道，最后抵达另一边的洞口。

在他们走了不久之后（这只是个推断，因为时间的流逝和距离似乎都失去了意义），山姆走在右边，触摸着墙壁，可以清楚地感觉到那个方向有一个开口：他嗅到一种比较没有那么沉重的气息，接着又走了过去。

"这里不止有一条岔路。"他勉强地低语道，这地方似乎让他很难提气发出声音来，"这真是像极了半兽人会居住的地方！"

在那之后，先是他，再来是在左边的佛罗多，都经过了三四个这样的开口，有些比较宽，有些比较小；但他们所走的毫无疑问是主要的干道，它笔直向前，没有转弯，并且稳定向上攀升。但是它到底有多长？他们还要忍耐多久，或还能忍耐多久？随着他们的攀爬，空气的凝重与时俱增；并且，他们现在似乎还不时在这一片黑暗中感觉到某种比恶臭空气还要浓厚的阻挡。当他们一路向前的时候，可以感觉到有什么东西拂过他们的脑袋，或是擦过他们的双手，可能是某种垂悬植物，或是某种触须：他们说不出来那是什么东西。而且，那臭味越来越浓。它不停地增加，到了最后，那臭味似乎成了他们唯一清楚的知觉，而且是种让他们更加痛苦的折磨。一小时、两小时、三小时：他们究竟在这漆黑无光的洞穴走了多久？几小时——不如说几天，或甚至几星期。山姆离开洞壁缩到佛罗多身边，两人的双手相碰，立刻紧握在一起，如此，他们继续往前走。

终于，佛罗多摸索着左手边的墙壁前进时，突然间摸了个空。他差一点就往旁边跌进那空洞里去。这处岩石上的裂口，比他们之前所遭遇到的任何一处都要宽阔，里面所窜出的臭味是如此浓烈，而潜藏的威胁感更是让人毛骨悚然，佛罗多忍不住一阵晕眩。就在那一刻，山姆也一个踉跄，往前仆倒。

佛罗多勉强压抑着恶心和无边无际的恐惧，紧抓住山姆的手。"站起来！"他声音嘶哑地说，"这都是从这边来的，那种臭气和威胁感。快点走！快点！"

他鼓起最后一丝勇气和意志力，将山姆拉起来，强迫着自己的四肢不停移动。山姆蹒跚地跟在后面。一步、两步、三步，最后他们终于跨出了第六步。或许他们通过了这散发出恐惧、不可见的开口，或许是别的原因；但他们只知道，突然间，两人的行动变得比较轻松了些。仿佛是之前的敌意松开了魔掌。他们继续挣扎着前进，依旧手牵着手。

但是，他们几乎立刻就遭遇到了另一项难题。隧道似乎分成两条岔路，在这一片黑暗中，他们完全无法分辨究竟是哪一条比较宽阔，或哪一条比较笔直。他们到底该往哪边走？是左边，还是右边？他们完全没有可资判断的依据，但只要一个闪失，立刻可能危及性命。

"咕鲁到哪里去了？"山姆喘气道，"他为什么没等我们？"

"史麦戈!"佛罗多勉强试着呼唤对方的名字。"史麦戈!"但他的声音嘶哑,几乎一出嘴唇就立刻难以分辨。没有任何的回答,没有回音,连空气都毫无变动。

"我想他这次真的走了,"山姆嘀咕着,"我想这就是为什么他要带我们来这边的原因。咕鲁!如果我们还会再见面,你会后悔的。"

这时,他们在黑暗中摸索着,发现左方的开口被挡住了:如果这不是条死路,就是有块大石头掉在路中央。"不能走这条路,"佛罗多低声道,"不管对或是错,我们都必须走另一条。"

"而且还要快点!"山姆喘着气说,"这里有什么比咕鲁还要邪恶的东西。我可以感觉到有东西在监视着我们。"

他们往前走不过几码,身后就传来了一种声音;在这一片凝重的寂静中,这让人感到无比的恐惧:一种冒着泡,咕噜咕噜的声音,拖得非常长的嘶嘶声。他们转过身,但还是什么都看不见。他们只能如同雕像般地站立不动,瞪着黑暗中的未知。

"这是个陷阱!"山姆说,他立刻握住剑柄,当他这样做的时候,他想到在古墓岗上遭遇到的可怕景象。"我真希望老汤姆在附近!"他想着。然后,在一片黑暗的包围下,在满腔怒火和绝望的激荡下,他似乎看见了一道光芒:起初它强到难以忍受,仿佛是久不见天日的人直视阳光一样痛苦。然后那光芒出现了颜色:绿色、金色、银色、白色。在遥远的地方,仿佛是由精灵之手所绘出的图案,他看见了凯兰崔尔女皇站在罗瑞安草地上的情景,她手中拿着许多礼物。至于你,魔戒持有者,他听见她说,遥远却十分清晰,我替你准备了这个。

那咕噜声越来越靠近,中间还夹杂着某种巨大关节摩擦的尖锐声音。在它之前先传来的是一股臭味。"主人，主人！"山姆喊道，在这性命交关的危急时刻他嘶哑的喉咙发出了声音。"女皇的礼物！星之光！她说这会是你在黑暗中的照明。星之光！"

"星之光？"佛罗多仿佛大梦初醒一般，一开始完全不能理解对方说的话，"哦，是啊，我为什么没想到？当所有光芒熄灭时仅存的光！现在，真的只有这光明可以帮助我们了。"

他的手缓缓伸向胸口，然后慢慢地高举起了凯兰崔尔的水晶瓶。它光芒微弱地闪烁了片刻，像是一颗挣扎着要穿透地上浓厚迷雾而升起的星辰一样微弱；然后，它的力量逐渐增强，佛罗多的心中也开始升起了希望。它开始发亮，化为一团银色的火焰，一颗灿烂闪动的光之心，仿佛埃兰迪尔亲身从高天上循日落的轨道下凡，他的额头上戴着那最后一颗精灵宝钻。黑暗开始从它面前退缩，最后它似乎是从一个中空的水晶球中央发出光来，连握着它的手也闪耀着白色的火焰。

佛罗多惊讶地瞪视着这棒极了的礼物，他随身带着它这么久，竟然没有想到它有这么大的价值与力量。一路上他几乎忘了它，直到他们来到魔窟谷，而且他从来不敢用它，怕它的光会暴露他们的行踪。Aiya Eärendil Elenion Ancalima! 他大喊道，自己也不知道那是什么意思；它像是另一个声音借着他的口说出来，清脆响亮，不受这坑洞中的恶臭所困扰。

但是，中土世界也有其他的力量，古老而强大的黑夜之力量。在黑暗中漫步的她曾经听过远古时代的精灵的呼喊，对此并不在乎，现在这也不能让她感到退缩。佛罗多在开口呼喊之时，他清楚感觉到有股强大的威胁向他压迫过来，一种要置他于死地的目光正在打量着他。

就在隧道中不远的地方,在他们之前差点摔倒的开口和现在所在的位置之间,他察觉到有许多双眼睛慢慢地现形,两大团密集复杂的眼睛——原来这就是洞穴中杀气的来源。星之光的辉芒在那许多面的复眼上被折射、打碎,但在那些眼睛的闪光背后,有种苍白、致命的火焰开始持续燃起,那是在某种邪恶意识中酝酿已久的火焰。它们是被诅咒的妖物之眼,既残忍又充满了以伤人为乐的邪恶企图,正贪婪地逼视着落入陷阱逃跑无望的猎物。

佛罗多和山姆害怕得不知所措,开始慢慢地后退,他们自己的目光也被那些充满怨毒的眼睛给攫住。他们不断地后退,那些眼睛则是不停地逼进。佛罗多的手开始颤抖,水晶瓶慢慢地垂了下来。突然间,他们一同转身,拔腿就跑,那些眼睛为了娱乐自己,刻意将他们从某种定身的邪法中释放出来,让他们在恐慌中徒劳奔逃;不过,当他们边跑佛罗多边回头看时,他惊恐地发现,那两团眼睛也立刻紧追而来。死亡的臭气像乌云般紧紧地包围着他。

"停住!停住!"他绝望地大喊,"跑也没有用。"

那双眼睛缓缓地逼近。

"凯兰崔尔!"他大喊着,鼓起一丝勇气,奋力将星之光高举。那双眼停了下来。它似乎有了怀疑,松懈了片刻。佛罗多的心中在此时燃起了熊熊怒火,他不及多想,根本没时间考虑这到底是愚蠢还是勇敢;就这么左手拿着星之光,右手拔出了宝剑。刺针蓝光一闪,这把锋利的精灵宝剑在白光的照耀下发出柔和的光芒。然后,一手高举着星光,一手拿着明亮的宝剑,夏尔来的霍比特人佛罗多就这么坚定地朝那两团眼睛走过去。

那些眼睛动摇了。当光芒越来越靠近的时候，它们开始有了怀疑。一个接一个，那些眼睛的光芒减弱了，并且慢慢开始后退。它们之前从来没有受过这么致命的光芒的威胁。它们安全地躲在地底，不受太阳、月亮和星光的威胁。但是，现在，有一颗星星降下来到了地底，而且还在不断地进逼。那些眼睛畏惧了。一个接一个，它们全都熄灭了；它们转而离去，而在光线照不到的地方，有一团巨大身影在起伏。它们消失了。

"主人，主人！"山姆大喊着。他自己也拔出剑，紧跟在后。"星光万岁！如果精灵听到我们的所作所为，他们一定会替我们作首歌的！但愿我能活着告诉他们并听到他们所唱的歌曲。主人，等等，不要再追了！不要进到那洞穴里面！现在是我们唯一的机会。我们赶快离开这个恶臭的洞穴！"

因此，他们又转身朝向原来的方向，先是用走的，然后开始奔跑；因为随着他们越往前走，隧道的地面越往上升，他们每走一步，便远离那看不见的恶臭巢穴一些，而他们的手脚与心里也多恢复一分力量。但是，那监视者的仇恨依旧潜伏在他们背后，或许它暂时眼盲了，但并未被击败，依旧一心要置人于死地。这时，前方吹来了一阵冰冷、微弱的凉风。终于，隧道尽头的开口已经出现在眼前了。他们气喘吁吁，迫不及待地想要出到一个可见天日的地方，于是三步并作两步地冲向前；接着，他们在惊讶中步履蹒跚地退回。出口被某种东西遮挡住了，但不是岩石：那是种柔软、有些许弹性的东西，却又强韧、难以穿过。空气可以透过，却丝毫不透光。他们又往前冲了一次，却再度被弹回来。

佛罗多高举起星之光，看见眼前是一道灰幕，星之光无法穿透，也无法照亮，它仿佛是一团非由光线所投射出来的阴影，因此没有光芒可以将它驱散。隧道口的上下左右结上了一张严丝合缝的巨大网子，像是某种巨大蜘蛛的杰作，整整齐齐的，但是更紧密、更巨大，每条蛛丝都粗得跟绳子一样。

山姆露出凝重的笑容："蜘蛛网！就这样吗？蜘蛛网！就算是蜘蛛又怎么样！去死吧，给我破吧！"

他怒气冲冲地挥着宝剑砍去，但锋刃所过之处蛛网并不断裂。它会稍稍往后缩一些，然后又如拉开的弓弦一样弹回，将刀锋和手臂都一起弹开。山姆用尽全身力气砍了三次，终于，好不容易在无数蛛丝中有一条啪地断了，咻的一声弹卷而起。其中一端扫过山姆的手，让他痛得大叫，退了几步，赶紧用嘴吸着伤口。

"像这样得要花好几天才能砍出一条路来。"他说，"我们该怎么办？那些眼睛回来了吗？"

"不，还没看到，"佛罗多说，"不过，我依旧觉得它们还在看着我，或至少还在想着我：或许是在拟订某些其他计划。如果这光芒减弱了，或消失了，它们会很快地回来。"

"最后还是被困住了！"山姆苦涩地说，他的怒气再度因为疲倦和绝望而爆发了。"像是只小虫被困在蛛网中一样。愿法拉墨的诅咒赶快报应在咕鲁身上！"

"就算这样，对我们此刻也一点帮助都没有。"佛罗多说，"来吧！让我们看看刺针能创造什么奇迹。它是柄精灵的利刃。在铸造它的贝尔兰，那里的山谷中也有这种恐怖的蛛网。不过，你必须站在后面守卫，替我挡住那些眼睛。来，拿着这星光。不要害怕。高举着它，仔细警戒！"

于是，佛罗多走到这纠结的蛛网之前，回身一砍，利刃利落地砍断了无数的蛛丝。闪着蓝焰的宝剑像是镰刀除草一样的轻易，蛛网在刀刃前自然萎缩断裂，无力地软垂下来。很快就开出了一条通路。

他砍了一剑又一剑，直到最后，所有剑尖所及的蛛网都被砍断了，蛛网的上半部在吹进来的风中变成一幅随风招摇的帘幕。陷阱被破坏了。

"来吧！"佛罗多大喊道，"快！快！"他心中突然充满终于可以逃出这绝望之窟的狂喜。他的头像喝了许多香醇美酒一样晕眩。他一边跳出洞口，一边大喊大叫。

对他那双经历过洞穴中无尽黑暗的眼睛来说，外面的漆黑似乎也变得光明许多。那浓密的黑烟已经升高到天空中，变得比较稀疏了些。看来白天的最后几小时已经快要过去了；魔多的红光已经消失在这一团阴沉迷蒙中。但是，对佛罗多来说，他似乎正面对着一个充满希望的清晨。他几乎已经来到了魔多高墙的边缘，那里离他只是再高一点而已了。西力斯昂哥的隘口，在黑色边缘中的一道缺口，两边则是有着高耸的黑色岩石，仿佛是在天空中的两名守卫。这只要一段冲刺，一下子就可以冲过去了！

"隘口终于到了，山姆！"他喊道，没注意到自己的声音很尖锐，在好不容易脱离了隧道中窒闷空气的压抑后，他的声音变得又高又狂。"隘口！跑吧，跑吧，让我们冲过去，在任何人来得及阻挡我们之前冲过去！"

山姆拼命逼迫自己双腿尽快赶上去；但是，尽管他很高兴获得了自由，他还是觉得很不安；当他奔跑的时候，他还是不时回头张看隧道口那漆黑的拱门，怕会看见眼睛，或是某种超过他所能想象的形体

474

冲出来追捕他们。他或他的主人对于尸罗的本事所知太少了，她的巢穴有许多个出口。

她是有着蜘蛛形体的邪恶力量，已经在此居住了许久了，她甚至曾经居住在西方的精灵国度中，那地现在已经沉入了海中。在那里，在许久之前，贝伦曾经奋战穿过了多瑞亚斯北方的恐怖山脉，踏入了精灵王国，在月光下遇见了森林中青草地上的露西安。没有任何故事描述尸罗是如何逃出废墟，来到这里的，因为在那黑暗的年代中，没有多少记载流传下来。但她毕竟就在这里了，甚至是在索伦来到，在巴拉多要塞奠基之前，她就已经居住在此地；除了自己之外，她不服侍任何人。她啜饮着人类和精灵的血液，编织着阴暗的蛛网，在贪食无度的飨宴中变得无比痴肥臃肿；因为，所有的活物都是她的食物，而她所吐出的只有黑暗。她的后代广布，那些在交配后倒霉被她所杀的雄蜘蛛的杂种，她的子孙，从一座山谷分布到另一座山谷，从伊菲尔杜斯到东方的山丘，甚至到多尔哥多和幽暗密林的各个要塞。但是，这其中没有任何一只可以超越她，她是伟大的尸罗，是昂哥立安[①]最后一个扰乱这不幸世界的子嗣。

[①] 昂哥立安是主神所居住的大陆中最邪恶的巨大生物。起初她是神灵之一，但是堕落后却变成了巨大无匹的丑恶蜘蛛，拥有吞噬光明吐出黑暗蛛网的能力。在天魔王马尔寇的命令之下，她用可怕的毒液毒死了主神之树。甚至，当她和天魔王一起逃到中土世界之后，双方更为了精灵宝钻的争夺而起了冲突。如果不是天魔王旗下的炎魔部队连手将她赶走，恐怕连天魔王都会被她击败。后来，她躲到贝尔兰的恐惧山脉之中，在死亡之谷中生了许多只巨大的蜘蛛。尸罗多半就是她的后代之一。在贝尔兰于太阳第一纪元末陆沉之后，昂哥立安逃到哈拉德沙漠；在那里，由于没有别的东西可以猎捕，她将自己给吞食掉了。

许多年以前，咕鲁就曾经遇到过她；史麦戈喜欢挖掘、探索所有黑暗的洞穴，也因此他过去一直行礼膜拜她。她邪恶的黑暗以一切的方法充塞在他四周，切断他朝向光明和后悔的道路。他也向她承诺会替她带来食物。但是，她所贪婪垂涎的与他所垂涎的不同。她对于高塔、戒指或是任何由人力所打造的东西所知甚少，也毫不关心；她唯一的欲望就是其他一切生灵的身心的完全死亡，这样能够换来她的温饱和食欲满足，让她继续地臃肿，直到山脉再也装不下她，黑暗再也无法隐藏她为止。但是，那欲望离满足还很遥远，她已经潜伏在窝巢中饥饿了许久，由于索伦的力量不停扩张，光芒与生灵都不敢靠近他的边境；山谷中的那座城市已经成为死城，没有精灵或是人类会靠近，只剩下那些倒霉的半兽人。他们吃起来又苦又难吃。但她还是必须要填饱肚子；不管那些忙碌的家伙如何从他们的塔楼往外挖掘出各样弯曲的通道，她总是能找到方法将他们吃掉。但她一直渴求更甜美的肉。而咕鲁这次终于把他们带到了她面前。

"到时就知道了，到时就知道了。"走在由艾明穆尔前往魔窟谷的危险路上，当邪恶的一面在他身上突显时，他经常这样自言自语，"到时就知道了。应该会这样，喔是的，很可能会这样，当她丢掉那些骨头和衣服的时候，我们就可以找到它，我们就可以得到它，宝贝，那是给带来好吃食物的可怜史麦戈的小小奖赏。正如我们所承诺的，拯救宝贝。喔是的。当我们好好收起它的时候，她就会知道。喔是的，那时我们就会好好回报她，我的宝贝。然后我们会好好回报每个人！"

在他心中的一个小角落里，他就这样一直盘算着，当他趁着同伴睡着，悄悄溜到她面前卑躬屈膝时，他还是希望能够对她隐瞒这件事情。

至于索伦，他知道她躲藏的地方。有她住在那里，饥饿却凶狠不减，令他感到非常满意，在进入他疆域的这条古道上，这是个比他的本领所创造出来的守卫更完美的看守者。至于那些半兽人，他们是好用的奴隶，反正他手下多的是，如果尸罗偶尔要抓几个半兽人去填饱肚子，她请自便，他能舍得的。有时候，就像人偶尔会赏给自己的猫一顿美食一样（他总是称呼她为他的小猫，但她不买他的账），索伦会把他一些毫无用处的犯人送去给她：他会让他们被赶进她的洞穴中，然后让部下回报她猎食的表现。

因此，他们就这么相安无事地共处着，各自满足于自己的计谋，不担心对方的攻击或是怒气，也不担心他们的恶行会有任何后果。从来没有任何的猎物可以逃脱尸罗的罗网，而现在，她的怒气和饥渴更是前所未有地盈涨欲裂。

不过，山姆对这个他们所打搅的邪恶一无所知；他唯一的线索只是心中有种逐渐累积的恐惧，是种他看不见的不安；它变得如此沉重，让他连奔跑时的脚步都如同灌铅一样地抬不起来。

他觉得身体的四周充满了恐惧的气息，隘口很可能有大军驻守。而主人竟然就这么毫无防备地奔向前去。因此，他将目光从左边悬崖的凹洞边移开，看着前方，发现有两样东西更让他感觉到猜疑不定。他注意到佛罗多还没有入鞘的宝剑正闪着蓝光；他也注意到虽然身后的天空是黑色的，但塔楼中的窗户依旧闪着红光。

"半兽人！"他嘀咕着，"我们绝对不能够这样鲁莽地冲过去。四周还有半兽人，或是比半兽人更糟糕的东西。"然后他很快恢复了他长久以来小心翼翼的习惯，他将手握起来包住了那宝贵的星之光。他的手因为流动的血液发出了片刻短暂的红光，然后他将这显露行踪的光芒塞进胸前的口袋，将精灵的斗篷重新裹上。接着，他试着加快脚步。他的主人已经越冲越远，几乎已经离他有二十步之外，像个阴影一样飞掠而去，他的身影很快就会隐没在这灰色的世界里了。

当她来的时候，山姆正好将星之光收到胸前的口袋。就在他左前方不远的地方，突然有一个前所未见、让人心胆俱裂的恐怖形体从悬崖下的另一个开口处冲了出来。这像是从人们的噩梦中苏醒过来的邪气集合体，她的身躯像是蜘蛛，但比食肉的野兽更饥渴，她眼中的智慧之光让她比一般的兽类更显骇人。这些复眼就是他先前以为已经击败、退缩的眼睛。现在又再度亮起了恐怖的光芒，全都集中在她往外凸的前额上。她还长着诡异的角，在粗短的脖子后面则是臃肿变形的身体，看起来像是一个鼓胀的丑恶囊袋，在她的两腿之间淫邪地摇晃着；她巨大的身躯是黑色的，上面点缀着恶心的记号，但之下的肚子则是苍白、半透明的，不停地冒出臭气。她的腿弯曲，扭曲的关节高耸于背部的高度之上，上面的毛发根根耸立，像是钢针一般，在每条腿的末端还搭配上一只爪子。

在她将柔软的身体和折叠的肢体挤出洞口之后，她立刻用闪电般的速度奔跑过来，接着奋力一跃。她的位置刚好在山姆和他的主人之间。她可能没有看见山姆，或者是由于他身上的光芒而刻意避开它，把所有的注意力集中在那失去了光芒、毫无防备奔跑着的佛罗多。他奔跑的速度很快，但尸罗更快，她再几个跃进就可以追上他了。

山姆倒抽一口冷气,鼓起所有力气扯开喉咙大喊:"小心你后面!"他嘶吼着:"主人,小心!我——"但他的声音突然被闷住了。

一只细长、黏腻的手捂住他的嘴,另一只手抓住他的脖子,另外某种东西缠住了他的双脚。他就这么猝不及防地跌入了攻击者的怀抱中。

"抓住了!"咕鲁在他的耳边嘶嘶地说道,"终于,我的宝贝,我们抓到他了。是的,这个臭霍比特人。我们抓这个。她可以抓另一个。喔,是的,尸罗会抓他,不是史麦戈:他保证过,他绝对不会伤害主人。但她抓到你了,你这个又臭又脏又狡猾的人!"他对着山姆的脖子吐了口痰。

在被对方的背叛激怒和眼看着主人命在旦夕却无法赶去的焦急情绪下,咕鲁眼中缓慢迟钝的山姆突然爆发出远远超过他所能预料到的凶狠和力量。咕鲁扭紧的动作无法再快、再用力了。他缠住山姆的手滑开来,山姆一弯身,继续往前冲,试着挣脱脖子上的束缚。他的宝剑依旧在手中,左手臂上还挂着法拉墨送他们的手杖。他在困绝中试着转过身刺杀敌人,但咕鲁的动作太快了。他一把伸出细长的右臂,快如疾电地抓住山姆的手腕:他的手指如同钢钳一样,缓缓地将山姆的手往前与往下拗,直到山姆痛得大叫,放开了宝剑,让它落到地上。同时间,咕鲁的另一只手则是加重了掐住山姆咽喉的力道。

于是山姆奋力使出最后一搏。他绷紧身躯,双脚稳稳地站在地上,接着突然双腿往下一蹬,用尽吃奶的力气让自己往后飞去。

连这么简单的把戏都出乎咕鲁对山姆的预料,因此,咕鲁被山姆跌在身上,他的肚子狠狠地吃了山姆全身重量的一压。他猛地发出一声尖锐的嘶叫,掐住山姆咽喉的手也不禁松了一松;但抓住对方持剑手腕的那只手仍握得死紧。山姆往前一冲,站了起来,就着被咕鲁抓住的手腕很快往右一旋身，用左手抓住手杖，扬起向下一挥，喀啦一声，正中咕鲁伸出的手臂。

咕鲁惨叫一声，终于松了手。山姆猛烈跟进，他不肯浪费时间在换手上，直接用左手再狠狠挥出一击。咕鲁像蛇一般迅速往旁一闪，原先对准他脑袋的一击打中了他的背部。手杖啪的一声断成两半。这对他来说已经够了。从背后偷袭向来都是他的老把戏，极少失败。但这一次，在他自己的托大之下，竟然在两只手都掐住对方咽喉之前浪费时间在说话和羞辱对方上。自从那恐怖的光芒出现在黑暗中之后，他精心的计划每一步就都有了致命的缺陷。现在，他必须面对一个体型并不逊于他的愤怒敌人。这不是他的战斗。山姆从地上捡起宝剑，准备挥出。咕鲁发出一声低嚎，像是大青蛙一般四肢着地一跃跳开。在山姆来得及反应之前，他就用惊人的速度奔回洞穴。

山姆手持宝剑紧追不舍。这时，他满腔的杀意已经让他只记得追杀咕鲁这个目标。但是，在他来得及追上对方之前，咕鲁就已经不见了。接着，当他呆立在这黑暗的洞口时，洞中的恶臭扑鼻而来，像是为了唤醒他一样重重地甩了他两个耳光，让他突然想起佛罗多和怪兽追逐的身影。他猛然转过身，发狂似的喊着主人的名字，拼命奔向前。他太迟了。咕鲁的计划已经成功了。

第十章

山姆卫斯先生的抉择

佛罗多仰面躺在地上，那怪物正弯身专注地打量着她的美食，甚至完全没有理会山姆的哭喊声，直到他逼近身边。山姆在冲过来的时候，看见佛罗多已经从头到脚都被绑在蛛网中，那怪物已经半举起巨大的前脚，准备将这顿美食拖走。

原本握在他手中，现在掉落在他身边，在地上闪着蓝色光芒的是那把精灵宝剑。山姆没有浪费一分一秒去思考他该做什么，或想他是勇敢、忠诚还是满腔怒火。他大喊一声跃向前，左手捞起主人的宝剑。然后就义无反顾地往前冲。即使在野兽的世界中也不曾出现过这样狂暴的攻击：一个弱小的生物，只有小得可怜的利牙，竟然敢扑向站在伙伴旁边尖牙利齿、铜皮铁骨的怪兽。

她被山姆小小的喊叫声从贪婪饱食的美梦中惊醒，缓缓地将她充满可怕威胁和杀气的目光转向他。但是，在她来得及意识到眼前狂暴的怒气是这一生仅见之前，发着蓝光的宝剑就砍进了她的脚，切断了利爪。山姆跳进她拱起的腿弯内，另一只手迅如闪电地往上一戳，正中她低下来的脑袋上的复眼。一只巨大的眼睛立刻瞎了。

现在，这只可怜的小家伙就躲在她的肚子底下，正好躲过了她的毒针和爪牙。她巨大的腹部就在他头上，发出诡异的微光，而它浓烈的臭气几乎把山姆熏倒。但是，他满腔的怒气依旧可以支撑他再发出一击，在被尸罗压死，在他和他微小鲁莽的勇气被她压扁之前，他奋力将发亮的精灵利刃切入她的身体。

可惜的是，尸罗不是龙，除了她的眼睛之外，她身上没有任何的致命罩门。她一身古老的甲壳上长满了各种各样鼓胀的硬瘤，而腹内更是充满了一层又一层由邪恶汁液不断补强、不断累积的血肉。宝剑划开了一道狰狞的伤口，但里面那层层叠叠的血肉却不是任何人类可以破坏的；即使精灵或矮人可以铸造出无比锋利的武器，由远古的神话英雄来攻击，也无法突破这恐怖的防御。她仗着皮粗肉厚，承受了这一击，接着将腹部高举至山姆头上。毒液和恶心的气泡不断从那伤口涌出。她双腿一伸，准备用那臃肿的腹部压死渺小的山姆。她却没有料到自己的动作太快了。因为，此时的山姆依旧不惧死亡地站着，丢下自己的武器，双手高举刺针，想要用来抵御这以无比威势压下的恶心之物。就这样，尸罗借着自己残酷的意志，和超越任何战士力量的怪力，把自己对着无比锋利的宝剑撞了下去。剑刃深深、深深地刺入，山姆也被缓缓地压向地面。

尸罗连做梦都没想过会承受这样剧烈的痛苦，在她漫长的邪恶生命中，这是前所未有的。即使是古老刚铎最骁勇的战士，或是被困住的疯狂半兽人，都不曾这样伤害过她，划破她的血肉。她浑身一阵颤抖，勉力站了起来，将身躯从利刃上拔开，长满钢毛的肢体一弯曲，接着跃向另一个方向。

山姆跪倒下来，正好倒在佛罗多的头旁边。在那恶臭的笼罩下，他觉得天旋地转，但双手依旧紧握着宝剑。他的双眼一片模糊，只能依稀看见佛罗多的面孔，他顽强地想恢复清醒，拼命靠向主人，极力摆脱脑中的昏沉。他缓缓地抬起头，看见她就在几步之外打量着他，嘴角流出嗞嗞作响的剧毒，绿色的黏液则从她受伤的眼中不停地涌出。她就趴在那里，将重创的腹部靠着地面，巨大弓起的腿不停地抖动，准备聚集力气再度扑向前——这次，她要压碎猎物，用毒针将他螫死；不会再有闲暇先用一点点毒液麻痹挣扎中的美食了；这次要一击毙命，要将他彻底撕碎。

正当山姆趴在地上，从她的眼中看见自己死亡的景象时，突然脑海中出现了一个念头，仿佛是从遥远的地方传来声音对他说话。他赶忙用左手在胸前掏着，找到了他要的东西：在这有如噩梦一般的恐怖世界里，它握起来冰冷又坚固，那是凯兰崔尔的星之光。

"凯兰崔尔！"他虚弱地说，接着，他听见遥远但却清楚的声音：那是精灵们漫步在夏尔的星空下时呼喊的声音，以及在爱隆的烈火之厅中传来的精灵乐音。

　　姬尔松耐尔，啊，伊尔碧绿丝！①

然后，他僵硬的舌头仿佛被某种力量解放了，喉中开始冒出他完全不能理解的语言：

---

① 此句与下文皆为精灵语，为赞美瓦尔妲的长诗。她又称，"伊尔碧绿丝"、"姬尔松耐尔"，是星辰女神、光之女神、天后。

483

啊,伊尔碧绿丝,姬尔松耐尔,
您从天上凝望,
我在死亡暗影下向您祈求,
永恒纯洁的您,照看我!

随着这呼喊,他挣扎着站了起来,再度成为那顽固的霍比特人山姆卫斯,老爹的儿子。

"来吧,你这个臭家伙!"他大喊着,"你伤了我的主人,你这该死的家伙,你一定要付出代价。我们会继续往前,但我们要先解决掉你。来吧,再尝尝宝剑的滋味!"

仿佛他不屈不挠的精神唤醒了星之光的力量,那个小玻璃瓶突然之间迸出万丈光芒,像是他手中握着耀目的火把。它像是一颗跃出天际的星星,以刺眼的光芒撕裂浓密的黑暗。尸罗之前从来没有面对过这种自天际降临的恐怖白光。一道道的光束直接射进她受伤的头,让她头痛欲裂,那可怖的光芒竟如同会感染一般,从一只眼睛跃到另一只眼睛。她往后跌倒,前脚在空中挥舞着,视线被她体内爆裂的闪电击瞎了,脑中疼痛得仿佛要炸开一般。她勉力转过剧痛的脑袋,滚到山壁旁,缓慢地,一爪一爪地爬向峭壁上那漆黑的开口。

山姆乘胜追击赶了上去。他的脚步跟跄,像是喝醉了酒一样,但他还是继续向前。尸罗最后终于退缩了,这古老的邪恶女王竟然浑身发抖,懦弱地想要加快脚步逃离这敌人。她好不容易爬到了洞口,勉强将身体挤进去,在地上留下一条黄绿色的黏液污迹。正当山姆向她的拖爬的腿奋力挥出最后一击的时候,她滑了进去。力竭的山姆也跟着软瘫在地。

尸罗就这么失踪了。我们不知道她是否躲藏在黑暗的洞穴中，年复一年地试图修补她全身的创伤，努力长出新的复眼，等待时机。到了最后，她在饥火难耐之下，或许会再度于黯影山脉中张开她致命的罗网。不过，这些，都不在这个故事的记载之中。

只剩下山姆孤单一人躺在地上。随着这块无名之地的黑夜慢慢降临在这生死搏斗的战场上，他疲倦地爬回主人身边。

"主人，亲爱的主人。"他说，但佛罗多并没有回应。当他兴高采烈，毫无防备地为庆祝重见光明而奔跑时，尸罗用闪电般的速度从后面赶上来，一针刺进了他的脖子。他脸色死白，动也不动地躺在地上，对声音无任何反应。

"主人，亲爱的主人！"山姆大喊着，接着，他沉默了很长的一段时间，徒劳无功地等待着。

然后，他拼尽最后一丝力气，飞快地切开束缚他的蜘蛛丝，将头放在佛罗多的胸口和嘴边，但他什么也听不见。没有心跳，没有生命存在的迹象。他揉搓着主人的手脚，触摸着他的额头，但一切都已经冰冷了。

"佛罗多，佛罗多先生！"他喊着，"不要把我一个人留在这里！我是你的山姆啊！不要去我不能跟随你的地方！佛罗多先生，快醒来！喔，醒来啊，佛罗多，喔，天哪！天哪！快醒来！"

然后，他被盲目的愤怒所淹没，绕着他主人的身体狂奔起来，挥剑对着空气乱砍、敲打着石头、大声咒骂着。最后，他才恢复了神智，弯下腰去看着佛罗多在暮色中苍白的面孔。突然间，他回想起在罗瑞安凯兰崔尔女皇的水镜中所看见的景象：脸色死白的佛罗多沉睡在一个高大黑暗的峭壁下。当时，他以为他只是睡着了。"他死了！"他说，"不是睡着了，是死了！"当他话一说出口，仿佛这句话重又启动了尸罗的魔咒，他觉得佛罗多的脸跟着变成青黑色。

山姆接着掉入了绝望的深渊，他趴到地上，用斗篷盖住头，内心一片黑暗，然后，他就什么都不知道了。

当他心中的黑暗终于稍稍退却后，山姆抬起头，看着笼罩在四周的阴影。可是，这个吃力前进的世界究竟过了多久，几分钟还是几小时，他全然不知。他还是在同一个地方，而主人也依旧躺在他在身边，死了。天没有崩，地也没有裂，末日则是还没到来。

"我该怎么办，该怎么办？"他说，"难道我和他一路奋斗了这么久，最后只能功亏一篑吗？"然后，他想到了自己在旅程之初所说的一段话，当时连他自己也不了解：但我知道自己在一切结束之前该做些什么，如果你明白我的意思，大人，我必须留到最后。

"但我能够做什么呢？绝不能离开死去的佛罗多先生，让他曝尸山顶，然后回家去吧？还是要继续呢？继续？"他喃喃念着，有那么片刻，疑惑和恐惧动摇了他。"继续？难道这就是我的使命？把他留在这里？"

接着，他终于哭起来；他走到佛罗多的身边，将他的尸体放好，把冰冷的双手交叠在他的胸前，用斗篷将他裹好；然后他把自己的宝剑放在一边，法拉墨给的手杖放在另一边。

"如果我要继续任务，"他说，"佛罗多先生，请你见谅，我必须要拿走你的宝剑。我只能把自己的宝剑放在你身边，就像它在古墓中摆在古代国王的身边一样。你还可以继续穿着比尔博老先生给你的美丽秘银甲。至于你的星之光，佛罗多先生，你把它借给了我，而我也的确需要它；因为，此后，我将永远处在黑暗之中。我或许配不上它，女皇也是将它赐给了你，但或许她会明白的。佛罗多先生，你明白吗？我一定要继续下去才行。"

但他还是依依不舍，还是不能走。他跪在地上，紧握着佛罗多的手，舍不得放开。时间不断流逝，他依旧跪在地上，握着主人的手，心中不停地争辩着。

他试着鼓起足够的勇气，让自己孤身离开，踏上一场孤独的旅程——这是为了复仇。只要他能下定决心离开，他的怒气就足以让他上天下地，追到天涯海角，直到抓住他——直到抓住咕鲁为止。然后，咕鲁就会付出狗命作为代价。但他离开的目的并不是为了这个。他不值得为了这个而将他的主人抛弃在此。人死不能复生，复仇不能将他唤回。他们最好还是死在一起。但就算这样，那也还会是场孤独的旅程。

他看着光亮逼人的剑尖。他想起背后的洞穴中还有一个黑沉沉的裂隙，仿佛可以摔入地心。不行，那样一点用也没有。那样甚至连哀悼主人的死都做不到。那不是他当初离开夏尔的目的。"那我到底该怎么办？"他再次大喊，但是，这次他似乎已经清楚知道了那艰难的答案。必须留到最后。那将会是另一场孤独的旅程，而且是最恐怖的。

"什么？我，一个人要去末日裂隙，完成主人的任务？"他依旧还是迟疑不定，但那决心已经开始慢慢地滋长。"是吗？要让我从他手中拿走魔戒？是那场会议中决定要由他保管的。"

答案立刻浮现在他的脑海中。"那场会议同时也指派给他许多同伴，就是为了不让任务失败。你现在是远征队的最后成员，你绝不能坐视任务落空。

"我真希望自己不是最后一个，"他哀嚎着说，"我真希望甘道夫在这里，或是随便任何人都好。为什么只剩我一个人，只有我可以决定一切？我一定会犯错的。我不应该拿走魔戒，自告奋勇地执行任务。

"可是，你这不是自告奋勇，你是情势所逼。至于说到是不是适当的人选，你想想看，佛罗多先生就不是，比尔博先生也不是。他们可都不是自告奋勇的哪。啊，好吧，我必须要下定决心了。我要下定决心了。可是，我一定会犯错的，因为我是笨山姆啊！

"让我想想：如果我们在这边被发现，或是佛罗多先生被发现，而那东西又在他身上，嗯，魔王一定会得到它的。那么那就是大家的末日到了，罗瑞安、瑞文戴尔、夏尔和全世界都会毁灭。而且，如果再浪费时间，也会是一样的结果。战争已经开始了，事实上，魔王可能已经节节获胜了。没有机会拿着魔戒回去请求同意或是让人给建议了。不，我只剩两个选择：坐在这里等他们来把我杀了，然后再夺走它；或者是拿走它，赶快离开这里。"他深吸一口气。"就这么决定了，带它走！"

他弯下身，非常轻柔地解开佛罗多脖子上的扣子，将手伸进他的衬衫里；然后他用另一只手扶起主人的头，亲吻着他冰冷的额头，将项链轻轻地取了下来。然后，再让他静静躺回之前的安眠。他静穆的脸上没有任何的改变，从这最后的迹象，山姆才终于相信佛罗多已经去世，弃下了任务。

"再见，我亲爱的主人！"他喃喃道，"原谅你的山姆。等到任务完成之后，只要有可能，他会再回到你身边的。那时他就再也不会离开你了。好好地安息，等我回来。希望不要有任何可恶的野兽来冒渎你的身体！如果女皇能听见我的祈祷并赏我一个愿望，我会希望能够再回到这里，找到你。再会了！"

接着，他低下头，戴上绑着魔戒的项链；他的脑袋立刻因魔戒的重量而俯向地面，仿佛身上被绑上一块大石板一样。不过，慢慢地，仿佛那重量变轻，或是他的体内涌出一股新的力量，他抬起了头，并且在使尽全身力气站起来之后，他发现自己竟然可以承受这重担往前走。他高举着星之光好一会儿，低头看着主人；它现在散发出柔和的光芒，仿佛夏日夜空的暮星一般，佛罗多的面孔在这光中再度散发出美丽的光彩，苍白中带着精灵的美丽，仿佛早已摆脱阴影的幸运者。随着这最后一眼的苦涩安慰，山姆转过身，收起星之光，步履蹒跚地踏入逐渐笼罩的黑暗中。

他不需要走太远。隧道的出口已经被远远抛在后面，前方的隘口大约只需要再走几百码而已。在这昏暗的暮色中，小径依旧清晰可见，这是条经过多年岁月的行走践踏之后幸存的古道，平缓地往上升，小径两旁都是峭壁。小径越来越窄，山姆很快就来到一条长而宽浅的石阶前。现在，半兽人的塔楼就在他的正上方，塔楼内闪着红色的光芒。他利用塔下的死角阴影躲藏着爬上了石阶顶端。最后，他终于来到了隘口。

"我已经下定了决心。"他一直对自己这么说。但其实他没有。虽然他已经绞尽脑汁要想清楚自己得做些什么，但事实上，他的所作所为完全都不合他的天性。"我会不会弄错了？"他嘀咕着，"我还应该做什么？"

隘口两旁陡直的峭壁越来越近了，在他抵达顶点之前，在他看向前方往下通往无名之境的小路之前，他转过身来。一时之间，他的心中充满了疑惑，他回头望去，依旧可以看见隧道的出口如同聚拢暮色中的一小块污迹；他约莫可以知道佛罗多所在的地方。当他静静望着那片山壁，那个他的人生完全崩毁粉碎之处，他觉得那里的地面似乎泛着光芒，但或许那只是他眼中的泪光吧。

"我只希望我能够实现那个愿望，那唯一的愿望，"他叹气道，"回到这里来找他！"最后，他转向眼前的道路，走了几步——这是他这辈子最沉重、最不情愿的几步路。

他只踏出了几步；现在只要再踏出另外几步，他就会往下走，永远也不会看到这块高地了。就在此时，他突然听见了喊叫和交谈的声音。他浑身僵硬地站着。半兽人的声音。它们从他前后传来。那是杂沓的脚步声和粗鲁的嘶吼声：半兽人正从隘口的另一边走上来，多半是从高塔的某个入口出来的。脚步声和吼叫也从背后传来。他猛转过身，看见有小小的红光，是火把，在下方闪烁着，那是从隧道中出来的半兽人。追捕终于展开了。高塔中的红眼并没有怠惰。他被发现了。

身后火把的光芒和前方传来的金属撞击声，都已经十分靠近了。一两分钟之内，他们就会上到这里来，将他抓个正着。他浪费了太多时间下定决心，现在事情可糟了。他怎么可能逃出这种险境，保住小命，或保住魔戒？魔戒。他根本还来不及多想，就发现自己拉出了项链，把魔戒握在手上。半兽人的队伍已经开始出现在前方的隘口上。于是，他戴上了魔戒。

世界完全改变了，在一瞬间他的脑中充满了各种各样的思绪。他立刻就意识到自己的听力变得更灵敏，但视力却昏暗了；不过，这又和在尸罗的巢穴中不同。他四周的景物这时不是被黑暗所包围，而是变得模糊；而他自己仿佛身处在一个灰色的世界中，孤单得如同一块小小的黑色岩石，而沉重的魔戒压着他的左手，像是一团炙热的黄金。他一点也不觉得自己隐形了，而是清楚、显眼得可怕。他知道魔眼正在某处搜寻着他的踪迹。

他可以听见岩石破裂、魔窟谷中流水的声音；尸罗在下方隧道的石穴中哀嚎着，迷失在某个黑暗的通道中；以及在塔楼底下地牢中的声音，还有半兽人走出隧道时的咆哮声，以及在前方的半兽人急促的脚步声与嘶吼声，全都在他耳中轰隆作响，震耳欲聋。他瑟缩着靠向悬崖。但是那队半兽人如同鬼魅一般向前走来，像是在迷雾中扭曲变形的灰色身影，手中拿着噩梦中才有的苍白火焰。他们从他面前走过。他低下头，想要缩进岩石裂缝中，躲开这一切。

他倾听着。从隧道出来的半兽人和从这上方走下去的半兽人已经看到了彼此，双方都加快了脚步，开始大喊大叫。他可以清楚地听见两边的声音，而且他还听得懂他们所说的语言。或许魔戒让人有了理解各种语言的能力，也或许就单单是理解，特别是理解铸造者索伦的仆人；因此，只要他心中留神，脑中就可以自动理解这些家伙的对话。魔戒越靠近铸造之处，它的力量的确越来越强；但唯一有一样东西它不能提供，那就是勇气。此刻山姆想到的仍然是躲藏，想要趴在地上直到一切过去为止。不过，他却又忍不住专注地听着。他不能够确定这些声音有多靠近，因为每句话似乎都是在他耳边说的。

"喂！哥巴葛！你在这里干嘛？打够仗了吗？"

"上面的命令，你这笨蛋。夏格拉，你又在这边干嘛？在上面混烦了吗？想要下来打仗吗？"

"也是命令。我负责掌管这个隘口。给我客气点。你有什么要汇报的？"

"没有！"

"哈！嗨！喂！"一个叫喊声打断了两名首领的交谈。底下的半兽人似乎突然看见了什么。他们开始狂奔，其他人也是一样。

"嗨！哇！那里有什么东西！就躺在路边。间谍，间谍！"他们开始吹着号角，发出各种各样的嘶吼声。

山姆猛然一惊，从之前害怕的状态下惊醒过来。他们看见他主人了。他们会怎么做？他曾经听过许多半兽人的故事，都让人恶心齿冷。他无法忍受那情景。他跳了起来。所有的抉择和任务都被抛在脑后，连恐惧和怀疑也一起烟消云散。他知道现在自己该在哪里：在他主人身边，虽然他还不清楚自己在那里能干嘛。他往回跑下石阶，朝着佛罗多的方向跑了回去。

"不知道他们总共有多少人?"他想,"塔楼里面至少来了三四十个人,我猜底下出来的更多。在他们把我干掉之前我能宰掉几个?只要我一拔剑,他们就会看见它的光芒,这样我迟早会倒下的。不知道会不会有歌谣描述这事件:山姆卫斯在主人身边斩杀无数的半兽人,最后倒在隘口边。不,一定不会有什么歌谣了。当然不会了,因为魔戒将会被发现,世界上就不会再有歌谣了。对此我也无能为力。我必须留在佛罗多先生身边。爱隆、议会,还有那些睿智的国王和皇后们,他们一定得理解。他们的计划完全出错了。我不可能成为魔戒的持有者。没有佛罗多先生我什么都做不到。"

但那些半兽人已经离开了他模糊视线的范围。他之前一直没时间考虑到自己,但现在他才意识到他非常疲倦,几乎已经疲倦到精疲力竭的地步:他的腿已经没办法照着他的意志来运作了。他的动作太慢了,这条道路似乎变得有好几哩长。他们都躲进这团迷雾中的什么地方去了?

啊,他终于又看到他们了!不过距离仍然不近。一群身影围绕着地面上的某样东西;几个人影似乎像是猎犬一样跑来跑去,弯着腰在察看地面上的痕迹。他试着想要鼓起力气做最后的冲刺。

"加油啊,山姆!"他说,"不然你这次又会太迟了。"他准备将剑出鞘,过不了多久,他就会拔出剑,然后,他们似乎从地上举起了什么东西,开始狂乱地欢呼和大笑。"嘿咻!嘿咻!用力!用力!"

然后另一个声音大喊道:"出发了!走比较快的路。快回下面去!从附近的线索看来,她今天晚上不会再打扰我们了。"一整群半兽人开始前进。中间的四名将尸体高高地扛在肩膀上。"嘿咻！"

他们搬走了佛罗多的身体。他们走了。他已经赶不上他们了。不过，他依旧拼死命地往前赶。半兽人走到隧道口，走了进去。抬着重物的走在前面，后面的一大群推推撞撞。山姆努力挣扎想要赶上。他拔出剑，颤抖的手中发出蓝光，但他们压根没有注意到。当他气喘吁吁赶上来时，最后一名半兽人也已经消失在隧道中。

他站了一会儿，按着胸口，不停地喘气。然后，他用袖子在脸上一抹，擦掉秽物、汗水和泪水。"可恶！"他说，然后就跟着半兽人一起奔入黑暗中。

在这隧道中，他不再觉得黑暗，他似乎只是从薄雾中踏进了浓雾内。他的疲倦依旧不停上涨，但他的意志却变得更坚决。他似乎可以看见不远的前方一直有火把闪烁的光芒。但不管他怎么努力，就是赶不上他们。半兽人在隧道中前进的速度本来就很快，而这又是他们十分熟悉的隧道。即使是在尸罗的威胁下，他们也被迫必须经常使用这个洞穴，因为它是从死城过山最快的一条路。他们不知道这个巨大的洞穴和主隧道是什么时候挖掘出来的，也不知道尸罗是在多久之前进驻的；不过，他们在主隧道的两旁都挖掘出了许多分支的岔道，好在来来去去执行主人的命令时用来躲避尸罗的猎食。今晚，他们并不打算往里面走太远，而是打算赶快找到一条岔路让他们可以回到峭壁上的塔楼去。大多数的人都对他们的发现感到非常高兴，一边赶路，一边还彼此兴高采烈地交谈着，这是他们的习惯。山姆听着他们所发出的恼人噪音，

494

在这沉寂的空气中显得格外刺耳；在所有的声音当中，他可以分辨出两个声音：他们比较大声，也似乎比较靠近。两个队伍的首领似乎走在最后，一边走一边陷入争辩。

"夏格拉，难道你就不能让手下的笨蛋安静一些吗？"一个声音抱怨道，"我们可不想要尸罗冲过来。"

"你再说啊，哥巴葛！你的部下更吵吧。"另一个声音说，"让部下放松一点吧！我想这次不需要担心尸罗的问题了。看来她似乎坐到一根针了，我们对此不必大惊小怪吧。你难道没看到吗？一路都是肮脏的黏液拖回到她该死的洞穴里？如果这次她吃了亏，至少会有好久都不会出来了。就让他们闹一闹吧。而且，我们这次终于走好运了：找到了路格柏兹要的东西。"

"路格柏兹要的吗？你猜那是什么？我看起来像是精灵，可是身材又太小了些。这个东西会有什么危险。"

"在我们仔细检查之前都不会知道的。"

"喔喔！所以他们也没告诉你会找到什么啰？他们根本没把所有的情况都告诉我们，对吧？连一半都不到。但他们还是会犯错的，连老大们都会。"

"嘘，哥巴葛！"夏格拉刻意压低了声音，因此，连山姆被某种力量加强的听力都只能勉强听见他在说些什么。"或许他们会，但他们到处都有耳目，有些甚至就是我的部下。不过，你说的也没错，他们似乎在担心些什么。底下的戒灵和路格柏兹的老大都一样。有什么事情差点出差错了。"

"你说的是差点吗?"哥巴葛说。

"好啦,"夏格拉说,"我们等下再谈这个。等到我们到下面那条路之后再说。我们可以在那边多讲一些,让部下先过去。"

不久之后,山姆眼睁睁地看着火把消失了。然后传来低沉的声响,正当他急忙赶过去的时候,则是轰隆一声。他只能猜到,半兽人是走进了他和佛罗多之前发现被挡住的那条路。但是,现在它还是被挡住的。

似乎有块巨大的岩石挡住去路,但半兽人不知怎么搞的还是走了过去,他可以听见另一边有交谈的声音。他们依旧不停地奔跑着,往山里面越走越远,准备回到之前的塔楼。山姆感到无比的绝望。他们将主人的身体带走,不知道要怎么污辱他,而自己竟然无法跟上。他对那块大岩石又推又刺,用全身的力量撞上去,但都一点用也没有。这时,就在里面不远的地方,至少他这么认为,他再度听见了两名首领交谈的声音。他静静地倾听着,希望能够知道一些有用的消息。或许,看来隶属于米那斯魔窟的哥巴葛会走出来,他就可以把握机会溜进去。

"不,我不知道,"哥巴葛的声音说,"照惯例,这消息来的速度快过任何会飞的东西。我不知道这是怎么办到的,我也最好不要知道。唬!这些戒灵让我浑身发麻。只要被他们一瞪,好像全身的皮都被剥掉,让你处在黑暗中冷得不停发抖。但是他宠幸他们,现在他们可是上头最信任的人,我们再怎么抱怨也没有用。我跟你说啊,在底下的城市里面服役可不好受。"

"你应该来这边和尸罗一起住段时间才对。"夏格拉说。

"最好还是找个都没有他们的地方住。可惜,战争已经开打了,或许等到战争结束之后会好一些。"

"他们说战况很顺利。"

"他们当然会这样说。"哥巴葛嘟哝道,"我们到时候就知道了。反正,如果一切顺利的话,我们就有更大的空间可以住了。你说怎么样?如果我们有机会,带几个可靠的弟兄,找个有好东西可以抢夺、上头又没有什么老大的地方待下来吧。"

"啊!"夏格拉说,"就像以前一样。"

"是啊,"哥巴葛说,"不过,别想太多。我觉得有点不安。就像我之前说过的,老大们,咳。"他的声音变得很低微:"咳,就连大首领都有可能犯错的。你说过,似乎有什么东西差点溜过去。可是我说,的确有东西溜进来了。我们必须小心一点。我们这些人老是必须替人家擦屁股,还没有人感谢我们。但你也别忘记,敌人讨厌上头那位老大,也讨厌我们。如果上头老大垮了,我们也跟着完蛋。对了,你是什么时候接到命令出任务的?"

"大概一小时之前,就在你们发现我们之前。有个消息传来:戒灵不安。阶梯上有入侵者。加倍警戒。去阶梯顶端巡逻。我立刻就来了。"

"要命,"哥巴葛说,"我跟你说,据我所知,我们的沉默监视者两天之前就开始不安了。但是,我的巡逻部队没有接获出发的命令,也没有任何消息送到路格柏兹去。这都是因为开战号令的关系,戒灵的首领带队出征,还有其他一堆事。根据他们的说法,路格柏兹会有好一阵子无暇照顾好我们这边。"

"我想,魔眼多半在别的地方忙碌着。"夏格拉说,"他们说,西方有大事正在发生。"

"我想也是。"哥巴葛说,"不过,现在竟然有敌人到了阶梯这边来。你们都在干什么?不管有没有特别的命令,你们不都是应该要负责警戒的吗?你到底是干什么吃的?"

"够了!不用你来教训我该怎么做。我们当然都警醒得很。我们也知道有什么不对劲。"

"是很不对劲哦!"

"是的,非常不对劲:有光亮还有叫喊声。但尸罗那时已经出动了。我的部下看见她和她的宠物。"

"她的宠物?那是什么?"

"你一定曾经看过他:小小的黑色家伙;自己也像只蜘蛛,或许更像只饿扁的青蛙。他以前来过这里。几年之前第一次离开路格柏兹,上层告诉我们让他走。从那之后他又出现在阶梯上一次还是两次,但我们都不理他:似乎他也和女王陛下之间有些共识。我想他大概不好吃:她才不担心我们上层会说什么。不过,你们底下山谷里的守卫还真严密:在这一切骚动开始的前一天,他就来过这里了。昨天晚上稍早我们看见了他。反正,我的部下回报说女王陛下正在好好地玩乐享受,所以我也就不那么注意,直到消息传来。我以为她的宠物送了个玩物给他,就像我们送战俘给她一样。她在享受的时候我可不敢插手。当尸罗在狩猎的时候,谁也不能打搅她。"

"谁也不能,是吗?你刚刚难道没看见吗?我告诉你我觉得很不安。不管是谁从阶梯那边跑了过来,他真的渗透进来了。他砍断了她的罗网,安全地离开洞穴。你最好仔细想清楚!"

"啊,好吧,但她最后还是抓到他了,不是吗?"

498

"抓到他？你说谁？这个小家伙吗？如果只有他一个人，尸罗早就把他拖回巢穴去享用了，现在会留在那边吗？如果路格柏兹想要抓这个家伙，是你得进巢穴去抓他。嘿嘿，你运气真好。不过，我想不止他一个人。"

对此，山姆更加专注聆听他们的对话，他将耳朵贴到了石壁上。

"夏格拉，你想想，是谁把这个小家伙身上的蛛网切断的？就是同一个割断洞口罗网的人。你还不明白吗？是谁让女王陛下受到重创？我想也是同一个人。他现在在哪里？夏格拉，他在哪里？"

夏格拉没有回答。

"如果你有聪明帽的话，最好赶快戴上一顶。这可不是开玩笑的。从以前到现在，从来没有，我说的是从来没有任何人可以伤到尸罗，你应该也很清楚。我们当然不会觉得难过；可是，想想看，有个比以前任何的渗透者都要危险的家伙正在四处乱窜，自从古代那次围城和后来的大战乱之后，我们就不曾面对过这么危险的敌人了。真的有什么东西溜进来了。"

"他又是什么来头？"夏格拉闷闷不乐地问。

"夏格拉队长，从所有的迹象看来，我猜是一个高大强壮的战士，最有可能是名精灵，他可能有一柄精灵宝剑，或许还有一柄战斧。而且，他已经进入了你的负责区域，而你根本没有发现他。这下子可好玩了吧！"哥巴葛吐了口口水。山姆听见对方的描述，不禁露出苦涩的微笑。

"算了吧，你每次都这么悲观。"夏格拉说，"管你怎么判断这些线索，我觉得都有别的方法可以解释。反正，我已经在每个据点都设下了哨兵，我们最好一件一件事情来。在我仔细检查过我们抓到的这个小家伙之后，我才会担心接下去的事情。"

"我认为你在这个小家伙身上找不到什么的。"哥巴葛说，"他说不定和那真正的祸害一点关系也没有。那个拿着利剑的大家伙似乎觉得他不重要，就让他躺在那边等死：这就是精灵的风格。"

"我们到时就知道了。快走吧！我们已经说得够多了。我们去看看这个俘虏吧！"

"你准备拿他怎么办？别忘记是我先发现他的。如果有任何好东西，我和我的弟兄们一定要分一杯羹。"

"等等，"夏格拉不高兴地说，"我有上级的特别命令。搞砸了不但我担不起，你也担不起。任何守卫发现的闯入者都必须直接带到塔中。俘虏必须彻底搜身。所有的文件、衣物、武器、信件、戒指或是任何装饰品，都必须立刻送到路格柏兹，而且只能送到路格柏兹。还有，该名俘虏必须安全无恙、毫发无伤地被监控着，直到他下令或是亲自前来为止。这话说得够清楚了，我正准备照着做。"

"彻底搜身，呃？"哥巴葛说，"什么，牙齿、指甲和头发全都要吗？"

"不是，根本不包括这些东西。我告诉你，他是路格柏兹要的人。他必须毫发无伤被送过去。"

"这会很难做到的。"哥巴葛笑着说，"他现在只不过是个尸体，路格柏兹要他去能干什么？把他丢到锅里去还比较香哩。"

"你这个蠢蛋。"夏格拉大吼道，"你之前还头头是道，好像很聪明的样子。但是还有很多其他人知道、你却不知道的事情。如果你不小心一点，搞不好下锅或是送去给尸罗的就是你。尸体！你对于女王陛下就只知道这么多吗？当她用蛛网绑起猎物的时候，表示她想要吃肉。

她可不吃死肉，也不喝冷血的。这家伙根本没死！"

　　山姆抓住岩壁，一时间觉得天旋地转。他觉得整个黑暗的世界似乎上下颠倒了。这个冲击大到他几乎昏了过去。不过，即使在他奋力把持住自己的意识的同时，他内心深处还是清楚听见自己在说："你这个笨蛋，他没死，你心里根本就知道。山姆卫斯，别相信你的脑袋，那可不是你身上最灵光的一部分。你真正的问题是，你从来就没有任何真正的希望。现在该怎么办？"此时此刻，什么都不能做，他只能强迫自己趴在动也不动的岩壁上，倾听着半兽人邪恶的对话。

　　"笨！"夏格拉说，"她的毒液不止一种。当她在狩猎的时候，她会在猎物的脖子上刺一针，让他们立刻瘫痪，然后她就可以好好享受了。你还记得乌夫塔克吗？我们有好几天找不到他人。然后我们发现他被吊挂在一个角落，全身缠得紧紧的，但他还很清醒地瞪着我们。我们真是快笑死了！她或许忘记了这个食物，但我们可没有碰他；谁敢打搅尸罗啊。哼，这个小家伙啊，几个小时之后他就会醒过来，然后除了有些头晕之外，他不会有什么大碍的。当然，那得要路格柏兹愿意放过他才行。还有，当然啊，他会搞不清楚自己身在何方，出了什么事情。"

　　"还有他将会遇到什么事。"哥巴葛哈哈大笑着说，"如果我们什么都不能做，至少可以告诉他一些故事吓吓他。我想他可能从来没去过美丽的路格柏兹，所以或许可以先替他做个说明。这会比我想象的还要有趣。走吧！"

　　"我话先说在前头，我可不觉得这会有什么好玩的。"夏格拉说，

501

"他一定得毫发无伤，否则我们就都死定了。"

"好吧！不过，如果我是你，我会在通报路格柏兹之前，先把那个逃掉的大家伙抓到。如果你跟上级报告说抓到小的，却漏掉大的，那听起来可不妙。"

那声音开始渐渐远离。山姆可以听见脚步声在向后退去。他正从震惊中恢复过来，现在胸中充满了怒火。"我完全搞错了！"他大喊着，"我就知道会这样。现在，他们把他抓走了，那些恶魔！那些怪物！永远不要离开主人，永远、永远不要，这是我原先的座右铭。我心里早就知道。希望大家能够原谅我！现在我得要回到他身边。快想想办法，快想想！"

他再度拔出宝剑，用剑柄猛力敲着岩壁，但只听得见闷闷的回音。不过，宝剑的光芒这时极为明亮，他可以隐约看到四周的环境。他惊讶地发现，这岩石原来是一座沉重的大门，大概有两个他这么高。在洞穴顶端和门的拱顶之间还有一段空隙；它多半就是用来阻挡尸罗的大门，里面可能用某种门闩之类的东西挡住了，让她再狡猾也无法弄开。山姆鼓起余力奋力一跃，抓到门的顶边，开始往上爬，翻了进去。然后，他手中握着闪闪发亮的宝剑，沿着蜿蜒向上的隧道开始狂奔。

主人还活着的消息激发了他最后一丝残存的力气，让他顾不得疲倦了。他看不见前方的任何情况，因为这条新的隧道不停地左弯右拐，无法让人一路看到底。但是，他认为自己正在缓缓地追上两名半兽人：他们的声音又开始靠近了。这次，似乎比之前更接近。

"我就准备这么做，"夏格拉生气地说，"把他关在最上面的房间。"

"为什么？"哥巴葛说，"难道你底下没有任何牢房吗？"

"我跟你说过了，他绝对不可以受到任何伤害。"夏格拉说，"你明白吗？他很宝贝。我不相信我的部下，还有你的部下，连你也一样；因为你满脑子都只想找乐子。如果你不聪明一点的话，我要他去的地方你就去不了。我已经决定了，最顶层。他在那边会很安全的。"

"会吗？"山姆说，"你们忘记了那个逃走的伟大精灵战士！"话一说完，他就绕过最后一个转角，却发现由于隧道巧妙的设计，或魔戒给他的听力，他竟然误判了距离。

那两个半兽人依旧还在一段距离之外。他现在可以看见他们在火光照耀下黑暗粗壮的身影。这条隧道最后十分陡峭，却也是笔直的。在尽头处，大大敞开着的是两扇大门，或许是通往塔楼下方的更深处。半兽人已经抬着他们的战利品进去了。哥巴葛和夏格拉正在慢慢地靠近门口。

山姆听见沙哑的歌唱声、号角吹动和敲锣的声音，真是一片惹人厌恶的喧闹。哥巴葛和夏格拉已经走到了门边。

山姆大喊一声，亮出刺针。但他的小声音被淹没在那噪音当中，根本没人听见他。

大门砰然一声关闭了。轰！门内的铁闩落下。哐当。门关了起来。山姆飞身撞上那铜门，眼冒金星地摔到地上。他被困在外面的黑暗洞穴中。佛罗多还活着，却被魔王给抓走了。

魔戒圣战第二部的故事就这么结束了。第三部《王者再临》所记载的是对抗魔影的最后防御，以及魔戒持有者任务如何结束的故事。

第二段阶梯上的西力斯昂哥

[illegible]

the pass and look over into the N

accomplished something. Sam f

round him. He knew that the land

He had sheathed his sword, but now h

for a moment, and stopped to pick

"That's that!" said Sam. Whole

suppose now we are just exactly where

moving away as quick as we can!

last chapter of this tale part for

wickedness of some sort. And

Likely enough, said Frodo

without him. Do you ever mean a

wickedness will be past of the plan

So far you say, said Sam.

About at the crest of the main

Look! The road is going out now

Beyond and ahead there was an

great notch in the mountain wall

So 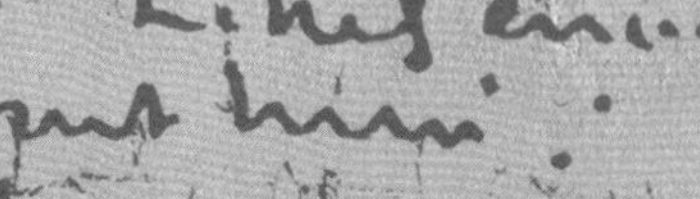 On their right the

widened but it had no brink. Lo

darkness of a great ravine

depths were the faint glimmer of the

On their left sharp jagged pinnacles